Gail McHugh
Amber to Ashes – Ungebändigt

PIPER

Zu diesem Buch

Amber ist alleine. Sie hat keine Familie, keine Freunde, keinen Halt. Am College hofft sie auf den so lange herbeigesehnten Neuanfang und tatsächlich: Ihr Leben ändert sich von einem Moment auf den anderen, als sie am Campus zwei Männer kennenlernt, die endlich wieder etwas Licht in ihre dunkle Welt bringen. Zwei Männer, die unterschiedlicher nicht sein könnten. Der charmante Herzensbrecher Brock Cunningham übt auf Amber vom ersten Moment an eine ungeahnte Anziehungskraft aus. Sie kann an nichts anderes mehr denken, als an ihn. Jede Minute, jede Sekunde, bei jedem Atemzug. Doch dann lernt sie Ryder Ashcroft kennen, einen tätowierten Bad Boy mit strahlend blauen Augen, der bei Amber zunächst einen starken Fluchtreflex auslöst – bis er sie küsst und ihr dabei ein Stück ihres Herzens stiehlt, nein, ihrer Seele. Sie lässt sich auf beide ein und erkennt, auf wie viele wunderschöne und erschütternde Weisen sie leben und lieben kann …

Gail McHugh wuchs in San Antonio (Texas) und Long Island (New York) auf. Sie ist nicht nur Mutter von drei bezaubernden Kindern und seit über fünfzehn Jahren mit ihrem Mann verheiratet, sondern auch die Autorin der Bestseller »Collide« und »Pulse«.

www.authorgailmchugh.com

Gail McHugh

AMBER TO ASHES

Ungebändigt

Roman

Aus dem Amerikanischen von
Christina Kagerer

PIPER
München Berlin Zürich

Mehr über unsere Autoren und Bücher:
www.piper.de

Von Gail McHugh liegen im Piper Verlag vor:
Collide – Unwiderstehlich
Pulse – Unzertrennlich
Amber to Ashes – Ungebändigt

MIX
Papier aus verantwortungsvollen Quellen
FSC® C083411
FSC www.fsc.org

Deutsche Erstausgabe
1. Auflage September 2015
2. Auflage November 2016

Titel der amerikanischen Originalausgabe:
»Amber to Ashes«, Atria Books, a division of
Simon & Schuster, Inc., New York 2015

Umschlaggestaltung: Zero Werbeagentur, München
Umschlagabbildung: FinePic, München
Satz: Fotosatz Amann, Memmingen
Gesetzt aus der Excelsior
Druck und Bindung: CPI books GmbH, Leck
Printed in Germany ISBN 978-3-492-30594-5

Prolog Amber

Ich war neunzehn, als ich die beiden Lieben meines Lebens traf. Richtig, die Lieben. Plural. Mehr als eine.

Unmoralisch? Vielleicht. Ich würde sagen, unumgänglich. Unkontrolliert. Manche sagen, ich kann nicht für zwei Männer so fühlen. Die meisten nennen mich Hure, Flittchen oder Dorfschlampe.

Es ist mir egal.

Einfach gesagt: Beide nahmen sich ein Stück von dem, was ich geben wollte. Niemand wird je diese Sucht verstehen, in die sie mich gezogen haben. Beide Männer waren die Nadel für meinen nächsten Schuss. Für meinen schwindelerregenden Rausch. Sie waren so gegensätzlich wie Feuer und Eis, und doch sehnte ich mich nach beiden gleichermaßen.

Brauchte sie auf die gleiche Art.

Der eine war mein Fels. Mein Antrieb. Meine erste wahre … Besessenheit.

Der andere war meine Leidenschaft, mein Verlangen.

Sie beherrschten meinen Geist und all meine Gedanken, jeden Herzschlag, der durch meinen Körper fuhr, jede Ecke meiner zerrütteten Seele.

Sie waren der Blitz an meinem dunklen Himmel, der tobende Sturm, den ich nicht hatte kommen sehen, der unvorhersehbare Zusammenbruch am Rande einer gefährlichen Klippe.

I Amber

Vier Monate vorher

Der Geruch von Fast Food steigt mir in die Nase, als ich die Mensa der Hadley University betrete. Betrunkene Sportstudenten, Bad Boys und hochnäsige Mädchen mit ihren Studentenverbindungen zu meiner linken, freakige Eigenbrötler, Hipster und unfreiwillige Außenseiter zu meiner rechten Seite. Hier sind wirklich sämtliche Charaktere vertreten – säuberlich sortiert an ihren Tischen je nach sozialer Zugehörigkeit.

Cliquen.

Wer auch immer behauptet, am College gehe es nicht um Cliquen, der muss bekifft sein.

Ich schaffe das. Ich schaffe das. Ich schaffe das, murmle ich vor mich hin und glaube nicht im Geringsten daran. Aber was, zum Teufel, ist schon Glaube? Ein einziger großer Irrglaube, wenn man mich fragt. Egal, das College muss einfach besser sein als die zwölf Jahre geistiger Langeweile in der Schule.

Zumindest hoffe ich das inständig.

Einatmen, ausatmen, den rechten Fuß vor den linken, so mache ich mich auf den Weg zu einem leeren Tisch, als ich merke, wie ich … falle?

Lass mich unsichtbar werden. Jetzt.

Ich habe mich so darauf konzentriert, zu diesem verdammten Tisch zu gelangen, dass ich die Tasche übersehen habe, die mitten im Weg liegt. Während ich vornüberfalle – Geschwindigkeit steigend –, fliegen mir die Bücher und Papiere aus den Händen und das Herz aus meiner Brust.

Ohne jeden Halt lande ich mit dem Gesicht voran auf etwas Betonhartem, während meine Knie zwischen zwei in Jeans verpackten Oberschenkeln versinken. Der Stuhl, auf dem die Betongestalt sitzt, rutscht quietschend über den Laminatboden, und um mich herum brechen die Leute in schallendes Gelächter aus, das in meinen Ohren explodiert wie Granaten. Beschämt greifen meine Hände nach seinen starken Schultern, mein Gesicht nur wenige Zentimeter von seinem entfernt.

Mein »Retter« schenkt mir ein umwerfendes Lächeln, seine Arme liegen um meine Taille, um unseren Zusammenprall abzuschwächen. Mein Atem bleibt in meiner Kehle hängen wie ein alter Strickpulli an einem rostigen Nagel.

Peinliche Verlegenheit überkommt mich, als mein Blick auf zwei tätowierte Arme fällt. Orange Flammen, schattierte Totenköpfe und so etwas wie chinesische Schriftzeichen bedecken jeden Zentimeter der angespannten Muskeln, von seinem Bizeps bis zum Handgelenk. Mein Blick wandert nach oben. Pechschwarzes, wirr nach oben stehendes Haar und die umwerfendsten *Ich-kann-dich-bis-zur-Besinnungslosigkeit-vögeln*-blauen Augen, die ich je gesehen habe, lassen mein Herz fast stillstehen.

In diesen Augen sehe ich Belustigung. Ich sehe aber auch Ärger, eine gesunde Portion Rebellion und puren, unverfälschten Sex. Ich greife seine Schultern noch fester, und sein Grinsen wird breiter. In diesem Grinsen liegt pure Arroganz, und etwas schreit mich förmlich an davonzulaufen – weil dieser Typ mein Untergang sein wird. Aber ich kann nicht. Ich stecke geradezu fest in seinem Schoß. Seine Züge sind entwaffnend, auf vollkommene Weise … unvollkommen. Üppige, wohlgeformte Lippen. Ein harter, kantiger Kiefer. Er vereint auf perfekte Weise jedes traumhafte Exemplar Mann von der Sorte, die man sofort anspringen und nie wieder loslassen möchte, in sich, das mir bis jetzt über den Weg gelaufen ist.

Hilf mir, lieber Gott.

Ein einsames Grübchen ziert seine Wange, die ich am liebsten sofort küssen möchte. »Hast du geplant, mein Mittagessen zu sein? Wenn das so ist, bin ich mit der Mahlzeit *absolut* einverstanden.«

»Wie bitte?« Ich versuche, seinen sauberen Geruch nach Seife und waldigem Eau de Cologne zu ignorieren. Waldig? Habe ich gerade einen Männerduft als waldig beschrieben? Was immer es auch ist, es macht mich high. *Er* macht mich high. »Was soll das heißen?«

Er schmunzelt, und als ich bemerke, wie idiotisch meine Frage war, will ich mich unter dem Tisch verkriechen und sterben.

»Das heißt, dass du auf meinem Schoß liegst und zum Anbeißen aussiehst.« Er streift mit seinen schwieligen Händen meine Arme rauf und runter. Seine Berührung lässt mich von Kopf bis Fuß erzittern. »Eigentlich«, fährt er fort, »ist anbeißen nicht das richtige Wort. Verschlingen trifft es eher.«

Eine gefährliche Spannung liegt in der Luft, und ich drehe meinen Kopf zur Seite. Irgendeine püppchenhafte Blondine wirkt sichtlich verärgert über unsere Unterhaltung. Ich funkle sie mit zusammengekniffenen Augen an und widme meine Aufmerksamkeit dann wieder dem Kerl, dessen Schenkel meinen Körper gefangen halten.

»Ach, *wirklich*?« Die Worte kommen sehr schnippisch hervor, sind aber das Einzige, was mir einfällt.

»Ja, wirklich«, antwortet er mit rauer Stimme. Seine zartblauen Augen fixieren meinen Mund, und er beißt sich auf die Unterlippe. Mit einem Schnalzen lässt er sie wieder los.

»Verschlingen beschreibt es besser.«

Obwohl wir von lachenden Zuschauern umringt sind, habe ich plötzlich das dringende Bedürfnis, seine Lippen zu berühren.

Moment. Was ist bloß los mit mir?

Kontrolle. Er hat sie mir entrissen, und ich brauche sie zurück.

Trotz des Protests der Hure in mir, die gern zum festen Inventar auf seinem Schoß gehören würde, versuche ich, meine Fassung wiederzuerlangen, und stehe auf. Ich streiche mit den Händen durch mein welliges, schwarzes Haar und strecke mit stählerner Entschlossenheit den Rücken durch. Ich beabsichtige, einfach zu gehen, um es meinem Hirn nicht länger zu erschweren.

Doch meine Mühen sind vergebens, als er sich aufrichtet und sein Lächeln zu einem schiefen Grinsen wird. Sein Blick lässt mich nicht los, und die sexuelle Absicht dahinter peitscht nicht nur ein heftiges Gefühl von Verlangen durch meinen Körper, sondern saugt mir auch die Luft aus den Lungen.

Sofort schimpfe ich innerlich mit mir selbst.

Ich bin nicht so eine. Ein gut aussehender Kerl hat mich noch nie zu einem armseligen Häufchen idiotischer Hormone gemacht. Nun ja, bis jetzt jedenfalls. Mein verräterischer Körper macht Luftsprünge, während ich den Kerl von oben bis unten betrachte.

Er ist ein Schrank und gute dreißig Zentimeter größer als ich mit meinen eins sechzig. Ich komme mir vor wie ein Fleck – ein winziger, bedeutungsloser Fleck. Um die Sache noch schlimmer zu machen, entdecke ich, dass die verführerischen Tätowierungen nicht nur seine Arme verzieren. Rechts auf seinem Hals blitzen unter dem schlichten, weißen T-Shirt die Spitzen zweier Hörner hervor, die vom Teufel persönlich zu stammen scheinen.

Ich hatte recht. Das ist ein Omen. Er ist der Teufel, und ich befinde mich in einer himmlischen Hölle.

In dem Versuch, mich meiner absurden körperlichen Reaktion auf ihn zu entziehen, beschließe ich, dass es jetzt an der Zeit ist, meine Sachen einzusammeln und diese Hölle hinter mir zu lassen.

»Also, wann soll ich dich heute Abend abholen?«, fragt er, als ich mich hinknie, um mein Englischbuch aufzuheben. »Ich dachte, vielleicht so gegen sieben. Geh nach Hause, und ruh dich ein bisschen aus. Du wirst deine Energie brauchen. Ich werde dich auf jeden Fall lange wach halten.«

Ich starre ihn an, und mein Kiefer klappt so weit herunter, dass er fast den Boden berührt. Ich habe nichts gegen One-Night-Stands und normalerweise würde mich so ein arroganter Kerl sofort ins Bett kriegen. Aber aus irgendeinem Grund, den ich nie verstehen werde, geht mir dieser hier gehörig auf die Nerven. »Hast du sie noch alle?«

Er verzieht das Gesicht zu einem Grinsen. »Als ich heute Morgen in den Spiegel gesehen habe, war noch alles Wichtige dran.«

Er kniet sich hin und reicht mir mein Sozialkundebuch. Ich reiße es ihm aus den Händen. Na toll. Noch so ein Grinsen, das meine Entschlossenheit zum Bröckeln bringt.

Wir stehen beide auf, und ich kann die Belustigung in seinen Augen erkennen. Sein unverschämt gut aussehendes Gesicht befindet sich viel zu nah an meinem. Nah genug, dass ich seinen nach Minze riechenden Atem auf meiner Wange spüren kann.

»Bist du schon so eingebildet auf die Welt gekommen, oder wurdest du erst mit der Zeit zu so einem Arschloch?«

Er fasst sich ans Kinn und runzelt die Stirn, als ob er nachdenken müsste. »Ich *denke*, ich bin schon so auf die Welt gekommen, aber ich kann mich auch irren. Da müsstest du schon meine Mutter fragen, wenn du darauf eine ehrliche

Antwort haben willst.« Er grinst und amüsiert sich sichtlich über meine Verblüffung. »Noch weitere Fragen? Ich finde deine Neugierde unglaublich süß.«

Ich schnaube, erstaunt, dass ich immer noch freiwillig an dieser Konversation teilnehme. »Ja klar. Ehrlich gesagt ist es mir scheißegal, ob du auch nur *irgendetwas*, was ich tue, süß findest.« Ich halte inne und lege meinen Kopf auf die Seite. »Danke, dass du mich aufgefangen hast. Aber ernsthaft: Könntest du mich jetzt bitte einfach in Ruhe lassen?«

Ein Lachen steigt aus seiner Brust. »Wow, immer mit der Ruhe. Ich wollte dir nur meine Dienste anbieten. Und was sich zwischen uns abspielt, ist sexuelle Spannung vom Feinsten. Es ist gut, gesünder als ein kaltes Glas Milch. Also lass es einfach geschehen.«

Oh. Mein. Gott. Das wird ja mit jeder Minute schlimmer.

»*Dienste*? Bist du stolz darauf, eine männliche Hure zu sein? Oh, warte.« Ich schlage mit der Hand gegen meine Stirn, als hätte ich eine Erleuchtung. »Natürlich bist du das. Dein Penis schießt bestimmt orgastische Flammen in den Körpers jedes Mädchens, richtig?«

Die Gruppe rund um den Tisch bricht in Gelächter aus, und er grinst noch frecher als zuvor. »Ja, du solltest meine … *Dienste* dringend in Anspruch nehmen. Ein guter Fick wird deinem hübschen kleinen Hintern Freude bringen.« Beiläufig hält er mir seine Hand hin. »Ich bin übrigens Ryder Ashcroft.«

Wutentbrannt ignoriere ich seine Hand. Ich atme tief ein, bevor ich ihm mitten in sein hübsches Gesicht schlage. Der Schmerz, der sich in meiner Hand ausbreitet, ist es definitiv wert, als ich sehe, wie die Augen des Schönlings riesengroß werden. Von allen Seiten ertönt schallendes Gelächter, was mir diesen Moment der Genugtuung noch versüßt.

Ich habe kaum Zeit, den Blick in Ryders Gesicht zu genießen, da murmelt er schon: »Verdammt. Das war brillant.« Und dann *verschlingt* er meinen Mund mit seinen Lippen.

Ich schnappe völlig überrumpelt nach Luft, und meine verräterischen Lippen öffnen sich, empfangen seinen herrlich sündigen Kuss, der das Stöhnen, das aus meinem Hals kommt, in sich aufnimmt.

Irgendein Trottel schreit: »Mach sie klar, Kumpel!«

Ein Mädchen quietscht: »Jetzt hat er endgültig den Verstand verloren!«

Ich höre auch ein paar Buhrufe.

Eine Sekunde bevor ich meine Hände gegen Ryders Brust stemme, fühle ich seine weiche Zunge, die ein Piercing hat, wie ich jetzt weiß – eine kleine Hantel, um genau zu sein –, sanft über meine gleiten. Oh Gott. Mir läuft es heiß und kalt den Rücken runter. Ich reiße meinen Körper aus seinem kurzzeitigen Rauschzustand heraus und stoße Ryder ein paar Schritte zurück. Keuchend stehen wir uns gegenüber.

Sein Blick – voller Lust und Schock – verdunkelt sich und hält meinen gefangen. Während er mich betrachtet, bildet sich ein weiteres verruchtes Grinsen um seinen Mund herum.

Wütend zeige ich ihm den Mittelfinger, wische mir mit dem Handrücken die Lippen ab, sammle meine restlichen Bücher auf und mache mich auf in Richtung des dämlichen Tisches, der mein eigentliches Ziel war, bevor ich mitten in seinen Schoß gefallen bin. Als ich den ersten Schritt mache, spüre ich eine starke Hand auf meiner Schulter. Mit der Absicht, den Aufreißer endgültig niederzustrecken, drehe ich mich um und blicke in große grüne Augen, die *nicht* zu dem Arschloch gehören.

Was, zum Teufel? Nimmt denn jeder Typ in diesem Gebäude Wachstumshormone? Dieser Kerl hier ist mindestens genauso groß wie Ryder Arschloch, wenn nicht noch größer.

Der Typ hebt schützend seine Hände vor sich, in denen er

meinen Stundenplan hält. Dabei schenkt er mir ein zaghaftes, aber auch spitzbübisches Lächeln. »Das hast du vergessen.« Er legt den Stundenplan auf meine Bücher und zeigt mit dem Daumen über seine Schulter auf Ryder. »Lass dich von dem nicht ärgern.«

»Nicht *ärgern* lassen?«, wiederhole ich und blicke in Ryders Richtung, der jetzt an seinem Cliquentisch sitzt.

Die blonde Tussi, die vorher so eifersüchtig wirkte, sitzt auf seinem Schoß und tröstet ihn. Dabei umschlingt sie mit dem Arm seinen Hals, während sie ihm irgendeinen Blödsinn ins Ohr flüstert. Ryder blickt mich mit einem arroganten Grinsen im Gesicht an.

Verärgert, beschämt und sexuell total frustriert knirsche ich mit den Zähnen und drehe mich auf dem Absatz um. »Er ist ein Arschloch.«

»Dieses *Arschloch* ist mein bester Freund.«

Sofort will ich ihn anfahren, aber der Freund des Arschlochs nimmt die Spannung aus der Luft, bevor ich etwas sagen kann.

»Trotzdem steht es natürlich außer Frage, dass er ein Arschloch ist. Er ist die Definition von Grobheit, einer der schlimmsten Kerle hier.« Seine grünen Augen leuchten vor Belustigung, und ein Lächeln umspielt seine Lippen, während er sich an einen Metallpfeiler lehnt. »Ich glaube, seine Mutter hat ihn länger gestillt, als es gesellschaftlich angemessen gewesen wäre. Das könnte vielleicht sein Problem erklären.«

Ich runzle die Stirn und betrachte den Kerl, der vor mir steht und über seinen Witz lacht.

»Mein Name ist Brock Cunningham, und ich wurde mit der Flasche gefüttert. Ich bin also das Gegenteil von meinem Freund, und irgendwie habe ich das Gefühl, du könntest Hilfe gebrauchen.« Etwas zögerlich greift er nach dem riesigen Stapel Bücher und Papiere, der mir fast aus den Händen rutscht.

Ohne allzu große Gegenwehr lasse ich ihn die Hälfte des Stapels nehmen.

»Cunningham also?« Mein Ärger verschwindet allmählich, und ich gehe auf einen Tisch zu, an dem ein paar Streber aus dem Debattierklub sitzen. Da kann mir nicht viel passieren. »So wie Richie Cunningham?«

»Richie?«, fragt er mich verständnislos.

»Ja, Richie Cunningham aus *Happy Days*.« Ich setze mich neben einen Freak mit Brillengläsern so dick wie der Boden einer Colaflasche und lege meine Hälfte des Bücherstapels auf den Tisch. Brock setzt sich auf einen Stuhl gegenüber von mir. »Das ist die beste Sitcom der Siebziger«, fahre ich fort. »Die musst du kennen.«

Verwirrt kratzt er sich am Kinn. Die Sonne, die durch die Fenster scheint, spiegelt sich in seinen Augen wider und lässt sie wie goldene Diamanten funkeln. In den moosgrünen Tiefen sehe ich eine Verschmitztheit aufblitzen, die mir irgendwie bekannt vorkommt, die ich aber nicht einordnen kann.

Ich erstarre förmlich, als ich realisiere, wie verdammt gut der beste Freund des Arschlochs aussieht.

Um ehrlich zu sein, sieht er genauso gut aus, nur auf andere Weise. Seine Gesichtszüge sind nicht so hart und definiert, sondern weicher und freundlicher. Sein Haar ist heller, der dunkle Blondton erinnert mich an Karamelleiscreme. Ich lecke mir über die Lippen, und meine Finger würden gerne testen, ob seine Haarsträhnen so weich sind, wie sie aussehen. Sein verschmitztes Lächeln lässt mein Herz wie verrückt hüpfen, und ich verliere mich in dem süßen, verwirrten Ausdruck auf seinem Gesicht.

»Jetzt hast du mich aber neugierig gemacht«, sagt er. »Ich habe keine Ahnung, wer Richie Cunningham ist, oder *Happy Days*.« Er zuckt mit den Schultern und grinst noch breiter. »Du musst mir schon einen Tipp geben.«

Ich kann nicht glauben, dass ich das jetzt tue.

Ich räuspere mich, nehme meinen Mut zusammen und lege einfach los.

Ich singe das Titellied der Serie und versuche, die Töne zu treffen, ohne dass dabei die Fenster zerspringen. Ich ignoriere die Nomaden am Tisch, die mich jetzt ansehen, als wäre *ich* der Freak. Brocks Hals entwischt ein Glucksen, und ich würde mich am liebsten sofort zur nächsten Brücke begeben, um mich hinunterzustürzen.

»Obwohl du eine sehr schöne Stimme hast«, sagt Brock, »muss ich leider gestehen, dass ich dieses Lied noch nie zuvor gehört habe.«

»Das ist wirklich eine Bildungslücke, Cunningham. Das weißt du, oder?«

Ich will das einfach nicht glauben. Es ist tragisch, dass meine Generation aufwächst, ohne Mr und Mrs Cunningham dabei zuzusehen, wie sie eine perfekte Familie erziehen. Genau das ist *Happy Days*.

Glückliche Tage.

Tage, an denen die Eltern nicht high waren und ihren nächsten Schuss mehr begehrten als eine Umarmung ihres Kindes. Tage, an denen dieses Kind nicht verängstigt, hungrig und allein ohne auch nur ein bisschen Wärme zu Hause gelassen wurde, während der Winter die Stadt gefangen nahm. Tage, an denen unschuldige Augen nicht Zeuge einer Bluttat im eigenen Haus werden mussten, wo man sich eigentlich sicher, beschützt und geliebt fühlen sollte.

Als Brock die Hände hinter seinem Nacken verschränkt, schrecke ich aus den Gedanken an meine düstere Vergangenheit auf. »Es mag vielleicht eine Bildungslücke sein, diese Serie, von der du redest, nie gesehen zu haben, aber ich habe bereits das Gefühl gehabt, dass mir etwas fehlt, *bevor* du diese seltsame Melodie gesungen hast.«

»*Seltsam*?« Ich runzle die Stirn. »Die Melodie ist nicht im Geringsten seltsam.«

»Sie ist verdammt seltsam.« Brock schmunzelt und verschränkt die Arme, während er mich nicht aus den Augen lässt. »Aber trotzdem hast du mich dazu gebracht, sie jetzt mehr zu mögen, als ich sollte.«

Seine Flirtversuche lassen meinen Atem schneller gehen. Was, zum Teufel, ist heute nur mit mir los? Bestimmt war in dem Frappuccino, den ich vorhin getrunken habe, irgendeine Vergewaltigungsdroge. Das ist nämlich schon das zweite Mal in zehn Minuten, dass mich ein Vertreter des anderen Geschlechts ganz high macht.

Ich atme tief ein und versuche, die Konversation in eine andere Richtung zu lenken. »Also, ähm … warum hast du denn schon das Gefühl gehabt, dass dir etwas fehlt, bevor ich meine *seltsame* Melodie gesungen habe?«

Ein winziges Lächeln umspielt seine Lippen. »Weil ich den Namen dieses hübschen Mädchens nicht kenne, das sich vorstellt, indem es seltsame Melodien summt.« Er zuckt mit den Achseln, wobei seine Brustmuskeln unter dem Poloshirt hervortreten. »Es ist einfach unmöglich, ohne diese Information zu leben. Finden Sie nicht, Miss …?«

Oh, er ist gut.

Ich stoße den Atem aus, den ich angehalten hatte, und bin so nervös, dass meine Antwort nur noch im Flüsterton hervorkommt. »Ber.«

»*Ber*?« Ungläubig zieht er die Augenbrauen hoch und grinst noch breiter. »Das ist ohne Zweifel ein … interessanter Name. Aber er gefällt mir.«

»Nein, warte!«, stoße ich beschämt hervor. »Mein Name ist nicht Ber!«

Brock kratzt sich am Kinn und lächelt unglaublich süß, während er mich betrachtet. »Willst du mich verwirren, hübsches Mädchen, dessen Name nicht *Ber* ist? Wenn das deine Absicht ist, hast du es geschafft.«

Jetzt will ich wirklich sofort im Erdboden versinken, damit diese peinliche Konversation ein Ende hat. »Nein, ich will dich nicht verwirren, ich …«

»Dann macht dich meine Gegenwart nervös.« Er befeuchtet seine Lippen mit der Zunge, was mir fast einen Herzstillstand beschert. »Ich habe recht, stimmt's?«

»Nein«, erwidere ich schroff und bete zu jeder Gottheit des Universums, dass er die Lüge, die ich erfolglos zu verstecken versuche, nicht bemerkt. »Ich bin nicht nervös in deiner Gegenwart.«

»Doch, das bist du. Aber es ist verdammt sexy, also alles gut.« Brock lehnt sich nach vorne und sieht mir in die Augen. »Also wie heißt du wirklich … *Ber*?«

Ich seufze, und ein weiteres Flüstern kommt aus meinem Hals. »Amber. Amber Moretti.«

»Amber«, wiederholt er und lässt meinen Namen über seine Zunge rollen. Mir gefällt die Art, wie er ihn ausspricht. »Also Am…*ber*, ich weiß, mein Arschlochfreund hat dir wahrscheinlich schon den Tag verdorben, aber ich würde seine fehlenden Manieren gern wieder wettmachen, wenn ich darf.«

Jetzt hat er mich am Haken.

Super. Ich fühle mich wie ein hilfloser Fisch am Ufer, den ein hungriger Angler gefangen hat. Aber gleichzeitig fühle ich mich auch wie ein oberflächliches Schulmädchen, dessen Bauch vor Aufregung zu kribbeln beginnt. Und um ehrlich zu sein, verursacht mir das Gänsehaut.

Genau wie der Glaube ist auch die Liebe eine falsche Vorstellung, an der diejenigen festhalten, die noch an Märchen glauben. Es gibt keine Märchen, genauso wenig, wie es Ritter auf weißen Pferden gibt. Ich bin der Meinung, dass jede Prinzessin in einer Geschichte eine dumme, naive Knalltüte ist.

Ich kann nicht leugnen, dass auch ich von der Liebe berührt werden möchte, um irgendetwas zu fühlen. Aber die

Realität dessen, dass jede Liebe endet, lässt mich innerlich aufschreien, und tief in meinem tauben, hohlen Herzen schrillen alle Alarmglocken. Ich öffne den Mund, um Brock Cunningham zu sagen, dass er mit seinem weißem Pferd und seiner falschen Ritterrüstung in den Sonnenuntergang reiten soll – zusammen mit einer anderen dummen Kuh, die auf seine Lügen und Versprechungen hereinfällt. Aber bevor ich etwas sagen kann, redet er weiter.

»Außerdem glaube ich, dass es ziemlich cool wäre, mit dir Wiederholungen von *Happy Days* zu schauen.«

Ich schließe meinen Mund und verliere mich in seinem schüchternen Lächeln und den grünen Augen, die pure Freundlichkeit ausstrahlen. »Aber nur, wenn du versprichst, dass du diese seltsame Titelmelodie mitsingst, während wir uns viel zu viele Red Bulls und Unmengen an Popcorn reinziehen«, fügt er noch hinzu. Sein Lächeln wird durch einen ernsten Gesichtsausdruck ersetzt. »Und du musst mir die Geheimnisse verraten, die diese wunderbaren Augen vor der Welt zu verstecken versuchen.«

Es ist der erste Tag meiner Collegezeit, und hier in diesem Moment spüre ich, dass auf der Straße meines Lebens eine schreckliche Gabelung auftaucht.

Ein Teil von mir will sich auf Brock Cunninghams weißes Pferd schwingen und die Arme um seine Rüstung schlingen, um vielleicht, nur *vielleicht*, endlich doch etwas zu fühlen. Aber der andere Teil will fliehen und so weit wie möglich davonrennen.

Ich denke darüber nach und beschließe, die Rolle der naiven Prinzessin zu spielen, doch ich werde es dem Märchenprinzen nicht einfach machen. »Nicht schlecht«, sage ich. »Aber es braucht schon ein bisschen mehr als ein paar Anmachsprüche, um mich zu erobern.«

Er verschränkt die Arme vor der Brust. »Eine Herausforderung?«

»Ja, eine Herausforderung«, entgegne ich mit emotionslosem Ausdruck. Ich bin mir sicher, das wird ihn abschrecken. Emotionslose Mädchen wirken nicht gerade anziehend auf Jungs. Sie wollen zuckersüße Mädchen. Ich bin eher sauer wie Essig.

Er betrachtet mich aufmerksam, sein Gesichtsausdruck alles andere als emotionslos. Er runzelt die Stirn und überlegt, was er antworten soll.

Ja, das war's.

»Herausforderung angenommen«, sagt er und schockiert mich damit etwas.

Ehrlich gesagt schockiert er mich so sehr, dass ich fast vom Stuhl falle. Ich hätte schwören können, er macht einen Rückzieher.

»Aber du musst mir ein paar Dinge erzählen, bevor du mit meinen Gefühlen spielst«, sagt er.

»Mit deinen Gefühlen spielen?«, frage ich spöttisch. Ich nehme das als fehlgeschlagenen Versuch, mich anzumachen. Der verletzte Junge, der umsorgt werden muss. Die meisten Mädchen fallen auf diesen Schwachsinn rein.

»Ja, mit meinen Gefühlen spielen. Ihr Mädchen denkt anscheinend, wir Jungs sind die Einzigen, die das können. Aber es ist ein Fifty-fifty-Spiel.«

Ich bin davon überzeugt, dass er mich verarschen will. Trotzdem gehe ich darauf ein. »Okay, dir wurde also das Herz gebrochen. Wem nicht?«

»Wurde dein Herz schon mal gebrochen?« Sein Ausdruck wird weicher. »Ich bin mir nicht sicher, aber irgendetwas sagt mir, dass es so ist. Oder es ist eine andere Scheiße passiert, die dich davon abhält, dich zu öffnen. Eins von beiden.«

Wer ist dieser Kerl? Kann er Gedanken lesen?

Die Wahrheit ist, die verkorkste Ehe meiner Eltern hat mich emotional in Ketten gelegt. Da ist nichts als Wut, die all die Jahre in mir brodelt. Ihre Beziehung – oder vielmehr der Mangel davon – hat mich vergiftet und meinen Geist verdorben. Aus mir wurde ein Mensch, der die Liebe hasst und niemals einen anderen Menschen in seine Welt lässt.

Aber das heißt nicht, dass mein Herz *nicht* gebrochen wurde. Es wurde in Stücke gerissen, wie es sich ein normaler Mensch nicht vorstellen kann. Während ich über einen blutdurchtränkten Teppich getaumelt bin, habe ich mehr Tränen vergossen, als die meisten Menschen in ihrem ganzen Leben weinen.

Trotzdem bin ich mir sicher, dass meine Vergangenheit nicht auf meiner Stirn geschrieben steht. Ich habe sie erfolgreich hinter einer Maske versteckt, die für die meisten auch nach Jahren nicht zu durchschauen ist. Das dachte ich zumindest bis jetzt. »Diese Frage werde ich nicht beantworten.« Ich bin entschlossen, ihm keine allzu tiefen Einblicke in mein Innerstes zu gewähren. »Du kannst mich alles fragen, aber nicht, was mein Herz durchgemacht hat oder nicht.«

»In Ordnung.« Brock lehnt sich zurück und fährt mit einer Hand durch sein Haar. »Verrätst du mir dann wenigstens deine Lieblingsfarbe?«

Nichts leichter als das. »Grün.«

»Florida oder Montana?«, fährt er fort.

»Ich hasse den Strand. Und Cowboys machen mich auch nicht an. Also keins von beiden.«

»Okay, junge Dame«, sagt er mit betont südlichem Akzent. »Mir gehört keine Ranch, und ich würde jederzeit einen scharfen, kleinen Skihasen künstlichen Implantaten vorziehen.«

Seine Antwort verwirrt mich ein bisschen, ich muss lachen. Er ist nicht wie die anderen. Das gefällt mir.

»Blumen oder Schokolade?«

»Wirst du jetzt klischeehaft?«

»Okay, notiert.« Er nickt und tut so, als ob er etwas aufschreiben würde. »Sexy High Heels oder dreckige Sneakers?«

Ich blicke auf meine drei Jahre alten Chucks hinunter, die schon bessere Tage gesehen haben. »Ähm, Sneakers.« Diese Antwort muss eigentlich offensichtlich gewesen sein, da ich außerdem eine Jeans von Wal Mart und ein ausgewaschenes Nirvana-T-Shirt trage.

Brock betrachtet mich einen Moment. »Das ist die Antwort, die ich mir erhofft hatte. Ich mag es anders.«

Ich spüre, wie meine Wangen erröten, während er mich weiterhin ansieht.

Als ob er meine Nervosität spüren würde, räuspert er sich. »Die erste Zahl, die dir in den Sinn kommt?«

»Sechzehn.«

»Bier oder harter Alkohol?«

Ich verdrehe die Augen. »Ähm … beides.«

Er kichert. »A Perfect Circle oder The Script?«

»Kann man nicht vergleichen. Das sind beides super Bands. Das ist, als würdest du mich fragen, wer mein Lieblings-Buchfreund ist. Das geht nicht.«

»Du hast recht. Aber ich habe *keine* Ahnung, was ein Buchfreund ist. Jetzt hast du mich neugierig gemacht.«

Ich grinse und habe nicht vor, darüber ins Detail zu gehen, wie wichtig es für Millionen Frauen ist, ihre Buch-Traummänner mit jedem Mann auf der Erde zu vergleichen. »Dieses Thema würde einen ganzen Tag in Anspruch nehmen.«

»Alles klar.« Er lacht und reibt sich die Hände. »Vanille, Schokolade oder Erdbeere?«

»Alle drei vereint in einem einzigartigen Geschmack.«

»Ein Spaziergang im Park oder eine Fahrt auf dem Motorrad?«

»Kennst du Deuce West?«

Er blickt mich verwirrt an.

Ich grinse erneut. »Auf jeden Fall eine Fahrt mit dem Motorrad.«

»Sehr cool«, antwortet er. »Sommer oder Winter?«

»Winter. Ich hasse Hitze.«

»Weihnachten oder Thanksgiving?«

»Ich würde jederzeit einen Truthahn einem dicken Mann im roten Mantel vorziehen.« Das bringt mir ein Lächeln ein.

»Lieblingsstellung beim Sex?«

Raffiniert. Das gefällt mir. Beinahe hätte ich rausgelassen, dass mir jede Position – an jedem öffentlichen oder privaten Ort – recht ist, aber ich mache auf unschuldig und reiße die Augen auf.

»Einen Versuch war es wert«, gibt er mit einem Grinsen zu. »Lieblingsessen?«

»Sushi.«

Er rümpft die Nase.

»Ist das dein Ernst?«, frage ich und kann nicht glauben, dass es normale Menschen gibt, die nicht jeden Tag Sushi essen könnten. »Du magst kein Sushi?«

»Ich mag nur bestimmte *weibliche* Dinge roh.« Er zuckt mit den Augenbrauen.

»Ha-ha, sehr witzig«, erwidere ich, und mein Blick sagt ihm, dass ich genau weiß, was er meint.

Nicht Geld, sondern Sex ist die Wurzel allen Übels.

»Du bist schnell.« Er grinst und schiebt seinen Stuhl auf meine Seite des Tisches. Er setzt sich rittlings darauf und umschließt die Lehne mit seinen Armen, während er mich mit Argusaugen betrachtet. »Football oder Baseball?«

»Auf jeden Fall Baseball. Football ist scheiße.«

Plötzlich werden seine Augen groß, und seine Mundwinkel rutschen nach unten. Er sieht fast aus wie ein verlorenes, einsames Hündchen.

»Was ist los?« Diese plötzliche Sinneswandlung verwirrt

mich ein bisschen. »Bist du ein überdrehter, verrückter Footballfan oder so was?«

»Captain.«

»*Waaas*?« Jetzt mache ich große Augen. »Oh Gott. Kein Sportler. *Bitte* sag mir, dass du kein Sportler bist.«

Mit einem Poloshirt und Dockers sieht er nicht gerade aus wie einer. Er wirkt eher kultiviert und von Steroiden unberührt. Na gut, eine sportliche Figur hat er schon: breite, definierte Schultern, muskulöse, aber dennoch schlanke Arme. Ich verrenke mir fast den Hals, um einen Blick auf seinen Bauch zu erhaschen. Unter seinem Poloshirt scheint ein Sixpack aus reinen Muskeln zu stecken. Trotzdem könnte er seinen Wahnsinnskörper ja durch Gewichtheben bekommen haben, vielleicht hebt er auch gern dürre Mädchen mit Brustimplantaten oder von mir aus auch Autos, wenn ihm danach ist.

Aber bitte, bitte kein Sportler.

Brock nickt, und ein Lächeln umspielt seinen Mund. »Ich bin der Captain der Uni-Footballmannschaft. Lässt das jegliche Hoffnungen, die ich hatte, zerplatzen?«

»Beinahe.« Nervös zupfe ich an der Ecke meines Stundenplans herum. »Sogar ziemlich sicher. Eigentlich müsste ich jetzt sofort aufstehen und gehen.«

Neugierig zieht er die Brauen nach oben. »Und warum, wenn ich fragen darf?«

»Einfach so. Aber egal. Ich kann damit umgehen, wenn du mir genug Gründe dafür lieferst.« Meine Gedanken wandern zurück zu der Nacht, in der ich meine Unschuld auf einem schlammigen Footballfeld der High School an einen Arsch namens Josh Stevenson verlor beziehungsweise fast verkaufte. Ich war vierzehn und wollte Bier. Er war siebzehn und hatte einen gefälschten Ausweis.

Wir hatten einen Deal.

Gott sei Dank dauerte die ganze widerliche Tortur weniger als fünf Minuten. Ich habe mich benommen wie eine Nutte, und er hat mich so behandelt. Am nächsten Morgen wusste sein gesamtes Team darüber Bescheid, und von da an riefen sie mir jedes Mal, wenn sie mich sahen, die passenden Namen hinterher.

In einem kleinen Fischerdorf außerhalb von Rivers Edge, North Carolina, war ich das neue Mädchen, das für Bier mit dem Captain der Footballmannschaft geschlafen hatte. Ich weiß nicht, ob es der zweite oder dritte Ort war, in dem ich bis dahin gelebt hatte. Ich weiß nur, dass es der Ort war, an dem mein Hass auf Sportler und meine Selbstverachtung für die Person, zu der ich wurde, ihren Anfang nahmen.

Unruhig rutsche ich auf meinem Stuhl hin und her, während Brock mich ansieht, als würde er meine Gedanken lesen. »Was?«

»Ich bin nur froh, dass du bereit bist, mir und meinem … Sportlerdasein eine Chance zu geben.« Er schenkt mir ein Lächeln. »Und ich *werde* dir genug Gründe dafür liefern, damit klarzukommen.«

Ich habe das Gefühl, dass er noch mehr sagen will, dränge ihn aber nicht.

»Okay. Du sitzt allein auf einer einsamen Insel fest«, fährt er fort. »Und du kannst außer Wasser nur zwei weitere Dinge haben. Was wäre das?«

»Das ist einfach. Twizzlers und mein Tagebuch«, antworte ich und wünschte, ich hätte beides jetzt bei mir. Besonders die Twizzlers. Sie sind eine meiner vielen Krücken. Meine Droge, wenn ich nervös werde. Egal, welcher Geschmack – Hauptsache Twizzlers.

»Twizzlers?« Er guckt mich an, als wäre ich total verrückt. »Diese ineinander verdrehten Lakritzbänder? Die würdest du mitnehmen, wenn du dich für zwei Sachen entscheiden müsstest?«

»Du bist schnell«, gebe ich zurück und blicke ihn so amüsiert an, wie ich nur kann. »Sehr schnell, Cunningham.«

Er scheint kurz darüber nachzudenken, dann sagt er zuversichtlich: »Also gut, da wir beide junge Erwachsene mit einer sehr *schnellen* Auffassungsgabe sind und wir beide finden, dass Ryder das größte Arschloch des Universums ist, frage ich mich, wie ich dich dazu bringen kann, mit mir auszugehen.«

»Für ein richtiges Date musst du dich schon etwas mehr anstrengen.« Auch wenn ich die Worte mit Überzeugung ausspreche, kann sogar ich die Zweifel darin heraushören. Meine Sturheit regt mich auf, und ich frage mich, was, zum Teufel, mit mir los ist. »Da musst du schon ein bisschen Arbeit reinstecken.«

Brock nickt und hält mir seine Hand entgegen. Nach kurzem Zögern nehme ich sie, obwohl ich mir nicht sicher bin, was er vorhat.

Während er mir in die Augen sieht, streichelt er sanft mit dem Daumen über meine Knöchel. »Ich werde mir den Arsch aufreißen, damit du mit mir ausgehst. Aber ich warne dich, egal, was ich auch tun muss, ich werde einen Weg finden, in deinen hübschen Kopf einzudringen, Am-*Ber*.« Er grinst mich an. »Noch mehr, als ich es bereits getan habe. Du wirst schon sehen.«

Bevor ich auch nur zwinkern kann, führt er meine Hand an seine Lippen und küsst sie sanft. Ich zittere, und seine Bartstoppeln verursachen mir Gänsehaut. Er grinst, steht auf und geht ohne ein weiteres Wort durch den Speisesaal davon.

Mein Herz hüpft auf und ab wie ein Tischtennisball. Sprachlos lässt er mich zurück, und ich frage mich, ob Brock Cunningham gelingen wird, was noch keinem vor ihm gelungen ist.

Jede Mauer zu durchbrechen, die ich um mich herum aufgebaut habe.

2 Amber

»Sie benötigen die Einführung in die Biologie, Miss Moretti«, informiert mich die Frau im Studiensekretariat.

»Ich dachte nicht, dass ich diesen Kurs brauche«, entgegne ich frustriert. »Wenn ich ihn besuchen muss, wirft mich das ein ganzes Semester zurück.«

»Das ist aber in Ihrem Studienplan so vorgeschrieben. Ich kann Ihnen leider nichts anderes sagen.« Sie rückt ihre Brille auf der dünnen Nase zurecht und beäugt die wachsende Schlange von ungeduldigen Studenten hinter mir. »Machen Sie einen Termin mit einem Studienberater aus, wenn Sie meinen. Aber ich kann leider nicht mehr für Sie tun.«

Mehr als verärgert werfe ich meine Tasche über die Schulter, drehe mich um und renne prompt in den Gott der Arroganz persönlich.

Ryder Ashcroft.

Obwohl mich seine scharfen Gesichtszüge, der Ansatz eines Dreitagebarts auf seinem Kinn und das Grinsen um die Mundwinkel sofort faszinieren, verdrehe ich die Augen und versuche, an ihm vorbeizueilen. Aber er bewegt sich synchron zu mir und versperrt mir den Weg. Als er sich mir auch beim zweiten Versuch, an ihm vorbeizukommen, in den Weg stellt, werde ich wütend.

»Jetzt mal im Ernst, Ryder. Was ist dein Problem?«

»Du bist mein Problem.« Sein Grinsen wird breiter. »Es ist

schon ein paar Tage her, seit wir uns getroffen haben. Hast du mich schon vermisst?«

»Nein«, sage ich und meine es todernst. Kann ich leugnen, dass ich mir die letzten vierundachtzig Stunden immer wieder den Kuss zwischen uns ins Gedächtnis gerufen habe? Oder das Verlangen, mit meinen Fingern durch sein dichtes, dunkles Haar zu fahren? Nein. Das kann ich nicht leugnen. Aber *vermisst* habe ich ihn trotzdem nicht.

»Du lügst«, sagt er und lässt mich schließlich vorbei.

»Und du gehst mir auf die Nerven.«

Er folgt mir aus dem Büro und geht mir nach in den überfüllten Gang. »Mag sein. Aber du bist wundervoll *und* gehst mir auf die Nerven. Das ist eine tödliche Mischung.«

Ich halte an und drehe mich mit zusammengekniffenen Augen zu ihm um. »*Ich* geh dir auf die Nerven?«

»Ja, die ganze Zeit.« Er zuckt mit den Schultern und steckt die Hände in die Taschen seiner Jeans. »Du machst mich komplett wahnsinnig.«

Ich blinzle ihn an. »*Ich* mach *dich* wahnsinnig? Wie kann das denn sein?«

Er grinst und kommt näher, wobei seine Brust fast meine berührt. Ich atme tief ein, und mein Puls schlägt höher, während ich versuche, die knisternde Spannung zwischen uns zu ignorieren.

»Das kann sogar sehr gut sein. Und schon wieder stellst du deine süßen Fragen.« Er nimmt eine meiner Haarsträhnen, lehnt sich vor und riecht daran, bevor er flüstert: »Mmmhh … Himbeere.«

»W…was?«, stottere ich. Das Blut strömt so laut durch meine Adern, dass ich die lärmenden Gespräche im Gang überhaupt nicht mehr wahrnehme.

»Dein Shampoo.« Er lässt mein Haar durch seine Finger streifen, tritt einen Schritt zurück, und sein Blick gleitet langsam über mich. »Es duftet nach Himbeere. Das gefällt mir. Es ist nur ein kleiner Teil von dir, der mich verrückt macht. Ganz zu schweigen von deinem angepissten Schmollmund oder deiner krassen, sexy Einstellung. Ich werde nicht näher darauf eingehen, was das alles in mir hervorruft, aber ich bin mir sicher, du kannst es dir vorstellen. Du hast vor ein paar Tagen auf meinem Schoß gesessen. Ich denke, du konntest ... *fühlen*, was das in mir hervorruft.«

Mein Körper reagiert zweifellos auf ihn – in einer verstörenden, aber auch wunderbaren Art und Weise. Beim Klang seiner tiefen, rauen Stimme setzt mein Herz fast aus. Der heiße Blick in seinen blauen, schimmernden Augen lässt meine Atmung schneller werden. Und zu guter Letzt gehen mir Visionen von animalischem, leidenschaftlichem Sex durch den Kopf, wenn er mit seiner gepiercten Zunge über seine Lippen fährt.

»Hast du etwas gesagt?«, frage ich und versuche mich ernsthaft zu erinnern.

»Dein Shampoo«, sagt er mit leichter Verwirrung in der Stimme. »Es duftet nach Himbeere.« Seine Mundwinkel verziehen sich zu einem Lächeln. »Du warst in Gedanken verloren, stimmt's?«

Ja, verdammt, das war ich.

Irgendwo zwischen seinen Bemerkungen über den Duft meiner Haare und meine Augen habe ich mich in einer Art Nebel aus seinem betörenden Rasierwasser verloren, der mein Hirn innerhalb weniger Sekunden komplett ausgeschaltet hat. Es gefällt mir gar nicht, dass er weiß, was er mit mir anstellt, und ich schenke ihm ein schiefes Lächeln. »Hör mal, ich bin mir sicher, dass eine Horde von Mädchen nur allzu gerne für dich auf Kommando die Beine breit machen würde. Aber zwischen uns wird das nicht passieren, Kumpel.«

»Mein Name ist Ryder«, antwortet er trocken. »Und glaub mir, es *wird* passieren.«

»Ich weiß, wie du heißt«, seufze ich. »Und es wird *nicht* passieren.«

Mit einem Schmunzeln folgt Ryder mir durch den Gang, der mich zu meiner blöden Biologieeinführung bringen wird.

»Außerdem«, fahre ich fort und bahne mir einen Weg durch die Massen an Studenten, »wird dir die Blonde, die meinen Platz auf deinem Schoß so eilig wieder besetzt hat, mit einer Machete die Eier abschneiden, wenn sie herausfindet, dass du versuchst, mich anzumachen.«

»Blondie hat *beobachtet*, wie ich dich geküsst habe, und meine Eier sind noch intakt. Wenn dich das nicht davon überzeugt, dass sie nur eine flüchtige Bekanntschaft ist, dann weiß ich nicht, was es sonst könnte.«

Ich könnte mich ohrfeigen. Er hat mich so irritiert und sexuell frustriert, dass ich dieses Detail total vergessen habe.

»Und überhaupt … War das Eifersucht in deiner Stimme?«, fügt er wiederum besserwisserisch hinzu.

Ich bleibe vor dem Biologieraum stehen und drehe mich um zu Ryder, der eine Hand hinter sein Ohr hält.

»Mmhhh … ja. Ja, das klingt nach Eifersucht.« Er schließt die Augen, sodass ich seine langen, dunklen Wimpern in voller Pracht bewundern kann, und lässt ein tiefes, langsames und aufreizendes Stöhnen aus seinem Mund.

Ich verschlucke fast meine eigene Zunge, als ich mir dieses Stöhnen an meinem Ohr vorstelle, während er mich von hinten nimmt.

Er öffnet die Augen wieder und heftet sie an meine Lippen. »Und was für ein süßes Geräusch das ist aus deinem hübschen Mund.«

»Es ist *keine* Eifersucht«, beharre ich. Und das stimmt auch. Es ist … es ist … ach Scheiße, ich weiß verdammt noch mal nicht, was es ist. Aber ich weiß, dass es keine Eifersucht ist. Meine Knöchel werden weiß, so fest umklammere ich die Riemen meiner Tasche. »Das hättest du wohl gern.«

Er beißt sich auf die Unterlippe und schüttelt den Kopf, als er langsam rückwärts den Gang hinunterläuft. »Es ist Eifersucht«, ruft er laut. »Aber es ist okay, dass du es nicht zugeben willst. Das macht dich nur noch süßer. Kein Problem!«

Ich verdrehe die Augen und stöhne innerlich auf.

»Und du hast noch immer nicht auf meine Frage geantwortet«, fügt er hinzu.

»Welche Frage?« Mit einer Hand schon am Türknauf runzle ich die Stirn. Ich bin mir bewusst, dass mich die letzten fünf Minuten mit ihm in eine unzurechnungsfähige Irre verwandelt haben, die gerade aus der Klinik entlassen wurde. Aber ich kann mich beim besten Willen an keine Frage erinnern, die ich ihm nicht beantwortet hätte.

»Wie lautet der Name, der zu diesem hübschen Gesicht gehört?«

Ich stemme die Hände in die Hüften. »Das hast du mich nicht gefragt.«

»Aber … das habe ich doch gerade getan.« Er schenkt mir ein umwerfendes Lächeln und geht weiter den Gang hinunter. »Oder etwa nicht?« Er kratzt sich mit gespielter Verwirrung am Kinn. »Na gut, ich könnte mich irren. Es war ein langer Tag, aber ich könnte bei Gott schwören, dass ich dich gerade gefragt habe.«

Dieser Kerl findet sich ernsthaft komisch. Und wahrscheinlich findet das ein perverser Teil von mir auch.

»Brock hat dir nicht erzählt, wie ich heiße?« Das kann ich mir kaum vorstellen. Jungs reden miteinander. Wenn man bedenkt, dass sie beste Freunde sind, haben sie doch sicher auch über mich geredet. »Du hast ihn doch bestimmt gefragt, was zwischen uns war.«

»Da ist was Wahres dran. Hätte ich ihn seit diesem Tag

gesehen oder gesprochen, hätte ich das bestimmt getan. Aber wir haben uns nicht gesehen. *Darum* frage ich dich jetzt.«

Ich stoße einen langen Seufzer aus und weiß, dass ich auf verlorenem Posten stehe. »Amber.«

Er hält inne, und ein Lächeln formt sich um seinen Mund. »Aha, jetzt ergibt alles einen Sinn.«

»Was ergibt einen Sinn?«

»Na, warum dich deine Eltern Amber genannt haben.«

Ich starre ihn an und habe keine Ahnung, wovon er spricht.

»Deine bernsteinfarbenen Augen, schönes Mädchen.« Er zwinkert und lächelt mich aufrichtig an. »Und bitte, nimm nicht alles so persönlich, was ich von mir gebe. So bin ich einfach.« Sein Lächeln verschwindet und verwandelt sich in ein teuflisch gutes Grinsen, als eine Gruppe Studenten hinter ihm vorbeigeht. »Aber keine Angst, Süße. Du wirst dich daran gewöhnen. Wahrscheinlich verliebst du dich sogar in all meine schlechten Eigenschaften. *In jede einzelne von ihnen.* Und wenn ich dich jeden verdammten Tag nerven muss, was ich mir an deiner Stelle ruhig zutrauen würde – ich werde es tun. Glaub mir, ich werde es tun. Und wenn ich damit fertig bin, garantiere ich dir, werde ich das Erste sein, was dir am Morgen nach dem Aufwachen durch den hübschen Kopf geht, und das Letzte, was du vorm Schlafengehen vor deinen bezaubernden Augen sehen wirst.« Er zuckt mit den Schultern und lächelt erneut. »Ich gebe dir nur die angemessene Warnung, die du verdienst.«

Dann dreht er sich um, winkt mir über die Schulter zu und verschwindet um die Ecke.

Als ich in den Biologieraum gehe, immer noch heftig atmend wegen seiner Erläuterungen, kommt mir in den Sinn, dass Ryder Ashcroft mit all seinen nervigen, sexuell frustrierenden Eigenschaften, die ich nicht allzu persönlich nehmen soll, mit einer Sache recht haben könnte. Vielleicht haben mich meine Eltern wirklich wegen meiner bernsteinfarbenen Augen Amber genannt.

Aber wie kann man seinen lieben Verstorbenen Fragen stellen?

Richtig … gar nicht.

3 Amber

Als ich aus meinem Auto steige, lässt mich die warme Augustluft fast ersticken. Sie ist so schwer wie ein dickes, nasses Handtuch und hindert mich am Atmen. Im Bruchteil einer Sekunde bin ich von Kopf bis Fuß schweißgebadet. Obwohl ich mir in der vergangenen Woche einen Job als Kellnerin gesichert habe und die Kurse an der Uni mit jedem Tag besser werden, hasse ich Maryland genauso sehr, wie ich mich nach Washington sehne. Ich vermisse es, dort zu leben. Auch wenn dort meine verkorkste, ruinierte Vergangenheit ihre Wurzeln hat, war es wenigstens nie so schwül, und es hat nicht überall nach Krabben gerochen.

Ich wische mit der Handfläche über meinen verschwitzten Nacken, in Gedanken an eine verlorene Kindheit versunken, knalle die Autotür zu und gehe über den Studentenparkplatz. Ich will so schnell wie möglich in das klimatisierte Gebäude kommen und nehme zwei Stufen auf einmal. Dabei remple ich andere Studenten mit hängenden Schultern und schlaffen Armen an, die ihre Bücher nach oben tragen. Obwohl ich sofort eine Entschuldigung murmle, treffen mich ihre bösen Blicke. Sie scheinen genauso genervt vom Wetter wie ich.

Ich reiße die Türen auf, und jeder Zentimeter meines Körpers wird sofort von kühler Luft geweckt, wie vom Kuss eines Liebhabers auf der nackten Haut. Während ich mich durch das ruhige, zweistöckige Gebäude in Richtung Bibliothek bewege, kühle ich langsam ab auf eine normale Körpertemperatur und bin bereit zum Lernen – was ich dringend nötig habe.

Nachdem ich meine Sachen auf einem der Tische platziert habe, gehe ich durch die Gänge und lasse meine Finger über die Ledereinbände in den altmodischen Mahagoniregalen streifen. Ich nehme den Anblick der Reihen voller Bücher mit gierigen Augen auf, und meine Nase saugt ihren vertrauten Duft ein, der es immer geschafft hat, mich zu beruhigen und ein bisschen Normalität in meine Gedanken zu bringen, die von der Vergangenheit beherrscht sind. Wenn auch nur ein bisschen.

Ich entdecke eine überarbeitete Ausgabe von John Miltons *Das verlorene Paradies* und blättere durch die Seiten. Als ich zum Kampf zwischen den treu ergebenen Engeln und den Mächten des Teufels gelange, bin ich sofort ergriffen und auch etwas verstört von dem, was sich auf den Seiten vor mir ausbreitet. Völlig vertieft in das Buch spüre ich plötzlich, wie eine Hand das Haar aus meinem Nacken streicht. Vor lauter Schreck bleibt mir die Luft weg.

»Psst«, macht Brock und hält einen Finger über seine Lippen. »Wir sind hier in einer Bibliothek, Miss Moretti.« Verführerisch legt er eine Hand auf das Regal genau über meiner Schulter. »Obwohl mir dein … Keuchen gefallen hat.«

»Ich habe nicht gekeucht«, gebe ich ruhig zurück und lächle dabei verlegen.

»Du hast gekeucht. Aber ich beschwere mich gar nicht.«

Ich muss schlucken und kann die Chemie zwischen uns nicht ignorieren. »Was machst du hier? Eine Bibliothek ist doch nicht gerade ein Ort für einen Sportler.«

»Da irrst du dich. Auch Sportler gehen in Bibliotheken, wenn sie wissen, dass dort hübsche Mädchen sind, die auf einer einsamen Insel Twizzlers jeder Überlebenshilfe vorziehen würden.« Mit einem müden Lächeln fischt er eine Packung Twizzlers aus der Hosentasche. Seine grünen Augen scheinen dunkler zu werden, als er mit der Packung sanft über meine Lippen streift. »Du siehst heute hübsch aus.«

»Du auch.« Mein Atem geht schneller, und sexuelle Spannung liegt in der Luft. Meine Handflächen, die ich auf die Bücher presse, werden feucht, und als er damit fortfährt, das Päckchen langsam und sanft über meine Lippen zu streifen, beginnt mein Herz zu rasen.

Sein Gesicht ist jetzt nur noch wenige Zentimeter von meinem entfernt. »Zu mir hat noch nie jemand hübsch gesagt, aber da es von dir kommt, nehme ich es als Kompliment.«

»Das solltest du auch.« Ermutigt schlinge ich meine Finger um sein Handgelenk, um bei seinem Spiel mitzumachen. Die Hitze seiner Haut strömt sofort durch meine Arme, den Rücken hinunter und zwischen meine Beine. »Komplimente von mir sind eine gute Sache.«

»Ich mag gute Sachen«, sagt er, während sein Blick auf meinen Lippen haftet.

Das laute Räuspern einer Bibliotheksmitarbeiterin reißt uns auseinander. Sie stemmt die Hände in ihre dicken Hüften und blickt uns bitterböse an, was ihr sonst recht nettes Gesicht verzerrt.

Brock tritt einen Schritt zurück und nickt gelassen in ihre Richtung. »Guten Tag, Mrs Lawrence. Ich habe Amber nur geholfen …«, verstohlen blickt er auf das Buch in meiner Hand, »*Das verlorene Paradies* zu finden.«

Sie seufzt verärgert und streicht sich eine Locke aus der Stirn. »Mr Cunningham … Die Bibliothek ist zum Lernen da. *Nur* zum Lernen.«

»Wir waren gerade dabei, etwas Ernsthaftes zu lernen«, murmelt er und versucht, sich ein Grinsen zu verkneifen.

Ich hingegen kann es mir nicht mehr verkneifen. Ich breche in schallendes Gelächter aus und bekomme kaum noch Luft. Oh Gott, fühlt sich das gut an. Ich habe schon ewig nicht mehr so gelacht.

Meine nicht zu akzeptierende Reaktion bringt mir einen weiteren bösen Blick von Mrs Lawrence ein – und einen sehr verwunderten, wenn auch beeindruckten von Brock.

Ich nehme Brocks Hand und ziehe ihn an meinen Tisch, während ich die alles andere als begeisterte Bibliothekarin entschuldigend ansehe. »Pardonnez-nous. Brock est une influence mauvaise, peut-être, mais j'ai l'intention de le briser de cette. Nous allons aller avant et faire un peu de recherche *véritable*. Merci.«

Jetzt sieht sie komplett verwirrt drein. Brocks Gesichtsausdruck kann ich auch nicht anders beschreiben.

»Hast du gerade ... *Französisch* gesprochen?«, hakt Brock nach, als wir uns an meinen Tisch setzen. »Und was, zum Teufel, hast du gesagt?«

»Ja, das war Französisch.« Ich grinse und hole einen Block aus meiner Tasche. »Ich habe etwas über deinen schlechten Einfluss gesagt und dass ich vorhabe, dich auf den rechten Weg zu bringen. Woher weißt du, dass das Französisch war?«

Glucksend schüttelt er den Kopf. »Ich kenne das Wort *merci*, aber da hört das Verständnis dieser Sprache in meinem Sportlerhirn auch schon auf.«

Ich muss lachen. Sein Humor gefällt mir.

»Jetzt hast du meine Neugier definitiv entfacht. Ich will sehen, wie dieser Französisch sprechende Mund Twizzlers isst.« Er schenkt mir ein unwiderstehliches Lächeln, lehnt sich zurück und verschränkt die Arme. »Das ist verdammt sexy.«

»Sexy? So habe ich das noch nie gesehen. Ich hätte eher gedacht, dass es den versteckten Langweiler in mir hervorruft.«

»Das kannst du ruhig glauben. Und an dir ist wirklich

nichts langweilig. Selbst wenn es so wäre, wärst du eine verdammt sexy Langweilerin.« Er nimmt die Twizzlers vom Tisch, öffnet die Packung und reicht mir eins. »Und jetzt fang schon an zu essen. Der *Sportler* dir gegenüber will das unbedingt sehen.«

Ich muss über den Witz grinsen, der anscheinend schon ein Running Gag zwischen uns ist. Ich beiße ein kleines Stück ab und beobachte ihn dabei, wie er mich beobachtet – mit einem Ausdruck sinnlicher Befriedigung.

»Wo hast du Französisch gelernt?«, will er wissen.

Bei einer der verrückten Pflegefamilien, in der ich gelandet bin. Wenn ich eine Stunde verpasst habe, gab es kein Abendessen für mich. »In der Highschool«, lüge ich, noch nicht bereit, mich zu öffnen. »Woher wusstest du, dass ich hier bin?«

»Ich habe dich auf dem Parkplatz gesehen und bin dir gefolgt.«

»Du *stalkst* mich also?«

»Wenn du es so nennen willst, ja.« Er grinst mich verschmitzt an. »Kommst du damit klar?«

»Ich denke, nicht«, lüge ich, um nicht zuzugeben, dass ein Teil von mir damit sehr wohl klarkommt.

»Und ich denke nicht, dass ich damit aufhören kann«, kontert er und schenkt mir ein schiefes Grinsen. »Schön weiterkauen, Am-*Ber*. Die Show gefällt mir.«

Da ich unsicher bin, wie ich auf ihn reagieren soll, grinse ich wie eine Idiotin, und meine Wortgewandtheit wird mit jedem raffinierten Konter von ihm kleiner. Am liebsten würde ich ihm die Zähne ausschlagen dafür, dass er mich in meinem eigenen Spiel schlägt und mir das, was mir eigentlich so leichtfällt, so verdammt schwer macht – nämlich eine Konversation zu manipulieren. Aber ich kann ihm nicht die Zähne ausschlagen. Erstens sind seine Zähne von einem perfekten, schimmernden Weiß, und zweitens ist er einfach zu umwerfend, als dass man ihm physischen Schaden zufügen könnte. Sportler hin oder her, Klugscheißer oder nicht, dieser nette Junge hat es genauso faustdick hinter den Ohren wie die anderen. Ich kann es sehen, kann seine wunderbar dreckige Ausstrahlung riechen. Mein Instinkt sagt mir, dass er sich dessen bewusst ist und dass ich bald herausfinden werde, was ihn so hart macht.

Ich grinse weiter wie ein jungfräulicher Kobold, gehorche seiner Anweisung und beiße noch ein Stück von meinem Twizzler ab. Dabei frage ich mich, wie lange es noch dauern wird, bis er mir seine geheimen Dämonen zeigt.

»Hast du für heute Nachmittag schon etwas Aufregendes vor?«, fragt er mich mit gespielt neugierigem Gesichtsausdruck.

»Vielleicht«, lüge ich erneut. Okay, wenn man es als aufregend betrachtet, zu lernen, bis die Augen bluten, dann ist es vielleicht gar keine Lüge.

»Moment. Hast du gerade gesagt, dass du beim Footballfeld vorbeikommst und mir beim Training zusiehst?«

»Äh, nein.« Ich muss lachen. »Das muss der kleine schizophrene Mann in deinem Kopf gesagt haben.«

»*Nichts* an meinem Körper ist klein. Lass mich das gleich mal klarstellen.« Seine Augen blitzen fröhlich auf, als ich meinen Kopf schüttle. »Ich habe definitiv gehört, wie du es gesagt hast. Außerdem weiß ich, dass du mich in meiner Footballmontur sehen willst. Du bist neugierig. Das sehe ich.«

»Ach, wirklich?«, frage ich trocken.

»Jawohl, Madame. Schweiß. Aufbrausende Hormone. Ich, wie ich einen anderen Kerl fertigmache. Das hat etwas. Gib es zu.«

Das hat wirklich etwas. Obwohl ich eine doppelte Wurzelbehandlung einem für mich tödlich langweiligen Nachmittag auf dem Footballfeld jederzeit vorziehen würde, muss ich zugeben, dass ich schon ein klein wenig neugierig darauf bin, wie Brocks sowieso schon hübscher Hintern in dieser engen Sporthose aussieht. Aber da es draußen gefühlte hundert Grad sind, verliert die Idee schnell an Attraktivität.

»Ich muss lernen«, sage ich und nehme ein zweites Twizzler aus der Packung.

Er neigt seinen Kopf zur Seite und fixiert mich mit seinen algengrünen Augen. »Da muss ich dich wohl ein bisschen mehr in Versuchung führen.«

»Du denkst, du hast mich in Versuchung geführt?«, erwidere ich erstaunt und amüsiert von seinem Selbstvertrauen.

Er reibt eine Hand über seinen Nacken und lacht leise. »Ich dachte, das hätte ich vielleicht mit der Packung Twizzlers geschafft.«

Sein Blick hängt an meinen Lippen, und das verschmitzte Grinsen auf seinem Gesicht lässt meinen Widerstand schmelzen. Es bereitet mir eine Art süße Angst. Die unausweichliche Wahrheit ist … ich denke, es gefällt mir.

Ich stütze meine Ellbogen auf den Tisch und falte die Hände unter meinem Kinn. »Und wie gedenkst du, mich noch mehr in Versuchung zu führen, als du es deiner Meinung nach sowieso schon getan hast?«

Brock steht auf, und ich muss meinen Kopf nach hinten legen, um in sein Gesicht zu sehen. »Das ist einfach.« Er berührt mich leicht an der Wange, und mir stockt der Atem. »Ich werde jede Folge *Happy Days* mit dir anschauen und immer der nette Typ sein, der dir Twizzlers bringt.«

Dann geht Brock erneut davon, ohne ein weiteres Wort zu sagen. Mein verlassenes Herz schlägt irgendwo zwischen Neugier und großer Angst vor etwas, das ich so gut wie noch nie erlebt habe.

Menschliche Wärme.

Ich habe mich zwar danach gesehnt, aber sie nie bekommen. Ich bin ausgetrocknet wie eine Wüste, die nach dem kleinsten Wassertropfen eines vorbeiziehenden Sturms lechzt. Zugegeben, in kleinen Dosen habe auch ich menschliche Wärme gespürt, aber meistens von Menschen, die Hintergedanken dabei hatten – meine Eltern eingeschlossen.

Die Menschen, die mich vor alles andere stellen sollten.

Die Menschen, die ihr Leben dafür geben sollten, damit ich ein sorgenfreies führen kann.

Die Menschen, denen mein Lachen wichtiger sein sollte als eine dreckige Nadel.

Nach ihrem Tod kam ich in verschiedene Heime, in denen einem Wärme, Liebe und Anerkennung vor die Nase gehalten wurde wie ein fleischiger Knochen vor einen hungrigen Hund.

Ein Fetzen von tagealtem Essen für eine Seele, die nach Nahrung lechzt.

In diesen Heimen wurde ich physisch geschlagen, psychisch vergewaltigt und allem beraubt, außer den bösen Erinnerungen an ein Leben, dem ich unbedingt entkommen wollte. Egal, wie schlecht die Erinnerungen an meine Eltern auch waren, sie wurden zum Einzigen, an das sich mein Gehirn verzweifelt klammerte, als das neue Chaos das alte Leben ersetzte.

Das, was ich für die Hölle gehalten und letztendlich zurückhaben wollte.

Es ist schon lustig, wie vielschichtig unser Verstand funktioniert und die zwei Hauptcharaktere unserer Psyche miteinander im ewigen Konflikt stehen. Eine Seite will uns weismachen, dass sie unser Retter in der Not ist. Die andere bereitet uns darauf vor, die Rolle zu spielen, die wir nie spielen wollten: die unseres größten Feindes.

Bei meinen letzten Pflegeeltern Cathy und Mark erfuhr ich zum ersten Mal, wie es ist, gewollt und gebraucht zu werden. Hier kam ich zum ersten Mal mit menschlichen Gefühlen in Berührung.

Aber ihr Sicherheitsnetz kam zu spät und konnte mich nicht mehr vor meinen alten Angewohnheiten retten. Ich schotte mich weiter ab, zerstöre mich selbst mit einem Mann nach dem anderen und benutze Sex als Entgiftung fürs Gehirn. Sex gibt mir immer das Gefühl von Kontrolle und bietet mir einen versteckten Unterschlupf, der mich vor den dunklen, leeren Abgründen meiner zerrissenen Seele schützt. Seit ich vierzehn war, habe ich Sex auf eine Art und Weise benutzt, geliebt, ersehnt und gehasst, wie es sich die meisten Menschen kaum vorstellen können. Es würde ihr Weltbild zerstören. Ich habe Sex gegeben, ohne auch nur irgendetwas für die andere Person zu empfinden, und ich habe Sex von denjenigen genommen, die mir nichts anhaben konnten.

Mit der Angst in den Knochen, etwas Richtiges, Echtes und Gesundes erfahren zu können, stürme ich aus der Bibliothek. Die einzige Welt, die ich bisher kannte, könnte durch das wunderbare Chaos eines Jungen aus den Fugen gerissen werden, der mir in zwei Sekunden mehr versprochen hat, als jeder andere es jemals getan hat.

Was für ein bittersüßes, verzerrtes Paradox …

4 Amber

Meine Finger umklammern den Zaun des Footballfeldes. Der Klang von aneinanderschlagenden Helmen, tiefe, kehlige Laute und ein Geräusch, das sich anhört, als würden Knochen brechen, dringen in mein Ohr. Mir tut der Kerl leid, der am unteren Ende des Haufens liegt. Ich blinzle mit den Augen und beobachte eine Horde schwitzender Athleten, die sich gerade entwirren. Zu meiner Überraschung ist der Kerl ganz unten niemand anderer als der Süßigkeiten verschenkende Captain: Brock Cunningham.

Als ob ihm das Gewicht eines Elefanten nichts ausmachen würde, von dem er sich gerade befreit hat, steht Brock auf und hält den Football sicher zwischen seinem muskulösen Unterarm und der breiten Brust. Er nimmt seinen Helm ab, schickt ein abfälliges Grinsen in Richtung der Herde, wirft den Ball zum Quarterback und fährt mit einer Hand durch sein Haar. Es tropft vor Schweiß, und die normalerweise aschblonde Farbe ist jetzt dunkelbraun.

Ich beiße mir auf die Lippen und wünschte, meine Finger könnten es anfassen, packen und daran ziehen. Vorzugsweise während wildem Sex.

»Zum Teufel mit dir, Cunningham«, ruft ein bulliger Seitenspieler. »Jetzt krieg ich dich, du Pussy.«

»Aber nur, wenn dein fetter Arsch schnell genug ist«, erwidert Brock und setzt seinen Helm wieder auf.

Der Bulle schnauzt irgendetwas zurück, zeigt Brock den Mittelfinger und schlägt sich – in feinster Höhlenmenschenmanier – auf die Brust. Ich verdrehe die Augen und bete zu Buddha, Allah, Jehova und zu welchem Gott auch immer, dass Brock diesen Idioten fertigmacht.

»Na komm schon, du Arschloch«, spottet Brock, als sie wieder auf ihre Positionen gehen. »Hey, ich habe eine Idee. Stell dir einfach vor, die Lippen deiner Mutter hingen an meinem Schwanz, während du mir hinterherläufst. Vielleicht hilft das.«

Das gesamte Team, Brocks Widersacher ausgenommen, bricht in schallendes Gelächter aus. Nachdem der Bulle ein Knurren loslässt und der Quarterback ein paar Nummern ausruft, ist Brock schnell auf und davon und rennt im Zickzack über das Feld, während er dem Bullen und seinen Mitspielern ausweicht.

Mit der Präzision eines NFL-Spielers passt der Quarterback den Ball über das ganze Feld. Ich halte den Atem an und beobachte, wie der sich drehende Ball durch die stickige Luft saust. Brock hält an, wirbelt herum, und der Ball knallt ihm direkt auf die Brust. Ohne besondere Anstrengung hält er ihn fest. Kurz bevor ihn zwei Spieler der anderen Mannschaft erreichen – keiner von beiden ist der Bulle –, dreht Brock sich um und sprintet ans Ende des Feldes, wo er einen astreinen Touchdown hinlegt.

Jubelschreie der Cheerleader, die ebenfalls gerade mitten im Training sind, zerreißen die Luft. Ich kann meine eigene Begeisterung nicht zurückhalten und kreische etwas unaufdringlicher als die kleinen Groupies der Mannschaft. Ich stehe direkt hinter dem Zaun, an dem Brock seinen unglaublichen Touchdown hingelegt hat. Es sollte mich also nicht überraschen, dass er meinen lächerlichen Schrei gehört hat. Tut es aber, und mir rutscht das Herz in die Hose, als er mit seinem hübschen Hintern in meine Richtung joggt.

Er nimmt seinen Helm ab und schenkt mir ein sexy Lächeln, das mich dahinschmelzen lässt.

»Ah, sie ist gekommen«, sagt er triumphierend. Er legt seinen Helm zur Seite und steckt seine Finger durch den Zaun, um sie auf meine zu legen. »Und?«

»Und?« Ich starre in seine lachenden Augen und gebe meinen Fingern innerlich den Befehl, trotz seiner Berührung ruhig zu bleiben.

»Und, was denkst du?«

»Ich denke, dass es verdammt heiß ist.«

»Ich weiß bereits, dass du *mich* verdammt heiß findest«, sagt er und schnalzt mit der Zunge.

Ich schüttle den Kopf und versuche, das Verlangen, diese Lippen zu küssen, das mit jedem Atemzug größer wird, loszuwerden.

Mit einem breiten Grinsen bringt er sein Gesicht noch näher an den Zaun. »Jetzt reiß deine Gedanken los von mir, und versuch, dich auf das Spiel zu konzentrieren, das gerade stattgefunden hat. Ich weiß, das ist schwer, aber ich bin mir sicher, du hast es drauf.«

»Es ist sogar ziemlich unmöglich, aber ich werde mein Bestes geben.« Ich stoße ein gespielt verträumtes Seufzen aus.

Brock schmunzelt amüsiert.

»Jetzt mal im Ernst, es war großartig«, fahre ich fort. »Das Zusammenspiel zwischen dir und dem Quarterback war der Hammer.«

»Danke, Twizzler-Mädchen.« Er tippt mir auf die Nase. »Ryder und ich sind richtig gut darin.«

»*Ryder* ist der Quarterback?« Ich kann den Schock in meiner Stimme hören, als ich meine Aufmerksamkeit auf die Seitenlinie richte.

Obwohl er umgeben ist von nach Aufmerksamkeit lechzenden Cheerleadern, die ihn förmlich anbetteln, seine nächste Hure sein zu dürfen, schafft es Ryder trotzdem, meinen Blick übers ganze Feld zu erwidern. Genervt, aber auch fasziniert von ihm, weiche ich seinem Blick aus. Ich weiß nicht, warum ich auf ihn so reagiere. Vielleicht erinnert er mich zu sehr an mich selbst.

Wir sind beide zerbrochene Seelen.

Innerlich muss ich lachen über die Art, wie manche Mädchen sich ihm so ungeniert an den Hals werfen, dass es die ganze Welt sehen kann. Ich bin eine stille Hure, eine andere Sorte, die schockierende Art. Ich bin eine Hure, die ein Kerl mit nach Hause zu seiner Mutter nehmen kann, denn sie wird mir nicht anmerken, dass ich den Samen ihres kleinen Lieblings besser schlucken kann als jede andere.

»Ich habe gar nicht gewusst, dass er noch etwas anderes spielt als die Rolle des arroganten Arschlochs.«

»Ich bin auch arrogant«, sagt Brock achselzuckend.

»Das stimmt.« Ich nicke und tippe *ihm* auf die Nase. »Aber auf eine andere Art und Weise.«

»Scheiße, du denkst, ich bin arrogant?«, fragt Brock erschrocken.

»*Du* hast doch gerade gesagt, dass du arrogant bist«, sage ich und kichere ein bisschen verwirrt. »Willst du mir gerade beweisen, dass in deinem arroganten Kopf tatsächlich ein kleiner, schizophrener Mann lebt?«

Er grinst. »Ich bin wirklich *nicht* arrogant, aber *vielleicht* habe ich in meinem Kopf einen kleinen Mann, der zu mir spricht.«

»Ich wäre geschockt, wenn es nicht so wäre.«

»Willst du wissen, was er gerade zu mir sagt?«, flüstert er.

»Ich kann nicht leugnen, dass ich ein bisschen Angst davor habe, was er zu dir sagt. Aber ihr beide habt meine Neugier geweckt. Also los.«

»Er besteht darauf, dass du dir den Rest des Trainings ansiehst, dann ein paar Minuten wartest, bis ich geduscht habe, und dann mit mir eine kleine Spritztour machst.«

»Ts, ts. Noch kein Date, Cunningham. Du hast es schon ziemlich weit geschafft, aber eben noch nicht ganz.«

Einige seiner Mannschaftskollegen rufen ihn vom anderen Ende des Spielfelds aus. Ohne seinen Blick von mir abzuwenden, hebt Brock einen Finger und signalisiert ihnen zu warten. »Es ist kein Date. Es ist nur eine Spritztour, Amber.«

»Eine Spritztour kann zu einem Date führen.«

»Und ein Tanz kann zu einem Kuss führen«, erwidert er. »Und ein Kuss kann zu einer Beziehung führen. Ein reicher Sack kann zum Tellerwäscher werden. Verstehst du, worauf ich hinauswill, Süße?«

Ich ziehe meine Hände vom Zaun zurück. »Ja, das verstehe ich. Aber trotzdem, ich habe dir gesagt, du musst dich anstrengen, um mich zu erobern.«

»Dann gib mir die Chance, mich anzustrengen«, beschwört er mich mit stechendem Blick. Seine Mannschaftskollegen legen noch einen drauf und rufen seinen Namen im Chor.

Ich blicke zu der lärmenden Meute und sehe Ryder. Mit auf die Knie gestützten Ellbogen sitzt er auf einer Bank und sieht Brock und mich an wie ein hungriger Falke, der seine nächste Beute ausmacht. Unsere Blicke treffen sich für einen langen Moment zu einer Art Kräftemessen. Dann konzentriere ich mich wieder auf Brock und beiße mir auf die Lippen. Meine ungesunde Angst davor, mich zu verlieben, und das Misstrauen, das mein gefrorenes Herz einschließt, lassen mich zögern.

»Leg deine Hände wieder auf den Zaun.« Mit einem sanften Lächeln streckt Brock mir seine entgegen. »Komm schon. Ich verspreche, ich beiße nicht.«

Nach einem kurzen Moment des Überlegens tue ich, was er sagt. Als seine Finger meine berühren und sie langsam umschließen, muss ich mich daran erinnern weiterzuatmen.

»Etwas an dir fühlt sich … richtig an, so natürlich«, sagt er mit weicher und ruhiger Stimme. »Ich kann es nicht erklären. Ich weiß nur, dass du irgendwie anders bist. Auf eine gute Art und Weise. Und das gefällt mir. Ich hätte gern etwas anderes in meinem Leben. Du kannst dir nicht vorstellen, wie gern.« Er zuckt mit den Achseln und blickt mir in die Augen, als ob er meine Gedanken lesen könnte. »Mein Herz ist nicht weniger verwundbar als deines. Glaub mir. Aber wenn du denkst, du hast nichts, dann hast du doch auch nichts zu verlieren, oder? Gibt dir einen Ruck und sei für mich … das andere.« Er blickt auf den Boden und dann wieder zu mir. Sein Atem stockt, und er wirkt nervös. »Mach nach dem Training eine Spritztour mit mir, Amber.«

Ich habe noch nie so viele verwirrende Gefühle gleichzeitig gehabt. Und ich war noch nie so sprachlos. Worte, Gefühle, Erinnerungen, Instinkt, Angst, Verlangen, Adrenalin, Lust und Besorgnis treffen wie scharfe Klingen in meinem Kopf aufeinander. Meine armselige Vergangenheit gehörte immer nur mir. Ich konnte sie vor dem Rest der Welt verstecken. Und ob er es weiß oder nicht, Brock verlangt von mir, sie vor ihm auszubreiten. Er wird Fragen stellen und Antworten wollen. Wenn ich nicht antworten kann, wird er nicht mehr denken, dass ich auf eine gute Art und Weise anders bin. Dann wird er erkennen, dass ich in Wahrheit ein Freak bin. Ein Freak, dem er lieber nie begegnet wäre.

Aber obwohl alles in mir schreit, ich solle davonlaufen so schnell, wie ich es noch nie getan habe – wenn ich Brock in die Augen schaue, kommt es mir so vor, als zöge mich ein Magnet genau zu diesem Punkt, zu diesem Moment, zu genau dieser Sekunde im Leben. Eine innere Uhr tickt. Das klackende Geräusch des Pendels in meinen Ohren erinnert mich daran, dass mir die Sekunden, die Minuten, die Stunden, die Tage, die Wochen, die Monate und die Jahre davonlaufen. Jeder hat eine bestimmte Zeit zum Leben bekommen, und mir bleibt nicht mehr viel davon übrig, es zu einem guten Leben zu machen.

Ich bin am Ende und habe nichts mehr zu verlieren. Also nicke ich. »Okay.«

»Wirklich?«, fragt Brock in einer Mischung aus Schock und Unsicherheit.

Wieder nicke ich.

»Danke.« Ein kleines Lächeln umspielt seine Mundwinkel, und seine sanfte Stimme ist eine Wohltat. »Du weißt hoffentlich, dass ich dich jetzt küssen würde, wenn du nicht hinter diesem Zaun stündest, oder?«

Ich ziehe eine Augenbraue nach oben. »Und du weißt, dass ich dich vielleicht nicht lassen würde, oder?«

Er tippt mir wieder auf die Nase und nimmt seinen Helm. »Ich denke, das wird die beste Spritztour meines Lebens.«

»Schon möglich«, sage ich und gehe zurück zur Tribüne. Während Brock zurück zu seinen Teamkollegen läuft, hat er ein Grinsen im Gesicht, das eine Millionen Fotos wert wäre.

Meine Nerven sind total am Ende, und als ich auf die Tribüne klettere und mir einen Platz unter dem Dach suche, habe ich trotzdem das Gefühl, die Sonne verbrennt mir das Fleisch auf den Knochen. Das Dach bietet kaum Schutz vor der Hitze, aber es ist besser als gar nichts. In Anbetracht der Tatsache, dass ich an diesem Nachmittag nicht mehr viel zum Lernen kommen werde, ziehe ich *Das verlorene Paradies* aus der Tasche. Bevor ich auch nur drei Worte lesen kann, höre ich ein Kichern und Schritte, die auf mich zukommen. Ich blicke auf und erkenne in einer der Cheerleaderinnen, die in meine Richtung gehen, die Tussi, die nach mir den Platz in Ryders Schoß eingenommen hat – an dem Tag, als er beschlossen hat, mich zu … *verschlingen*.

»Na toll«, murmle ich. Sie legt es darauf an, einen Streit mit mir anzufangen. Ryder hat zwar gesagt, sie sei nur eine flüchtige Bekannte, aber Mädchen wie sie können sich in so einen Quatsch richtig reinsteigern.

Mit einer perfekten Stupsnase, hüftlangem, champagnerfarbenem Haar und vollen Lippen, für die sie jedes andere Mädchen töten würde, könnte sie in der Tat ein Supermodel sein. »Amber?«, sagt sie mit engelsgleicher Stimme und streckt mir eine perfekt manikürte Hand entgegen. »Ich bin Hailey Jacobs. Ich habe schon … eine Menge über dich gehört.«

Ich nehme ihre Hand und bin überzeugt, dass sie irgendetwas vorhat. Ich kann es an dem süßlichen Ton ihrer Stimme hören, in ihren Augen sehen, die leicht zusammengekniffen sind, und an der Art und Weise fühlen, wie sie meine Hand ein bisschen zu fest drückt.

»Hallo, Hailey Jacobs.« Meine Stimme klingt mehr als zuckersüß. »Komisch, über dich habe ich noch gar nichts gehört.«

Hailey kneift ihre Augen noch fester zusammen. Sie hält genauso viel von mir wie ich von ihr. Sie wendet sich ab und schickt ihre rothaarige Freundin, die genauso schnöselig und hochnäsig aussieht, leise weg. Haileys Schoßhündchen wirft mir ein Lächeln zu, bei dem sie mir all ihre Zähne zeigt, und lässt mich damit wissen, dass sich mich bluten sehen will. Dann dreht sie sich auf dem Absatz um und wackelt mit ihrem niedlichen, kleinen Hintern zurück zu den anderen Footballspieler anhimmelnden Tussen.

Hailey wendet sich wieder mir zu mit dem unechtesten Lächeln im Gesicht, das ich je gesehen habe. »Du triffst dich also mit Brock Cunningham?« Sie blickt mich neugierig an.

»Nicht, dass es dich etwas angehen würde, aber ja, ich mache mit ihm nach dem Training eine Spritztour.«

Ihre glänzenden Lippen verziehen sich nur kurz zu einem Schmollmund, aber lang genug, um mich wissen zu lassen, dass die beiden irgendeine gemeinsame Vergangenheit haben müssen. »Brock ist nicht der, der er vorgibt zu sein.« Sie lässt ihre Kaugummiblase nur Zentimeter vor meiner Nase platzen. »Er ist nach außen hin charmant und versteckt damit das, was darunterliegt. Du wirst bald feststellen, was ich meine. Aber er hat es drauf, stundenlang wie wild zu ficken, und irgendwie habe ich das Gefühl, das ist genau das, was du willst. Du dreckige Schlampe.«

Sie blickt aufs Spielfeld zurück, wo Brock sich gerade seine Trainingstasche über die Schulter wirft und in Richtung Umkleiden läuft. Dann sieht sie mich wieder mit ihren Schlangenaugen an und hat ein spöttisches Grinsen auf den Lippen. »Er wird mit dir eine Spritztour machen, das ist sicher. Und wenn er mit dir fertig ist, wird er dich fallen lassen, genau wie alle anderen.«

»Du meinst, er wird mich fallen lassen, wie er es mit dir getan hat?«, zische ich und bin von der Dreistigkeit dieser Schlampe schockiert. »Das ist es doch, worüber du redest, oder? Irgendetwas sagt *mir* nämlich, dass da eine verbitterte Exfreundin spricht. Eine verbitterte Exfreundin, die jetzt Amok läuft, weil sie einen Kerl verloren hat, der stundenlang wie wild ficken kann.«

Ihr klappt kurz die Kinnlade herunter, was mir beweist, dass ich sie getroffen habe.

Ich bin noch nicht ganz fertig und fahre fort: »Ich will dir etwas sagen, Hailey Jacobs. Ich bin froh, dass Brock wie wild ficken kann, denn sonst würde er mich langweilen, und ich würde *ihn* fallen lassen. Nur um sicherzugehen, werde ich ihm ein paar neue Tricks zeigen, die du dir nicht einmal im Traum vorstellen kannst. Während du also mit deinen glitzernden Pompons von einem Spielfeldrand zum anderen rennst, werde ich den Captain des Footballteams ficken, und zwar so, wie es zuvor noch keine andere getan hat. Ich bezweifle, dass ich dafür fallen gelassen werde.«

Mit weit aufgerissenen Augen und gerümpfter Nase baut sie sich vor mir auf. »Leck mich doch!«

Ich versuche, mir ein Lachen zu verkneifen, zucke mit den Achseln und widme mich wieder meinem Buch. »Ich bin offen für alles, Süße. Man hat mir sogar mal gesagt, dass ich wunderbar lecken kann. Nenn mir einfach Zeit und Ort.«

Obwohl ich bis jetzt die Seiten noch nicht gewechselt habe – mir aber alle Optionen offen halten möchte –, verfehlt diese kleine Lüge ihre Wirkung nicht. Sprachlos dreht sich Hailey auf dem Absatz um und stolziert die Treppen hinunter, ohne mich eines weiteren Blickes zu würdigen. Während sie zu ihrer Clique zurückgeht, wird mir bewusst, dass dieser Tag weitaus spannender zu werden scheint, als ich es mir vorgestellt hatte.

»Na gut, du musst mir zwei Fragen beantworten«, sage ich zu Brock, als wir auf der I-68 in Richtung Westen fahren.

»Alles, was du wissen willst.«

»Erstens: Wohin fahren wir?«

»Das ist ein Geheimnis.«

»Hey«, schmolle ich. »Du hast gesagt, du beantwortest alles, was ich wissen will.«

»Ich habe meine Meinung geändert.« Lächelnd legt er seine Hand in meinen Nacken und massiert mich. Ich muss mich zusammenreißen, damit ich nicht vor lauter Wohlbehagen die Augen schließe. »Was ist die zweite Frage?«

Ich räuspere mich und versuche, meine Fassung wiederzuerlangen. »Wie kann sich ein Kerl mit einundzwanzig …«

»Zweiundzwanzig«, korrigiert er mich. »Bald dreiundzwanzig.«

Ich seufze. »Okay. Wie kann sich ein Kerl in deinem Alter einen 2014er-Hummer leisten? Noch dazu einen, der so aufgemotzt ist.«

Er zuckt mit den Schultern. »Meine Eltern sind zwei der bekanntesten Rechtsverteidiger in Maryland. Und sie teilen ihren Wohlstand mit ihren Kindern.«

»Du hast Geschwister?«

»Ja.« Er biegt auf die Route 219 ab. »Eine ältere Schwester.«

»Aaahh … du bist das Nesthäkchen.«

»Du brauchst gar nicht so zu tun. Es war die Hölle, mit ihr aufzuwachsen.« Er grinst mich von der Seite an. »Zwischen Kämpfen ums Telefon und das Badezimmer und dazu ihre … allmonatliche Besucherin hatte ich schon fast den Verstand verloren, bevor ich in die Pubertät kam.«

Ich kichere und kann ihn verstehen.

Nach einer Weile lehne ich meinen Kopf entspannt ans Fenster und betrachte die Landschaft, die sich in üppiges Grün verwandelt. Schmale Streifen des blauen Himmels sind vor einer Bergkulisse durch die Bäume zu sehen. Für den Bruchteil einer Sekunde durchflutet mich ein Gefühl von Frieden, etwas, das ich nicht gewohnt bin. Noch bevor ich mich mit dem fremden Gefühl vertraut machen kann, wird meine Aufmerksamkeit durch Gitarrenklänge eines Songs, den ich schon seit Jahren nicht mehr gehört habe, von der Schönheit der Natur abgelenkt.

Ich muss schlucken, und mein Körper wird sofort von unliebsamen Erinnerungen durchströmt. »Ist das im Radio oder deine persönliche Playlist?«, frage ich mit zittriger Stimme.

Brock hält sein Handy hoch. »Das ist meine Playlist bei Spotify.« Zögerlich lächelt er mich an. »Mach schon, sag es.«

»Was soll ich sagen?«, frage ich verwirrt.

»Dass ich total verrückt bin, Ray LaMontagne zu hören.«

»Nein, überhaupt nicht. Ich liebe ihn. Ich bin mit seinen Liedern aufgewachsen.« Die unvergesslichen Worte von *Lesson Learned* hallen in meinen Ohren wider, und Rays rauchige Stimme fühlt sich so vertraut an wie ein bequemer Pulli. »Mein … mein Vater hat das immer gespielt.«

»Gespielt?« Brock biegt auf eine karge Schotterstraße ab,

und ich ahne schon, was er gleich fragen wird. »Ist er Musiker?«

Scheiße. Ich hätte meinen Mund halten sollen. Aber ich musste einfach fragen. Ray LaMontagne ist ein Künstler, den nicht viele meiner Generation gut finden. Ein weiterer Grund, warum meine Altersgruppe nervt. Sie würden gute Musik nicht einmal erkennen, wenn man sie in ihre Köpfe pflanzen würde. Auch wenn Brock Cunningham sich dessen nicht bewusst ist, er hat es gerade geschafft, sich durch sein Anderssein in mein Herz zu schleichen.

»Also, wo sind wir hier? Wir sind ja mitten im Nirgendwo.« Ich zeige mit der Hand auf irgendetwas oder nichts in der Umgebung. Um uns herum gibt es nur Natur. Während ich versuche, das Thema von meinem Vater abzulenken, kommen mir die schlimmsten Horrorfilmszenarien in den Sinn. »Sag mir bitte, wo du mich hinbringst.«

Die Ablenkung hat geklappt. Brock grinst und deutet auf ein großes Schild mit der Aufschrift »Deep Creek Lake«.

Oh. »Ein See?«

»Nicht nur irgendein See.« Er stoppt das Auto vor der atemberaubendsten Schöpfung der Natur, die ich je gesehen habe. »Es ist der größte und tiefste See in ganz Maryland.«

»Wahnsinn.« Ich springe aus dem Hummer heraus, drehe mich mit weit ausgebreiteten Armen im Kreis und atme die frische Luft ein. Als ich wieder stehen bleibe, frage ich ihn neugierig: »Hast du zufällig Angeln dabei?«

»Warum? Jetzt sag nicht, dass du angelst.« Brock steigt aus dem Auto aus. »Wenn das nämlich so ist, dann bist du mit Abstand das coolste Mädchen, das ich jemals kennengelernt habe.«

Ich verbeuge mich galant. »Gestatten, hier ist das mit Abstand coolste Mädchen, das du jemals kennengelernt hast. Angeln ist eine meiner Leidenschaften.«

»Im Ernst, Miss Moretti?« Er lächelt beeindruckt. Dann

öffnet er den Kofferraum und holt nicht nur eine Kühlbox, sondern auch zwei Angeln und einen Angelkasten heraus.

»Würdest du bitte aufhören, mich Miss Moretti zu nennen?« Ich verdrehe die Augen, da mir dieses Getue langsam auf die Nerven geht. »Und hast du immer eine Kühlbox dabei?«

Nachdem er den Kofferraum geschlossen und die Sachen auf den Boden gestellt hat, lächelt er mich amüsiert an und lehnt sich an die Autotür. »Nein, aber ich hatte so ein Gefühl, dass ein spezielles hübsches Mädchen beim Training auftauchen würde. Und ich hatte auch so ein Gefühl, dass dieses spezielle hübsche Mädchen danach mit mir eine Spritztour machen würde. Ich war also vorbereitet.«

Ich schüttle den Kopf und muss lachen.

»Und du magst es also nicht, wenn ich dich Miss Moretti nenne?«

Ich zucke mit den Schultern und lehne mich auch an das Auto. »Vielleicht, wenn ich kurz vor der Rente stünde.«

»Abgemacht.« Er rückt zu mir heran, und seine Hüfte berührt kurz meine. »Ich werde dich nicht mehr Miss Moretti nennen. Aber ich liebe es, coolen, hübschen Mädchen mit einer Vorliebe fürs Angeln Spitznamen zu geben.«

»Ach ja?«, sage ich mit dünner Stimme. *Oh Gott.* Er ist so umwerfend schön, so rau und kräftig, so hart und weich.

Er stößt erneut mit seiner Hüfte gegen meine und sein Atem strömt über meinen Nacken, als er seinen Kopf zu meinem Ohr hinunterbeugt. »Ja«, sagt er mit verführerischer Stimme. Der Blick in seinen Augen bringt meinen Widerstand zum Bröckeln. Ein sanftes Lächeln umspielt seine Lippen. »Und ich habe beschlossen, mein Spitzname für dich ist … Ber.«

»*Ber*?« Mir stockt der Atem, als er sich vor mich stellt und seine Hände über mir gegen den Hummer stemmt. »Jetzt bist du aber ein Klugscheißer.«

»Warum? Abgesehen davon, dass ich nie die süße Verlegenheit in deinem Gesichtsausdruck vergessen werde, den du hattest, als du es gesagt hast, finde ich, es passt zu dir. Ich fand es schon an dem Tag, an dem wir uns getroffen haben, schön. Also werde ich es einfach einführen.« Sein Grinsen wird breiter, und das Feuer in seinem Blick fesselt mich. »Das wird unser privater kleiner Scherz sein. Du magst ihn vielleicht jetzt noch nicht, aber ich werde dafür sorgen, dass du mich noch anflehen wirst, dich so zu nennen.«

»So, das denkst du?« Jede Zelle meines Körpers rebelliert und explodiert fast im Kampf um Selbstkontrolle. Aber es funktioniert nicht. Dieser verdammt gut aussehende Mann vor mir lässt den Kampf vergebens sein. Er raubt mir jegliche Gegenwehr, lässt meine Knie zittern und löst mein mir selbst gegebenes Versprechen, mich niemals derart gehen zu lassen, in Luft auf. »Ich wäre mir da an deiner Stelle nicht so sicher.«

»Und ich wäre mir nicht so unsicher … Ber.«

Brocks Lächeln verwandelt sich in einen so unbeschreiblich männlichen, leidenschaftlichen und ursprünglichen Ausdruck, dass ich ihm jeden Zentimeter meines Körpers offenlegen will – emotionale Narben eingeschlossen. Sein Blick schwankt zwischen meinen Lippen und meinen Augen. Sein Atem wird zusammen mit meinem schneller, als er seinen Kopf runterbeugt und die Seite meiner Nase mit seiner streift. Mein Rücken ist an das heiße Fahrzeug gepresst, und ich versuche, meine Gedanken zu ordnen. Aber es gelingt mir nicht. Sie sind in diesem Moment gefangen. Verlangen macht sich zwischen meinen Hüften breit und wird noch stärker, als Brock meinen Mund fast mit seinen Lippen berührt.

Aber das ist alles.

Ehe ich mich versehe, sind seine Lippen plötzlich an meinem Ohr, und sein Flüstern erregt meine Sinne. »Bist du bereit zum Angeln, Ber?«

Enttäuschung macht sich breit, als er sich langsam von

mir zurückzieht und die Angelausrüstung auf die Kühlbox packt. Ich lächle ungerührt und versuche, meinen zitternden Körper wieder unter Kontrolle zu bringen. Mir schlägt das Herz bis zum Hals, und ich kann nicht anders als einfach nur nicken.

Brock blickt mich aufmerksam an, und bei jedem Schritt, den wir auf einen ergrauenden, alten Holzsteg zu machen, wächst die Belustigung in seinen Augen. Ich gehe zum Rand und schaue über das Wasser. Der See ist riesig, keine Ende in Sicht. So weit meine Augen blicken können, nur unberührtes Wasser mit kleinen Booten, Familien in Kanus und angelnden Menschen. Obwohl wir buchstäblich von Leben umgeben sind, befinden wir uns doch in unserer eigenen Welt, versteckt in einer privaten Bucht.

Ich atme tief durch und genieße die Sonne auf meiner Haut, während Brock alles herrichtet. Aber es ist glühend heiß hier draußen, und ich tue das, was ich für nötig erachte, um einem qualvollen Hitzetod zu entgehen. Ich kicke meine Schuhe von den Füßen und ziehe mir das T-Shirt über den Kopf, sodass ich nur noch mit roten Baumwollshorts und einem BH bekleidet dastehe.

Hinter mir höre ich, wie Brock sich räuspert.

Ich drehe mich um, und er starrt mich mit aufgerissenen Augen und offenem Mund an. »Halt. Ein BH ist auch nichts anderes als ein Bikinioberteil. Und abgesehen davon sagt mir eine kleine, schizophrene Frau in meinem Kopf, dass du schon jede Menge BHs gesehen hast.«

Er grinst und holt zwei Bier aus der Kühlbox. »Magst du eins?«

»Du gibst einem minderjährigen Mädchen Alkohol?« Ich nehme das eiskalte Heineken und halte es an meinen Hals. Die kurzfristige Abkühlung auf meiner Haut fühlt sich unglaublich gut an. »So ein böser, böser Junge!«

»Wie alt bist du?«, fragt er mit gespielt besorgtem Blick.

»Neunzehn, fast zwanzig.« Ohne Erfolg versuche ich, die Flasche zu öffnen.

Brock nimmt die Flasche und öffnet sie mit einem Flaschenöffner. Aber er gibt sie mir nicht mehr zurück. Stattdessen nimmt er einen langen Schluck und leert sie zur Hälfte, während er mich anstarrt.

»Hey, was soll das?« Ich schnappe mir die Flasche wieder. »Das war nicht cool, Cunningham. Das gibt einen Punkt Abzug.«

Er dreht sich um und rennt zum Hummer zurück. Dabei ruft er über seine Schulter: »Du bist also minderjährig, meine hübsche Ber. Aber das macht nichts. Ich habe immer noch ein paar Millionen Punkte übrig.«

»Klugscheißer«, murmle ich vor mich hin und beobachte, wie er die Fahrertür öffnet. Ich genieße den Anblick seines mit kurzer Hose bekleideten Hinterns, als er sich ins Auto beugt, um die Stereoanlage anzumachen. Dann ertönt aus den Lautsprechern »Good-Bye« von den *Nine Lashes*.

Brock lässt die Tür offen und rennt zurück zum Steg. »Wir brauchen Musik.«

Ich nicke zustimmend.

»Magst du die *Nine Lashes*?« Er knöpft sein Hemd auf, und sein Grinsen verrät mir, dass er mich jetzt mit seiner nackten Haut foltern wird.

Sporadisch nicke ich ein zweites und drittes Mal und muss nervös schlucken, als er seinen Körper aus den Klamotten befreit. Der Kerl macht mich fertig. Vielleicht muss ich meine Meinung überdenken und füge seinem wundervollen Körper doch noch Schaden zu. Er steht nur noch in Shorts und Turnschuhen da, und jetzt bin *ich* diejenige, die starrt. Ich bin mir auch ziemlich sicher, dass mein Mund offen steht und vielleicht sogar Sabber herausläuft. Was für eine peinliche Verschiebung des Gleichgewichts!

Seine Brust ist stählern und von der Mulde seines wunderbaren Halses bis zu dem köstlichen V zwischen seinen Hüften von schlanken Muskeln durchzogen. Er hat eine Brust, die man lecken kann, ohne dass sich die Zunge in lockigem Haar verfängt. Nicht dass er gar keine Haare auf der Brust hat, aber es ist genau die richtige Menge, die ein Mädchen wie ich zu schätzen weiß, während es die Brust mit Öl oder Schokolade einreibt. Als er sich umdreht und nach den Angeln greift, erhasche ich einen Blick auf ein Tattoo, das die obere Hälfte seines rechten Bizeps ziert: ein mit Stacheldraht gefesseltes Herz mit einem Totenkopf darin, dessen flammende Augen aus dem blutenden Organ hervorstechen. Er will mir eine Angel reichen. »Gut, ich auch.«

»Was?«, frage ich, während meine Augen sich nicht von seiner Brust lösen können.

Er legt seinen Finger unter mein Kinn und hebt meinen Kopf an, damit ich ihm ins Gesicht sehen muss. Ich atme aus, und mir wird bewusst, dass ich die ganze Zeit den Atem angehalten habe.

»Ich mag die *Nine Lashes* auch«, sagt er mit einem wissenden Grinsen. »Und Halt. Es ist nur eine Brust. Der kleine schizophrene Mann in meinem Kopf sagt mir, dass du schon jede Menge davon gesehen hast.«

»Ich habe sie nicht angestarrt«, rufe ich aus und reiße ihm die Angel weg.

»Wie du meinst.« Er lacht und hockt sich neben den Angelkasten.

Ich seufze und hasse es, dass er mich beim Starren erwischt hat.

Er blickt zu mir auf und hält einen hilflosen Wurm zwischen den Fingern. »Du gehst vielleicht gern angeln. Aber bist du auch bereit, dir dafür die Hände schmutzig zu machen?«

»Jeder muss einmal sterben, richtig?« Ich nehme den schleimigen Wurm und stecke ihn auf den todbringenden Angelhaken.

Ein beeindrucktes Grinsen umspielt seine Lippen. »Ja, du bist definitiv das coolste Mädchen, das ich je getroffen habe.«

Ich blinzle, setze mich mit dem sich im Todeskampf windenden Wurm an den Rand des Stegs und lasse meine Füße ins kalte Wasser baumeln. Nachdem er seine Schuhe ausgezogen hat, setzt Brock sich neben mich und hängt die Füße ebenfalls ins Wasser. Ein angenehmer Schauer läuft mir über den Rücken, als ich seine nackte Haut an meinen Rippen spüre.

»Ich bin mir sicher, du kommst nicht aus der Gegend«, sagt er und reißt mich aus der Dumpfheit heraus, die es sich offenbar in meinem Gehirn bequem gemacht hat.

Ich räuspere mich und werfe die Angelleine ins Wasser. »Warum?«

»Du hast einen Westküstenakzent.«

»Ich komme nicht von der Westküste, und ich habe auf keinen Fall einen Akzent.«

»Ich bin mir sicher, dass du von der Westküste kommst, und du hast auf jeden Fall einen Akzent.« Er wirft seinen Angelhaken aus und grinst dabei träge. »Aber das muss dir nicht peinlich sein. Es macht dich wiederum nur sexy.«

»Es ist mir nicht peinlich«, zische ich. »Du bist derjenige mit Südstaatenakzent.«

Er wirft seinen Kopf zurück und lacht. »Maryland ist weit entfernt von den Südstaaten, aber wenn du willst, bin ich für dich ein Südstaatenjunge, Miss Ber.«

»Oh Gott. Könntest du endlich mit dem ›Miss‹-Gequatsche aufhören, bitte?« Ich kichere über diesen Kerl, der alles, an das ich je geglaubt habe, aus den Fugen reißen könnte.

»Okay, für jetzt werde ich es dabei belassen. Aber ich mache keine Langzeitversprechungen.« Er grinst, ich schüttle den Kopf. »Also, was ist das jetzt mit dir und *Happy Days*? Ich habe mich ein bisschen umgehört, niemand, den ich kenne, hat diesen Blödsinn je gesehen.«

Soll ich ihm die Wahrheit sagen und erzählen, dass mich meine Eltern im Alter von vier bis sieben Jahren stundenlang unbeaufsichtigt allein gelassen haben, mit nichts weiter als einer Packung Chips und VHS-Kassetten mit *Happy Days*, während sie auf der Suche nach ihrem nächsten Trip waren? Oder tische ich ihm die klassische Lüge auf?

»Meine Eltern mussten viel arbeiten, und der Babysitter hatte ein Faible für Henry Winkler.« Ich zucke mit den Schultern und versuche, die einzigen guten Erinnerungen, die ich an das Alleinsein habe, runterzuspielen. »Sie war etwas seltsam.«

Er grinst mich skeptisch an. »Ja, klar.«

»Warum schaust du mich so an?«

»*Du* hattest ein Faible für Henry Winkler. Nicht der Babysitter.«

»Bist du verrückt?« Ich muss laut lachen. Ich bin vielleicht mit Henry als Alleinunterhalter groß geworden, aber das ist auch schon alles.

»Vielleicht bin ich das. Aber komm schon«, drängt er. »Es gefällt dir, dass ich ein bisschen verrückt bin. Gib es zu.«

»Ich gebe gar nichts zu.« Und das werde ich auch nicht.

Obwohl er so aussieht, als gehöre er in ein Hochglanzmagazin, einen guten Sinn für Humor hat und sich wirklich anstrengt, an mich ranzukommen, hat Brock ein Problem, wenn er glaubt, dass ich so früh irgendetwas zugeben werde. Oder überhaupt jemals. Es ist, als versuche er, mich zu öffnen und die zerrissenen Seiten meines Herzens zu lesen. Um ehrlich zu sein, das gefällt mir nicht. Ich habe mich eh schon dazu herabgelassen, mich in seiner Gegenwart wie ein nervöser Pingpongball zu benehmen, und ich habe nicht die Absicht, die Kontrolle über die Situation komplett zu verlieren.

Zumindest nicht, was den seelischen Teil betrifft. Körperlich bin ich für alles zu haben.

»Ich werde nicht schlau aus dir«, sagt er und blickt forschend in mein Gesicht.

»Was?«

»Egal.« Er sieht aufs Wasser hinaus und scheint in Gedanken woanders zu sein.

»Nein, jetzt sag schon«, dränge ich ihn und stupse ihn am Arm.

Er konzentriert sich wieder auf mich, und sein Lächeln verschwindet. In seinem Gesichtsausdruck kann ich eine Million Fragen erkennen. »Na ja, du gibst mir deine Telefonnummer nicht, machst es mir fast unmöglich, dich zu einem Date einzuladen …« Er schüttelt den Kopf. »Ich weiß nicht. Ich werde einfach nicht schlau aus dir.«

»Warum willst du denn schlau werden aus mir?«, frage ich, während ich meine Aufmerksamkeit einem leichten Ziehen an meiner Angelschnur zuwende.

»Du bist wie ein Puzzle.« Er zuckt mit den Schultern. »Eines, das unbedingt zusammengesetzt werden muss.«

Ich schlucke, und mein Herz beginnt protestierend wie wild zu schlagen. »Ich brauche dein Mitleid nicht, und ich muss ganz bestimmt nicht zusammengesetzt werden.«

Eine weitere Lüge.

Wahrscheinlich würde ich nur allzu gern zusammengesetzt werden. Aber ich bin mir verdammt sicher, dass das keinem gelingt, ohne dabei verrückt zu werden.

Er fährt sich mit der Zunge über die Lippen und sieht mich für einen langen Moment an. »Ich bin normalerweise nicht der Typ, der Mitleid hat, glaub mir. Aber irgendetwas sagt mir, dass du es wert bist. Was, wenn ich dir keine Wahl lasse?«

»Häh?« Von seiner Antwort verwirrt, lenke ich meine Aufmerksamkeit wieder auf das, was sicher ein Fisch ist, der gerade angebissen hat. »Was meinst du?«

»Du hast mich schon verstanden. Was, wenn ich dir keine Wahl lasse und dich einfach zusammensetze?« Er zuckt wieder mit den Schultern. »Ich liebe Spitznamen, und ich liebe es, Leuten zu helfen, von denen ich denke, dass sie mehr aus ihrem Leben machen sollten. Besonders, bei denen ich mir sicher bin, dass sie aus einem bestimmten Grund in mein Leben getreten sind.«

Auch wenn seine Stimme ein leises Flüstern ist, die Überzeugung darin schreit förmlich in meinen Ohren. Ich halte die Angelrute noch fester und blicke in seine Augen. Mein Herz schlägt laut, während mein Gehirn seine Worte wiederholt. Ich sage nichts. Ich kann nicht. Stattdessen blicke ich aufs Wasser und wünschte, ich könnte mich anderen öffnen.

»Du leugnest zwar, einen Akzent zu haben«, sagt Brock und holt seine Angelschnur etwas weiter ein. »Aber jetzt mal im Ernst: Aus welchem Staat an der Westküste kommst du?«

Sehr beharrlich. Ich muss zugeben, das gefällt mir ... manchmal. Ich seufze. »Washington.«

»Ich wusste es.« Ein triumphierendes Lächeln erscheint auf seinen Lippen. »Warum also Maryland? Haben deine Eltern auf die Hadley-Universität bestanden?«

Die Frage reißt alte Wunden wieder auf und öffnet den Schutzwall, der meine Erinnerungen bewacht. »Meine Eltern sind tot«, sage ich tonlos und schaue dabei einem Kanu zu, das an einem Kai anlegt. Ein Paar steigt aus, und ihr Lachen übertönt das Gequake der Enten, die um ihr nächstes Essen kämpfen.

»Das ist scheiße«, sagt Brock ohne eine Andeutung von Mitleid.

»Was? Kommt jetzt nicht der ganze Scheiß von wegen ›Dein Verlust tut mir leid. Ich verstehe, was du durchmachst, und wenn du jemanden zum Reden brauchst, bin ich für dich da‹?« Ich beiße mir auf die Lippen, als ich merke, wie boshaft ich klinge.

Kurzzeitig wirkt Brock schockiert, aber er fängt sich wieder. »Um dein erstes Beispiel zu nehmen: Ja, dein Verlust tut mir leid. Aber wie ich schon sagte, ich bin eigentlich nicht der Typ, der mit Mitleid um sich schmeißt. Und du scheinst es ja auch so zu wollen. Du verschließt dich vor mir, das kann ich spüren. Das habe ich im ersten Moment gespürt, als wir uns begegneten. Also scheiß aufs Mitleid, oder?«

Ich öffne den Mund, um etwas zu sagen, aber ich kann keinen zusammenhängenden Gedanken fassen. Da ist nichts. Ich bin leer.

Er fährt fort. »Um auf dein zweites Beispiel einzugehen: Nein, ich werde nicht sagen, dass ich weiß, was du durchmachst, weil es nicht stimmt. Bis jetzt ist noch keine mir nahestehende Person gestorben. Aber ich weiß, das wird eines Tages passieren. Und dann kann ich mitreden.« Ich starre ihn mit weit aufgerissenen Augen an, muss schlucken und höre schweigend zu.

»Und was dein drittes und letztes Beispiel angeht, meine schöne und geheimnisvolle Ber, die ich auf jeden Fall irgendwann zusammenflicken werde, egal, was ich dafür auch tun muss: Ich habe Ohren, und wenn du dich je dazu entschließen solltest, mit mir reden zu wollen, dann werde ich zuhören. Ich werde mir alles anhören, was du auf dem Herzen hast. Aber fürs Erste wollen diese Ohren nur meinen Namen aus deinem Mund hören, während ich dir jede schlechte Erinnerung an jede Scheiße, die du durchgemacht hast, herausvögle. Okay?«

Mein Mund klappt wieder zu. Ich bin mir sicher, dass ich mich gerade zum ersten Mal in meinem Leben verliebt habe. Ich nicke. Herrgott, alles, was ich tun kann, ist, mit dem Kopf zu nicken.

»Okay«, wiederholt er, zieht seine Angelschnur ein und wirft sie neu aus. Dann blickt er mich mit warmen, neugierigen Augen an. »Also, lebst du hier bei Verwandten?«

Wie am ersten Tag, als wir uns trafen, sehe ich in seinen Augen etwas Vertrautes, aber doch auch Fremdes. Nichtsdestotrotz habe ich das Gefühl, dass wir uns in einer anderen Zeit, an einem anderen Ort schon einmal begegnet sind. Irgendwo zwischen meinen süßesten Träumen und schlimmsten Albträumen habe ich mit diesem Jungen schon einmal geredet. Er hat mir seine Geheimnisse erzählt und ich ihm meine.

Dennoch habe ich Angst davor, dass ich ihn vertreibe, wenn ich zu viel preisgebe. Ich bin mir ziemlich sicher, dass er nicht oft Mädchen begegnet, die dabei zugesehen haben, wie ihre Eltern – nur noch Haut und Knochen – an ihrer Heroinabhängigkeit verrotten. Und dann kommt noch hinzu, dass dasselbe Mädchen gesehen hat, wie ihr Vater erst ihrer Mutter in den Kopf geschossen und dann sich selbst die Pistole in den Mund gesteckt hat. Erweiterter Selbstmord kommt in den Nachrichten immer gut.

Ich beschließe, Brock genau so viel zu erzählen, dass er nicht mehr das Gefühl hat, ich würde ihn von mir stoßen. »Kann ich dir eine zusammengefasste Version meiner Geschichte erzählen, und dann sprechen wir über etwas anderes?«

»Natürlich.« Er nickt.

Ich atme tief ein. Zum ersten Mal werde ich meine Geschichte – wenn auch nur einen kleinen Teil davon – einer Person offenlegen, die ich kaum kenne. »Ich lebe hier allein und habe keine Verwandten, mit denen ich noch in Kontakt bin. Sie haben meine Eltern fallen gelassen, nachdem ich geboren wurde. Ich habe sie nie kennengelernt und weiß nur von Fotos, die mir meine Mutter gezeigt hat, wie sie aussehen. Meine Pflegeeltern wollten, dass ich an die Hadley-Universität gehe, weil sie beide hier ihren Abschluss gemacht haben. Sie leben in Florida, und von drei oder mehr Pflegeeltern, bei denen ich gelebt habe, sind sie mit Abstand die besten. Mit ihnen stehe ich immer noch in Kontakt.«

Die Neugierde in Brocks Augen wird größer.

Ich habe bereits zu viel gesagt, aber die genähten Narben wurden aufgerissen, und jetzt gibt es kein Zurück mehr. »Ich habe Pflegeeltern, weil mein … mein Vater vor meinen Augen erst meine Mutter und dann sich selbst erschossen hat, als ich acht Jahre alt war.«

Brocks Gesicht wird von einem schockierten Ausdruck überzogen, den ich nur zu gut kenne.

Ich spiele es herunter und hoffe, dass ich ihn endlich von dem Thema abbringen kann. »Sechs Therapeuten in drei verschiedenen Staaten im Lauf von elf Jahren intensiver Therapie haben mich nicht zum Reden gebracht. Auch die ganzen Pflegeeltern – meine jetzigen eingeschlossen – haben es nicht geschafft. Die anderen konnten meine Stimmungsschwankungen, Depressionen oder Wutanfälle nicht ertragen und gaben mich zurück ins Heim. Cathy und Mark waren die Einzigen, die zu mir gehalten haben.«

Während ich aufs Wasser blicke, wird mir bewusst, wie viel Cathy und Mark für mich getan haben. Und was sie mit mir in den letzten zwei Jahren durchmachen mussten. Das Herz wird mir schwer. Obwohl ich für die meisten Leute eine lebende Tragödie, ein komplettes mentales Wrack bin, verdanke ich das bisschen gesunden Menschenverstand, das ich besitze, den beiden.

Ich seufze und blicke wieder zu Brock. »Falsche Freunde an verschiedenen Schulen haben hinter meinem Rücken über mich gesprochen und mich in dem Augenblick fallen gelassen, in dem ich einen Zusammenbruch hatte. Bitte verlang nicht von mir, dass ich noch mal darüber rede. Ich werde es nämlich nicht tun. Okay?«

Ich fühle mich nackt und bloßgestellt. Ich kann ihn nicht länger ansehen, aber ich spüre Brocks Augen auf mir – schwer und erdrückend. Ich frage mich, wie viele wertende Gedanken jetzt gerade durch sein Gehirn jagen. Ich bin mir ziemlich sicher, dass er sich gerade fragt, wie er mich am schnellsten zurück in den Hummer und raus aus seinem Leben bringen kann.

Schweigen umhüllt uns für die längste Minute meines Lebens. »Ist es in Ordnung, wenn ich sage, dass es mir leidtut?«, fragt Brock mit leiser Stimme. »Oder wirst du mich in Stücke reißen, wenn ich das tue?«

Noch mehr Schweigen, während ich sein Gesicht betrachte. Vielleicht bilde ich es mir nur ein, aber er scheint ernsthaft besorgt zu sein, dass ich ihn in tausend Stücke hacken könnte.

»Wenn es überhaupt einen Unterschied macht«, fährt er fort, »möchte ich dir wirklich sagen, wie leid es mir tut, was mit deiner Familie geschehen ist, Amber.«

In seinen Augen kann ich aufrichtiges Bedauern ohne auch nur einen Schimmer von Wertung erkennen.

»Es tut mir leid, dass ich dich damit belästigt habe. Ich wollte nur …«

»Nein. Bitte entschuldige dich nicht«, flüstert er. »Das ist wirklich harter Tobak.«

»Ja, aber ich bin okay.« Eine weitere Lüge. Ich bin nicht okay. Und ich werde es wahrscheinlich nie sein. Aber so oder so bin ich jetzt fertig damit, über meine verschissene Vergangenheit zu reden. »Du und Hailey Jacobs hattet also was miteinander?«

Ein schiefes Grinsen legt sich um seinen Mund. »Schneller Themawechsel.«

»Sie kam zu mir, während ich beim Training auf dich gewartet habe.« Ich zucke mit den Schultern. »Sie hat den Eindruck hinterlassen, dass ihr zwei irgendeine gemeinsame Vergangenheit habt. Eine, die sicher nicht positiv geendet hat.«

In seinem Gesicht macht sich Wut breit und verwandelt seinen Ausdruck in etwas, das mich gleichermaßen verwirrt und fasziniert. »Was, zum Teufel, hat sie dir erzählt?«

Ich spüre einen kräftigen Zug an meiner Angelschnur und blicke aufs Wasser. »Ich weiß nicht. Irgendeinen Mist darüber, dass du nicht der bist, der du vorgibst zu sein. Und dass ich bald wissen werde, was sie meint.« Noch ein Ruck an der Angelschnur, diesmal noch stärker. Ich springe auf die Füße und versuche, das, was da am Haken hängt, aus dem Wasser zu ziehen.

Brock steht ebenfalls auf und stellt sich hinter mich. Seine großen Hände umschließen meine und seine starke Brust ist eng an meinen Rücken geschmiegt, als er mir hilft in meinem Kampf gegen den Riesenfisch. Obwohl ich versuche, mich auf die Angel zu konzentrieren, stehen meine Nerven unter Strom, und Hitze strömt durch meinen ganzen Körper, als ich Brocks kantigen Kiefer an meinem Hals spüre, während wir zusammen gegen die Naturgewalt kämpfen. Nach einem kurzen Moment reißt die Angelschnur, und wir landen mit einem lauten Knall rückwärts auf dem Holzsteg, was das gesamte Bauwerk zum Erbeben bringt.

Während ich also auf Brocks Brust liege und in den wolkenlosen Himmel blicke, muss ich kichern. Er bricht in schallendes Gelächter aus, was wie Musik in meinen Ohren klingt. Immer noch lachend, versuche ich, von ihm herunterzukommen. Blitzschnell hält Brock mich zurück. Er drückt seine Hände auf meinen Bauch und hält mich sanft fest.

»Nein«, flüstert er und vergräbt dabei seine Nase in meinem Haar. »Lass uns noch eine Minute so liegen. Du fühlst dich so gut an in meinen Armen.«

Der schläfrige Tonfall seiner Stimme geht mir durch Mark und Bein und setzt sich in meinen Bauch fest. Ich muss schlucken und bin mir plötzlich seiner weichen Fingerspitzen auf meinem nackten Brustkorb bewusst. Unser Atem verwandelt sich in einen gefühlvollen Rhythmus von Lust, der aus unseren Lungen strömt.

»Dreh dich um«, sagt er mit weichem, aber doch bestimmtem Tonfall. »Ich will dein hübsches Gesicht sehen.«

Ich gehorche ihm ohne einen Anflug von Widerstand und drehe mich auf seinem Körper um. Brust an Brust verschlingt er mich förmlich mit seinem Blick, der immer wieder zwischen meinen Augen und meinen Lippen hin und her wandert. Brocks Hände streicheln meine Wangen und erzeugen damit einen köstlichen Schleier, der sich über mein Gehirn legt und mir jegliche Angst davor nimmt, mich ihm zu öffnen. Ich konzentriere mich voll und ganz darauf, wie er mich ansieht – der Ausdruck in seinen dunkelgrünen Augen voller Verlangen, meine Lippen zu schmecken, aber dennoch geduldig abwartend. Die Berührung seiner Finger in meinem Haar lässt mich förmlich dahinschmelzen, und ihre Bewegungen entfachen ein heftiges Verlangen tief in meinem Innern. Unsere Brüstkörbe heben und senken sich im Einklang, als er ein Knie hebt und es zwischen meine Beine drückt. Jetzt zerfließe ich fast vor Begierde.

»Ich werde dich küssen, Ber.« Die Worte kommen in einem rauen Flüstern aus seinem Mund. Er hebt seinen Kopf und zieht mein Gesicht an seins heran. »Und es wird ein Kuss sein, den du so schnell nicht mehr vergessen wirst. Ich will, dass sich dieser Kuss in dein Gehirn einbrennt, egal, ob wir zusammenkommen oder nicht. Du wirst jeden Kuss von einem anderen Kerl nach mir hassen. Du wirst immer nur an diesen einen Kuss denken müssen, wenn dich ein anderer Glückspilz küssen darf. Okay?«

Ich nicke nervös. Mein Herz schlägt erwartungsvoll, als sich unsere Blicke mit einem Knistern vereinen, kurz bevor er seine Lippen auf meine legt. Der Kuss beginnt sanft und langsam, ein gewundener Pfad des Verlangens, der seine Grenzen auslotet und ungewohntes Terrain erforscht. Brocks Lippen sind wie Seide, seine Zunge schmeckt nach Minze und Bier.

Ich liebe den Geschmack von beidem zusammen.

Ein raues Stöhnen kommt aus Brocks Hals, als er mich näher zu sich herunterzieht. Mit einer Hand liebkost er meinen Nacken, die andere ist in meinem Haar vergraben. Meine Nippel werden hart, und mein Herzschlag dröhnt wie ein kaputter Motor. Ein Rausch durchflutet mich und schwemmt die Welt um uns herum davon. Ich nehme die Geräusche der Boote, Vögel und Menschen kaum noch wahr, als unser Verlangen explodiert und unsere Zungen härter nacheinander forschen. Brock fährt mit seinen Händen an meinen Rippen entlang und berührt dabei mit den Daumen die Seiten meiner Brüste. Seine Berührungen entfachen mein Feuer noch mehr, und ich muss leise aufstöhnen. In meinem Kopf dreht sich alles, mein Körper ist high von seinen Berührungen – jetzt schon vollkommen abhängig von ihm.

»Du schmeckst so gut«, flüstert Brock und beißt vorsichtig auf meine Lippen, als seine Hände wieder nach meinem Gesicht greifen. Die stickige Luft ist erfüllt von unserem heftigen Atmen. Er zieht mich wieder enger an seine Brust, lässt seine Zunge in meinen Mund gleiten und küsst mich ehrfürchtig und geschickt – ein Kuss, der allen Nachfolgern bestimmt standhalten kann. »So verdammt gut.«

»Du schmeckst auch nicht gerade schlecht«, säusle ich und fahre mit den Fingern durch sein Haar.

Er lächelt. »Schmecke ich besser als … Twizzlers?«

»Lehn dich nicht zu weit aus dem Fenster, Freundchen«, warne ich ihn scherzhaft. Brock schmunzelt, als ich meine Lippen über sein Kinn bewege und mit der Zunge über seine Bartstoppeln lecke. »Und ich will dich auch weiterhin schmecken, aber du hast mir meine Frage noch nicht beantwortet.«

»Welche Frage?«, hakt er nach und gibt mir dabei heiße Küsse auf den Hals. Er legt seine Hände an meine Hüfte und drückt sie sanft.

In der größten Mittagshitze jagt es mir einen Schauer durch den ganzen Körper. Gott, das fühlt sich so gut an. *Er* fühlt sich so gut an.

»Hailey«, erinnere ich ihn und lächle engelsgleich. »Ihr zwei hattet also was?«

Er stützt seinen Kopf auf dem Steg auf und ein Schatten huscht über sein Gesicht. »Du weißt, wie man die Stimmung verdirbt, oder?«

»Das ist nicht fair.« Ich runzle die Stirn. »Ich habe dir die Frage schon gestellt, bevor wir uns in dieser Position wiedergefunden haben.«

Mit einem Grinsen, das mich bestimmt ablenken soll, umfasst er mein Gesicht. »Wir hatten *kurz* etwas miteinander.«

»Definiere *kurz*. Die Art und Weise, wie sie sich verhalten hat, hinterließ nicht den Eindruck bei mir, dass es eine kurze Sache war.«

Immer noch grinsend holt er sein iPhone aus der Hosentasche und tippt darauf. Nach einem Moment blitzt der Schalk in seinen Augen auf. »*Kurz*. Hier steht, es ist ein Adjektiv. Auch *rasch* oder *klein*. Menschen beschreiben damit jemanden oder etwas von geringer zeitlicher oder räumlicher Ausdehnung oder kleiner Größe.« Er zieht eine Augenbraue hoch. »Nur um eins klarzustellen: Ich bin weder kurz von der Größe her noch vom Umfang, noch von der Dauer. Damit das klar ist.«

Kichernd nehme ich ihm das Telefon aus der Hand. »Hast du jetzt im Ernst die Definition nachgesehen?« Ich blicke auf sein Handy. Ja. Dieser Klugscheißer hat es getan.

Er grinst breit. »Du hast doch gesagt, ich soll *kurz* definieren, oder?«

Ich lege sein Handy auf den Steg und nehme mit gespielt finsterem Blick sein Gesicht in meine Hände. »Ja, habe ich. Aber jetzt mal im Ernst. Sie wirkte total … besessen von dir.

Ich werde jetzt die Fragen stellen, und du musst sie beantworten. Verstanden?«

Wie ein Soldat legt er seine Hand an die Stirn. »Jawohl, Miss Ber.«

Ich verdrehe die Augen. »Wie lange wart ihr zwei zusammen?«

»Wir waren nie zusammen«, flüstert er, lehnt sich nach vorne und gibt mir einen Kuss.

Ich ziehe mich ein Stück zurück, damit ich ihm in die Augen blicken kann, und sage skeptisch: »Du versuchst, mich zu verführen.«

»Funktioniert es?« Er schmiegt seine Lippen an meine Kehle und lässt dort seine Zunge kreisen. »Wenn nicht, kann ich es noch besser.«

Es funktioniert in der Tat. Mein ganzer Körper schreit danach, meine Hose auszuziehen, seine herunterzureißen und einen langen Proberitt auf dem zu machen, von dem er behauptet, dass es weder von kleiner Größe und Umfang noch von kurzer Dauer ist. Ich werde ihn aber sicher nicht an meinen Gedanken teilhaben lassen und tue, was nötig ist, damit er meine Fragen beantwortet.

Ich klatsche ihm mit meiner Handfläche gegen die Stirn.

Mit weit aufgerissenen Augen fängt er an zu lachen. »Verdammte Scheiße! Ich werde dich rumkriegen. Das weißt du, oder?«

»Das werden wir ja sehen.« Ich sauge sanft an seiner Lippe.

Er grinst, und sein Griff um meine Hüfte wird fester.

»Ihr zwei wart also nie zusammen. Das heißt, ihr habt nur … gefickt?«, frage ich.

»Richtig.« Er nickt und lächelt amüsiert. »Wir haben gefickt. Sie war ein klassischer One-Night-Stand. Die Sorte Mädchen, die man mit nach Hause nimmt, wenn man betrunken und geil ist. Ein einvernehmlicher One-Night-Stand ohne Folgen.«

»Mmhmm«, murmle ich und beäuge ihn skeptisch. »Deshalb macht es dir auch nichts aus, dass Ryder das jetzt übernimmt, oder?«

Er zuckt mit den Schultern. »Ryder kann tun und lassen, was er will. Für mich ist es total in Ordnung, wenn er die Mädchen nimmt, mit denen ich schon was hatte. Freunde teilen doch miteinander, richtig?«

»Mmhmm«, murmle ich erneut und blicke ihn aufmerksam an. In seinen grünen Augen sehe ich ein Funkeln, das ich nicht genau deuten kann. Etwas sagt mir, dass hinter dieser Bemerkung mehr steckt.

Brock setzt sich auf und drückt seinen Mund gegen meinen. »Hast du noch mehr Fragen an mich?« Er nimmt meine Unterlippe zwischen seine Zähne und saugt sanft daran. »Werde ich noch verhört?«

»Du wirst noch verhört«, bestätige ich und versuche, meinen Atem zu beruhigen. Als er mit seinen Händen durch mein Haar fährt, droht das Verlangen zwischen meinen Beinen zu explodieren.

»Nun, ich kann nicht leugnen, dass du eine sehr attraktive Detektivin bist.« Er schmunzelt. »Mach nur weiter, meine kleine Füchsin.«

»Du hast Geheimnisse.« Ich entferne mein Gesicht von seinem und folge meinem Instinkt. »Und ich denke, sie sind von der Sorte, die mich verletzen kann.«

»Wir alle haben Geheimnisse«, flüstert er und zieht mich wieder zu sich heran.

Er blickt mich einen Moment an, bevor er mich hart und fest küsst. Jede Bewegung seiner Zunge verspricht ihm ein Stück mehr von mir und entwirrt alles, was ich über mich selbst wusste – schneller, als ich blinzeln kann. Ohne den Rhythmus unseres Kusses zu unterbrechen, legt Brock seine starken Arme um mich und dreht mich sanft auf den Rücken. Als er mit seinen Armen unter meine Knie greift und meine Beine um seine Hüfte legt, kommt ein überraschtes Stöhnen aus meinen Mund. Sündige Hitze durchströmt meinen ganzen Körper, und zwischen meinen Brüsten sammelt sich Schweiß, als Brock sich zurücklehnt, um jeden Zentimeter meines Körpers langsam mit den Augen zu verschlingen.

»Und keines meiner Geheimnisse wird dich je verletzen.« Er beugt seinen Kopf zu meinem Hals herunter und murmelt die Worte in meine schweißdurchtränkte Haut. »Das verspreche ich dir.« Dann blickt er mich ernst an. »Du wirst mir gehören, verstehst du? Egal, was ich dafür tun muss, du wirst mein Mädchen sein.« Er küsst meinen Mund, meine Nase, meine Wangen und meine Stirn. »Ich akzeptiere kein Nein, und ob du es willst oder nicht, ich werde die einzelnen Stücke von dir wieder zusammensetzen.«

Sein Versprechen lässt mir den Atem stocken, als er seinen Mund wieder fest auf meinen presst. Ich öffne die Lippen zu einem Stöhnen und fasse seine Schultern. Meine Fingernägel bohren sich in seine goldbraune Haut, während ich mich unter ihm krümme und den Schmerz des splittrigen Holzstegs in meinem Rücken ignoriere. Unsere Geschmäcker vereinen sich – eine berauschende Mischung aus Bier und Verlangen. Ich küsse ihn fest und lang, und sein süßer, moschusartiger Duft durchdringt meinen Körper wie ein starkes Aphrodisiakum.

Plötzlich reißt uns das Klingeln seines Handys auseinander.

Brock nimmt es vom Steg, blickt kurz drauf und stöhnt verzweifelt auf. »Da muss ich rangehen.« Er küsst mich noch einmal schnell und steht dann auf. »Ich bin gleich wieder da.«

Ich nicke und stütze mich auf die Ellbogen, während ich versuche, mein Bedürfnis nach Sex herunterzufahren. Mein Körper beruhigt sich einfach nicht. Seufzend springe ich auf die Füße und versuche, etwas von Brocks Gespräch mitzukriegen. Aber er redet nicht nur mit gesenkter Stimme, er geht auch noch in Richtung Hummer zurück. Nach einer Weile überkommt mich ein Anflug von Ärger. Kurz bevor ich beschließe, nach Hause zu trampen, steckt Brock sein Handy wieder in die Tasche und schlendert zu mir zurück.

»Entschuldige.« Er nimmt mein Gesicht in seine Hände. »Ich habe auf einen wichtigen Anruf gewartet.«

»Geheimnisse«, murmle ich und blicke auf den Steg unter uns.

»Nein«, sagt Brock mit sanfter Stimme. Er hebt mein Kinn mit den Fingern nach oben, lehnt seine Stirn gegen meine und sieht mich beschwörend an. »Vorrangige Verpflichtungen. Das ist alles.«

In seinen Augen kann ich pure Aufrichtigkeit erkennen und schäme mich ein bisschen, dass ich das zu ihm gesagt habe. Ich nicke. »Okay. Musst du jetzt gehen?«

»Ja, leider.« Er seufzt und sieht mich besorgt an. Er streichelt mit den Fingerspitzen über meine Arme und atmet langsam ein. Als er meine Hände an seine Brust über sein Herz legt, bekomme ich eine Gänsehaut. »Ich weiß, meine vorrangigen Verpflichtungen ruinieren uns den Tag, aber ich hoffe sehr, du gibst mir noch eine Chance, dir zu beweisen, dass ich kein Arschloch bin.«

»Ich denke nicht, dass du ein Arschloch bist.« Im Lauf der Jahre sind mir schon viele miese Typen über den Weg gelaufen, und er hat sich bis jetzt zum Glück noch nicht als einer von ihnen herausgestellt.

»Nein?« Er blickt mich etwas schockiert an.

Ich lächle, als er meine Hände an seine Lippen führt. »Nein.«

»Da du mich also nicht für ein Arschloch hältst«, sagt er und hält meine Hände immer noch an seine Lippen, »frage ich mich, ob du offiziell mit mir ausgehen würdest.« Er macht eine kurze Pause und grinst mich an. »Ich meine, in Anbetracht der Tatsache, dass wir uns hier auf einem öffentlichen Pier schon fast gezeigt haben, wie wir wirklich füreinander fühlen, denke ich, dass wir mal essen gehen könnten oder so etwas. Aber hey, das überlasse ich ganz dir. Kein Stress, Ber.«

Ich schüttle den Kopf und muss grinsen. »Ich weiß, ich habe es heute schon ein paarmal erwähnt … Aber hat dir schon mal jemand gesagt, dass du ein verdammter Klugscheißer bist?«

»Noch nie«, sagt er trocken.

»Na, dann bin ich ja froh, dass ich die Erste für dich bin.«

Sein Gesichtsausdruck wird weicher, und Brock küsst erst meine rechte und dann meine linke Hand. »Willst du wissen, was ich hoffe?«, flüstert er und legt seine Arme um meine Hüfte.

»Klar«, stammle ich, während ich versuche, meine Konzentration von seinen warmen Fingern, die mir über den Rücken streicheln, und dem dringlichen Ausdruck in seinen Augen abzuwenden.

»Ich hoffe, du wirst bei vielem die Erste für mich sein.« Er neigt seinen Kopf und berührt dabei meine Lippen ganz leicht mit seinem Mund.

Ich zittere, mein Verstand blockt alles ab außer das Hier und Jetzt. Seine Lippen streichen immer noch über meine, und Brock fährt damit fort, jeden meiner Sinne auf eine Art und Weise zu verführen, die ich bisher nie für möglich gehalten hätte.

»Ich hoffe, dass ich alles werde, was du im Leben brauchst.« Er küsst meine Wange, und er presst meine Hüfte fester an sich. »Ich hoffe, es wird nie eine Zeit kommen, in der du mich für ein Arschloch hältst. Ich hoffe, dass ich dich wenigstens einmal am Tag, und sei es nur für eine Sekunde, zum Lachen bringen kann.« Er lehnt sich zurück und blickt mir in die Augen, seine Stimme klingt wie ein leise gemurmeltes Versprechen. »Ich hoffe, dass dich nie etwas, das ich tue, zum Weinen bringt. Und am meisten hoffe ich, dass ein Teil von dir mir schließlich genug vertrauen kann, mich in dein Herz zu lassen. Mich *wirklich* in dein Herz zu lassen.«

In den Tiefen meiner verletzten Seele fühlen sich seine Worte an wie eine wärmende Decke in der kalten Nacht. Trotzdem macht sich eine Angst in mir breit, die tief aus meinem Innern kommt. Angst vor dem, wohin das hier führen könnte.

Davor, wo das vielleicht enden könnte.

Ich kann aber auch nicht leugnen, dass er etwas in mir freigesetzt, ein paar Ketten zerbrochen hat. Ich atme nervös ein und kann die Stimme nicht ignorieren, die mir sagt, dass er bereits ein kleines Stück meines Herzens erobert hat. Sie flüstert mir zu, dass er meine Hand halten und mich auf einem Weg in meinem Leben begleiten könnte, den ich nie vorhatte zu gehen. Ich kann nur hoffen, dass meine verkorkste Vergangenheit und die Geister, die mich immer noch heimsuchen, keinen von uns beiden zu Fall bringen werden …

Ich klammere mich an diese Hoffnung und bete, dass ich die Chance auf so etwas wie Glück nicht vermasseln werde. Ich lege meine zittrigen Handflächen an Brocks Brust, stelle mich auf die Zehenspitzen und atme tief ein. Brock lässt seinen Blick über mein Gesicht streifen und will etwas sagen, doch ich verschließe seinen Mund mit meinen Lippen und gleite mit meiner Zunge hinein, um ihm einen Kuss zu schenken, von dem ich mir sicher bin, dass ihn keiner von uns beiden so schnell vergessen wird.

5 Ryder

Diesen Arsch würde ich überall erkennen.

In meinem Auto vor einem Diner in Laurel sitzend, nehme ich meine Sonnenbrille ab, lache auf und sehe entspannt dem Szenario zu, das sich mir auf der anderen Straßenseite bietet. Offensichtlich gibt es einen Gott, der es heute gut mit mir meint.

Amber Moretti lehnt mit knappen Jeansshorts, die ihren perfekten Arsch kaum bedecken, über der geöffneten Motorhaube ihres klapprigen Honda Civic. Rauch steigt aus dem Motor auf und mischt sich unter die leichte Sommerbrise. Amber ist sich dessen nicht bewusst, dass sie hier nicht nur für mich, sondern auch für ein paar andere männliche Zuschauer eine unfreiwillige Peepshow zum Besten gibt. Frustriert wischt sie sich mit der Hand über ihre schweißbedeckte Stirn.

Es ist verdammt heiß.

Das Wetter, meine ich. Aber es ist nicht zu verleugnen, dass auch Amber, die wütend gegen die Reifen ihrer Rostlaube tritt, ihren Teil zu dem Schweiß, der sich in meinem Nacken sammelt, beiträgt. Ich grinse, während ich die Klimaanlage meines Autos genieße. Ihr dichtes, schwarzes Haar ist zu einem Knoten hochgebunden und gewährt mir freie Sicht auf ihre Titten. Ihre atemberaubenden Titten, die unter ihrem kaum vorhandenen, pinken Muskelshirt bestimmt auch schweißnass sind. Ich lecke mir die Lippen und stelle mir vor, wie ich an ihnen sauge.

»Ruhig, Junge«, murmle ich meinem Schwanz zu, der jetzt nach Ambers Aufmerksamkeit trachtet.

Ich habe mehrere Möglichkeiten. Ich kann Amber in der Sommerhitze, die mir meine Eier ans Bein klebt, leiden lassen, bis jemand anders sie abholt – wahrscheinlich Brock oder ein Abschleppfahrer namens Harley, der auf jeden Fall versuchen wird, sie zu ficken.

Das wäre zwar nicht gerade die feine Art, aber mir ist im Moment eigentlich nicht nach Gesellschaft.

Mein Magen ist schon voll von einem frühen Abendessen mit einer verheirateten Schlampe namens Layla. Wir haben es auf den neuen Teppichen getrieben, die ich in ihrem Haus gelegt habe, während ihr Anwaltsmann gerade einen Fall gegen irgendeinen Asozialen gewonnen hat. Nach ein paar mittelmäßigen Ficks wurden wir beide hungrig und fuhren hierher. Ich zahlte die Rechnung, sie gab mir ihre Nummer und fuhr dann in ihrem Mercedes davon. Keine Versprechungen – genau mein Ding. Vielleicht rufe ich sie an. Es war bis jetzt ein ziemlich annehmbarer Tag, und Amber könnte ihn vielleicht noch kompliziert machen.

Die andere Möglichkeit besteht darin, Amber mit meinem Charme, der sie anscheinend in den Wahnsinn treibt, in mein Auto zu locken. Dieser Charme, mit dem ich gesegnet bin, kommt unter solchen Umständen ganz von selbst zum Vorschein, aber es wird nicht leicht sein, sie zu überzeugen. Abgesehen davon, dass ich sie zum letzten Mal vor fast einer Woche gesehen habe, als sie Brock beim Training besucht hat, wird Amber wieder gegen unsere sexuelle Anziehungskraft ankämpfen. Aber die Klimaanlage und meine Fürsorge für eine Dame in Not könnten es schaffen.

Ich entschließe mich für die zweite Möglichkeit, setze mir die Sonnenbrille wieder auf und fahre aus der Parklücke, während mein Schwanz sich voller Vorfreude zu regen beginnt, als ich an einer roten Ampel warte. Was soll ich sagen? Sie macht mich einfach an.

Amber sitzt mit einem Handtuch unter ihrem Po auf dem Kofferraum. Ihre Ellbogen hat sie auf die Knie gestützt, und mit den Händen fährt sie sich durch die Haare, die sich aus dem Knoten auf dem Kopf gelöst haben.

Verdammt. Mit halb offenen Haaren sieht sie sogar noch heißer aus.

Ich überquere die befahrene zweispurige Straße und bringe mein Auto neben ihr zum Stehen. Sie verdreht die Augen und stößt ein verachtendes Lachen aus. Offensichtlich ist sie nicht davon begeistert, dass ich ihr Retter in der Not sein werde.

Lach du nur, Baby. Ich werde deinen Tag noch viel interessanter machen.

»Hallo, hallo!« Meine Stimme übertönt die Motorengeräusche der Fahrzeuge auf der Straße, als ich aus meinem Auto steige. »Wen haben wir denn da?«

Sie verdreht erneut die Augen.

Das bringt mir Pluspunkte ein.

Viele Pluspunkte.

»Oh Gott, nicht du. Für was werde ich heute nur bestraft?« Sie seufzt und versucht aufrichtig genervt zu klingen.

Bei diesem lahmen Versuch muss ich einfach grinsen. »Komm schon, Baby, warum bist du so zu mir?«

Sie streicht ihr klebriges Haar von der Schulter.

Oh Gott, wie gern würden meine Zähne beim Sex in diese Schulter beißen. Der leise Aufschrei, der darauf folgen würde, wäre Musik in meinen Ohren. Und dann würde meine Zunge über die schmerzhafte, aber dennoch lustvolle Wunde fahren, die ich hinterlassen hätte.

Ambers verärgertes Schnauben reißt mich aus meinen schwanzgesteuerten Gedanken. »Was willst du, Ryder?«

Ich runzle die Stirn. »Dir helfen, natürlich.«

Sie weicht meinem Blick aus. »Ich brauche deine Hilfe nicht. Glaub mir, ich brauche sie wirklich nicht.«

Ich schnalze mit der Zunge, was sie ziemlich sicher noch mehr verärgern wird, und gehe auf sie zu. Sie verdreht zum dritten Mal die Augen.

Ich muss automatisch schmunzeln. Ich stütze meine Hände links und rechts von ihr auf den Kofferraum und grinse sie breit an. Obwohl sie zurückweicht und ihre wundervollen Lippen schmollend über ihre Zähne legt, sagen ihre Augen etwas anderes.

Sie will mich.

Unbedingt.

»Willst du wieder eine gescheuert bekommen?«, fragt sie.

»Willst du hier in der Hitze verdursten?«, erwidere ich. »Und es würde mir tatsächlich nichts ausmachen, von dir noch eine gescheuert zu bekommen. Wie lange ist das jetzt her? Fast drei Wochen, seit ich in den Genuss dieses Privilegs gekommen bin.«

Sie kneift ihre vielsagenden Augen zusammen. »Könntest du bitte zurückgehen und mir meinen persönlichen Bereich lassen?« Der Ton in ihrer Stimme hat das Niveau sexueller Frustration erreicht, das ich erzielen wollte.

Ich belohne sie dafür mit einem weiteren Grinsen. »Kannst du mir einen Kuss geben?«

Sie seufzt erneut. »Du hörst nie auf, oder?«

»Dafür war ich noch nie bekannt«, gebe ich zurück und frage mich, ob ich einfach meine Hose runterziehen, meinen Schwanz rausholen und ihr zeigen sollte, was genau sie verpasst, wenn sie weiterhin mit Brock anstatt mit mir rumhängt. Aber ich bin heute eher Gentleman und beschließe, sie mit meinem ursprünglichen Plan zu ködern. Kühle Luft und meine Gesellschaft. Ich verschränke die Arme, gehe ein Stück zurück und gebe ihr den Platz, den sie angeblich braucht. »Holt Brock dich hier ab?«

»Nein. Wie kommst du darauf, dass ich ihn um Hilfe gebeten habe?«

»Ihr zwei geht doch miteinander aus. Warum solltest du ihn nicht anrufen?«

»Wir haben gerade erst damit begonnen, miteinander auszugehen. Ich werde ihn nicht jetzt schon mit meinen Problemen belästigen.« Sie rutscht vom Kofferraum herunter. Nachdem sie das Handtuch ins Auto geworfen und ihre Handtasche rausgeholt hat, schlägt sie die Autotür zu. »Ich rufe jetzt den Abschleppdienst an.«

»Du vertraust Harley?« Ich ziehe eine Zigarette hinter meinem Ohr hervor, zünde sie an und nehme einen tiefen Zug. »Das ist vielleicht keine so gute Idee.«

Ein verwirrter Ausdruck erscheint in ihrem Gesicht. »Wer ist Harley?«

»Egal.« Sie blickt mich skeptisch an, was meinen Schwanz wieder in Regung bringt. Ich nehme einen weiteren Zug von meiner Zigarette. »Warum solltest du für den Abschleppdienst zahlen, wenn ich dich auch zurück zum Studentenwohnheim fahren kann?«

»Weil ich mit dir nicht in einem Auto sitzen möchte«, faucht sie.

Sie lügt schon wieder. Vielleicht sollte ich sie zur Rede stellen.

Ich mache es.

»Ich nehm dir diese Scheiße nicht ab, Moretti, also hör mit dem Theater auf. Das wird langsam langweilig.«

Sie reißt ihre Augen auf. Verdammt, das läuft sehr gut.

»Du würdest also lieber mit einem Fremden in einem Auto sitzen als mit mir?« Ich schmeiße die Zigarette auf den Boden und trete sie mit der Schuhspitze aus.

Sie sieht leicht mürrisch aus, versucht sich aber nichts anmerken zu lassen. »Du bist praktisch ein Fremder.«

Ich nähere mich ihrem Gesicht, und ihr Atem geht schneller, als ich ihr tief in die Augen blicke. »Komm schon, wir haben uns bereits geküsst«, flüstere ich grinsend. »Über den Status Fremde sind wir schon hinaus.«

Sie schluckt nervös, und ich muss mich zusammenreißen, um meine Hände nicht in ihrem Haar zu vergraben, ihr hübsches Gesicht zur Seite zu drehen und ihren Hals mit Küssen zu bedecken.

Stattdessen drehe ich mich um und gehe zum Mustang zurück. Ich öffne die Tür, steige ein und kurble das Beifahrerfenster runter. »Außerdem sind deine Überlebenschancen bei mir weitaus größer als bei Harley, glaub mir. Also steig schon in das verdammte Auto.«

Sie verzieht ihr Gesicht zu einer Grimasse, sieht mich einen Moment fest an und blickt dann wieder auf die Straße. Voller Elan kaut sie auf ihrer Lippe herum, und ich frage mich, ob sie sie gleich abbeißen wird. Ich warte und beobachte. Warte und beobachte und warte und beobachte noch ein bisschen länger.

Als sie sich nicht bewegt, starte ich den Motor. Das lässt sie aufschrecken. Ich würde am liebsten loslachen, reiße mich aber zusammen und blicke unverwandt in ihr wundervolles, unentschlossenes Gesicht. Sie rollt mit den Augen, öffnet widerwillig die Tür, steigt ein und verschränkt die Arme vor der Brust.

Damit hat sie sich offiziell im Netz der Spinne verfangen. Ich klopfe mir innerlich auf die Schulter.

»Zu. Meinem. Wohnheim.« Sie spricht jedes Wort mit Nachdruck aus, während sie das Fenster hochkurbelt. Sie legt ihre Füße aufs Armaturenbrett, schließt die Augen und gibt ein langes, frustriertes Seufzen von sich.

Ich konzentriere mich darauf, wie sie sich mit ihren Fingern langsam den Schweiß von der Stirn wischt. Was gäbe ich nicht dafür, diese Finger in meinen Mund zu nehmen. Ich würde jeden einzelnen Schweißtropfen dankbar von ihnen ablecken, saugen und runterschlucken. Mein Blick schweift zu ihren Nippeln, die in der kühlen Luft hart geworden sind.

Verdammt. Bei Harley wäre es ihr besser ergangen.

Ich kann ein leises Stöhnen nicht unterdrücken, als ich das Lenkrad fester umklammere. Das lenkt ihre Aufmerksamkeit wieder auf mich.

»Nirgendwo anders hin, Ryder.«

»Dein Wunsch ist mir Befehl.« Diese Lüge kommt so leicht über meine Lippen wie die Pisse aus meinem Schwanz. Ich werde sie nicht zurück zum Wohnheim fahren. Einen Dreck werde ich tun. Ich habe mich nicht so angestrengt, um dann weniger als dreißig Minuten mit ihr zu verbringen. Ich will … nein, ich brauche mehr Zeit mit ihr.

Als wir uns die letzten Male begegnet sind, habe ich es verbockt. Ich muss ihr zeigen, dass ich nicht das Arschloch bin, für das sie mich hält. In meinem Hirn, auf das ich mich immer verlassen kann, entfaltet sich eine geniale Idee. Ich folge ihr sofort. Anstatt links aus dem Parkplatz in Richtung Campus zu fahren, fahre ich geradeaus über den Highway und dann wieder zurück auf den Parkplatz des Diners.

Wie eine Besessene vor dem Exorzismus reißt Amber ihren Kopf herum. »Was machst du?«, fragt sie mit wütendem Blick. »Ich habe gesagt, zum Wohnheim und nirgendwo anders hin, Ryder.«

Ich zucke mit den Schultern. »Ich habe plötzlich … schrecklichen Hunger bekommen.«

»Ach, leck mich …«, zischt sie mich an.

»Mit Vergnügen«, erwidere ich und greife nach ihrer Handtasche.

Sie ringt nach Luft, und ich springe aus dem Auto, die Tasche fest in meiner Hand. Ich nehme an, dass ihr Handy in ihrer Handtasche ist und sie keine andere Wahl hat, als mir ins Diner zu folgen. Zum zweiten Mal klopfe ich mir innerlich auf die Schulter.

Sie springt aus dem Auto. In ihrem angepissten Gesichtsausdruck ist purer Schock zu erkennen. Der Grund dafür bin eindeutig ich. Trotzdem will ich sie immer noch an mich ziehen und ihre Wut wegküssen.

»Gib mir meine Handtasche«, verlangt sie und versucht, sie mir aus der Hand zu reißen.

Ich strecke meinen Arm nach oben und halte die dünne, geknüpfte Stofftasche hoch über ihrem kleinen, aber doch sportlichen Körper. »Gib mir einen Kuss.«

Sie schenkt mir ein freudloses Grinsen. »Was? Du erzwingst dir nicht einfach einen?« Sie schnaubt und verschränkt ihre Arme. »Du lässt nach.«

Ich ziehe die Augenbrauen nach oben. »Meinst du das ernst?« In Anbetracht unserer kurzen Geschichte finde ich ihre Bemerkung sehr frech. Aber das turnt mich genauso an. Ich halte die Handtasche immer noch über ihrem Kopf und gehe ein Stück auf sie zu, sodass sie an mein Auto gedrängt wird. »Wenn es das ist, was du willst, kann ich dir behilflich sein. Das weißt du nur zu gut.«

Wütend stemmt sie ihre Hände in die Hüften. Die Sorte Hüften, die genau die richtige Menge Fleisch draufhaben. Die Sorte, die ein Kerl wie ich gut fassen kann, während er es ihr besorgt.

Ich lache innerlich über mich selbst und versuche, einen ernsten Gesichtsausdruck zu bewahren. »Beantworte meine Frage, Amber. Ein Kerl wie ich hält Druck nicht allzu lange aus. Ist es das, was du willst? Du willst, dass ich dich küsse?«

»Nein, das will ich nicht.« Sie seufzt, und ihre Augen streifen nervös über meine Lippen. Herr im Himmel, dieses Mädchen hat wirklich keine Ahnung, wie sehr sie an ihren Lügen arbeiten muss. »Gib mir einfach meine Handtasche, damit ich den Abschleppdienst anrufen kann.«

Ich lege die Hand an mein Kinn und tue so, als ob ich ernsthaft darüber nachdenken würde. Es dauert keine Sekunde. »Ich glaube dir nicht, Moretti.«

Sie seufzt erneut.

Ich grinse und zeige mit dem Finger auf die Eingangstür des Diners. »Komm schon. Du kriegst sie wieder, wenn ich dich zum Essen einladen darf.«

»Ich habe keinen Hunger«, sagt sie und folgt mir.

Das weiß ich, weil ich ihre zögerlichen Schritte auf den Stufen höre. Ich höre auch, wie sie ein paar Flüche ausstößt, wütend schnaubt und noch einmal seufzt, als ich die Tür öffne. Jetzt verhalte ich mich schließlich doch wie der Gentleman, den meine Mutter großgezogen hat, und lasse sie vor mir durch die Tür gehen. Langsam glaube ich, dass das Einzige, was sie in meiner Gegenwart gerne tut, ist, mit den Augen zu rollen. Sie macht es nämlich schon wieder. Aber alles ist gut. Es sind ihre Augen – nicht ihr Gesicht, ihre Lippen, ihr Po oder ihre Titten –, die meinen Herzschlag fast aussetzen ließen, als sie mich das erste Mal ansah.

Ja, von diesem Zeitpunkt an hat sie mir total den Kopf verdreht.

»Zwei?«, fragt die fröhliche blonde Türsteherin mit einem verwirrten Grinsen, die vorhin auch Layla und mich an einen Tisch gebracht hat. Ihrem Gesichtsausdruck nach erinnert sie sich gut an mich.

»Ja, leider«, zischt Amber. »Dieses Arschloch hier hat mich als Geisel genommen.«

Gütiger Gott. Jedes Mal, wenn ich in der Nähe dieses Mädchens bin, kann ich verstehen, warum Brock es so eilig damit hat, sie zu seiner festen Freundin zu machen. Obwohl sie sich dessen überhaupt nicht bewusst ist und auch ein bisschen verrückt rüberkommt, gibt es nichts an ihr, das nicht absolut fantastisch ist. Sie ist ein Hitzkopf. Genau das, was ich brauche.

Die Türsteherin, die jetzt noch verwirrter und etwas besorgt erscheint, führt uns an einen Tisch in der Ecke. Nachdem Blondie zwei Speisekarten auf den Tisch legt und uns sagt, dass unsere Kellnerin gleich kommen wird, rutscht Amber an die Wand und stellt ihre Füße auf die gepolsterte Bank. Sie sieht überaus frustriert aus. Ich kann fast hören, wie sie mich innerlich verflucht.

»Du willst also nicht mit mir sprechen?« Ich klinge absichtlich etwas beleidigt.

Stille.

»Das verletzt mich wirklich, Amber«, füge ich hinzu und gucke so finster, wie ich kann.

Noch mehr Stille.

Ich schmunzle, weil ich es absolut umwerfend finde, wie süß sie ist, wenn sie sich ärgert. »Ich wette, wenn ich dich nach Hause gebracht habe, haben wir zwei nicht nur eine richtige Unterhaltung geführt, sondern du wirst mir auch verraten haben, welche Farbe deine Unterwäsche hat.«

Sie gibt einen verächtlichen Laut von sich.

Zumindest habe ich ihr ein Geräusch entlocken können.

Ich zucke mit den Schultern. »Egal. Du wirst schon sehen, ich bin verdammt gut in solchen Sachen.«

Sie ignoriert meine Bemerkung. Ich beschließe, meine Absichten zu unterstreichen, hole eine Münze aus meiner Tasche, stecke sie in die kleine Jukebox, die an der Wand hängt, und drücke auf F5 für ein bisschen *Florida Georgia Line*. Ich mag die Band zwar auch, aber Mädchen schmelzen regelrecht dahin, wenn sie den Song hören.

Nach einem kurzen Moment …

»Du hörst die?«, fragt Amber und tippt mit ihren Fingern im Rhythmus auf den Tisch.

»Du hast geredet. Ich gewinne«, stelle ich fest und blicke sie über die Speisekarte hinweg an. Mir ist klar, dass ich wie ein kleines Kind klinge. »Und jetzt sag: Ist sie rot oder rosa? Aus Spitze oder Satin?« Sie will etwas antworten, aber ich schneide ihr das Wort ab. »Warte, lass mich raten. Schwarze Spitze? Mmhhh … schwarze Spitze.« Ich schließe die Augen und stelle mir lebhafte, schmutzige Bilder mit High Heels, Körperfarbe und einer Kamera in meiner Hand vor. »Brock, dieser verdammte Glückspilz. Ich hoffe, er weiß das alles zu schätzen.«

Sie verdreht die Augen. »Ist das alles, was du kannst, Ryder? An Sex denken?«

»Ich denke so oft am Tag an Sex, wie du deine Augen verdrehst, Amber«, stelle ich trocken fest und runzle die Stirn. Ich kann förmlich spüren, wie sie dagegen ankämpft, schon wieder ihre hübschen Augen zu verdrehen.

Sie schüttelt den Kopf. »Nur damit du es weißt, *wenn* wir an den Punkt kommen – und das werden wir –, dann bin ich mir sicher, dass er das alles zu schätzen weiß, was er vor sich hat.« Sie fährt wie ein Model mit der Hand über ihren ganzen Körper.

Ich versteife mich – oder vielleicht ist es nur mein Schwanz. Das kann ich im Moment nicht genau sagen. Auch wenn ich bereits wusste, dass Brock noch nicht alles gesehen hat, was sie zu bieten hat, macht mich diese Bemerkung doch wilder, als ich es normalerweise von mir kenne.

»Und dann wünsche ich dir noch viel Glück dabei, herauszufinden, welche Farbe meine Unterwäsche hat«, fährt sie mir gerunzelter Stirn fort.

Diesmal blicke ich sie wirklich finster an.

»Kannst du mir jetzt meine eigentliche Frage beantworten?«, fordert sie.

Ich weiß nicht, was sie meint, und jetzt bin ich es, der den Kopf schüttelt. »Was war deine eigentliche Frage?«

»*Florida Georgia Line*«, erinnert sie mich. »Du magst sie? Ich hätte nie gedacht, dass ein Kerl wie du diese Band hört.«

Ich muss schlucken und versuche, die ganzen schmutzigen

Gedanken aus meinem Kopf zu bekommen. »Ja, ich mag sie. *Cruise* ist eins meiner Lieblingslieder.«

»Auch eins von meinen.« Sie zuckt mit den Schultern. »Trotzdem hätte ich nie gedacht, dass du sie hörst.«

»Es gibt viel, was du nicht von mir weißt.« Ich lasse meinen Blick wieder über die Speisekarte schweifen.

»Ryder«, sagt sie nach einem kurzen Moment mit sanfter Stimme.

Sofort blicke ich aus zwei Gründen zu ihr auf. Erstens: In der kurzen Zeit, die wir uns kennen, habe ich Amber noch nie etwas mit sanfter Stimme sagen hören, schon gar nicht meinen Namen. Zweitens: Der Klang dieser noch nicht gekannten Stimme entspannt und beruhigt mich seltsamerweise. Himmel, sie hat nur den Bruchteil einer Sekunde gebraucht, um mich komplett zu verwirren.

Was ist nur los mit mir? Normalerweise löst ihre Stimme bei mir eine Art Frustration aus, die sich dann in das unkontrollierbare Verlangen verwandelt, sie auf die nächste Fläche zu werfen und sie so lange zu ficken, bis ihre Beine nur noch um meinen Kopf, meine Schultern oder meinen Nacken geschlungen funktionieren können.

»Amber«, antworte ich und blicke ihr in die Augen.

Sie blickt auf den Tisch und dann wieder zu mir, bevor sie mit sanfter Stimme fortfährt. »Es gibt vieles, das ich nicht über dich weiß, weil du dich jedes Mal, wenn du in meiner Nähe bist, wie ein Riesenarschloch benimmst.« Sie nagt an ihrem Daumennagel. »Ist das nur Show?«

»Warum sollte das Show sein?« Mein Ton klingt schärfer, als ich es wollte, und lässt sie zusammenzucken. Sofort macht sich in meinem Magen das Schuldgefühl breit, als ich in die Augen dieses gebrochenen, gefallenen Engels blicke.

Verdammt. Was ist nur los mit mir?

Ich weiß, was mit ihren Eltern passiert ist. Es hat mich zwar viel Überzeugungsarbeit gekostet, aber Brock hat mir dann doch davon erzählt, nachdem er mit ihr am See gewesen ist. Diese Sache hat mich umgehauen. Ich will mir gar nicht vorstellen, was sie ihr erst zugefügt haben muss.

Trotzdem finde ich eine angepisste Amber Moretti einfach sexy. Das klingt vielleicht böse, aber seit dem Moment, in dem ihr knackiger, kleiner Arsch in meinen Schoß gefallen ist, war die Sache klar. Es macht mir Spaß, sie zu ärgern.

Aber ich bin kein kompletter Idiot. Natürlich will ich überwiegend aus sexuellen Gründen mit ihr ins Bett, aber ich will auch versuchen, diesem Mädchen ein richtiges Lächeln abzuringen. Ihre whiskeyfarbenen Augen sind schon allein der Hammer und neunzig Prozent der Zeit sehen sie schmerzerfüllt in die Welt. Die Einsamkeit in den Augen spiegelt das wider, was hinter ihrer kalten Fassade liegt – endlose, verseuchte Qual. Das bringt mich fast um, und hätte ich den Ursprung ihres Leidens von Anfang an gekannt, wäre ich nicht ganz so gemein zu ihr gewesen.

Ich befeuchte meine Lippen und verschaffe mir etwas Zeit. Ich muss erst überlegen, was ich antworte. »Es tut mir leid«, murmle ich und fahre mit der Hand über mein Gesicht.

»Das sollte es auch«, erwidert sie. »Gib zu, dass es nur Show ist, und ich vergebe dir.«

Ich lehne mich zurück und denke ernsthaft über ihre Forderung nach. Es *ist* alles nur Show, aber obwohl ich nicht will, dass sie sauer auf mich ist, habe ich nicht vor, irgendetwas zuzugeben. »Es vergeht keine Sekunde, in der ich nicht an dich denke«, höre ich mich selbst sagen. Sofort schnürt es mir den Hals zu, ich würde meinen Kopf am liebsten gegen die verdammte Wand schlagen.

Mit zusammengepressten Lippen blickt Amber mich aus weit aufgerissenen Augen an. Sie sagt nichts, was mein plötzlich eingefrorenes Gehirn dazu veranlasst, weiterhin die Wahrheit rauszulassen.

»Ich wusste nicht, wie ich mit dir umgehen sollte«, sage ich und erinnere mich an den Moment, in dem ich sie zum ersten Mal sah. Ich wusste gleich, dass sie anders ist als die anderen. Tief in mir drin habe ich es gespürt. Ich war wie vor den Kopf gestoßen, und meine Lungen brannten plötzlich, sodass mir das Atmen schwerfiel. Ich glaube nicht an Vorahnungen und diesen ganzen Scheiß, aber ich habe sie den ganzen Tag, nachdem sie mir in den Schoß gefallen ist, vor Augen gehabt. Ich habe sie nicht nur in meinem Bett gesehen, sondern als dauerhaften Teil meines Lebens. Ich habe sie nach einem langen Tag in der Arbeit in meinen Armen liegen sehen. Habe ihre Lippen auf meinen gefühlt, bevor ich sie küsste. Als ob ich wüsste, dass sie zu mir gehört. Aber ich habe es vermasselt, und der einzige Ort, an dem sie sich befindet, außer natürlich bei Brock, ist in meinen Gedanken, die sich seit diesem Tag nur noch um sie drehen.

Ich zucke mit den Schultern. »Um ehrlich zu sein, ich weiß immer noch nicht, wie ich mit dir umgehen soll.«

»Warum denkst du, dass du überhaupt mit mir umgehen musst?«, flüstert Amber mit schmerzvollem Ausdruck im Gesicht.

»Ich weiß nicht«, murmle ich und wünschte, ich wüsste es. »Ich hätte einfach meinen Mund halten sollen. Ich bin ein Arschloch. Es tut mir leid.«

»Du musst dich nicht für deine Gefühle entschuldigen, Ryder.« Seufzend legt sie ihren Kopf auf die Seite, und der mitleidige Blick und der Tonfall in ihrer Stimme brennen mir förmlich ein Loch in den Schädel. »Du fühlst nun mal so, wie du fühlst. Aber bitte hab nicht das Gefühl, dass du irgendwie mit mir umgehen musst, okay? Brock hat mir erzählt, dass du Bescheid weißt über meine Vergangenheit. Aber ich bin nur ein Mensch. Ein verkorkster Mensch mit einer verkorksten Vergangenheit, aber trotzdem … du weißt, was ich meine.«

Ich nicke und will ihren Geist befreien, will ihn öffnen und das Mädchen hervorholen, von dem ich weiß, dass es hinter der Mauer aus Stahl verborgen ist, die sie um ihr Herz errichtet hat. Sie fährt mit der Hand durch ihre dichten Haare und schenkt mir ein kleines Lächeln. Gütiger Gott, ihr süßes Lächeln ist das Schönste, was ich je gesehen habe. Eine reine Wohltat für jeden meiner Sinne.

»Erzähl mir etwas von dir, das ich noch nicht weiß«, sagt sie mit leichter und heller Stimme.

Zur Sicherheit suche ich in ihren Augen nach Zeichen von Drogen- oder Alkoholmissbrauch. »Es war meine Schuld, dass du gestolpert bist«, gebe ich zu und ermahne mich innerlich, endlich den Mund zu halten.

Was haben wir heute? Sag-die-Wahrheit-Tag? Ich werfe eine weitere Münze in die Jukebox und wähle diesmal »Bleeding Out« von *Imagine Dragons*, denn das ist es, was ich gerade tue – ausbluten. Aber ich bin nicht schockiert, denn ich habe geahnt, dass dieses Mädchen es in sich hat, mich ausbluten zu lassen, und mich dazu bringen kann, alles zu erzählen, was ich eigentlich für mich behalten wollte.

Sie runzelt die Stirn. »Wie meinst du das?«

»Als du am ersten Tag des Semesters in die Cafeteria gekommen bist«, sage ich und denke daran, wie ich sie in meinen Schoß gebracht habe. Ich grinse innerlich. Ich musste es einfach tun.

»Das heißt Speisesaal«, korrigiert sie mich. »Aber warum war es deine Schuld, dass ich gestolpert bin?«

»Wer, zum Teufel, nennt es Speisesaal?«

»Die intelligenten Menschen tun das.« Ein besserwisserisches Grinsen legt sich um ihren Mund.

Ich hebe eine Augenbraue an. »Willst du damit sagen, dass ich nicht intelligent bin?«

»Vielleicht«, antwortet sie schmunzelnd.

Oh Gott, ich würde mich am liebsten in ihr vergraben.

»Aber mal im Ernst, an der Uni heißt das nicht Cafeteria«, sagt sie.

Ich stütze meine Ellbogen auf den Tisch und grinse. »Technisch gesehen hast du recht. Aber erst wenn ich neunzig bin, Viagra brauche und mir die Zähne ausgefallen sind, werde ich einen Raum, in dem ich esse, Speisesaal nennen.«

Sie schürzt die Lippen und denkt nach. »Es klingt etwas …«

»Altmodisch.«

Sie nickt und grinst erneut. »Okay, du hast gewonnen. Und jetzt zurück zu der Sache mit der *Cafeteria* und meinem Stolpern.« Sie kneift die Augen leicht zusammen. »Was genau willst du damit sagen?«

»Es war meine Sporttasche, über die du gestolpert bist«, sage ich trocken und versuche, mir ein Grinsen zu verkneifen.

»Na und?« Sie zuckt mit den Schultern. »Sie hätte jedem gehören können.«

»Stimmt.« Ich lehne mich über den Tisch zu ihr und kann mir das Grinsen nicht länger verkneifen. Und es ist ein sehr breites Grinsen. »Aber ich habe dir meine Tasche absichtlich vor die Füße geschoben, als ich dich in den … *Speisesaal* kommen sah.«

Es vergeht ein langer Moment, und ihr fällt die Kinnlade runter. Ich verkrampfe mich und bereite mich auf eine ihrer berüchtigten Ohrfeigen vor.

Nach ein paar Sekunden werde ich mit lautem Lachen aus ihrem wundervollen Mund belohnt. »Was bist du für ein Mistkerl!«

Sie packt mein Kinn und drückt es sanft, mir bleibt fast das Herz stehen. Sie muss den Blick in meinen Augen bemerkt haben, denn sie zieht sofort ihre Finger zurück, als hätte sie sich an meiner Haut verbrannt.

Sie räuspert sich. »Du hast mich absichtlich stolpern lassen, Ryder.«

Ich lächle sie unschuldig an. »Ich habe dich doch aufgefangen, Amber!«

»Das hast du«, sagt sie mit einem zustimmenden Grinsen.

»Wurdest du verletzt?«, hake ich weiter nach.

»Nicht körperlich«, gibt sie mit einem verdammt sexy Grinsen zurück. »Was es meiner Psyche angetan hat, werde ich jetzt nicht erläutern.«

Bevor ich weiter nachbohren kann, kommt endlich die Kellnerin, um unsere Bestellung aufzunehmen. In Anbetracht der Tatsache, dass ich vorgegeben habe, kurz vor dem Hungertod zu stehen, damit sie mit mir hier reinkommt, gehe ich aufs Ganze und bestelle einen Double Cheeseburger plus Vanilleshake. Amber verweigert jegliches Essen und bleibt beim Wasser.

Während ich auf das Essen warte, betrachte ich ihr Gesicht eingehend. Alle paar Minuten zieht sie nervös an einer Haarsträhne hinter ihrem rechten Ohr. Nie hinter dem linken. Ich beobachte, wie ihre honigfarbenen Augen neugierig durch das Diner blicken, jedes Mal, wenn ein neuer Gast eintritt. So lebhaft die Farbe ihrer Augen auch ist, die Augen selbst sind stumpf – ein trüber Filter vor einer Vergangenheit, die sie nicht loslässt. Ich beobachte, wie sie mit der Zunge ihre Lippen befeuchtet – erst die Unterlippe und dann mit kreisender Bewegung die Oberlippe. Ich beobachte ihren Ausdruck, der ganz weich ist und dann plötzlich ganz weit weg zu sein scheint. Als ob ihre Gedanken unter den Trümmern dessen verschwinden, was von ihrem Universum noch übrig ist.

In mir türmt sich ein Riesenstapel von Gefühlen auf, als ich ihr dabei zusehe, wie sie durch die Musikauswahl der Jukebox blättert. Ich bin versucht, meinen Arm auszustrecken und sie zu berühren, aber das kann ich nicht tun. Sie ist absolut tabu. Die vielleicht künftige oder bereits schon feste Freundin meines besten Freundes ... die absolut verbotene Frucht. Trotzdem will ich sie noch einmal spüren. Das Verlangen danach ist stärker als je zuvor. Ein Ziehen so tief in mir drin, dass es mich fast um den Verstand bringt. Stattdessen beobachte ich sie weiter und versuche, die wenige Zeit, die uns noch bleibt, zu genießen.

Ich stütze meine Arme auf dem Tisch auf und muss unbedingt alles über sie wissen. »Jetzt bist du an der Reihe, mir etwas von dir zu erzählen.«

Ich fange ihren Blick ein, und obwohl sie lächelt, zögert sie. »Was zum Beispiel?«

»Irgendetwas.« Ich zucke mit den Schultern. »Jeder hat einen Fetisch, ähm, ich meine … eine Sache.«

Sie zieht eine Augenbraue nach oben. »Eine Sache, wie?«

»Ja«, ich grinse. »Was ist deine Sache, Amber?«

»Selbst wenn ich eine *Sache* hätte, warum sollte ich dir davon erzählen?«

»Weil ich es wissen will.«

»Das reicht nicht.«

»Weil ich es *wirklich* wissen will?«

»Nein«, sie lacht und verschränkt ihre Arme vor der Brust. »Reicht immer noch nicht.«

»Nein?« Ich rutsche auf die andere Seite der Bank und grinse verschmitzt. »Muss ich hier eine Szene veranstalten, damit du mir etwas erzählst?«

»Oh Gott, bitte nicht!« Sie schnappt lachend nach Luft.

»Jetzt hast du mich so weit, dass ich auf jeden Fall eine Szene machen werde.«

»Ich mag Twizzlers«, schreit sie fast und in ihren Augen ist Panik zu erkennen, als ich an den Rand der Bank rutsche. »Das ist meine Sache. Reicht dir das?«

»Nein, Süße. Ich weiß bereits, dass du Twizzlers magst.« Ich stehe auf und lege die Hände auf den Tisch. Ihre süße Nervosität macht meinen Schwanz wieder munter. »Du musst mir schon mehr bieten als Twizzlers.«

»Ryder, setz dich hin«, flüstert sie hastig und umfasst mein Handgelenk. Sie zieht daran und versucht erfolglos, mich zu bewegen. »Du bist unmöglich.«

»Ich bin neugierig«, entgegne ich und blicke mich im Diner um. »Und jetzt erzähl mir irgendetwas, bevor meine Neugier uns beide in eine peinliche Lage bringt.«

»Das ist doch verrückt.« Ihr Blick schweift im belebten Restaurant umher und dann wieder zu mir. Sie lächelt immer noch, also mache ich wohl alles richtig. »Ich bin total langweilig. Es gibt wirklich nichts zu erzählen.«

»Entschuldigen Sie, meine Damen und Herren«, verkünde ich und ziehe damit die Aufmerksamkeit einiger Gäste auf mich. Ich sehe sie nicht an, aber ich höre, wie Amber scharf einatmet. Sie zieht wieder an meinem Handgelenk. »Es tut mir leid, dass ich Sie beim Essen störe, aber ich versuche verzweifelt, ein paar Informationen über sich selbst aus dieser wundervollen Blume vor mir herauszubekommen. Was ich auch tue – und glauben Sie mir, ich habe schon alles versucht –, sie will mir einfach nichts über sich erzählen.«

»*Blume*?«, fragt Amber mit nervösem Lächeln, als sie zwischen mir und den neugierigen Beobachtern hin und her blickt.

»Ja«, ich dämpfe meine Stimme und betone jede Silbe. »Eine süße … duftende … wunderschöne Blume.«

Sie schluckt, und ihr Atem geht schneller. Ja, ich mache auf jeden Fall alles richtig.

»Also gut, diese *Blume* hat eine krankhafte Schwäche für Jared Leto.«

»Jared Leto reicht nicht aus.« Ich schmunzle. »Ich will mehr, Moretti.«

»Ich liebe Gewitter«, versucht sie es erneut und kommt der Sache schon näher. Aber das reicht mir noch nicht.

»Mehr.« Ich ziehe das Wort in die Länge. »Ich weiß, du kannst das besser.«

»Ich hasse den Geruch von Käsekuchen. Davon wird mir übel.«

Ich blinzle. »Käsekuchen soll besser sein?«

»Ich weiß wirklich nicht, was du wissen willst, Ryder.« Jetzt sieht sie mich verwirrt an. »Ich bin kein Mysterium oder so etwas.«

»Oh doch, das bist du. Du weißt es nur nicht.« Ich zwinkere ihr zu.

»Es kommt ganz darauf an«, unterbricht uns eine ältere Frau, die sich schnell noch ein Stück Apfelkuchen in den Mund schiebt, »welche Art von Informationen Sie von ihr wissen wollen.«

Ich sehe die Frau an, bevor ich mich zu Amber hinunterbeuge. Ich stütze meine Ellbogen auf den Tisch und blicke ihr in die Augen. Ihr Ausdruck wird weich, und hinter ihm kann ich große Neugierde erkennen, als sie mein Gesicht betrachtet.

»Ich will wissen, wie sie tickt, was sie antreibt. Ich will wissen, wovon sie träumt und wovor sie Angst hat.« Ich blicke sie immer noch an, atme tief ein und hoffe, dass meine Taktik aufgeht und sie nicht verscheucht. »Ich will ihre Marotten kennenlernen, all ihre verrückten kleinen Eigenarten. Ich will wissen, wie sie aussieht, wenn sie am Morgen aufwacht, und an wen sie denkt, bevor sie am Abend einschläft. Ich will wissen, was ihre Lieblingsfarbe ist, ihr Lieblingsmüsli und ihre Lieblingsband.« Ich mache eine Pause und verliere mich selbst in all dem, was dieses Mädchen ausmacht … dieses wunderbare Mysterium. »Ich will alles wissen, was sie mir erzählen möchte.«

»Dean, warum willst du solche Dinge nicht über mich wissen?«, kreischt eine aufgebrachte Stimme hinter mir.

Ich lausche nicht nach Deans Antwort, und Amber sieht mich an, als würde sie mein Verlangen, in ihren Kopf einzudringen, verstehen. »Ich …«, beginnt sie und hält dann inne, als wäre sie hin- und hergerissen. Sie zupft nervös mit ihren Fingern an einer Serviette und zuckt mit den Schultern. »Ich schreibe.«

»Du meinst, du schreibst ein Buch?« Neugierig geworden setze ich mich wieder auf meinen Platz.

»Nein«, sagt sie mit einem halbherzigen Grinsen. »Aber ich könnte. Das ist mal sicher.« Hinter ihren Augen scheinen sich Erinnerungen zu bewegen, und ihre Gedanken schweifen für einen Augenblick wieder in weite Ferne. »Ich ... schreibe Tagebuch. Meine Gedanken, wie mein Tag war, was ich gegessen habe. Dummes Zeug eben.« Sie zuckt erneut mit den Schultern. »Es ist blöd, aber ich habe damit angefangen an dem Tag, nachdem meine Eltern gestorben sind.«

Verwirrt lege ich den Kopf schräg. »Warum findest du das blöd?«

Sie malträtiert mit ihren Fingern weiterhin die Serviette. »Ich weiß nicht. Einfach so. Die meisten der Pflegeeltern, bei denen ich gelandet bin, fanden es blöd. Also muss es so sein, oder?«

»Moment mal. *Was*?« Ich hoffe, dass ich sie falsch verstanden habe. Als sie nicht gleich antwortet, spüre ich Wut in mir aufsteigen. Ich starre sie an und versuche, das plötzliche Verlangen zu zügeln, diese Leute ausfindig zu machen, bei ihnen zu Hause aufzukreuzen und sie windelweich zu prügeln. »Sie sagten, es sei blöd, Tagebuch zu schreiben?«

»Ja. Also alle bis auf Cathy und Mark. Sie haben mich sogar dazu ermutigt. Aber der Rest dachte, es sei kindisch.«

Kranke Scheiße. Ich bin wild entschlossen, ein paar Adressen herauszufinden. »Was denkst *du* darüber?«

»Ich habe dir doch eben gesagt, was ich darüber denke«, sagt sie gereizt.

An diesem Punkt würde jeder durchschnittliche Mensch den Rückzug antreten und sie in Ruhe lassen. Aber ich bin alles andere als durchschnittlich. Langsam fange ich an zu verstehen, dass Amber einen festen Tritt in den Arsch braucht, damit sie aus sich herausgeht. *Wirklich* aus sich herausgeht.

»Du hast mir erzählt, was diese Arschlöcher darüber dachten, nicht was du darüber denkst.« Ich verschränke die Arme. »Erzähl doch keinen Mist.«

In ihren Augen blitzt eine Kampfansage auf. »Was, zum Teufel, soll das heißen?«

»Das heißt, dass ich dir zum zweiten Mal heute nicht abnehme, was du sagst.«

Ihr geschwungener, sinnlicher rosa Mund steht jetzt weit offen.

Ich versuche mir nicht vorzustellen, wie er meinen Schwanz umfasst, und stelle sie weiter auf die Probe. »Das heißt, dass du ein Gehirn hast und selbst für dich denken kannst. Du scheinst kein Problem damit zu haben, deine Meinung zum Ausdruck zu bringen, ich tue mich also schwer damit zu glauben, dass du Tagebuchschreiben wirklich blöd findest. Du hast gesagt, du hast damit angefangen an dem Tag, nachdem deine Eltern gestorben sind. Dafür gibt es einen Grund. Und es gibt einen Grund, warum du es immer noch tust. Es ist eine Möglichkeit für dich, alles, was deinen hübschen Kopf verseucht, abzustoßen.«

Ich halte inne und sehe, wie ihr Kampfgeist entweicht. In diesem Moment lehne ich mich über den Tisch und achte darauf, dass mein Tonfall so sanft ist, wie sie es jetzt hören möchte. »Gib es zu, du weißt, dass du schreiben *musst*. Gib zu, dass es an diesem Punkt in deinem Leben die einzige Möglichkeit ist, das zu überleben, was geschehen ist.«

»Das Papier hört mir besser zu, als es jeder Therapeut je getan hat«, flüstert sie mit schmerzerfülltem Gesicht. »Es gibt kein … kein … Richtig oder Falsch für meine Gefühle.« Sie lenkt ihre ganze Aufmerksamkeit auf die zerrupfte Serviette zwischen ihren zitternden Händen und ihre Lippen beginnen zu beben, während Tränen in ihre Augen treten.

Mein Herz macht einen Sprung, und die Erkenntnis, dass sie noch nie mit jemandem darüber gesprochen hat, trifft mich hart. Es ist schon Stunden her, seit ich meinen letzten Joint geraucht habe, und Tage seit dem letzten Tequila. Trotzdem fühle ich mich betrunken, total high. Sie denkt vielleicht nicht jede Sekunde an mich, wie es bei mir der Fall ist, aber in diesem Moment gibt sie mir etwas viel Besseres als das. Sie gestattet mir Zugang zu ihrem leeren Herzen und führt mich durch ihre verkorkste Vergangenheit.

Vielleicht – nur vielleicht – lässt sie mich ein kleiner Teil ihrer Zukunft sein.

Amber blickt mir in die Augen, und ihre Stimme klingt so verloren, so verletzlich. »Das Tagebuch ist eine Rettungsleine für mich. Ich schreibe ohne die Angst, verurteilt zu werden. Ohne mich wie ein Freak zu fühlen, der in einem verdammten Affentheater zur Welt gekommen ist. Ich kann diesen abscheulichen Tag zu allem machen, was ich will, ohne dass mir jemand sagt, das sei irrational oder dass ich einen Weg finden muss, mit dem Vergangenen zu leben. Ich kann nur eine Minute lang schreiben oder für Stunden. Es gibt keinen hochnäsigen Therapeuten, der auf die Uhr sieht, um sicherzugehen, dass ich nicht zu viel von seiner kostbaren Zeit in Anspruch nehme. *Ich* entscheide, wie viele Gedanken ich an meine Eltern verschwende und daran, wie sie es nicht geschafft haben, mit dem Leben zurechtzukommen.« Ihr entfährt ein trauriges Lachen, und sie wischt sich die Tränen mit einem winzigen Rest ihrer Serviette von den Wangen. »Aber wer bin ich schon, zu urteilen, wer mit seinem Leben zurechtkommt? Ich mache doch auch nichts so, wie es von der Gesellschaft verlangt wird.«

»Scheiß auf die Gesellschaft und darauf, was sie denkt«, sage ich automatisch.

Das bringt mir ein Lächeln ein. Ja, da ist sie. Das zarte Mädchen, das so hell strahlt wie die Sonne und von dem ich weiß, dass es unter dem dunklen Himmel der Vergangenheit, über die es keine Kontrolle hatte, existiert.

Amber lässt ihren verschleierten Blick zu der Kellnerin schweifen, die sich von mir unbemerkt unserem Tisch genähert hat.

»Braucht ihr zwei noch etwas?« Die Frau streicht sich zwei feuerrote Fransen aus der Stirn, als sie den Burger vor mir abstellt.

Ich schaue zu Amber, und sie schüttelt den Kopf. Widerwillig wende ich mich der Kellnerin zu. »Nein, wir brauchen nichts mehr. Danke.«

Die rothaarige Kellnerin gibt uns die Rechnung, und ich blicke auf den Burger. Wenn ich auch nur einen kleinen Bissen davon esse, muss ich kotzen. »Du musst mir dabei helfen.«

Amber sieht mich an, als hätte ich den Verstand verloren.

Ich stöhne laut auf. »Ich habe gelogen, als ich sagte, dass ich hungrig bin.«

Sie verdreht erneut die Augen und muss dann lächeln. »Warum schockiert mich das nicht?«

»Ich weiß nicht. Warum?«, frage ich ernsthaft.

»*Hallo*? Sarkasmus!«

»Noch nie davon gehört.« Ich grinse und schneide den Burger in zwei Hälften. Dann schiebe ich den Teller in die Mitte des Tisches. »Iss!«

Etwas zögerlich nimmt sie ihre Hälfte. Nachdem sie den Burger in bestimmt einer halben Flasche Ketchup ertränkt hat, beißt sie ab. Ich entscheide mich dafür, Amber beim Essen zuzuschauen. Das macht mir einfach Spaß. Ich mag es, wie ihre glänzenden Lippen sich beim Kauen bewegen. Die Augen hat sie leicht geschlossen, als hätte sie seit Tagen nichts mehr gegessen. Ich mag es, wie sie sich mit ihrer Zunge über die Mundwinkel fährt, um ein bisschen Ketchup abzulecken. Ich mag es, wie es sich anfühlt, dass sie mir gegenübersitzt und die Hälfte meines Burgers isst.

Na toll. Ich habe mich in einen Freak verwandelt, der einen Fetisch dafür hat, Amber Moretti bei der Nahrungsaufnahme zuzusehen …

Was ich nicht mag, ist die Kontrolle, die sie über mich hat. Die erbarmungslose Hand aus Stahl, die sich sowohl um meinen Penis als auch um mein Herz geschlossen hat. Sie weiß es zwar nicht, aber ich gehöre ihr, und in ihrer Welt existiere ich nicht einmal. Verdammt, in weniger als dreißig Minuten hat sie es geschafft, mich komplett zu entwaffnen und jedes Molekül, das mich zu dem macht, was ich schon so lange bin, zum Schmelzen zu bringen.

Das hat erst ein Mädchen bei mir geschafft, und die hat mir erst den Kopf verdreht, wie ich es vorher noch nicht gekannt habe, um mich dann gebrochen zurückzulassen. Das ist der Grund, warum ich zu dem geworden bin, was Amber ein »Riesenarschloch« nennen würde.

Meine Geschichte?

Junge trifft Mädchen, Junge tut alles, um das Mädchen zu erobern, und die beiden verlieben sich. Verdammt romantisch.

Das Ende?

Der Junge erwischt das Mädchen dabei, wie sie den alten, bierbäuchigen Vater von ein paar Kindern fickt, bei denen sie babysittet. Verdammt widerlich.

Schlimme Trennung für den Jungen und das Mädchen und noch schlimmere Scheidung für den untreuen Ehemann und seine ahnungslose Frau.

»Du hast deine Hälfte noch nicht mal angerührt«, sagt Amber und reißt mich aus meinen Gedanken an einen Tag, den ich gar nicht schnell genug vergessen kann. Sie fährt mit gespielt strenger Stimme fort. »Das Mindeste, was du tun kannst, wenn du schon gelogen hast, um mich hierherzubekommen, und mich dann hier im Diner vor einem Haufen fremder Menschen zum Affen gemacht hast, ist, einen winzig kleinen Bissen zu nehmen.« Sie schiebt sich den letzten Rest ihrer Hälfte in den Mund und grinst mich an.

Trotz meines protestierenden Magens grinse ich, nehme meine ekelerregend fette Hälfte des Burgers und beiße davon ab.

Amber lächelt mich erneut an und nimmt einen Schluck von ihrem Wasser. »Brüder, Schwestern, beides oder Einzelkind?«

»Eine jüngere Schwester«, antworte ich. Ich spüre einen Stich in meinem Herzen. »Sie ist acht.«

»Treibt sie dich in den Wahnsinn, oder so? So wie du es tust, nur anders?« Sie stellt ihr Glas ab. »Zu ihrer Verteidigung muss ich sagen, dass das ein chaotisches Alter für ein Mädchen ist. Du nimmst plötzlich wahr, wie du aussiehst, diese verrückten … Dinge, die mit deinem Körper passieren, und die Welt um dich herum beurteilt dich nach deinem Äußeren.« Sie zuckt mit den Schultern. »So fühlt es sich zumindest an. Man probiert aus, zu wem man passt und wer einen akzeptiert. Zum ersten Mal tauchen Jungen in deinen Gedanken auf, was die Situation nur noch schlimmer macht.« Mit erhobenem Zeigefinger sagt sie: »Das ist eine verstörende Zeit für sie, also sei nett zu ihr, großer Bruder.«

Ich zucke zusammen und denke daran, was sie durchmachen muss zusätzlich zu dem, was Amber gerade alles erzählt hat. »Nein, eigentlich ist sie das coolste Mädchen der Welt. Ich würde für sie töten.«

Amber lächelt ein bisschen verwirrt. »Warum guckst du dann so geknickt?«

»Sie hat Krebs. Akute lymphatische Leukämie, um genau zu sein.« Allein beim Gedanken daran wird mir ganz übel.

Amber lässt ihre Schultern sinken und flüstert mit offenem Mund: »Mein Gott, Ryder. Das tut mir so leid. Wird sie …«

»Sie sind sich nicht sicher.« Ich kenne die Frage bereits.

Tod. Obwohl viele denken, sie seien dagegen immun, ist es doch niemand. Jeder Atemzug, den wir nehmen, bringt uns weiter weg von unserer Geburt … Schritt für Schritt bringt uns unserem Ende entgegen. Der Sensenmann holt jeden von uns, und wenn er kommt, ist er unvoreingenommen. Aber scheiße ist es, wenn er das Leben eines achtjährigen Mädchens nehmen darf, das alles Gute verdient, was es auf dieser Erde gibt. Ein achtjähriges Mädchen, das in dem Moment, in dem es auf die Welt gekommen ist, mein Herz erobert hat.

Der Gedanke daran, sie zu verlieren, bringt mich für einen Moment aus der Fassung, und ich spüre einen dicken Kloß im Hals. »Sie schlägt sich gut, sie ist eine Kämpferin. Aber es gibt Tage, an denen es ihr gar nicht gut geht, und das sind die schlimmsten für uns alle.«

Amber sagt ein paar Minuten gar nichts und sieht mich traurig an. »Wie gehen deine Eltern damit um?«

»Mein Vater geht gar nicht damit um.« Ich lege den Arm über die Rückenlehne der Bank und wünschte, dieses Arschloch wäre jetzt hier, damit ich ihn ins Koma prügeln kann, oder – da das sehr unwahrscheinlich ist – dass ihm der Sensenmann bereits einen Besuch abgestattet hat. »Er hat sich verpisst, bevor Casey geboren wurde. Es gibt nur noch mich, meine Schwester, meine Oma und meine Mutter. Ich tue, was ich kann, um ihnen zu helfen.«

Amber lächelt mich zögerlich an. »Klingt, als wärst du ein toller großer Bruder und ein großartiger Sohn und Enkelsohn.«

»Ja, ich liebe sie, und sie lieben mich.«

»Das glaube ich«, sagt sie sanft. Ihre Augen blicken ernst, und ich kann darin ein Verständnis erkennen, das nur bestärkt, was ich bereits wusste …

Was für eine tolle Persönlichkeit – eine, von der sie sicher nicht einmal weiß, dass sie sie besitzt – und ein wundervoller Mund, aus dem die Worte herausschießen wie aus einem versauten Trucker. Amber wurde geboren, um sich mit mir zu vermehren. Sie ist die Sorte Mädchen, die es einem unmöglich macht, sich nicht Hals über Kopf in sie zu verlieben, die dich langsam, aber unerbittlich in den Mann verwandelt, von dem du nie geglaubt hättest, einer sein zu können. Die Sorte Mädchen, die dir ihre Schattenseiten zeigt, aber dennoch immer ein Rätsel aufgeben wird – jedes Mal, wenn sie eine neue Seite von sich enthüllt, einen neuen Gang durch das Labyrinth in ihrem Herzen. Die Sorte Mädchen, für die man sich auf die Knie wirft und am eigenen Verstand, Glauben und Grund zum Weiterleben zweifelt, sollte sie einen je verlassen.

Dennoch ist Brock wie ein Bruder für mich, mein bester Freund seit Kindheitstagen. In meinem Hirn ist alles verworren, ich bin dabei, den Kampf in mir zu verlieren. Wenn ich mit Amber zusammen bin, wird jede Linie, die ich nicht übertreten darf, zum Zickzack und verschleiert die Richtung, die mir mein moralischer Kompass anzeigt. Sie macht mich blind für das, was falsch ist, und beschwört das Unausweichliche hervor. Ich bin dabei, die Sünde aller Sünden zu begehen: Ich werde Brock sein Mädchen vor der Nase wegschnappen, ohne auch nur darüber nachzudenken.

Verdammt gefährliches Terrain.

»Bereit zum Abmarsch?«, frage ich und versuche, meine Gedanken zu verdrängen.

Amber nickt, quetscht sich hinter dem Tisch hervor und streckt die Arme über den Kopf. Ihr Rücken biegt sich, als ein verschlafenes Gähnen über ihre Lippen kommt. Verdammt. Was gäbe ich dafür, sie nach dem Aufwachen in den Armen zu halten. »Könntest du mir jetzt meine Handtasche zurückgeben? Ich muss noch mal auf die Toilette, bevor wir gehen.«

»Natürlich.« Ich gebe sie ihr und realisiere, wie verrückt ich gewirkt haben muss, sie ihr wegzunehmen. »Wir treffen uns draußen.«

Amber nickt und geht in Richtung Toilette, wobei jeder Mann im Diner ihrem Arsch hinterhersieht. Mich überkommt eine besitzergreifende Eifersucht, die ich schnell unterdrücke, weil ich nicht das Recht dazu habe, so zu reagieren. Wenn ich es hätte, würde ich ein paar Kerle hier in ihre Schranken weisen. Laut seufzend nehme ich die Schlüssel vom Tisch und gehe an die Kasse, um die Rechnung zu bezahlen.

Nach ein paar Minuten kommt Amber wieder von der Toilette und sieht mich an. »Weißt du was?«

»Oh, ich weiß eine ganze Menge«, sage ich trocken und stecke das Wechselgeld in meine Tasche.

Sie kichert und grinst mich an. »Ich bin froh, dass du mich heute zur Geisel genommen hast.«

Ich halte ihr die Tür auf und trete in die Hitze des späten Nachmittags hinaus. Ihr Geständnis überrascht mich etwas. »Wirklich?«

»Ja.« Sie hält an und blickt zu mir auf, wobei sie mit ihrer Hand an der Stirn die Sonne abschirmt. »Ja, Ryder, wirklich.« Ihr Grinsen wird breiter. »Es ist gut zu wissen, dass hinter dir mehr steckt als ein arrogantes Arschloch, das den ganzen Tag nur an Sex denkt.«

Ich schmunzle, als sie die Treppen runter zu meinem Auto geht. »Ich bin froh, dass ich deine Anerkennung erlangt habe, aber ich kann nicht versprechen, dass ich jemals aufhören werde, an Sex zu denken.« Ich sperre die Beifahrertür auf. »Jedenfalls nicht, wenn du in meiner Nähe bist.«

»Das kann doch nicht allzu schwer sein«, sagt sie cool und gleitet auf den Beifahrersitz. »Oder?«

Dieses Mädchen macht mich verrückt.

»Du hast ja keine Ahnung.« Ich schließe die Tür und gehe

ums Auto herum, während ihr Lachen wie Musik in meinen Ohren klingt. Dann steige ich ein und lasse den Motor an. »Absolut keine Ahnung.«

»Willensstärke, mein Lieber.« Sie klappt den Spiegel herunter, holt eine kleine Plastiktube aus ihrer Tasche und bedeckt ihre geschürzten Lippen mit nach Erdbeere duftendem Lipgloss.

Meine Nasenflügel weiten sich, und mein Schwanz reagiert so, wie jeder Schwanz auf den süßen Geruch reagieren würde – voller Alarmbereitschaft und hungrig nach dem, was er braucht, wünscht er sich nichts lieber als einen Platz in Ambers Körper. Als sie ihre Lippen gegeneinanderpresst, bin ich davon überzeugt, dass sie versucht, mich umzubringen. Entweder das, oder sie weiß, dass sie ein wandelndes Aphrodisiakum für die gesamte männliche Spezies ist, was sie – wann immer sie die Chance dazu sieht – gekonnt zu ihrem Vorteil einsetzt.

»Die Willensstärke ist frei«, fährt sie fort. »Nutze deine Willensstärke, Ryder. Grabe tief danach, *ganz, ganz tief,* und benutze sie.«

Ich werde gleich den Rücksitz benutzen, wenn sie nicht aufhört, mich verrückt zu machen. »Was hältst du von Politik?«

»Hä?« Sie steckt den Lipgloss wieder in ihre Tasche. »Wie kommen wir von den-ganzen-Tag-an-Sex-denken auf Politik?«

»Ich benutze meine Willensstärke«, stöhne ich und fahre auf den Highway. »Hilf mir dabei.«

»Okay. Politik.« Sie nickt und versucht ernst zu bleiben, obwohl sie grinsen muss. »Was hältst du von Obamacare?«

»Gott, nein. Ich rede nicht über Politik. Dabei regen sich die Leute nur auf.«

»Jetzt gibst du mir das Gefühl, verrückt zu sein. Und das schafft nicht jeder. Hut ab!«

Ich werfe ihr von der Seite einen Blick zu und genieße den verwirrten Ausdruck auf ihrem Gesicht. »Was ist dein Hauptfach?«

»Psychologie.«

»Kein Scheiß? Eine Psychologin?«

»Kein Scheiß.« Sie zuckt mit den Schultern. »Ich bin der Meinung, dass jemand, der so verkorkst ist, wie ich es bin, anderen Menschen, die ähnlich verkorkst sind, besser helfen kann als jemand, der überhaupt nicht verkorkst ist.«

»Also echt, Moretti. Das ist eine verdammt coole Einstellung, Dinge zu betrachten, die verkorkst sind.«

»Finde ich auch.« Sie lacht. »Was ist dein Hauptfach?«

»Dieses Jahr mache ich meinen Master in BWL.«

»Wirklich?« Schockiert reißt sie die Augen auf.

In Anbetracht der Tatsache, dass es nur wenige Stellen auf meinem Körper gibt, die nicht tätowiert sind, und dass meine Zunge gepierct ist, überrascht mich ihre Reaktion nicht. Um ehrlich zu sein, bin ich das gewohnt. Die meisten Menschen können sich mich nicht in einem Anzug vorstellen, geschweige denn, dass ich ihre Geldanlagen verwalte. »Ja«, ich grinse schleimig. »Ihr freundlicher, hiesiger Banker.«

»Sehr beeindruckend«, gibt sie zu. »Und mit was verdienst du dir in der Zwischenzeit dein Geld? Jemand mit so einer Karre arbeitet kaum bei Burger King.«

Abgesehen von meiner Mutter, Schwester und Großmutter lebe und atme ich für meinen dunkelroten 68er-Mustang Fastback mit verchromten Felgen und einem 427er-Big-Block-Motor unter der Haube. »Mein Großvater hat ihn mir geschenkt, bevor er gestorben ist.« Bei dem Gedanken an den einzigen Mann, der in meinem Leben die Vaterrolle übernommen hat, muss ich schlucken. »Ich habe ihn über die letzten Jahre hinweg erneuert.«

»Es tut mir leid«, flüstert Amber unbehaglich. »Ich komme

immer wieder auf schmerzende Themen. Ich bin eine Idiotin.«

»Stopp.« Instinktiv hebe ich meine Hand und will ihre Wange streicheln, um sie zu trösten. Aber ich lege sie schnell wieder ans Steuer und grinse. »Er war ein cooler Hund. Fast so cool wie ich.«

Amber lächelt mich behutsam an. »Ihr zwei standet euch nahe. Das ist gut.«

»Ja.« Ich nicke. »Wir standen uns wirklich nah.« Verdammt, ich vermisse den alten Mann.

Unser Leben gehört uns nicht. Das tut es nie. Von der Geburt bis zum Tod leihen wir es uns nur aus. Eine Vereinbarung mit einer schützenden Hand, die vom Moment unserer Geburt an über uns wacht. Und eine konstante Erinnerung daran, dass es jeden Moment vorbei sein kann.

Ringgg. Die Zeit ist abgelaufen, Arschloch.

»Aber um auf deine Frage zurückzukommen«, fahre ich fort und verdränge den nach Kirsche duftenden Geruch der Zigarren meines Großvaters aus meinen Gedanken. »Ich habe noch nie einen Burger belegt, um Geld zu verdienen.« Ich blicke zu Amber. »Ich arbeite Teilzeit als Vorarbeiter bei einer von Baltimores größten Baufirmen«, sage ich ernst und versuche so zu klingen, als würde ich die Wahrheit sagen.

Ich hasse es, sie anzulügen, aber dieser Teil meines Lebens steht nicht zur Diskussion. Und außerdem ist es nicht ganz gelogen. Ich schwitze mir dabei im Sommer die Eier ab, und im Winter werden sie zu kleinen Eiszapfen. Zwar verdiene ich mein Geld nicht allein damit, aber einen großen Teil davon.

Zu den Dingen, die ich tue, die nicht legal sind – und von denen ich Amber *niemals* erzählen werde –, gehört eine florierende »Hausaufgabenagentur« abseits vom Campus. So habe ich sie zumindest genannt.

Um auf den Punkt zu kommen: Mein IQ grenzt an den

eines Genies, und ich bin ziemlich gut darin, Dutzende von Dumpfbacken, die mit Lernen absolut nichts am Hut haben, zu wahren Leuchten zu machen. Sie zahlen alle pro Semester – von den Neulingen bis zu den alten Hasen –, egal, wie viel es kostet. Wenn ein Neuer bei mir auftaucht und meine Dienste in Anspruch nehmen will, schockiert mich der Ausdruck auf ihren Gesichtern schon gar nicht mehr. Ich bin daran gewöhnt. Sie erwarten nicht, dass Ryder Ashcroft tatsächlich ein Gehirn hat. *Dumm fickt gut.*

»Du baust also Häuser?«

»Ich baue alles.«

»Alles?« Sie zieht die Augenbrauen hoch. »Auch *große* Gebäude?«

»Riesige.«

»Wie ... *riesig*?« Ihre Stimme klingt plötzlich ganz heiser, und der neckische Ausdruck auf ihrem Gesicht verrät mir, was sie wirklich wissen will.

Ich grinse, und mir verschlägt es fast die Sprache. Aber nichts wird mich davon abhalten, bei diesem Spiel mitzumachen. »Verdammt riesig.« Ich lasse meinen Blick über ihre Lippen gleiten und stelle mir vor, wie mein Schwanz von ihnen umschlossen wird. »Alle anderen Gebäude sind winzig dagegen.«

»Aber weißt du auch, wie man das Gebäude *benutzt*?« Sie mustert mich von oben bis unten, ihr Blick landet erst bei meinem Schwanz und springt dann wieder zu meinen Augen zurück.

Ich bin kurz davor, das Auto an den Straßenrand zu stellen, sie herauszuziehen und auf der Motorhaube zu ficken. Womit Voyeurismus meine Liste an ausgefallenen Sexualpraktiken ergänzen würde.

»Das ist die eigentliche Frage, Ryder. Weißt du, wie man das Gebäude in dem Sinne benutzt, für den es gebaut wurde?«

»Ich hatte noch nie einen unzufriedenen Besucher, falls du das wissen willst.« Ich spiele bei dem Spiel mit und habe fest vor, sie zu ficken, so wie sie es gedanklich mit mir macht. »Eigentlich ist es sogar ein bisschen schade. Denn wenn sie einmal mein Gebäude betreten haben, haben sie keine Lust mehr auf die ... *kleineren*. Mein Gebäude hat sie verwöhnt und für die restlichen ruiniert.«

»Du weißt, was sie über Männer mit großen Gebäuden sagen, oder?« Ihre Art ist so hinterlistig, und sie verschlingt mich förmlich mit ihrem Blick.

Großer Gott. Dieses Mädchen lässt mich wie einen nervösen Schuljungen auf meinem Sitz herumrutschen, und meine Eier schreien nach Erlösung, während ich versuche, mich auf die Straße zu konzentrieren. Ich brauche jetzt unbedingt eine Zigarette, und als ich zum Handschuhfach greife, berühre ich unabsichtlich ihr seidiges Bein. Sie zieht das olivbraune Meisterstück sofort zur Seite, und ihr Gesichtsausdruck verwandelt sich augenblicklich von erhitzt in nervös.

Ich räuspere mich. »Ich wollte nur meine Zigaretten aus dem ...«

»Man sagt, Männern mit großen Gebäuden fehlt es an ... *Willensstärke*.« Sie öffnet das Handschuhfach, schüttelt ihren Kopf und holt die Packung Zigaretten heraus, die sie mir zuwirft.

Ich fange sie auf. »Du denkst, ich habe dich absichtlich berührt.«

Sie schüttelt erneut den Kopf. »Gut, dass dein Hauptfach nicht Schauspielerei ist, Ryder.«

Ich fische ein Feuerzeug aus meiner Tasche, zünde mir die Kippe an und nehme einen langen Zug. Während ich den Rauch ausblase, legt sich ein Grinsen um meine Mundwinkel. »Lass mich dir eins sagen, Süße«, sage ich mit kratziger Stimme. Der Mittagsverkehr zwingt uns zum Halten. Ich nutze die Gelegenheit und beuge mich über die Armlehne zu ihr hinüber, wobei ich sie mit stechendem Blick anschaue. »Wenn ich dich berühre, *wirklich* … *wirklich* … berühre, wird dir jeder Atemzug aus deinem hübschen Mund und jeder winzige Fleck Haut auf deinem wunderbaren Körper zeigen, dass es Absicht war. Verstehst du, was ich meine?«

Sie blinzelt, einmal, zweimal, dreimal. »Warst du jetzt arrogant genug?«

»Hast du jetzt genug provoziert?«, erwidere ich, und ihre plötzliche Nervosität amüsiert mich.

»Ich habe überhaupt nichts provoziert.« Obwohl ihre Wangen gerötet sind und sie nervös mit den Fingern in ihrer Handtasche kramt, hat sie einen todernsten Gesichtsausdruck.

Da ich, wie schon gesagt, seit heute Morgen keinen Joint mehr geraucht habe, schließe ich aus, dass ich high bin. Ich weiß aber auch, dass ich mir nicht eingebildet habe, was gerade eben passiert ist. Die einzig logische Erklärung ist also, dass Amber eine heiße Entflohene aus der Irrenanstalt ist und ich ihren verwirrten Kopf total durcheinandergebracht habe. Nicht gut.

»Geht's dir gut?« Der Verkehr läuft wieder, ich schalte in den ersten Gang und fahre auf die nächste Ausfahrt zu. »Du wirkst so … durcheinander.«

Ein lautes Lachen ertönt aus ihrem Mund, und sie versucht, ihre Frustration zu verbergen, was ihr nicht gelingt. »Ich bin nicht durcheinander.«

»Alles klar.« Ich grinse sie an. »Ich entschuldige mich dafür, dass ich deine Körpersprache falsch gedeutet habe.«

Sie seufzt und streicht sich mit unruhiger Hand über ihren erröteten Hals. »Oh mein Gott.«

»Das sagen sie alle.«

»Was?«, fragt sie schnippisch. »Wer sagt das?«

»Die Frauen, die in den Genuss der schönen Architektur meines riesigen … *Gebäudes* gekommen sind.«

Der Unterkiefer klappt ihr herunter. Ich schmunzle. In Anbetracht der Tatsache, dass ich total hart im Schritt bin, mich kaum auf die Straße konzentrieren kann und sie mit dem Spielchen angefangen hat, das uns beide verrückt macht, habe ich nicht die Absicht, es zu beenden. So einfach mache ich es ihr nicht. Rache ist ja bekanntlich süß.

»Ehrlich gesagt stöhnen oder schreien sie es«, sage ich. »Das hängt davon ab, was ich gerade mit ihnen mache. Ich liebe Frauen. Ich kann sie von Sonnenaufgang bis Sonnenuntergang lecken. Wenn ich also dabei bin, stöhnen sie normalerweise.«

Ich zwinkere ihr zu, und sie sieht mich mit weit aufgerissenen Augen und zusammengepressten Lippen an.

Ich schnipse meine Zigarette aus dem Fenster. »Und wenn wir gerade voll dabei sind, bringe ich sie kurz vor den Orgasmus, mache dann ein bisschen langsamer, sodass sie das Gefühl bekommen, es vergeht wieder, und dann nehme ich sie so richtig durch. Da schreien sie dann nach mir und dem lieben Gott gleichzeitig.« Ich zucke mit den Schultern und bringe das Auto vor dem Studentenwohnheim zum Stehen. Als ich den Motor ausschalte, lächle ich sie sanft an. »Die Geräusche, die sie machen, hängen also davon ab, was meine Hände, meine Zunge und mein Gebäude so tun.«

Amber starrt mich an und wippt nervös mit den Knien auf und ab, während ich darauf warte, dass sie das Bild, das ich gerade für sie gemalt habe, annimmt. Nichts. Sie bleibt stumm und starrt mich einfach an.

Ich habe das Gefühl, etwas sagen zu müssen, also nehme ich das Erste, was mir in den Sinn kommt. »Welche Farbe hat deine Unterhose?«

»Rosa«, antwortet sie mit zittriger Stimme und stockendem Atem.

»Passender BH?«

Sie nickt und beißt sich auf die Unterlippe.

Verdammt noch mal. Ich habe keine Ahnung, wo das hinführen wird, aber ich werde mit Sicherheit nicht aufhören. »Hast du an unseren Kuss denken müssen?«

Ein weiteres Nicken.

»Daran, wie er geschmeckt hat?«

»Ja«, flüstert sie kaum hörbar.

»Wie oft?«

»Ich weiß nicht.«

»Doch, das weißt du.« Ich lege meine Hand in ihren Nacken und ziehe ihr wunderschönes Gesicht sanft ganz dicht an meines heran. »Wie oft hast du daran gedacht?«

»Warum tust du mir das an, Ryder?«

»Du hast damit angefangen, und das nicht ohne Grund. Ich könnte auch nicht aufhören, wenn ich wollte.« Mein rauer Atem schlägt ihrem entgegen. »Und jetzt beantworte mir die verdammte Frage, Amber. Wie oft hast du an unseren Kuss gedacht?«

Sie erzittert, und in ihren Augen sind Verwirrung und Begierde zu erkennen. »Ich … ich konnte nicht aufhören, daran zu denken.«

»Dann küss mich«, flüstere ich schroff und habe nicht vor, mir den Kuss diesmal zu erzwingen. Ich habe eh schon die Arschlochkarte gezogen. Das kann ich nicht noch mal tun. Außerdem will ich, dass es dieses Mal von ihr ausgeht. Unbedingt. »Wenn du nicht aufhören konntest, daran zu denken, dann küss mich jetzt. So, wie du es dir wünscht.«

»Fahr zur Hölle«, zischt und stöhnt sie gleichzeitig, als ich ihre Haare packe.

Meine Lippen streichen über ihre weichen Wangen, und mir wird ganz schwindlig von ihrem süßen Himbeerduft.

»Du denkst keine Sekunde an Brock.«

Ich gehe ein Stück zurück und blicke ihr eindringlich in die Augen. »Tust du es denn? Dieses Gefühl habe ich nämlich nicht. Dieses Gefühl habe ich im Moment überhaupt nicht.«

Sie schluckt. »Was willst du von mir hören, Ryder? Soll ich sagen, dass ich dich will? Dass ich mir vorgestellt habe, mit dir zu schlafen?«

Mir gelingt ein leichtes Grinsen. »Ja, damit können wir anfangen.«

»Gut! Ich habe mir schon tausendmal vorgestellt, wie wir beide es in allen möglichen Stellungen treiben. Ich habe mir vorgestellt, wie ich auf dir reite, bis keiner von uns beiden mehr kann. Ich habe mir vorgestellt, wie es sich anfühlt, an deinem Schwanz zu lutschen, bis meine Wangen schmerzen.« Ihre Augen verengen sich zu Schlitzen. »Aber soll ich dir noch etwas sagen?«

Mein Schwanz war noch nie so hart wie in diesem Moment, und ich will mehr als je zuvor, dass sie mich küsst. Ich bin mir nicht sicher, ob ich wissen will, was sie mir jetzt sagen wird.

Sie wartet meine Antwort erst gar nicht ab. »Du bist ein Raubtier. Und ich bin krank genug, das irgendwie zu mögen. Ich mag es gerne schmutzig. Ich *bin* schmutzig. Aber nicht schmutzig genug, um deinen besten Freund zu hintergehen, weil ich ihn nämlich sehr gernhab. Er kann mir etwas bieten – du nicht. Du bist nicht annähernd für eine Beziehung gemacht.« In ihrer Stimme schwingt Rebellion mit, aber ihre Augen strahlen eine gewisse Zerknirschtheit aus.

Zum Teufel mit der Arschkarte. Die habe ich eh schon gezogen.

Ich presse meine Lippen auf Ambers, unsere Zungen treffen aufeinander und explodieren in einem Kuss voller Leidenschaft und Wut. Sie stöhnt auf, zieht ihre Knie auf den Sitz und klettert über die mittlere Armlehne zu mir herüber. Ihr Körper passt sich meinen Streichelbewegungen an und sie packt mein Haar fester als ich ihres.

»Du denkst, ich kann dir nichts bieten?«, brumme ich, und mein Schwanz wird mit jeder Sekunde härter. Ich küsse und sauge an jedem Stück Haut von ihr, das offenliegt – an ihrem Schlüsselbein, an der Schulter, an ihrem Nacken, ihrer Wange, ihrem Ohr. Verdammt, wenn ihre Titten jetzt nackt wären, hätte ich sie schon zwischen meinen Lippen. Sie stöhnt erneut auf, ihr Atem geht schwer, und ihr Herz schlägt laut, als sie ihrem aufgestauten sexuellen Frust freien Lauf lässt.

»Ist es das, was du denkst, Amber? Dass ich dir nichts zu bieten habe?«

»Ja«, antwortet sie wie durch einen Schleier und gräbt ihre Fingernägel in meine Kopfhaut, während sie sich auf meinen Schoß setzt.

Gott steh uns bei. Ich bin kurz davor, es hier und jetzt im Auto mit ihr zu tun. Ihre Lippen sind immer noch auf meine gepresst und jetzt langt sie an der Seite vorbei und legt den Sitz um, sodass wir beide nach hinten kippen. Sie will mehr. Ihr Kuss ist verzweifelt, sie bettelt förmlich darum, dass ich den ganzen Schmerz aus ihr rausvögle. Ich küsse sie schnell und hart, mein Schwanz zuckt, als meine Hände unter ihr Shirt gleiten und ihre Rippen umfassen.

Sie stöhnt, und ihre Hüften bewegen sich im Einklang mit unserem heftigen Atmen. »Das Einzige, was du mir bieten kannst, ist guter Sex, Ryder. Und das kann ich überall bekommen.«

»Glaubst du?«, hauche ich und fahre mit den Fingern unter ihren BH. Ich streiche über einen harten Nippel. *Verdammt.* »Bist du dir da sicher?«

»Ziemlich sicher«, keucht sie und macht sich am Reißverschluss meiner Jeans zu schaffen.

Ich ziehe meine Hände unter ihrem Shirt hervor, fasse sie fest um die Hüfte und löse meinen Mund von ihrem. »Und warum, zum Teufel, küsst du mich dann noch?«

Als sie realisiert, was sie da gerade macht, zieht sie sich sofort zurück. Sie sieht mich an – hungrig nach mehr. Und als ich gerade denke, dass sie mich erneut küssen wird, gibt sie mir eine Ohrfeige auf die gleiche Wange, wie an dem Tag, an dem wir uns kennenlernten.

Ich muss schmunzeln. »Du hast keine Ahnung, wie hart mein Schwanz wird, wenn du das tust. Hier.« Ich halte ihr die andere Wange hin. »Mach schon, Süße. Schlag auch hier zu, wenn ich dich so ankotze.«

»Du bist ein Arschloch.« Sie stößt die Tür auf und stolpert aus dem Auto. Ihre Knie berühren fast den Boden, bevor sie sich wieder aufrichten kann.

Ich setze mich auf und versuche nicht einmal, ihre Gedanken zu verstehen, während sie auf ein Gebäude zuläuft, von dem ich annehme, dass es ihr Wohnheim ist.

Sie hat ihre Handtasche vergessen.

Ich nehme sie vom Sitz, drehe das Fenster runter und drücke ein paarmal auf die Hupe. »Hey, Moretti!« Damit lenke ich nicht nur ihre Aufmerksamkeit auf mich, sondern auch die von einigen anderen Studenten. Ich halte die Tasche in die Luft. »Du hast was vergessen.«

Schwer atmend hält sie inne.

Ich grinse, steige aus dem Auto aus und lehne mich gegen die Motorhaube. Den Riemen der Tasche wickle ich vergnügt um meine Finger. »Na? Willst du sie zurück oder nicht?«

»Du machst mich wahnsinnig, Ryder!« Sie fuchtelt mit den Armen rum. »Total wahnsinnig!«

Ich schmunzle. Dieses Mädchen ist übergeschnappt. »Gut!«

»Gut?«, äfft sie mich mit weit aufgerissenen Augen nach. »Gut? Du findest das gut?«

»Habe ich etwa gestottert?« Da wir uns wie zwei ausgemachte Idioten benehmen, haben wir mittlerweile schon eine relativ große Meute an neugierigen Beobachtern angezogen. Amüsiert mache ich weiter damit, mich wie ein Idiot aufzuführen, selbst auf die Gefahr hin, dass ich uns beide vielleicht in die nächste Irrenanstalt bringen muss, wenn wir mit diesem Theater fertig sind. »Wer macht hier wen verrückt, Amber?« Ich blicke ihr in die Augen und deute auf meinen harten Schwanz. »Das habe ich nicht selbst gemacht. Das hast du provoziert.«

Ihr klappt die Kinnlade herunter. »*Was*?«

»Du hast mich schon verstanden.« Ich grinse und will austesten, wie weit ich bei ihr gehen kann. »Du bist die Königin der Verführerinnen. Verbeuge dich vor der Menge, Süße.«

Sie sieht sich um und muss jetzt selbst schmunzeln. Dann tut sie genau das. Sie verbeugt sich, richtet sich wieder auf und zeigt jedem den Mittelfinger. »Die Vorstellung ist vorbei. Zeit zu gehen.«

Ja. Sie ist definitiv meine Seelenverwandte.

Als sich die Menge auflöst – Augenrollen, Flüstern und Gelächter inklusive –, stecke ich meine freie Hand in die Hosentasche und halte mit der anderen immer noch ihre Handtasche. »Willst du sie dir jetzt holen? Da ich dir ja nichts zu bieten habe außer gutem Sex, verspreche ich dir, dass ich deinen wunderbaren Körper nicht mehr anrühren werde.«

Amber seufzt frustriert auf und stapft verärgert auf mich zu. Sie kommt ganz nah an mich heran, schnappt sich ihre Handtasche und blickt mir tief in die Augen. Sie atmet schwer und leckt sich über die Lippen. Bevor ich auch nur blinzeln oder ein Wort sagen kann, wirft sie einen Arm um meinen Hals, zieht meinen Kopf zu sich herunter und steckt ihre wunderbar weiche Zunge langsam tief in meinen Mund, während sie die Finger in meinen Haaren vergräbt.

Ich. Will. Es. Jetzt.

Ihr leises Stöhnen bringt mein Blut in Wallung, und mein Herz schlägt schneller als das eines Jungen kurz vor seinem ersten Mal.

Aber es dauert nur eine Sekunde.

Ohne Vorwarnung dreht Amber sich um, rennt die Treppen hinauf und verschwindet im Gebäude. Sie lässt mich nicht nur mit der sicheren Tatsache zurück, dass ich mir sofort einen runterholen werde, sobald ich in meiner Wohnung bin, sondern auch mit tausend verwirrenden Gedanken, die mir durch den Kopf rasen.

Erstens: Ich habe unsere Wette gewonnen, und ich frage mich, ob es ihr bewusst ist. Egal, wie ich sie dazu gebracht habe, sie hat mir die Farbe ihrer Unterwäsche verraten. Beim Sex gibt es keine Regeln, und gäbe es welche, würde ich jede einzelne von ihnen brechen.

Zweitens: Dieser letzte Kuss ging von ihr aus. Da sie mir danach keine Ohrfeige verpasst hat, kann ich wohl davon ausgehen, dass ich in ihrer Gunst ein bisschen gestiegen bin.

Drittens: Ich stecke tiefer in der Scheiße, als ich ursprünglich gedacht hatte.

Waren es die letzten paar Stunden, die wir zwei damit verbracht haben, uns dem anderen gegenüber mehr zu öffnen, als wir es uns je vorgestellt hätten? Oder waren es die letzten paar Minuten, in denen wir uns körperlich und geistig total auseinandergenommen haben? Was auch immer es war, ich werde das Gefühl nicht los, dass ich mir mit diesem Mädchen mein eigenes Grab schaufle.

Noch mal: Gott steh uns bei …

6 Amber

Schweiß tritt auf meine Oberlippe und mein Herzschlag droht meine Brust zu sprengen, als ich den Gang entlangrenne und in der Tasche nach dem Zimmerschlüssel krame, während ich mich frage, was, zum Teufel, da gerade über mich gekommen ist.

»Vorübergehende geistige Umnachtung«, murmle ich, als ich meine Zimmertür aufschließe. Ich mache sie hinter mir zu und lehne mich mit dem Rücken dagegen. Mein geschwächter, nach Sex gierender Körper zittert immer noch. »Das muss es gewesen sein.« Ich atme tief ein, lege meine Handtasche ab und versuche, die Entschuldigung zu glauben, die ich mir zurechtgelegt habe.

Nein, das ist keine Entschuldigung. Es ist eine Tatsache. Ich wurde schon härter auf die Probe gestellt, als mit dem hier. Sehr viel härter. Ryder hat nicht die geringste Kontrolle über mich.

Kein bisschen.

Ich gehe durch das Zimmer und schaue mich im Spiegel an. Meine einst normalen Beine haben sich in Wackelpudding verwandelt und können mich kaum noch tragen. »Das ist alles«, wiederhole ich und starre auf mein Spiegelbild. »Vorübergehende, von Ryder verursachte geistige Umnachtung.«

Ganz einfach.

Die körperliche Anziehungskraft, die von ihm ausgeht, kann ich nicht leugnen. Von dem Moment an, in dem ich auf seinem Schoß gelandet bin, habe ich die sehr potente Kraft gespürt, die er ausstrahlt. Eine Kraft, die meine Welt mühelos in Brand setzen und sie mit jedem Schlag meines hilflosen Herzens in Asche verwandeln könnte. Ryder ist ein alles verschlingender Strudel aus purer, ursprünglicher, leidenschaftlicher Männlichkeit, die jedem Mädchen den Kopf verdreht. Auf dem gesamten Campus gibt es mit Sicherheit kein Mädchen, das sich nicht auf die Lippen beißt, dessen Oberschenkel nicht verkrampfen oder das nicht kichert wie ein dummes Huhn, wenn er in der Nähe ist.

Trotzdem haben diese Reaktionen – von denen ich mir auch einige eingestehen muss – nichts mit seiner schlagfertigen Persönlichkeit zu tun, an die ich mich gewöhnen könnte. Eine Persönlichkeit, die mich leicht einnehmen, begeistern und in die ich mich verlieben könnte. Es hat nichts mit der Tatsache zu tun, dass er wirklich hören will, was ich zu sagen habe. Ich habe es in seinen Augen gesehen. Die Art, wie sie sich von Stahlblau in Kobaltblau verwandelt haben und bei jedem Wort an meinen Lippen hingen. Und es hat definitiv nichts mit der Tatsache zu tun, dass Ryder sehr viel mehr zu bieten hat als göttliche sexuelle Eigenschaften und ein wunderbares Gesicht. Er hat, genau genommen, sogar ein Herz. Ein Herz, das sich um eine Schwester mit Krebs, eine Großmutter und eine alleinstehende Mutter sorgt. Ein Herz, das einen Großvater verehrt, der nicht mehr länger am Leben ist. Und es hat mit Sicherheit nichts damit zu tun, dass ich eben eine ganze Menge von Gründen aufgelistet habe, warum Ryder-Arschloch-Ashcroft mehr als genug Fähigkeiten besitzt, die ihn beziehungsfähig machen.

»Nein«, flüstere ich und schüttle den Kopf. »Nicht er.«

Er ist zu gefährlich, sexy und giftig für mich. Wir sind vollkommen unterschiedlich. Zwei kaputte Glasscherben, die nie zusammenpassen werden. Er ist ein eingebildeter, rücksichtsloser Mistkerl. Ich bin eine verschlossene, wahnhafte Schlampe. Er strahlt bei jedem Schritt, mit jedem Wort und mit jedem Atemzug puren Sex aus. Ich benutze Sex in jedem verstörenden Moment, in dem ich ihn für nötig halte. Er liebt und kümmert sich um seine Familie. Ich hasse meine für das, was sie mir angetan hat. Obwohl ich Sex dafür benutzt habe, mir jeden verdammten Gedanken aus dem Hirn zu vertreiben, der mich bei jedem einzelnen Atemzug quält, bin ich niemand, der seinen Partner betrügt. Und ich habe auch nicht vor, so jemand zu werden. Brock und ich sind zwar noch nicht offiziell zusammen, aber ich habe eine Beziehung zu ihm aufgebaut, die ich nur ungern wieder zerstören möchte.

Brock!

Ich starre auf die Uhr. Halb sechs. Fünfundvierzig Minuten. Fünfundvierzig kurze Minuten, bis ich ihn am Haupteingang für unser erstes offizielles Date treffen soll.

Das Herz rutscht mir in die Hose, und meine Knie werden weich, als ich mir durchs Haar fahre. »Scheiße!«

Ich flitze zum Schrank, hole einen roten Baumwollrock und eine weiße Bluse raus, werfe die Sachen auf mein Bett und hole meinen Kulturbeutel aus der Kommode. Meine Nerven sind angespannt, und ich stelle einen neuen Rekord auf, indem ich innerhalb von zehn Minuten aus den Gemeinschaftsduschen wieder zurück bin – geduscht und alle wichtigen Körperteile rasiert und eingecremt. Fertig für den Abend.

Als ich vor dem Spiegelschrank stehe und mich schminke, sind meine Nerven immer noch zum Zerreißen gespannt. Während ich die Wimperntusche auftrage, kann ich mich nur an einen Moment im Leben erinnern, in dem ich mich so aufgelöst gefühlt habe wie jetzt. Es war der Moment, in dem meine Eltern ihren letzten Atemzug gemacht haben. Allein diese Tatsache zeugt doch davon, dass ich ein totaler Freak bin.

Aber ganz egal, was der heutige Tag mir für Überraschungen beschert hat, ich will meinen Kopf ganz und gar frei machen von allen störenden Gedanken.

Besonders von einem speziellen, gefährlichen Gedanken.

Einem mit blauen Augen, die mir in die Seele blicken und erkennen, was hinter der Mauer ist, die ich um mein Herz errichtet habe.

Einem, der so küsst, als würde er in mich eindringen, und der mir das Gefühl gibt, durch den Kuss alleine schon zum Orgasmus zu kommen.

Einem, dem es egal ist, wem er wehtut, um mich zu bekommen – sein bester Freund eingeschlossen.

Für den Rest des Abends wird Brock Cunningham alle Gedanken, die mir durch den Kopf schwirren, besitzen – egal wie oft Ryder versucht, in meinen Kopf zu kriechen.

Punkt.

Ich stehe auf und ziehe mir den Rock über meine alles andere als schmeichelhaften Hüften, knöpfe die Bluse über den großzügigen C-Cups zu und schlüpfe in ein Paar sexy rote Stilettos. Finster betrachte ich mich im Spiegel. Egal, wie viel Mühe ich in mein Äußeres stecke, ich werde mich immer unwohl fühlen in meiner Haut. Kein Make-up und keine sexy Kleidung der Welt werden das jemals ändern.

Ich erschrecke vor mir selbst.

Meine praktisch stumme Mitbewohnerin kommt ins Zimmer und reißt mich aus meinen düsteren Gedanken. Wie gewöhnlich beachtet sie mich nicht, während sie in ihren Schubladen wühlt. Ich seufze und fühle mich sofort unbehaglich. Ich weiß nicht, warum es mich so aufregt, dass sie nicht mit mir redet, aber das tut es. Seit das Semester vor ein paar Wochen begonnen hat, haben wir nicht einmal zwanzig Wörter miteinander gewechselt.

Außer ihren Namen – Madeline – weiß ich nichts über das Mädchen, mit dem ich die nächsten Monate ein Zimmer teilen werde. Da weiß ich mehr über Aliens, die die Weltherrschaft an sich reißen möchten.

An dem Tag, an dem mich meine Pflegeeltern hierhergebracht haben, unternahm ich den Versuch, mit ihr zu reden. Nachdem ich ausgepackt hatte, probierte ich es mit den normalen Fragen: »Schön, dich kennenzulernen. Wo kommst du her? Was ist dein Hauptfach?« Aber anstatt mir zu antworten, starrte sie mich nur an, als wüchse mir ein Penis aus der Stirn.

Und ich soll diejenige mit psychischen Problemen sein?

Ich verdränge das wiederkehrende Verlangen, um eine neue Mitbewohnerin zu bitten, nehme meine Handtasche und hänge sie mir über die Schulter.

Als ich gerade zur Tür gehe, sagt Madeline die Stumme: »Netter Schlag.«

Ich halte inne und drehe mich um. »*Häh*?«

»Ich habe gesehen, wie du Ryder Ashcroft vor ein paar Wochen geohrfeigt hast.« Ein verschmitztes Grinsen erscheint um ihren Mund, und ihre dunkelbraunen Augen leuchten geheimnisvoll. »Du bist die Erste, die das gemacht hat. Jedenfalls die Erste, von der ich weiß. Auf jeden Fall hat er es verdient, in die Schranken gewiesen zu werden. Auch wenn es berechtigt ist – schließlich ist er wie Sex mit einem schokoladenüberzogenen Dildo –, hält dieser Kerl einfach viel zu viel von sich selbst.«

Ich bin schockiert. Die Stumme kann richtige Sätze formen und scheint sogar ganz cool zu sein. Ich muss grinsen. »Gut. Ich bin froh, dass ich die Erste war. Ich habe ihn sozusagen entjungfert.« Sie hat ja keine Ahnung, dass ich ihm schon zum zweiten Mal eine Ohrfeige verpasst habe.

Madeline kichert und setzt sich an ihren Schreibtisch, um den Laptop zu öffnen.

Ich halte die Konversation für beendet und schaue auf die Uhr. Zehn Minuten. Ich atme tief ein und will wieder zur Tür gehen. »War nett, mit dir … *geredet* zu haben.«

»Du triffst dich mit Brock Cunningham, richtig?«

Das war nicht die Antwort, die ich erwartet hatte. Ich drehe mich zu ihr um. Der leicht strenge Ton in ihrer Stimme hat mich neugierig gemacht. »So in etwa. Warum?« Mit dem Rücken zu mir gewandt schüttelt sie unmerklich ihren Kopf.

»Ich habe euch beide auf dem Campus gesehen. Man kann nicht sagen, dass er Ryder in Sachen Sex-Appeal nachsteht. Er ist definitiv ein gut aussehender Kerl, aber du solltest es dir wirklich zweimal überlegen, bevor du dich mit ihm auf was Ernstes einlässt.«

Ich komme mir plötzlich vor, als würde ich von einer Nonne gemaßregelt. »Wer bist du? Meine Mutter?«

Sie zuckt mit den Schultern. »Nur eine besorgte Mitbürgerin.«

Ist dieses Mädchen zu glauben? Erst wechselt sie ewig kein Wort mit mir, und jetzt ist sie meine Beziehungsratgeberin?

»Und warum genau hast du das Gefühl, dich um mich sorgen zu müssen, meine verehrte Mitbewohnerin, die beschlossen hat, dass jetzt die richtige Zeit ist, ihre Sprachfähigkeiten auszupacken?« Meine Stimme tropft nur so vor Sarkasmus. »Erzähl es mir.«

»Er ist ein Drogendealer«, sagt sie sachlich, als sie aufsteht und sich mir zuwendet. »Obwohl er gepflegt aussieht, gebaut wie ein griechischer Gott und unverschämt süß ist, ist Brock Cunningham doch ein Meister der Verwandlung. Er vertickt mehr Kokain in der ganzen Gegend, als NASCAR-Rennfahrer Runden drehen.«

Mir bleibt das Herz stehen, und mein Atem stockt.

Als meine Handtasche von meiner Schulter rutscht, fährt

sie mit ihren schockierenden Enthüllungen fort. »Sind sie alle.«

»Wer sind sie?« Meine Stimme klingt unscharf, wie aufeinanderreibendes Schmirgelpapier.

Mit vorsichtigem Blick wirft sie ihr rotes Haar über die Schulter. »Ryder, mein Freund Lee und noch ein paar einheimische Mistkerle, die Brock auf seiner Gehaltsliste hat.«

Außer Ryders Namen habe ich noch das Wort »Freund« gehört. Okay, sie hat mich so überrumpelt, dass ich für einen kurzen Augenblick Probleme habe, einen anständigen Satz zu formulieren. Erst nach einigen Sekunden bin ich wieder die Herrin über die Worte, die mich eigentlich nie im Stich lassen.

Ich hebe meine Handtasche auf und grinse spöttisch. Dieses Mädchen ist ein wandelnder Widerspruch. »Dein Freund steht also auch auf seiner Gehaltsliste, wie?«

»Ja«, sagt sie zögerlich. »Warum?«

»*Warum*?« Ich lache und fasse mir ans Kinn, als ob ich wirklich nachdenken müsste. »Lass mich mal überlegen. Könnte es sein, dass du mir rätst, zweimal über jemanden nachzudenken, der mit Drogen dealt, aber du musst das nicht tun?«

»Lee verkauft das Zeug für Brock nur, er betreibt das Geschäft nicht. Das ist der springende Punkt.« Ihre lächerliche Rechtfertigung kommt in schnellen, abgehackten Sätzen aus ihrem Mund. »Das ist ein Unterschied. Ein großer Unterschied.«

Da ich nicht länger an dieser Unterhaltung interessiert bin, reiße ich die Tür auf. Dieses Mädchen wird mich definitiv in den Wahnsinn treiben. In den absoluten Wahnsinn. Wenn es eine Sache gibt, die ich hasse, dann die, wie leichtfertig Menschen mit Steinen – nein, mit Felsbrocken – werfen, obwohl sie selbst im Glashaus sitzen.

Kann ich abstreiten, dass sich in meinem Kopf alles dreht

wie ein Karussell im Vergnügungspark? Nein. Das kann ich nicht. Der Captain des Footballteams, der sich ohne sein Wissen bereits einen Weg in mein leeres Herz gebahnt hat, ist in nur einem einzigen Moment zu einem der widerlichen Arschlöcher geworden, die meine Eltern in das verwandelt haben, was sie waren und woran sie letztendlich gestorben sind.

Er ist der Traum jedes Abhängigen, er lockt ahnungslose Opfer in ihre Fantasiewelt.

Trotzdem kann ich meine Füße nicht davon abhalten, die Treppen hinunterzugehen. Ich versuche es, aber es gelingt mir nicht. Ich öffne die Tür, und die späte Augustsonne zeigt keine Gnade, während sich die Neugierde darüber, wer Brock Cunningham wirklich ist, in jeder Zelle meines Körpers breitmacht. Verzweiflung blendet mich, als ich den Parkplatz nach Brocks Hummer absuche und ihn entdecke, bevor ich auch nur einen weiteren nervösen Atemzug tun kann. Obwohl meine Bewegungen gelassen wirken, hämmert mein Puls wie eine wütende Faust gegen einen Boxsack. Ich höre die Schlösser des Fahrzeugs aufklicken. Für mich hört es sich an wie das Geräusch einer gespannten Schrotflinte.

Bumm, bumm, bumm macht mein Herz, als Brock aussteigt. Aber ich öffne schnell die Beifahrertür, bevor er es für mich tun kann. Ich lasse mich in den Sitz fallen, und meine Sinne werden augenblicklich betäubt von dem Geruch teuren Leders und männlichen Aftershaves, der die Luft im Auto versüßt. Jeder nervöse Tick hört abrupt auf, als Brock ins Auto steigt und unsere Blicke sich mit einem plötzlichen Knistern treffen. Obwohl es sich anfühlt wie eine halbe Ewigkeit, dauert es nur ein paar Sekunden, bis sich ein warmes Lächeln um seinen Mund legt. Seine tiefgrünen Augen lassen meinen Kopf ganz benommen werden, so wie sie es schon beim ersten Mal, als ich ihn sah, geschafft haben.

Das ist alles, was es braucht. Einen einzigen Blick. Einen einzigen packenden, atemberaubenden Blick von ihm, und mein Verstand setzt aus. Die Dinge zwischen uns sind momentan zu perfekt, und meine Fragen würden das zu einem abrupten Ende bringen. Dann würde ich mich immer fragen, was aus uns geworden wäre.

Bedauern: Die Art und Weise des Universums, jeden von uns zu einem Sklaven seiner Brutalität zu machen. Das Bedauern ist der letzte Besucher an unserem Totenbett und hält unsere Hand fest in seinem vergifteten Griff.

Obwohl alles in mir danach schreit, jedes Geheimnis dieses Mannes zu lüften, das er mit allen Mitteln zu verbergen versucht, verschwindet die Welt um mich herum mitsamt allen Fragen, die ich vor ein paar Sekunden noch hatte. Ich will Brocks Dämonen und die im Keller vergrabenen Leichen nicht kennenlernen. Ich habe nicht das Bedürfnis, mich danach zu erkundigen. Nicht jetzt. Vielleicht nie.

Aber ich muss es tun. Ich habe mich ihm geöffnet, und er hat mich angelogen und den größten Teil von sich hinter einer versteinerten Tarnung verborgen. Am liebsten würde ich davonlaufen, fliehen, wegfliegen von ihm und seiner Welt. Aber eine tödliche Mischung aus Neugier und Nervosität hindert mich daran, mich zu bewegen. Etwas, das stärker ist, als ich es je sein werde, hält mich auf dem Sitz fest.

»Hey, Hübsche«, sagt Brock und fährt rückwärts über den Parkplatz. Seine tiefe Stimme windet sich durch meinen Bauch, und jede Sehne steht unter Strom, als er seine Hand auf meinen Oberschenkel legt. Diese einfache Bewegung bringt mein Blut in Wallung, und mir stockt der Atem, als er mit seinen Fingern am Rand meines Rocks spielt.

»Hey«, erwidere ich mit aufgesetztem Lächeln und versuche, die Angst zu verstecken, die mir über den Rücken läuft. Aufgeheizt, verwirrt und mehr als verärgert konzentriere ich mich auf die kühle Luft aus der Klimaanlage anstatt auf die hypnotisierende Wärme seiner Berührung.

Er wirft mir ein anzügliches Grinsen zu, und sein Blick wandert zwischen mir und der Straße hin und her, als er rechts vom Parkplatz der Uni abbiegt. »Du hast dich hübsch rausgeputzt, Miss Moretti.«

Ich muss schlucken und gebe vor, etwas äußerst Interessantes in der vorüberziehenden Nachbarschaft anzusehen. »Ist das deine Version eines Hammer-Anmachspruchs?«

»Du sitzt doch schon neben mir.« Er schmunzelt und streicht mit seinen Fingern runter bis zu meinem Knie und dann wieder zurück zu meinem Oberschenkel. »Ich mag mich irren – und vergib mir, wenn das der Fall ist –, aber ich würde sagen, wir sind schon über das Stadium der Anmachsprüche hinaus, oder?«

»Stimmt«, sage ich trocken. »Aber wir sind noch nicht über das Stadium hinaus, in dem du mir erzählst, dass du selbstständig bist. Du weißt, was ich meine? Dieses Geschäft mit Koks, das du betreibst.«

Er fährt an den Straßenrand und blickt mich geschockt an. »Amber …«

»Wie konntest du mir so etwas verheimlichen?« Ich unterdrücke den Drang, ihm eine reinzuhauen, und schaue stattdessen aus dem Fenster.

»Bitte hör mir zu«, flüstert er. Er fasst mich am Kinn und dreht meinen Kopf zu sich. »Was hätte ich denn sagen sollen? ›Hi, mein Name ist Brock Cunningham, ich bin nicht so wie mein Freund, aber ich verdiene meinen Lebensunterhalt mit dealen‹?«

»Ja.« Tränen steigen mir in die Augen, ich halte sie zurück. Ich habe ihm zwar meinen Körper noch nicht gegeben, und von Liebe ist noch keine Rede, aber ich habe ihm erlaubt, einen Blick auf meine dunkle Vergangenheit zu werfen. Dieses Privileg hatten bis jetzt nur sehr wenige

Menschen. Ich werde nicht auch noch vor ihm weinen. »Ja, Brock, das hättest du tun können.«

»Und dann wärst du gegangen«, merkt er mit kaum hörbarer Stimme an.

»Das kannst du nicht wissen.« Und ich weiß es auch nicht. Das Einzige, was ich weiß, ist, dass dies hier mehr wehtut, als es sollte.

»Du hast recht«, gibt er seufzend zu und lehnt sich über die Armlehne zu mir rüber. Er streicht mit seinem Daumen über meine Lippen. »Aber ich konnte nicht riskieren, dass das passiert. Ich hätte dich nicht gehen lassen können, Amber. Ich hätte ... ich hätte es einfach nicht gekonnt. In dem Moment, in dem ich dich zum ersten Mal sah, wusste ich, dass du gebrochen bist. Und ich wusste, ich kann dich ... heilen. Lass mich dir zeigen, wer unter alldem hier steckt. Es tut mir leid, dass ich gelogen habe. Es wird nie wieder passieren. Nie wieder. Du musst mir eine Chance geben.«

Die sanfte Liebkosung in seiner flehenden Stimme bringt mich fast dazu, ihn zu trösten, ihn in den Arm zu nehmen und zu halten, bis es schmerzt. Er will mich noch immer heilen, aber jetzt erkenne ich, dass wir beide Narben haben, die wir vor der Welt verstecken. Ich bin mir nur nicht sicher, wie tief seine sind oder wer ihm die Wunden zugefügt hat. Trotzdem habe ich noch Fragen, die er mir beantworten muss.

»Hättest du es mir gesagt?«, frage ich ihn und werde langsam ruhiger.

Er nickt und legt seine Hand in meinen Nacken. »Ich wusste, dass ich es dir irgendwann sagen muss, weil Madeline es dir sonst sagen würde. Ich wusste nur nicht, wie und wann ich es tun sollte.«

»Warum?«

»Na ja, das ist nicht gerade ein Thema, das man bei einer Tasse Kaffee anspricht.« Seine Finger spielen mit meinem

Haar, und ein Lächeln legt sich um seinen Mund. »Findest du nicht?«

»Ja, aber das meine ich nicht«, sage ich seufzend. »Warum verkaufst du das Zeug?«

Augenblicklich verschließt er sich, setzt sich in seinem Sitz zurück und starrt geradeaus. »Es tut mir leid, Ber, aber darüber kann ich mit dir nicht reden.« Er kratzt sich am Kinn und schüttelt mit düsterem Blick den Kopf. »Wir alle haben eine dunkle Ecke in uns, die wir nicht gerne betreten. Eine, die uns – aus welchen Gründen auch immer – psychisch zerstören wird und uns zu dem einsamen und qualvollen Moment zurückbringt, der unsere ganze Existenz auffrisst.« Er richtet seine Aufmerksamkeit wieder auf mich, und sein Gesichtsausdruck wirkt gespenstisch emotionslos, als er seine Hände an meine Wangen legt. »Das ist meine dunkle Ecke, meine … Selbstmordklippe. Noch einmal: Ich kann mit dir nicht darüber reden, und ich werde es auch nicht tun.«

»Ich verstehe das nicht«, flüstere ich und spüre einen Kloß im Hals. »Du verkaufst Kokain, Brock. Du *musst* mit mir darüber reden.«

»Ich kann nicht«, wiederholt er mit strengem Ton.

»Oh mein Gott, das ist krank.« Mein Puls beschleunigt sich, und ein Gefühl von Verrat umschlingt mein Herz, als ich meine Hände an seine Hüften lege. Ich bete, dass meine Worte die Dämonen freilassen, die er in sich trägt. »Ich habe mich dir anvertraut, Brock. Du denkst vielleicht, das bedeutet nichts, aber es bedeutet viel. Als ich geboren wurde, kam ich in eine Welt voller Misstrauen, ungeliebt von den meisten Menschen um mich herum, meine Eltern eingeschlossen. Du hast keine Ahnung, wie sehr ich mich dir geöffnet habe, glaub mir. Ich bitte dich nicht um eine Riesensache. Ich brauche nur eine Erklärung, einen kleinen Hoffnungsschimmer, der mir zeigt, dass ich dir vertrauen kann.«

Kurz scheint seine Schutzmauer ins Wanken zu geraten, aber er behält die Fassung, und der Moment ist vorüber, als er seine Augenbrauen verwirrt nach oben zieht. »Warum?«, fragt er mit harter, unnachgiebiger Stimme. »Warum ist das so verdammt wichtig für dich? Ich bin ein Dealer, Amber. Da gibt es nicht mehr zu sagen. Belass es doch einfach dabei.«

»Nein, ich werde es *nicht* einfach dabei belassen«, erwidere ich und klinge wie ein trotziges Kind, als ich ihn noch fester halte. »Und wenn du wissen willst, warum es so wichtig für mich ist: Es ist wichtig für mich, weil *du* wichtig für mich wirst. Du kannst dich glücklich schätzen, du kleiner Idiot. Das sage ich nicht zu vielen.« Spannung liegt in der Luft, und wir blicken uns tief in die Augen. Unsere inneren Dämonen kommen an die Oberfläche, und ein Ansatz von Demütigung keimt in mir auf. Ich kann es nicht glauben, dass ich ihm meine Gefühle offenbart habe. Ich schüttle meinen Kopf, und die Worte kommen in einem Flüstern aus meinem Mund. »Ich werde dich jetzt noch einmal fragen, und wenn du nicht antwortest, dann steige ich aus diesem Auto aus, und du siehst mich nie wieder. Warum verkaufst du das Zeug, Brock?«

Er schluckt, aber als er sich in seinem Sitz zurücklehnt und mit einer Hand durch sein Haar fährt, scheint ihn eine verstörende Gelassenheit zu überkommen. »Ich bin der Grund, warum mein kleiner Bruder verschwand.«

»*Was*?« Schockiert halte ich die Luft an und bin komplett verwirrt. »Du hast doch gesagt, du hast eine ältere Schwester. Herrgott, Brock, du hast gesagt, es sei noch nie jemand gestorben, der dir nahesteht.«

»Sie ist die Einzige, die von meinen Geschwistern übrig ist, Amber. Und wir wissen nicht, ob er …« Er hält inne, und ein Zucken geht durch seinen Kiefer, als er geradeaus starrt.

Still und mit klopfendem Herzen warte ich, dass er fortfährt.

»Sie haben seine Leiche nie gefunden, also halten wir uns daran fest.« Er hält erneut inne, fast so, als müsse er seinen ganzen Mut zusammennehmen, um weiterzureden. »Sein Name war Brandon, und er war zehn Jahre alt, als er von unserer Veranda verschwunden ist, während er darauf gewartet hat, dass ich ihn reinlasse.« Er umklammert das Lenkrad und sieht mich voller Schmerz und Wut an. »Obwohl mich meine Mutter die ganze Woche daran erinnert hat, habe ich es vergessen. Während das Kind sonst was durchgemacht hat, hat sich das kleine Stück Scheiße, das ich war – und immer noch bin – auf dem Rücksitz meines Wagens hinter der Highschool einen blasen lassen.«

Er stößt ein verächtliches Lachen aus, und das Geräusch seiner aufs Armaturenbrett schlagenden Faust hallt durch die Luft. Ich zucke zusammen, und mein Körper zittert genauso sehr wie seiner. Ich leide mit ihm. Ich lege meine Hand sanft an seine Wange, um ihn vielleicht etwas zu beruhigen.

Brock umfasst mein Handgelenk und hält meine zitternde Hand an sein Gesicht. »Ich war ein siebzehn Jahre altes Arschloch, das sich von irgendeiner Schlampe einen blasen lassen hat, während mein Bruder sich wahrscheinlich gerade gefragt hat, ob er sterben muss.« Er lässt mein Handgelenk los und umfasst meine Wangen mit seinen Händen. »Danach hat meine Familie die Kontrolle über alles verloren. Wenn mein Vater nicht seine neueste Sekretärin flachlegt, meine Mutter nicht vor dem Frühstück schon eine viertel Flasche Gin intus hat oder irgendeiner von uns einmal im Monat mit dem anderen redet, dann stimmt etwas nicht.

Aber Debby und John Cunningham sind angesehene Anwälte, also müssen wir alle nach außen hin einen perfekten Eindruck machen. Was die Welt sieht, ist nichts anderes als eine Fassade, eine einzige, riesengroße Lüge. Sie sehen eine Familie, deren jüngster Sohn entführt wurde, die aber dennoch stark geblieben ist. Sie sehen nicht den Zusammenbruch. Er existiert für sie nicht.«

Immer noch mein Gesicht haltend, fährt Brock mit gequälter Stimme fort. »Sie sehen eine Tochter, die in die Fußstapfen ihrer Eltern gestiegen ist und eine in Harvard herangezogene Staatsanwältin wird. Sie sehen nicht, dass sie auf Teufel komm raus versucht, alle um sich herum zusammenzuhalten, und wenn sie es nicht schafft, in eine wochenmanchmal monatelange Depression versinkt. Sie sehen den übrig gebliebenen Sohn, denjenigen, der verantwortlich ist für die ganze Scheiße und der nur durch ein Footballstipendium, für das ihn manche töten würden, auf dem College gelandet ist. Sie sehen ihn als den Captain der Unimannschaft. Sie sehen nicht, dass ihn seine Eltern schon als Kind gezwungen haben, Football zu spielen, und dass er Drogen verkauft, weil das die einzige Sache ist, die er unter Kontrolle hat seit dem Tag, an dem sein kleiner Bruder entführt wurde. Das ist es, Ber«, flüstert er und berührt meine Lippen sanft mit seinen. »Ich muss das machen. Es hält meine Welt in Ordnung. Es gibt mir das Gefühl, ich wäre normal, erfolgreich. Ich fühle mich dadurch gebraucht, es macht mich zu mehr als nur meinen Fehlern.« Er neigt meinen Kopf und streift mit seinem Mund über mein Kinn. »Die Leute wollen etwas, das ich ihnen liefern kann. Das vermittelt mir ein Gefühl von Kontrolle und verleiht dem Ganzen einen Sinn. Es mag vielleicht verrückt klingen, aber mein Bedürfnis nach Kontrolle ist ein Teil von mir. Ein *großer* Teil.«

Ich lehne mich langsam zurück und blicke in Brocks schmerzverzerrtes Gesicht. Meine Gedanken fahren Achterbahn, als ich versuche, das alles zu verarbeiten. Ich komme mir vor, als hätte ich einen Hammer auf den Kopf bekommen, und ganz ehrlich: Ich weiß nicht, wie ich damit umgehen soll. Normalerweise war ich immer diejenige, die Hilfe brauchte, nicht gegeben hat. Auch wenn ich studiere, um andere bei ihren Problemen zu unterstützen, bin ich in diesem Moment psychisch nicht fit genug, Brock durch diesen Albtraum zu helfen. Werde es auch in naher Zukunft nicht sein, denke ich.

Aber wenn ich in die moosgrünen Augen dieses wunderschönen schwarzen Engels blicke, sagt eine Stimme tief in mir drin das Gegenteil. Sie schreit mich förmlich an, dass die Leere in meinem Herzen nur durch ihn gefüllt werden kann – und andersrum. Wir zwei brauchen uns, weil wir uns wie zwei Teile eines zerrissenen Kreises zusammenfügen können und schließlich nur zusammen wieder zu einem Ganzen werden.

Ich weiß, diese zusammenhanglosen Gedanken ergeben keinen Sinn und richten sich gegen alles, was ich in meinem bisherigen Leben erlebt habe. Aber ich bin kurz davor, mich blindlings in die Tiefen der Hölle zu stürzen. Ich kann nur hoffen, dass die Flammen, die Brock Cunningham umgeben, mich nicht verbrennen.

»Mach ich dir Angst, Ber?« Brock streicht mir eine Haarsträhne von der Schulter. »Das war nicht meine Absicht.«

»Nein«, flüstere ich. Ich verspüre keine Angst. Ich kenne Angst. Ich habe ihre vergifteten Dornen schon gespürt, ihre bösen Schreie gehört und ihr niederträchtiges Gesicht gesehen. »Du machst mir keine Angst. Du … faszinierst mich.«

»*Faszinieren*?« Er lächelt matt und legt seine Lippen an meine Stirn. »Das höre ich zum ersten Mal.«

Ich nicke, und mein Atem geht schneller, als Brock mit seinen Lippen meine Schläfen berührt, dann mein Gesicht entlangfährt und zu meinem Mund gelangt. »Du weißt, dass ich dir nicht wehtun werde, oder? Nichts, in das ich verwickelt bin, wird dich jemals verletzen.«

»Aber *du* kannst verletzt werden. Und falls ich mich …« Ich schweife ab, meine Gedanken viel zu weit voraus. Abgesehen von meinen Eltern habe ich nie jemanden geliebt.

Liebe ist eine mächtige, böse Falle, und ich habe nicht vor, von ihrem zerstörerischen Rand absichtlich in eine Grube voller Qual und Schmerz zu springen. In dieser Grube lauern Geier nur darauf, mich bei lebendigem Leibe zu verschlingen.

»Falls du dich was?«, will Brock wissen und streichelt meinen Nacken.

»Nichts.«

»Sag es. Falls du dich in mich verliebst.« Ein Grinsen umspielt seine Mundwinkel, als er seine Lippen auf meine drückt. »Lass mich das korrigieren. *Wenn* du dich in mich verliebst.«

»Wenn?«, frage ich atemlos und schließe meine Augen, als er weitermacht und mit seinem Mund an meinem Kinn entlangstreift.

»Ja, wenn«, murmelt er und vergräbt seine Finger in meinem Haar. »Auch wenn du denkst, dass du es nicht tun wirst, ich weiß, dass du es wirst. Ich werde es dir unmöglich machen, dich nicht in mich zu verlieben, aber ich habe das Gefühl, du wirst das Gleiche mit mir tun. Also sind wir quitt. Gut?«

»Gut«, sage ich mit klopfendem Herzen und frage mich, ob er der Erste sein wird, der es öffnen kann.

Lächelnd nimmt Brock meine Unterlippe zwischen die Zähne und saugt daran. »Mir wird nichts geschehen. Ich spiele dieses Spielchen jetzt schon seit ein paar Jahren. Abgesehen davon, dass ich es ziemlich gut spiele, kenne ich alle Wege rein und raus. Jeder, der für mich arbeitet, kennt sie. Keiner in meiner Runde ist ein Idiot.«

Ryder kommt mir in den Sinn und schlängelt sich durch die Nischen meines Gehirns. Es war wohl nicht zu erwarten, dass er mir von seiner Beteiligung an einem solchen Spiel erzählt. Aber wenn man bedenkt, wie viel er und ich uns heute übereinander verraten haben, fühlt sich ein kleiner

Teil von mir hintergangen. Das gleiche Gefühl, das ich bei Brock hatte.

So oder so habe ich heute die Wahrheit über zwei Kerle erfahren.

Spitze.

Der eine erfüllt das Klischee des Drogendealers voll und ganz. Tätowierungen, ein ordentliches Piercing und eine Alles-scheißegal-Einstellung.

Der andere?

Ein wahres Rätsel. Der amerikanische Durchschnittsjunge, der zum bösen Buben geworden ist. Richtig böse.

Beide Illusionisten könnten Gift für meinen Geisteszustand und mein Herz sein. Ich tue das, was ich am besten kann: Ich schalte ab und verbanne Ryder aus meinen Gedanken. »Ich schaue auch Fernsehen. Dealer und ihre Leute fliegen ständig auf.«

Brock lacht erneut, diesmal aus vollem Herzen. »Ich werde nicht auffliegen. Und wenn doch, wird das nationale Schlagzeilen machen.«

»Soll ich mich jetzt besser fühlen?« Ich ziehe die Augenbrauen hoch und kann immer noch nicht glauben, dass ich diese Unterhaltung führe. Es wäre eine Lüge zu behaupten, dass mein Gehirn nicht gegen das Wissen ankämpft, auf einem Date mit einem Drogendealer zu sein. »Das tue ich nämlich nicht.«

Er küsst meine Stirn und grinst, als er sich zurücklehnt und in den Seitenspiegel sieht. »Mach dir keine Sorgen, meine Hübsche. Okay?«

»Äh, okay?«

»Und ich will, dass du mir noch etwas versprichst«, sagt er mit ernster Stimme, als er wieder auf die Straße fährt.

Ich starre ihn an und warte.

»Ich will dich. Ich denke, das habe ich klargestellt. Um ehrlich zu sein, ich bin mir ziemlich sicher, dass ich dich auch gegen deinen Willen nehmen würde, wenn du dich weigerst.« Er legt seine Hand an meine Wange und fährt mit dem Daumen unter mein Kinn. »Aber wenn du mit mir zusammen sein willst, darfst du keine Fragen darüber stellen, was ich tue. Du wirst Teil *meines* Lebens sein, aber niemals Teil *dieses* Lebens.«

Ich blinzle und sehe ihn an. »Versteh mich nicht falsch. Es ist offensichtlich, dass du Grenzen setzen willst. Ich bin nicht dumm. Aber aus dem einfachen Grund, dass ich von anderen nicht gerne Befehle annehme – auch wenn mich deine Dominanz komischerweise antörnt –, musst du ein paar Details davon schon genauer darlegen.«

»Das törnt dich an?«, fragt er mit einem schelmischen Grinsen, und seine Lust auf Spielchen ist wieder erwacht.

Ich seufze und will nicht zugeben, wie sehr er mich antörnt. »Komm auf den Punkt, Cunningham.«

»Du hast keine Ahnung, wie verstörend verrückt ich sein kann.« Er streicht mit seiner Handfläche mein Bein entlang und spielt mit dem Saum meines Rocks. »Ich will dich nur warnen.«

Ich seufze erneut, obwohl ich eigentlich stöhnen möchte. »Komm. Jetzt. Auf. Den. Punkt, Cunningham.«

»Okay.« Er fährt sich mit einer Hand durchs Haar, und das Grinsen verschwindet aus seinem Gesicht. »Einmal im Monat hole ich das Zeug von meinem Mann. Manchmal dauert es nur ein paar Stunden, manchmal bin ich ein paar Tage weg. Du kannst nicht mitkommen.«

»Warum nicht?« Ich verschränke die Arme und fühle mich wie ein kleines Kind.

Er blickt mich an. »Muss ich das wirklich erklären?«

»Du hast doch so getan, als ob es nicht gefährlich wäre.«

»Ich habe nie gesagt, dass es nicht gefährlich ist, Ber. Nichts daran ist ungefährlich. Ich habe nur gesagt, ich weiß, wie ich mit den Arschlöchern umgehen muss, mit denen ich

Geschäfte mache.« Er setzt den Blinker und drückt dabei meinen Oberschenkel. »Und die Typen, mit denen ich zu tun habe, sollst du nie kennenlernen. Niemals. Das wird nicht passieren.«

Ein paar schweigsame Minuten vergehen, bevor mich das Verlangen überkommt, ihn zu testen. »Ist es so gefährlich, dass du eine … Waffe tragen must?«

Diesmal wirft er mir einen strengen Blick zu. »Keine Fragen, Baby. Denk daran, was ich gesagt habe.«

Ich muss schwer schlucken. Das ist alles, was ich wissen muss. Ich bin mir sicher, mehr bekomme ich nicht aus ihm heraus.

»Bist du okay?«, fragt er mit sanfter Stimme.

Ich nicke. Trotz der ganzen Dinge, die ich in den letzten fünfzehn Minuten erfahren habe, bin ich okay, denke ich.

»Cool.« Er hebt seine Hand und lässt seine Finger durch meine Haare gleiten. »Bist du neugierig, wo ich dich hinbringe?«

»Ein wenig.« In mehreren Textnachrichten hat er mir während der letzten Woche Hinweise gegeben – irgendetwas mit einer Zeitreise, oder so. Aber ich weiß trotzdem noch nicht, wohin wir fahren.

»Ein *wenig*?«

»Ja, ein wenig.«

Ein Grinsen legt sich um seine Mundwinkel. »Ich dachte, ich hätte dir schon gesagt, dass *nichts* an mir klein oder wenig ist.«

»Ach ja, stimmt.« Ich grinse und spüre, wie die Anspannung von meinen Schultern abfällt. »Vergib mir.«

»Alles ist vergeben.«

In dem Moment, in dem er die Worte ausspricht, biegen wir auf den Parkplatz eines erstklassigen Apartmentkomplexes im Zentrum von Annapolis ein. Er ist für diejenigen reserviert, die genug Geld verdienen, sich hier an der Bucht eine Wohnung leisten zu können. Etwas, das mir niemals möglich sein wird. Zumindest nicht, bevor ich mit dem Studium fertig bin.

»Wohnst du hier?«, frage ich.

»Ja«, antwortet Brock.

Ich hatte keine Ahnung, dass wir heute Abend zu ihm nach Hause fahren würden. Dafür bin ich total falsch angezogen. In den letzten zwanzig Minuten war ich durch die Themen, die wir besprochen haben, abgelenkt, aber jetzt fällt mir auf, dass Brock nur ausgewaschene Jeans und ein bedrucktes T-Shirt anhat. Brock spielt den Gentleman, steigt aus dem Auto und öffnet mir die Tür. Er nimmt meine Hand, und als meine Absätze den Asphalt berühren, sauge ich den Anblick des lila gefärbten Himmels und der untergehenden Sonne auf. Eine warme Brise umarmt meine Haut, und der Geruch von frischen Meeresfrüchten steigt mir in die Nase, als Brock mich zu einem Aufzug führt. Mein Herzklopfen übertönt das Gelächter einiger betrunkener Partygänger, die im Stadtzentrum herumhängen.

»Du siehst nervös aus«, sagt Brock mit coolem und gefasstem Gesichtsausdruck. Er drückt den Knopf für die fünfzehnte Etage. »Mach ich dir Angst?«

»Das hast du mich bereits gefragt. Und ich habe Nein gesagt.«

Er streichelt meine Wangen mit seinen Fingerknöcheln. »Ich denke, du lügst.«

»Und wie immer denke ich, dass du ein Klugscheißer bist.« Ich atme tief ein und genieße die Berührung seiner Finger, die mein Schlüsselbein entlangstreichen. »Ein Klugscheißer, der nicht das Recht dazu hat, über Lügen zu reden.«

Mein Magen zieht sich schuldbewusst zusammen. Schließlich habe ich heute fast seinen besten Freund vergewaltigt. Wer ist also der größere Lügner?

Brock lehnt sich an mein Ohr heran, und seine Lippen berühren es sanft. »Du hast mich erwischt. Ich habe gelogen. Und ich habe mich dafür entschuldigt. Und wenn ich jeden Tag Buße tun muss für meine dreckige kleine Lüge, dann werde ich das tun. Wirf mir das nie wieder vor. Außerdem bin ich mir sicher, dass ich ein paar ziemlich … faszinierende Möglichkeiten in petto habe, damit du meine Entschuldigung genießt.« Grinsend umfasst er meine Hüfte und flüstert mir ins Ohr: »Hast du irgendwelche Geheimnisse, meine mysteriöse, wunderschöne Ber?«

Ich muss schlucken und versuche, die Anziehungskraft, die er ausstrahlt, zu ignorieren. Die sexuelle Macht, die ich nur allzu gerne mit meinem ganzen Körper aufnehmen würde. Ich erinnere mich an unsere Unterhaltung am See. »Es liegt in der Natur der Menschen zu lügen. Das lernen wir schon, bevor wir laufen können. Aber keine meiner Lügen oder Geheimnisse wird dich jemals … verletzen.«

Brock zieht mich fest an seine Brust und beißt mir sanft ins Ohr. Der köstliche Schmerz lässt unwillkürlich meine Oberschenkel verkrampfen. »Ah, ich verstehe. Jetzt hast du mich aber neugierig gemacht, wie süß deine Lügen auf meiner Zunge schmecken werden.«

Mir zieht es die Lungen zusammen, und mein Herz droht auszusetzen, als die Aufzugtür aufgeht und mich aus der lächerlichen Trance holt, in die er mich so mühelos versetzen kann. Er lächelt, hält mir die Hand hin und führt mich den Gang entlang zu seinem Apartment.

Als wir die schummrige Wohnung betreten, scheint nur aus der Küche ein Lichtschimmer. Trotzdem kann ich bordeauxrote Wände und Schatten auf polierten Marmorböden erkennen, als ich meinen Blick durch den eindrucksvollen Raum wandern lasse. Er ist voll mit schwarzen Ledersofas und riesigen Mahagonimöbeln. Entweder hatte er eine Freundin, die ihr Faible für Design in die Wohnung hat einfließen lassen, oder er hat jemanden dafür bezahlt, die Wohnung so einzurichten. Ich muss wohl nicht sagen, dass mich der verschwenderische Luxus, in dem er lebt, überrumpelt.

»Willkommen in meinem Reich.« Unsere Blicke treffen sich, als er eine Lampe anmacht. »Mach es dir bequem, während ich das Abendessen vorbereite.«

Geschockt ziehe ich die Augenbrauen hoch. »Du kochst?«

»Diese Hände«, sagt er und hebt sie nach oben, »besitzen viele Talente. Kochen ist das Geringste von allen. Wenn du lange genug bleibst, kann sich dein Körper selbst davon überzeugen.«

Ich schüttle den Kopf. »Du bist dir deiner Sache ziemlich sicher, oder?«

»Mehr, als du dir vorstellen kannst«, antwortet er amüsiert und nimmt meine Tasche. Zusammen mit seinen Schlüsseln und etwas Geld legt er sie auf einen Tresen aus schwarzem Granit. »Aber jetzt mal im Ernst: Du hast doch Hunger, oder?«

Ich nicke und gehe zu einer großen Balkontür, die Ausblick auf die Bucht bietet. »Es kommt darauf an, was du kochst.«

»Mithilfe dieser praktischen Mikrowelle hier und Orville Redenbacher werde ich dir das Popcorn machen, das ich dir bei unserem Kennenlernen versprochen habe.«

Ich drehe mich um, und er holt tatsächlich eine Tüte Popcorn zum Selbermachen hervor. »Du verkohlst mich?«

Ein Lachen ertönt aus seinem Mund, als er die Tüte in die Mikrowelle packt. Grinsend geht er zum Kühlschrank, holt ein Sixpack Red Bull heraus und stellt es auf den Tisch. »Seh ich so aus, als würde ich dich verkohlen, meine geheimnisvolle Ber?«

Ich verdrehe die Augen. »Was soll das mit dem Spitznamen?«

Mit amüsiertem Gesichtsausdruck lehnt er sich an den

Tresen und verschränkt die Arme. »Das ist unser geheimer Joke, und du bist mein … Haustier.«

»Dein Haustier?«

»Ja, mein Haustier«, sagt er verführerisch. Er stellt sich vor mich und lächelt mich an. »Ist das okay für dich?« Bevor ich antworten kann, flüstert er mir ins Ohr: »Ich behandle meine Haustiere mit besonderer Fürsorge und gehe immer zuerst auf ihre Bedürfnisse ein.« Mit seinen Lippen berührt er mein Kinn, und seine Hände umfassen meine Hüfte. »Ihr Vergnügen bereitet mir Freude. Ich könnte darin vergehen. In ihrem leisen Stöhnen.« Er berührt mit seiner Zunge leicht mein Kinn, und ein tiefes Stöhnen kommt aus seiner Brust. »Die Art und Weise, wie ihre Körper zittern.« Er zieht mich näher zu sich und presst seinen harten Penis gegen meinen Bauch. »Der Schweiß, der auf ihrer Haut glitzert. Ihr süßer Duft bevor, während und besonders nachdem ich mit ihnen fertig bin.« Er drückt mich gegen den Tresen gegenüber und presst seine Lippen auf meine. »Ich mache alles, damit sie ihr … Paradies erreichen.«

Eine köstliche Hitze durchströmt meinen Körper, mein Herz schlägt unkontrolliert. Obwohl ich meine Augen irgendwo bei der »glitzernden Haut« geschlossen habe, spüre ich, wie Brock grinst.

Er umfasst mich noch fester. »Wärst du gern in diesem Paradies?«

»Ja«, flüstere ich und öffne die Augen.

»Ja? Ich kann dich dort nämlich immer und immer wieder hinbringen.« Seine Stimme ist ein tiefer, männlicher Bariton, der mein Herz zum Rasen bringt, während seine Finger mit dem Bund meines Rocks spielen. »Ich brauche nicht viel Zeit, um wieder aufzutanken. Ich belohne meine Haustiere auch mit extra Streicheleinheiten, wenn sie nett sind und tun, was ich von ihnen will.«

»Ist das so?« Ich greife nach dem kühlen Granit hinter mir

und versuche, die Kontrolle wiederzuerlangen, die er mir gerade nimmt. »Was sind denn das für Streicheleinheiten?«

»Ah, diese Information kann ich leider nicht ausplaudern.« Er grinst geheimnisvoll. »Das musst du – nein, streich das –, das *wirst* du aus erster Hand erleben.«

Biiiiiieeeeep ...

Ich verwechsle das Geräusch der Mikrowelle fast mit dem Stillstand meines Herzens.

Als hätte er seine Finger nicht schon auf halbem Weg an »meinem Paradies«, als hätte er mich nicht gerade verführt wie ein Profi und als wäre ich nicht schon beinahe auf den Tresen gehüpft und hätte meine Beine breit gemacht, bereit für seine Streicheleinheiten, geht Brock einen Schritt zurück und grinst mich weiter an. Genervt atme ich tief ein, während er das Popcorn aus der Mikrowelle holt und es in eine Schüssel füllt. Dabei sieht er mich intensiv an und lächelt amüsiert.

»Mach den Mund auf«, sagt er und kommt wieder zu mir. »Ich möchte dir etwas geben.« Obwohl er nur flüstert, höre ich doch den süßen Befehlston in seiner Stimme.

Meine Hände klammern sich noch fester um den Tresen, und mit klopfendem Herzen blicke ich ihn an. Mein verräterischer Mund gehorcht ihm augenblicklich.

Mit einem triumphierenden Lächeln auf den Lippen legt er mir ein Stück Popcorn auf die Zunge. »Schmeckt das gut?«

»Mm-hmm.« Ich nicke und kaue. »Du hast *wirklich* Talent. Du hast die Kunst des Popcornmachens erlernt. Dafür werde ich bestimmt alles machen, was du von mir verlangst. *Alles.*« Ich lecke mir anzüglich mit der Zunge über die Lippen.

Er reagiert so, wie ich es gewollt habe.

Brock sieht mich mit Verlangen an, als ich schmachtend die Augen schließe. Als ich sie wieder öffne, wandert sein Blick von meinem Mund zu meinen Brüsten. Ich zwinkere ihm zu, drehe mich um und gehe ins Wohnzimmer. Diesmal bin ich diejenige, die ihn stehen lässt.

Ich bin ebenfalls ein Profi. Er weiß es nur noch nicht.

Ich muss schmunzeln, als ich höre, wie er aufstöhnt. Ich setze mich auf die Couch und lächle jetzt ebenfalls triumphierend, als Brock wie ein zurückgelassenes Kind ins Zimmer kommt. Mit der Popcornschüssel in der Hand stellt er sich grinsend vor mich. Mir bleibt fast die Luft weg, als er sich über mich beugt, seine Arme ausstreckt und seine Hände auf die Couchlehne direkt über meine Schultern legt.

Oh mein Gott. Sein Mund ist zum Küssen nah. Wenn ich mich auch nur einen Zentimeter bewege, treffen sich unsere Lippen.

Wie eine wahre Südstaatenschönheit klimpere ich mit den Wimpern und blicke ihm in die Augen. »Du musst mir dein Geheimrezept geben, Cunningham. Ehrlich, damit wirst du deinen Durchbruch haben, und ich muss unbedingt an deinem Erfolg teilhaben.«

Er legt den Kopf schief und grinst jetzt noch breiter. »Ich bin auf jeden Fall für Partnerschaften.«

»Also, abgemacht?« Ich versuche, mich auf das buttrige Popcorn zu konzentrieren anstatt auf sein Aftershave. »Aber ich muss dich warnen. Ich will mindestens fünfzig Prozent, wenn wir eine Partnerschaft eingehen.«

Er zieht die Augenbrauen hoch und legt eine Hand um meinen Nacken. »Fünfzig Prozent ist nicht wenig. Aber ich bin es, der dich warnen muss. Du wirst sehr, sehr hart für deine Hälfte arbeiten müssen.«

»Wie … *hart*?« Mein Magen zieht sich vor Aufregung zusammen, als ich sehe, wie er meine Anspielung aufnimmt.

»Du kannst dir gar nicht vorstellen, wie verdammt hart.«

»Oh doch, ich denke, das kann ich.« Mit heiserem Lachen werfe ich einen Blick auf seine ausgebeulte Jeans.

»Aufmachen«, sagt er und sieht auf meine Lippen.

Der hitzige Tonfall seiner Stimme zieht mich weiter in seinen Bann und unterdrückt den Aufruhr, der sich normalerweise in mir aufbäumen würde. Erneut gehorche ich seinem Befehl. Was, zum Teufel, ist nur los mit mir? Daran ist nur meine sexuelle Abstinenz schuld. Es ist immerhin schon fast drei Monate her, seit ich zum letzten Mal Sex hatte. Mein Körper wird noch verrückt, wenn er nicht bald das bekommt, was er für ein bisschen Normalität braucht.

Ein wohlig warmer Schauer läuft mir über den Rücken, als mir Brock ein weiteres Stück Popcorn auf die Zunge legt. Unsere Blicke treffen sich, es knistert gewaltig zwischen uns, und unser beider Atem geht schneller. Das Klingeln von Brocks Handy durchschneidet die Luft. Er hält inne und richtet sich auf.

»Das ist jetzt ein Witz, oder?«, frage ich ernsthaft genervt.

Brock seufzt und runzelt die Stirn. »Ich muss da rangehen.« Er berührt sanft meine Wange, stellt die Schüssel auf den Wohnzimmertisch und dreht sich um.

Sprachlos beobachte ich, wie er durchs Wohnzimmer geht, um sein dämliches Handy vom Küchentresen zu nehmen. Wut überkommt mich, mein Blut beginnt zu kochen. Ich würde ihm am liebsten das Handy aus der Hand reißen, auf den Balkon stürmen und das verdammte Ding in die Bucht werfen. Als ich gerade beschließe, dass das ein guter Plan ist, und ich ihn durchführen will, lenkt eine ungeöffnete DVD-Box meine Aufmerksamkeit auf sich. Die erste Staffel von *Happy Days* rettet Brocks Handy letztendlich vor einem grausamen Tod im Wasser.

Zeitreise. Jetzt ergeben seine Nachrichten einen Sinn.

Ich kann mir ein Grinsen nicht verkneifen, als ich die DVD-Box in die Hand nehme, die die einzig guten Erinnerungen beinhaltet, die ich an meine Vergangenheit habe. Brock hat sein Versprechen gehalten.

Popcorn, Red Bull und Mrs Cunningham.

So ein Charmeur.

Ich hingegen kann nicht sagen, dass ich mein Versprechen auch halten werde. Denn ich werde auf gar keinen Fall noch mal für ihn singen. Ungeduldig schaue ich mich um und suche die Fernbedienung. Dann öffne ich die Box und lege die erste Staffel ein. Gerade als ich es mir auf meinem Platz gemütlich mache und die berüchtigte »seltsame« Titelmelodie von *Happy Days* aus den Lautsprechern ertönt, beehrt mich Brock wieder mit seiner Anwesenheit.

Er lächelt mich zögerlich an und hat eine Hand in seinem Haar vergraben. »Tut mir leid.« Er setzt sich neben mich und legt seinen Arm auf die Couchlehne. »Ich habe auf einen Anruf gewartet.«

»Offensichtlich.« Ich schnappe mir noch etwas Popcorn und konzentriere mich auf den Fernseher anstatt auf sein wunderbares Gesicht. Seufzend lehne ich mich wieder zurück und akzeptiere, dass ich die ständigen Unterbrechungen wohl tolerieren muss, wenn ich mich weiter mit ihm treffen will.

Ein paar Sekunden lang sind wir beide still, dann stößt Brock ein leises Lachen aus.

»Was?«

Er spielt mit einer meiner Haarsträhnen. Meine Schultern werden locker, und jeder Muskel in meinem Körper entspannt sich.

»Die erste ist meine Lieblingsstaffel«, sagt er.

»Moment mal.« Meine Blicke wandern zwischen ihm und dem Fernseher hin und her. »Ich habe die Box gerade erst geöffnet. Wie kann es deine Lieblingsstaffel sein, wenn du die Serie noch nie gesehen hast?«

Er blickt mich schuldbewusst an, lehnt sich zu mir rüber und flüstert: »Hast du wirklich gedacht, ich bin mit dem Nachnamen Cunningham groß geworden und hatte keine Ahnung, dass es diese Serie gibt?«

Sein süßer, warmer Atem macht mich ganz schwindelig, und ich fühle mich seltsam benommen. Ich starre ihn an.

Sein Grinsen verwandelt sich in ein spitzbübisches Lächeln. »Die erste Staffel war die einzige, die mir wirklich gefallen hat, aber meine Mutter hat uns Kinder alle gezwungen, jede verdammte Folge anzuschauen.«

»Du Mistkerl«, rufe ich entrüstet und schlage ihm leicht auf den Arm. »Du hast mich schon wieder angelogen. Vielleicht sollte mein Spitzname für dich Pinocchio lauten?«

»Vielleicht. Aber diese Lüge hat dich dazu gebracht, in der Öffentlichkeit für mich zu singen.« Er blickt mich amüsiert an. »Und außerdem sitzt du deswegen hier neben mir. Es ist also eine Lüge, die ich niemals bereuen werde. Wenn ich etwas wirklich, wirklich will, tue ich alles dafür, es zu bekommen. Und das funktioniert normalerweise auch.«

»Ein bisschen zu selbstgefällig, oder?«

»Nein«, flüstert er und wird ernst.

Sein Blick wandert zu meinen Lippen, und er berührt mit dem Daumen meinen Mund. Ich bin mir sicher, jedes einzelne Organ in meinem Körper – außer meinem klopfenden Herzen – hat seine normale Funktion ausgesetzt.

»An deinem Mundwinkel hing noch ein kleines Stück Popcorn.«

»Oh«, ist alles, was ich sagen kann. Ich beobachte, wie er das winzige Stück Popcorn von seinem Daumen lutscht. Plötzlich bin ich sowohl auf das Popcorn als auch auf seinen Daumen neidisch.

Er blickt mich lange an. »Bist du sauer auf mich?«

»Das bin ich. Aber ich glaube, du weißt, wie du mich verführen musst, damit ich dir vergebe.«

Er blickt mich lüstern an. »Gefällt es dir, wenn ich dich verführe?«

»Bis zu einem gewissen Punkt, ja.«

»Mir auch«, flüstert er und streift mit seinen Knöcheln

über meine Wangen. Diese federleichte Berührung verursacht Gänsehaut auf meinem gesamten Körper. »Du springst sehr auf mich an, aber ich möchte deine Vergebung, ohne dass ich dich verführen muss.«

»Dann solltest du aufhören, mich zu berühren.«

Grinsend lässt er seine Hände sinken. Ich lenke meine Aufmerksamkeit wieder auf den Bildschirm. Richie findet gerade heraus, dass Marylou ihn mit Potsie betrügt.

Ich blicke wieder zurück zu Brock und lächle ihn sanft an. »*Happy Days* hat schon ein bisschen dazu beigetragen, dass ich dir vergebe.«

»Das habe ich mir gedacht.« Er betrachtet mich einen Moment lang. »Es gibt einen tieferen Grund, warum du diese Serie so magst, oder?«

»Nein.«

»Ich glaube, das ist schon wieder eine Lüge.« Er hebt seine Hand erneut und massiert meinen Nacken. Ich erschaudere. »Was auch immer es sein mag, warum versteckst du es vor mir, Ber? Vertraust du mir nicht?«

»Doch, das tue ich. Oder werde es letztendlich tun. Ich bin mir nicht sicher.« Ich atme tief ein und zucke mit den Schultern. »Aber wir dürfen alle ein paar Teile unserer Vergangenheit für uns behalten. Wenn nicht, was gäbe es dann noch herauszufinden? Oder in meinem Fall: davor wegzurennen.«

»Glaubst du, dass ich dich deswegen mag? Weil du Teile deiner Vergangenheit vor mir versteckst?«

Ich zucke erneut mit den Schultern. »Ich weiß nicht, warum du mich magst.«

Das weiß ich wirklich nicht. Das Einzige, was an mir auch nur im Entferntesten anziehend ist – außer meiner Fähigkeit, meine verkorkste Vergangenheit schneller auf Papier zu bringen als ein Autor auf Speed –, ist die Tatsache, dass ich besser im Bett abgehe als ein Pornostar. Ich bin sicher,

Hugh Hefner würde mich sofort zu seiner gerade noch legalen Ehefrau machen, wenn er mich in Aktion sehen könnte.

»Ich dachte, es sei offensichtlich, warum ich dich mag«, sagt Brock mit sanfter Stimme. »Du denkst, dass ich dich fasziniere. Aber eigentlich ist es andersrum.«

»Richtig.« Ich nicke. »Meine verborgenen Seiten.«

»Nein«, flüstert er und legt seine Hand an mein Kinn. »Die wunderschönen Seiten von dir, die du mir bereits gezeigt hast, ohne es zu wissen.«

Jetzt blicke ich ihn lange an. Bevor ich ihm antworten kann, dass ich ein psychisches Wrack bin, das er nicht in seinem Leben brauchen kann – egal, wie verkorkst seins auch ist –, nimmt Brock mich an der Hand und zieht mich hoch. Ich atme tief ein, und meine Augen haften an seinen Lippen.

»Du weißt, dass ich dich entschlüsseln werde, oder?« Er streift eine Haarlocke von meiner Schulter. »Ich hoffe, dass du das weißt.«

Ich blicke ihm in die Augen und sage mit zittrigen Worten: »Du glaubst, dass du das kannst?«

»Ich weiß es, Ber. Egal, wie schwer es auch wird. Ich werde nicht aufhören, es zu versuchen.« Er legt seine Hand an meine Hüfte. »Ich bin ein Kämpfer, und ich werde nicht aufgeben, ehe mein Herz das deine erobert hat. Du bist eine Herausforderung. Fast so, als wolle man einen Zauberwürfel im Dunkeln lösen. Das mag ich an dir.« Er studiert mein Gesicht und festigt seinen Griff um meine Hüften noch mehr, während er seine Lippen auf meine Stirn presst. »Ich denke, wir sind uns in vielem ähnlicher, als wir beide es vermuten. Schon das allein macht es möglich. Lass es einfach geschehen.«

Er blickt mich einen Moment lang an und führt mich dann raus auf den Balkon. Mein Herz hüpft bei jedem Schritt. Als er die Balkontür öffnet, trifft eine schwüle Brise auf meine

Haut. Der wolkenlose Himmel und der volle Mond werfen einen silbernen Schleier auf den Hafen unter uns. Kleine Wellen schlagen an die Stege, als Brock mich zu einem Rattanstuhl leitet. Ich setze mich, und mein Körper ist erfüllt von der nervösen Energie, die mich immer überkommt, wenn ich in seiner Nähe bin.

»Du musst lernen, dich zu entspannen.« Brock wirft mir ein neckisches Lächeln zu, als er sich in den Stuhl auf der anderen Seite des Marmortisches setzt. »Du denkst zu viel.«

»Warum versuchst du immer, in mir zu lesen?«

Er beugt sich nach vorne und stützt die Ellbogen auf seine Knie. »Du machst es mir unmöglich, das nicht zu tun.«

Ich lege meine Füße auf die Brüstung. »Wie das?«

»Du siehst immer so aus, als würdest du nachdenken.«

»Denken wir nicht *alle* immer nach, Einstein?«

Er schmunzelt und fährt sich mit der Hand durchs Haar. »Das stimmt. Aber es gibt verschiedene Möglichkeiten, die einem dabei helfen, die schlimmen Gedanken etwas zu zähmen.«

Er greift nach unten und holt eine schwarz-silberne Glasbong hervor. Schneller als ich meinen nächsten Atemzug nehmen kann, zaubert er ein Feuerzeug herbei, zündet die Bong an und nimmt einen tiefen Zug. Nach ein paar Sekunden hustet er und bläst den Rauch aus. Der Rauch steigt wie ein Geist auf, und sein Geruch vermischt sich mit der Hafenluft und dem süßen Duft von frisch geschnittenem Gras.

»Eine Möglichkeit ist das hier.« Er nimmt die Bong und schiebt sie zu mir. »Die andere ist eine Kombination aus verschwitzten Körperteilen, einer gesunden Dosis Stimulation und meiner Entscheidung, ob deine Lügen bitter oder süß schmecken.«

»Bitter oder süß?« Ich starre die Bong an, und mein Herz feuert Warnschüsse ab.

»Ja, bitter oder süß.« Wieder legt sich ein Grinsen um seinen Mund. »Aber ich setze auf Letzteres.«

Ich kämpfe mit mir selbst. Ich habe noch nie Gras geraucht. Ich nehme ja kaum etwas gegen Kopfschmerzen. Langsam schaue ich ihm in die Augen. Sein Blick hängt an meinem, und es fühlt sich an, als würde eine Abrissbirne meinen Magen treffen. Angst macht sich in mir breit, und ich versuche, meinen Atem zu beruhigen.

»Ich habe noch nie Gras geraucht«, presse ich vorsichtig hervor. »Ich habe schon genug Tequila getrunken, dass sich mein Kopf am nächsten Morgen angefühlt hat, als würde er in zwei Hälften zerbrechen. Ich habe auch schon bei einer Hausparty vor der versammelten Mannschaft nackt gebadet. Und ich bin mir fast sicher, dass der Chinchilla meiner Pflegeeltern eines Nachts versucht hat, mich zu vergewaltigen.« Ich nehme einen tiefen Atemzug und flüstere: »Aber ich habe noch nie Gras geraucht.«

Eine Spannung ist in der Luft zu spüren, als Brock mich vorsichtig ansieht und sein Grinsen verschwindet. Er steht auf, umrundet den Tisch und kniet sich vor mir nieder. Er blickt mir in die Augen und umfasst meine Hüfte. Nervosität breitet sich in mir aus, und ich gelange an den Punkt, an dem es sich anfühlt, als bekäme ich keine Luft mehr.

Brock sieht zu mir auf und runzelt die Stirn. »Den Teil mit dem Nacktbaden kann ich mir definitiv vorstellen und würde es nur zu gern selbst sehen. Aber das mit dem Chinchilla gefällt mir nicht. Jetzt werde ich es zu meiner Lebensaufgabe machen müssen, den kleinen Wichser zu finden und ihn zu Tode zu prügeln. Scheiß auf Tierquälerei. Er hat dich misshandelt, also misshandle ich ihn.«

Wir müssen beide grinsen. Sein Grinsen ist aufrichtig, meins nervös.

»Und es sieht so aus, als müsste ich mich heute Abend zum zweiten Mal entschuldigen.« Er massiert meine Wade. »Es tut mir leid. Ich Idiot habe einfach angenommen, dass du schon mal gekifft hast.«

Ich schüttle den Kopf.

»Aber ich denke, das wird dir dabei helfen, dich zu entspannen.« Seine Stimme klingt sanft und beruhigt meine Nerven auf eine Art und Weise, die ich nicht erklären kann. »Nur ein bisschen. Das ist alles, was du brauchst, um das, was dir widerfahren ist, vorübergehend zu vergessen. Es wird die Gedanken daran für ein paar Stunden aus deinem Gehirn streichen. Es wird dir gut gehen, weil du es mit mir tust. Ich werde nie zulassen, dass dir etwas geschieht, Amber, das verspreche ich dir.«

Eine schweigsame Minute vergeht.

Zwei.

Drei.

Vier.

Ich nicke, und obwohl mich seine Worte etwas beruhigt haben, tritt mir Schweiß auf die Stirn. Ich will Nein sagen. Dass ich das nicht kann, weil mich das auch an dunklere Orte führen kann. Ich möchte ihm erzählen, dass ich jeden Tag vor mir sehe, wie meine Eltern an ihrer verdammten Drogensucht verreckt sind. Aber die Worte bleiben mir im Hals stecken, und ein verbaler Stillstand hält sie gefangen.

Brock nimmt die Bong und zündet sie an. Er nimmt einen Zug in seine Lungen, hält ihn und umfasst dann mit seinen Händen meinen Nacken. Ganz sanft zieht er mich zu seinem Gesicht runter und sucht in meinen Augen nach einem Zeichen.

Obwohl es nur Gras ist – und über die Hälfte meiner Generation diesen Scheiß konsumiert –, weiß ich, dass ich kurz vor etwas stehe, was mein Verderben bedeuten könnte. Ich wurde geboren, abhängig zu werden. Meine Vergangenheit ist von Nadeln durchlöchert und ebnet den Weg in eine düstere Richtung. Dennoch sagt mir etwas, dass ich es tun muss. Endlich loslassen und leben. Meine Eltern loslassen und die Liebe, die sie mir vorenthalten haben. Den Tag, der mein Leben für immer verändert hat – einfach loslassen. Meine Angst davor, jemanden oder etwas zu lieben – einfach loslassen.

Ich will es fühlen.

Will das Leben fühlen.

Den Moment fühlen.

Ich will mich … menschlich fühlen.

Ich nicke, und Brock presst seine Lippen auf meine. Er drückt sie langsam auseinander. Meine Adern – die vor ein paar Sekunden noch vollgepumpt waren mit Angst und Zögern – füllen sich jetzt mit Adrenalin und sexuellem Verlangen, als Brock gleichzeitig mit seiner Zunge meine berührt und den Rauch in meine Mundhöhle bläst. Ich weiß nicht, auf was ich mich konzentrieren soll: auf das Brennen in meiner Lunge, als ich den Rauch inhaliere, der meine Vergangenheit auslöschen soll, oder auf Brocks Lippen auf meinen.

Mir gelingt beides nicht. Ich muss husten und schlage mir eine Hand vor den Mund.

Brock schmunzelt. »Alles klar mit dir?«

»Ich denke, schon.« Ich nicke und versuche, einen richtigen Atemzug zu nehmen. »Sollte ich etwas fühlen?«

Brock reißt seine Augen auf. »Du bist *nicht* angeturnt?«

»Du weißt, was ich meine.« Ich lache und huste gleichzeitig.

»Dann muss ich mich wohl mehr anstrengen«, sagt er grinsend und wiederholt den Vorgang mit der Bong, während er mich mit sich nach oben zieht. Nachdem er die Bong wieder auf den Tisch gestellt hat, gleiten Brocks Hände an meine Hüfte, und ich spüre die Dominanz in seinem Griff, als er seinen Mund erneut auf meinen presst. Ich schließe die Augen und gebe mich seiner Wärme hin, fasse seine Schultern und atme tief ein. Diesmal brennt es nicht so sehr, und mein Körper empfängt den Rauch wie einen alten Freund. Brock schmeckt anders als beim ersten Mal, als wir uns geküsst haben, aber immer noch wunderbar: eine exotische Mischung aus Mundwasser und Haschisch. Meine Arme werden ganz träge, als Brocks Hände an meinen Seiten nach oben wandern und seine Daumen meine Nippel streifen.

»Herrgott, ich könnte dich tagelang küssen«, stöhnt Brock, während er an meiner Unterlippe saugt. Hungrig und unnachgiebig küsst er mich, und unser Atem geht schneller. »Bitte, Ber, ich flehe dich an, Baby. Lass mich dich lieben, wie du es brauchst. Lass mich deinem Körper das geben, was er sich so sehnlichst wünscht.«

Mein Kopf ist ganz leicht vor Verlangen und Lust, als mich sein plötzliches Flehen überrascht. Ohne unseren Kuss zu unterbrechen, hebt mich Brock auf den Tisch und drängt sich zwischen meine Oberschenkel. Mir entfährt ein Stöhnen, als er meine Beine um seine Hüfte legt. Ich lege meine Hände auf den kühlen Marmor, und mein Blick taucht ein in den hungrigen Ausdruck auf seinem Gesicht.

»Sag mir, dass ich es heute Nacht mit dir machen darf«, verlangt Brock und blickt mir dabei tief in die Augen.

»Ja«, stoße ich hervor, ohne auch nur darüber nachzudenken. »Du darfst es heute Nacht mit mir machen.« Ich brauche und will es und sehne mich danach.

Mir rutscht das Herz in die Hose, als Brock mit seiner Hand über meinen Oberschenkel fährt, meinen Spitzenslip findet und ihn mir vom Leib reißt. Mit einem Finger berührt er leicht meine Klitoris, was mir einen wohligen Schauer über den ganzen Körper peitscht.

Ich stöhne noch einmal auf, als er seinen Mund auf meinen presst. »Magst du es, wenn ich dich küsse, wenn du high bist?«

Er führt seinen Finger fast in mich ein, ich stöhne laut auf, und jeder zuvor so entspannte Muskel zieht sich schlagartig zusammen. Ich werfe den Kopf zurück, und meine Augenlider werden schwer wie Zement, als ich mich am Tisch festkralle.

»Ja«, antworte ich und schiebe meine Hüfte nach vorne. »Ich liebe es.«

»Willst du wissen, wie sich mein Finger in dir anfühlt, während du high bist?«

Ich nicke, und mir wird ganz heiß.

»Sag es«, flüstert er langsam, und er lässt mich nicht aus den Augen, während er meinen Po umfasst und mich an den Rand des Tisches zieht.

Instinktiv greife ich nach seinem Haar und fühle die weichen, karamellfarbenen Strähnen zwischen meinen Fingern. »Mach's mir mit dem Finger«, flehe ich ihn an und empfinde in diesem Moment nicht das geringste Schamgefühl.

Er schiebt seinen Finger einen Zentimeter in mich hinein. »Sag es noch mal«, stöhnt er.

»Mach's mir mit dem Finger«, keuche ich und vergrabe meine Finger in seinen Haaren.

Noch ein Zentimeter, noch ein Finger. Mein Unterleib zieht sich zusammen und verlangt nach mehr.

»Noch mal, Ber. Sag es noch einmal. Sag, dass ich es dir richtig mit den Fingern machen soll.«

Jetzt weiß ich nicht mehr, wer hier wen anfleht. Er spielt auf eine kranke und verrückte Weise mit mir. Ich kann es daran erkennen, wie er auf meine Antwort wartet, sein Blick voller Kontrolle, aber auch voller süßer Versprechungen. Ich erkenne es an der Art, wie er mit seinen Lippen über meine streicht – gerade genug, dass ich mir auf die Unterlippe beißen muss, wenn er damit aufhört. Und ich erkenne es an der Art, wie er mich langsam dazu bringt, alles zu lieben, was er macht.

Ich befinde mich hier auf unbekanntem Terrain, und jede

Faser meines verdammten Körpers verzehrt sich nach der Droge namens Brock Cunningham. Alles an ihm ist so gefährlich wundervoll, eine ungenutzte Droge, die ich vollkommen auskosten mag.

Komplett einnehmen.

Durch das nach ihm lechzende Blut in meinen Adern schießen.

Dennoch werde ich ihm nicht erlauben, mir meine sexuelle Kontrolle zu entziehen. Das ist das Einzige, was mich bis jetzt vor dem Verrücktwerden bewahrt hat. Ich will von ihm meinen nächsten Schuss, aber diese Drogenabhängige wird es dem Dealer nicht leicht machen.

Ganz und gar nicht leicht.

Ich umklammere sein Haar noch fester und ziehe sein Gesicht an meins heran. Mein Blick ist dabei so scharf wie ungeschliffene Diamanten. »Wenn du es mir nicht ordentlich mit deinen Fingern machst, stehe ich von diesem Tisch auf, rufe mir ein Taxi und fahre zurück in mein Wohnheim. Ein guter Porno und ein Dildo bringen mich genauso weit, wie du es geschafft hast, ohne den ganzen Scheiß nebenher. Lass dir das gesagt sein.«

Mit einem verruchten Grinsen dringt Brock mit drei talentierten Fingern knöcheltief in mich ein. Ihr Rhythmus passt sich dem unseres stoßhaften Atmens an.

»Ist das tief genug für dich?« Er vergräbt sein Gesicht in meinem verschwitzten Hals.

Ich kann ihm nicht antworten. Die Worte sind aus meinem Gehirn verschwunden – puff, einfach weg. Ich kann nicht klar denken. Zum Teufel noch mal, ich kann nicht einmal mehr atmen bei den berauschenden Gefühlen, die er durch meinen Körper schickt, während ich mich an seinem T-Shirt festklammere.

»Ja, das ist tief genug. Ich bin so bereit, wie es nur geht.« Brock geht ein Stück zurück, und sein warmer Atem streicht über meine Lippen, als er mich ansieht. »Willst du meinen Schwanz? Willst du ihn in dir fühlen?«

»Ja«, murmle ich. »Mir ist alles egal. Nimm mich genau jetzt und hier auf dem Tisch.«

Pures Verlangen strömt durch meine Adern, als er mir die Bluse aufreißt. Die Knöpfe fliegen davon – genau wie mein gesunder Menschenverstand. Er zieht die Bügel meines BHs herunter, umfasst mit den Händen meine Brüste und beginnt, mit der Zunge meine Nippel zu umkreisen. Ich will mehr, das ursprüngliche Verlangen meines Körpers nach Sex explodiert förmlich, und das Tier in mir will aus dem Käfig gelassen werden.

»Mmmhh …«, stöhnt er und saugt an meinen harten Brustwarzen, während seine Hände sich unnachgiebig an meinem Fleisch bedienen. »Aber du musst darum bitten, bevor ich ihn dir gebe, Baby. Ich will dich um meinen Schwanz betteln hören.«

Ich gebe nach und zerbröckle unter dem scharfen Messer des Verlangens. »Bitte. Ich will deinen Schwanz in mir spüren. Jetzt.«

»Ja, so ist's gut, Baby«, brummt er mit tiefer Stimme, als er seine Finger aus mir rauszieht. Mit gierigen Augen beobachtet er mich und führt seine Finger an meine Lippen. Er schiebt sie mir in den Mund, und ich lecke ohne Gegenwehr meinen Saft von seinen Lippen.

»Verdammt, das ist gut, Ber. Du magst den Geschmack von dir auf meinen Fingern, richtig?«

Keuchend nicke ich und sauge fester. Meine zitternden Hände greifen nach seinen Hüften, während ich in seine glasigen Augen blicke. Als ob das alles *ihm* den Verstand geraubt hätte, hebt Brock mich vom Tisch, bedeckt meinen Mund mit Küssen und trägt mich in die Wohnung.

»Jetzt will ich dich schmecken«, stöhnt er mir ins Ohr.

Er krallt seine Hände in meine Haare, und seine Schultern

stoßen an Möbel, Wände und den Türpfosten seines Schlafzimmers, bevor er mich auf die wackligen Beine stellt. Mit dunklen Augen blickt er mich an. Verdammt, er sieht aus wie ein engelsgleicher Dämon: wunderschön und Furcht einflößend. Mein Puls rast und lässt das Blut durch meine Adern strömen. Obwohl das Zimmer nur spärlich beleuchtet ist – durch die hölzernen Fensterläden kommt nur ein wenig Mondlicht hinein –, kann ich die Gier in seinen Augen sehen, sein Verlangen danach, dass ich ihn begehre.

Ich blinzle und passe meinen Atem an seinen an. Jetzt erst wird mir bewusst, was gerade mit meinem erhitzten Körper geschieht. Ich fühle mich anders, fast so, als würde ich nicht existieren. Meine Arme sind schwer wie Ziegelsteine, meine wirren Gedanken versuchen, den verschwommenen Nebel in meinem Kopf zu durchdringen. Ich habe ein seltsames Gefühl auf den Lippen, aus irgendeinem Grund gefällt es mir. Meine Zunge fühlt sich pelzig an oder vielleicht auch so schwer wie Blei. Alles hat eine neue Form, einen neuen Geschmack und eine neue Struktur angenommen. Durch diese neuen Empfindungen fühlt sich die Welt an, als wäre sie unter mir ausgebreitet, luftleer und berauschend.

»Du bist total stoned«, flüstert Brock und streift mir langsam die Bluse von meinen Schultern. »Das fühlt sich gut an, nicht wahr?«

Das tut es. Es fühlt sich so verdammt gut an. Zum ersten Mal seit langer Zeit fühle ich mich schwerelos, fast so, als ob die Sünden meiner Eltern mich nicht fest im Griff hätten.

»Mmm-hmm«, murmle ich und bin hungrig nach mehr.

Er wirft den Fetzen Stoff auf den Boden und öffnet meinen BH. »Und ich werde dafür sorgen, dass es sich noch viel, viel besser anfühlt.«

Mein BH gesellt sich zu der ausrangierten Bluse, und das Geräusch, das er macht, als er auf dem Teppich landet, besiegelt die Endgültigkeit dieses Moments. Ich atme tief ein und begebe mich in die Hände dieses Mannes. Mein ganzer Körper zittert, und während ich ihm tief in die Augen blicke, versinken all meine Sinne in seiner Berührung.

»Himmel, du bist so verdammt wunderbar.« Brock beißt sich auf die Lippe. »Es gibt keinen Zentimeter an dir, den ich heute Nacht nicht mit Küssen bedecken werde.«

Ich stehe nur noch mit Rock und High Heels bekleidet da, und als Brock mich umrundet, fährt mir ein weiterer Schauer durch den Körper. Seine Bewegungen sind berechnend, wie die eines Jägers, der seiner Beute auflauert.

Er bleibt hinter mir stehen und vergräbt seine Lippen in meinem Nacken. Als er mit den Händen meine Brüste umfasst, keucht er mit tiefer Stimme: »Soll ich dir dabei helfen, dich besser zu fühlen, Ber?«

Mir stockt der Atem, als er meine Nippel zwischen seinen Fingern dreht. »Oh Gott!«

»Das ist die Antwort, die ich erhofft hatte. Für die nächsten paar Stunden bin ich dein Gott.« Brock fährt mit einer Hand meinen flachen Bauch hinunter. Ich atme erneut tief ein, als er sein Knie zwischen meine Oberschenkel presst und sie auseinanderdrückt. Mein Herz schlägt erwartungsvoll, als er den Rock über meine Hüfte zieht und mit der freien Hand meine geschwollene Klitoris findet. Er reibt sie in langsamen, quälenden Kreisbewegungen und stöhnt mir in den Nacken. Sein Atem brennt auf meiner Haut. Als er zwei drängende Finger in meine Wärme stößt, ringe ich nach Luft. Gierig werden sie von mir empfangen, und mein Körper lechzt nach seinem Eindringen.

»Fühlt sich das gut an?«

»Ja«, stöhne ich und schlinge meine Arme um seinen Nacken. Ich vergrabe meine Hände in seinem Haar, und meine Finger ziehen an den feuchten Strähnen. »Bitte, Brock, mach weiter.«

»Das kann ich nicht«, flüstert er mir ins Ohr.

Ich kann spüren, wie er grinst, als er seine Finger aus mir zieht und seine köstlichen Peinigungen abrupt stoppt. Ich keuche protestierend und lasse meinen Kopf an seine Brust fallen.

»Ich will dich schmecken. Sag mir, dass ich deine Muschi lecken soll, bis sie trocken ist.« Sein sinnlicher Befehl lässt jedes Molekül in meinem Blut aufbrechen, als er seine Lippen leicht an meinen Nacken legt. »Sag es.«

Er könnte von mir verlangen, dass ich einen bewaffneten Raubüberfall gestehe, und ich würde es, ohne nachzudenken, tun. Aber trotzdem bin ich diesen Befehlston nicht gewohnt.

Meine Lust macht mich völlig blind. Ich sehe ihm tief in die Augen, und unsere Blicke drücken Verlangen aus. »Ich will, dass du meine Muschi trocken leckst. Aber du wirst nicht damit aufhören, bis *ich* es sage. Nicht du. *Ich*.« Ich berühre seinen Mund mit meinen Lippen und fahre mit der Hand seine starke Brust entlang. »Ich will, dass du mich leckst, bis deine Zunge wehtut. Ob bitter oder süß, ich will, dass du mich leckst, bis ich nicht mehr ohne deinen Schwanz sein kann.« Ich grinse verführerisch und sauge an seiner Lippe. Ich schäme mich kein bisschen für meine schmutzigen Worte. »Du machst große Versprechungen, Cunningham. Jetzt zeig, was du draufhast. Mal schauen, ob du mich an den Punkt bringen kannst, an dem es … wehtut. Okay?«

»Jawohl, Ma'am.« Langsam breitet sich ein Lächeln auf seinem Gesicht aus. Er fasst mit einer Hand hinter seine Schulter und zieht sich das T-Shirt über den Kopf.

Mein Blick fällt auf die harten Sehnen seiner Bauchmuskeln und dann weiter hinunter zu dem perfekt definierten V, in dem seine Muskelstränge zusammenlaufen. Ich blicke Brock wieder in die Augen und mache mich mit fester Entschlossenheit an seiner Hose zu schaffen. Meine Lippen sind fest auf seine gepresst, als er mich Richtung Bett drückt. Ich spüre das Bettgestell an meinen Oberschenkeln, und mein

Herz bleibt förmlich stehen, als Brock seine Lippen von meinem Mund entfernt.

»Leg dich aufs Bett und öffne deine wunderbaren Beine für mich.« Obwohl er seinen Befehl cool flüstert, erkenne ich eine heiße Dringlichkeit in seinem Ausdruck, die sich mir ins Fleisch brennt. »Und, Ber«, fügt er hinzu und blickt mir tief in die Augen, während er langsam über die Beule in seiner Jeans reibt. »Lass die Stöckelschuhe an. Ich möchte spüren, wie sie mir in den Rücken stechen, während deine Beine um meinen Hals herum taub werden.« Er zieht den Gürtel aus und lässt seinen Blick vielversprechend über meinen Körper gleiten. »Und außerdem: Ich mache keine leeren Versprechungen. *Niemals*. Ich werde deine Muschi so lange lecken, wie es nur geht.«

Ich verbrenne förmlich vor Verlangen, und mir schießen heiße Flammen durch den Körper. Ich lasse mich auf die Matratze sinken und muss nervös schlucken, als ich das kühle Satinbettlaken unter mir spüre. Bewundernd schaue ich Brock dabei zu, wie er sich auszieht.

Jetzt steht er nur noch in schwarzen Boxershorts vor mir, holt seinen Schwanz raus und reibt an seinem göttlichen Teil langsam auf und ab, während er mich mit den Augen verschlingt. Mein Herz macht einen Sprung, und jeder Muskel in mir verzehrt sich nach ihm. Ich fahre mir mit der Zungenspitze über die Lippen und will ihn schmecken.

Mit zittrigem Seufzen schließen sich meine Augen wie von selbst, als die Matratze unter Brocks Gewicht nachgibt. Er packt mich an den Knien, blickt mir tief in die Augen und zieht mich an den Rand der Matratze. Dabei geht sein Atem überraschend entspannt. Mein Hintern wird gegen seine muskulösen Oberschenkel gedrückt, und ich muss schwer schlucken, als er sich über mich beugt.

»Darauf habe ich gewartet«, flüstert er und bedeckt meine Brust mit seinem Mund.

Er umrundet meinen Nippel mit seiner Zunge und zieht ihn zu einer festen Knospe heraus. Ich stöhne auf, als er zwischen seinen Zähnen daran saugt und meine andere Brust gekonnt mit der Hand knetet. Ein weiteres Stöhnen entfährt meinem Mund, während er seinen Kopf zurückzieht und sein kühler Atem meinen nassen Nippel streift. Ein Zittern geht durch meinen ganzen Körper, ich bekomme überall Gänsehaut.

Schmunzelnd blickt Brock mich an. »Gefällt dir das?«

»Ja«, antworte ich keuchend.

Er grinst und fährt mit seiner Zunge meinen Körper hinunter. Sie hinterlässt eine feuchte Spur auf ihrem Weg. Er markiert jede Stelle mit seiner Zunge, an der er vorbeikommt. Er saugt an meinem Hals, an meinen Rippen, an meiner Hüfte und leckt meinen Bauchnabel.

Ich erzittere wieder und muss dann kichern.

»Kitzlig?«, fragt er mich stirnrunzelnd.

»Ja, sehr. Aber, bitte …«

»Keine Sorge. Ich habe nicht vor, dich jetzt zum Lachen zu bringen.« Wieder grinst er mich an. »Das hebe ich mir fürs Kuscheln und Bettgeflüster danach auf.«

Ein Seufzer der Erleichterung entfährt mir, auf den ein tiefer Atemzug folgt, als Brock meine Beine über seine Schultern legt. Er stützt sich zwischen meinen Oberschenkeln auf seine Ellbogen und blickt mich ein letztes Mal verlangend an, bevor er meine Klitoris mit seiner Zunge berührt.

Ich verkrampfe mich, und meine Hände packen Brocks Haar, als er keuchend an meinem geschwollenen Kitzler saugt. Jede kontrollierte Bewegung seiner Zunge bringt mich der Glückseligkeit, aber auch kompletter Verwirrung ein Stück näher. Ich kann mich nicht daran erinnern, jemals schon so berührt worden zu sein. Ich hatte schon einige Männer im Bett, aber keiner ist so auf mich eingegangen, wie Brock es tut. Er leckt mich förmlich bewusstlos. Er studiert mich, schmeckt und kostet mich, als wäre es sein letztes Mahl. Rein und raus, raus und rein, erst langsam, dann schnell – jede köstliche Bewegung wird begleitet von seinem scharfen Blick, den er nicht von mir lässt.

»Oh mein Gott«, stöhne ich und drücke meine Nippel. Meine Brust hebt und senkt sich, und ich starre ihn an – völlig versunken im Hier und Jetzt. Das herrliche Ziehen, das sich zwischen meinen Beinen aufbaut, gemischt mit der Reibung seiner Finger, schickt mich in einen Wirbelsturm der Gefühle, und das übermächtige Verlangen ergreift Besitz von all meinen Gedanken. »Oh Gott, ja, Brock. Mach weiter. Hör jetzt bloß nicht auf.«

Brock stöhnt und greift mit seinen Händen unter meinen Hintern. Er zieht mich ganz nah an sein Gesicht heran. »Du schmeckst viel zu gut, um jetzt aufzuhören.« Er fährt mit einem Finger zwischen meine Pobacken und erkundet den Rand meiner Rosette. »Es schmeckt alles genau richtig. Säuerlich.« Er neigt den Kopf und leckt die Haut zwischen meinen Beinen. »Würzig.« Er zieht an meiner Klitoris und lässt sie mit einem Plopp wieder los. »Süß.« Er führt zwei geschickte Finger in mich ein und umkreist damit meinen G-Punkt. »Verdammt lecker, köstlich.«

Ich kollabiere, breche zusammen wie ein klappriges Haus in einem tosenden Sturm. Meine Absätze stechen in seinen Rücken, meine Muskeln ziehen sich zusammen, und heiße Flammen des Orgasmus schießen durch meinen Körper.

Brocks Gesicht ist tief zwischen meinen Beinen vergraben, und er leckt mich von der Klitoris bis zum Po und wieder zurück. Er leckt mich trocken, wie er es versprochen hat. »So ist es gut«, stöhnt er und hält mich noch fester. »Gib mir alles, was du zu bieten hast.«

Unfähig, den zweiten Orgasmus zu bewältigen, den ich kommen spüre, ziehe ich die Beine von seinem Rücken, setze mich auf und atme unkontrolliert ein und aus. »Das ist ge-genug«, stottere ich und presse eine Hand gegen die Totenkopftätowierung auf seiner Schulter. »Bitte. Ich kann nicht mehr. Hör auf, bitte.«

Brock blickt mich einen Moment stumm an, bevor er sich auf die Knie setzt, mit seinen Händen meine Hüfte umfasst und mich angrinst. »Hast du mich eben gebeten … *aufzuhören*?«

Ohne eine Antwort abzuwarten, küsst er mich leidenschaftlich und besitzergreifend. Oh Gott, ich bin überall auf ihm. Mein Geschmack, mein Geruch, meine Körperflüssigkeit – einfach alles von mir vermischt sich mit ihm. Mir wird schwindelig, und ich kann kaum noch atmen. Mein Körper wird ganz taub, und meine Finger krallen sich an seinen Kopf, als er mich zurück auf die Kissen legt. Durch den süßen Nebel der Benommenheit hindurch höre ich, wie er eine Kondompackung aufreißt. Ehe ich mich versehe, hat er sich auf seine Ellbogen gestützt und lehnt über mir – seine starken Hände streicheln mein Haar.

»Noch nie hat mich ein Mädchen gebeten aufzuhören«, flüstert er mit einem sanften Grinsen. »Du bist die Erste.« Er berührt mich mit den Lippen an der Schläfe und schiebt mit seinem Knie mein rechtes Bein zur Seite. »Normalerweise bestehen sie immer darauf, dass ich weitermache.« Jetzt schiebt er mein linkes Knie zur Seite. »Aber es ist schon gut. Ich bringe dich auch noch so weit.«

Mit ausgebreiteten Beinen liege ich unter ihm, und das Verlangen zwischen meinen Schenkeln wird noch heftiger, als er mit seiner Zunge über mein Kinn, meinen Hals und wieder zurück zu meinem Mund gleitet.

»Bist du bereit für mich, Ber?« Er stößt ganz leicht mit seinem Schwanz gegen mein Fleisch, und mir fährt ein Schauern durch den Körper, als er mich leidenschaftlich küsst. »Oder wirst du mich anflehen aufzuhören?«

Alles um mich herum verschwindet, sogar Zeit und Raum. Ich bin vollkommen verloren. Verloren in meiner Umgebung, verloren in ihm, in dem tiefen Tonfall seiner Stimme, in dem sinnlichen Versprechen in seinen Augen, in dem bitteren Geruch von mir selbst auf seinen Lippen.

Er zieht den Kopf etwas zurück und blickt mir tief in die Augen. »Das ist es nämlich, was ich jetzt tun werde. Ich werde in dich eindringen. Ich werde dich so ficken, wie du noch nie zuvor gefickt worden bist. Noch nie in deinem Leben. Ich weiß, du *denkst*, dass du schon richtig gefickt wurdest, aber das wurdest du nicht. Nicht so, wie ich es tun werde.« Er leckt sich über die Lippen und dringt fast in mich ein. Ein tiefes Keuchen verlässt seinen Hals, als ich aufstöhne. »Aber nachdem ich fertig bin, gehörst du mir. Nur mir. Niemand anderem.« Er legt den Kopf schief und sieht mich mit einem Blick an, den ich nicht zu deuten weiß. »Das heißt auch, dass du nicht mehr meine Freunde küssen darfst … in ihren Autos … nachdem sie dich zum Mittagessen gezwungen haben. Außer, *ich* erlaube es euch beiden.«

Meine Stimmbänder frieren förmlich ein, und das Herz rutscht mir bis in die Kniekehlen, während er meinen Kopf zur Seite dreht und meine Wangen, mein Kinn und meinen Nacken küsst.

»Haben wir uns verstanden, meine wunderschöne, geheimnisvolle kleine … Lügnerin?«

Ich schlucke und versuche, meinen trockenen Hals zu befeuchten. »Wo-woher weißt du …«

»Ich habe auf dem ganzen Campus Augen. Vergiss das nie.« Er küsst mich sanft auf den Mund, und seine Finger spielen mit meinem Haar. »Ihr zwei habt vorhin eine nette kleine Show abgeliefert. Es war klar, dass ich davon erfahre.«

Er stößt wieder zwischen meine Beine und durchbricht diesmal die Grenze meiner feuchten Schamlippen. Mein

Unterleib zieht sich zusammen und will sich um ihn krampfen. Aber er zieht seinen Schwanz wieder heraus und lässt mich nach Luft schnappen. Ich atme keuchend, als ich seine Schultern packe, und der fremdartige Protest, der aus seinem Mund kommt, füllt meine Ohren aus.

Er streichelt immer noch über meinen Hinterkopf und blickt mich grinsend an. »Ich weiß, dass Ryder und du aufeinander abfahrt. Das ist einfach so. Auch wenn er wusste, dass ich dich zuerst wollte, kann ich ihm nicht übel nehmen, dass er es versucht hat. Er wäre total verrückt, wenn er es nicht getan hätte.« Sacht berühren seine Lippen meine, und seine Finger krallen sich in mein Haar. »Ich kenne meinen Freund *sehr* gut, und ich kann nicht behaupten, dass ich schockiert oder sauer auf ihn bin. Ryder und ich sind beide ein bisschen … verrückt. Wenn wir wissen, was wir wollen, holen wir es uns. Egal, wer uns im Weg steht. Komisch, dass wir trotzdem Freunde sind, oder?«

Ich nicke und will ihre Freundschaft verstehen. Dahinter muss sich mehr verbergen – oder auch weniger. Was immer es ist, diese Unterhaltung macht mich in jedem Falle neugierig.

Brock grinst und hält meinen Hals fest, während er mit der Zunge die Stelle unterhalb meines Ohrs stimuliert. »Na ja, wir sind es auf jeden Fall, und nichts und niemand wird das jemals ändern. Aber bis ich euch beiden nichts anderes erlaube, werdet ihr euch nicht mehr …näherkommen. Ich bin derjenige, mit dem du schläfst. Derjenige, dessen Namen du mehrmals am Tag stöhnen wirst. Neben mir wirst du am Abend einschlafen und am nächsten Morgen aufwachen. Ich bin derjenige, der jedes Geheimnis von dir kennen wird. Verstanden?«

Ich brauche, will und ersehne es. Ich sehne mich nach … ihm. Seinen Geheimnissen. Seinen Lügen. Seiner dunklen Vergangenheit und unsicheren Zukunft. Nach seinen Versprechungen und Wünschen. Nach seinen Berührungen und nach seinem Körper. Nach allem.

»Verstanden«, flüstere ich, und die Lust füllt meine Adern.

Brock stößt seine Hüfte nach vorne und dringt mit brutaler Bestimmtheit in mich ein. Ich schnappe nach Luft, sein stark durchbluteter Schwanz füllt jeden schmerzenden Zentimeter in mir aus. Sein schweißgebadeter Körper reibt hart und schnell an meinem Bauch, und unser heftiger Atem vereint sich. Meine Fingernägel krallen sich in purer Ekstase in seine Schultern. Ich bin nicht länger high, aber ich fühle mich lebendig. Meine tot geglaubten Zellen erwachen aus einem tiefen Schlaf. Ich neige den Kopf und versuche mit durchgedrücktem Rücken Brocks Lippen auf meinen Mund zu ziehen. Mit einer Hand krallt er sich in mein Haar, und mit der anderen umfasst er meinen Oberschenkel. Er starrt mich einen Moment voller Erregung an, umschließt dann meine Lippen mit seinen und schiebt seine Zunge in meinen Mund.

»Ich will alles von dir«, sagt er mit dunkler Stimme und dringt heftig in mich ein. Ein Stöhnen ertönt tief aus meinem Innern, und mein Körper passt sich seinem an wie formbarer Ton. Er hebt seinen Kopf, und Haarsträhnen hängen ihm in die Augen, der Blick in seinem hübschen Gesicht voller Besessenheit. »Jeden Zentimeter von dir. Dein Herz, deine Seele, deine Vergangenheit, deine Gegenwart, deine Zukunft. Einfach alles. Sag es, Ber. Sag, dass du mein bist, Baby.«

Ich kann sein Verlangen spüren, das alles um uns herum aufheizt, sein übermächtiges Bedürfnis, mich zu besitzen. Die Art, wie er mit mir schläft, folgt keinem System. In einer Sekunde ist er so brutal, dass ich denke, ich werde in zwei Hälften gerissen – das Verlangen in seinen Bewegungen ist schon fast lähmend. In der nächsten Sekunde wird er langsamer, und er sieht mich an, als ob er niemals wieder etwas anderes als mich sehen wolle. Als wäre ich das Einzige, was für ihn existiert.

Noch nie hat jemand aus Liebe mit mir geschlafen, ich kann es also nicht damit vergleichen, was hier gerade passiert. Aber es ist mehr als einfach nur Sex. Es ist tiefer. Eine Verbindung, eine elektrisierende Spannung in der Luft, die gnadenlos unsere Gefühle kontrolliert.

»Ich bin dein«, keuche ich. Als mir bewusst wird, dass ich so etwas noch nie zu jemandem gesagt habe, spüre ich, wie Angst und Verlangen mich gleichermaßen ausfüllen. Doch die Worte fühlen sich richtig an – ein Versprechen, das, schon lange bevor ich von Brocks Existenz wusste, auf meinem Herzen lag. Brock stöhnt auf, als ich mit zittrigen Fingern seine Schultern, seine Brust und seinen Hintern entlangfahre. Ich drücke ihn und schlinge meine Beine um seine Hüfte. Dabei lasse ich alles los, vor dem ich je Angst gehabt habe. »Ich gehöre nur dir. Niemand anderem.«

Brock presst seinen Mund auf meinen, und seine Zunge führt harte, dominante Bewegungen aus, als er einen Arm unter meine Hüfte legt. Stöhnend setzt er sich auf und zieht mich mit sich hoch. Ich spüre seine Lippen auf meinem Hals. Er leckt, saugt und beißt an meiner empfindlichen Haut. Ich schnurre wie eine Katze und führe seinen Schwanz in mich ein. Die Luft ist von unseren heftigen Atemzügen erfüllt, als ich mich komplett auf ihn setze und jeden prachtvollen Zentimeter in mir aufnehme.

»So ist es gut, reite auf mir.«

Er packt mein Haar und reißt meinen Kopf nach hinten. Mein Rücken biegt sich durch, und ein Sturm der Emotionen braust durch jeden meiner Muskeln. Er saugt an meinem Nippel und fährt spielerisch mit der Zunge über die harte Knospe. Stöhnend zucke ich zusammen, und er blickt mich mit wahnsinnigen Augen an. Mein Po klatscht gegen seine Schenkel, und mein Verlangen nach ihm scheint zu explodieren. Ich bewege mich hoch und runter, runter und hoch, nehme mir das von ihm, was ich brauche, und akzeptiere gleichzeitig, dass er wie der Teufel Besitz von mir ergreift. Er umfasst meine Hüfte und stößt heftig mit seinem Schwanz in mich – jede Bewegung bringt mich näher an die Ekstase. Meine Arme sind um Brocks Hals geschlungen, sein Gesicht liegt an meiner schweißgebadeten Brust. Ich bewege mich wieder nach unten in langsamem, aber beständigem Rhythmus. Ich kreise mit den Hüften und lasse ihn so tief in mich eindringen, wie es meinem Körper nur möglich ist.

»Oh Gott«, keucht Brock und umfasst meine Hüfte noch fester. »Kannst du mich spüren, Ber? Denn ich spüre dich, Baby. Du bist wie für mich gemacht. Deine Titten, dein Arsch, deine Lippen, einfach alles.«

»Mmhhh, Gott, ja«, stöhne ich, und mein ganzer Körper zuckt. »Du fühlst dich so gut an.«

Ich kratze mit den Fingernägeln über seinen ganzen Rücken und werde eins mit ihm. Ich spüre seine rauen, aber dennoch weichen Hände überall auf meinem Körper. Es ist so, als ob er nicht anders könnte, als mich überall anzufassen, als ob er sich entscheiden müsste, welchen Teil meines Körpers er als Nächstes erkunden will. Sein großer, harter Schwanz stößt mit einer Dringlichkeit in mich, die ich noch nie zuvor erlebt habe. Sein erotisches Keuchen an meinem Ohr wird mit jeder Reaktion meines Körpers lauter.

Ich reite zwar auf ihm, aber Brock besitzt mich voll und ganz, und er meldet seinen Anspruch auf mich mit jeder Sekunde mehr an.

Er nimmt meinen Kitzler zwischen zwei Finger und übt mit schnellen, sinnlichen Bewegungen Druck darauf aus. »Lass dich fallen, Baby. Ich weiß, dass du jetzt kommen musst. Ich kann es fühlen.« Er reibt jetzt noch schneller und härter an meinem geschwollen Fleisch. »Ich will, dass du meinen Schwanz so tief in dir aufnimmst, dass es wehtut.«

Ein weiterer Stoß von ihm, seine Zähne tief in meiner Schulter, und ich bin verloren. Meine Muskeln ziehen sich um ihn zusammen, und eine köstliche Hitze breitet sich in meinem Körper aus, als ich den brutalsten Orgasmus kommen spüre, den ich jemals hatte.

Brock drückt meine Hüfte mit unnachgiebigem Griff und stößt mit seiner nach oben wie eine gut geölte, Lust verbreitende Maschine. Ich komme, und ein zweiter Orgasmus fährt durch meinen Körper. Er wirft mich auf den Rücken, zieht sich komplett aus mir zurück, gleitet mit den Händen unter meinen Po und hebt meinen Unterkörper an. Bevor ich richtig Luft holen kann, liegt sein Mund schon über meinem Kitzler, und seine Zunge leckt mich von außen nach innen.

»Bist du verrückt?«, keuche ich und lege meine Beine instinktiv um seine Schultern. »Ich kann nicht noch einmal kommen. Ich kann nicht.«

Er fasst meinen Po fester, zieht mich an sein Gesicht und dringt mit der Zunge noch tiefer in mich ein. Er erkundet mein Fleisch so intim, wie es noch nie zuvor ein Mann gemacht hat. »Du kannst«, keucht er und saugt an meinem Kitzler. »Und du wirst.«

»Oh mein Gott«, stöhne ich, und meine Hände suchen nach etwas, an dem sie sich festhalten können, als er seine Zunge rauf- und runterbewegt, runter und rauf. Im Einklang mit den Bewegungen seiner Zunge und seinen Bissen steckt er seinen Daumen rhythmisch in mich hinein. »Bitte, Brock, nein. Ich … ich …«

Ich komme so heftig in seinem Gesicht, dass ich mir sicher bin, es ruiniert zu haben.

Ein siegreiches Lächeln legt sich um Brocks Lippen, und er lässt meinen kraftlosen Körper aufs Bett sinken und küsst mich drängend und stöhnend. Sein berauschendes Keuchen füllt meine Ohren aus. Mein Bauch hebt und senkt sich, und sowohl willkommene als auch unwillkommene Gefühle ziehen sich um mein Herz, um meine Seele zusammen. Er küsst mich leidenschaftlich weiter und streichelt mir über den Hinterkopf. Dann spreizt er meine Beine und dringt in mich ein. Obwohl es wehtut, empfängt mein Unterleib bereitwillig jeden Zentimeter von ihm.

»Du bist mehr, als ich verdiene«, flüstert er und zieht sich zurück, um mich anzuschauen. Sein Blick ist ernst, ein schüchternes Lächeln legt sich um seine Mundwinkel, als er mit den Daumen meine Wangen entlangfährt. »Typen wie ich bekommen normalerweise nie solche Mädchen ab. Außer sie sind verrückt.« Er küsst meine Stirn und spricht mit weicher, sinnlicher Stimme weiter. »Danke, dass du deinen Körper mit mir geteilt hast, Ber. Ich habe noch nie einem Mädchen nach dem Sex gedankt – was mich zu einem ziemlichen Arschloch macht, wenn ich es recht bedenke –, aber alles an dir ist einfach so verdammt wundervoll.« Er küsst meine Nase, und ein leises Kichern kommt aus seinem Mund. »Einschließlich deiner sexuellen Fähigkeiten.«

»Ich bin wundervoll?«, stoße ich atemlos aus. Dieser Kerl muss seinen Verstand verloren haben. Ich schließe meine Beine um seine Hüfte und genieße seine langsameren Bewegungen. »Wenn ich wundervoll bin, dann weiß ich nicht, was du bist.«

Brock grinst, und ich komme zu der Erkenntnis, dass ich gerade offiziell so richtig durchgefickt, geleckt und mit mehrfachen Belohnungen versehen wurde. Ich bin mir ziemlich sicher, ich kann keinen weiteren Stoß von ihm aushalten, auch wenn ich es versuche.

Trotzdem küsse ich seinen Hals, seine Schulter, sein Kinn, und mein Verlangen, ihm zu danken, ist groß. »Fick mich, Brock. Mach weiter. Ich bin okay.«

Er zieht eine Augenbraue nach oben und wird langsam wieder schneller. »Du bist nur … okay?«

»Ich bin mehr als okay, Cunningham«, hauche ich und küsse seine Oberlippe. »Du weißt, was ich meine.«

»Natürlich. Was hab ich mir nur gedacht? Du willst, dass ich dich …«, er spitzt seine Lippen und grinst mich an, während ich erwartungsvoll die Luft anhalte, »richtig ficke, stimmt's?«

»Ja.« Meine Antwort kommt keuchend hervor, als er wieder in mich eindringt.

Er hält sich mit der einen Hand am Kopfende fest, während er mit der anderen immer noch in mein Haar greift. »So etwa?«, fragt er und stößt wieder in mich. Dabei legt er seinen Mund auf meinen.

Ich nicke stöhnend und kralle meine Fingernägel in seine Schultern.

»Und so?« Er dringt noch tiefer in mich ein und streichelt mit der freien Hand meine Hüfte hinunter. Während seiner fließenden Bewegungen klatschen seine Eier gegen meinen Po.

»Oh Gott, ja. Genau so. Bitte hör nicht auf«, flehe ich ihn an und ignoriere den Schmerz, als mein Kopf gegen das Kopfende vom Bett stößt.

Es dauert nicht lange, und sein Körper verkrampft sich, seine Muskeln ziehen sich in Erwartung des aufkeimenden Orgasmus zusammen. Ich nutze die Gelegenheit, krieche unter ihm hervor, ziehe das Kondom von seinem Schwanz und drücke ihn auf seinen Rücken. Ich berühre seinen pulsierenden Schwanz mit meinen Lippen und umkreise seine Eichel mit der Zunge. Brock zieht scharf die Luft ein und lässt ein wundervolles Stöhnen aus seiner Brust. Dieses erotische Geräusch lässt meinen Unterleib fast den Verlust bedauern. Aber ich umkreise seinen Schwanz weiterhin langsam mit meiner Zunge und nehme mehr von ihm in mir auf. Dieser Mann schmeckt einfach himmlisch. Die perfekte Mischung aus salzigem und scharfem Geschmack, aus Sex und Schweiß. Hundert Prozent pure, aufrichtige Wonne.

Mit dem Finger einer ungeduldigen Hand verwöhne ich seine Eier und nehme seinen wunderbaren Schwanz ganz tief in den Mund. Seine pure Größe und sein Umfang bringen mich fast zum Würgen.

»Fuuuuck«, stößt Brock hervor und packt mich an den Haaren. »Du machst keine halben Sachen. Das fühlt sich unglaublich an.«

Ich will seine Erlösung nicht nur schmecken, sondern muss sie auch sehen. Deshalb sehe ich ihn jetzt an, während ich seinen Schwanz von oben bis unten bearbeite. Brock nimmt seine Unterlippe zwischen die Zähne und lässt mich nicht aus den Augen, während ich meinen Kopf auf- und abbewege und dabei gegen seinen Schwanz stöhne. Mit schnellen, abgehackten Atemzügen stößt er in meinen Mund wie ein Tier, und jeder bedächtige Stoß dringt tief in meinen Hals ein. Ohne den Rhythmus zu verlieren, fasse ich seine Oberschenkel und gebe ihm damit die Möglichkeit, alles mit mir zu machen, was er will.

»Ber, ich komme«, warnt er mich mit rauer Stimme. »Wenn du nicht willst, dass ich … oh Gott!«

Mit einer schnellen Bewegung umfasse ich seinen Hintern und drücke ihn fest. Dabei hoffe ich, dass meine Augen ihm verraten, was mein Mund nicht sagen kann.

Ich will ihn voll und ganz.

Sein Blick ist immer noch auf mich gerichtet, und Brock zieht an meinem Haar, als hänge sein Leben davon ab. Dann lässt er sich gehen und spritzt seinen warmen Samen direkt in meinen Mund.

»Verdammt«, stöhnt er und streichelt mit den Händen über meinen Nacken. »So ist es gut, Baby. Nimm es. Nimm dir alles, was du brauchst.«

Schub für Schub schlucke und sauge ich jeden Tropfen

von ihm auf, und mit jedem Aufbäumen seines Orgasmus drücke ich seine Hoden.

Bevor ich mich aus meiner Position auf Händen und Knien erheben kann, zieht Brock mich nach oben, streicht mir das klebrige Haar aus der Stirn und bedeckt meine Lippen mit seinen. Er küsst mich tief, lang und leidenschaftlich und stöhnt dabei in meinen Mund. Dann lässt er sich auf den Rücken fallen und zieht mich auf seine schweißgebadete Brust.

Als sich unsere Atmung langsam beruhigt hat, greift Brock zu einem Nachtkästchen rüber, schaltet eine Lampe an und öffnet eine Schublade. Ich schließe die Augen und versuche, mich an die plötzliche Helligkeit zu gewöhnen.

»Normalerweise rauche ich in meinem Apartment nicht, aber jetzt muss ich. Du bist schuld.« Er zieht eine kleine Metallbox hervor und holt einen fertigen Joint heraus. Er zündet ihn an, nimmt einen tiefen Lungenzug, dann noch einen zweiten und hält den Joint an meine Lippen, während er mit seiner freien Hand über meinen Rücken streichelt. »Hier. Den hast du dir weiß Gott verdient.«

Ich nehme einen tiefen Zug und muss kichern, als er seine Hand an meinen Rippen entlanggleiten lässt. »Nein, nein, nein!«

»Mmhhh, aber das ist jetzt der obligatorische Kuschel-und-kitzel-Teil.« Er vergräbt seine Hand zwischen unseren Bäuchen und kitzelt mich durch.

»Stopp!«, schreie ich und versuche, einen vernünftigen Atemzug zu nehmen. Ich sehe ihn gespielt wütend an und nehme sein Kinn zwischen die Hände. »Hat es dir gefallen, mit mir Sex zu haben?«

Er runzelt die Stirn. »Ist die Frage ernst gemeint?«

Ich nicke und versuche mir ein Lachen zu verkneifen. »Ernster, als du es dir vorstellen kannst.«

In seinen glasigen Augen kann ich erneutes Verlangen erkennen, und um seine Lippen legt sich ein leichtes Grinsen.

»Und du bist auch besser gekommen, als ich es mir nur vorstellen konnte.« Er schmunzelt und küsst meine Schläfen. »Aber um deine Frage zu beantworten: Mir hat es sehr gefallen, mit dir Sex zu haben. Ich habe es geliebt. Und ich will es in der nahen Zukunft noch tausendmal erleben.«

»Ha-ha, aber nicht, wenn du mich weiter kitzelst«, warne ich ihn mit verführerischem Grinsen. »Dann wirst du mich nie wieder auch nur anfassen dürfen.«

Mit dem Joint im Mundwinkel wirft Brock mich auf den Rücken und stützt sich über mich. Er nimmt einen weiteren Zug, drückt den Joint auf dem Deckel der Metalldose aus und bläst den Rauch in meine Lunge. Dabei umspielt er mit seiner Zunge die meine. »Drohst du mir gerade Sexentzug an?« Er streichelt über meinen Kopf. »Ist es das, was du tust?«

»Ja, das tue ich«, antworte ich hustend. »Und wenn ich du wäre, würde ich die Drohung ernst nehmen, Freundchen.«

In wahrer Rebellenmanier ignoriert Brock meine Ansage. Dieses Mal hält er meine Arme über dem Kopf zusammen und kitzelt meine Achseln, während er meine Wangen über und über mit Küssen bedeckt. Ich breche in schallendes Gelächter aus und bemühe mich, irgendwie nach Luft zu schnappen und mich unter ihm herauszuwinden. Wie vom Himmel geschickt, klingelt plötzlich ein Engel an der Tür und unterbricht Brock in seiner Kitzelattacke.

Er steigt aus dem Bett, schlüpft in seine Jeans und grinst mich an. »Hast du eine Ahnung, wie viel Glück du gerade hast?«

»Hast du eine Ahnung, was für ein Idiot du bist?« Ich grinse zurück und ziehe mir die Decke über die Brust. »Ein Idiot, der hiervon nichts mehr bekommen wird.«

Ding-dong … Ding-dong …

»Mmhhh, das werden wir ja sehen.« Auf dem Weg in den Flur fügt er noch hinzu: »Ich wette, das ist schon wieder eine Lüge, meine hübsche Ber.«

»Ich wette, damit hast du absolut recht«, murmle ich, und bin mir ganz sicher, dass ich die Geschehnisse dieses Abends auf jeden Fall wiederholen will. So sexuell befriedigt wie noch nie und high wie auf einer Wolke ziehe ich mich in die Stille zurück.

Aber diese vorübergehende Glückseligkeit dauert nicht lange. »Herrgott noch mal! Warum brauchst du denn so lange, um die Tür zu öffnen, Bro?« Ein Fluchen hallt durch die Wohnung.

Abrupt schießt mein Blick in Richtung Schlafzimmertür. Die bekannte Stimme reizt meine Sinne und schmiegt sich an meine Haut wie Seide. Ich schnappe nach Luft.

Bekifft hin oder her, ich würde diese Stimme wahrscheinlich in einem Stadion voller Menschen wiedererkennen.

Ryder …

7 Amber

Ich bin davon überzeugt, die Götter im Himmel ergötzen sich an so einem Scheiß wie diesem. Sie sitzen auf ihren goldenen Thronen, haben Kelche mit gereiftem Wein in der Hand und bescheren sich so ihre tägliche Portion Lachen. Ein schöner Gruß an die Menschheit da unten. In genau diesem Moment erfreuen sich die Götter da oben an meiner kleinen brenzligen Situation.

Ich atme tief ein, steige aus dem Bett und schlüpfe mit klopfendem Herzen in meinen Rock und BH. Ich schnappe mir die Bluse vom Boden und stelle fest, dass ich sie in dem zerrissenen Zustand unmöglich anziehen kann. Seufzend sehe ich mich im Zimmer um, und mein Blick bleibt an Brocks Footballpulli hängen, der auf einem Ledersessel am Fußende des Bettes liegt.

Ich zucke mit den Schultern. Man muss nehmen, was man kriegen kann.

Ich ziehe mir den riesigen schwarz-gelben Pulli über den Kopf und betrachte mich im Spiegel. Was ich sehe, gefällt mir gar nicht. Ich sehe nicht nur aus wie eine Schlampe frisch nach dem Sex – das Haar verknotet und die Schminke im ganzen Gesicht verwischt –, sondern auch noch wie eine verdammte Hummel auf Crack.

»Was geht ab, Kumpel?«, höre ich eine unbekannte Stimme im Wohnzimmer fragen.

Neugierig geworden, beschließe ich, dass es absolut in Ordnung ist, so auszusehen wie eine Hummel auf Crack frisch nach dem Sex. Außerdem muss ich total dicht sein. Unter normalen Umständen würde ich auf keinen Fall das Schlafzimmer verlassen in Anbetracht dessen, was sich heute zwischen mir und Ryder zugetragen hat und was Brock und ich gerade getan haben. Ich nehme an, das Haschisch verleiht mir diesen idiotischen Mut.

Brock antwortet der unbekannten Stimme, und die Wohnungstür fällt zu. Ich konzentriere mich darauf, es den Flur hinunterzuschaffen, ohne dabei die Nerven zu verlieren. Als ich um die Ecke zum Wohnzimmer biege, sind es allerdings nicht meine Nerven, die ich verliere.

Nein. Das wäre ja zu einfach. Und außerdem wollen sich die Götter ja heute Abend einen Spaß auf meine Kosten machen.

Ich stolpere über eine Hantel, die auf dem Boden liegt, und verliere also statt meiner Nerven den Halt. Ein stechender Schmerz schießt durch meinen kleinen Zeh – von dem ich mir sicher bin, dass er gebrochen ist –, und ich lande mit Händen und Knien auf dem harten Marmorboden. Mit einem lauten Knall falle ich wie ein Hund genau vor die Füße von Brock, Ryder und dem Unbekannten.

»Was, zum Teufel …?«

Obwohl ich im Moment nur eine winzige Staubkugel sehe, habe ich keinen Zweifel daran, dass das Ryder war.

»Ber!«, ruft Brock und stürzt auf mich zu. Er kniet sich neben mich, legt den Arm um meine Schulter und sieht mich besorgt an, als er mir auf die Füße hilft. »Verdammte Scheiße! Geht's dir gut?«

Ich klammere mich an Brocks Schulter, humple zur Couch und ringe um Fassung. »Abgesehen davon, dass es mir total peinlich ist und ich mir nicht sicher bin, ob mein Zeh noch mit meinem Fuß verbunden ist, geht's mir prima, ja.«

Brock runzelt die Stirn und hilft mir auf die Couch. Er legt meine Beine über seine Oberschenkel und inspiziert meinen Fuß.

»Ich hole unserem kleinen Tollpatsch hier mal etwas Eis«, meldet sich Ryder zu Wort und grinst erheitert. Aber bevor er in der Küche verschwindet, sagt er noch: »Du stolperst wirklich gerne über herumliegende Sachen, stimmt's, Moretti?«

Beschämt blicke ich Ryder in die Augen und halte den Atem an. Mit einem unverschämten Grinsen im Gesicht lehnt er am Rahmen der Küchentür und sieht so aus, als hätte auch er gerade verdammt guten Sex gehabt. Aber ihm steht das weitaus besser als mir.

Sein schwarzes Haar steht in alle Richtungen ab, als hätte irgendein Mädchen sich darin festgekrallt, während sie auf dem Höhepunkt ihrer Lust angekommen ist. Ich unterdrücke das Verlangen, mir auf die Lippe zu beißen, und beobachte, wie sich seine Muskeln unter dem engen, grauen T-Shirt zusammenziehen, als er seine tätowierten Arme verschränkt. Während er gut fünf Meter von mir entfernt steht, muss ich ihm einfach in die Augen blicken. In seine klaren, blauen, fast durchsichtig erscheinenden Augen, mit denen er mir zuzwinkert.

Obwohl sie mich total in ihren Bann ziehen, reiße ich mich wieder zusammen. »Tja, Ryder. Brock hat mir die Hantel allerdings nicht absichtlich in den Weg gelegt, damit ich darüber stolpere. So etwas tun nur Arschlöcher, die … hmmm, warte kurz.« Mit Blick auf ihn kratze ich mich am Kinn. »Ah, jetzt hab ich's: Nur Arschlöcher, die sich ihrer selbst total unsicher sind, würden so etwas tun. Um das zu kompensieren, behaupten sie gern, riesige … Gebäude zu besitzen.« Jetzt grinse ich und zwinkere ihm zu. »Ich würde also sagen, dass ich *nicht* besonders gern über herumliegende Sachen stolpere.«

Oh Gott. Habe ich gerade gesagt, was ich denke, dass ich gesagt habe? Vielleicht habe ich es nur gedacht.

Diese wunderbaren, babyblauen, durchsichtigen Augen blicken mich eine Sekunde überrascht an.

Dann noch eine.

Und dann noch eine.

Brocks Lachen bricht die Stille. »Heilige Scheiße! Sie hat dir gerade echt die Meinung gegeigt.«

Oh mein Gott. Ich habe es gesagt. Das muss am Haschisch liegen. Ganz sicher.

»Krass«, sagt der Unbekannte und setzt sich auf einen Sessel. »Fehlen dem großen Ryder Ashcroft tatsächlich die Worte? Wir müssen sofort die Medien benachrichtigen. Das muss landesweit ausgestrahlt werden.«

In dem Moment würde ich den Unbekannten am liebsten umarmen. Ryder blickt erst ihn und dann mich an. »Amber, das hier ist Schlappschwanz Lee Mitchel. Schlappschwanz Lee, das ist die tollpatschige, aber ach so süße Amber Moretti, die bessere Ohrfeigen verteilen kann als jedes Mädchen, das mich je geschlagen hat.«

Ich spüre, wie mein Gesicht purpurrot anläuft. Genau, purpurrot. Nicht einfach nur rot.

»Wir haben uns bereits kennengelernt.« Lee nickt.

Ich kann mich nicht daran erinnern, ihm schon einmal begegnet zu sein. »Ich kann mich gar nicht daran erinnern, dir schon einmal begegnet zu sein.«

Gibt es in diesem Raum ein Echo?

»Ich bin der Freund deiner Mitbewohnerin«, erklärt Lee.

Mitbewohnerin? Ich habe eine Mitbewohnerin? Ohne einen blassen Schimmer, wovon er da redet, grinse ich ihn an, als wüsste ich, was er meint.

»Ach, und Lee«, sagt Ryder und fasst sich an seine Eier. »Diese Bemerkung über die Medien … Warum kommst du nicht her und bläst mir einen?«

Lee verzieht das Gesicht. »Nein danke, mir geht's gut.«

»Das hab ich mir gedacht, du Weichei.« Ryder dreht sich zu mir um und grinst, während er seinen Blick über jeden Zentimeter meines kraftlosen Körpers schweifen lässt. »Amber.«

»Ryder«, antworte ich und warte.

»Glückwunsch, Süße. Du hast gerade geschafft, was noch kein Mädchen vor dir geschafft hat.«

»Und das wäre?«, frage ich.

»Wie Schlappschwanz Lee hier bereits erwähnt hat, hast du mich absolut sprachlos gemacht.« Er fährt mit einer Hand durch sein Haar und zwinkert mir noch einmal zu. »Und deshalb werde ich jetzt ein guter Junge sein und etwas Eis für deine hübschen kleinen Zehen holen.«

Sowohl Brock als auch Lee brechen in schallendes Gelächter aus, als Ryder in der Küche verschwindet.

Brock streicht mit einer Hand über mein Schienbein, runter zu meinem Knöchel und legt meine Ferse in seine Hand. »Du hast wirklich hübsche Zehen«, flüstert er.

Amüsiert ziehe ich die Augenbrauen hoch. »Du hast aber nicht irgendeinen verrückten Fußfetisch, oder?«

»Nein, das hättest du schon eher herausgefunden.« Er streicht mit den Fingern über meine Oberschenkel und blickt mich verlangend an. »Aber ich könnte mir einen zulegen, wenn es das ist, was du willst. Ich habe nichts dagegen, an jedem einzelnen Körperteil von dir zu lutschen.«

»Was, zum Teufel, ist das?« Lee reißt mich aus meinen heißen Gedanken an Brock und deutet auf den Fernseher.

»Das ist ein 70-Zoll-Plasmafernseher, du Idiot«, antwortet Brock.

»Ich rede von der Serie, du Depp.« Lee rückt seine Dodgers-Baseballkappe zurecht und grinst amüsiert. »Das ist eine Horde von Freaks, die zu einer Musik abgehen, zu der meine Großeltern gebumst haben.«

Ich schüttle den Kopf, grinse und schaue den Unbekannten, der jetzt zu Lee Mitchel geworden ist, an. Mit honigblondem Haar, ein paar Sommersprossen rund um die Nase, hellbraunen Augen hinter einer schwarzen, viereckigen Brille und seiner großen, schlanken Statur sieht er auf eine gebildete und streberhafte Art und Weise süß aus.

»Hast du noch nie *Happy Days* gesehen?« Ich versuche, ernsthaft überrascht zu klingen. »Bist du unter einem Felsen groß geworden, oder was?«

Er schmunzelt. »Nein, wirklich. Ich habe es noch nie gesehen. Und ich bin jeden Tag happy darüber.« Er springt auf, breitet die Arme aus und bewegt seine Hüften von einer Seite zur anderen. »Und von wegen Felsen. Dieser Kerl hier ist in Kalifornien groß geworden und hat die wildesten Wellen geritten, die es nur gibt.«

»Ja«, sagt Ryder und kommt zurück ins Wohnzimmer. Er wirft Brock einen Beutel mit Eiswürfeln zu und setzt sich an den Kaffeetisch. »Dieses Weichei hier hat sich Hand in Hand mit seinen Hippieeltern Jack und Jill unter einem Himmel voller Regenbogen an einem warmen Strand die Sonne auf den Bauch scheinen lassen.« Er lehnt sich nach vorne und stützt seine Arme auf die Knie. »Aber er hat nur Sandburgen gebaut und keine … riesigen Gebäude.«

Ich verdrehe die Augen, doch seine Worte senden ein wildes Verlangen durch meinen Körper. Gleichzeitig bin ich völlig verwirrt. Brock sitzt direkt neben mir und weiß über unser vorheriges Treffen im Auto Bescheid, trotzdem geht Ryder unser »Witz« so leichtfertig über die Lippen und macht mich damit sprachlos.

»Richtig, Ashcroft.« Lee setzt sich wieder auf den Sessel und strahlt. »Meine Eltern heißen Jordy und Allen, aber sonst war alles richtig. In meiner geilen Kindheit lag ich faul am Strand *und* konnte den ganzen Tag surfen. Einschließlich Heinzelmännchen und Sandburgen und dem ganzen Kram.«

»Heinzelmännchen, wie?«, fragt Brock amüsiert. »Und du behauptest, dass du in deinem Leben noch nie harte Drogen genommen hast? Interessant.«

Brock drückt den Eisbeutel an meinen Zeh. Ich zucke zusammen, mehr vor Kälte als vor Schmerz.

»Die Menschen behaupten viel, wenn der Tag lang ist«, kommentiert Ryder und blickt mich dabei an. »Da muss man sich manchmal schon wundern, was ihnen so durch den Kopf geht.«

Mein Hals, der sich so trocken anfühlt wie auf Crack in der Saharawüste, schnürt sich zusammen. Ich blicke zu Brock, der glücklicherweise mit meinem Fuß beschäftigt ist. Ich lecke mir über die Lippen in der Hoffnung, etwas Feuchtigkeit in meinen Mund zu bekommen. Dabei starre ich Ryder an und frage mich, was plötzlich in ihn gefahren ist.

»Das ist die Wahrheit. Ich bin in der Blüte meines Lebens«, behauptet Lee mit einem schlüpfrigen Grinsen. »Ich, mein Mädchen, die Sonne und eine gute Welle. Das ist alles, was ich brauche.«

»Das ist wirklich tiefgründig, Lee«, sagt Brock trocken und schiebt meine Beine sanft von seinen Oberschenkeln. Er steht auf und dehnt seinen Nacken. »Ich denke, das Postkartenbusiness wäre genau das Richtige für dich. Warum weiter Koks für mich verticken? Du könntest mit Postkarten ein Heidengeld machen.«

Ryder dreht den Kopf in Brocks Richtung. »Spinnst du, Bro?« Er sieht mich an, dann wieder Brock. »Du hast es ihr erzählt?«

»Ja«, antwortet der und kneift die Augen zusammen. »Warum?«

»Was meinst du mit *warum*?« Ryder steht auf und fährt sich mit einer Hand durchs Haar. »Sie sollte davon nichts wissen.«

Lee zuckt mit den Schultern, holt sein Handy aus der Hosentasche und tippt darauf herum. »Was ist schon dabei, Mann? Madeline weiß auch Bescheid.«

»Hallo.« Ich winke mit der Hand und versuche, die Aufmerksamkeit der drei Jungs wieder auf mich zu lenken. »Nur für den Fall, dass ihr es nicht bemerkt habt, ich sitze genau vor euch. Sprecht nicht über mich, als wäre ich nicht in dem verdammten Zimmer.«

Stille legt sich über den Raum, als die drei sich anschauen. Ich kann zwar kaum meine Arme heben, geschweige denn durch das Zimmer laufen, aber ich bin wirklich verärgert. Ich stelle mich auf die Füße, und sowohl Brock als auch Ryder greifen mir unter die Arme.

Verärgert oder nicht. Ich muss kichern.

Ryder kneift verwundert die Augen zusammen.

»Sie ist kitzlig«, flüstert Brock und grinst mich verführerisch an. »Sehr kitzlig. Und auch ohne das reagiert sie sehr extrem auf jede Art von … Stimulation.«

»Ah, ich verstehe.« Ryder beißt sich auf die Unterlippe und sieht mich genauso verführerisch an. »Sehr nett und was für ein Glückspilz.«

Obwohl ihre Augen unterschiedliche Farben und verschiedene Hell- und Dunkeltöne haben, blicken mich die beiden mit dem gleichen Ausdruck an: hundert Prozent reines, ungetrübtes Verlangen. Mir wird ganz heiß, und meine Beine verwandeln sich in Pudding. Ich muss schlucken und hole tief Luft. Nach einer gefühlten halben Ewigkeit erlange ich meine Fassung wieder. Ich probiere aufzutreten und verlagere vorsichtig mein ganzes Gewicht auf den verletzten Fuß.

»Geht's?«, fragt Ryder.

Ich bringe ein *Ja* zustande und wünsche mir ernsthaft ein Twizzler. »Mir geht's gut.«

Mit sorgenvollem Ausdruck in ihren wunderschönen Augen

lassen sich mich los. Es scheint jedem bewusst zu sein, was gerade passiert ist. Irgendetwas ist zwischen uns dreien. Eine nicht zu leugnende Spannung aus Verlangen, Lust und Verwirrung.

Brock streichelt sanft über meine Wangen und räuspert sich. »Ich muss mal … auf die, ähm, auf die Toilette?« Es hört sich an wie eine Frage, fast so, als würde er von mir wissen wollen, ob es okay ist.

Ich nicke und blicke ihm nach, wie er um die Ecke verschwindet. Dabei nimmt er einen Fetzen meines gesunden Menschenverstands mit sich. Ryder will etwas sagen, aber ich schiebe mich an ihm und seinen Testosteronschwingungen vorbei und schaffe es irgendwie in die Küche. Das Einzige, an das ich im Moment denken kann – außer an einen Dreier mit zwei der verführerischsten, gefährlichsten Männer, die mir je begegnet sind –, ist Wasser.

Ich komme mir vor wie ein Goldfisch auf dem Trockenen. Unfähig, mich auch nur für dreißig Sekunden auf eine Sache zu konzentrieren, öffne ich den Kühlschrank und ergreife das Objekt meiner Begierde: eine Flasche eiskaltes Wasser.

Treffer …

Ich hole sie heraus, öffne sie und nehme einen großen Schluck.

Ich bin im Himmel. Ich weiß es.

Als ich mich umdrehe, stoße ich fast mit Ryder zusammen. Ich verschlucke mich und versuche das Wasser, das mir im falschen Hals steckt, hinunterzuschlucken. Ich recke meinen Kopf nach oben – weit nach oben –, um ihm in die Augen sehen zu können. Mir stockt der Atem, und auch mein Herz droht auszusetzen.

»Was machst du hier bei Brock?«, fragt er mit selbstsicherem Grinsen. »Du bist leicht sprunghaft, oder?«

»Wir haben ein Date.« Meine Stimme lässt das »Dummkopf« anklingen, das ich mir verkneife. »Und ja, vielleicht mag ich sprunghaft sein. Sprunghafter, als normale Mädchen sein sollten. Aber willst du wissen, was ich *nicht* mag?«

»Mmh, ich bin mir nicht sicher.« Er verschränkt die Arme und reibt sein Kinn. Dabei wird sein Grinsen immer breiter, während er mich einen Moment lang ansieht. »Das hast du mich heute schon einmal gefragt, und ich kann nicht behaupten, dass mir die Antwort gefallen hat.«

»Nicht mein Problem«, sage ich und blicke finster drein. »Du wirst es hören, ob du willst oder nicht.«

»Dann habe ich wohl keine andere Wahl, oder?« Er kommt näher, und seine Stimme wird etwas tiefer, als ich einen Schritt zurücktrete. »Aber ich muss zugeben, deine Streitsucht turnt mich total an. Also mach weiter.«

Mit klopfendem Herzen umklammere ich die Wasserflasche fester. »Sieht so aus, als hättest du mir praktischerweise deine Haupteinnahmequelle verschwiegen. Ich bin vielleicht zugedröhnt, aber mein Erinnerungsvermögen funktioniert noch gut.« Na ja, vielleicht nicht ganz so gut. Offensichtlich habe ich eine Mitbewohnerin. »Du hast nicht erwähnt, dass du für Brock dealst. Ich mag es nicht, angelogen zu werden.«

»Ich hatte nicht die Absicht, es dir jemals zu erzählen. Ich bin nicht stolz darauf. Also ist es nicht gerade mein Lieblingsthema, über das ich mit anderen rede. Und willst du wissen, was *ich* nicht mag, Amber?«

»Mir ist es wirklich total egal, was du nicht magst«, sage ich und habe ein bisschen Angst davor, was ich jetzt zu hören bekommen werde.

»Blöd gelaufen. Du wirst es nämlich hören, ob du willst oder nicht.« Er grinst mich erheitert an. »Ich mag es gar nicht, geküsst und dann stehen gelassen zu werden. Wir sind also quitt, Süße.«

»Oh Gott! Du kannst dir gar nicht vorstellen, wie sehr du

mich ankotzt«, flüstere ich und bin kurz davor, meine Beherrschung zu verliere und ihm erneut eine Ohrfeige zu geben.

»Ganz im Gegenteil. Ich kann mir nur zu gut vorstellen, wie sehr ich dir unter deine hübsche Haut gehe. Du bist diejenige, die sich nicht vorstellen kann, was sie mir antut.« Er kommt noch ein bisschen näher und zieht die Augenbrauen hoch, als ich noch einen Schritt zurückgehe. »Oder vielleicht kannst du es dir vorstellen. Vielleicht turnt es dich an, mich leiden zu sehen. Ja, das wird es sein. Du genießt diese Situation hier.«

»Du hast doch komplett den Verstand verloren«, sage ich schwer atmend. »Hast du gewusst, dass jemand Brock davon erzählt hat, was heute passiert ist?«

»Klar hab ich das gewusst, Süße. Er hat mich angerufen, nachdem du … geflohen bist.« Seine Stimme klingt sanft, als er mit einer rauen Hand meine Wange berührt. Rau hin oder her, meine Haut schmilzt unter seiner Berührung dahin wie flüssige Seide. »Hast *du* gewusst, dass er mich angerufen hat?«

Ich atme schneller. Ich kann es fühlen. Schnell schüttle ich meinen Kopf, weil es das Einzige ist, wozu mein Körper im Moment imstande ist.

»Hast du Spaß bei eurem … Date?«, fragt er und nimmt seine Hand von meiner Wange.

Ich spüre ein Gefühl des Verlusts, kneife aber verächtlich meine Augen zusammen. »Ich hatte Spaß, bevor du aufgetaucht bist.«

Ein Schatten huscht über sein Gesicht, bevor sich ein verschlagenes Grinsen auf seine vollen Schmolllippen legt. »Gut, dann war mein Timing wohl … perfekt.«

Für einen Moment bin ich trotz der Wirkung des Joints fassungslos. Ich blicke in seine einnehmenden Augen und versuche, in ihnen zu lesen. »Glaubst du?«

»Ich weiß es.« Er kommt noch einen Schritt näher und sieht mich arrogant an. Ich stolpere rückwärts, mein Rücken stößt an den kalten Edelstahlkühlschrank. Unbeirrt legt er seine Hände über meinen Kopf und schließt mich so ein wie ein Tier. »Ich weiß auch, dass du jetzt in meiner Wohnung sein solltest und nicht hier.«

Ich beiße mir auf die Lippe und starre ihn an. Mein vernebeltes Gehirn ist im wahrsten Sinne des Wortes total durcheinander. »Vielleicht wäre ich ja jetzt in deiner Wohnung, wenn du es nicht für eine gute Idee gehalten hättest, mich zweimal ohne meine Erlaubnis zu küssen.«

»Ach, so schnell vergisst du praktischerweise, dass *du* mich zuletzt geküsst hast.« Ein leichtes Grinsen legt sich um seine Mundwinkel, als er mit dem Finger meine Nasenspitze berührt.

Meine Nasenflügel beben, und der Geruch nach Zigaretten und dem männlichen Aftershave lässt mein Herz höherschlagen.

»Aber ich bin ein netter Bursche, also werfe ich dir das nicht vor. Um auf mein mangelndes Urteilsvermögen zurückzukommen: Vielleicht war es eine blöde Idee, dich zweimal zu küssen. Vielleicht werde ich deshalb nie mehr gut schlafen können. Vielleicht wird es an mir nagen, bis ich … sterbe.« Er neigt seinen Kopf und bringt sein Gesicht direkt vor meins.

Ich schlucke und kann seinen süßen, heißen Atem nicht ignorieren, der jeden Muskel in meinem geschwächten Körper kitzelt, als er seine Lippen an mein Ohr legt und flüstert: »Aber selbst wenn ich jede Chance verspielt habe, mit dir zusammen zu sein, werde ich keinen der Küsse so bald vergessen. Ich würde töten, um sie wieder … und wieder … und wieder erleben zu können.« Seine Hände sind immer noch über mir, er nimmt seinen Kopf leicht zurück und blickt mich an. Mit einem Lächeln bringt er mein Herz erneut zum

Rasen. »Unsere Lippen passen perfekt zusammen. Und ich bin mir verdammt sicher, du weißt es auch. Du hast es gefühlt. Du willst es genauso wie ich wieder fühlen. Das sehe ich an der Art, wie du mich ansiehst. Diese wunderbaren Augen können nichts verstecken. Genauso wenig wie dein Körper. Deine Atmung wird schneller. Du zitterst gerade so viel, weil du noch mehr von dem willst, was ich zu bieten habe. Aber soll ich dir etwas über mich verraten, Süße?«

Bevor mir auch nur irgendwelche Worte einfallen, die einen Sinn ergeben, fährt er mit der Zungenspitze über seine Zähne, zwinkert mir zu und nähert seinen Mund meinem Kinn. Er presst seine Lippen sanft auf meine erhitzte Haut und fährt mit leiser, verführerischer Stimme fort. »Mein Timing war nicht perfekt. Ich erkenne, wenn ein Mädchen gefickt wurde …gut gefickt wurde. Vorher warst du für mich noch nicht absolut tabu. Ein bisschen vielleicht, aber die Entscheidung war noch nicht gefallen.«

Mir entfährt ein Seufzen, als er mit seiner Hand an meinen Rippen entlangstreicht und an der Hüfte haltmacht. Der Griff seiner Hand drückt absolute Dominanz aus.

»Aber die Spielregeln haben sich geändert, seit wir uns das letzte Mal gesehen haben. Du hast den Deal mit meinem Freund geschlossen. Jetzt habe ich keine andere Wahl mehr, als mich an die Regeln zu halten. Du bist jetzt offiziell Brocks Mädchen, und deswegen darf ich dich nicht mehr anmachen. Und das werde ich auch nicht. *Nie wieder*. Auch wenn es schwer zu glauben ist, habe ich Grenzen, die ich nicht überschreiten werde. Egal, wie hart es für mich sein mag. Und du bist jetzt eine davon.« Sein Lächeln wird durch einen Ausdruck des Verlusts ersetzt. Ryder hebt zum Zeichen des Rückzugs die Hände hoch und geht langsam rückwärts aus der Küche. Sein Blick brennt ein schmerzendes Loch in meine Brust. »Es hat Spaß gemacht, so kurz es auch gedauert hat, Süße. Behandle meinen Freund gut.«

Augenblicklich verschwindet er im Wohnzimmer. Mit wackligen Knien gehe ich zum Tresen und stelle die Flasche Wasser ab. Meine Gedanken strömen in Millionen verschiedene Richtungen, und ich versuche mich selbst von der gefährlichen Klippe abzubringen, von der ich wegen Ryder am liebsten hinunterspringen würde.

8 Brock

Meine Augen sind auf Amber gerichtet, als sie nervös am Saum ihres Rocks herumfummelt. An ihrer Unterlippe nagend. richtet sie ihre ganze Aufmerksamkeit auf die Schiebetüren. Ich muss schmunzeln und male mit dem Finger träge unsere Namen auf ihren Oberschenkel, während wir am Flughafen auf die Ankunft ihrer Pflegeeltern warten. Sie ist heute irgendwie anders. Überschäumendes Temperament strömt aus all ihren Poren.

Herrgott. Ich stecke echt tief drin. Dieses Mädchen beherrscht jeden schmutzigen und verdrehten Gedanken von mir. Ich kann mich nicht daran erinnern, die Worte *überschäumendes Temperament* schon einmal benutzt zu haben. Aber dieser Moment ist es verdammt noch mal wert. Dieses wundervolle Wesen – das schon den schlimmsten Grausamkeiten des Lebens zum Opfer gefallen ist – ist so aufgeregt, weil es gleich die einzigen zwei Menschen sehen wird, die ihm jemals Menschlichkeit entgegengebracht haben – das Gefühl, geliebt zu werden.

Erhitzt nehme ich die unbestreitbare Schönheit wahr, die Amber umgibt. Dieses Mädchen trat wie ein Gewitter in mein Leben und hat über die letzten Wochen hinweg jedes animalische Verlangen in mir und jeden meiner Atemzüge bestimmt. Jetzt sitzen wir in meinem Hummer, und ihr pechschwarzes Haar fällt ihr über die Schultern. Erwartungsvoll verkrampft sie ihre Finger, während sie weiterhin auf die Ankunftshalle des Flughafens starrt. Diese Frau, diese geheimnisvolle Seele hat etwas geschafft, was noch keiner vor ihr gelungen ist.

Sie hat meine harte Schale so sehr bearbeitet, mir ihren Willen aufgezwungen und mich jeglicher Kontrolle beraubt.

Als Amber mir erzählt hat, dass Mark und Cathy sie besuchen würden, habe ich vorgeschlagen, sie zum Abendessen einzuladen. Ich habe noch nie die Eltern einer Freundin kennengelernt. Ich hatte nie das Bedürfnis dazu. Keine von ihnen war mir wichtig genug. Zumindest nicht auf die Art, wie Amber es ist. Von Amber will ich mehr, brauche ich mehr. Ihre Eltern zu treffen ist für mich der nächste Schritt in unserer Beziehung. Um ehrlich zu sein, möchte ich jeden Winkel ihres Lebens kennenlernen. Ich möchte mich so tief unter ihrer Haut vergraben, dass sie mich nie wieder gehen lassen kann. Ich brauche sie mittlerweile genauso sehr wie meine Kunden das Koks von mir.

Amber Moretti ist meine Droge, mein Verlangen nach ihr die beste und schlimmste Form der Abhängigkeit.

Als ich den Vorschlag mit dem Abendessen gemacht habe, hat sie sofort gefragt, ob wir meine Eltern auch einladen könnten.

Mein erster Gedanke war: Auf gar keinen Fall. Im Leben nicht. Niemals.

Der Gedanke, dass sie sich im selben Raum wie meine Eltern befindet, ist unerträglich. Ich habe versucht, mich aus dieser Sache herauszureden, und behauptet, dass sie sowieso nicht kommen würden. Dass sie wichtigere Termine hätten, die schon seit Wochen feststehen. Ich habe ihr alles Mögliche erzählt, um sie davon abzuhalten, mit den Menschen in Berührung zu kommen, die mich gezeugt haben. Die Wahrheit ist: Meine Eltern hassen mich. Sie verachten mich dafür, dass sie zusammen etwas gezeugt haben, das sie – und die meisten ihrer elitären Freunde – für die Ausgeburt des Teufels halten. Warum sollten sie mit einem Sohn, der ihre Familie zerstört hat, und einer Freundin, die sie nie akzeptieren würden, zu Abend essen? In ihren Augen verdiene ich es nicht, glücklich zu sein und geliebt zu werden. Wenn es nach ihnen und ihren Anhängern geht, habe ich nicht einmal den nächsten Atemzug verdient. Dieses Geschenk hätte mir an dem Tag genommen werden sollen, an dem Brandon seinen vermutlich letzten Atemzug tat.

Aber Amber … verdammt noch mal, Amber ist so stur und unnachgiebig, wenn sie etwas will. Sie wollte kein Wort von dem hören, was ich zu sagen hatte. Dieses Mädchen ist einfach nicht anfällig für den Blödsinn, den Brock Cunningham ihr weiszumachen versucht. Es mag verrückt klingen, aber irgendwie ist es einer der vielen Gründe, warum ich ihr verfallen bin. Sie kriegt mich immer wieder rum. Gleichzeitig macht sie es mir so verdammt schwer, mit ihr umzugehen.

Aber es braucht nicht viel, um mich rumzukriegen, nur die ekelhafte Erinnerung an den Blick in ihren Augen, als sie meine Lüge darüber entdeckt hat, wie ich meinen Lebensunterhalt wirklich verdiene. Ich brauche sie, um mich fehlerlos zu fühlen, um mich von der Schuld, die meine Vergangenheit beherrscht, reinzuwaschen, und um die Last, die auf meiner Zukunft liegt, von mir zu nehmen.

In dem Moment, in dem ich zugegeben habe, ein Dealer zu sein, habe ich Ambers sowieso schon gebrochene Seele noch einmal verletzt und die blutigen Narben, die unter ihrer Haut liegen, aufgerissen. In diesem Moment wusste ich, ich muss wiedergutmachen, was ich ihr angetan habe, egal, wie sehr ich mich auch anstrengen muss, damit sie an meiner Seite bleibt.

Aber egal, was ich auch tue, ich werde dieses Mädchen, das wie ein Racheengel in mein Leben geflogen kam, meinen

Körper fest im Griff hat und mein Herz gestohlen hat, nie verdienen. Als ich sie zum ersten Mal gesehen habe, waren meine Gefühle für Amber nur sexueller Natur. Ich verspürte das Bedürfnis, sie zu kontrollieren und ihre inneren Dämonen auszutreiben. Mit der Zeit wurde ein Verlangen daraus, etwas, ohne das ich nicht mehr leben kann. Aber so wie ich mich kenne, werde ich sie durch meinen größten Schwachpunkt verlieren. Sie weiß zwar bereits, dass meine Vergangenheit ein Haufen Mist ist, und ich habe ihr geschworen, sie nie mehr zu belügen, dennoch kennt Amber nicht alle Geheimnisse. Ihr zu erzählen, dass ich Drogen verkaufe, war schon schwer genug. Ihr von meinem wahren Ich zu erzählen – der Schlange, die eines der dunkelsten, schlimmsten Geheimnisse hütet, die man sich nur vorstellen kann – könnte unsere Beziehung zerstören. Die eine unausgesprochene Lüge, ein triebhaftes, erwachtes Verlangen, ist eine Wahrheit, von der ich nicht weiß, ob ich sie ihr jemals erzählen kann.

Aber egal. Nachdem sie mit diesem Eltern-treffen-Eltern-Ding nicht lockergelassen und mich mit ihren traurigen Hundeaugen angesehen hat, musste ich nachgeben. So leicht hat sie meinen Widerstand gebrochen und mich wie einen weichen Stein in ihren Händen zerbröckelt. Wenn es darauf ankommt, möchte ich ihr einfach nur Gutes tun, ihren Schmerz vertreiben, der sie Tag und Nacht verfolgt. Der Schmerz, der wie Säure in ihren Augen brennt und der mich langsam umbringt wie ein Fisch am Haken. Ich möchte dieses Juwel nur glücklich machen, auch wenn es bedeutet, dass ich mich dabei schlecht fühle.

Aber der Moment, in dem sie auf meine Familie trifft, wird sie fertigmachen. Ich kann den Gedanken nicht ertragen, sie noch mehr mit meiner dunklen Vergangenheit zu belasten. Ich möchte nicht, dass sie einen Einblick in meine düstere Vergangenheit von den Leuten erhält, die mich verachten.

Ich will nicht, dass sie den dunklen Schmerz zu spüren bekommt, der jede meiner Narben immer wieder aufgerissen hat, jedes Organ, das tonnenweise Schuld in sich trägt. Ein Treffen mit meiner Familie wird ihr meine Welt noch schwärzer erscheinen lassen, als sie ihr sicher eh schon erscheint.

Den Wunsch konnte ich ihr trotzdem nicht abschlagen. Ich bin eine erstklassige Schlampe. Schlampe hin oder her, die Aussicht, ihr damit ein Lächeln ins Gesicht zaubern zu können, hat mich meine inneren Dämonen zur Seite schieben lassen, um stattdessen etwas Selbstloses zu tun.

Ich lege meine Hand auf ihr Knie und drücke sanft ihr warmes Fleisch. »Du scheinst aufgeregt zu sein.«

»Das bin ich.« Sie blickt mich mit ihren whiskeyfarbenen Augen an.

Ich schmelze dahin.

»Es ist schon eine Weile her, seit ich sie zum letzten Mal gesehen habe.« Sie zögert kurz, dann legt sich ein Lächeln um ihre Mundwinkel, und sie umschließt meine Hände mit ihren. »Bist du gar nicht nervös?«

»Wer, ich?« Ich grinse sie an. »Hast du mich schon jemals nervös erlebt?«

»Ich habe das Gefühl, du bist heute etwas neben der Spur.«

»Ach wirklich?« Ich fahre mit meiner Hand unter ihrem traumhaften Rock hinauf und streife mit den Fingern am Rand ihrer Seidenunterhose entlang. »Vielleicht sollte ich dir zeigen, wie sehr ich *auf* der Spur bin?«

»Brock.« Mein Name kommt wie eine heisere Warnung aus ihrem Mund. »Das geht jetzt nicht.«

»Mm, das hört sich für mich eindeutig nach einer Herausforderung an.«

Sie lacht und schnurrt leise. »Du bist nervös. Gib es einfach zu, du harter Kerl.«

»Nein.« Mein Blick wandert über die Röte, die ihr auf die Wangen tritt. *So wunderschön.* »Keine Chance.«

»Ich werde die Wahrheit schon noch aus dir rausbringen.« Sie seufzt und macht einen Schmollmund. »Aber im Moment will ich, dass du deine Hand zwischen meinen Beinen wegnimmst. Das … lenkt mich ab.«

Ich denke, sie vor einem Treffen mit ihren Pflegeeltern zu fingern ist nicht die beste Art, um einen guten Eindruck zu machen. Aber ich war und werde nie perfekt sein. Das wird nie passieren. Das kann ich einfach nicht. Ich bin gefangen in dem, was ich geworden bin. Ich benetze meine Lippen, und sowohl mein Grinsen als auch mein Schwanz werden größer, als ich ihr gehorche. »Aber es lenkt dich auf eine schöne Art und Weise ab, richtig? Auf eine Art und Weise, von der du nie genug bekommen kannst, stimmt's?«

»Niemals«, stöhnt sie leise. Dieses Stöhnen bringt mich dazu, das verdammte Abendessen am liebsten abzusagen, damit ich ihr das geben kann, was wir beide gerade wirklich brauchen. Die beste Therapie für die menschliche Rasse ist eine seelische Reinigung durch wütende, körperliche Erlösung …

Wenn Amber und ich Sex haben, ist es so, als würden wir vor etwas davonlaufen, als ob unser Verstand davon abhängen würde. Während sie versucht, vor den Geistern ihrer verkorksten Vergangenheit zu fliehen, erwecke ich meine Vergangenheit wieder zum Leben und übertrage jede gepeinigte Sekunde davon auf ihren Körper. Jedes Mal, wenn wir uns vereinen. Wir sind beide irreparabel zerbrochen, zwei Seelen, die versuchen, sich gegenseitig durch Sex zu heilen. An dem Tag, an dem ich geboren wurde, wusste irgendeine göttliche Macht da oben, dass sich unsere schmutzigen Wege irgendwann treffen würden.

Ganz egal, wer die ganze Chose hier überwacht, so funktionieren Beziehungen. Man kämpft, um eine aufzubauen.

Man entfacht Kriege, um Liebe zu machen. Man fällt, um wieder aufzustehen. Man verletzt, um zu heilen. Man erschafft, um zu zerstören. Ich hoffe nur, dass Amber und ich dem niemals endenden Erdbeben an schmutzigen, vom Leben vergifteten Erfahrungen und den grausamen Spielen, die es für unsere Psyche bereithält, standhalten können und dem Schöpfer ein Schnippchen schlagen. Damit wir ihm zeigen können, wer wirklich für unser Schicksal verantwortlich ist …

Aber eins kann ich nicht abstreiten. Ich habe Angst vor diesem Abend. Meine Handflächen sind ganz schwitzig, als Amber plötzlich große Augen kriegt.

»Sie sind hier!«, ruft sie und streift schnell ihren Rock glatt.

Sie springt aus dem Auto, und ihre langen Locken wippen im Takt, als sie auf ihre Pflegeeltern zuläuft. Ich fahre mir mit einer zittrigen Hand durchs Haar. Dann steige ich aus dem Hummer und gehe ihr nach. Ich bin bereit, die zwei Menschen kennenzulernen, die sich um die einzige Frau gekümmert haben, die jemals mein Herz in ihren Händen gehalten hat. Ich betrachte Cathy, die ihre Arme liebevoll um Amber schlingt, voller Freude über ihr Wiedersehen. Ihr rotes Haar hebt sich lebhaft von den grünen Augen und der braun gebrannten Haut ab. Sanftmütig flüstert sie etwas in Ambers Ohr. Amber lächelt mich kurz an und wendet sich dann dem Mann links von Cathy zu. Mark sieht aus wie Anfang fünfzig und hat grau-braun gesträhntes Haar. Er ist so groß, dass Amber sich auf ihre Zehenspitzen stellen muss, um ihn zu umarmen. Mir wird ganz warm ums Herz, während ich danebenstehe und ihnen allen eine Minute gewähre. Ich koste jede Sekunde aus, in der ich Amber so glücklich sehen kann.

In diesem Moment sehe ich eine andere Seite an ihr. Eine, die mich total fasziniert. Mein Mädchen ist eine Kämpferin.

Sie musste eine werden, um zu überleben. Manchmal hatte ich das Gefühl, ich müsste eine Betonmauer einreißen, nur um einen kleinen Einblick davon zu bekommen, was in ihrem Kopf vorgeht. Aber genau hier in diesem Moment umgibt sie eine gewisse Zärtlichkeit, die sie vor allen versteckt hat, um sich selbst vor der Hässlichkeit der Welt zu schützen.

Amber tritt einen Schritt zurück und blickt zwischen mir und ihren Pflegeeltern hin und her. Eine untypische Schüchternheit ist in ihrem Ausdruck zu erkennen. »Leute, das ist mein Freund, Brock.«

Cathy und Mark lächeln mich freundlich an, als ich auf sie zugehe und ihre Hände schüttle. »Schön, euch beide kennenzulernen. Wie war der Flug?«

»Wir freuen uns auch, dich kennenzulernen, Brock«, sagt Cathy mit leichter Stimme, als ich ihren Koffer nehme. »Danke. Und ja, der Flug war gut. Schneller, als ich gedacht hätte.«

»Toll.« Amber geht auf den Hummer zu. »Hattet ihr diesmal wieder schreiende Kinder?«

Ich öffne den Kofferraum und stelle Cathys Gepäck hinein, während Mark das Gleiche mit seinem macht. »Nein, diesmal hatten wir Glück.« Er grinst und wendet sich an Cathy. »Es war sogar recht entspannend, oder?«

»Das war es. Ich konnte sogar ein Nickerchen halten.« Cathy zwinkert ihm leicht grinsend zu.

Als alle im Auto sitzen, fahre ich in Richtung Hotel, damit sie ihr Gepäck abgeben und einchecken können. Nachdem sie ihren Gurt angelegt hat, dreht Amber sich zu ihren Pflegeeltern auf dem Rücksitz um. »Habt ihr Hunger? Brock hat in einem Spitzenrestaurant am Hafen reserviert.«

»Ja, ich schon«, sagt Mark. »Wir haben seit heute Morgen nichts mehr gegessen.«

Cathy nickt zustimmend.

Sie reden gemeinsam über ihre Pläne für die Woche, und mir wird mulmig zumute. Es fühlt sich plötzlich so an, als würde sich alles um mich herum drehen und das bisschen Verstand, das ich besitze, direkt aus dem Fenster davonfliegen. Ich werde meine Mutter treffen. Sie ist eine Meisterin darin, allen, die mit ihr in Kontakt kommen, ein schlechtes Gefühl zu vermitteln – mich selbst eingeschlossen. Wenn das passiert, werden meine Freundin und die Menschen, die ihr wichtig sind, das Gleiche erleiden müssen, was ich erlitten habe. Der ganze Abend liegt drohend vor mir, als wäre ein Sturm im Anmarsch. Ein Orkan, der aufs Land zusteuert. Ich habe nicht unter Kontrolle, was meine Mutter sagt oder tut, und ich kann nicht kontrollieren, wie meine Eltern Amber und ihre Familie behandeln. Ich kann nichts gegen die Boshaftigkeiten tun, die aus ihrem Mund kommen werden – so sicher wie mein nächster Atemzug.

Als wir am Hotel vorfahren, wird mir bewusst, dass ich auf der ganzen Fahrt kein einziges Wort geredet habe. Schuld überkommt mich und drückt mich förmlich auf den Boden. Ich will nicht der Grund dafür sein, dass dieser Abend eine Katastrophe wird. Ich möchte, dass jeder Spaß hat. Aber das wird nicht passieren.

Während Mark und Cathy den Hotelpagen begrüßen, dreht sich Amber zu mir um und sieht mich besorgt an. »Bist du sicher, dass es dir gut geht?«

Ich bringe ein aufgesetztes Lächeln zustande. »Ja, warum sollte es mir nicht gut gehen?«

»Lüg mich nicht an, Brock. Dafür kenne ich dich zu gut.« In ihrem Tonfall kann ich einen Anflug von Schmerz hören, der mir sofort die Brust zuschnürt.

Ich bin so ein Arschloch …

»Hey«, flüstere ich und nehme ihr Gesicht zwischen meine Hände. Ich will nicht, dass sie sich mit meinen Problemen belastet. »Mir geht's gut. Ich bin bloß nervös, das ist alles.«

Ihre sinnlichen Mundwinkel ziehen sich voller Triumph nach oben. »Ich wusste es! Du kannst mich nicht anlügen, Cunningham.« Verständnisvoll sieht sie mich an und strahlt Optimismus aus. »Weißt du, was ich denke?«

»Was denkst du, meine Süße?«, frage ich und drücke meine Nase gegen ihre.

»Ich denke, dieser Abend könnte dich überraschen.«

Richtig, Amber. Aber anders, als du denkst.

Ich muss schmunzeln, als ich ihre Lippen mit meinem Mund bedecke. »Lass uns drinnen etwas trinken.«

»Gut, aber bevor wir da reingehen, will ich, dass du etwas weißt.« Ich nicke, und sie küsst sanft meine Unterlippe. Sofort jagt eine Hitzewelle durch meinen Körper, und mein Schwanz reagiert auf ihre Berührung wie ein Abhängiger auf seine Droge. »Egal, was heute Abend auch passiert, ich werde mich um dich kümmern. Ich werde alles wiedergutmachen, wenn wir in deine Wohnung zurückkommen.«

»Verdammt.« Vor lauter Vorfreude schlägt mein Puls schneller. »Wie soll ich denn jetzt noch aus dem Auto steigen? Am liebsten würde ich dich gleich auf dem Rücksitz nehmen. Dir einen kleinen Vorgeschmack auf den Hauptgang geben.«

Sie kichert. »Schön die Hosen anbehalten, mein Freund.« Dann sieht sie mich verführerisch an und sagt mit etwas tieferer Stimme: »Aber anstatt über die Wenns und Abers dieses Abends und das Treffen mit deiner Familie nachzudenken, worüber du ohnehin keine Kontrolle hast, könntest du dir in der Zwischenzeit vorstellen, wie gut es sich anfühlen wird …«, sie berührt mit ihrer Zunge meine Nasenspitze, blickt mich mit ihren honigfarbenen Augen vielversprechend an und fasst in meinen Schritt, »… wenn du nachher ganz, ganz tief in mir steckst.«

Gütiger Gott …

Ein Stöhnen kommt aus meinem Mund, Amber springt mit

einem triumphierenden Lachen aus dem Auto und geht in die Lobby.

Ich rücke meinen pulsierenden Schwanz zurecht und folge ihr ins Hotel. Ich weiß, dass ich vom ersten Moment an mit Amber recht hatte: Dieses Mädchen ist das Beste, was mir im Leben passieren wird.

Amber steht neben Cathy und Mark, die gerade beim Einchecken sind. Ich gehe zur Bar und beschließe, dass mir ein Drink nicht schaden kann, während ich auf Amber warte.

Ich suche mir einen Platz und bestelle einen Scotch. Auf einem Bildschirm in der Ecke läuft gerade ein Footballspiel, das meine Aufmerksamkeit auf sich zieht und mich für einen Moment davon ablenkt, wie nervös ich eigentlich bin.

Zwei Scotch habe ich schon intus, der dritte ist gerade auf dem Weg, als sich zwei warme Hände um meine Bauchmuskeln legen und weiche Lippen mein Ohr streicheln. Ambers Himbeerduft betört meine Sinne. Ich rutsche zur Seite, schließe meine Arme um ihre Hüfte und ziehe sie auf meinen Schoß. Sie keucht leise auf, und dieses süße Geräusch entfacht mein Verlangen nach ihr nur noch mehr. Ich war schon mit vielen Mädchen zusammen – zu vielen, um sie zu zählen –, aber mit Amber ist es anders. Irgendwie füllt sie das Loch in meinem Herzen. Sie gibt mir einen Grund, jeden Morgen aufzustehen, einen Grund weiterzumachen.

»Sie machen sich vor dem Abendessen noch etwas frisch«, sagt Amber und sieht mich liebevoll an, während sie ihre Arme um meinen Nacken schlingt. »Es wird nicht lange dauern.«

Ich nicke und drücke sie an mich. Meine Zunge streicht über ihre weichen Lippen. Ich will jetzt nicht reden, ich kann nicht. Ich muss einen Teil von ihr jetzt in mir spüren, um das schlechte Gefühl, das sich in meiner Brust breitmacht, zu vertreiben. Ich spüre Ambers zuckersüße Zunge auf meiner, und sie seufzt leise auf, als sie mich fester umarmt. Ich küsse sie intensiver, und meine Hände streichen über ihren Rücken. Mein Puls geht schneller, das Bedürfnis, sie auf der Stelle zu vernaschen, wird immer dringender, während ich mit meinen Fingern über ihre schmalen Schultern fahre.

Mit spürbarem Widerwillen bricht Amber den Kuss ab, nimmt mein Gesicht in ihre Hände und sieht mich besorgt an. »Rede mit mir, Brock. Sag mir, was du denkst.« Das ist keine Bitte, sondern fast schon ein Befehl.

Ich versuche, den Kloß runterzuschlucken, der mir im Hals sitzt. »Es kann sein, dass meine Familie nicht auftaucht.«

»Na und?«, flüstert sie. »Wir brauchen sie nicht. Wir werden auch ohne sie Spaß haben.«

»Und wenn sie auftauchen«, presse ich hervor, »dann wird es ein fürchterlicher Abend werden, der dich und uns alle in Verlegenheit bringen wird.«

Sie seufzt und sieht mich beruhigend an. »Hör auf damit. Selbst wenn es ein fürchterlicher Abend wird, ist es okay. Du benimmst dich, als wäre ich eine empfindliche Blume, die man beschützen muss. Ich habe schon vieles durchgemacht, schlimmere Sachen, als mir deine Eltern je antun könnten.«

»Mag sein, aber du kennst sie nicht«, sage ich mit gepresster Stimme.

»Nein, ich kenne sie nicht«, antwortet sie und sieht mich resolut an. »Aber ich kenne dich, und das ist alles, was zählt.«

Ich will ihr gerade antworten, als eine beherzte Stimme durch den Raum hallt und unsere Unterhaltung unterbricht. »Da braucht wohl jemand ein Zimmer.«

Eine kleine blonde Fee mit strahlend blauen Augen und kirschroten Lippen kommt auf uns zu. Meine Schwester Brittany. Ich muss grinsen. Nachdem Brandon weg war, wurde ich zum Ziel der stündlichen Feindseligkeiten meiner Mutter und der täglichen Erniedrigungen meines Vaters. Brittany war diejenige, die mich aufrecht hielt und mich davon abhielt, jemanden umzubringen, bevor ich in meine eigene Wohnung zog.

»Magst du mir keinen Drink spendieren, oder was?«, fragt Brittany und schlendert zu uns rüber.

Meine Schwester ist ein Hitzkopf. Ihre kleine Statur macht sie mit jeder Menge Persönlichkeit und einem scharfen Verstand wieder wett. Amber klettert von meinem Schoß hinunter und setzt sich auf den Stuhl neben mir. Ich beobachte, wie Amber Brittany anblickt, die angezogen ist, als würde ihr das Hotel gehören. Meine Schwester ist das, was die meisten Mädchen als Fashionista bezeichnen würden. Sie trägt nur Designerklamotten und verlässt das Haus so gut wie nie ungeschminkt. Das genaue Gegenteil von meiner Amber, meinem Engel, dem Eitelkeit total fremd ist.

Die beiden werden sich ohne Zweifel gut verstehen.

»Komm rüber und kauf dir deinen eigenen Drink.« Ich schüttle den Kopf, und mein Grinsen wird breiter. »Und wenn du schon dabei bist, hol mir auch noch einen.«

Brit haut mir spielerisch auf die Schulter und blickt mich belustigt an. »Immer noch der alte Gentleman, ich sehe schon.«

Ich lache und ergreife Ambers Hand. »Brit, das ist meine Freundin Amber. Amber, das ist meine nervige Schwester Brittany, die immer recht hat und kein Nein als Antwort akzeptiert.«

Amber lächelt und streckt ihre freie Hand aus. »Schön, dich kennenzulernen.«

Anstatt Ambers Hand zu nehmen, beugt Brit sich vor und umarmt sie. »Du bist also das Mädchen, das schließlich ein Lächeln auf das Gesicht meines mürrischen Bruders zaubern konnte.«

»Mürrisch?«, fragt Amber ungläubig. »Das ist mir ja ganz neu.«

»Lasst uns das nicht vertiefen«, murmle ich. Meine Schwester könnte viele Dinge ausplaudern – unangenehme eingeschlossen. Ich spüle den letzten Rest meines Scotch hinunter und bestelle mir einen weiteren Drink. Auch den zwei wichtigsten Frauen in meinem Leben gebe ich einen aus. »Sind sie hier?«, frage ich nachdenklich und bete, dass ihnen etwas dazwischengekommen ist. »Oder haben wir Glück, und sie haben uns versetzt?«

Mit einem bedauernden Seufzen antwortet Brit: »Tut mir leid. Mom musste nur mal auf die Toilette, und Dad wartet in der Lobby.«

Mein Körper versteift sich automatisch, und ich atme tief ein, um das beunruhigende Gefühl in meinem Bauch zu besänftigen. Es funktioniert nicht.

Brittany sieht mich mitleidig an. »Mach dir keinen Stress, Bruderherz. Mom war gar nicht *so* schlecht drauf, als ich sie abgeholt habe. Beide waren eigentlich in einer recht … annehmbaren Stimmung.«

Aber aus Millionen von Gründen beruhigt mich das keinesfalls. Was Debby und John Cunningham angeht, gibt es keine Garantie. In einem Moment ist alles cool, im nächsten explodiert die Bombe. Schweigen breitet sich aus, während wir an unseren Getränken nippen und uns auf einen langen Abend gefasst machen.

»Danke, dass du gekommen bist, Brittany«, sagt Amber und bricht das Schweigen.

»Aber klar doch.« Sie drückt meine Schulter und lächelt mich an. »Ich kann meinen Bruder hier doch nicht mit unseren Eltern alleine lassen. Er würde sich ja sonst vor Angst in die Hosen machen.«

Ich lächle Brit an und bin dankbar, dass ich sie habe. Wir sehen uns nicht oft, aber wenn wir uns sehen, ist es zwischen uns immer völlig unkompliziert. Uns verbindet ein tiefes Verständnis. Sie versteht mein Schuldgefühl wegen des Verschwindens unseres Bruders. Sie ist zwar nicht meiner Meinung, aber sie streitet darüber auch nicht mit mir. Sie weiß, dass das etwas ist, womit ich selbst meinen Frieden finden muss. Falls mir das jemals gelingen sollte.

»Wir sollten besser gehen«, sagt Amber und deutet auf die Uhrzeit auf dem Bildschirm. »Die anderen warten bestimmt schon in der Lobby.«

Ich stehe widerwillig auf, kippe den Rest meines Drinks hinunter und hasse meine Eltern dafür, dass sie tatsächlich aufgetaucht sind. Schnell esse ich noch ein paar Nüsschen von der Bar.

Amber legt einen Arm um meine Schulter und flüstert mir herausfordernd ins Ohr: »Sei doch nicht so ein Angsthase. Lass uns den Abend hinter uns bringen, damit du mir hinterher in deiner Wohnung das Gehirn rausvögeln kannst, okay? Hört sich das gut an?«

Dieses Mädchen muss man einfach lieben.

Ich fahre mit meinen Fingern durch ihr Haar und drehe ihr Gesicht zu mir. »Pass auf, Ber, reiz mich lieber nicht.« Ich grinse, und sie schluckt, als ich meine Lippen an ihr Ohr drücke, damit Brit mich nicht hört. »Wenn du so weitermachst, wirst du mich nachher überall in dir spüren. Dein hübscher Arsch kann sich freuen.«

Ihre Augen funkeln vor Erregung, und ihre Wangen röten sich. Dann schubst sie mich zur Seite. Ich kann mir ein Lachen nicht verkneifen und klatsche ihr auf den sexy Po, den ich gerade noch bedroht habe. Auf den sexy Po, dem ich nachher eine Lektion erteilen werde.

Brit schüttelt ihren Kopf, und wir gehen in die Lobby. Ich sehe Cathy und Mark, die auf einem Sofa warten, und werde ganz angespannt. Fast habe ich Angst davor, nach meinen Eltern Ausschau zu halten. Nach einem kurzen Blick durch den Raum sehe ich sie auf der anderen Seite stehen – mit verschränkten Armen und sichtlich ungeduldig.

Brit dreht sich zu uns um. »Ich hole die zwei Spinner her.«

Ich nicke, und wir gehen rüber zu Ambers Pflegeeltern. Cathy entdeckt uns und lächelt.

»Seid ihr bereit?«, fragt Amber und blickt durch den Raum zu meiner Familie.

»Ja, ich bin am Verhungern«, sagt Cathy und nimmt ihre Handtasche.

Mir schießt das Blut in den Kopf, und meine Muskeln verkrampfen sich. Meine Mutter sieht in unsere Richtung. Ihre Augen sind hinter einer schwarzen Sonnenbrille im Jackie-Kennedy-Stil versteckt, und ich kann nicht erkennen, wen sie anblickt. Ich nehme automatisch eine innere Verteidigungshaltung ein, mein Herz schlägt schneller, und ich balle meine Hände zu Fäusten. Die Sonnenbrille ist ein schlechtes Omen. Sie hat schon getrunken, und es braucht nur noch ein bisschen mehr Alkohol, bis sie keine Kontrolle mehr über sich hat.

Mein Vater und meine Mutter kommen auf uns zu, meine Schwester folgt hinter ihnen. Mit hämmerndem Puls straffe ich die Schultern und setze ein erzwungenes Lächeln auf. »Hi, Dad. Danke, dass ihr gekommen seid.«

Mein Vater gibt mir mit festem Griff die Hand und guckt so stoisch wie immer. »Schön, dich zu sehen, mein Sohn.«

Dann blicke ich zu meiner Mutter und presse die Worte hervor: »Mom, du schaust … gut aus.«

Sie nickt kurz, gibt mir aber keinerlei Antwort.

Ich atme tief durch und wende mich Amber und ihrer Familie zu. »Cathy, Mark und Amber, das sind meine Eltern John und Debby.«

Nach den obligatorischen Begrüßungsfloskeln blickt mir Amber in die Augen, lächelt mir zu und nimmt meine Hand. Die Zärtlichkeit in ihrem Blick ist wie eine kühle Brise auf verbrannter Haut. Diese kleine Geste reicht aus, um mich wieder etwas zu entspannen. Ich ziehe sie näher zu mir und küsse sie sanft auf den Kopf. Dabei sauge ich ihren Geruch tief ein. Dieses Mädchen hält meine Welt im Gleichgewicht, und sie weiß es noch nicht einmal.

»Brauchst du noch einen Drink, Mr Obercool?«, fragt Amber mit leiser Stimme.

Ihre freche Bemerkung bringt mich zum Grinsen, aber ich beherrsche mich schnell wieder und stelle sicher, dass sie weiß, welche Folgen das für sie haben wird. »Mach nur weiter«, flüstere ich und nehme ihr Ohrläppchen zwischen meine Zähne. »Du solltest dich auf später gefasst machen. Das gibt Rache, Baby. Mehr hat Mr Obercool nicht zu sagen.«

Kichernd zwinkert sie mir zu und dreht sich zu meiner Schwester um. »Du weißt schon, dass du mir ein paar schmutzige Geheimnisse über Brock verraten musst. Ich brauche etwas, um diesen Angeber hier im Zaum zu halten.«

»Das lässt sich einrichten.« Brit lacht und zieht amüsiert die Augenbrauen nach oben. »Ich kann jede Menge schmutzige Sachen über diesen Kerl hier erzählen.«

Ich schüttle den Kopf, und ein Gefühl, das ich nicht beschreiben kann, macht sich in meiner Brust breit, als ich mein Mädchen mit Brit reden sehe. Meine Welt kippt um und richtet sich selbst wieder auf. Amber Moretti ist gerade dabei, die chaotischen Seiten meines Lebens auseinanderzunehmen. Noch nie habe ich einer Frau erlaubt, mir so nahezukommen. Nicht, weil ich nicht die Möglichkeit dazu gehabt hätte – die hatte ich. Eher aus dem Grund, weil ich das richtige Mädchen dafür noch nicht gefunden hatte. Die eine, die mich so akzeptiert, wie ich bin. Bei Amber war das vom ersten Moment an anders.

Ich blicke zu meiner Mutter, atme noch einmal tief durch

und gehe auf sie zu. Mein Vater redet mit Cathy und Mark, und Amber mit Brittany. Es ist also hoffentlich der richtige Zeitpunkt, einen guten Start für den Abend hinzulegen.

»Wie geht's dir, Ma?«, frage ich sie.

Sie blickt mich regungslos an und sieht dann wieder auf ihr iPhone. »Mir geht's gut. Dir?«

»Super«, murmle ich. »In der Schule und beim Football läuft alles prima.«

Herrgott, sie macht aus mir einen stotternden fünfjährigen Jungen. Ich hasse dieses Bedürfnis von mir, sie glücklich zu machen. Ich werde nie verstehen, warum ich es immer wieder versuche. Es ist eine Illusion, die nie Wirklichkeit werden wird. Ich werde ihren Erwartungen nie gerecht werden.

»Das ist toll, Brock. Schön, dass dein Leben so gut verläuft. Wenigstens bei einem in der Familie.« Ihre Stimme klingt schmerzerfüllt. Dieser stechende Schmerz, der nie verschwindet und den sie in literweise Alkohol zu ertränken versucht, um ihn zu betäuben.

»Ich würde dich gerne öfter sehen«, sage ich und fühle mich sehr unwohl in meiner Haut. »Vielleicht kann ich dich die Woche mal zum Frühstück einladen?«

Verdammt. Ich vermassle es. Ich fahre mir mit zittriger Hand durchs Haar und verfluche mich dafür, dass ich so ein Feigling bin. Ich bin ein erwachsener Mann, der nicht auf die Zuneigung seiner Mutter angewiesen ist. Ich versuche, sorglos auszusehen, und setze ein ungezwungenes Lächeln auf.

Sie blickt mich gedankenverloren an. Ihre bloße Anwesenheit presst mir die Luft aus den Lungen. Verdammt noch mal, ich wünschte, ich könnte ihr die blöde Sonnenbrille aus dem Gesicht reißen und sehen, was sich wirklich hinter ihrem Blick verbirgt. Ist es pure Feindseligkeit, die eitert wie eine nicht verheilte Wunde? Oder ist es einfach nur

Hass? Das frisst mich auf. Diese Ungewissheit, wie sehr sie den Mann verachtet, der ich geworden bin. Den Mann, der in ihren Augen immer der Schuldige für Brandons Entführung sein wird.

»Da muss ich erst in meinem Terminkalender nachsehen«, antwortet sie nach einer kurzen Pause.

»Natürlich«, murmle ich. Sie lässt mich abblitzen. Egal. Verflucht seien sie und die Schuld, mit der sie mich immer beladen wird. Die ich mir schon lange vor ihr selbst auferlegt habe.

»Du hast für sieben Uhr reserviert, oder, Brock?« Die Stimme meines Vaters reißt mich aus der irreparablen Beziehung zwischen mir und meiner Mutter heraus.

Ich schaue auf die Uhr. »Ja.«

»Dann lasst uns gehen«, sagt er. »Ich habe eine Limousine für die Erwachsenen bestellt. Sie sollte schon draußen warten.« Er wendet sich Ambers Pflegeeltern zu. »Cathy und Mark, Sie können mit uns fahren. Brock, du kannst Brittany und Amber mitnehmen.«

Typisch John Cunningham – alles selbst in die Hand nehmen und dirigieren. Ein Mann, der den anderen nicht erlaubt, ihre eigenen Entscheidungen zu treffen. Ein betrügerischer Mistkerl, der bei allem, was passiert, ein Wörtchen mitzureden haben muss. Selbst, wenn es nur eine Limousine ist, die für die Erwachsenen reserviert wurde.

»Ich fahre mit meinem eigenen Auto«, sagt Brit mit fester, regungsloser Stimme. »Ich muss danach noch arbeiten.«

Mein Vater nickt und sieht sie verärgert an. Er hasst es, wenn sich jemand seinen Anweisungen widersetzt, aber er würde nie vor anderen Leuten mit ihr darüber streiten. Anders als meine Mutter, ist mein Vater sich darüber im Klaren, was die Gesellschaft von einer perfekten Familie verlangt. Wie sie aussehen sollte, wie sie riechen, reden und klingen sollte. »Also gut. Brock und Amber treffen uns dort.

Brittany, du fährst uns nach. Lasst uns gehen. Es gibt nichts Schlimmeres als Unpünktlichkeit.«

Amber runzelt verwirrt ihre Stirn, als ob sie sich fragen würde, ob *wir* denn keine Erwachsenen sind. Ich spüre, dass sie gerne etwas sagen würde und ihr Gehirn auf Hochtouren arbeitet, während sie beschützend und fest meine Hand drückt. Obwohl sie mit Sicherheit etwas Gemeines zu sagen hätte, und das mit der richtigen Menge an Höflichkeit meinem Vater gegenüber hervorbringen könnte, bleibt sie still und lächelt ihn verkrampft an.

Sie hat keine Ahnung, wozu meine Eltern fähig sind.

Cathy stößt einen entzückten Laut aus und kriegt nichts von der Spannung mit, die in der Luft liegt. »Das wird lustig. Ich bin noch nie in einer Limousine gefahren.«

»Wie bitte?«, fragt meine Mutter sichtlich schockiert.

»Wir sind noch nie mit einer Limousine gefahren.« Cathys Stimme ist herzlich, und ihre Augen strahlen vor Aufregung, als sie sich zu Mark umdreht. »Noch nicht einmal an unserem Hochzeitstag. Dafür hatten wir einfach kein Geld.«

Der Mund meiner Mutter öffnet sich sperrangelweit, aber mein Vater wirft ihr einen warnenden Blick zu und erstickt damit jegliche Bewertung, die sonst aus ihrem Mund gekommen wäre, im Keim. Sie schnaubt verächtlich und widmet sich wieder ihrem Handy.

Amber räuspert sich. »Also gut, dann sehen wir uns dort.«

»Klingt gut, Süße.« Cathy grinst. »Das wird ein Spaß.«

Es versetzt mir einen Stich, wie sie mit Amber redet. Es ist deutlich zu erkennen, wie sehr sie mein Mädchen liebt. Sie liebt sie, als wäre sie ihr eigen Fleisch und Blut. Sie blickt sie mit einem so liebevollen Ausdruck in den Augen an, dass sich mir fast der Magen umdreht. Dieser Abend hat mich schon komplett aus der Fassung gebracht, und er hat gerade erst begonnen. Es wird einen von Ambers exzellenten Blowjobs und mindestens ein Pfund Haschisch brauchen, damit ich mich von dieser Hölle erhole.

»Prima«, sagt Amber mit dünner, unsicherer Stimme, als sie Cathy und Mark umarmt.

Als Brit und unsere Eltern die Lobby verlassen, verhake ich meine Finger mit Ambers und drücke ihre Hand zum Ausdruck meiner Dankbarkeit, dass sie sich diese Freakshow, die sich mein Leben nennt, überhaupt gibt. Ich bin mit der Situation genauso überfordert, wie sie es mittlerweile ist, und mit jeder Minute stellen sich mir die Nackenhaare weiter auf. Aber ich muss stark sein und Amber etwas Sicherheit geben. Sie atmet tief durch, ihre Augen funkeln gestresst. Ich ergreife die Gelegenheit und lege meine Arme um ihre Hüfte. Ich tue mein Bestes, um die Angespanntheit, die durch ihre Adern fließt, zu beseitigen. Nach ein paar stillen Sekunden lasse ich sie wieder los, und wir gehen nach draußen, um auf meinen Hummer zu warten. Meine Nerven sind zum Zerreißen gespannt, als der Hoteldiener mit dem Auto vorfährt.

Ich gebe dem Jungen ein Trinkgeld und steige ins Auto. Den Großteil der Fahrt verbringen wir schweigend. Als wir auf der Straße Richtung Norden fahren, scheinen mich die Lichter der anderen Autos mit jedem wortlosen Atemzug zu verspotten.

»Deine Eltern scheinen … nett zu sein«, sagt Amber schließlich, während sie eine dünne Schicht Lipgloss auf ihre göttlichen Lippen aufträgt. »Gute Menschen.«

»Freut mich, dass du das denkst.« Ich schmunzle und bin erheitert darüber, wie leicht ihr diese Lüge über die Lippen kommt. Wenn ich es nicht besser wüsste, würde ich meinen, wir wären Geschwister – gleiche Gene als Resultat der Seitensprünge unseres Vaters. Wie sind beide Lügner, zwei miteinander verbundene Seelen, die sich ihren Weg durch das Labyrinth der Wahrheit erschummeln. Amber erwähnte mal, dass sie einen Halbbruder hat, den sie nie kennengelernt hat. Es würde mich nicht wundern, wenn ich das wäre. Das wäre die Art der Götter da oben, uns zu sagen: »Nein, ihr dummen Menschen. Wir halten die Zügel in der Hand. Wir bestimmen über euer erbärmliches Schicksal. Vergesst das nie, ihr armseligen Kreaturen.«

Ich richte meine Aufmerksamkeit wieder auf Amber, und mein Blick versinkt in ihrer Schönheit, als sie ihren Lipgloss wieder in die Tasche steckt. »Du bist vielleicht gut darin, mein Herz zu stehlen, aber du solltest noch ein bisschen daran üben, meinen Intellekt infrage zu stellen. Du redest Unsinn, Amber. Ich weiß es, du weißt es … meine Eltern sind Arschlöcher. Punkt, basta, aus.«

»Okay. Du hast mich erwischt. Sie sind richtige Idioten.« Sie grinst und streichelt meinen Arm. »Aber ich habe noch nie zuvor die Eltern eines Jungen kennengelernt, es ist also trotzdem eine große Sache für mich.«

»Eines *Jungen*?«, schnaube ich und durchschaue, dass sie der schlechten Stimmung im Auto etwas Sexuelles anhaften will. »Ich dachte, ich hätte dir schon mehr als einmal bewiesen, dass ich voll und ganz Mann bin, Süße.«

Sie lacht, und der Schalk blitzt in ihren Augen auf, als sie mit ihren Fingern an meinem Ohr entlangfährt. »Habe ich dein Ego verletzt?«

Es ist toll, wie gut sie mich kennt. »Ich glaube, dir muss ich mal den Hintern versohlen.«

»Dagegen habe ich nicht unbedingt etwas«, erwidert sie und küsst mich auf die Wange, bevor sie sich in ihrem Sitz zurücklehnt.

Ich lache und werde dann für einen Moment ernst. »Danke, dass du hier bei mir bist.«

»Du bist derjenige, der dieses Treffen möglich gemacht hat«, sagt sie mit leiser und ernster Stimme.

Plötzlich habe ich das dringende Bedürfnis, diesem Mädchen verständlich zu machen, wie sehr ich sie brauche. »Ich will dich in jedem Teil meines Lebens, Amber.«

Sie lehnt sich an mich. »Da will ich auch sein, Brock. Ich will jede Seite von dir kennenlernen.«

»Auch, wenn sie hässlich ist?«, flüstere ich.

»Gerade, wenn sie hässlich ist«, sagt sie und blickt mich zärtlich an. »Du kennst meine hässlichen Seiten, jetzt will ich deine kennenlernen.«

Herr im Himmel. Ich verliebe mich so schnell in sie – fast zu schnell, und nichts kann diesen Vorgang aufhalten. »Nichts, was du jemals sagst oder tust, könnte mich vertreiben, Ber.«

»Ich war noch nie zuvor glücklich«, flüstert sie, und ihre Ehrlichkeit überbrückt den Raum zwischen uns. »Aber mit dir könnte ich es sein, glaube ich.«

Mein Herz setzt einen Moment aus, als ich die Verletzlichkeit in ihrem Gesicht sehe. Sie gewährt mir einen Einblick in ihre Seele, offenbart mir ein Stück ihrer selbst, was sie nur selten tut. Wenn ein Treffen mit meinen verrückten Eltern sie dazu bringt, zuzugeben, dass ich sie so glücklich mache, wie sie mich macht, dann organisiere ich das von mir aus noch eine Million Mal.

»Warum siehst du mich so an?«, fragt sie und errötet leicht.

»Du … machst mich irgendwie komplett«, antworte ich, weil es die Wahrheit ist.

Ohne ein weiteres Wort nimmt sie meine Hand, und wir verbringen den Rest der Fahrt schweigend. Eine angenehme Stille, während der wir die wachsende Nähe zwischen uns genießen.

Als wir am Restaurant ankommen – ein beliebtes italienisches Lokal mit Blick auf den Hafen –, führt uns die Kellnerin in einen abgetrennten Raum, wo die anderen schon sitzen. Mein Vater hat bereits mehrere Weinflaschen bestellt.

Meine Mutter hat sich den teuren Merlot gekrallt, und obwohl der Wein sie sicher schon lockerer macht, bleibt ihr Gesichtsausdruck völlig teilnahmslos. Sie hat ihre Sonnenbrille abgenommen und einen Arm um Brits Stuhllehne gelegt. Ich betrachte die tiefen Falten auf ihrer Stirn und die tiefschwarzen Ringe unter ihren Augen. Mir schnürt es die Brust zu, und mein ganzer Körper beginnt zu schmerzen, als die gepeinigte Erscheinung der Frau, die mich zur Welt gebracht hat, mich vollkommen runterzieht. Sie nimmt noch einen Schluck, und der Stiel des Weinglases baumelt zwischen ihren zerbrechlichen Fingern hin und her. Mein Puls geht schneller. Beim Gedanken an den Verlauf des Abends schrillen bei mir alle Alarmglocken, während ich meine Jacke aufknöpfe und einen Stuhl für Amber nach hinten ziehe. Tief durchatmend setze ich mich neben Amber und blicke in die Runde. Jeder am Tisch – außer mir – scheint guter Dinge zu sein. Eine lockeres Geplauder ist im Gange.

Ich nutze die Chance und ergreife das Wort. »Ich möchte euch danken, dass ihr heute Abend gekommen seid.« Meine Stimme zittert ein bisschen, als ich meine Mutter ansehe. Ich suche in ihrem Gesicht nach einem Lebenszeichen. Es ist vollkommen ausdruckslos – eine Wüste mit den knöchernen Überresten der Person, die sie in meiner Kindheit war. »Wir kommen nicht oft zusammen, aber wenn wir es schaffen, ist es immer nett.« Der Großteil von dem, was ich gesagt habe, ist gelogen. Die meisten Treffen sind schmerzvoll und absolut verkorkst. Aber ich will, dass meine Mutter weiß, dass ich sie auf meine Weise immer noch liebe und in meinem Leben brauche, auch wenn sie mich in ihrem nicht mehr haben will und mich nicht mehr liebt.

»Danke, dass du uns eingeladen hast«, sagt Mark freundlich lächelnd und blickt mir in die Augen. »Dieses Restaurant ist wirklich schön, Brock.«

Ich versuche, die Gefühle zu verdrängen, die mich zu

überkommen drohen, und erwidere sein Lächeln. »Sie machen richtig gutes Essen. Meine kleine italienische Prinzessin hier liebt es.«

Amber stößt mir ihren Ellbogen in die Rippen und schüttelt verlegen ihren Kopf. Der Kellner kommt zu uns, und wir bestellen ein paar Aperitifs.

Nachdem der Kellner gegangen ist, bringt mein Vater die erste richtige Unterhaltung des Abends in Gang. »Also, Amber, was studierst du denn?«

»Psychologie im Hauptfach«, antwortet sie.

»Warum gerade Psychologie?« Meine Mutter nimmt einen großen Schluck von ihrem Wein und blickt meine Freundin gehässig an, während sie ihr Glas wieder absetzt.

»Ich bin in wirklich schlechten Verhältnissen aufgewachsen. Jetzt, da ich es irgendwie geschafft habe, damit zu leben, möchte ich andern helfen, die Ähnliches durchgemacht haben.«

Meine Mutter zieht die Augenbrauen hoch. »Und wie glaubst du, kannst *du* Menschen helfen, denen richtiges Leid widerfahren ist? Manchmal kann man denjenigen nicht helfen, die alles verloren haben.«

»Das stimmt nicht unbedingt«, sagt Amber überlegt, obwohl ihre Augen alles andere als kontrolliert wirken. Sie sind zusammengekniffen wie bei einer Schlange, die sich auf einen Angriff gefasst macht. »Man muss Hilfe wollen, damit es funktioniert. Ich bin mir sicher, es gibt genug Menschen, die wollen, dass sich ihr Leben wieder ändert.« Sie macht eine Pause und blickt meine Mutter unverwandt an. »Ich habe echtes Leid gesehen, gefühlt und geschmeckt, und ich will, dass sich mein Leben zum Besseren wendet. Manchmal ist es einfach nur schwer, Hilfe von jemandem anzunehmen, der so etwas nie selbst erlebt hat. Und deshalb möchten ich anderen wie mir zu einer geistig gesunden Existenz verhelfen.«

Meine Mutter seufzt gereizt und verdreht die Augen, während sie den letzten Tropfen Wein in ihrem Glas austrinkt.

»Ich finde das toll, Amber«, sagt Brittany und unterbricht damit die Spannung, die sich am Tisch aufbaut. »Menschen in Not zu helfen ist ein bemerkenswerter Job.«

»Das finde ich auch«, sagt mein Vater. »Und was machst du neben dem Studium? Arbeitest du noch?«

Amber lehnt sich zurück und entspannt sich etwas. »Ja, ich übernehme ein paar Kellnerschichten pro Woche in einem Seafood-Restaurant in Riva.«

»Und nebenbei schreibt sie auch noch gute Noten.« Cathys liebevolle Stimme erfüllt den Raum. »Du arbeitest, gehst auf die Uni, machst alles, was für deine Zukunft wichtig ist. Mark und ich sind so stolz auf dich, Amber.«

Amber lächelt und errötet leicht bei dem Kompliment.

Um sie noch ein bisschen mehr in Verlegenheit zu bringen, streiche ich mit meinem Finger über ihren Wangenknochen und füge hinzu: »Ja, sie ist wirklich ein tolles Mädchen. Ich kann mich glücklich schätzen.« Amber dreht sich zu mir um, und ihre Wangen werden noch röter. »Sie ist nicht nur verdammt klug und verantwortungsbewusst, sondern auch noch total süß.«

Ihr Gesicht leuchtet vor Verlegenheit, sie lächelt mich kaum merklich an, während sie sich räuspert. »Sie haben einen richtigen Charmeur großgezogen, Mr Cunningham. Er ist nie um eine strategisch günstige Schmeichelei verlegen.«

Mein Vater nickt Amber zu und ist sichtlich erheitert über ihre Bemerkung. »Oh ja, er ist ein Charmeur. Darin besteht kein Zweifel.« Sein funkelnder Blick unterstellt mir, *wie* charmant ich sein muss, dass diese Menschen denken, ich sei ein anständiger Mensch.

Ich senke den Blick auf mein Glas und fühle mich von diesem selbstgefälligen Arschloch zurechtgewiesen. Glücklicherweise gehen Cathy und Mark nicht auf seine kleine

Stichelei ein und reden mit Amber und Brit weiter über die touristischen Sehenswürdigkeiten, die sie sich kommende Woche ansehen wollen.

Ich will nur hier weg.

Wir werden vom Kellner unterbrochen, der mit den Aperitifs den Raum betritt. Er füllt unsere Weingläser auf und nimmt die Bestellungen entgegen. In diesem Moment wird mir bewusst, wie natürlich sich Amber in Cathys und Brits Gegenwart verhält. Ihre Augen strahlen eine sorglose Unbeschwertheit aus, die ich so noch nicht gesehen habe – und von der ich unbedingt ein Teil werden möchte. Während ich meine Freundin beim Plaudern betrachte, fragt Mark meinen Vater nach seinem Beruf. Nur allzu gern erzählt ihm mein Vater, was für ein verdammt toller Hecht er ist und was er in seinem Leben schon alles Grandioses erreicht hat.

Meine Finger verflechten sich mit Ambers, und ich versuche, den hasserfüllten Blick meiner Mutter zu ignorieren, der mich in den Stuhl drückt. Solange sie ihren Mund hält, könnte es mir eigentlich egal sein. Aber ich rutsche unter ihrem prüfenden Blick unruhig auf meinem Stuhl hin und her, und meine Gedanken schweifen ab zu der Zeit, bevor unser Leben den Bach runterging – bevor meine achtlosen Handlungen die Zukunft dieser Familie für immer veränderten.

Mark scheint meine Nervosität zu bemerken und wendet sich mir lächelnd zu. »Amber hat uns erzählt, du bist ein Footballstar an der Uni. Wie läuft's denn so?«

Bei diesem Thema zieht sich mein Magen zusammen, und ich werfe meinem Vater einen Blick zu. Seine Augen hängen an meinen Lippen und seine hochgezogenen Brauen zeigen mir, dass er neugierig auf eine Antwort wartet. Ich lasse Ambers Hand los und balle sie unter dem Tisch zu einer Faust. In den letzten Wochen habe ich den Sport etwas vernachlässigt.

»Ich weiß nicht«, antworte ich achselzuckend und in lockerem Ton. »Es war eine gute Saison, unsere Spiele wurden schon von einigen Talentscouts besucht. Aber wer weiß?«

Der Gesichtsausdruck meines Vaters passt rein gar nicht zu seiner ruhigen Stimme. »Ich bin froh, das zu hören«, sagt er und tut so, als hätte er komplett überhört, dass Mark gerade weiter mit mir reden wollte. »Aber deine Trainer haben mich darüber informiert, dass du ein paar Trainingseinheiten versäumt hast. Ich hoffe, du hast dafür eine angemessene Entschuldigung.«

»Natürlich hat er das«, sagt meine Mutter schnippisch und führt ihr Glas an die Lippen. »Wir reden hier schließlich über Brock.«

Amber mischt sich mit einem Räuspern in die Unterhaltung ein und sagt: »Er war krank, Mr Cunningham.« Diese Lüge kommt ihr ganz leicht über die Lippen. Ich blicke sie an, und die Situation wird mir immer unangenehmer. Ich war nicht krank, und Amber weiß das. Der wahre Grund waren geschäftliche Angelegenheiten, was nicht selten vorkommt. Die Trainer interessieren sich einen Dreck dafür, ob ich da bin oder nicht. Ich verstehe also nicht, warum mein Vater das überhaupt anspricht.

Ich schüttle meinen Kopf über mich selbst. Ich weiß verdammt gut, warum er das anspricht. Mein Vater benimmt sich wie mein alleiniger Richter. Er schwebt über mir und versucht, mein Leben zu kontrollieren, als wäre es seins. Sobald er von irgendetwas Wind bekommt, das mein Leben betrifft, stürzt er sich darauf wie die Fliegen auf den Misthaufen. Nicht, weil er mir dabei helfen will, die richtigen Entscheidungen zu treffen, oder mich vor Ärger bewahren möchte – das wäre die eine Sache. Aber es geht ihm nur darum, dass sein Name nicht beschmutzt wird, die Fassade der Familie Cunningham, die er für die Gesellschaft errichtet hat, nicht zerbricht. Das macht mich verrückt. Egal, wie sehr ich es versuche, ich kann meine Eltern einfach nicht zufriedenstellen.

»Krank?«, sagt mein Vater. »Wenn du nicht gerade im Krankenhaus am Tropf hängst, gibt es keinen Grund, das Training zu versäumen, Brock. Du hast ein Stipendium bekommen, und deine Zukunft steht auf dem Spiel. Es macht keinen guten Eindruck, wenn du nicht einhundertzwanzig Prozent gibst. Das weißt du.« Sein Blick ist eisig, und man könnte aus weiter Entfernung sehen, wie sehr er um seine Fassung kämpfen muss.

»Ich hab's kapiert. Es kommt nicht wieder vor«, murmle ich, und diese Lüge kommt mir genauso leicht über die Lippen wie Ambers zuvor. Das ist weder der Ort noch die Zeit, um über meine nicht existierende Footballkarriere zu diskutieren.

Amber streicht leicht mit ihrer Hand über meinen Oberschenkel, und ich sehe sie an. Sie lächelt mich an und wendet sich dann an ihre Pflegeeltern. »Ihr müsst euch unbedingt eins von Brocks Spielen anschauen. Er ist unglaublich auf dem Feld.«

»Das glaube ich«, sagt Cathy und blickt Amber an. »Ich kann immer noch nicht glauben, dass du dir Football ansiehst. Er muss wirklich etwas Besonderes für dich sein, dass du sogar zu einem Spiel gehst.«

Meine Mutter lacht schrill auf. Ihre Tonlage verrät mir, dass sie schon gut einen sitzen hat. Ich zucke zusammen und wünschte, ich könnte den ganzen Alkohol vom Tisch fegen. Noch besser, ich wünschte, ich könnte *sie* vom Tisch fegen. Aber das kann ich nicht. Ich bin so unfähig, diese Situation zu kontrollieren, wie jedes Mal, wenn ich mit meinen Eltern zusammen bin.

Amber lächelt und drückt meinen Oberschenkel fester, während sie meine Mutter anstarrt. »Ich bin selbst überrascht. Ich konnte Football nicht ausstehen, bevor ich Brock kennengelernt habe.«

»Mach dir nichts draus, Amber.« Brit nimmt einen Schluck Wasser. »Du bist nicht die Einzige, die diesen Sport nicht mag. Ich würde eher mein Haus putzen, bevor ich einer Horde schwitzender Jungs dabei zusehen müsste, wie sie einem Ball hinterherjagen. Und das will bei mir was heißen!« Sie drückt meinen Arm und zwinkert mir zu. »Nimm es mir nicht übel, Bruderherz. Obwohl ich dich wirklich sehr liebe, würde ich lieber einen Monat mit einem Staubsauger verbringen, als dir nur einen Tag beim Spiel zuzusehen.«

Die anderen lachen, und eine lockere Unterhaltung setzt sich fort, während ich meine Mutter beobachte. Sie füllt sich das Glas mit der schon fast leeren Weinflasche nach und nimmt kaum einen Atemzug zwischen zwei Schlucken. Ihr Körper ist schon so auf den Fusel eingestellt, als wäre er ihre Rettungsleine. Nachdem sie das Glas im Bruchteil einer Sekunde leert, trifft ihr Blick auf meinen. Sie zieht ihre perfekt geformten Augenbrauen nach oben, und mein Puls geht schneller, als ich die Dunkelheit in ihrem Blick erkenne.

Das Unheil nimmt seinen Lauf. Ich weiß es, ich kann es fühlen. Ich habe das schon unzählige Male vorher erlebt. Ich halte mich an der Stuhlkante fest und bereite mich auf das vor, was gleich aus ihrem Mund kommen wird.

Nach einem kurzen Moment und einem weiteren Schluck Merlot trifft mich ihre scharfe Stimme wie ein Messer in die Brust. »Wie geht es *Ryder*, Brock?«

Ich halte ihrem Blick stand und frage mich, wie schnell die Situation wohl außer Kontrolle geraten wird. Ich kenne meine Mutter und kann sehen, wie ihre Dämonen sie langsam in ihre innere Hölle ziehen. Die Bombe wird explodieren, dagegen kann ich nichts mehr tun. Mit Glück wird es nur eine leichte Explosion.

»Dem geht's gut«, antworte ich, um eine ruhige Stimme bemüht. »Arbeit, Studium, Football – wie immer halt.«

»Mm-hmm«, murmelt sie und tippt mit ihrem Fingernagel an ihr Glas. »Ich wette, *er* hat kein Training versäumt.«

Stille legt sich über den Raum, und die Luft ist zum Zerreißen gespannt. Dann sage ich: »Ich weiß es nicht, Ma. Da musst du schon *ihn* fragen. Es interessiert mich normalerweise nicht im Geringsten, ob er zum Training geht oder nicht.«

Ein freudloses Grinsen legt sich um ihre Lippen, und sie füllt ihr Glas erneut auf. »Ich muss ihn überhaupt nicht fragen«, zischt sie mich an. »Ryder würde seine Zukunft niemals wegwerfen.«

»Das würde ich auch nicht tun.« Meine Worte verlassen ruhig meinen Mund, obwohl ich sie lieber schreien würde. »Ich denke darüber nach, nächstes Jahr einen Wirtschaftsrechtskurs zu belegen. Wäre das okay für dich? Würde dich das stolz auf mich machen?«

»Ich weiß nicht, ob es überhaupt etwas gibt, das für mich okay wäre oder mich stolz machen würde, wenn es um dich geht, Brock«, sagt meine Mutter mit einem sarkastischen Lachen. »Du lebst dein Leben, als wäre der nächste Tag sicher. Wer kann schon wissen, was passiert? Schlimme Entscheidungen und hedonistische Einstellungen können Menschen den Lebenswillen rauben.« Sie blickt erst mich, dann Amber hasserfüllt an und schwenkt ihr Glas in der Luft. »Vor allem, wenn sie sich mit weißem Abschaum abgeben.«

Wut steigt in mir hoch, aber bevor ich reagieren kann, stöhnt Brittany leise auf. »Stell das Glas ab, Mutter.«

Cathy und Mark starren sich mit weit aufgerissenen Augen an und sind sichtbar geschockt. Normale Menschen – was die Cunninghams nicht sind – erwarten nicht, dass jemand so boshaft über einen anderen Menschen spricht –

besonders nicht, wenn der mit seinen Eltern am selben Tisch sitzt. Obwohl ich rotsehe, schiele ich verstohlen zu Amber hinüber und drücke ihre Hand, während ich ihr mit meinem Blick eine Entschuldigung schicke. Sie wirft mir ein Lächeln zu, was meine Wut nur noch größer macht.

Ich wende mich an meine Mutter und blicke noch einmal auf ihr Weinglas, bevor ich mit schroffer Stimme sage: »Wir alle haben verschiedene Ansichten darüber, wer zum weißen Abschaum gehört. Meiner Meinung nach steht eine Säuferin wie du ganz oben auf der Liste.«

»Ich kann ein Flittchen schon aus einer Meile Entfernung erkennen«, schnaubt meine Mutter und blickt offen zu Amber. »Säuferin oder nicht, aber das steht auf *meiner* Liste ganz oben.«

»Wie bitte?« Cathy ist die Kinnlade fast bis auf ihren Teller mit den Shrimps heruntergeklappt. »Was, zum Teufel, denken Sie, wer Sie sind, meine Tochter ein Flittchen zu nennen?«

Brittany rutscht auf ihrem Stuhl zurück und erhebt sich mit einer Mischung aus Wut und Verlegenheit in ihrer Stimme. »Das war mehr als unangebracht. Es ist mir egal, wie viel du getrunken hast, das ist unter aller Sau. Ich fahre dich jetzt heim, bevor du noch einen kompletten Idioten aus dir machst.«

»Sie hat sich bereits zum Idioten gemacht«, zische ich und werfe meine Serviette mitten auf den Tisch.

»Nicht, Brock«, flüstert Amber und hält meine Hand fest. Sie versucht, mich zu beschützen, sie würde das, was passiert ist, herunterspielen, um mich davor zu bewahren, etwas Schlimmes zu sagen, was ich nicht mehr zurücknehmen kann. Aber ich schüttle meinen Kopf. Es ist zu spät. Ich kann meiner Mutter das nicht durchgehen lassen. Ich weigere mich, das zu tun.

Mit einem lauten Seufzen mischt sich mein Vater ein.

»Alles, was deine Mutter sagen wollte, ist, dass es keinen Grund gibt, auch nur *ein* Training zu versäumen.«

»Ihre Frau hat meine Tochter gerade ein *Flittchen* genannt, und Sie reden immer noch über *Football*?« Mark ist ebenfalls aufgestanden und blickt meinen Vater böse an, während er ihm einen Finger an die Brust drückt. »Ich werde nicht hier sitzen bleiben und dabei zuhören, wie Sie mein *oder* Ihr Kind runtermachen. Ich weiß nicht, was Sie glauben, wer Sie sind, aber das hier wird richtig hässlich enden, wenn Sie noch ein weiteres Wort über meine Tochter verlieren!«

»Das wollte sie nicht sagen«, entgegne ich meinem Vater und reagiere gar nicht auf Marks Bemerkung. Ich erhebe mich jetzt auch, stemme die Fäuste in die Seiten und würde am liebsten etwas umhauen, bevor ich *jemanden* umhaue. »Wir alle wissen, was hier wirklich vor sich geht. Sie ist eine verdammte Alkoholikerin, aber das ist keine Entschuldigung für ihre gehässige Klappe.«

»Pass auf, was du sagst«, ermahnt mein Vater mich. »Sie ist immer noch deine Mutter.«

»Richtig«, fauche ich ihn an und verliere jetzt jegliche Beherrschung. »Ich passe auf, was ich sage, sobald du deine Frau unter Kontrolle bringst.«

Niemand im Raum rührt sich, während wir unsere bösen Blicke nicht voneinander lösen können. Ich habe genug von dieser Scheiße. Es war klar, dass es nicht leicht wäre mit ihnen nach Brandons Entführung. Aber die letzten Jahre waren ein einziger Abgrund aus fiesen Bemerkungen, die sich zu einem Sturm aus Schmerz und Wut zusammengebraut haben. Bevor ich Amber kannte, konnte ich meine Gefühle besser unterdrücken. Der Drogenverkauf hat meinem beruflichen Leben einen bestimmten Zweck gegeben. In meinem Privatleben habe ich das nicht geschafft. Meine Eltern wollen von mir nur, dass ich ein Sohn bin, der gut Football spielt, damit ihr Ruf in ihren elitären Kreisen erhalten bleibt. Aber das ist heute vorbei. Sie haben eine Grenze überschritten. Eine verdammt wichtige Grenze. Es gibt eine Sache, die ich nicht billigen werde, und das sind beleidigende Bemerkungen über meine Freundin. Sie wollen mich fertigmachen? Bitte schön. Aber Amber? Dafür werde ich sie auseinandernehmen, und es ist mir scheißegal, wer sie sind, während ich zusehe, wie sie leiden.

»Bring sie nach Hause«, fahre ich fort und spüre, wie die Wut weiter in mir aufsteigt. »Halte mir verdammt noch mal diese Frau vom Leib. Sie braucht Hilfe, aber du verschließt deine Augen vor ihren Problemen, weil du dir mehr erlauben kannst, wenn sie betrunken ist. Sie kann so nicht weitermachen. Das wird sie umbringen.«

Mein Vater steht mit gestrafften Schultern in voller Größe vor mir und funkelt mich böse an. »Deiner Mutter geht es gut, Brock. Das einzige Problem in dieser Familie bist *du*.«

»Das ist nicht wahr«, wirft Brittany mit lauter Stimme ein. »Ihr müsst damit aufhören, Brock dafür verantwortlich zu machen, was mit Brandon passiert ist. Das ist nicht nur ihm gegenüber unfair, sondern auch mir gegenüber. Er ist der einzige Bruder, den ich noch habe, und es bringt mich fast um zu sehen, wie ihr beide mit ihm umgeht.«

Ich blicke von Brit zu meiner Mutter, die jetzt vor- und zurückschwankt, mit tränenüberströmten Wangen, als sie mich mit ihren grünen Augen ansieht.

»Du bist der Grund, warum sie ihn mir genommen haben«, flüstert sie und drückt das Messer der Schuld, das ohnehin schon in mir steckt, noch tiefer. »Wegen dir habe ich Brandon nicht mehr. Es ist krank, dass ich leide, während du dein Leben weiterlebst, als wäre nichts gewesen.«

Cathy und Amber schnappen nach Luft, und mir stockt der Atem bei dem Anblick des puren Leids im Gesicht meiner Mutter. Leid, das *ich* ihr angetan habe.

»Glaubst du, ich denke nie an ihn?«, fahre ich sie an und hämmere mit den Fäusten an meine Brust. »Dass er nur eine Erinnerung ist, die gelegentlich in meinem Gehirn aufploppt?« Ich blicke nach unten und lege die Fäuste auf den Tisch. »Wenn das so ist, dann irrst du dich. Es vergeht keine *Minute*, in der ich *nicht* an diesen Jungen denke. Er war mein kleiner Bruder, verdammt noch mal! Ich bin vielleicht der Grund, warum er nicht mehr da ist, aber du bist nicht die Einzige, die ihn geliebt hat! Nicht die Einzige, die über seinen Verlust trauert!«

»Da bin ich mir nicht so sicher«, fährt sie fort und rümpft ihre Nase, als hätte ich nicht gerade mein Herz vor ihr ausgeschüttet, in einem Restaurant voll neugierig blickender und verstörter Zuschauer. »Das Einzige, was ich wirklich sicher weiß, Brock, ist, dass du eine schmutzige Erinnerung an jemanden bist, den ich nie wiederhaben werde. Und deswegen kann ich es nicht ertragen, dich anzusehen.« Der letzte Teil des Satzes ist nur geflüstert, bevor sie die Weinflasche nimmt und den Rest davon runterspült.

Innerlich in tausend Stücke zerbrochen, sehe ich ihr zu, wie sie aufsteht, ihre Sonnenbrille aufsetzt und aus dem Raum wankt.

Mir kommt fast die Galle hoch, als der Schmerz über das, was aus unserem Leben geworden ist, mich übermannt. Ich möchte ihr nachlaufen und so weit wie möglich vor den fragenden Blicken von Ambers Eltern fliehen – und vor dem Hass, der mir von meinem eigenen Vater entgegenschlägt.

Ich blicke zu Amber, meinem einzigen Rettungsanker, und in ihren Augen spiegelt sich meine Qual, während sie meine Finger mit ihren umschlingt. Sie versteht, wie sehr meine Welt aus den Fugen geraten ist. Vielleicht ist das der Grund, weshalb ich mich ihr so verbunden fühle und sie so dringend in meinem Leben brauche.

Wir sind zwei verschiedene Menschen mit einer Gemeinsamkeit – unsere Blutsverwandten sind ein verdammter Albtraum.

»Hör nicht auf sie, Brock«, sagt Brittany mit wütendem Blick. »Das Einzige, worum es hier geht, ist, dass sie eine Alkoholikerin ist. Du kannst dir nicht die Schuld für etwas geben, worauf du keinen Einfluss hattest.«

Ich bringe kein Wort heraus, und der Schmerz strömt so deutlich durch meinen Körper, dass es sich anfühlt, als würde das Leben aus mir entweichen.

»Ich weiß nicht, was das alles sollte«, sagt Mark mit fester Stimme, während er aus dem Augenwinkel beobachtet, wie mein Vater ein paar Hundertdollarscheine auf den Tisch schmeißt, »aber deine Schwester hat recht, Brock. Was hier gerade passiert ist, scheint nur sehr wenig mit dir zu tun zu haben.«

Mein Vater steckt sein Portemonnaie zurück in die Hosentasche, schüttelt den Kopf über Marks Bemerkung, sagt aber nichts. Er wird das hier nicht noch schlimmer machen, als es ohnehin schon ist. Es könnte ja sein, dass jemand, den er kennt, zusieht und die Geschehnisse des Abends bis zu seinem Freundeskreis vordringen.

»Es war nett, Sie alle kennengelernt zu haben«, sagt er schließlich formell und mit kaltem Ausdruck in den Augen. »Ich entschuldige mich dafür, wie alles geendet hat.« Ohne einen einzigen Blick in meine Richtung dreht er sich auf dem Absatz um und verlässt den Raum.

Völlig aufgelöst lege ich eine Hand an mein Kinn und kann kaum noch atmen. Meine Schwester kommt zu mir, nimmt mit traurigem Blick meinen Kopf zwischen ihre Hände und flüstert: »Ich liebe dich. Lass dir von *ihren* Problemen nicht *dein* Leben auf den Kopf stellen.« Dann hält sie inne und sieht mich besorgt und mit Tränen in den Augen an. »Ich will, dass du eines nicht vergisst. Mom und Dad sehen nicht, wie du wirklich bist. Was sie von dir denken, bist nicht du. Ich weiß, wer du wirklich bist, und du bist ein kluger, guter Mensch, den ich mit Stolz meinen Bruder nennen darf.«

Sie blickt mich noch einen Moment lang eindringlich an, bevor sie sich zu Amber und ihrer Familie umdreht. Jetzt kommt der Cunningham in ihr zum Vorschein, die Überlebensfähigkeit, die sie sich vor langer Zeit antrainiert hat – die Fähigkeit, eine Situation abzuschwächen und Dinge weniger schlimm erscheinen zu lassen, als sie wirklich sind. »Es tut mir sehr leid, dass der Abend nicht so verlaufen ist, wie wir es uns vorgestellt hatten. Aber es war sehr schön, euch alle kennenzulernen.«

»Das finde ich auch«, sagt Cathy mit einer Hand am Hals und Tränen in den Augen. Ihr ist anzusehen, dass sie noch nie so etwas wie heute Abend erlebt hat.

Amber hingegen wurde schon mit Schlimmerem konfrontiert als mit dem hier.

»Danke, dass du gekommen bist, Brittany«, sagt Amber und lächelt sie traurig an. »Ich fand es auch schön, dich kennenzulernen.«

Brit nickt ihr entschuldigend zu. »Es tut mir leid, was meine Mutter gesagt hat, Amber. Es ist schwer, ihre Verrücktheit zu kontrollieren. Nimm dir ihre Bemerkungen bitte nicht zu Herzen. Das war der Wein, der da aus ihr gesprochen hat.« Sie schüttelt betrübt den Kopf. »Nicht, dass es deswegen okay wäre, was sie gesagt oder getan hat, aber das ist alles, was ich sagen kann.« Sie wirft mir einen Blick zu, der Bände spricht, und sieht dann wieder zu den anderen. »Ich werde jetzt gehen. Kommt gut nach Hause.«

Brittany nimmt ihre Handtasche und geht um die Ecke. Als sie aus unserem Blickfeld verschwunden ist, fällt es mir schwer, den anderen in die Augen zu sehen, Amber eingeschlossen. Ich komme mir vor wie ein Idiot, und ich schäme mich.

Keiner weiß, was er sagen oder tun soll, also lasse ich die Rechnung kommen. Alle sind erleichtert, die Ereignisse der letzten Stunde hinter sich lassen zu können. Marks Protest zum Trotz gebe ich dem Kellner meine Kreditkarte. Ich weiß, es liegt Geld auf dem Tisch – der Versuch meines Vaters, cool auszusehen –, aber ich würde lieber sterben, als sein Geld anzunehmen.

Amber nimmt meine Hand und drückt sie leicht, während wir zu meinem Hummer gehen. Jeder scheint in Gedanken verloren zu sein und das, was heute geschehen ist, zu verarbeiten, als wir alle in das Auto steigen. Mir würde ohnehin nichts Vernünftiges einfallen, das ich sagen könnte. Ich bin so verdammt wütend auf meine Eltern, so verletzt. Aber je mehr ich darüber nachdenke, desto wütender werde ich auf mich selbst. Ich wusste, dass so etwas geschehen würde. Ich verkneife mir ein bitteres Lachen, als wir auf den befahrenen Highway biegen, und erkenne, dass ich derjenige bin, der für diese Scheißsituation verantwortlich ist. Ich hätte auf mein Bauchgefühl hören und vor Amber darauf bestehen sollen, dass das keine gute Idee ist.

Während ich versuche, meine persönlichen Probleme aus meinem Kopf zu verbannen, schnappe ich einen Fetzen davon auf, was Mark gerade erzählt. Darüber, wie er Amber zum Angeln gebracht hat, und irgendetwas über Amber und Angst im Dunkeln – was mir neu ist. Ich wusste, dass meine Freundin vor wenigen Dingen Angst hat. Aber vor der Dunkelheit? Sie würde der Dunkelheit doch in den Arsch treten.

Nach ein paar bitter benötigten aufheiternden Geschichten setzen wir Cathy und Mark bei ihrem Hotel ab und versprechen ihnen, sie morgen nach der Uni abzuholen und mit ihnen zum Krabbenessen zu gehen. Voller Vorfreude verabschieden sie sich und winken noch einmal, als sie die Lobby betreten.

Ich fahre vom Parkplatz in Richtung meines Apartments,

und meine Gefühle spielen verrückt, während ich versuche, mich auf den Verkehr zu konzentrieren. Amber ist ruhig und streichelt mit ihrem Daumen über meine Fingerknöchel. Sie lässt mir den Raum, den ich brauche, gibt mir aber gleichzeitig zu verstehen, dass sie für mich da ist. Wenn dieser Abend schon nichts anderes gebracht hat, dann wenigstens, dass meine Freundin das Übel gesehen hat, das mich zu der Person gemacht hat, die ich heute bin.

Ich parke vor meinem Wohnhaus, stelle den Motor ab und hole einen Joint aus dem Handschuhfach. Ich zünde ihn an und nehme einen langen Zug, während ich den Engel an meiner Seite ansehe.

Sie schenkt mir ein breites Lächeln und nimmt mir den Joint aus der Hand, nachdem ich ein paarmal daran gezogen habe. »Oh Gott, darauf habe ich gewartet.« Sie zieht einmal daran, dann noch ein zweites Mal und entspannt sich deutlich, während sie den Rauch in Ringen ausbläst und mir den Joint zurückgibt. »Im Ernst, dieser Abend war …«

»So verrückt, wie ich dir sagte, dass er werden würde«, unterbreche ich sie und nehme einen letzten tiefen Zug.

Amber nickt, und ihr Lächeln verschwindet, als ich den Joint ausdrücke und den Stummel in meinem Geldbeutel verschwinden lasse.

Ich beuge mich zu ihr hinüber und umfasse ihre Wangen. »Ich bin kein guter Mann, Ber«, flüstere ich und blicke sie forschend an. »Ich bin voller Widersprüche, sie gehören zu mir. Mit ihnen wache ich jeden Morgen auf, und gegen sie kämpfe ich jeden Abend an.« Ich berühre ihren Mund mit meinen Lippen und bete, dass nichts von dem, was sie heute Abend gesehen hat, sie aus meinem verkorksten Leben vertreiben wird. »Aber auch, wenn ich nicht durch und durch gut bin, werde ich dir immer alles von mir geben. Ich werde mich um dich kümmern, so gut es geht.« Ich küsse sie sanft und liebevoll, hoffentlich nicht zum letzten Mal. »Also bitte, komm einfach noch eine Weile zu mir rein, okay?«

Amber nickt und legt ihre Hände in meine. »Ich werde nicht weggehen, Brock«, sagt sie mit leiser, ernsthafter Stimme. »Das verspreche ich dir. Also hör auf, dir Sorgen zu machen.« Jetzt küsst sie mich, und ihr nach Kirsche schmeckender Lipgloss und das leise Stöhnen aus ihrem Mund lassen mein Herz schneller schlagen.

Wir steigen aus dem Auto und küssen uns weiter bis in den Fahrstuhl. Als sich die Türen schließen, ziehe ich Amber in meine Arme. Ich bete, dass jegliche Gefühle, die dieses Mädchen vielleicht für mich entwickelt, sie dazu veranlassen werden, ihr Versprechen zu halten. Sie binden an das, was ihr die vielleicht verworrensten Schmerzen ihres Lebens bereiten könnte.

An mich …

9 Amber

»Das macht dann vier Dollar und fünfzig Cent«, sagt die Barista.

Ich befinde mich in einem Starbucks neben dem Campus und durchsuche meine Handtasche nach meinem Geldbeutel. Ohne Erfolg. »Das kann doch nicht wahr sein«, murmle ich. »Ich habe kein Bargeld und keine Karte dabei.« Niedergeschlagen blicke ich ihr in die Augen und lächle sie beschämt an. »Könnten Sie es auf die Seite stellen, während ich …« Jetzt erst erkenne ich in der Barista meine stumme Mitbewohnerin Madeline.

Da unsere Freunde gemeinsame Geschäfte machen, waren wir gezwungen, ab und zu miteinander abzuhängen. Abgesehen davon haben wir seit dem Abend, an dem sie mit mir über Brock geredet hat, nicht mehr wirklich miteinander gesprochen. Man kann also sagen, dass die letzten zwei Monate zwischen uns ziemlich unangenehm gewesen sind.

»Es gibt Leute, die zur Arbeit müssen«, brüllt irgendein Idiot hinter mir in der Schlange. Ich blicke ihn über meine Schulter hinweg an. Er streckt einen Arm aus und guckt ungeduldig auf seine Uhr. »Können Sie da vorne mal weitermachen?«

Ich atme tief ein, und meine durch Schlafmangel müden Muskeln fangen an zu zittern, während ich mich darauf konzentriere, nicht die Beherrschung zu verlieren. Ich entscheide mich dagegen, ihm zu sagen, dass er sich verpissen soll, und verdrehe nur meine Augen. Dann drehe ich mich wieder zu Madeline um, und sie … lächelt. Kein gehässiges Lächeln, sondern ein ehrliches, verständnisvolles.

»Das geht auf's Haus«, flüstert Madeline. »Mach dir keine Gedanken.«

»Ah, sie hat kein Geld dabei«, sagt eine bekannte weibliche Stimme mit südlichem Akzent, und ihr betont süßer Klang trifft auf meine Ohren wie saurer Regen.

Ich straffe meine Schultern und drehe mich um. Hinter mir steht Hailey Jacobs. Sie grinst mich bittersüß an. Ich grinse nicht zurück. Allein sie hier zu sehen nach ihrem letzten Versuch, mich in den Wahnsinn zu treiben, bringt mein Blut schon in Wallung. Warum sollte ich das verbergen?

»Aber, aber, Madeline«, fährt Hailey fort, und ihr gerissener Ton beinhaltet genau die richtige Menge an bösartigem Vergnügen. Mit einer Hand in ihrer Gucci-Handtasche – die bestimmt mehr wert ist als mein Auto – tritt sie aus der Schlange und holt einen Zehndollarschein aus ihrem Lederportemonnaie hervor. »Du wirst doch nicht deinen Job riskieren, um für Amber zu lügen, oder Madeline?«

Sie sagt das so laut, dass sich sogar der Vorgesetzte umdreht und skeptisch seine Augenbrauen nach oben zieht. Madelines Gesichtsausdruck friert ein, Hailey schmunzelt, und ich habe plötzlich das dringende Bedürfnis, dieser Schlampe eine reinzuhauen. Mit Vergeltung in den Augen funkelt Madeline sie böse an, nimmt ihr den Geldschein aus der Hand und tippt meine Bestellung ein.

»Nein!«, protestiere ich über die genervten Seufzer im Hintergrund hinweg. »Ich will nicht, dass sie für mich zahlt.«

»Lass sie einfach«, beharrt Madeline. »Mein Boss beobachtet uns, und hinter dir stehen jede Menge Leute, die warten.«

Muss ich es hinnehmen, dass Hailey Jacobs, eine überprivilegierte Kuh, die mir das Leben zur Hölle macht, seit ich mit Brock zusammen bin, einen Vier-Dollar-Fünfzig-Frappuccino für mich bezahlt? Ich blicke in Madelines besorgtes Gesicht und komme zu der Einsicht, dass ich es hinnehmen muss. Ich beiße die Zähne zusammen und fixiere Hailey finster.

Zögernd nehme ich den Frappuccino von Madeline entgegen und forme ein »Tut mir leid« mit den Lippen.

»Kein Problem«, flüstert sie zurück.

Der beruhigende Blick in ihren Augen macht mir Hoffnung, dass ich keinen allzu großen Schaden angerichtet habe. Trotzdem hält er mich nicht davon ab, mich schlecht zu fühlen. Ich schleiche mich gebückt an der Schlange aufgebrachter, koffeinabhängiger Kunden vorbei. Gleich wird die Meute sich auf mich stürzen. Während ich mich auf den Weg zu einem Tisch in der Ecke mache, fühle ich Haileys bösartige Blicke in meinem Rücken. Ich setze mich, hole einen Aufsatz für den Biologiekurs heraus und nehme widerwillig einen Schluck von dem von Hailey Jacobs bezahlten Frappuccino.

Er schmeckt bitter.

Während ich den Blödsinn überfliege, den ich da verfasst habe, kann ich die Blicke dieser Schlange mit Brüsten auf mir spüren. Das ist mir unangenehm. Ich weiß nicht, warum ich mich daran mittlerweile noch nicht gewöhnt habe. In den verschiedenen Schulen, die ich besucht habe, habe ich schon mehr Mädchen von ihrer Sorte kennengelernt, als ich zählen kann. Hailey ist die Sorte von Mädchen, die dir erst ihre unvergängliche Freundschaft verspricht und es dann hinter deinem Rücken mit deinem Freund treibt. Die Sorte Mädchen, die deine Schwäche zu ihrem Vorteil ausnutzt und dir das Gefühl gibt, unterlegen zu sein, obwohl sie eigentlich zu bemitleiden wäre. Die Sorte Mädchen, die dich zuckersüß anlächelt und dir dann in dem Moment, in dem du dich umdrehst, eine Axt in den Rücken jagt und jedes Geheimnis, das du ihnen anvertraut hast, langsam offenlegt. Verdorben bis ins Mark und immer in gierigen Gruppen unterwegs – Mädchen wie Hailey Jacobs gibt es an jeder Schule und jeder Uni auf dem ganzen Planeten … mit immer griffbereiten Äxten.

Eine Sekunde bevor ich mich dafür entscheide, woanders hinzugehen, kommt Hailey auf meinen Tisch zu und setzt sich auf einen Stuhl mir gegenüber. Mir zieht es den Magen zusammen.

»Amber«, sagt sie und macht dabei einen Schmollmund. »Warum können wir nicht einfach Freunde sein?«

»Das ist jetzt ein Witz, oder?« Ich suche nach einer versteckten Kamera.

Sie zuckt lässig mit den Schultern. »Warum sollte das ein Witz sein?«

»Lass mich mal überlegen.« Ich versuche, so ungerührt wie möglich zu klingen angesichts des bösartigen Versuchs dieser Schlange, auch nur irgendetwas von mir zu wollen. Ich verschränke die Arme, und mein Kopf ist voll mit Gründen, warum man ihr nicht trauen kann. »Wo soll ich anfangen? Vielleicht mit diesen *Liebesbriefen*, von denen ich weiß, dass du es bist, die sie mir unter meiner Zimmertür hindurchschiebt. Wie hast du mich noch gleich genannt? Die Königin der Huren von Hadley?«

»Ja, davon habe ich gehört.« Sie schnaubt und grinst mich selbstgefällig an. »Ich habe auch gehört, dass die Studentenvertretung nicht weiß, *wer* der Schuldige ist, weil derjenige immer von Kopf bis Fuß schwarz angezogen ist, wenn er diese Briefe hinterlässt. Wer immer es auch ist, er muss ziemlich schlau sein, da er Stempel benutzt, anstatt mit einem Stift zu schreiben. Scheint, als wäre er oder sie glatt im Vorteil.« Ihre grünen Augen verengen sich zu Schlitzen, während ihr Lächeln immer breiter wird. »Ich habe wunderschöne Stifte, die ich nur allzu gerne herzeige, und nicht einmal für dich würde ich mich von Kopf bis Fuß schwarz kleiden. Das ist nicht meine Farbe.«

»Glaubst du, dass ich noch nie als Hure bezeichnet wurde?« Ich lehne mich vor und blicke ihr finster in die Augen. »Denk dir was Originelleres aus, du Schlampe. Versuch doch mal was Neues in deinem nächsten Brief.«

»Oh, ich bin mir ziemlich sicher, dass du schon mehr als einmal eine Hure genannt worden bist. Und um ehrlich zu sein, gibt es für Schlampen wie dich keine originellere Bezeichnung. Ihr seid doch alle gleich.« Jetzt imitiert sie meine Pose und beugt sich über den Tisch, offensichtlich sehr amüsiert. »Gibt es noch etwas, das du mir in die Schuhe schieben willst?«

»Ja, da ist noch was«, fauche ich sie an. »Zum Beispiel, dass du mich mit deinem Auto von der Straße abgedrängt hast.«

»So etwas habe ich nie getan«, schnaubt sie wütend und zieht ihre perfekt gezupften Augenbrauen nach oben. »Ich bin entsetzt, dass du denkst, ich hätte dir diese widerlichen Dinge angetan.«

»Du redest Bullshit«, zische ich noch wütender.

Sie ist die einzige Studentin von Hadley, die einen maßgefertigten, kirschroten Range Rover besitzt, und es besteht kein Zweifel daran, dass sie es war. Außerdem habe ich einen Blick auf ihre goldenen Locken erhaschen können, während mein Auto fast in eine Grube am Rand der I-95 geschlittert wäre, in der Nacht, in der das passiert ist. Ich hätte am liebsten meinen Kopf gegen das Lenkrad geschlagen, weil ich das Nummernschild so schnell nicht erkennen konnte.

»Also«, sagt sie und lächelt spöttisch, während sie ihre blutroten Fingernägel betrachtet. »Ohne einen richtigen

Beweis stiehlst du mit deinen Anschuldigungen nur jedem die Zeit.«

Obwohl mir das Adrenalin durch die Adern schießt, schließe ich die Augen und zwinge mich dazu, an Einhörner, Hundewelpen und anderen fröhlichen Mist zu denken. Nicht der beste Bewältigungsmechanismus, aber wenn ich das jetzt nicht tue, werde ich die Nacht zusammengekauert auf einer Holzbank der örtlichen Polizeiwache verbringen, weil ich versucht habe, jemanden umzubringen.

Ich öffne die Augen wieder und atme tief durch – entschlossen, mich von ihr nicht weiter provozieren zu lassen. »Was willst du von mir, Hailey?«

Sie stützt ihre Ellbogen auf dem Tisch ab und fragt mit zuckersüßer Stimme: »Wie läuft es denn zwischen dir und Brock?«

»Das geht dich gar nichts an«, erwidere ich. Dieses Mädchen muss manisch depressiv sein.

»Warum nicht?«

»Muss ich dir das wirklich erklären?«

»Ich versuche nur, eine nette Unterhaltung führen.« Sie dreht ihre Haare zwischen den Fingern und lehnt sich wieder zurück. »Wenn man bedenkt, dass es schon fast Oktober ist und er noch nie länger als ein paar Wochen mit einer Tussi zusammengeblieben ist, muss es wohl sehr gut laufen. Aber trotzdem, ein naives Mädchen wie du kommt mit seinen ... *Geschäften* vielleicht nicht ganz so gut zurecht. Ich möchte nur sichergehen, dass es dir gut geht.«

»Du willst sichergehen, dass es mir gut geht?« Ich lache laut auf. »Genug jetzt mit diesem Mist. Ich muss einen Aufsatz fertig schreiben. Was, zum Teufel, willst du wirklich von mir, Hailey?«

»Ich möchte dich kennenlernen, Amber. *Richtig* kennenlernen.« Sie blickt ein zweites Mal auf ihre Nägel und führt etwas im Schilde, wie eine Jägerin. »Du hast eine *sehr* tragische Vergangenheit, und ich kann nichts dagegen tun, aber ich bin einfach neugierig auf ein Mädchen, das solche schrecklichen, entsetzlichen Dinge erlebt hat.«

Sämtliche Muskeln meines Körpers spannen sich an, und ich werfe alle Bedenken bezüglich einer Nacht im Gefängnis über Bord. »Woher weißt du das über mich?«

»Ich habe Quellen, die mir sehr … *nahestehen.*«

Mit zittriger Atmung überlege ich schnell, wer ihr etwas über mich erzählt haben könnte. Nur Brock, Ryder, Lee und Madeline wissen etwas über meine schlimme Vergangenheit. Brock mag es vielleicht Ryder erzählt haben, aber sie sind beste Freunde. Ich lege meine Hand dafür ins Feuer, dass er niemals mit dieser Schlampe über mein Leben reden würde. Niemals. Es ist meine eigene Schuld, dass Madeline und Lee es wissen. Eines Abends bin ich total betrunken in unser Zimmer gestolpert und habe ihnen meine Leidensgeschichte erzählt. Trotzdem kann ich mir nicht vorstellen, dass einer von ihnen geplaudert hat. Sie hätten nichts davon.

Aber Ryder hätte etwas davon. Er hat sich mir im letzten Monat kein einziges Mal genähert, mich zweideutig angesehen oder seine üblichen schmutzigen Bemerkungen gemacht. Er hat sich allenfalls wie ein totaler Idiot benommen und meine Gegenwart jedes Mal ignoriert, wenn wir zusammen waren. Aber ich habe mir eingebildet, Verwirrung in seinen Augen gesehen zu haben, die ich auch gespürt habe, wenn wir uns zu nahegekommen sind. Da habe ich mich wohl geirrt. Das muss seine miese Art sein, sich an mir zu rächen.

Hailey fährt mit ihrem Psychoterror fort und lehnt sich zu mir über den Tisch. Jetzt flüstert sie: »Wie war das? Waren da Unmengen von Blut überall? Was ging dir durch den Kopf, als sie ihre Augen für immer geschlossen haben? Ich denke darüber nach, eine Studie über kranke Psychos und ihre trauernde kleine Brut zu machen. Du und deine Eltern wären ein *perfektes* Beispiel dafür.«

Ich schlucke die Galle runter, die mir hochkommt, und mein Körper zittert unkontrolliert. Die Geister dieses schrecklichen Tages dringen wieder in mein Hirn, aber bevor ich reagieren kann, spüre ich eine weiche Hand auf meiner Schulter.

»Lass sie in Ruhe, du Freak«, fährt Madeline sie an, und ihre braunen Augen sind so weit aufgerissen wie die von Hailey.

»Wie kannst du es wagen, so mit mir zu reden?« Hailey springt auf die Füße und schürzt die Lippen über ihren Reißzähnen. »Was glaubst du eigentlich, wer du bist?«

Wie versteinert beobachte ich, wie Madeline einen großen Schritt auf Hailey zugeht und ihr Gesicht ganz nah an das der Schlampe heranbringt. »Ich bin diejenige, die dich ins nächste Jahrtausend prügeln wird, wenn du nicht sofort von hier verschwindest.«

»Das sag ich deinem Boss!«, erwidert Hailey trotzig wie ein Kindergartenkind. Sie hängt sich ihre neueste Gucci-Tasche über die Schulter, dreht sich um und rennt geradewegs in den Mann hinein, der Madeline jetzt bestimmt feuern wird. »Genau die Person, die ich gesucht habe. Ihre Mitarbeiterin hat mich bedroht!«

»Und *Sie* belästigen eine meiner Kundinnen.« Obwohl die stahlharten Schultern dieses Mannes wirken, als würde er ihr am liebsten einen Tritt in den Hintern geben, bleibt Mr Boss erstaunlich ruhig. »Wenn Sie nicht innerhalb der nächsten dreißig Sekunden aus meinem Laden verschwinden, werde ich die Polizei rufen.«

Nicht nur Hailey klappt die Kinnlade runter, mein Mund steht jetzt ebenfalls sperrangelweit offen.

»Wie bitte?« Haileys Augen sind so groß wie Hula-Hoop-Reifen.

»Brauchen Sie ein Hörgerät?« Mr Boss verschränkt die Arme und setzt ein durchtriebenes Grinsen auf. »Ich dachte, ich hätte mich klar ausgedrückt. Verschwinden Sie hier oder ich rufe die Polizei. Das dürfte keine allzu schwere Entscheidung sein.«

Hailey wirft mir einen letzten Blick zu und drängt sich mit zitterndem Körper durch die Menge.

»Ich entschuldige mich dafür«, sagt Mr Boss und streckt mir die Hand hin, nachdem die Verrückte den Laden verlassen hat.

Völlig verwirrt nehme ich sie. Ich habe Madeline schon am nächsten Morgen als Erste in der Schlange bei der Jobvermittlung stehen sehen.

»Als der Ansturm an der Kasse sich gelegt hat, hat mir Madeline erzählt, dass Sie Probleme mit diesem Mädchen haben«, fügt er hinzu.

»Die habe ich. Danke, dass Sie sie rausgeschmissen haben.« Ich lächle ihn schwach an, und langsam beruhigen sich meine Nerven wieder. »Das weiß ich sehr zu schätzen.«

»Kein Problem.«

»Danke, Dad«, sagt Madeline, zieht den Stuhl gegenüber von mir heraus und richtet sich ihren Pferdeschwanz.

»*Dad*?« Jetzt bin ich noch verwirrter als zuvor.

»Ja«, antwortet Dad mit stolzem Lächeln und fasst sich an sein grau meliertes Haar. »So nennt sie mich schon die letzten einundzwanzig Jahre.«

Madeline grinst. »Ich mach kurz fünfzehn Minuten Pause, okay?«

Er küsst Madeline kurz auf den Kopf. »Sagen wir dreißig. Maggie ist gerade angekommen, und Tim hat heute Morgen später angefangen.« Dann richtet er seine Aufmerksamkeit wieder auf mich. »Hat mich gefreut, Sie kennenzulernen, Amber.«

»Ja, mich auch.« Als er zurück zum Tresen geht, frage ich

mich, ob ich zu meinen Eltern noch irgendeine Beziehung hätte, wenn sie noch leben würden. »Jetzt bin ich total verwirrt. Ich dachte, du und Lee seid aus Kalifornien.«

»Sind wir auch«, sagt sie nickend.

»Aber deine Eltern sind hierhergezogen und haben einen Starbucks eröffnet?« Ich muss grinsen. »War deine Mutter so besorgt um dich, als du ausgezogen bist?«

Madeline schüttelt ihren Kopf und lacht. »Nein. Meine Eltern sind geschieden. Meine Mutter lebt immer noch in Borrego Springs, mein Vater lebt mit seiner neuen Frau hier in Davidsonville. Als Lee und ich letzten Sommer hier zu Besuch waren, haben wir beschlossen, der Ostküste eine Chance zu geben und in Hadley zu studieren.«

»Ich verstehe«, sage ich. »Aber warum wohnst du dann nicht bei ihm? Davidsonville ist doch ziemlich nahe, und Unterkunft und Verpflegung hier sind ja nicht gerade billig.«

Sie grinst mich verschmitzt an. »Das zahlt mein Vater, und ich wollte das ganze College-Paket. Du weißt schon: trinken, Partys und jede Menge Sex mit Lee, ohne meinem Vater ständig Fragen beantworten zu müssen.«

»Das macht Sinn.« Ich grinse. Das hätte ich mir auch selbst denken können. »Dein Dad scheint ziemlich cool zu sein.«

»Das ist er«, sagt Madeline zögerlich. »Ich wollte dich damit nicht überraschen. Tut mir leid.«

»Warum tut es dir leid?«

Sie zuckt mit den Schultern, und ihren Augen verraten, was sie nicht sagen will.

Du armes, armes Ding …

Ich seufze und nehme einen Schluck von meinem Frappuccino. Ich wünschte, ich wäre nicht so ein großer, fetter Magnet für Mitleid. »Danke für das, was du getan hast. Du hast mich davor bewahrt, ein Verbrechen zu begehen.«

»Ach, reden wir nicht darüber.« Sie atmet laut aus, öffnet

ihre Schürze und legt sie auf den Tisch. Dabei legt sich ein Ausdruck von Abscheu auf ihr Gesicht. »Ich habe diese Schlampe nie gemocht. Aber da Lee bei Ryder wohnt und Ryder mit der Tussi rumgemacht hat, musste ich mich irgendwie mit ihr arrangieren. Ich bin froh, dass das vorbei ist.«

»Es ist vorbei?«, frage ich verwundert. »Ich dachte, sie machen immer noch miteinander rum.«

»Nein. Lee meinte, nachdem sie sich das mit dir und dem Auto erlaubt hat, hat Ryder ihr den Laufpass gegeben.«

Skeptisch ziehe ich eine Augenbraue nach oben und weiß nicht, was ich davon halten soll. Vor fünf Minuten noch war ich mir sicher, dass er Hailey etwas über mich verraten hat. Jetzt weiß ich gar nicht mehr, was ich denken soll. Ich werde Ryder wohl einen unerwarteten Besuch abstatten, wenn ich hier fertig bin.

»Hör mir zu«, fährt Madeline fort und rutscht in ihrem Stuhl hin und her. »Ich wollte mich noch bei dir entschuldigen. Das war nicht nett von mir, als ich dir von Brock und den Geschäften erzählt habe. Ich bin rübergekommen wie eine voreingenommene Heuchlerin, aber so bin ich überhaupt nicht.« Sie zuckt mit den Schultern und sieht mich zögernd an. »Meine Beziehung zu Brock ist etwas ... kompliziert.«

»Ihr beide hattet aber nichts miteinander, oder?«, frage ich und bete zu Gott, dass es nicht so ist.

Sie kichert. »Nein, auf keinen Fall.«

Ich seufze erleichtert auf. Ich hätte heute nicht noch mehr vertragen.

»Ich weiß nicht ... Brock ist kein *total* schlechter Kerl, und er hat auch jede Menge Mist durchgemacht. Aber ich hasse, was er mit Lee gemacht hat.«

»Was hat er denn mit Lee gemacht?«

»Er hat ihm seinen Lebensstil aufgezwungen«, sagt sie,

als wäre diese Antwort ganz offensichtlich. »Brock hat ein gutes Gespür dafür, wen er manipulieren kann und wen nicht.«

Etwas spöttisch antworte ich: »Manipuliert oder nicht, Lee hat seine eigene Entscheidung getroffen. Wir alle müssen Entscheidungen treffen. Manchmal führen sie uns auf den richtigen Weg, und alles ist hell und sonnig und glitzert schön. Und manchmal landen wir in einem tiefen, dreckigen Loch voller Schmerz und Bedauern. Entscheidungen sind eine von vielen Arten, wie die Realität uns mit ihrem Wahnsinn konfrontiert.«

Ich seufze und hoffe, das Mädchen versteht, was ich sagen will. Ich habe auch schon Entscheidungen getroffen, die ich am liebsten rückgängig machen würde. Das haben wir alle. Aber die Zeit ist der größte Gegner, und unser reifendes Hirn kann einfach nicht verstehen, dass sie diejenige ist, die in unserem Leben das Sagen hat. »Ich glaube, du bist ziemlich cool«, fahre ich mit weniger schroffer Stimme fort, und meine Gesichtszüge werden weicher. »Aber wenn du mit mir klarkommen willst, kannst du nicht die Welt – oder Brock – dafür verantwortlich machen, welche Entscheidungen Lee aus freiem Willen getroffen hat. Ich mag Menschen nicht, die Mitleid für schlechte Entscheidungen wollen, die sie selbst getroffen haben. So ist das Leben. Wenn wir Freunde sein wollen, musst du damit klarkommen.«

»Wow, Amber«, sagt sie nach einem kurzen Moment und blickt mich mit großen Augen an. »Das war … ich weiß nicht, irgendwie inspirierend, deprimierend, selbstgefällig und ein bisschen … gruselig.«

»Gruselig?« Ich muss lachen.

Sie grinst. »Na gut, nicht wirklich gruselig. Aber die anderen drei Dinge auf jeden Fall.«

»Was soll ich sagen? Ich bin … vielschichtig.« Ich nehme einen Schluck von meinem mittlerweile lauwarmen Frappuccino. Ich bräuchte unbedingt eine gute Freundin, aber ich werde nicht alles aufgeben, an das ich glaube. Das habe ich schon viel zu oft getan. »Ich will ehrlich zu dir sein; Madeline. Ich mag vielleicht ein bisschen verrückt erscheinen – zum Teufel, ich bin es wahrscheinlich –, aber was du jetzt vor dir hast, ist das, was du immer von mir bekommen wirst. Das ist die ganze Wahrheit.«

Sie faltet ihre Hände unter ihrem Kinn zusammen und blickt mich forschend an. »Ich weiß nicht, was ich sagen soll.«

»Sag, dass du eine Freundin sein kannst, die mit meiner Ehrlichkeit zurechtkommt, und eine, die ihren Freund nicht für etwas Besseres hält als meinen, nur weil er nicht der Kopf der Bande ist.« Achselzuckend grinse ich sie an. »Unsere Freunde sind beide gleich schlecht, weil sie das Zeug verkaufen.«

»Du findest es also auch nicht in Ordnung, was sie tun?«

»Natürlich nicht. Jedes Mal, wenn Brock losfährt, um das Zeug zu holen, mache ich mir wahnsinnige Sorgen um ihn.«

Ich hatte schon schlaflose Nächte, weil ich mir vorstelle, dass ihm etwas passiert, dass er eines Tages einfach nicht zurückkommen wird. Solche Gefühle hat noch kein Mann bei mir ausgelöst. Mein ganzes Leben hat sich immer nur darum gedreht, mich selbst zu beschützen.

Egal, wie sehr ich auch versuche, die Liebe so weit wie möglich von dem Käfig wegzustoßen, der mein Herz umgibt, diese ungewohnten Gefühle – sei es der Anfang von Liebe oder nicht – gehen einfach nicht weg. Sie verändern die Farbe meines Blutes, verleihen der Farbpalette meines Lebens eine anderes Spektrum. Unbarmherzig zerstören sie alles, was mich seit jeher ausmacht, alles, was ich dachte, jemals für einen anderen sein zu können. Einerseits jagen sie mir Angst ein, andererseits lassen sie mich taumeln vor Glück.

»Aber es ist, wie es ist«, füge ich hinzu und begrabe meine

Ängste. »Ich will es nicht herunterspielen, aber es gibt schlimmere Dinge, die sie tun könnten.« Meine Aussage erschüttert mich selbst. Versuche ich gerade, Brock zu etwas Besserem zu machen, nur weil er kein Mörder, Vergewaltiger oder Entführer ist? Ich stelle meinen Kaffee ab und wünschte, ich könnte Madelines Gedanken lesen. »Wie dem auch sei, sie haben jeder ihre Gründe dafür, warum sie das tun. Was ist Lees Grund?«

Einen Moment lang sieht sie mich nur an. »Wir sind schon in der Highschool zusammengekommen und haben immer darüber geredet, nach unserem Abschluss durch Europa zu reisen. Wir haben die Kosten für die Reise berechnet, und das ist nicht gerade wenig.« Sie schüttelt ihren Kopf und lächelt wehmütig. »Ich weiß nicht. Ich meine, ich verdiene nicht schlecht hier bei meinem Vater, und wenn ich ihn darum bitten würde, würde er mir bestimmt aushelfen. Aber diese Reise wollen Lee und ich alleine finanzieren. Lee kriegt ein anständiges Gehalt als Kellner bei *Ram's Head*, aber es dauert zehnmal länger, wenn er sich nicht noch anders Geld dazuverdient.« Sie blickt kurz in Richtung ihres Vaters und flüstert: »Aber was ist schon ein legitimer Grund, Drogen zu verkaufen?«

»Keiner von ihnen hat einen legitimen Grund, egal, wie schön wir es uns reden wollen. Aber wie ich gesagt habe, es ist, wie es ist.« Ich stehe auf und packe meine Sachen in die Tasche. »Also, meinst du, wir können Freundinnen werden?«

Madeline erhebt sich lächelnd. »Ja, ich denke, das können wir, Amber. Ich glaube, ich verstehe dich.«

»Gut. Das tun nicht viele Menschen«, sage ich und fühle mich, als hätte sich ein Loch in mir gefüllt … wenn auch nur ein kleines. »Danke noch mal für das, was du für mich getan hast. Ich schulde dir was. Ich denk mir etwas Lustiges, Verrücktes aus, um mich zu revanchieren. Vielleicht Haileys

Kopf auf einem Teller?« Ich kratze mich am Kinn und denke ernsthaft über diese Idee nach. »Du könntest ihn neben die gebackenen Apfelringe stellen.«

Sie kichert und zieht die Augenbrauen hoch. »Du machst mir irgendwie Angst. Darin bist du gut.«

»Ja, das bin ich.« Ich lache und steuere auf den Ausgang zu. »Aber du musst keine Angst haben. Bereite einfach die Kühltheke auf den Kopf vor.«

Ich öffne die Tür und höre, wie sie erneut auflacht, dieses Mal mit einem nervösen Unterton. Ob sie wirklich denkt, dass ich es ernst meine? Ich gehe zu meinem Wagen, starte den Motor und mache mich auf den Weg zu Ryder, der tief im Viertel drin wohnt – und bin mir der Sache mit Hailey selbst nicht ganz sicher.

Die ganze Nachbarschaft in Edmondson Village, einem durchgeknallten Viertel im Südwesten von Baltimore, muss den lauten Schlag meines Herzens hören, das im Moment versucht, aus meiner Brust zu springen. Während ich darauf warte, dass Ryder die Tür öffnet, komme ich zu der Einsicht, dass ich paranoid bin. Auf dem Weg hierher habe ich einen Joint geraucht, wodurch das Marihuana meine Gedanken steuert. Bevor ich die zähe Spucke runterschlucken kann, die sich in meinem Mund gesammelt hat, öffnet sich die Tür und bringt meinen schlimmsten Albtraum und feuchtesten Traum gleichzeitig zum Vorschein. Meine Atmung geht schneller, und das mittlerweile gewohnte paradoxe Gefühl trifft mich wie ein Hammerschlag. Mich überkommt ein Verlangen nach Ryder, das ich eigentlich nicht haben dürfte. Aber ich kann nichts dagegen tun, und ich fühle mich schmutzig dabei.

In meinem Magen staut sich ein Hassgefühl auf, das seine

Wurzeln irgendwo zwischen dem Verlangen nach ihm und der Tatsache, dass ich dieses Verlangen verspüre, begraben hat. Glühend heiße Flammen versengen jedes Organ in meinem Körper, als ich meinem Blick erlaube, über seine nackte Brust zu streifen. Ich fange auf der rechten Seite seines Halses an, und meine Augen folgen zwei Teufelshörnern und dem dazugehörigen Körper über die muskulösen Kurven seiner Schulter. Der mit Stacheln versehene Schwanz des Teufels wird zu Ryders Namen, der in schwarzen Tribals über seinem Herzen steht.

Seine Mundwinkel ziehen sich zu diesem für ihn berüchtigten Grinsen nach oben, das besagt: »Ich bin ein Arschloch.« Er kratzt sich an den Eiern, die in blauen Basketballshorts versteckt sind, und legt seinen Kopf von einer Seite auf die andere. »Ich bin im Moment etwas beschäftigt, Süße. Ich habe mir schon gedacht, dass Brock dich irgendwann langweilen wird, aber das Mädchen auf meiner Couch wäre vielleicht nicht begeistert, wenn ich dich jetzt reinbitten würde.« Er zwinkert mir zu, und seine Stimme wird zu einem Flüstern. »Aber ich schreib dir eine Nachricht, wenn ich hier fertig bin. Dann können wir unseren Sex haben.«

»Du bist ein Arschloch.« Ich strecke meine Hand aus, um ihm eine Ohrfeige zu verpassen.

Bevor ich seine Wange treffe, umfasst er mein Handgelenk. Automatisch geht meine andere Hand nach oben, die er ebenfalls packt.

»Lass mich los, Ryder!«

»Warum, zum Teufel, sollte ich das tun?« Er nimmt seine Unterlippe zwischen die Zähne, und sein Grinsen wird breiter, während seine blauen Augen mein Gesicht erforschen. »Abgesehen von der Tatsache, dass du schon wieder versucht hast, mir eine Ohrfeige zu geben, mag ich das hier irgendwie. Ich wette, du bist im Bett eine kleine Raubkatze.« Er zieht mich an der Hüfte zu sich heran und presst meine Brust an seine, während ich versuche zu atmen. »Mm, ja, daran habe ich keinen Zweifel. Ich bin für jede Art von Folter zu haben, aber diese Ohrfeigen werden langsam langweilig, Süße. Zumindest wenn kein Gleitgel, Unterwäsche und Schweiß daran beteiligt sind. Wir brauchen ein bisschen Abwechslung, oder?«

Ich stelle mich auf die Zehenspitzen, und meine Lippen berühren sein Ohr. »Ich dachte, du wolltest keine Spielchen mehr mit mir treiben. So geht sie dahin, die Willensstärke.«

»Ein Mann hat Grenzen«, flüstert er und umklammert meine Hüften noch fester. »Und offensichtlich liebst du es, meine auszutesten.«

»Das kann ich nicht abstreiten. Aber ich kann dir auch sagen, dass deine Eier mein nächstes Ziel sein werden, wenn du mich nicht loslässt.« Ein Grinsen legt sich auf meine Lippen, als seines verschwindet. »Wär dir das als Abwechslung recht?«

»Bitte tu meinem Bruder nicht weh«, sagt eine schwache Stimme hinter Ryder.

Ich drücke die Schultern durch, trete einen Schritt zurück und blicke nervös in die kristallblauen Augen eines kleinen Engels. Ihr kahler Kopf ist unter einem rosa Bandana versteckt, ihre Haut ist weiß wie Porzellan, und ihre zarten Lippen zittern, während sie mit einer Hand einen Teddybären festhält und mir mit der anderen einen Eindollarschein hinstreckt.

»Hier.« Sie starrt mich mit glasigen Augen an. »Mami hat mir mein Taschengeld gegeben. Ich kann es dir geben, wenn du versprichst, meinem Bruder nicht wehzutun.«

»Ich, äh«, stottere ich und blicke zwischen ihr und Ryder hin und her.

Offensichtlich erheitert lehnt er mit verschränkten Armen am Türrahmen und beobachtet, wie ich mich durch diese mehr als demütigende Situation manövriere.

Ich befürchte, ich habe eine Wunde in ihre Kindheit gerissen, und knie vor ihr nieder, um den Schaden zu begrenzen. »Ich will dein Geld nicht, Kleines.«

»Dann wirst du ihm also wehtun?« Eine Träne läuft über ihre Wange. »Ich habe gelogen. Ich habe zwei Dollar. Die kannst du haben.«

Jetzt ist es offiziell. Ich bin der Teufel höchstpersönlich.

»Ich habe auch Süßigkeiten«, fährt sie mit zittriger Stimme fort. »Magst du Süßigkeiten? Ich kann dir einen Hershey-Riegel und die zwei Dollar geben.«

»Ich liebe Hershey-Riegel.« Ich schüttle den Kopf und lächle sie an. »Und ich würde deinem Bruder niemals wehtun.«

»Aber du hast gesagt, seine Eier sind als Nächstes dran.«

Jawohl. Der Teufel in Person. Ich wünschte, der Erdboden würde sich unter mir auftun und mich verschlucken. Dann wäre ich da, wo ich hingehöre.

»Casey.« Ryder legt seine Hand auf ihre zerbrechliche Schulter und wirft ihr einen schnellen, ermahnenden Blick zu. »Pass auf, was du sagst.«

»Aber sie hat es gesagt, Ryder.«

»Sie hat mein Football-Ei gemeint«, korrigiert er ruhig und kniet sich grinsend neben sie. Mit sanftem Blick wischt er die Träne von ihrer Wange und stupst ihre Nase an.

Sie kichert und stupst ihn ebenfalls an die Nase.

»Das ist meine Freundin, Amber«, fährt er fort. »Und obwohl sie noch nie mit ihm gespielt hat, liebt sie meinen Football mehr, als sie zugeben kann.« Amüsiert blickt er mich an. »Stimmt's, Amber?«

»Ja, Ryder«, presse ich hervor und setze ein so falsches Lächeln auf, wie ich nur kann.

»Willst du wissen, warum Amber hier ist, Casey?« Er blickt mich an und sieht so aus, als würde er jeden Moment vor Erheiterung platzen.

Ich kneife meine Augen zusammen in der Erwartung, dass er mich fertigmachen wird.

Er richtet seine Aufmerksamkeit wieder auf seine Schwester. »Ich denke, es wird dir wirklich gefallen.«

»Ja!«, quietscht Casey. »Sag's mir!«

»Amber ist vorbeigekommen, weil sie mit uns Mittag essen will. Und sie wird mit dir, mir und Spongebob den Tag verbringen. Den ganzen lieben langen Tag.«

Casey springt auf und ab und klatscht in die Hände. »Wirklich?«

»Wirklich?« Ich stehe auf, und mein Verlangen, ihm in die Eier zu treten, wird größer. »Ich kann mich gar nicht erinnern, diese Pläne gemacht zu haben.«

Ryder erhebt sich und stupst mir an die Nase. »Ach, Süße, du kannst dich nicht erinnern? Lass mich deiner Erinnerung auf die Sprünge helfen. Du hast mich gestern Abend angerufen und mir stundenlang erzählt, wie aufgeregt du schon bist, den Tag mit Case und mir zu verbringen.«

Ich schaue Casey an, und die Aufregung in ihrem Blick lässt mein Herz hüpfen. Vorsichtig berühre ich mit meinen Fingern ihre Wange, und sie lächelt. Alles in mir schreit förmlich, dieses Kind auf keinen Fall zu enttäuschen.

»Richtig.« Ich nicke lächelnd. »Jetzt kann ich mich wieder erinnern.«

»Yeah!« Casey nimmt meine Hand, führt mich in die Wohnung, und die Worte sprudeln nur so aus ihr heraus. »Magst du Erdnussbutter und Marshmallowcreme? Bist du die neue Freundin von meinem Bruder? Kannst du mir die Fingernägel lackieren?«

»Case, nicht dass du uns Amber noch vergraulst.« Ryder schließt die Tür mit einem siegessicheren Grinsen im Gesicht. »Sie neigt dazu, zu fliehen, wenn sie unter Druck gesetzt wird.«

Ich schüttle meinen Kopf und frage mich, wie krank er

wirklich ist. »Du bist total verrückt«, flüstere ich. »Ich meine psychisch krank.«

»Mm, siehst du, was du mit mir machst?« Er tippt mir wieder mit dem Finger auf die Nase. »Du hast mich dazu gebracht, auf die unterste moralische Ebene zu sinken.«

»Wenigstens bist du dir dessen bewusst. Schreckst nicht einmal davor zurück, ein unschuldiges Kind dafür zu benutzen, das zu bekommen, was du willst.«

»Nur für dich«, sagt er und runzelt die Stirn. »Darauf kannst du dir etwas einbilden.«

Ich lächle spöttisch und bin davon überzeugt, dass er Wahnvorstellungen hat.

»Wie könnte ich sie denn vergraulen?«, fragt Casey jetzt schmollend. »Das sind doch nur Fragen, Ry. Mrs Langley sagt immer, man soll viele Fragen stellen.«

»Eben, *Ry*.« Ihren Spitznamen für ihn muss ich mir merken, damit ich ihn bald gegen ihn verwenden kann. »Ignorier deinen Bruder einfach, Casey. Er ist nicht ganz richtig im Kopf.«

Casey kichert und zieht mich durchs Wohnzimmer. Mein Blick wandert über einen fleckigen Berberteppich, der sich unter abgenutzten Möbeln versteckt, die aussehen, als stammten sie vom Flohmarkt. Auf der anderen Seite des Zimmers steht eine abgewetzte, karierte Couch. Daneben wurde ein Tisch improvisiert aus einem blauen Getränkekasten und einer runden Glasplatte darauf. Das verleiht dem Raum ein modernes Flair.

Riiichtiiiggg … Aber nur mit gaaanz viel Fantasie.

Ich lasse mich auf die altmodische Couch aus den 1970er-Jahren sinken und betrachte mehrere Poster, auf denen spärlich bekleidete Models auf einer Harley oder einem Oldtimer zu sehen sind. Es ist eine Junggesellenbude, aber wenn man bedenkt, dass sowohl Lee als auch Ryder mit ihrer Arbeit für Brock ordentlich Kohle verdienen, bin ich schockiert, dass sie so weit unter ihren Möglichkeiten leben.

»Also, mit Martha Stewart bist du jedenfalls nicht verwandt«, scherze ich und kann mir diese Bemerkung nicht verkneifen. »Nicht mal annähernd.«

»Wer ist Martha Stewart?«, fragt Casey und kuschelt sich neben mich.

»Amerikas beste Hausfrau und jemand, den dein Bruder dringend gebrauchen könnte.«

Ryder schmunzelt und geht in die Küche, in der bestenfalls drei Leute Schulter an Schulter gedrängt Platz haben. Er nimmt einen Apfel aus dem Regal und kommt wieder zu uns. Nachdem er Casey den Apfel gegeben hat, blickt Ryder mich aus seinen blauen Augen an und lächelt mir verschmitzt zu. »Nein. Nicht verwandt. So, bist du bereit für unser Date mit Spongebob?«

»So bereit, wie man nur sein kann«, antworte ich und grinse schief zurück.

Er lässt sich neben mir aufs Sofa fallen, macht den Fernseher an und schaltet auf den richtigen Kanal. Ein abgefahrener Matrose schmettert ein Lied, und Casey quietscht vor Vergnügen. Meine Anwesenheit ist sofort vergessen, als sie sich dem Schwamm mit Augen und seinem Seesternkameraden widmet.

Ryder drückt meinen Arm. In dem Moment, in dem sich unsere Blicke treffen, stockt mir sofort wieder der Atem.

»Willst du mir jetzt erzählen, warum du mich schon wieder schlagen wolltest?« Ein neugieriges Lächeln umspielt seine Lippen, und seine Stimme wird zu einem Flüstern. »Oder muss ich dich in eindeutiger Pose nach unten drücken, um diese Information aus dir herauszubekommen?«

Ich blicke ihm in die Augen und hasse es, wie mein Körper auf die leichteste Berührung von ihm reagiert. Besonders, wenn ich eigentlich böse sein will. Das ist die Art der Götter, sich über mich lustig zu machen. »Macht es dir Spaß, mit Hailey über mein Leben zu reden, *Ry*?«

Er runzelt die Stirn. »Wie meinst du das?«

»Ich bin ihr heute über den Weg gelaufen, und sie weiß alles darüber, was ich erlebt habe. Nur sehr wenige Menschen kennen die ganze Geschichte, und jetzt ist Hailey eine von ihnen.« Ich halte inne und beobachte seine Reaktion. »War es Thema, nachdem du im Bett mit ihr fertig warst? Sag schon, Ryder? Hat es dich so sauer gemacht, dass ich mich nicht für dich, sondern für Brock entschieden habe?«

Er bleibt für einen Moment still und bestätigt damit meine Vermutung. Der Idiot hat es ihr gesagt. Ich stehe auf und will sofort hier raus, aber er hält mich am Ellbogen fest und zieht mich auf seinen Schoß.

Nervös dreht Casey ihren Kopf in unsere Richtung.

»Wir spielen nur, Casey.« Ryder legt seine Arme um meine Hüfte. »Stimmt's, Amber?«

»Ja.« Ich lächle sie beruhigend an. »Wir werden dem Football deines Bruders die Luft auslassen. Er wird ihn *nie wieder* benutzen können.«

Der harte Kerl presst seine Knie zusammen, und Casey zuckt mit den Schultern. Sie richtet ihre Aufmerksamkeit wieder voll und ganz auf den Schwamm. Ich versuche, meine Arme aus der festen Umarmung von Ryder zu befreien.

»Lass mich los«, flüstere ich aufgebracht, während mein Rücken an seine nackte Brust gepresst ist. Ich höre ihn kichern. »Du bist ein Arschloch. Im Ernst. Und ich weiß, dass du das auch weißt.«

Seine Lippen berühren mein Ohr, und seine Stimme ist die pure sexuelle Verführung. »Komm schon, Süße. Glaubst du wirklich, ich hätte etwas darüber zu Hailey gesagt? Du kennst mich doch besser.«

»Tu ich das?« Ich wehre mich gegen seine Umarmung. Wahrscheinlich könnte ich mich eher aus den Fängen einer hungrigen Anakonda befreien. »Ich bin mir da nicht mehr so sicher. Du bist der Einzige, der mit ihr … *spielt.*«

»Gespielt hat«, korrigiert er und wirft mich zurück auf die Couch.

Ich mache große Augen, und mir klappt die Kinnlade runter. Wie Madeline gesagt hat.

»Wenn du noch mal versuchst aufzustehen, lässt du mir keine andere Wahl, als dich in einer eindeutigen Pose nach unten zu drücken.« Er beugt sich zu mir, und seine Nase ist nur wenige Zentimeter von meiner entfernt. »Aber ich werde dich in keinster Weise befriedigen, wenn ich das tue. Nein. Stattdessen werde ich dich zu Tode kitzeln«, flüstert er grinsend. »Ich habe ein sehr gutes Gedächtnis. Du wirst mir zuhören. Verstanden?«

Ich brauche einen Moment, um die Fassung wiederzuerlangen. Als ich mich etwas beruhigt habe, hebe ich meine Hand, knalle mit meiner Handfläche an seine Stirn und drücke ihn von mir weg. Ein Sicherheitsabstand, der ungefährlich für meine Gefühle ist.

Jetzt ist er es, der große Augen macht.

»Du hast zwei Minuten, dich aus der Sache rauszureden. Du hast mich schon sauer genug gemacht, aber du willst mich bestimmt nicht richtig böse sehen.«

Ungläubig runzelt er die Stirn. »Das habe ich noch *nicht* gesehen? Das ist unmöglich.«

»Nicht mal annähernd.«

»Mm. Interessant und ziemlich … verlockend.« Er lächelt verschmitzt, mit einer Hand am Kinn, und hinter seinen babyblauen Augen gehen ihm die verrücktesten Gedanken durch den Kopf.

Ich blicke auf die Digitaluhr des DVD-Players. »Jetzt hast du noch eine Minute und fünfundvierzig Sekunden, Ashcroft. Ich würde die Zeit klug nutzen, wenn ich du wäre.« Ich neige meinen Kopf zur Seite. »Ich freue mich, dass meine Situation dir und Hailey eure tägliche Dosis an Vergnügen bereitet hat. Es ist gut zu wissen, dass meine Vergangenheit überhaupt jemanden amüsieren kann.«

Er starrt mich an und stützt seinen Ellbogen auf die Armlehne. Reue liegt in seinem Blick. »Ich habe Hailey gar nichts erzählt, Amber. Sie hat uns belauscht, als ich mit Brock darüber geredet habe.«

»*Was*?« Zorn macht sich in mir breit. Ich werde Brock schneller abservieren als einen unwillkommenen Zeugen Jehovas. »Ihr redet vor dieser Schlampe über mich?«

»Du hörst mir nicht zu. Sie hat uns belauscht.«

Langsam ist meine Geduld am Ende, aber da ein Kind im Raum ist, grabe ich meine Fingernägel in die Handflächen und versuche, ruhig zu bleiben. »Du hast noch eine Minute, mir die Sache zu erklären, bevor ich mich vergesse. Wenn du das nicht schaffst, *werde* ich deinen Football kaputt machen.«

Ryder blinzelt, und der Ausdruck in seinem Gesicht sagt mir, dass er nicht an meiner Drohung zweifelt. »Vor ein paar Wochen ist er bei mir vorbeigekommen und hat mir erzählt, dass deine Pflegeeltern dich in ein paar Monaten wieder besuchen werden. Da es beim letzten Mal, als sie da waren, so ausgeartet ist, möchte er für euch etwas Besonderes machen, wenn sie hier sind. Etwas Besonderes ohne seine Eltern. Dann hat eins zum anderen geführt, und wir haben schließlich über deine Vergangenheit gesprochen.« Er fährt sich mit einer Hand durchs Haar. »Ich dachte, Hailey würde noch schlafen. Sie war aber wach. Wir haben sie beide davor gewarnt, etwas zu sagen, aber anscheinend hat sie nicht auf uns gehört.«

Ich schüttle den Kopf und wünschte, Brock hätte mir wenigstens erzählt, dass die Schlampe Bescheid weiß. Nicht dass mich das vorbereitet hätte – das kann wohl nichts in der Beziehung –, aber ich wäre nicht so gelähmt gewesen, als sie mit ihren Fragen in mein Leben eingedrungen ist.

Ryder legt einen Finger unter mein Kinn und zwingt mich, ihn anzublicken. »Bist du okay?«

Ich drehe meinen Kopf zur Seite. »Ja, mir geht's gut.«

»Du bist auch nicht unverwundbar, Süße. Hör auf, vorzugeben, dass du es wärst.«

»Ich gebe überhaupt nichts vor«, zische ich ihn an und bin nicht glücklich mit der Richtung, die diese Unterhaltung einschlägt. Ich würde am liebsten aus meiner Haut schlüpfen.

Einen Moment lang lässt er seinen Blick über mein Gesicht schweifen. »Schmerz – in Form von Trauer – ist gesund, Amber.«

»Oh mein Gott! Fängst du jetzt wirklich so an? Du bist süß und alles, aber sogar ein Idiot wie du kann seinen Schwarmfaktor verlieren. Sehr schnell sogar.«

»Ich besitze einen Schwarmfaktor?« Mit einem Lächeln lehnt er sich näher zu mir. »Ist das ein Mädchending?«

Ich muss schlucken, und in meinem Kopf dreht sich alles, weil er plötzlich so nah ist. Der betörende Duft seines männlichen Aftershaves und die grauen Flecken in seinen Augen bringen mich fast um den Verstand, als ich mich zurücklehne. »Ja, das ist ein Mädchending. Und noch mal, wenn du so weitermachst, kann es seine Kraft verlieren.«

Er wendet seinen Blick meinen Lippen zu und schmunzelt. »Mm. Also gut, Amber Moretti, lass es mich riskieren, meinen Schwarmfaktor zu verlieren.« Er reißt sich zusammen und blickt mir in die Augen. »Wenn du dich später irgendwann an irgendetwas erinnern solltest, was ich dir je erzählt habe, dann lass es diese Sache sein: Ein großartiger alter Mann hat es zu mir gesagt, bevor er starb.« Er hält kurz inne und tippt mir auf die Nase. Sein Atem streichelt meine Wange, als er sich wieder näher zu mir beugt. »Unsere Vergangenheit ist das, was uns prägt. Die Narben, die sie hinterlässt, formen uns, und was wir mit dem miesen Rest, der übrig bleibt, tun, ist das, was uns definiert. Lass dich nicht von den Problemen deiner Eltern definieren, Süße. Du bist besser als sie. Du verdienst mehr, als du dir selbst eingestehen willst. Mehr, als du denkst, dass du wert bist.«

Seine Worte, die Ernsthaftigkeit dahinter und die Art, wie er sie sagt – als könne er keinen Atemzug mehr tun, wenn er sie nicht aussprechen würde –, wirken auf mich ein, und mir wird dabei ganz warm ums Herz. Vor lauter Schock kann ich gar nichts mehr sagen, verworrene Antworten schwirren mir im Kopf herum, während ich ihm in die Augen sehe.

Als ob er wüsste, dass er mich sprachlos gemacht hat, steht Ryder auf, blickt mich verständnisvoll an und geht in die Küche. »Seid ihr bereit für die besten Erdnussbutter- und Marshmallowcreme-Sandwiches der Welt, Mädels?«, ruft er uns über die Schulter hinweg zu. »Sie kosten euch aber eine Runde *Was bin ich?*«

»Ich bin bereit!« Casey springt auf die Füße. »Amber, magst du *Was bin ich?*?«

»Ja.« Ich grinse und schleiche mich neugierig in die Küche. Neben Ryder angekommen, stoße ich ihn mit meiner Hüfte an. »Aber warum habe ich das Gefühl, dass es kein normales Spiel werden wird?«

»Pah«, sagt Ryder empört und holt ein Glas Marshmallowcreme aus dem Regal. »Natürlich nicht. Ich bin viel zu cool für ein normales Spiel.« Wie ein wahrer Connaisseur legt er ein paar Sandwiches zusammen, stapelt sie auf einem Teller und holt noch eine Flasche Milch aus dem Kühlschrank. Grinsend deutet er mit dem Kopf Richtung Wohnzimmer. »Setz dich hin, und stell dich darauf ein, dass ich dich in deinen hübschen kleinen Hintern treten werde. Ich bin Meister in diesem Spiel.«

»Aber ich lerne schnell, und ich bin extrem ehrgeizig. Ich habe keinen Zweifel daran, dass ich dich vor deiner Schwester blamieren werde.«

»Glaubst du?« Er nimmt einen Stapel Pappbecher aus dem Schrank und gibt sie mir. Dieses »Ich-bin-ein-Arschloch-Grinsen« ziert wieder sein Gesicht. »Du nimmst den Mund ganz schön voll. Bist du dir sicher, dass du es riskieren willst?«

»Absolut«, sage ich und gehe zurück ins Wohnzimmer.

»Also, los geht's.«

Als ich es mir auf dem Teppich gemütlich mache, fängt Casey an, mir das Spiel zu erklären. Ich muss lachen. Jeder bekommt ein Band um den Kopf mit kleinen Bildkärtchen darauf, die nur die anderen Spieler sehen können. Ich hätte gedacht, es bräuchte mehrere Shots Tequila und selbst angebautes Gras, bevor Ryder bei so etwas Mädchenhaftem mitmacht. Für seine Schwester tut er offensichtlich alles. Er weiß es vielleicht nicht, aber allein das katapultiert seinen Schwarmfaktor in ungeahnte Höhen.

Auf dem Bauch liegend, mit einem Band und einem Bild von einem Fahrrad um die Stirn, fragt Ryder: »Kann man sich auf irgendeinem Teil von mir fort…bewegen?«

»Ja«, antworten Casey und ich im Einklang.

Die nymphomanische Seite in mir schweift ab zu Gedanken, die ich während eines Kinderspiels eigentlich nicht haben sollte. Ryder zwinkert mir zu, und ich ahne, in welche Richtung er jede einzelne Frage lenken wird.

»Mach ich Geräusche?«, fragt Casey neugierig.

Ryder kitzelt sie am Bauch. »Ja, du schnarchst wie ein Mann.«

Sie kichert und blickt zu mir.

»Oh ja.« Ich schaue den bunten Papagei an, den sie am Kopf hat. »Du bist auf jeden Fall etwas, das Geräusche macht.« Sie nickt, und ich blicke zu Ryder, dem ich jetzt gehörig den Kopf verdrehen werde. »Bin ich etwas, an dem du gerne … lecken würdest.«

Ryder räuspert sich und verschluckt sich beinahe an seiner Milch. Ich lehne mich zurück und stütze meine Handflächen auf dem Teppich auf, während er große Augen macht.

»Nein«, antwortet Casey bestimmt.

»Das sehe ich anders«, entgegnet Ryder grinsend. »Ich würde den ganzen Tag an dir lecken.«

Meine gekreuzten Beine ziehen sich automatisch zusammen, und der lüsterne Ton in seiner Stimme klingt in meinen Ohren nach, während er mich weiterhin ansieht. Plötzlich bin ich mir nicht sicher, wer wem den Kopf verdreht.

Casey knufft ihn in die Seite und zieht angewidert ihre Nase nach oben. »Iiiihhh, Ryder. Das würde eklig schmecken.«

Er presst die Lippen zusammen und zieht mich mit seinen Blicken förmlich aus. »*Nichts* daran würde eklig schmecken, Case. Um ehrlich zu sein, ich würde jede einzelne Stelle …«

»Wir kommen vom Thema ab!«, rufe ich aufgebracht dazwischen. Erhitzt fahre ich mir mit der Hand durchs Haar. In den Schlamassel habe ich mich selbst gebracht. »Du bist dran, Ryder. Mach weiter.«

Grinsend schiebt sich Ryder ein Stück Sandwich in den Mund. »Mm. Mach weiter … Mal sehen.« Der Blick in seinen Augen sagt mir, dass er auf jeden Fall weitermachen wird. Und *wie* er weitermachen wird. »Ich bin also etwas, auf dem man sich fortbewegen kann, richtig?«

»Ja«, antwortet Casey nickend und isst den letzten Rest von ihrem Sandwich auf.

Ryder lässt mich nicht aus den Augen. Er beißt sich auf die Unterlippe und rollt sich auf die Seite. »Würdest du dich eher schnell, hart und wild auf mir fortbewegen, oder würdest du langsam und sanft auf mir fahren? Eine Fahrt, von der du nicht genug bekommen kannst und die am besten nie enden sollte … bis zu meinem Gebäude, das du bis zur Spitze erklimmen würdest?«

»Hä?«, fragt Casey und ist komplett verwirrt.

Ich kann kaum schlucken und erkenne, dass Ryder und ich zwei sehr verdrehte Charaktereigenschaften gemeinsam haben.

Erstens: Wir sind zwei erwachsene Menschen, die mit einem achtjährigen Kind im Raum ihre Psychospielchen treiben, wofür uns jeder Psychiater für krank erklären würde. Und das würde uns beide wahrscheinlich noch nicht einmal stören.

Zweitens: Wenn wir die Gelegenheit dazu hätten, würden wir uns die Klamotten vom Leib reißen und es bis zur Besinnungslosigkeit miteinander treiben.

»Du bist ein Fahrrad!«, rufe ich atemlos und reiße mir das Stirnband vom Kopf. Ich stehe auf und habe völlig den Verstand verloren. In meinem Kopf dreht sich alles. »Man kann schnell, wild, langsam oder sanft auf dir fahren. Und ich bin mir sicher, wenn man auf der Spitze deines Gebäudes angekommen ist, erlebt man unvorstellbare Glücksmomente. Bist du jetzt zufrieden?«

Ryder hebt eine Augenbraue nach oben. »Mehr, als du es dir vorstellen kannst. Besonders, weil du austeilen, aber wohl nicht einstecken kannst.« Er erhebt sich und grinst mich triumphierend an, während er sich das Stirnband auszieht. »Und du warst übrigens eine Schlange.«

Ich blinzle und frage mich, wie es innerhalb von dreißig Minuten dazu kommen konnte, dass ich ihn erst umbringen will, dann ein Kinderspiel mit ihm spiele und ihn dann am liebsten hier und jetzt bespringen würde.

»Ihr habt geschummelt!« Casey springt auf und strahlt uns an. »Ich habe gewonnen! Was bekomme ich dafür, Ryder?«

»Du, meine wunderhübsche Schwester, bekommst einen Besuch bei Toys-R-Us.«

Casey quietscht vor Vergnügen auf und rennt durch das Zimmer, um ihre Schuhe anzuziehen.

Ryder nimmt ein T-Shirt von der Waschmaschine und blickt mich grinsend an. »Bist du bereit, Süße?«

»Ich kann nicht.« Ich bin fast enttäuscht, als er sich das T-Shirt über den Kopf zieht und in eine Jeans und seine Schuhe schlüpft. »Ich muss lernen.«

»Aber du willst doch bestimmt nicht verpassen, wie wir Spielsachen einkaufen gehen, oder?«

»Ah-ah, Ashcroft, du wirst sie nicht wieder dazu benutzen, dass ich mich schuldig fühle«, flüstere ich und bin entschlossen, ihn diesmal nicht gewinnen zu lassen. »Es tut mir leid, Leute, aber ich muss noch etwas anderes erledigen.«

»*Bitte*, Amber«, fleht Casey und macht ein enttäuschtes Gesicht. »Du kannst mir helfen, eine neue Barbie auszusuchen.«

»Sieht so aus, als bräuchte ich gar nichts zu machen, damit du dich schuldig fühlst.« Ryder wendet sich ab, damit man das unaufhörliche Grinsen in seinem Gesicht nicht sieht. Zweifellos merkt er, dass jetzt *meine* Willensstärke flöten geht.

»Ich würde liebend gerne eine Barbie mit dir aussuchen«, lüge ich dreist und grinse. Da ich nie selbst eine besessen habe – zumindest keine, die nicht zerzaust und heruntergekommen war und eher der Schlampe aus der Nachbarschaft geähnelt hat –, habe ich mit der Zeit sogar die Tatsache gehasst, dass dieses Flittchen überhaupt erfunden wurde. Aber Hass hin oder her, die Freude in Caseys Augen lässt mich die Probleme meiner Kindheit und die Prüfung, für die ich noch lernen muss, vorübergehend vergessen. »Dann lass uns gehen, damit dein Bruder Unmengen an Kohle für Barbies ausgeben muss.«

Casey wirft ihre Arme um meine Hüfte, vergräbt ihre Wangen in meinem Bauch und umarmt mich fest vor überschwänglicher Freude. Ich erstarre und versuche, mich vor ihrer Zuneigung zu schützen. Vor etwas, das für ein Kind ganz selbstverständlich ist. Liebe, Vertrauen und Sicherheit sind reine Gefühle, die Gott jedem Kind in die Wiege legt, bevor das Leben sie in einen Haufen Schrott verwandelt. Wenn wir erst einmal ein bestimmtes Alter erreicht haben, lauert der Teufel hinter jeder Ecke und wartet still darauf, dass er uns in seinen exklusiven Klub aufnehmen kann.

Als ich so alt war wie Casey, hat er unter meinem Bett gelauert und mir alle Gefühle geraubt, die ich als Kind hätte haben sollen.

Ich merke, wie Ryder uns beobachtet – sein Ausdruck eine Mischung aus Schmerz und Verständnis. Mit zittrigem Atem lege ich meine Handflächen an Caseys Wangen und drehe ihren Kopf zu mir nach oben. Sie lächelt mich an. Ich lächle zurück und spüre in meinem Herzen so etwas wie Liebe.

»Casey«, sagt Ryder mit kratziger Stimme. »Du musst noch deine Medizin nehmen, bevor wir fahren.«

Nickend blickt sie mir immer noch in die Augen und bedeutet mir, zu ihr hinunterzukommen. Ich beuge mich nach unten, und mein Gesicht ist nur noch wenige Zentimeter von ihrem entfernt, als sie es mit beiden Händen umfasst und flüstert: »Ich mag dich, und ich glaube, mein Bruder mag dich auch.« Dann fragt sie mich plötzlich ängstlich: »Musst du auch mal Medizin nehmen?«

»Manchmal«, antworte ich mit betont ruhiger Stimme. In meinem Magen breitet sich ein unangenehmes Gefühl aus, als ich ihre Wangen berühre, um sie hoffentlich etwas zu beruhigen. »Dein Bruder hat mir erzählt, du kannst deine Medizin besser nehmen als jeder andere auf der ganzen Welt.«

»Das hat er gesagt?«, fragt sie und lächelt wieder.

»Ja, hat er. Zeigst du mir, wie gut du das machst?«

Sie nickt und greift nach meiner Hand, um mich in die Küche zu führen. Ich bekomme selbst Angst, als sie auf den Küchentisch springt und die oberen zwei Knöpfe ihrer Bluse öffnet, um das Stück ihrer Brust direkt unter dem Schlüsselbein zu entblößen.

Casey zeigt auf eine hauchdünne Narbe auf ihrer Brust, an der ihre zarte Haut leicht nach oben gewölbt ist, als ob etwas darunterstecken würde. »Das ist ein Zugang. Darunter liegen Röhrchen, die der Medizin helfen, in meinen Körper zu kommen. Der Arzt hat gesagt, es wäre das Beste. Dann muss ich nicht immer mit Nadeln in meinen Armen rumlaufen.«

Ich setze mich auf einen Stuhl neben sie und bin verblüfft, wie gut sie Bescheid weiß. Mein Puls geht schneller, als Ryder einen Medizinkasten vom Schrank auf den Tisch stellt und öffnet. Bei jeder Bewegung, die er macht, lächelt er seine Schwester beruhigend an.

»Das ist ein Oberflächenantisep…« Casey zieht ihre Nase kraus. »Wie sagt man das, Ry?«

Ryder grinst und küsst sie sanft auf die Stirn. »Oberflächenanästhetikum.«

Casey versucht noch einmal, das Wort auszusprechen, schafft es aber nicht. Sie kichert. »Was immer es auch ist, es hilft, meine Haut zu betäuben, damit es nicht ganz so wehtut, wenn Ryder die Spritze in meine Brust steckt.«

Nicht ganz so weh …

Ich kriege kaum noch Luft. Ihre Worte und der tapfere Ton in ihrer Stimme verleihen mir ein ungutes Gefühl in der Magengegend.

Obwohl ich selbst in Caseys Alter dem Tod in die Augen geblickt habe, hatte er es nicht auf mich abgesehen. Tagsüber war ich alleine, während meine Eltern geschlafen haben, und nachts hatte ich Angst um sie, wenn sie in der Stadt unterwegs waren, um ihren nächsten Schuss zu besorgen. Irgendwann riefen besorgte Nachbarn dann das Jugendamt. Ich glaube, sie starben an dem Tag, an dem sie vor Gericht beweisen sollten, dass sie gesund genug sind, sich um mich zu kümmern. Es war nämlich das erste Mal, dass ich meinen Vater mit Anzug und Krawatte gesehen hatte.

Ich habe ihn angestarrt, weil ich mir nicht sicher war, ob er es wirklich ist. Seine Haare waren gekämmt, und seine Augen blickten nicht so müde wie sonst. Ich kann mich daran erinnern, ihn angelächelt zu haben. Er lächelte zurück und ging ins Schlafzimmer. Für einen Moment lang fühlte ich mich ganz ruhig, so als ob die Dinge sich jetzt zum Guten wenden würden. Falscher hätte ich nicht liegen können. Dann kam er wieder aus dem Schlafzimmer, und seine Augen waren plötzlich leer und kalt. Er zitterte, als er mir sagte, dass er mich liebt. Das war der Moment, in dem ich stutzte. Das hatte er noch nie zu mir gesagt. Ebenso wie meine Mutter, wenn ich darüber nachdenke. Niemals.

Ich fühle mich wie betäubt, als ich mich an unsere letzten Momente zusammen erinnere. An den Moment, in dem mein Vater zu meiner Mutter sagte, es tue ihm leid, dass er unser aller Leben zerstört habe. An den Moment, in dem er weinte und ihr sagte, dass er sie für immer lieben werde. Und an die Sekunde, in der die erste Kugel durch die Luft schoss, gefolgt von dem gurgelnden Geräusch, das meine Mutter machte, als sie versuchte, nach Luft zu schnappen, und mich ein letztes Mal anblickte. Ich sah die wahnsinnige Leere in den Augen meines Vaters, kurz bevor er sich die Pistole in den Mund steckte und sich sein Gehirn aus dem Schädel pustete. Mitten in unserem Wohnzimmer, wo ich sonst immer vor der Schule Zeichentrickfilme ansah, knallte der große, kräftige Körper auf den winzigen Körper meiner Mutter und zerbrach ihre Knochen.

Ein dumpfer Schlag …

Meine Schreie …

Und dann nichts … nichts außer tödlicher Stille.

Die Erinnerung zersplittert meine Seele, aber bevor ich mich recht versehe, ist sie wieder verschwunden. Das Geräusch von laufendem Wasser holt mich wieder zurück in die Gegenwart, und ich sperre meine Vergangenheit wieder in den Käfig meines Herzens.

»Was bist du, Casey?«, fragt Ryder über seine Schulter hinweg, während er seine Hände mit einer antibakteriellen Seife wäscht.

»Deine kleine Krebskämpferin«, antwortet sie mit mattem Lächeln.

»Genau.« Er trocknet seine Hände ab und dreht sich um. Um seinen Mund liegt ein stolzes Grinsen. »Die tapferste von allen.«

Ich nehme Caseys Hand und drücke sie fest. Ich weiß, dass nichts, was ich je gesehen, gehört oder gefühlt habe, mit dem zu vergleichen ist, was sie durchmachen muss. Dieses Mädchen lebt mit einer Angst, die ich mir nicht vorstellen kann. Eine Angst, die alle meine Ängste übertrumpft.

»Fertig?«, fragt Ryder mit sanfter und fürsorglicher Stimme – genau, wie es sein sollte.

Casey nickt und drückt meine Hand. Mein Herz macht einen Hüpfer, und ein Kloß wächst in meinem Hals, als Ryder sich ein Paar medizinische Handschuhe überzieht und die Stelle um ihren Zugang herum mit einem Tupfer desinfiziert.

Casey blickt mich mit ihren coolen, blauen Augen an. »Hast du Angst vor Spritzen?«

»Nein«, sage ich und streichle ihr mit meiner freien Hand über den Nacken. »Du?«

»Früher einmal.« Sie seufzt, und eine einzige Träne läuft ihr die Wange hinunter. »Aber jetzt nicht mehr so sehr.«

Ich muss mich zusammenreißen, damit ich nicht ihren kleinen Körper nehme und mit ihr aus der Wohnung renne. Ich wische ihre Träne weg und spüre mein Bedürfnis, sie zu verstecken, sie vor dem tosenden Sturm zu beschützen, in dessen Mitte sie sich befindet.

»Ein bisschen kalt«, warnt Ryder sie, bevor er ihr das Betäubungsmittel auf die Haut sprüht.

»Beeil dich, Ry«, bettelt Casey mit einem Anflug von Panik in der Stimme. »Das dauert doch nicht so lange.«

»Ich muss sichergehen, dass deine Haut betäubt ist, Case.« Ryder neigt seinen Kopf zu ihr und blickt ihr in die Augen. Er versucht, sie mit Grimassen abzulenken, und seine Taktik geht auf. Caseys Kichern erfüllt den Raum und übertönt das Ploppen der Kappe, die Ryder von einer seltsamen Spritze zieht. Das kleine, klare Röhrchen mit Plastikflügeln auf jeder Seite erinnert mich an eine Libelle. Ryder drückt seinen Finger ein paarmal auf Caseys Zugang und richtet seine gesamte Aufmerksamkeit auf ihr Gesicht. Dann sagt er: »Klopf, klopf.«

»Wer ist da?« Casey grinst mich an und bekommt gar nicht mit, wie Ryder die Nadel in ihre Haut pikst.

»Das Erdferkel.« Ryder drückt die Medizin durch die Spritze und blickt immer zwischen Caseys Gesicht und der Nadel hin und her.

»Welches Erdferkel?«, presst sie hervor, und ein kleiner Schweißfilm legt sich auf ihre Oberlippe.

»Das Erdferkel, das für ein hübsches Lächeln von dir seine Erdhöhle verlässt.« Ryder zieht die Spritze aus ihrer Brust, und bevor sie auch nur blinzeln kann, legt er seine Lippen auf ihre Stirn und küsst ihre restliche Angst weg.

Ich bin völlig regungslos, und mir zieht es die Brust zusammen, als ich sehe, was dieser Mann für dieses kleine Mädchen bedeutet – was sie beide füreinander bedeuten. Ich schlucke schnell die Tränen hinunter, bevor sie aus meinen Augen treten. Während ich sie beobachte, wird mir ganz warm ums Herz.

»Ist es vorbei?«, fragt Casey mit unsicherer Stimme.

»Ja, Kleine. Es ist vorbei«, antwortet Ryder und atmet erleichtert aus, als er ein kleines Pflaster über ihren Zugang klebt. »Jetzt bist du bereit, kleine Kämpferin. Mach dich schnell sauber, und dann fahren wir los.«

Mit Ryders Hilfe rutscht Casey vom Tisch und geht ins Badezimmer. Ihre Schritte sind nicht mehr so beschwingt wie vorher. Stille legt sich über uns, als sie um die Ecke verschwindet, und die Ereignisse der letzten paar Minuten gehen mir durch den Kopf. Ryder blickt mich erschöpft an, auf seiner Stirn sind Sorgenfalten zu erkennen, und eine gewisse Skepsis liegt in seinem hübschen Gesicht. Völlig überwältigt beobachte ich, wie er mit einer müden Hand über sein Gesicht wischt, sich umdreht und sich auf die Arbeitsfläche stützt. Als hätte ich keine Kontrolle mehr über meinen Körper, als würde mich ein Magnet in seine Richtung ziehen, stehe ich auf und gehe zu ihm. Jeder zögerliche Schritt, den ich mache, ist von flachen, schnellen Atemzügen begleitet. Ich lege eine zitternde Hand auf seine Schulter. Mein Puls geht schneller, als er sich umdreht und unsere sich Blicke treffen. Während wir uns ansehen, ist die wachsende Verbindung zwischen uns spürbar, und ein Schwall von Gefühlen droht uns zu überwältigen.

Ich muss schlucken und berühre seine stopplige Wange. Mein Unterbewusstsein sagt mir, dass es falsch ist, was ich tue, so verdammt falsch. Doch mein Herz stößt die Warnung beiseite, und ich lege meine Hand in seinen Nacken.

Er spannt seine Muskeln an und sieht mich aus seinen tiefblauen Augen zögernd an. »Amber, nicht.« Die Worte kommen nur als leise Bitte aus seinem Mund. »Tu das nicht.«

»Ich muss es tun«, flüstere ich und erzittere. »Du bist … erstaunlich, Ryder. Was du für sie getan hast, alles, was du für sie tust … ich …« Ich senke meinen Blick auf seine Brust, und mein Herz macht einen Sprung, als ich seine Hände um meine Hüfte spüre. Stromschläge jagen durch meinen ganzen Körper, und Adrenalin hüpft von Zelle zu Zelle. »Du bist liebevoll, eingebildet, sanft und ein Idiot zur gleichen Zeit. Du bist gütig, großzügig, fürsorglich. Du bist … alles.«

Meine Lippen finden die seinen, berühren sie kaum, testen sie nur. Unser Atem wird schneller und heftiger. Ich lege meine Hand um seinen Nacken und ziehe ihn zu mir herunter. Stirn an Stirn blicken wir uns in die Augen. »Bitte … ich will … nur noch einmal. Das ist alles, was ich will.« Denke … hoffe ich.

Die Vorsicht in seinem Blick weicht Verlangen, und Ryder vergräbt seine Hände in meinen lockigen Haaren. Noch einmal blickt er mich an, und dann umschließt er meine Lippen in einem langsamen, leidenschaftlichen Kuss. Ich seufze in seinen Mund, und all meine Sinne lösen sich in seinem vertrauten Geschmack auf, während meine Zunge sich seinen bedachten Bewegungen anpasst. Mit hörbarem Stöhnen dringt seine Zunge in meinen Mund, rein und raus, raus und rein. Obwohl nichts an seinen Berührungen brutal ist, schreit alles an ihnen, dass er mich in diesem Moment braucht.

In diesem wahnsinnigen Moment seines Lebens. Jedes Lecken und Ziehen ist eine sanfte Liebkosung, als würde er versuchen, sich das Gefühl meiner Lippen ins Gedächtnis zu brennen.

Mein Puls rast, und ich lasse mich völlig fallen. Während das Blut in meinen Adern pulsiert und ich mich weiter ganz und gar von Ryder umhüllen lasse, spüre ich die Leere seiner Seele in mir. Das verleiht meinem Herzen einen Stich, sein ganzes Leid jagt durch jeden meiner Muskeln. Er umschließt meine Wangen mit seinen Händen und küsst mich mit einer Sanftheit, von der ich nie gedacht hätte, dass er sie besitzt. Mir stockt der Atem, als seine Lippen an meinem Kinn entlangfahren, bis runter zu meinem Hals. Sein exotisches Stöhnen klingt wie Musik in meinen Ohren und betäubt mich auf die süßeste Art und Weise.

»Verdammt, ich will dich«, flüstert Ryder mit heiserer Stimme. Er bringt seine Lippen wieder zurück zu meinen, sein Kuss wird fordernd und gierig. Sofort wird er wieder langsamer und scheint diesen Moment vollends auszukosten. *Mich* vollends auszukosten. »Ich will dich mehr, als ich je etwas oder jemanden gewollt habe, Süße. Du machst mich verrückt. Dein Geruch, deine Haut, deine Augen.« Er nimmt meine Lippen zwischen seine Zähne und keucht laut auf, als er mit den Fingerspitzen an meinen nackten Armen entlangfährt.

Ich kriege eine Gänsehaut und greife seine Haare noch fester.

»Dein süßes Lachen, deinen Schmollmund, deine Persönlichkeit. Jede einzelne Narbe deines Lebens. Alles davon. Alles von *dir*.« Seine Zunge erforscht meine, und seine Hände halten mich besitzergreifend im Nacken fest. »Verdammt. Ich sollte es sein. Nicht er. Ich.«

Plötzlich schaltet sich unsere Moral wieder ein, und wir müssen beide an Brock denken. Langsam brechen wir den Kuss ab und atmen tief ein nach diesem Verlust.

Ich blicke Ryder an, schüttle meinen Kopf und kämpfe mit den Tränen. »Es … es tut mir so leid. Ich hätte das nicht tun sollen«, flüstere ich nervös und spüre, wie sich Scham, Reue, Bedauern und Verlegenheit in mein Herz bohren. Ich trete einen Schritt zurück, aber Ryder greift meinen Ellbogen und zieht mich sanft wieder an seine Brust. »Nein, Ryder.«

»Sag nicht Nein zu mir, Amber«, erwidert er mit bestimmtem Tonfall und streicht mir eine widerspenstige Haarsträhne aus dem Gesicht.

Ich blicke in seine Augen, das tiefe Blau lässt meine Sinne aussetzen und jeden beschämten Gedanken verschwinden.

»Keiner ist hier schuldiger als der andere. Wir stecken hier beide drin. So einfach ist das. Lass dich von mir nicht noch weiter reinziehen.« Ein trauriges Lächeln legt sich auf seine Lippen, als er mir eine weitere Strähne von der Schulter streicht. »Du steckst sowieso schon genug in der Scheiße. Ich weiß, mein Kuss hat dafür gesorgt, dass dein Höschen eine Waschmaschine gebrauchen könnte, aber ich will nicht das letzte bisschen deines Verstandes auf dem Gewissen haben. Es war der Moment – das ist alles. Verstehst du mich?«

»Ryder«, krächzt Casey hinter uns.

Wir drehen uns auf dem Absatz um, und mir stellt es die Nackenhaare auf bei dem Gedanken, dass sie uns beobachtet haben könnte.

In Ryders Gesicht tritt ein Ausdruck von Panik, aber er versteckt ihn hinter einem coolen Lächeln. »Bist du fertig, Kleine?« Er bückt sich zu ihr runter und streicht ihr über die Schläfe. »Ich hole nur noch schnell meine Schlüssel, okay?«

Sie schüttelt ihren Kopf und sieht uns unglücklich an. »Nein. Mir geht es nicht mehr so gut. Mein Bauch tut weh, und ich werde müde.« Sie schlingt die Arme um seinen Hals und legt ihre blasse Wange an seine Schulter. »Ich musste mich übergeben. Können wir vielleicht morgen fahren, bitte?«

Ich raufe mir die Haare und könnte kotzen. Während ich ihren Bruder dazu verführt habe, mich zu küssen, musste sie sich im Bad entleeren. Mit zittrigen Beinen gehe ich zu ihr und knie mich neben sie. Ich bin nicht weit davon entfernt, mein eigenes Mittagessen wieder zu verlieren. Ich lege meine Hand auf ihren Rücken, und sie lächelt mich matt an. In ihren glasigen Augen sammeln sich Tränen.

»Ja, natürlich können wir morgen fahren, Case«, sagt Ryder mit ernster Stimme und hebt sie hoch. Sie klammert ihre winzigen Beinchen um seine Hüfte und vergräbt ihr Gesicht an seiner Schulter, als er sie durch den Flur ins Schlafzimmer trägt. Ohrenbetäubende Stille bedrängt mich, als ich mich auf die Couch fallen lasse. Ich schließe die Augen und bin mit jeder Faser meines Körpers davon überzeugt, dass ich die Brut des Teufels bin.

Sekunden?

Minuten?

Stunden?

Völlig losgelöst von meinem Körper, bin ich nicht sicher, wie viel Zeit vergeht, bevor Ryder wieder aus dem Schlafzimmer kommt und leise die Tür schließt.

Ich schaffe es auf die Beine und schaue ihn schuldbewusst an. »Geht es ihr gut?«

Er nickt und sieht sehr besorgt aus. »Ja, ihr geht es gut. Ich hätte wissen sollen, dass sie nach ihren Medikamenten nirgendwo mehr hinfahren kann.«

»Es ist alles meine Schuld«, stoße ich hervor und gehe Richtung Tür. »Wenn ich nicht vorbeigekommen wäre ...«

»Dann hätte dich meine Schwester nicht kennengelernt.« Er zieht meine Hand vom Türgriff weg.

Ich schüttle den Kopf, weil ich die letzte Person bin, die sie hätte kennenlernen müssen. »Sie hätte sich nicht übergeben.«

»Sie hätte trotzdem ihre Medizin nehmen müssen«, entgegnet er sanft. »Das hat nichts mit dir zu tun.«

»Aber du wärst mit ihr im Bad gewesen, als es ihr schlecht ging, Ryder.«

»Nicht unbedingt.«

Ich runzle die Stirn. »Warum das?«

»Ihr ist das unangenehm, und sie ruft normalerweise nicht nach Hilfe. Meistens kriegt es niemand von uns mit, wenn sie sich übergeben muss. Also, es ist wirklich nicht deine Schuld.« Er lehnt seinen Arm an den Türpfosten und grinst mich an, so als wolle er, dass ich weitermache. »Sie mag dich wirklich, Amber. Sie hat von dir geredet, bis sie eingeschlafen ist. Ob du es glaubst oder nicht, aber sie ist kein besonders zutrauliches Kind, das soll also was heißen.«

»Wirklich?« Ich muss lächeln.

»Ja, wirklich. Sie ist verrückt nach dir.« Er blickt mich durch seine dichten, dunklen Wimpern mit sanftem Gesichtsausdruck an. »Nichts, was heute hier passiert ist, ist deine Schuld. Absolut nichts davon.«

Ich schaffe es, meinen Blick von ihm loszureißen. »Du willst nur, dass ich mich besser fühle.«

»Schon möglich«, sagt er langsam. »Aber das mache ich nur, damit ich mich nicht schuldig fühle.«

Fragend starre ich ihn an.

Er kichert, und das Geräusch hallt durch den ganzen Raum. »Du weißt, dass ich nur Spaß mache, Süße. Wenn du nicht vorbeigekommen wärst, hätten wir trotzdem *Was bin ich?* gespielt, und sie hätte mich geschlagen, wie sie es immer tut. Nachdem sie mich fertiggemacht hätte, hätte ich trotzdem den coolsten Bruder der Welt gespielt und ihr einen Besuch bei Toys-R-Us versprochen.« Sein Blick wandert zwischen meinen Lippen und meinen Augen hin und her.

Mein Körper reagiert auf die einzige Art und Weise, die er kennt, seit dem Moment, in dem wir uns zum ersten Mal begegnet sind. Ein Schauer überkommt mich, und meine Haut und meine Gedanken werden augenblicklich erhitzt.

Er räuspert sich und flüstert: »Ich kann nicht sagen, dass ich den Kuss einer gewissen schönen Frau nicht genossen hätte. Das hat meinem Tag das gewisse Etwas verliehen. Aber ich habe dieser schönen Frau bereits erklärt, dass wir beide an diesem Kuss schuld waren. Und alles, was wir jetzt tun können, ist, sicherzugehen, dass es nicht wieder vorkommt.«

Ich sage nichts, öffne die Tür und trete hinaus in die Nachmittagssonne. Die späte Septemberhitze wärmt meine Haut und legt sich über jede Pore. Ich kriege kaum Luft, als ich mich umdrehe und Ryder ansehe. Einen kurzen Moment lang denke ich, dass wir es schaffen können. Solange wir nicht die Gefahr einer Wiederholung eingehen, gibt es keinen Grund, warum wir nicht weitermachen sollten wie vorher. Ich bin mir allerdings auch nicht sicher, wie es vorher überhaupt war.

Als ich in mein Auto steige, mein Herz schlagen höre und Ryders hungrige Blicke auf mir spüre, kann ich nicht anders, als mich zu fragen, ob wir beide Wahnvorstellungen haben. Sind wir bereits in eine Grube emotionaler Verstrickungen gefallen, aus der wir uns nicht mehr herausziehen können?

Ich fahre los, ohne die Antwort zu kennen.

10 Amber

»Das Ticken Ihrer Uhr nervt«, sage ich zu meinem Therapeuten. »Es nervt *richtig*.«

Martin wirft einen Blick auf die Uhr auf seinem Schreibtisch und notiert sich die Zeit auf seinem eleganten, gelben Schreibblock, um auszurechnen, wie viele langweilige Minuten mit mir ihm noch bleiben. Kein einziger Seelenklempner – der hier eingeschlossen – hat sich bis jetzt einen Scheißdreck für meine Probleme interessiert. Aber solange sie bezahlt werden, tun sie eine ganze Stunde lang so, als würden sie sie interessieren.

Aus dem Grund studiere ich Psychologie. Wenn ich einmal in der Lage sein werde, meinen verkorksten Patienten zu helfen, schwöre ich, dass sich in meinem Büro niemals eine Uhr befinden wird.

»Sie versuchen, vom Thema abzulenken, Amber.« Martin sieht mich aus seinen schokoladenbraunen Augen an. »Lassen Sie das jetzt zur Gewohnheit werden, jedes Mal, wenn wir uns sehen?«

Mit zappligen Knien blicke ich über seine Schulter hinweg auf die Blumentapete. »Kommt ganz darauf an, in welcher Stimmung ich bin.«

»Ich deute das mal als ein Ja. Sie tun das immer, wenn Sie hier sind.«

Ich sehe ihn an und hoffe, die Art, wie ich meine Augen

zusammenkneife, zeigt ihm, dass ich überhaupt nicht beeindruckt bin. Nicht im Geringsten.

»Ich habe heute Morgen mit Cathy gesprochen«, fährt er fort. »Sie hofft wirklich, dass wir hier Fortschritte machen.«

»Ach, jetzt wollen Sie mir wieder Schuldgefühle machen. Guter Zug, Marty.«

»Amber …« Er seufzt laut. »Das ist unsere neunte Sitzung. Sie haben so gut wie gar nicht über das gesprochen, was passiert ist. Sie müssen das Thema angehen. Ihre Pflegeeltern wollen, dass ich Ihnen helfe. Aber das kann ich nicht ohne Ihre Mithilfe.«

Mit gesenktem Blick starre ich auf meinen abgeplatzten blauen Nagellack. Ich denke an Cathys aufrichtige Gesprächsversuche darüber, dass eine Therapie der Schlüssel ist, um die Dämonen meines Lebens loszulassen. Mir kommt ihr flehendes Gesicht in den Sinn, und es verursacht mir tatsächlich Schuldgefühle. Ich will Cathy nicht enttäuschen. Sie und Mark waren so gut zu mir und haben alles in ihrer Macht Stehende getan, um mir zu helfen. Aber von einer Sekunde auf die andere füllt Wut mein Gehirn aus und spielt ein krankes Spiel mit den Geistern meiner Vergangenheit.

Ich atme tief ein und blicke Martin in die Augen. »Kann ich auch über etwas anderes reden?«

Er nickt und legt seinen Fuß übers Knie, das in einer marineblauen Anzughose steckt. »Wir können über alles reden, was Ihnen im Kopf herumschwirrt.«

»Ich habe meinen Freund hintergangen«, gebe ich zu und warte auf das abwertende »Natürlich haben Sie das. Sie sehen ja auch aus wie eine Hure«. Doch er sagt gar nichts, und ich fahre fort. »Es ist schon über einen Monat her, aber es lässt mir keine Ruhe.«

»Warum lässt es Ihnen keine Ruhe?«, fragt er und notiert sich etwas auf seinem Notizblock.

»Ich bin mir nicht sicher, Marty. Vielleicht, weil ich ein

Gewissen habe?« Ich verdrehe die Augen. »Vielleicht, weil mein Vater immer mit seinen Groupies gevögelt hat? Oder vielleicht auch, weil heute Dienstag ist? Warum auch immer, jemanden zu betrügen ist nicht cool. Auf meiner Liste steht es gleich hinter versuchtem Mord.«

»Versuchter *Mord*?« Verblüfft zieht er seine dunklen Augenbrauen nach oben. »Das ist aber ein heftiger Vergleich, finden Sie nicht?«

Ich zucke mit den Schultern. »Nicht wirklich.«

»Warum nicht, wenn ich fragen darf?«

»Weil man mit dem Geisteszustand von Menschen spielt. Deine Taten können ihr Leben ruinieren, ihren Glauben an die Realität zerstören. Deine Fehltritte könnten genauso gut eine Hand um ihren Hals sein, die ihnen die Luft aus den Lungen presst. Man kann den Glauben einer Person an das, was Liebe sein sollte, töten.« Ich zucke erneut mit den Schultern und komme mir für das, was ich Brock angetan habe, nicht besser vor als Charles Manson. »Ermorden. Töten ist nur eine abgeschwächte Bezeichnung für das Wort.«

Er blickt mich an und trommelt mit den Fingern auf seinen Block. »Sie haben erwähnt, dass Ihr Vater außerehelich aktiv war. Denken Sie, es hat etwas damit zu tun, dass Sie nun Ihren Freund betrogen haben?«

Ich ziehe mich in meine Vergangenheit zurück und versuche, die Antwort auf seine Frage herauszufinden. Gegen den Willen ihrer beider Eltern sind meine durchgebrannt, als sie herausfanden, dass meine Mutter schwanger ist. Sie war gerade siebzehn geworden. Ich glaube, mein Vater war einundzwanzig. Danach wurden sie von beiden Seiten der Familie verstoßen. Ich habe nie jemanden von ihnen getroffen, nur Geschichten darüber gehört, wie gemein und abweisend sie waren, als meine Eltern Arizona verließen. Mein Vater wurde Leadgitarrist und reiste mit der Band nach Washington State, wo sie in kleinen Lokalen spielten.

Soweit ich mich erinnern kann, liefen die Dinge für eine Weile ganz gut.

Während Marty auf meine Antwort wartet, kommt mir eine bittersüße Erinnerung an einen Tag im Park in den Sinn.

Ein Picknick unter einem Baum.

Lächelnde Gesichter.

Die helle Sonne und unser Lachen.

Jugend und Naivität vom Feinsten.

So ist das Leben. Es holt dich langsam ein und greift dich von hinten an, wenn du es am wenigsten erwartest.

Hinzu kommen ein hungriges Kind, das Klamotten braucht, ein kaputtes Auto, eine unsichere Arbeit und eine Frau, die mit Depressionen zu kämpfen hat – schon fing mein Vater mit Drogen an. Er fing auch damit an, mit seinen Groupies zu schlafen, die ihm mehr Aufmerksamkeit zuteilwerden ließen, als meine Mutter es tat oder konnte. Egal, nachdem meine Mutter herausfand, dass er mit einem der Mädchen im Bett gewesen war, spritzte sie sich gemeinsam mit der Liebe ihres Lebens mit Nadeln Heroin in die Arme.

Ich seufze und frage mich, wo sich mein Halbbruder in diesem Moment aufhält. Ob wir uns ähnlich sehen. Ob sein Leben genauso verkorkst ist wie meins.

»Das kann schon sein«, antworte ich und versuche, meine Gedanken aus der Vergangenheit zu reißen. »Sie ist zusammengebrochen, nachdem er ihr das angetan hat. Ich habe es gehasst, sie so traurig zu sehen. Es machte mich traurig, und offensichtlich hat es sich in meinem Gehirn festgesetzt. Aber es war ihre Schuld. Sie war jung und hat ihm zu sehr vertraut. Sie hätte es besser wissen müssen. Mein Vater war schließlich von Anfang an ein Playboy.«

Marty tippt sich mit dem Stift gegen die Wange. »Denken Sie, das ist der Grund, warum *Sie* niemandem vertrauen?«

»*Ich* vertraue niemandem, weil sie sich geliebt haben und ihre Liebe damit geendet hat, dass er sie *umgebracht* hat.«

Die Worte kommen langsam und brutal aus meinem Mund. Er kennt doch die Antwort auf diese lächerliche Frage. »Das ist der Grund, warum ich niemandem vertraue.«

Niemandem vertrauen kann.

Mich dagegen wehre, jemandem zu vertrauen.

Wenn Liebe mit einer Kugel in deinem Kopf enden kann, was für einen Sinn hat es dann, zu vertrauen, sich fallen zu lassen und jemandem dein Herz zu schenken? Aber wie kann man sein Herz davon abhalten, auf etwas zu reagieren, was man braucht?

Gar nicht.

Dieses Organ hat seinen eigenen Willen, ungeachtet dessen, was vielleicht nicht gesund für dich ist. Wenn es erst einmal diesen Funken, diese alles einnehmende Flamme spürt, spielt es dir die miesesten Streiche. Mit jedem neugierigen Schlag will es berühren, schmecken und die Liebe fühlen und stiehlt dabei deinem Gehirn alle logischen Gedanken wie ein mieser Verbrecher. Unser Herz ist unser Staatsfeind Nummer eins.

»Ich denke, Sie müssen genauer auf den Morgen eingehen, an dem er sie umgebracht hat, Amber.« Marty senkt seinen Kopf, und die große kahle Stelle auf seinem Schädel zeigt in meine Richtung, während er durch die Seiten seines Schreibblocks blättert. Er hebt seinen Blick, und der Ausdruck in seinen Augen ist zynisch. »Das Schreiben ist gut, aber Sie müssen sich mehr öffnen, damit wir einen soliden Plan für Ihre Genesung entwerfen können.«

»Was gibt es denn da zu öffnen? Meine Eltern waren Drogenabhängige, und mein Vater war ein Psycho, der sich dazu entschlossen hat, sich selbst und meine Mutter vor meinen Augen aus dem Leben zu reißen. Ob ich Ihre Hilfe will? Vielleicht. Aber nichts, was Sie sagen oder tun, kann mir wirklich helfen. Nur ich selbst kann mir helfen. Dass Sie meine Gefühle und meine leicht depressiven Anflüge analysieren, ändert rein gar nichts. Meine Eltern sind und bleiben tot, und ich leide weiterhin unter einer posttraumatischen Belastungsstörung. Ich habe Wege gefunden, damit umzugehen. Ich komme nur hierher, weil ich Cathy und Mark wirklich mag und sie sich besser fühlen, wenn sie wissen, dass ich weiter zur Therapie gehe.« Ich zucke betont ungerührt mit den Schultern, obwohl ich das gar nicht bin. »Ich bin noch nicht so weit, mit irgendjemandem über diesen Tag zu reden. Ich weiß nicht, ob ich das je sein werde. Stellen Sie mir also einfach das Rezept für meine Pillen aus, und lassen Sie mich weiterhin in mein Tagebuch schreiben.«

Mein Seelenklempner schüttelt niedergeschlagen den Kopf, als seine Uhr piepst und mich davon erlöst, näher auf den Tag eingehen zu müssen.

Endlich.

Ich springe auf die Füße, werfe meine schwarze Ledertasche über die Schulter und gehe in Richtung Tür.

»Amber«, ruft er, als ich die Hand schon am Türknauf habe. »Wir machen vielleicht endlich Fortschritte.«

Ich atme hörbar aus. »Bis nächste Woche, Marty.«

Ich verlasse sein stickiges Büro, und meine Aufmerksamkeit landet bei dem unkompliziertesten und gleichzeitig kompliziertesten Teil meines Lebens. Der Teil, bei dem ich mich fallen lassen kann, den ich aber sicherlich verletzen werde. Der Teil, den ich unbedingt verstehen möchte, während ich Angst davor habe, dass das nie geschehen wird. Mit einem sexy grinsenden Mund und tiefgrünen Augen, die auf mich gerichtet sind, erhebt sich der Grund, warum ich morgens aufwache und immer weiteratme, aus einem Stuhl im Wartezimmer.

Sofort werde ich ruhig, und die Spannung entweicht aus meinen Schultern wie die Luft aus einem Ballon.

»Na?« Brock nimmt meine Hand und umschließt sie mit seiner. »Wie war es?«

»Was denkst du denn, wie es war?« Wir treten in die frische Luft hinaus, die nur der Oktober an der Ostküste hervorbringen kann. Der Geruch von Herbst steigt mir verlockend in die Nase, ein Geflecht aus hellgelben, dunkelroten und knallig orangen Blättern fesselt meinen Blick, als ich in Brocks Hummer steige. »Wie war deine Wartezeit?«

Brock stößt einen tiefen Seufzer aus. »Amber.«

»Brock.« Ich grinse ihn neunmalklug an. Er öffnet die Fahrertür, schüttelt seinen Kopf und setzt sich mit einem von Grübchen geschmückten Lächeln neben mich. Dieses Lächeln ist es, was mich immer wieder umhaut. Mein Herz schlägt genauso schnell wie beim ersten Mal, als ich ihn gesehen habe. Eine Sekunde später presse ich schon meine Lippen an seine Wange und vergrabe meine Hände in seinem gewellten, aschblonden Haar, während er vom Parkplatz fährt.

»Schnall dich an.« Bei dem weichen, tiefen Tonfall in seiner Stimme ziehen sich meine Oberschenkel automatisch zusammen. Trotz des verführerischsten Schmollmunds, den ich zu bieten habe, kneift er seine Augen zu Schlitzen zusammen, während er sich auf die Kopfsteinpflasterstraßen von Downtown Annapolis konzentriert. Und obwohl er sich die allergrößte Mühe gibt, weiß ich, dass ich ihn angeturnt habe.

»Du bist hart wie ein Stein«, necke ich ihn und lehne mich in meinem Sitz zurück. »Gib es zu. Ich schaffe es jedes Mal.«

Er schmunzelt und schenkt mir ein vernichtendes Lächeln. »Das Einzige, was ich zugebe, ist, dass ich dich ganz genüsslich sexuell foltern werde, sobald wir in meiner Wohnung sind, wenn du dich nicht sofort anschnallst.«

»Fordernd«, sage ich mit schnurrender Stimme und ziehe mir den blöden Gurt über die Hüfte, »und pervers. Das gefällt mir.«

»Sicher«, entgegnet er. »Pervers. Du kannst nicht leugnen, dass ich die wilde Seite in dir befriedige. Das ist eine Tatsache.«

Ich schnaube auf. »Wow. *Und* übertrieben selbstbewusst.«

Er grinst mich verführerisch an, wird aber gleich wieder ernst. »Du hast nicht mit dem Therapeuten gesprochen, oder?«

Ich beiße mir auf die Lippen, und mir ist klar, wo das hinführt. »Ich habe geredet, nur nicht über das, worüber er reden wollte.« Ich blicke auf meinen rosa Kapuzenpulli hinunter und spiele mit dem Saum. »Ich bin noch nicht bereit dazu.«

»Du musst mit ihm reden, Amber.«

»Bitte streite jetzt nicht mit mir.« Ich lehne meinen Kopf gegen das Fenster. »Du hast diesen väterlichen Ton drauf, und das gibt mir das Gefühl, dass du mich durchleuchten willst.«

Er legt seine Hand in meinen Nacken und streichelt mein Haar. »Ich will nicht mit dir streiten, Amber. Ich finde es toll, dass du Tagebuch schreibst. Ich finde es sogar mehr als sexy und habe dir schon oft gesagt, dass du deine Gedanken auch gerne auf meinen nackten Körper schreiben kannst, wenn dir das hilft. Aber du musst dich auch deinem Therapeuten öffnen. Es würde dir so viel mehr helfen. Ich möchte, dass du glücklich bist.«

Ich blicke ihn mit neckischem Lächeln an. »Dieses Angebot werde ich vielleicht eines Tages annehmen. Aber im Ernst, Brock, ich bin glücklich.«

»Du bist nur oberflächlich glücklich.« Er sieht mir in die Augen und sagt mit sanfter Stimme: »Ich kenne dich. Ich liebe dich und will, dass du durch und durch glücklich bist, Ber. Nicht nur oberflächlich.«

Mein Herz macht einen Sprung, flimmert und setzt dann aus.

Sprung.

Flimmern.

Aussetzen.

Ich muss schlucken, während wir an einer roten Ampel halten. Ich starre Brock an, und er erforscht mein Gesicht.

In seinen Augen liegt ein Ausdruck, den ich noch nie zuvor gesehen habe. Ich habe ihn high gesehen, ich habe gesehen, wie er mich voller Verlangen anblickt, und ich habe sogar schon gesehen, wie seine Augen vor Zorn funkeln. Aber dieser Ausdruck ist neu. Er ist anders, tief, ein Becken von Gefühlen, die sich unter der Oberfläche sammeln.

»Was hast du gerade gesagt?« Meine Stimme ist ganz leise und schwach.

»Ich liebe dich, Ber«, flüstert er und sieht mich dabei immer noch an. Er lehnt sich zu mir herüber und nimmt mein Gesicht in beide Hände. Seine Berührung sendet augenblicklich eine Hitzewelle durch meinen Körper. Ich atme tief ein, sein Blick wandert über mein Gesicht. Ich bin erstaunt, wie etwas so Simples ein Übermaß an Gefühlen in mir hervorrufen kann, die mich festhalten und in ihrer Wärme gefangen nehmen.

»Ich weiß nicht, wie du es geschafft hast, aber du hast es geschafft«, flüstert er mit sanfter, ernster Stimme in mein Ohr. »Ich weiß, dir das mitten im Berufsverkehr zu sagen ist weder cool noch romantisch, aber ich liebe dich. Ich liebe dich so sehr, dass es mir Angst macht, aber ich konnte es nicht länger für mich behalten. Ich erwarte nicht von dir, dass du es auch zu mir sagst oder dass du genauso fühlst wie ich. Aber ich konnte keinen weiteren Tag mehr vergehen lassen, ohne dich wissen zu lassen, dass ich dich liebe, Amber Moretti.«

Er presst seine Lippen auf meine und verursacht mir damit ein flaues Gefühl im Magen und eine Sehnsucht zwischen meinen Beinen. Seine Worte schweben in der Luft, sinken herunter und legen sich auf meine Haut, bevor sie in mein einst leeres Herz eindringen. Der Kuss ist so intensiv und atemberaubend wie immer. Sein Verlangen nach mir wird mit jeder langsamen, herrlich aufdringlichen Bewegung seiner Zunge deutlicher. Hinter uns hupt jemand, und Brock zeigt dem aufgebrachten Fahrer den Mittelfinger, aber er hört nicht auf, mich zu küssen. Nein, nicht einmal annähernd. Stattdessen küsst er mich heftiger, tiefer und legt alles, was er geben kann, in diesen einen Kuss.

In diesen einen Moment.

Mein Körper reagiert darauf und will nichts mehr, als auf seinen Schoß zu klettern und hier und jetzt mit ihm zu schlafen. Völlig aufgelöst und durcheinander lehne ich mich langsam in meinem Sitz zurück. Ich atme genauso heftig wie Brock, und der Verlust seiner Lippen hinterlässt ein starkes Verlangen tief in mir drin. Sein Blick sendet mir einen Schauer über den Körper, und ich versuche meinen Kopf klar zu kriegen in Anbetracht seines Geständnisses.

Soll ich ihm sagen, dass ich glaube, mich in ihn zu verlieben, aber mein Bestes gebe, damit es nicht geschieht? Dass mich der bloße Gedanke daran krank macht und ich am liebsten mit ihm Schluss machen würde, da meine Angst vor all dem, was die Liebe repräsentiert, die Zellen in mir abtötet? Soll ich ihm erklären, dass ich mir mit meinen neunzehn Jahren nicht sicher bin, ob das, was ich fühle, überhaupt Liebe ist? Wie hypnotisiert beschließe ich, ihm zuerst etwas anderes zu sagen, bevor ich auch nur einen von diesen Gedanken mit ihm teile.

Die Lüge, von der ich mich selbst reinwaschen muss.

Ich halte den Atem an und sage es, ängstlich, das Herz des einzigen Mannes zu brechen, der überhaupt jemals etwas für mich empfunden hat.

»Vor ein paar Wochen«, beginne ich und muss meinen Entschluss und meine Motive sofort überdenken. Wer hat etwas davon, wenn ich ihm gestehe, was zwischen mir und Ryder passiert ist? Viel wichtiger: Wer verliert etwas? Ich könnte eine Beziehung ruinieren, die kaum Zeit gehabt hat, sich in etwas Festes, Gutes zu verwandeln. Ich könnte eine jahrelange Freundschaft zerstören und sie zu etwas machen, das einem Krieg gleichkommt.

Brock blickt mich geduldig an. »Was war vor ein paar Wochen?«

Mein Puls hämmert in einem erschreckenden Rhythmus, den ich noch nie zuvor gefühlt habe. Plötzlich drückt wieder jemand auf die Hupe und lässt mich zusammenzucken. Mir stockt der Atem, und ich drehe mich zu dem Wagen hinter uns um. Zitternd wende ich mich wieder Brock zu. Als mein Blick dieses Mal den seinen trifft, sagt mir dir endlose Aufrichtigkeit darin, dass ich mir selbst etwas vormache. Dieser Mann hat schon an dem Tag, an dem wir uns zum ersten Mal sahen, ein Stück meines Herzens gestohlen, und obwohl ich die Emotionen, die mich durchfluten, mit nichts vergleichen kann, muss dieses Gefühl, ohne ihn in meinem Leben nicht mehr atmen zu können, Liebe sein.

Das, was mir am meisten Angst einjagt, mich förmlich zum Erstarren bringt, ist die Tatsache, dass meine Gefühle für Ryder fast identisch sind.

Wer ist jetzt Gift für wen?

Schlimmer noch ... Wie ist das überhaupt möglich?

Obwohl der verbotene Gedanke sich in meinem kranken Hirn festgesetzt hat, hatte ich mit Ryder keinen Sex. Wie kann ich ihn da lieben? Liebe entsteht doch durch die Vereinigung zweier Körper, dadurch, dass die äußere Schale des einen die inneren Dämonen des anderen aufnimmt.

Oder?

Wenn diese Theorie wahr wäre, hätte ich mich schon öfter verlieben müssen, als ein Erstklässler zählen kann. Taub, leer und gebrochen habe ich sowohl in schmutzigen als auch teuren Betten gelegen, die nach bedeutungslosem Sex gerochen haben, ohne mich auch nur einmal zu verlieben. Ich habe jegliches Gefühl unter den befleckten Bettlaken vergraben und niemals zurückgeblickt.

Entsteht Liebe allein durch menschliche Gefühle, die zwei verletzliche Seelen in einer Serie von gemeinsamen Momenten einfangen? Sind es tiefgründige Unterhaltungen, unausgesprochene Worte und verstohlene Blicke, die zählen? Nähren diese winzigen Handlungen, gemeinsames Lachen, unvergossene Tränen und das Kribbeln im Bauch dieses fremde Gefühl, bis es sich in etwas verwandelt, das einen Menschen in den Wahnsinn treiben kann?

Ich bin mir nicht sicher, ob ich den Unterschied je verstehen werde. Dennoch atme ich tief ein, und mein Puls dröhnt, als ich erkenne, dass das, was ich für Brock empfinde, meine Aufmerksamkeit verdient hat. »Ich denke, ich liebe dich auch, Brock«, flüstere ich schließlich, und es macht mich krank, dass ich diese Beziehung auf einer Lüge aufbauen muss. Ich bin durch und durch schmutzig, und die Wahrheit dessen, was ich bin und für was ich stehe, verstört mich mit jeder Sekunde mehr.

Brock sagt nichts, sondern blickt mich leicht geschockt an. Ich bin für ihn und Ryder das reinste Gift.

Ich schüttle den Kopf und fühle mich, als ob ich mich übergeben müsste. »Ich war noch nie verliebt«, erkläre ich mit verstörter Stimme. »Ich … ich weiß nicht, wie sich das anfühlen soll. Alles, was ich weiß, ist, dass mein Magen sich auf eine schöne Art und Weise umdreht, wenn ich an dich – an uns – denke. Und er dreht sich auf eine schlechte Art und Weise um, wenn ich mir vorstelle, jemals von dir getrennt zu sein.«

Ich lege eine Hand an sein Kinn und hoffe, dass er versteht, was in mir vorgeht. Er wirkt angespannt, und ich lehne mich zu ihm, um seine Wange zu küssen. Während ich weiterrede, lasse ich meine Lippen dort verharren.

»Wenn wir Sex haben, ist das nicht nur Sex für mich«, sage ich. »Ich fühle dich überall. In meinen Gedanken, in meinem Herzen. So etwas hatte ich noch nie zuvor. Du schläfst nicht einfach nur mit mir, du nimmst dir Zeit für meinen Körper. Das macht meine Gefühle für dich noch stärker.« Langsam lehne ich mich wieder zurück und sehe die späte Nachmittagssonne durch das Fenster auf sein Gesicht scheinen. »Ich weiß nicht, was diese Gefühle zu bedeuten haben, aber sie machen mir auch Angst.«

Brock fährt an den Straßenrand, verschlingt seine Finger mit meinen und sagt mit sanfter Stimme: »Soll ich dir was sagen, Baby?«

Ich nicke, und mein Atem wird von seinem Mund über meinen Lippen eingefangen.

»Alles, was du gerade beschrieben hast, sind Zeichen dessen, sich zu verlieben.« Er fährt mit seiner Zunge über meine Lippen und öffnet sie sanft.

Hitze strömt durch meine Wangen, durch meine Muskeln und mitten in mein Herz, als er mich leidenschaftlich, tief und heftig küsst und mir damit den Atem raubt.

»Und so winzig diese Zeichen auch sein mögen, Ber, ich nehme alles, was ich kriegen kann. Allein dafür, dass du nur einen Bruchteil von dem für mich fühlst, was du gerade beschrieben hast, würde ich um dich kämpfen. Um jeden deiner Gedanken.« Er küsst mich auf die Stirn und streicht sanft mit seinen Fingern durch mein Haar. »Ich will von heute an in jeder deiner Erinnerungen vorkommen. Und nichts kann mich davon abhalten, sicherzustellen, dass es so sein wird.«

Wortlos flehe ich ihn an, mich auf jede mögliche Art und Weise zu verschlingen, so, wie er es noch nie getan hat. Er erkennt die unausgesprochene Dringlichkeit in meinem Blick, fädelt sich, ohne einen Ton zu sagen, in den Verkehr ein und fährt zu seiner Wohnung. Sein Versprechen, mir zu geben, was ich will, was ich brauche, liegt in jedem seiner Atemzüge, während die Erkenntnis, dass ich mich verliebt habe und mein Leben nie wieder sein wird, wie es einmal war, den letzten Rest Stahl von meinem Herzen nimmt, mit dem es umschlossen war.

11 Ryder

Abstürzen.

Das ist heute Abend mein Ziel.

Ich sitze an der Bar der Ram's Head Tavern – einer beliebten Kneipe mitten in Annapolis – und kippe mir, durstig nach hartem Alkohol, ein Glas Tequila hinter, bevor Amber und Brock auftauchen.

Es ist einen Monat her, dass ich Ambers süße Lippen geschmeckt, ihren weichen Körper in meinen Armen gespürt und ihr lustvolles Stöhnen gehört habe. Aber es fühlt sich so an, als wäre es schon eine halbe Ewigkeit her.

»Bereit für noch einen?«, schreit Lee hinter der Bar und übertönt damit die Liveband, die psychedelische Soulmusik zum Besten gibt. »Du siehst so aus, als könntest du noch ein paar gebrauchen.«

»Stell einfach die ganze Flasche für mich zur Seite.« Ich drehe eine Zigarette zwischen meinen Fingern, ohne sie anzuzünden, und habe eine Scheißwut auf die Idioten, die das Rauchen in Bars verboten haben.

»Abgemacht.« Lee greift nach einem Edding und einer verschlossenen Flasche Tequila und schreibt meinen Namen darauf. Kopfschüttelnd stellt er die Flasche und ein weiteres Schnapsglas vor mir ab. »Ist alles deins, Kumpel. Aber mal im Ernst, du musst dich endlich mal wieder zusammenreißen. Wo ist der Ryder, den ich kenne?«

Ich starre Lee an und wünschte, er würde seine Klappe halten. Denn wenn er das nicht tut, wird sein Kopf gleich neben dem des berüchtigten Stierbocks über dem Kaminfeuer hängen.

»Komm schon, Kumpel.« Lee stützt sich mit den Ellbogen auf den Tresen und gibt einen Seufzer von sich, als er seine Brille zurechtrückt. »Ich weiß, du steckst knöcheltief in dieser Scheiße mit Amber. Aber es ist, wie es ist. Such dir eine andere, Ashcroft. Du kannst nichts tun.«

Die Wahrheit in seinen Worten fährt mir durch Mark und Bein. Er hat ja recht. Es gibt nichts, was ich dagegen tun kann. Ich schlucke meinen fünften Shot runter, der köstlich in meinem Hals brennt, und weiß, dass jeglicher Widerstand sich in der Sekunde in Luft auflösen wird, in der sie die Treppe runterkommt. Vorher hatte ich mir vielleicht schon eingebildet, etwas für sie zu empfinden, aber als ich sie mit Casey gesehen habe – die liebevolle Art, wie sie mit ihr umgegangen ist –, war es endgültig um mich geschehen. Ich hätte sie am liebsten gefangen gehalten und sie nie mehr aus meiner Wohnung gehen lassen, geschweige denn aus meinem Leben.

Ich muss sie aus meinem Kopf bekommen. Aber wie, zum Teufel, kann ich ein Mädchen vergessen, bei dem es sich anfühlt, als wäre es für mich gemacht? Nach all den Monaten, egal, wie sehr ich auch versucht habe, die Leere zu füllen – sei es durch Sex mit Frauen, die mich keinen Deut interessieren, oder durch Trinken und Kiffen, bis ich nicht mehr geradeaus sehen konnte –, frage ich mich das immer noch. Ist eine, die nie mir gehören wird, es wert, um sie zu kämpfen? Ich weiß, was mein Verstand mir sagt.

Fuck, nein.

Es ist der andere Teil meines Körpers, der Ja sagt – der Teil, der seit Jahren erstmals wieder zum Leben erwacht ist.

Ja, das ist sie. Trotz meiner Freundschaft mit Brock ist Amber ein paar Runden im moralischen Boxring wert.

Bevor ich weiter daran denke, wie ich sie gefangen halten könnte – vielleicht mit Handschellen an mein Bett gefesselt –, schiele ich Richtung Eingang. Meine Schultern verspannen sich, als ich Amber, Brock und Madeline in der Schlange stehen sehe. Mein fast sturzbetrunkener Körper geht in Alarmbereitschaft, während sie sich ihren Weg durch die anderen Gäste bahnen und direkt auf mich zukommen. Ambers und mein Blick treffen sich, und der feurig gelbe Schein in ihren Augen ist mehr, als ich ertragen kann. Diese engelsgleichen Augen schicken mich auf direktem Weg in mein privates kleines Fegefeuer. Ihr Blick brennt etwas in die dunkelsten Ecken meines verkorksten Gehirns, das ich mit Worten nicht beschreiben kann.

Showtime.

Wie gerufen stellt Lee ein weiteres Glas Tequila vor mir ab, ich trinke es auf Ex aus und setze ein Lächeln auf, als die drei sich zu mir stellen.

»Du siehst aus, als würde es dir schon ziemlich gut gehen.« Brock klopft mir auf die Schulter und zieht einen Barhocker für Amber heraus.

In ihrem schwarzen Minirock, dem engen, pinken Kapuzenpulli und den kniehohen Lederstiefeln ist sie der Inbegriff der schmutzigsten Fantasie eines jeden Mannes. Sie ist wie ein Bonbon für eine ausgehungerte Zunge, wie ein Pin-up-Girl für Augen, die einst blind waren, und sie kann die Mehrheit der männlichen Bevölkerung völlig aus der Fassung bringen – mich eingeschlossen.

Amber setzt sich auf den Hocker neben mir, und ein neckendes Lächeln umspielt ihre Mundwinkel, als sie sich an Lee wendet. »Er sieht nicht nur so aus, oder?« Dann blickt sie mich herausfordernd an und sagt zu Lee: »Ich nehme das Doppelte von dem, was er hat. Ich habe Lust,

Ashcroft heute Abend wie einen Schwächling aussehen zu lassen.«

Gütiger Gott. Ich grinse Brock an. »Meint sie es ernst, oder ist sie dicht?«

Brock legt seinen Arm um Ambers Schulter. »Sie hat schon ein bisschen geraucht, aber dieses Mädchen *kann* trinken, Bro. Mehr sage ich dazu nicht.«

Ich schmunzle, schnappe mir die Flasche Tequila und gieße mir noch ein Glas ein. Ich stürze die Flüssigkeit herunter, während ich versuche, die Bilder aus meinen Gedanken zu verbannen, auf denen sie ihre wundervollen Beine um meinen Kopf geschlungen hat.

»Bist du dir sicher, Amber?« Lee hüpft auf den Tresen und gibt Madeline einen Kuss. »Ashcroft trinkt Tequila. Verträgst du das?«

Brock und Madeline brechen in Gelächter aus und sehen Lee an, als hätte er den Verstand verloren. Amber bleibt still und trägt ein wissendes Lächeln auf ihren Lippen.

»Baby?« Madeline legt ihre Finger um seinen Hemdskragen und zieht ihn für einen weiteren Kuss zu sich heran. »Brock macht keine Witze. Amber ist wie ein Fisch auf dem Trockenen, wenn sie keinen Tequila inhaliert, wusstest du das nicht?«

»Äh, nein. Das wusste ich nicht, Süße.« Lee rutscht wieder vom Tresen runter und greift nach meiner Flasche Tequila. Er hält sie nach oben, als wolle er fragen, ob das in Ordnung ist.

Ich nicke und freue mich schon auf das Ergebnis. Ich habe Amber schon high gesehen, aber ich habe sie noch nie betrunken erlebt. Nachdem er ein Heineken vor Brock gestellt und Madeline mit ihrem üblichen Cosmopolitan versorgt hat, gießt Lee zwei Gläser für Amber ein. Innerhalb von fünfzehn Sekunden kippt sie beide wie ein richtiger Seemann hinunter. Der Blick in ihren Augen warnt mich davor, sie zu unterschätzen, und ohne einen Ausdruck von Ekel wischt sie mit dem Handrücken über ihren Mund.

»Verdammt.« Lee lacht. »Es scheint so, als hätten wir heute Abend einen Wettstreit am Laufen. Das könnte interessant werden.«

Madeline kichert und legt ihre Arme um Ambers Bauch. »Ich hab's dir ja gesagt. Meine Freundin hat es drauf.«

»Da kannst du deinen Arsch drauf verwetten.« Amber strahlt und hält Lee das Glas erneut hin. »Gib besser jetzt auf, Freundchen. Ich bin vielleicht kleiner als du, aber du hast nicht den Hauch einer Chance.«

»Du glaubst wirklich, du kannst mich unter den Tisch trinken, Süße?«, frage ich amüsiert. »Bevor du antwortest, solltest du darüber nachdenken, was du sagst. Ich bin zwar ein Profi in vielen Dingen, aber das Trinken nehme ich wirklich sehr, sehr ernst. Für mich ist es eine Form von Kunst. Und wie bei riesigen Gebäuden braucht es Zeit, um auf mein Level zu gelangen.«

»Ha, du und deine Gebäude. Bla, bla, bla. Ich habe keinen Zweifel daran, dass ich dich fertigmachen werde«, antwortet Amber und blickt mich selbstbewusst an.

»Ich muss dich warnen, Moretti. Meine Jungs können bezeugen, wie nah ich und die Lady Tequila uns stehen. Es ist Liebe, was ich mit der Schlampe mache. Und das heißt schon was, das hat schließlich Seltenheitswert bei mir.«

»Wie wahr!« Brock nickt grinsend. »Trotzdem setze ich einen Zehner darauf, dass mein Mädchen dich fertigmachen wird.«

Amber tätschelt Brocks Wange, und augenblicklich stellen sich mir die Nackenhaare auf. Ja, ich werde die ganze verdammte Flasche brauchen, um diesen Abend zu überstehen.

»Noch mal, *Ry*, bereite dich darauf vor, dass ich dich vernichten werde.« Amber verpasst mir einen Stoß in die Rippen. »Ich werde deine Männlichkeit so blamieren, dass du diese Bar ohne sie verlässt.«

»Das ist ja mal eine ordentliche Kampfansage.« Hinter uns taucht Mike Reynolds auf, ein zwielichtiger Hurensohn, mit dem Brock und ich Geschäfte machen.

Mike quetscht sich neben Amber und streckt ihr seine Hand entgegen. Amber nimmt sie, und ich beiße die Zähne zusammen, weil ich diesem Mistkerl am liebsten die Flasche über den Kopf ziehen würde.

»Wer ist denn dieses süße Stück, das dich da herausfordert, Ashcroft?« Mike leckt sich über die Lippen und verschlingt Amber von Kopf bis Fuß mit seinen Blicken. »Das würde ich nur allzu gerne wissen.«

Ich knirsche mit den Zähnen, dass ich Angst habe, sie könnten mir aus dem Kiefer fallen.

»*Wie bitte*?« Amber lässt sofort Mikes Hand los. »Was glaubst du eigentlich, wer du bist, mich ein *Stück* zu nennen, obwohl du mich nicht einmal kennst?«

»Dieses süße Stück ist *meine* Freundin.« Brock starrt Mike bitterböse an. »Amber, das ist Mike. Und du, *mein* süßes Stück, wirst nicht einmal in seine Richtung schauen, wenn er in der Nähe ist.«

»Amen«, schnaubt Madeline verärgert und blickt Mike angewidert an.

Mikes Blick schießt zu Madeline herüber, und ein schmieriges Grinsen legt sich um seine Mundwinkel, als sie ihm den Mittelfinger zeigt. Brock bewahrt wegen Amber seine Fassung, aber es wird nicht lange dauern, bis er seine Geduld mit diesem Arschloch verliert. Er ist von der Highschool geflogen, war schon vor seinem vierzigsten Lebensjahr dreimal geschieden und hat uneheliche Kinder über das ganze Land verteilt. Mike ist eine wandelnde Jauchegrube. Menschlicher Abschaum vom Feinsten. Er ist von der Sorte Mann, die Mädchen Ecstasy in ihre Drinks werfen, um sie ins Bett zu kriegen, die die Koksrationen ihrer Kunden mit Babypuder auffüllen – was Brock schlecht dastehen lässt, weil er der Lieferant dieses Arschlochs ist – und die regelmäßig ihre Freundin verprügeln.

Mike grinst und stellt seine verfaulten, gelben Zähne zur Schau. »Ach, komm schon, Cunningham. Das war aber nicht nett. Findest du nicht?«

Amber schnaubt verächtlich und leert ihr drittes Schnapsglas.

»Das war sogar noch sehr nett von mir«, sagt Brock trocken und mit gespenstisch monotoner Stimme.

Obwohl Mike diese Bemerkung gar nicht verstehen kann, weil ihm das Koks schon sein letztes bisschen Hirn geraubt hat, gerät Brocks Fassung ins Wanken. Sehr, sehr schnell.

Er nimmt noch einen Schluck von seinem Bier und deutet mit dem Kopf in Richtung Hinterausgang. »Lass uns an die frische Luft gehen, Mike. Ich möchte ein paar Dinge klarstellen.«

Mike starrt Brock an und wendet sich dann mit geschürzten Lippen Amber zu. »Es war nett, dich kennengelernt zu haben – Amber, richtig?«

»Lee, kann ich noch einen haben?«, fragt Amber und ignoriert Mike. »Dieses süße Stück ist noch nicht einmal annähernd so betrunken, wie es sein sollte.«

»Ich verstehe.« Mike schmunzelt und streicht mit dem Daumen über sein Kinn. »Na, dann sehen wir uns bestimmt wann anders wieder, Amber.« Als er sich umdreht, hält er inne und blickt noch einmal Amber an. »Falls Cunningham es dir mal nicht mehr besorgen sollte, lass es mich wissen. Ich bin leicht zu finden. Eine Schnitte wie du braucht einen Mann, keinen kleinen Jungen.«

Ich will ausholen und dem Arschloch eine runterhauen, aber Brock ist schneller. Mit der rechten Hand um Mikes Hals gelegt, haut Brock ihm seinen linken Ellbogen an den

Kiefer und bricht ihn damit in Stücke. Mikes Augen – braun wie Scheiße – werden weit, und sein Wimmern ist ein Orgasmus für meine Ohren. Völlig benommen blinzelt er einmal, zweimal und fällt dann mit einem lauten Knall auf den hölzernen Boden.

»Brock!«, schreit Amber und springt auf. Aufgebracht hält sie ihn an den Schultern fest, in ihrem Gesicht eine Mischung aus Panik und Angst.

Brock krallt sich die Haare des Mistkerls und zieht ihn vom Boden hoch.

»Brock, nicht!«, fleht Amber ihn an und packt seinen Bizeps so fest, dass ihre Knöchel weiß werden. »Du hast ihn doch schon niedergeschlagen. Das reicht, Baby, bitte.«

Brock ignoriert Ambers Flehen und starrt in Mikes halb bewusstlose Augen. »Du denkst, du bist ein harter Kerl, du Stück Scheiße? Ha, Schwanzlutscher? Du machst meine Freundin blöd an?« Mike ringt sich ein Grinsen ab und lässt ihn verstummen. Seine blutige Spucke läuft plötzlich über Brocks Kinn. »Fick dich, Arschloch.« Dass die Worte überhaupt noch verständlich sind, ist verwunderlich, so wie sein Kiefer an seinem Gesicht hängt. »Du hast Glück gehabt, dass ich die dreckige Schlampe nicht vor deinen Augen auf dem Tresen vergewaltigt habe.«

Schäumend vor Wut balle ich meine Fäuste zusammen und habe das dringende Bedürfnis, ihn noch mehr bluten zu sehen. Aber bei Brock und mir funktioniert das so nicht. Nur Weicheier machen Typen wie Mike zu zweit fertig. Nicht wir. Solange nicht einer von uns in wirklich schlechter Verfassung ist, ist es ein ungeschriebenes Gesetz zwischen uns, dass keiner dem anderen die Show stiehlt. Das Lustigste an der Sache ist, dass dieser Vollidiot eine gute Chance hatte, wenigstens am Stück hier hinauszumarschieren. Die Betonung liegt auf *hatte*.

Mein Freund wird ihm den Arsch aufreißen.

Brock hält Mike immer noch an den Haaren fest und wirft Amber einen Blick zu, als wolle er sie um Erlaubnis bitten weiterzumachen. So ein Gentleman.

Ihre whiskeybraunen Augen sind zu Schlitzen verengt, und jegliches Mitleid ist daraus verschwunden. Amber schnappt sich Madelines Cosmopolitan und schüttet ihn über Mikes Kopf. Die Zuschauer, von denen die meisten Brock kennen, brechen in schallendes Gelächter aus. Kevin, ein Kumpel von uns, der hier zufällig der Chef der Türsteher ist, sieht von Weitem zu. Der riesige Kerl nickt in unsere Richtung, alles cool.

Lasset die Show beginnen. Genießen Sie die verdammte Unterhaltung, meine Damen und Herren.

Ein Lächeln legt sich auf Ambers schimmernde Lippen, während die rosa Flüssigkeit an Mikes Gesicht hinunterläuft, über seine braune Lederjacke und bis zu seiner Jeans. Sie geht einen berechnenden Schritt auf ihn zu, blickt ihm in die Augen und spuckt ihm an die Wange. »Reiß ihm den Arsch auf, Cunningham.«

Mit Ambers Erlaubnis schlägt Brock gegen Mikes Kopf und seine Rippen, wobei jeder Schlag den Hurensohn härter trifft als der vorherige. Gejohle und Zurufe heizen die Stimmung noch mehr auf, und die Band, die in der Ecke ihre Show abliefert, beachtet kaum einer mehr.

Ich umfasse Ambers Hüfte und ziehe sie aus der Gefahrenzone heraus. Sie widersetzt sich nicht, sondern presst ihren Rücken an meine Brust, während ich mich entspannt an den Tresen lehne. Ich fühle, wie angespannt sie ist, aber mit Brock in Sichtweite spielt sie die gute Freundin, die ihm erlaubt, sein Ding durchzuziehen. Obwohl ich meine Aufmerksamkeit auf Brock und dieses Arschloch richten sollte, das die menschliche Rasse in den Dreck zieht, tu ich es nicht. Verdammt, ich kann einfach nicht anders. So tödlich, wie ich für sie bin, so giftig ist Amber für mich. Sie macht mich fertig, lässt meine Gefühle verrücktspielen. Sie kontrolliert jeden meiner Gedanken, reizt meinen Verstand bis aufs Äußerste und stellt alles infrage, an das ich bisher geglaubt habe. Ihre weiche, kurvige Figur, die sich an mich drückt, raubt mir alle Sinne. Sie nimmt mich gefangen und zieht mich an wie ein Magnet, dem ich nicht entkommen kann, selbst wenn ich es versuchte. Meine Hände legen sich auf ihre Hüften, und meine Finger halten sie fest. Ich spüre, wie sie zusammenzuckt, aber nach einem kurzen Moment entspannt sie sich und lässt sich fallen. Lautlos gibt mir ihr Körper die Erlaubnis. So sanft, dass sie es gar nicht merkt, nähere ich meine Nase ihrem Haar und sauge den süßen Vanilleduft ein, der sich in ihren langen, schwarzen Locken verfangen hat.

Reinste Seide. Wie verdammte reine Seide.

Ich stelle mir vor, wie ihre goldenen, katzenartigen Augen zu mir hochschauen, während die Strähnen ihrer himmlischen Haare meine Bauchmuskeln kitzeln und ihre Zunge weiter nach unten wandert. Mein Herz springt aus meinem Brustkorb und schießt das Blut direkt in meinen Schwanz. Ich unterdrücke ein Stöhnen und rolle meine Augen weit nach oben, als ich mir auf die Lippen beiße und mir wünsche, es wären ihre. Ich räuspere mich und bin mir plötzlich sicher, dass ich derjenige bin, der die menschliche Rasse in den Dreck zieht, und nicht der Kerl, der gerade von Brock verprügelt wird. Ich richte meine Aufmerksamkeit wieder auf meinen Freund und weiß, dass ich recht habe.

Kurz bevor Kevin und sein Kollege den Kampf unterbrechen – wenn man es überhaupt einen Kampf nennen kann, schließlich hat der eine kaum etwas entgegenzusetzen, sodass es aussieht, als würde ein hungriger Bär über ein hilfloses Kätzchen herfallen –, hat Mike Glück und kann Brock einen schwachen Schlag auf den Mund verpassen. Schwach oder nicht, Brocks Unterlippe platzt auf, Blut läuft an ihr hinab, während Kevin Brocks Schultern packt und ihn wegzieht von dem Stück Scheiße, das jetzt nur noch ein Haufen blutiges Fleisch ist. Stöhnend, ächzend und höchstwahrscheinlich zutiefst bedauernd, dass er an diesem Abend einen Fuß in die Bar gesetzt hat, versucht Mike, sich aus seiner zusammengekauerten Position zu erheben. Er versagt kläglich, und sein Körper gibt nach.

Aaahh, ein Arschloch mit großer Klappe und der Captain des Footballteams prügeln sich wegen seiner Freundin. Das gibt einen unvergesslichen Freitagabend.

Ich brauche noch einen Drink ... *jetzt*.

12 Amber

Was mach ich hier?

Ich drücke mich von Ryder weg, als Brock auf uns zukommt. Und innerlich beklage ich den Verlust von Ryders Wärme. An der Unterlippe blutend und heftig atmend legt Brock seinen starken Arm um meine Taille und zieht mich an sich. Ich kuschle mich an seine Brust, und ein Gefühlschaos schwirrt durch meinen Kopf, während ich im Krieg mit dieser abscheulichen Seite in mir stehe. Und wenn ich mich nicht bald unter Kontrolle kriege, werde ich noch viel abscheulicher werden.

Der Moment, in dem ich mir über meine Gefühle für Ryder bewusst geworden bin, hätte der Moment sein müssen, in dem ich sie wieder abstelle. Von diesem Moment an war ich mir klar darüber, dass sie falsch sind und absolut ungesund. Ich weiß nicht, wann genau mich diese Erkenntnis getroffen hat, ich weiß nur, dass es schon viel zu lange her ist.

Der Mann, dem ich meine Liebe gestanden habe – der Mann, der mir immer nur Güte entgegengebracht hat –, war nicht der einzige in meinem Herzen, während er meine dreckige Ehre verteidigt hat. Ich verachte mich von Kopf bis Fuß. Untreue, besonders die geistige, kann eine Beziehung töten und ihre Überreste auf den Friedhof des Was-hätte-werden-können befördern. Wenn wir nämlich etwas begehren, das wir nicht begehren sollten, nimmt der gierige Hunger danach jede Fantasie ein, die durch unser unmoralisches Gehirn streift.

Während Brock sich mit einem Typen prügelt, weil der schlecht über mich geredet hat, habe ich zwar meine Augen auf meinen Freund gerichtet, aber mein Gehirn und all seine kranken Gedanken sind bei seinem besten Freund. Ich mag Brock zugesehen haben, aber mein Körper und mein Geist haben sich nach Ryder verzehrt.

In diesen chaotischen Minuten habe ich mich in Ryders Armen sicher gefühlt. Seine Gegenwart hat meine angespannten Muskeln relaxt. Wie eine Hure, zu der ich werden musste – wie eine Hure, die ich *bin* –, habe ich zugelassen, dass er mich berührt. Die meisten würden diese Handlung wahrscheinlich als unschuldig beschreiben oder schlimmstenfalls als kindisch. Hände an den Hüften werden wohl nie ein Tabubruch sein. Zumindest nicht in meiner Welt.

Aber die unausgesprochenen Gefühle hinter dieser Berührung waren allgegenwärtig, stark und erdrückend. Und denen, die diese Gefühle ausgesendet und empfangen haben, war es schlichtweg egal.

Ich komme zu einer erschreckenden Erkenntnis: Ich bin nicht besser, als mein Vater es war. Ich bin schlecht, schwach, zerrüttet und beschädigt. Der einzige Unterschied ist das Geschlecht, mit dem ich geboren bin, und dass ich keine Waffe auf jemanden richte, den ich liebe.

Jedenfalls noch nicht.

Die harten Töne der Band klingen in meinen Ohren, als ich meine Aufmerksamkeit wieder auf den Tumult um uns herum richte. Zitternd atme ich ein und beobachte, wie ein Türsteher meinen »Angreifer« auf seine wackligen Füße zieht. Ein schmerzerfülltes Stöhnen kommt aus dem ramponierten Mund des Mistkerls, als er versucht zu stehen und sich an die Rippen fasst. Er fährt mit seiner freien Hand durch sein dunkles, ungekämmtes, schulterlanges Haar und stößt noch ein Stöhnen aus, diesmal ein wildes und brutales. Sein Gesicht ist völlig zugeschwollen, und an seiner Unterlippe hängt ein blutgetränkter Speichelfaden, den er mit angewiderter Bewegung auf den Boden wischt. Vielleicht irre ich mich, aber ich könnte schwören, dem Speichel ist ein kaputter Zahn gefolgt. In nur einem Augenblick ändert sich seine Haltung schlagartig. Als ob ihm das alles nichts ausmachen würde, stößt er ein boshaftes Lachen aus, und sein Blick hat etwas Hysterisches, als er mir in die Augen sieht. Er grinst mich dreckig an, sein Ausdruck verspricht Rache, dann spuckt er in meine Richtung.

Mir zieht es den Magen zusammen, und ich spüre kleine Nadelstiche auf meiner plötzlich kalten Haut.

Der Türsteher, vor dem sich die meisten NFL-Linebacker vor Angst ducken würden, legt einen fleischigen Arm um die Schulter des Mannes und geleitet ihn mit schwindender Geduld aus der Bar hinaus. Erleichtert seufze ich auf und entspanne mich etwas. Die Menge löst sich auf und gewährt mir freien Blick auf Ryder. Er sitzt auf einem Barhocker und redet mit Lee und Madeline, aber seine blauen Augen blicken mich verloren und einsam an. Das versetzt meinem Herzen einen Stich.

Nein, nein, nein, sage ich wütend zu mir selbst. Ich wende meinen Kopf ab und blicke in Brocks Augen. Dabei schnüren mir meine Schuldgefühle fast die Luft ab. »Ich hätte nichts sagen sollen.«

»Wovon redest du?« Er hebt eine Hand, um sich das Blut von der Lippe zu wischen.

Ich halte ihn am Handgelenk fest, und er sieht mich verwirrt an. Ich stelle mich auf die Zehenspitzen und presse meine Lippen auf seinen Mund. In einem langen Kuss lecke das Blut von seinen Lippen. Ein Geschmack von salzigem Kupfer – wie eine Münze, die aus dem warmen Wasser des Ozeans geborgen wurde – breitet sich in meinem Mund aus und verstärkt meine Schuldgefühle nur noch. Ich küsse ihn heftiger und fühle mich angewidert von dem, was ich getan habe, was ich verursacht habe … und was ich tue.

Brock nimmt mein Gesicht in seine Hände und blickt mich forschend an. »Was geht in deinem hübschen Kopf vor?«

»Du hast dich wegen mir geprügelt. Du bist verletzt, weil ich gesagt habe, du sollst es tun.« Ich berühre seinen Mund mit meinen Lippen und bin mir mit jeder Faser meines Körpers bewusst, dass ich seine Liebe und sein Vertrauen nicht verdient habe. »Wenn ich doch nur meine Klappe gehalten hätte, dann wäre das nicht passiert.«

Er schmunzelt und zieht mich näher an sich heran. Eine Mischung aus Schweiß und seinem Aftershave steigt mir in die Nase. »Denkst du wirklich, ich hätte ihn gehen lassen, wenn du nichts gesagt hättest?« Ich will antworten, aber er legt seine Finger auf meine Lippen, um mich zum Schweigen zu bringen. »Falsch, Baby. Er hatte bereits einstecken müssen, aber als er dann diese Scheiße zu dir gesagt hat, war klar, dass er hier nicht mehr rauskommt, ohne zu spüren, was sechs Tage hartes Training jede Woche mit seinem Gesicht anstellen können.«

Als er mich küsst, schließe ich meine Augen und lege meine Arme um seinen Nacken. Ich fühle sein Grinsen, als er mit seinen Lippen mein Ohr berührt und flüstert: »Ich bin hart geworden, als du den Drink über seinen Kopf gekippt hast. Das weißt du, oder?«

Ich schüttle meinen Kopf und küsse ihn leise lachend auf die Nasenspitze. »Nein. Aber ich kann nicht sagen, dass mich das schockiert.«

»Tja, aber es ist so. Und wahrscheinlich habe ich schon blaue Eier deswegen.« Er fasst sich in den Schritt, und sein Grinsen wird breiter. »Ja, blau wie Blaubeeren.«

»Was für ein böser, böser Junge.« Ich fahre mit den Fingern durch sein schweißnasses Haar. »Wirklich böse.«

Er beißt mich in die Lippe. »Also, da du dich schlecht wegen dem fühlst, was hier passiert ist, wird dieser böse Junge deine Entschuldigung annehmen, und du kannst mein … *Problem* auf deine Art und Weise lösen. Ist das fair?«

»Absolut fair«, schnurre ich wie ein Kätzchen. Brock ist sich meiner sexuellen Abhängigkeit bewusst, und er nutzt sie zu unserer beider Vorteil. Während unser Sex die Taubheit aus meinem Hirn vertreibt, stößt Brock dabei seine eigenen Gedanken und seine katastrophale Familiengeschichte aus seinem Körper heraus.

»Wollt ihr zwei es gleich hier miteinander treiben?« Madeline hält mir ein Glas Tequila vor die Nase. Sie stützt eine Hand in ihre Hüfte, und eine feuerrote Haarsträhne fällt ihr über die Schulter, als sie ihren Kopf schüttelt. »Oder könnt ihr noch warten, bis wir fertig gefeiert haben?«

»Leichter gesagt als getan.« Brock nimmt ihr das Glas aus der Hand und stürzt es runter. »Eigentlich ist es alles andere als leicht. Das ist so, als würde man von Kindern verlangen, nicht nach den Weihnachtsgeschenken zu suchen.«

»Hey, das war für Amber.« Madeline blickt ihn böse an und nimmt ihm das Glas wieder weg. »Jetzt sieh zu, dass du es ihr wieder auffüllst, Cunningham.«

»Ja.« In gespieltem Trotz hebe ich mein Kinn. »Sieh besser zu, dass du *mich* wieder auffüllst.«

Brock fasst meine Hand und führt mich zur Bar. »Du hast keine Ahnung, wie oft ich dich wieder *auffüllen* werde, wenn wir hier draußen sind.«

»Das klingt aber gefährlich«, sagt Ryder trocken und dreht eine leere Bierflasche zwischen den Fingern. Er stürzt ein Glas von irgendetwas hinunter, das vor ihm steht, und das Grübchen an seiner Wange wird tiefer, während er mich begutachtet. »Aber tu ihr nicht weh dabei. Außer natürlich, sie steht auf Schmerz. Dann besorg es ihr so richtig.«

Mit zusammengekniffenen Augen starre ich Ryder an, und

in seinem Blick ist eine gewisse Heiterkeit zu erkennen, während er mit seiner blöden Flasche spielt. Es macht ihm Spaß, mit mir zu spielen.

Aah! Ich würde am liebsten die Flasche nehmen und ihm zeigen, auf wie viele Arten ich ihm damit Schmerz zufügen könnte.

Ryder wendet sich Brock zu und fährt fort. »Aber du könntest Amy verärgern. Du weißt, wie sie ist, Bro. Sie ist ein eifersüchtiges Miststück. Die eifersüchtigste, mit der du es je zu tun gehabt hast, und du hast schon mit vielen zu tun gehabt. Sie will dich ganz für sich allein und ist definitiv nicht der Typ, der gerne teilt.«

Ich starre Brock an und mein Puls geht schneller. »Wer ist *Amy*?«

»Sie ist …« Zögernd blickt er mich an. »Na ja, sie ist eine Art …«

Mir bleibt fast das Herz stehen, und ich kriege kaum noch Luft.

»Er hat dir nie von Amy erzählt?« In Lees Stimme schwingt Schock mit. »Wow, das ist aber gar nicht cool, Kumpel.«

»Nein«, antworte ich mit schwacher Stimme, ein Klumpen steckt mir im Hals. »Er hat mir nie von ihr erzählt. Wer ist sie?«

Ich flippe gleich aus. Wer bin ich, dass ich fragen darf, mit wem Brock hinter meinem Rücken rummacht oder nicht? Ich habe Ryder nicht nur hinter seinem Rücken geküsst, ich habe geistig sogar direkt vor ihm mit Ryder Sex gehabt.

»Das gibt's ja nicht. Das kann ich nicht glauben.« Lee stellt fünf Schnapsgläser in einer Reihe auf, gießt eine rote Flüssigkeit hinein und gibt einen Spritzer Sahne obenauf. Er schiebt mir ein Glas rüber, während er mich amüsiert anblickt. »Brock hat dir nie von seinem größten Fan erzählt?«

Madeline kichert, Brock schmunzelt, und Ryder zieht besserwisserisch eine Augenbraue nach oben. Ich seufze frustriert auf und habe das dringende Bedürfnis, eine Antwort aus einem von ihnen herauszuprügeln. Ich blicke von einem zum andern.

Nichts. Sie bleiben still.

Langsam ist es mir egal, ob ich das Recht habe, mich zu fragen, was Brock hinter meinem Rücken tut. Ich stürze das Getränk hinunter, wische mir mit einer Hand über den Mund und stelle das Glas frustriert auf der Bar ab. »Nein! Er hat mir nie von ihr erzählt. Aber irgendeiner von euch sollte es jetzt besser tun. Wer ist sie, verdammt noch mal?«

Die Luft ist erfüllt von Heiterkeit und ihr Gelächter klingt in meinen Ohren. Völlig angepisst stehe ich auf und bin drauf und dran, die Kneipe zu verlassen.

Da sagt Ryder: »Sie ist ein Geist, der hier in der Bar sein Unwesen treibt, Süße. Und jetzt setz dich wieder hin und entspann dich.«

»*Was*?« Ich starre Brock an. »Sie ist ein … Geist? Ihr Idioten habt mich wegen einem Geist verarscht?«

Brock zuckt mit den Schultern und grinst mich entschuldigend an. »Ja, sie ist ein Geist, und ja, wir haben dich verarscht.« Er leert sein Schnapsglas in einem Zug und sein Grinsen verzieht sich zu einem Schmollmund. »Baby, hab Mitleid mit mir. Sie ist ein Psycho.«

Madeline hebt ihr Glas in Brocks Richtung. »Sie ist nur bei dir so. Ihre Besessenheit ist vielleicht ein bisschen übertrieben, aber ihre Absichten sind gut. Sie will dich halt unbedingt, Cunningham. Aber wenigstens *mag* sie dich. Das kann Ryder nicht von sich behaupten. Ihn hasst sie regelrecht.«

Ryder schmunzelt. »Sie hasst mich nicht. Sie kommt nur mit meinem … *Schwarm-Faktor* nicht zurecht.« Er zwinkert mir zu. »Ja, das wird es sein. Meine umwerfenden Eigenschaften können einschüchternd sein. Ich bin ihr eine Nummer zu groß. Geist hin oder her, ich würde sie fertigmachen. Richtig fertig.«

Ich seufze und bedauere, dass ich ihm diesen Floh ins Ohr gesetzt habe. »Also, lasst mich das einmal zusammenfassen.« Ich setze mich wieder hin und versuche, diese komische, aber auch irgendwie verstörende Geschichte zu verstehen. »Amy ist ein Geist, der in der Bar sein Unwesen treibt und hinter Brock her ist?«

Lee öffnet einige Flaschen für ein paar Leute, die in ihrer Betrunkenheit unserer Unterhaltung zugehört haben. »Sie ist nicht nur hinter ihm her, sie will die Mutter seiner Geisterkinder sein.«

Aus allen Richtungen ertönt schallendes Gelächter. Ich muss grinsen, als Brock beschämt den Kopf schüttelt.

»Sie will ihn mehr als ein kleines Kind seine Süßigkeiten. Wenn er beim Pissen ist, greift sie ihm an den Sack, und wenn er die Bar verlässt, tut sie ihren Unmut kund, indem sie Bilder und Gläser hinunterschmeißt«, fügt Lee hinzu.

Das Gelächter um uns rum will gar nicht mehr enden.

Jetzt ist bei Brock von Verlegenheit nichts mehr zu spüren, und mit einem Ausdruck von Überlegenheit nickt er mir zu. Oh Gott, dieser Mann ist so verdammt süß und jeder Zentimeter an ihm zum Anbeißen. Kantiges Kinn, verführerisch volle Lippen und Augen, die jeden zu durchdringen scheinen. Kein Wunder, dass Amy – so tot sie auch sein mag – auf ihn steht.

»Es heißt, die Bar war Ende des siebzehnten Jahrhunderts ein Bordell«, fährt Lee fort, und die Sommersprossen auf seiner Nase werden von einem Grinsen in die Breite gezogen. »Unsere gute Amy hat sich um die Männer des Ortes gekümmert. Aber leider wurde sie mitten beim … Ausüben ihrer Arbeit hier in diesem Gebäude ermordet. In den Fünfzigerjahren bekam die Bar einen neuen Besitzer, der sie hat renovieren lassen. Während dieser Renovierungsarbeiten wurde ihr Skelett zwischen den Mauern entdeckt.« Lee deutet mit dem Daumen über seine Schulter auf die Backsteine, die einen alten Kamin umfassen. »Brock ist nicht der einzige Gast, um den sie sich kümmert, aber er ist definitiv ihr Liebling.«

»Und Amy hasst Ryder?«, frage ich mit gruseliger Begeisterung. »Ich meine, woher wisst ihr, dass sie ihn hasst? Missbraucht sie ihn?«

»Sie hasst mich nicht«, wiederholt Ryder und zeigt mit dem Finger auf mich. »Aber ja, sie missbraucht mich. Und wie! Aber mir gefällt es, wenn sie mich an den Haaren zieht. Ich mag diesen Tick.«

»Sie zieht dich an den Haaren?« Ich kichere und gebe Lee zu verstehen, dass ich noch einen Schnaps will. »Dann ist es definitiv Hass.«

»Es ist kein Hass, Süße.« Ryder blickt mich durchdringend an und lehnt sich auf den glänzenden Mahagonitresen. »Ich sagte doch schon, das ist mein Schwarmfaktor.«

Ich verdrehe die Augen. Da habe ich ihm etwas in den Kopf gesetzt, das er nicht mehr loswird.

Madeline sagt spöttisch: »Woher willst du denn wissen, dass es dein Schwarmfaktor ist? Vielleicht hasst sie dich ja doch.«

Er grinst hinterhältig. Ich halte den Atem an und ahne, dass er sein Spiel mit mir fortsetzen wird.

»Ein hübsches kleines Ding hat mir aber mal einen Schwarmfaktor bescheinigt. Ich habe ihr zuerst nicht geglaubt, aber nachdem ich darüber nachgedacht habe, musste ich ihr recht geben. Meine Informantin ist sehr intuitiv, was die männliche Anatomie angeht.« Ryder heftet seinen Blick auf meine Lippen und fährt sich mit der Zunge über den Mund. »Besonders, was den männlichen Mund angeht.«

Damit bringt er mich schon wieder völlig um den Verstand, mein Herz droht mir aus der Brust zu springen. Ich kriege kaum noch Luft und muss mich zwingen zu schlucken. Es funktioniert nicht. Ryder kichert leise und ist anscheinend sehr zufrieden mit meiner Reaktion.

»Bitte sehr«, sagt Lee und reicht mir meinen bitter benötigten Tequila.

Ich reiße ihm das Glas fast aus der Hand und leere es in einem Zug, bevor ich Danke sagen kann. Wohltuend brennt der Alkohol in meinem Hals.

»Ich gebe auf«, sagt Brock über die Musik hinweg. »Ich studiere nur Wirtschaft, was, zum Teufel, ist ein Schwarmfaktor?«

Ich bin total benebelt, aber das kommt nicht vom Alkohol. Das Testosteron von Brock und Ryder bringt meine weiblichen Körperteile zum Schwitzen, und ich kann mir in diesem Moment keinen Befehl von den beiden vorstellen, den ich nicht befolgen würde, keinen Wunsch, den ich ihnen abschlagen würde, und keine unmoralische Handlung, an der ich nicht mit jedem von beiden teilnehmen würde.

Madeline trinkt ihren Schnaps und zieht die Nase hoch. »Es bedeutet, er ist heiß, scharf, mucho caliente. Er ist ein richtiger Mann. Er bringt die Damenwelt zum Sabbern. Er macht ihre Unterhöschen feucht. Verursacht überall auf ihren Körpern ein Kribbeln. So was in der Art.«

Ding … ding … ding … Wir haben einen Gewinner!

Yep. Ich bin offiziell im Arsch.

Sie wirft Lee einen Kuss zu. »Aber das ist nichts gegen den Schwarmfaktor meines Mannes. Er schlägt sie alle.«

»Das ist mein Mädchen.« Grinsend wirft sich Lee das Geschirrtuch über die Schulter. »Sie weiß, wofür es sich wirklich lohnt zu schwärmen.«

Brock schnaubt. »Wenn Ashcroft oder Lee auch nur einen Funken von diesem Faktor besitzen, dann schwimme ich darin.«

Ryder zeigt Brock den Mittelfinger und grinst ihn verächtlich an. »Du bist derjenige, mit dem sich ein Geist vermehren will, Bro. Zumindest hat meine Verehrerin einen – wie soll ich sagen –, einen Puls?«

Brock erhebt sich, grinst Ryder herausfordernd an, nimmt mich an der Hand und zieht mich zu sich hoch. »Dieses weibliche Exemplar hier hat auch einen Puls«, sagt er ehrfürchtig und drückt mich an seine Brust. Er legt seine Finger um meinen Nacken und küsst und saugt an meinen Lippen. Langsam spielt er mit seiner weichen Zunge in meinem Mund. »Und genau in diesem Moment wird er schneller.«

Ich öffne meinen Mund und passe mich seinem Rhythmus an. Mein Körper sehnt sich nach seiner Berührung, nach seiner betäubenden Wärme. Er küsst mich tief, und sein vertrauter Geschmack gibt meinem verworrenen Verstand eine Gnadenfrist, seine schneller werdende Atmung ist Nahrung für meine Seele. Pfiffe und Anfeuerungsrufe dringen in mein Ohr, aber das Blut, das durch meine Adern strömt, übertönt die Geräusche und schließt mich in einem Kokon der Begierde ein. Mein Herz rast und lässt mich am ganzen Leib erzittern. Die Welt um mich herum verschwindet, als sich meine Finger in die seidenweichen Strähnen seiner karamellfarbenen Haare klammern. Er beißt mir sanft in die Unterlippe, und mit der freien Hand packt er mich besitzergreifend an der Hüfte.

»Und noch schneller«, flüstert er heiser und drückt mich an den Tresen, wobei ich seine Erektion an meiner Taille spüre. »Und immer … immer … schneller.« Er streicht mit seinen Lippen mein Kinn entlang und verweilt an meinem Hals. »Um ehrlich zu sein, ist ihr Puls jetzt so schnell, dass ich fast Angst bekomme.«

»Dann solltest du vielleicht damit aufhören.« Ryders Stimme zerschneidet die Luft und klingt feindselig in meinen Ohren. »Ich meine, wenn du Angst um ihre Gesundheit hast, warum machst du dann damit weiter, verdammt noch mal?«

Brock zieht sich langsam von mir zurück und wirft Ryder ein amüsiertes, aber auch giftiges Lächeln zu. »Ja, Bro. Vielleicht sollte ich aufhören.«

Buhrufe, laute Seufzer und Lacher erfüllen die Bar, während Ryder und Brock sich mit kalten Augen und harten Gesichtszügen gegenseitig anstieren.

Mein Herz macht einen Sprung, und Adrenalin schießt durch meinen Körper, als ich Ryders Blick plötzlich auf mir spüre. Obwohl er versucht, seinen Schmerz hinter einem Grinsen zu verbergen, ist das Leid in sein wunderschönes Gesicht geschrieben, und seine Eifersucht zieht mir regelrecht die Luft aus den Lungen. Eine Welle von Schuldgefühlen kommt in mir auf, und ich atme stoßweise. Das Chaos der Gefühle, die sich in den hintersten Ecken meines Gehirns aufstauen, verwirrt mich total.

»Lee?«, ruft Ryder und wendet dabei seinen Blick nicht von mir ab. Die Beharrlichkeit darin legt ihre Phantomfinger um meinen Hals und um meine Seele.

»Was gibt's, Kumpel?«

»Ich brauche noch einen Schnaps. *Jetzt.*«

»Ich denke, du brauchst mehr als einen.« Brock geht auf Ryder zu.

Mir bleibt fast das Herz stehen, aber als Brock Ryder einen Klaps auf die Schulter gibt, atme ich erleichtert auf, und meine Nerven beruhigen sich langsam.

Ein aufrichtiges Lächeln legt sich um Brocks Mund. »Ich denke, wir könnten alle ein paar gebrauchen, findest du nicht?«

Ryder legt seinen Kopf in den Nacken und wendet seinen Blick von mir ab. »Klar. Warum nicht, zum Teufel?«

Brock nickt mir zu. »Komm, trink ein paar Gläser mit uns, Ber.«

Die beiden Männer setzen sich nebeneinander auf zwei Barhocker und entspannen sich sichtlich, als Lee sechs

Schnapsgläser vor ihnen aufstellt. Zögernd knabbere ich an meinem Daumennagel und atme schneller, als ein innerlicher Kampf meine Muskeln daran hindert, Brocks Befehl zu befolgen. Nur einen Katzensprung von den zwei Männern entfernt, die mein Herz und meinen Verstand von dem Moment an besaßen, in dem ich ihnen begegnet bin, stehe ich wie versteinert an meinem Platz.

Madeline drängt mich mit ihrem Blick und holt mich aus meinem inneren Kampf heraus. Mit zaghaften Schritten gehe ich auf sie zu mit Füßen so schwer wie Blei. Madeline lächelt nervös und legt eine Hand beruhigend auf meinen Rücken. Doch mein Herz schlägt wieder wie verrückt, als Brock seinen Arm um meine Hüfte legt und mich zwischen sich und Ryder zieht.

Zitternd blicke ich zwischen den beiden hin und her, die ein optisches Geschenk des Himmels an die Menschheit sein müssen. Gemeißelte, maskuline Kunstwerke, an denen sich alle ergötzen sollen und die bei beiden Geschlechtern unweigerlich den Wunsch wecken, sie nur einmal zu kosten. In der einen Minute versinken meine Sinne in Ryders kühlen, eisblauen Augen, in der nächsten werden sie von dem Ausdruck in Brocks Gesicht überwältigt, der reine Liebe ausstrahlt. Die Welt weiß gar nicht, dass jeder dieser Männer – jedes dieser einfachen, aber doch komplizierten Geschenke – so viel mehr zu bieten hat als nur sein Aussehen.

Sie sind weich und doch hart.

Süß und doch bitter.

Perfekt und doch so herrlich unperfekt.

Jeder von ihnen ist eine Mischung aus allem, was meine Träume, Albträume, Gedanken und meine Seele beherrscht. Sie sind der Grund, warum ich weiterlebe.

»Hey, Süße«, sagt Brock mit tiefer Stimme und fährt mit seinem Finger mein Rückgrat hinauf.

Ich kriege Gänsehaut, das herrliche Gefühl seiner Berührung streichelt meine geschwächten Muskeln. »Hey.« Ich klinge atemlos, die Unsicherheit stiehlt mir meine Stimme. *Was, zum Teufel, ist nur los mit mir?* Ich war noch nie so unterwürfig bei einem Kerl. Verliebt oder nicht, verwirrt oder nicht, mir bedeuten diese beiden Männer etwas. Ihr Wohlergehen ist das Erste, das mir am Morgen in den Sinn kommt. Ich muss behutsam vorgehen, die Kacke ist schon mächtig am Dampfen. Aber ich werde nicht zulassen, dass ihr Alphaverhalten diese Nacht ruiniert, ganz zu schweigen von ihrer Freundschaft.

Ich habe schon viele Fehler in meinen Leben begangen, und ich habe nicht vor, dieser Liste auch noch die Zerstörung einer jahrelangen Freundschaft hinzuzufügen. Ich muss die Kontrolle übernehmen, denn ich bin die Einzige, die den Schlamassel wieder geradebiegen kann. Also stoße ich die beiden spielerisch mit der Hüfte an, um die Stimmung wieder ein bisschen zu lockern. »Lee, diese Kerle hier sind doch Dünnbrettbohrer. Gib mir vier Shots. Es ist an der Zeit, ihnen zu zeigen, wie man *wirklich* trinkt.«

Lee folgt meiner Aufforderung unverzüglich und stellt noch mal zwei Gläser vor mir ab.

»Du liebst Spielchen, oder?« Ryder schmunzelt, und das Lächeln lässt seinen Gesichtsausdruck weicher werden.

»Ah, sie macht nichts anderes«, stimmt Brock zu.

»Was ist los, Jungs?« Ich lege meine Arme um ihre Nacken und ziehe ihre Köpfe an meine üppigen C-Cups heran. »Fühlt ihr euch … bedroht?«, necke ich und grinse sie besserwisserisch an. »Ja, ich rieche Angst, und sie stinkt nach vollen Hosen.«

Madeline kichert, und Lee schenkt Tequila in jedes Glas. »Sie wird euch beide fertigmachen. Macht euch bereit, und schaut zu, wie man richtig trinkt, Jungs.«

Bevor einer von beiden etwas sagen kann, entlasse ich sie aus meiner Umarmung und kippe die vier Schnapsgläser direkt nacheinander hinunter. Das Stechen in meinem Hals und ein flaues Gefühl im Magen sagen mir, dass ich zu weit gegangen bin.

Yep, ich werde mich heute bestimmt noch übergeben.

Aber immerhin bringt mir die Leichtigkeit, mit der ich meine Aufgabe ausgeführt habe, nicht nur eine Runde Applaus von den umstehenden Zuschauern ein, sondern auch beeindrucktes Grinsen von meinen sexy Gegnern.

Meinem Beispiel folgend, kippen sie ihre Doppelten hinunter und knallen die Gläser auf den Tresen. Ryder schlägt Brock um den Bruchteil einer Sekunde.

»Nicht schlecht«, gibt Madeline anerkennend zu. »Aber Amber hat euch trotzdem geschlagen, Jungs.«

»Das habe ich, das habe ich. Und für meinen Sieg schulden sie mir etwas.« Ich grinse, und meine Fantasie macht Luftsprünge bei dem Gedanken an eine angemessene »Trophäe«.

Brock legt seine Hände an meine Hüften und sieht mich mit zusammengekniffenen Augen an. »Ich kenne diesen Blick, und er hat nichts Gutes zu bedeuten.«

»Sei ein braver Junge«, sage ich und tippe ihm auf die Nase. »Euch beiden wird schon nichts passieren.«

Ryder runzelt skeptisch seine Stirn. »Was übersetzt so viel heißt wie: Wir sind erledigt.«

»Maddie«, rufe ich und deute mit dem Kopf in Ryders Richtung. »Du schnappst dir ihn, und ich nehme Brock. Ich muss ein bisschen von dem Alkohol rausschwitzen.«

»Oh nein.« Ryder schüttelt den Kopf. »Ich werde nicht …«

»Tanzen«, beendet Madeline den Satz für ihn und packt ihn am Kragen. »Ich weiß, ich weiß. Sei kein Baby, Ashcroft. Du hast verloren. Du tanzt.«

Ich lache und packe Brock am Kragen. Dann bahne ich uns einen Weg durch die schwitzende Menge auf die Tanzfläche. Die Band macht gerade Pause, stattdessen spielt ein

DJ. Ich lege meine Hände um Brocks Nacken, ziehe sein Ohr an meine Lippen und liebkose seine Ohrmuschel, während wir uns zu Ushers »Scream« bewegen.

»Ist das meine Strafe fürs Verlieren?« Brock kneift mich in den Hintern und zieht mich an seine Brust. Dabei berühren seine Lippen mein Kinn. »Wenn es das ist, dann habe ich absolut kein Problem damit, jedes Spiel zu verlieren.«

»Wie schon gesagt«, brumme ich. »Du bist ein ganz böser Junge, Cunningham.«

»Du bringst das Böse in mir zum Vorschein.«

Ich schnaube verächtlich. »Ja klar, als ob du nicht schon vorher böse gewesen wärst.«

»Erwischt.« Er grinst und nickt mit dem Kopf Richtung Madeline und Ryder. »Sieh dir die beiden an.«

Ich blicke über die Schulter, und das, was ich da sehe, amüsiert mich sehr. Madeline zieht einen grimmig wirkenden Ryder wie an einer Leine hinter sich her durch die Menge auf die Tanzfläche. Doch als Madeline loslegt, verschwindet der grimmige Blick. Mit den Händen umfasst sie eine Polestange und stößt ihren Hintern immer wieder gegen Ryders Schritt. Ganz offensichtlich mehr als angetan davon, erscheint ein Grinsen auf Ryders Gesicht.

»Geht's dir jetzt gut?«, ruft Brock ihm zu.

»Wie könnte es mir nicht gut gehen?« Ryder fasst Madeline an der Schulter und reibt seine Hüften an ihr. »Sie hat meinen Schwanz gerade eben zum Leben erweckt.«

»Ryder«, brüllt Lee hinter der Bar. »Ich mach hier in zehn Minuten Schluss, und ich werde dich windelweich prügeln, wenn du mein Mädchen anmachst.«

»Hey, ich bin absolut unschuldig«, ruft Ryder zurück und grinst Lee hinterhältig an, während er seine Finger in Madelines Haare krallt. Jetzt reibt er sich noch fester an ihrem Po und gibt ihm einen Klaps. Madeline lacht vor Vergnügen auf. »Das ist *sie*. Ich mache nichts Verbotenes.«

Lee blickt Ryder noch einmal finster an, bevor er mit einem Tablett schmutziger Gläser in der Küche verschwindet.

Madeline fährt kichernd mit ihrer Anmache fort und legt ihren Kopf in den Nacken. »Du schreist ja förmlich danach, Ryder.«

»Nein, Madeline, *du* schreist danach.« Er nimmt sich eine Flasche Bier vom Tablett einer Bedienung, die gerade vorbeigeht. Mit einem Zwinkern fischt er ein paar Münzen aus seiner Tasche und wirft sie auf das Tablett. »Findest du nicht auch, Süße?«

Mit einem aufreizenden Grinsen nickt die rothaarige Kellnerin und schiebt langsam eine Visitenkarte zwischen Ryders Lippen. »Wenn sie keine Lust mehr hat, springe ich gerne ein. Ich mache um zwei Uhr hier Schluss. Ruf mich an, wenn es mit ihr nicht klappt.«

Ich verdrehe die Augen, während die Rothaarige sich ihren Weg durch die Menge bahnt und Ryder noch einen verführerischen Blick zuwirft, bevor sie um eine Ecke verschwindet.

»So eine Unverschämtheit«, schnaubt Madeline mit gespielter Wut. »Du tanzt mit mir und lässt dir gleichzeitig die Telefonnummer von so einem dahergelaufenen Mädchen geben?«

Ryder nimmt die Karte aus seinem Mund und schiebt sie in seine Hosentasche. »Sorry, Mad. Aber ein Mann muss tun, was er tun muss.«

»Das stimme ich dir zu«, sagt Brock und schiebt unauffällig seine Hand unter meinen Rock. Mein Puls schlägt höher, und mein Atem geht schneller, als er seine andere Hand an meinen Rücken legt und mich fest an sich zieht. »Ah, keine Unterhose. Das ist gut.«

Mit lüsternem Blick dringt er mit einem Finger in mich ein und umrundet meinen G-Punkt. Ich kann ein Stöhnen nicht unterdrücken, und meine Scheide zieht sich um seinen Finger zusammen.

»Was tust du da?« Ich atme heftig und lasse meinen Kopf nach hinten fallen, als er einen zweiten und dann einen dritten Finger in mich schiebt.

»Warum? Ich glaube, ich … fingere dich.« Nach seinen leisen, dunklen Worten küsst er mich leidenschaftlich, und unsere Körper bewegen sich in der unwissenden Menge. Rein und raus, raus und rein. Seine Finger stimulieren meine Scheide bis aufs Äußerste, und der pulsierende Rhythmus der Musik scheint sich seiner unerwarteten Attacke anzupassen. Ich schließe meine Augen, und Schweiß sammelt sich in meinem Nacken, während mein Wunsch nach Sex immer größer wird.

»Kumpel, deine Zeit ist um.« Hinter uns ertönt plötzlich Lees Stimme und lässt mich zusammenfahren.

Brock schmunzelt, und ich halte den Atem an. Als er seine Finger langsam aus mir herauszieht, atme ich wieder aus. Bevor er seine Hand unter meinem Rock hervorholt, streift er noch einmal meine Klitoris. Mit gierigem Blick sieht er mich an, grinst und nimmt dann seine Finger in den Mund, um meinen Saft von ihnen abzulecken. Mit wackligen Beinen und zittrigem Atem wäre ich bereit, es hier und jetzt mit ihm zu treiben.

Er stöhnt mir ins Ohr. »Kannst du dir vorstellen, was ich mit deiner Muschi anfangen werde, wenn wir bei mir zu Hause sind?«

Ich nicke und versuche, meinen Körper wieder unter Kontrolle zu bekommen. »Ich denke, schon.«

»Nein, Baby. Ich glaube nicht, dass du dir das vorstellen kannst. Ich werde sie so fertigmachen, wie du es gernhast, und noch mehr.«

»Was wirst du fertigmachen?«, lallt Madeline hinter uns und wischt sich über ihre verschwitzte Stirn. »Ihren Verstand?«

»So in etwa habe ich mir das vorgestellt, ja.« Brock nickt und grinst verführerisch.

»Wenn du ihr den nicht eh schon geraubt hast.« Lee legt seine Arme um Madelines Hüfte und zieht sie in eine dunkle Ecke neben dem Tresen, wo er sich auf einen Stuhl fallen lässt und sie auf seinen Schoß zieht.

Brock dreht sich zu Ryder um und zieht die Augenbrauen hoch. »Ich muss mal pinkeln. Kann ich dir mein Mädchen anvertrauen, ohne dass du dich an ihr vergreifst, während ich weg bin?«

»Bist du high?« Ryder schnalzt mit den Lippen. »Sie ist im Arsch, wenn du mich mit ihr alleine lässt, und ich bin nicht dafür verantwortlich, wenn sie nicht mehr zu dir zurückkommt.«

»Sie wird zurückkommen«, ruft Brock über seine Schulter hinweg. »Sei einfach nett zu ihr.«

»Oh, ich werde nett sein … sehr, sehr nett.« Ryder trinkt sein Bier aus, verbeugt sich vor mir und nimmt meine Hand. Verschmitzt grinst er mich an und stellt die leere Flasche auf einen Tisch. »Darf ich um diesen Tanz bitten, Madame?«

Bei dem Gedanken an körperlichen Kontakt mit Ryder geht mein Puls schneller. Lächelnd lege ich meine Hand in seine und erwarte, dass er die nächsten fünf Minuten sehr … interessant machen wird. »Ich dachte, du tanzt nicht gerne?«

»Na ja, zwei Dinge haben sich geändert.« Er umschließt meine Finger, zieht mich an seine Brust und legt seinen freien Arm um meine Hüfte. Mir bliebt fast das Herz stehen, als er seinen Mund meinem Ohr nähert und flüstert: »Erstens: Langsame Tänze mag ich, und falls du es noch nicht bemerkt hast, die Band spielt ›Sail‹ von *Awolnation*.«

Total benebelt von zu vielen Shots und Brocks jüngstem Übergriff grinse ich idiotisch und bemerke erst jetzt, dass die Band zurück ist.

Seine Lippen fahren weiter an meiner Ohrmuschel entlang, und seine Stimme vermischt sich mit den sinnlichen Klängen der Musik. »Und zweitens passt das Mädchen, mit dem ich jetzt tanze, viel besser zu mir. Sie macht das Ganze … erträglicher, wenn man so will.«

»Macht sie das?« Die Frage kommt heiser aus meinem Mund, und ein Schleier des Verlangens legt sich auf meine Haut.

Er lässt meine Hand los und greift jetzt mit beiden Händen an meine Hüfte. »Ja, das macht sie.« Wieder ein Flüstern, diesmal sanft an meiner Wange. Er zieht mich eng an sich heran, und ich spüre seine Erektion an meinem Bauch, während wir uns langsam zur Musik bewegen. »Sie kann einen Mann total aus dem Gleichgewicht bringen und ihm das letzte bisschen Verstand rauben, das ihm noch geblieben ist.« Er fährt mit den Fingern an meiner Hüfte entlang nach oben, knapp an meinen Brüsten vorbei und hebt dann meine Ellbogen an, damit ich meine Arme um seinen Hals lege. Ein Grinsen umspielt seinen Mund, als ich in seine Haare fasse. »Und willst du noch etwas wissen, Süße?«

Ich nicke. Meine Sicht verschwimmt, und eine Million Gefühle strömen durch meinen Körper, als er seine Stirn gegen meine lehnt.

»Ich denke, sie weiß, was sie mit einem Mann machen kann.« Seine Hand liegt wieder an meiner Taille, die er fest drückt. Mein Atem geht immer schneller, und sein Grinsen wird breiter. »Sie beherrscht jeden seiner Gedanken. Egal, ob er wach ist oder schläft, sie ist in seinem Kopf und nimmt seinen ganzen Verstand ein. Aber er will nicht, dass sie aufhört damit. Er ist süchtig nach ihren Augen, nach ihrem süßen Geschmack auf seiner Zunge und nach der Art, wie sie sich bewegt, wenn sie in seiner Nähe ist.« Er atmet tief ein, und sein Piercing blitzt hervor, als er sich mit der Zunge über die Lippen leckt. »Er befindet sich mit ihr so im Einklang, dass er den stummen Ruf ihres Körpers hören kann, wenn sie sich nach seiner Berührung sehnt.«

Erregt starre ich auf seine Lippen, während meine zu zittern beginnen, bis er mich auf die Schläfe küsst, mit seinem Mund über meine Wange streicht, um dann an meinem Kinn innezuhalten. »Ja, sie weiß genau, was sie mit einem Mann machen kann.«

Ich schaudere und bringe nur gestammelte Worte hervor. »Ich denke, du hast unrecht.«

»Ich denke, er hat recht«, flüstert Brock in mein Ohr und umfasst meine Taille von hinten.

Ich zucke zusammen, und mein Herz explodiert fast. Ich will mich umdrehen, aber Brock hält mich fest. Er vergräbt seine Nase in meinem feuchten Haar und drückt sein Becken gegen meinen Hintern.

»Auf jeden Fall hat er recht.«

»Natürlich habe ich recht.« Ryders Stimme gleicht einem rauen Krächzen, als er zurücktritt. »Wir sehen uns an der Bar.«

»Bleib hier, Bro.« Brock streicht mein Haar aus meinem Nacken und liebkost mich dort mit seinem Mund. »Amber macht es bestimmt nichts aus, wenn wir beide mit ihr tanzen, oder?«

»Nein«, hauche ich und bin augenblicklich über meine Antwort erschrocken. Ich ergebe mich in die sanfte Berührung von Brocks Händen, die meine Hüften kneten. Ich zögere einen Moment und frage dann verlegen: »Macht es dir etwas aus?«

»Überhaupt nicht. Sonst hätte ich es nicht angeboten, Baby.« Brock beißt sanft in meine Schulter und atmet schwer, als er seine Daumen in den Saum meines Rocks einhängt. »Der Gedanke daran, dass du zwischen uns beiden bist, turnt mich sogar verdammt an.«

Ich bin überzeugt davon, dass der Alkohol aus Brock

spricht, und kichere nervös. Ich starre Ryder an und warte darauf, dass er sich bewegt. Wie versteinert steht er da und lächelt uns überrascht und sprachlos an.

»Jetzt sei kein Weichei, Ashcroft, und leg deine Hände an mein Mädchen«, sagt Brock.

Ryder blinzelt. »Na, wenn das so ist, dann kann ich wohl kaum Nein sagen, oder?« Er kommt auf mich zu, nimmt mein Gesicht in seine Hände und blickt mich fragend an. Er presst seine Brust an meine und flüstert mir ins Ohr: »Bist du dir sicher, dass du das willst?«

Ich nicke mit wild klopfendem Herzen, und unsere Körper bewegen sich im Einklang mit der langsamen, sinnlichen Musik. Ryder streichelt über meine Wangen, mein Schlüsselbein entlang, runter zu meiner Hüfte, die er fest packt.

»Sie fühlt sich gut an, stimmt's?« Brock hebt meine Arme nach oben, legt sie um seinen Hals und berührt mit seinem Mund sanft mein Ohr.

Ich stöhne leise auf und lasse Ryder nicht aus den Augen. Sein berauschendes Aftershave benebelt meine Sinne. Er beißt sich auf die Lippen und hat einen gierigen Ausdruck im Gesicht, als er seine Hände an meinen Hüften nach oben bewegt und mit seinen Daumen kleine, aufreizende Kreise direkt unter meine Brüste malt. Mein Puls hämmert, seine verführerischen Bewegungen pressen mir die Luft aus der Lunge.

»Wie im Himmel.« Ryders Blick ist auf mich gerichtet, während er weiter meine Rippen streichelt. Mit jeder Bewegung kommt er näher an meine Nippel, was sie hart wie Stein werden lässt. Sündige Flammen schlängeln sich durch meinen Körper, und ich bekomme eine Gänsehaut, als er ein Knie zwischen meine Beine presst. Ich stöhne erneut auf, und mein Herz droht zu zerspringen, als er seine Hüfte an meiner reibt. »Sie ist ein wunderbares Geschenk. Eins, das keiner von uns beiden verdient hat.«

Meine Muskeln werden schwach, mein Verlangen nach ihm – nach beiden – wird mit jeder Sekunde größer. Ich kralle meine Nägel in Brocks Kopfhaut, als er meinen Kopf nach hinten zieht und den Schweiß von meinem Hals leckt.

»Sie *ist* ein Geschenk. Aber ich bin mir nicht sicher, ob sie sich dessen bewusst ist«, sagt Brock. »Ich frage mich, ob es etwas gibt, das wir … mmh … *tun* können, damit sie merkt, wie süß sie ist.«

»Das könnte schwierig werden«, sagt Ryder mit anzüglichem Grinsen und dreht eine Strähne meiner Haare zwischen seinen Fingern. »Aber ich bin mir sicher, uns würde schon etwas einfallen, das sie … befriedigt.«

»Oh, ihr zwei seid gut.« Ich grinse, und die Stimulation der beiden raubt mir den letzten Rest Moral. »Habt ihr darin Unterricht bekommen?«

»Nein, sie sind einfach nur Player.« Ein hicksendes Kichern lässt mich erstarren. »Sie werden es dir richtig besorgen, aber so *richtig* schmutzig.«

Ich drehe meinen Kopf, und mein Blick landet auf einer betrunkenen Hailey Jacobs. Ihr blondes Haar hängt wirr über ihre Schultern, sie verzieht ihre roten Lippen zu einem hämischen Grinsen und hat ihren Arm um die Hüfte einer Freundin gelegt, die sich unter ihrem Gewicht kaum auf den Beinen halten kann.

»Heilige Scheiße«, murmelt Ryder. Er lässt seine Hände auf meine Hüften fallen und stöhnt auf, als er in Haileys Gesicht blickt.

»Was ist los, Ryder? Hast du Angst, das Geheimnis von dir und deinem Freund könnte herauskommen?« Sie wendet sich mir zu und funkelt mich mit ihren blauen Augen an. »Ich dachte, ich wäre die Einzige gewesen, die sie zu zweit ficken. Aber da habe ich mich wohl geirrt.«

Mir stockt der Atem, und ich taumle nach hinten. Keinem

der beiden Männer gelingt es, mich festzuhalten. »Was hast du gerade gesagt?«

Sie torkelt auf mich zu, und Bier aus ihrer Flasche spritzt auf meinen Pulli. »Ich mach's kurz, du Schlampe. Glaub nicht, dass du etwas Besonders bist, nur weil sie dich zu zweit anmachen. Du bist nichts als ...«

»Halt dein Maul, Hailey«, faucht Brock sie böse an. Er packt sie am Hals und zieht sie von mir weg. »Du bist betrunken, wenn du nur noch ein Wort sagst, dann haue ich dir eine runter.«

Sie streicht mit einem Finger verführerisch über Brocks Wange. »Da du niemals eine Frau schlagen würdest, finde ich deine Drohung ziemlich amüsant, aber auch sexy. Wenn jemand weiß, dass ich es hart mag, dann doch du und Ryder, nicht wahr?«

Blut.

Ihres.

Ich will es.

Nur der Hass in Brocks Augen beruhigt mein rasendes Inneres etwas. Was die Schlampe gesagt hat, ist wahr – Brock würde niemals eine Frau schlagen. Aber ein hungriger Löwe lässt sich nicht ewig reizen, ich kenne diesen Blick. In den Heimen, in denen ich gelebt habe, war das die letzte Warnung, bevor ein Mann die Beherrschung verlor.

»Nicht, Brock!« Ich ziehe seine Hand von Haileys Hals weg und blicke mit hämmerndem Puls zwischen ihm und Ryder hin und her.

Ryder bleibt still, schluckt und schüttelt den Kopf.

Wut bäumt sich in mir auf, als ich meinen verwirrten Blick wieder auf Brock richte. »Was verheimlichst du vor mir?«

»Ich verheimliche dir gar nichts, Ber. Lass uns gehen.« Er funkelt Hailey bitterböse an, legt seinen Arm um meine Taille und will mich wegführen.

»Willst du mich verarschen?«, fauche ich ihn giftig an. Es

ist mir egal, ob ich den Löwen weiter reize. Ich schlage gegen seine Brust, ohne dass ihn das einen Zentimeter bewegen würde. »Treibst du es mit dieser Nutte hinter meinem Rücken zusammen mit Ryder? Ist es das, was hier abläuft?«

»Nein!«, widerspricht Brock, und die Stimme scheint ihm zu versagen. Als er nach meiner Hand greift, ziehe ich sie zurück und schaue ihn schockiert an. »Beruhige dich.«

»Mich *beruhigen*?« Hitze steigt in mein Gesicht. »Du hast meine Frage nicht beantwortet. Wovon, zum Teufel, redet sie da?«

»Was habe ich da nur angerichtet«, säuselt Hailey. Sie schüttelt ihren Kopf. Die Bewegung bringt sie aus dem Gleichgewicht. Sie prallt gegen meine Schulter, und ihr schlapper Körper lässt mich zurücktaumeln.

Ryder packt sie am Ellbogen und zieht sie von mir weg. »Was, zum Teufel, machst du da, Hailey? Hä? Turnt dich diese Scheiße hier an?«

»Das turnt mich total an.« Sie entzieht sich Ryders Griff. »Und ich sage die Wahrheit. Ich habe die Schnauze voll davon, dass du und Brock mir verbietet, mich ihr zu nähern und ihr zu erzählen, was passiert ist.«

»Was, zum Teufel, ist hier los?«, fragt Madeline, die mit Lee auf uns zukommt, mit gerunzelter Stirn. »Kaum gehe ich auf die Toilette und schon …« Die Worte bleiben ihr im Hals stecken. »Was macht *die* denn hier?«

»Also, das letzte Mal, als ich es überprüft habe, durfte ich in jede Bar in Maryland gehen.« Hailey dreht sich zu mir um und grinst mich hämisch an. »Aber *sie* darf das, glaube ich, noch nicht. Vielleicht sollte ich dem Besitzer stecken, dass ihr Ausweis gefälscht ist?«

»Zum Teufel noch mal! Halt endlich dein dreckiges Maul!«, brüllt Ryder mit zitterndem Unterkiefer. Er sieht Haileys Freundin an. »Bist du nüchtern?«

Die kleine Brünette nickt ängstlich.

»Gut. Bring sie hier raus, und fahr sie nach Hause, bevor ich mich vergesse.«

Das Mädchen gehorcht eilig und nimmt Haileys Hand. Doch als würde Ryders Drohung ihr überhaupt nichts ausmachen, entzieht Hailey ihr die Hand. Sie will mich weiter wahnsinnig machen. »Lass mich raten: Deine Liebhaber haben den Ausweis für dich gefälscht, oder? Das überrascht mich nicht. Das haben sie für mich auch getan, und sie haben mich *zu zweit* ... und *gleichzeitig* ... gefickt. Noch mal: Du bist nichts Besonderes, du Schlampe.«

Verwirrung macht sich in meinem vom Alkohol benebelten Gehirn breit, die Stimmen um mich herum verschwimmen zu einem düsteren Chaos. Ich atme tief ein und werde wieder wachgerüttelt, als Hailey fortfährt.

»Das Einzige, was mich wirklich überrascht, ist, dass sie sich eine Schlampe teilen wollen, deren Vater eine Kugel für ihre Mutter verschwendet hat anstatt für sie.«

Mir stellt es die Nackenhaare auf. Alles, was mir diese bösartige Schlange jemals angetan hat, ist nichts im Vergleich zu diesem Moment. Jegliche schlüssigen und rationalen Gedanken verschwinden aus meinem Kopf und nehmen meinen Verstand gleich mit. Ich hole aus, schlinge meine Hände schneller um ihren Hals, als irgendwer begreifen kann. Bevor ich realisieren kann, was hier passiert, liegt sie unter mir auf dem Boden, und meine Faust trifft auf ihre niedliche Nase. Zweimal. Mit dem Blut, das über ihre rosigen Wangen läuft, sieht sie plötzlich nicht mehr aus wie ein Porzellanpüppchen. Ich habe kaum Zeit, den Schaden zu genießen, den ich ihrer überteuerten künstlichen Nase zugefügt habe, da zieht mich Brock von ihr runter. Er greift mir unter die Achseln und zieht mich zwischen die aufgebrachten Menschen um uns herum.

»Ber, schau mich an.« Brocks Stimme klingt panisch, seine Hände sind überall auf mir. Gesicht, Schultern, Arme,

Hals – er inspiziert jeden Körperteil von mir. »Schau mich an, Baby.«

Ich blicke ihm in die Augen, und die aufrichtige Sorge in ihren wunderschönen grünen Tiefen lässt mein Herz schneller schlagen. Nur für einen Moment. Dann lehne ich mich an eine Polestange und beobachte genüsslich, wie Hailey heulend auf die Füße kommt. Aus ihrer Nase läuft Blut, das in die Ritzen der Holzdielen am Boden tropft, während ihre Freundin und ein Türsteher ihr zum Ausgang helfen. Mit funkelnden Augen hole ich erneut aus und will sie noch einmal treffen, bevor sie verschwindet.

Brock hält mich zurück und schließt mich in seiner Umarmung ein. »Ber, nicht! Sie ist es nicht wert, Baby.«

»Nein, das ist sie nicht«, sagt Madeline neben mir. Sie streicht mir das Haar aus dem Gesicht und lächelt mich traurig an. »Bist du okay?«

»Nicht wert?«, schnaube ich und ignoriere Madelines Frage. »Sie ist es nicht wert, Brock? Anscheinend war sie es dir irgendwann einmal wert. Mein Gott, wie konntest du mich nur so anlügen, was sie betrifft?«

Er legt seine Stirn an meine und flüstert mir gequält zu: »Ich habe dich nicht angelogen.«

»*Was*?« Aufgeregt atme ich ein. »Doch, das hast du! Ich habe dich nach ihr gefragt.«

»Und ich habe dir die Wahrheit gesagt. Dass sie mir nichts bedeutet hat. Und dass wir jedes Mal, wenn wir miteinander im Bett gewesen sind, betrunken waren. Das war alles.«

»Aber praktischerweise hast du den Teil ausgelassen, in dem du sie mit Ryder zusammen gefickt hast?«

»Ja, das habe ich. Warum hätte ich dir das erzählen sollen, Ber?«

Mir fallen fast die Augen aus dem Kopf. »Warum, zum Teufel, hättest du es *nicht* tun sollen?«

»Das ist etwas, was ich Madeline nicht erzählen würde«,

mischt sich Lee ein und legt seinen Arm von hinten um Madelines Hüfte. »Auf keinen Fall.«

Madeline dreht ihren Kopf. »Ach ja?«

»Sei nicht sauer, Pussycat.« Er vergräbt sein Gesicht in ihrem Nacken. »Das ist einfach nichts, was ein Kerl seinem Mädchen erzählt. Amber hat gewusst, dass er mit ihr rumgemacht hat. Sie musste nicht jedes Detail wissen.«

»Mm-hmm«, brummt Madeline, und ich frage mich, ob ich meinen verbliebenen Ärger an Lee auslassen sollte oder nicht. »Hast du gewusst, dass Ryder und Brock ... es der dreckigen kleinen Hure besorgt haben?«

»Klar hab ich das gewusst«, gibt er zu, als Ryder sich nähert. »Es war ja unmöglich einzuschlafen, während diese zwei Idioten ihr im Nebenzimmer das Gehirn rausgevögelt haben.« Lee kichert und reibt sein Becken an Madelines Po. Mit piepsender, hoher Stimme imitiert er: »Ryder, bitte hör nicht auf. Brock, ja. Oh Gott, Brock, genau da.«

Ryder klatscht ihm mit der Hand an den Kopf und blickt ihn böse an. »Du bist ein Arschloch.«

Lee zuckt mit den Schultern. »Hey, Kumpel, Amber weiß, was passiert ist. Was ist schon dabei?«

»Mach lieber einen kleinen Spaziergang, bevor ich dir zeige, was dabei ist«, presst Brock hervor. *»Jetzt.«*

Madeline zieht ihn zum Ausgang. »Du wusstest, was sie mit ihr getan haben, und hast mir nichts davon erzählt?«

Lees Antwort ist nicht mehr zu hören, als sie sich einen Weg durch die Menge in Richtung Ausgang bahnen.

Ich sehe Brock an. »Ihr zwei habt sie euch wirklich geteilt.«

»Wir *haben* sie uns geteilt, richtig.« Brock blickt mir tief in die Augen und streichelt mit seinen Fingerknöcheln über mein Kinn. »Ich hatte nichts mehr mit ihr, seit ich zum ersten Mal mit dir geredet habe, Ber.«

Eine Träne läuft mir die Wange hinunter. »Du erwartest, dass ich dir das glaube?«

»Ich schwöre dir, dass es die Wahrheit ist«, beteuert er inständig und fährt sich mit einer nervösen Hand durch sein Haar.

»Er sagt die Wahrheit.« Die Worte fließen weich aus Ryders Mund, dessen Gesichtsausdruck gequält wirkt. »Von dem Moment an, in dem er dich zum ersten Mal gesehen hat, hat er sie abblitzen lassen.«

Verwirrung und Verrat nagen an mir und drohen, mein Vertrauen zu zerstören. Noch stärker als alles andere fühle ich aber etwas, von dem ich dachte, dass ich es nie in Bezug auf Hailey empfinden würde: Eifersucht. In meinem Herzen herrscht heilloses Durcheinander bei der Vorstellung, dass diese Schlampe in den Genuss ihrer Talente gekommen ist. Sie hat gehabt, was ich nicht habe. Was ich mir so sehr wünsche. Bilder von Brock, wie er sie küsst, wie er sie nimmt, während Ryder einen anderen Teil ihres Körpers verwöhnt, schießen mir durch den Kopf und lassen mein Blut gefrieren.

Ich schniefe und ringe nach Worten. »Habt ihr zwei das auch mit anderen Mädchen gemacht? Und wie oft habt ihr sie beide zusammen gehabt?«

»Nein, nur mit ihr«, flüstert Brock und schüttelt den Kopf. »Ich weiß nicht, wie oft. Vielleicht ein paarmal im Sommer.«

Mein Magen verkrampft sich, und aus glasigen Augen blicke ich Ryder an.

Er legt zögernd eine Hand an meine Wange und wischt mir eine Träne aus dem Gesicht. »Sie war die Einzige«, gibt er mit schwacher Stimme zu. »Geht's dir gut?«

Ich trete einen Schritt zurück, und es ist mir peinlich, dass ich weine. »Ja, mir geht's gut. Ich will nur raus hier.«

»Brock«, ruft eine tiefe Stimme hinter uns.

Über meine Schulter hinweg sehe ich, wie der Türsteher auf uns zukommt.

»Was gibt's?« Brock wendet zögerlich seinen Blick von mir ab.

»Mein Boss ist verärgert.« King Kongs Zwilling reibt sich mit der Hand über die Haare und schüttelt seufzend seinen Kopf. »Es war schlimm genug, dass ich dir erlaubt habe, Mike fertigzumachen, aber nach dem, was deine Freundin gerade getan hat, wird es mir die Kündigung einbringen, wenn ich euch nicht rauswerfe. Tut mir leid, Mann, aber ich habe Rechnungen zu bezahlen.«

»Nein, ich versteh schon, Kumpel.« Brock nickt. »Wir wollten gerade gehen.«

»Cool.« King Kong legt eine Hand auf Ryders Schulter und sieht ihn an, als hätte er einen Plan. »Es muss glaubwürdig aussehen, okay?«

Ryder zieht eine Augenbraue hoch. »Kevin, es ist mir egal, wie groß du bist. Wenn du mich anfasst, reiße ich dir auf der Stelle den Arsch auf.«

»Komm schon, Ashcroft. Du willst mir wirklich nicht erlauben, die Sache hier so zu Ende zu bringen, wie es sein sollte?«

»Darauf kannst du dich verlassen.«

»Okay, ich werde mich beim Spiel am Samstag revanchieren.« Kevin dreht sich auf dem Absatz um und lacht leise. »Dein Quarterback-Arsch gehört mir. Und jetzt macht, dass ihr hier rauskommt, bevor ich gefeuert werde.«

Ein Moment unbehaglicher Stille breitet sich zwischen uns dreien aus, bevor ich mich Richtung Ausgang begebe. Mein Puls hämmert bei jedem Schritt, den ich auf dem Parkplatz mache. Ich atme tief ein, aber die kühle Oktoberluft bietet keine Linderung für meine Nerven, als ich mich gegen Brocks Hummer lehne. Ich blicke nach oben in den wolkenlosen Himmel, und meine Gefühle bringen mich an den Rand des Wahnsinns. Die Nacht umschlingt mich mit einer riesigen Welle der Wut, als Brock und Ryder zu mir kommen.

»Amber«, flüstert Ryder heiser. »Es tut mir leid. Es tut mir so leid, dass du es auf diese Weise von Hailey erfahren hast.

Es tut mir leid, dass ich dich ausgenutzt habe.« Er streicht mit einer Hand durch sein Haar. »Mir tut einfach alles so verdammt leid, Süße.«

Die aufrichtige Reue und die Verletzlichkeit in seinem Gesicht machen mich fertig und bestätigen mir, was ich bereits wusste. Ich bin pures Gift für diese Männer, eine gefährliche Pflanze, die ihre hässlichen, giftigen Dornen in ihr Fleisch gräbt.

»Gott, Ryder, du hast mich nicht ausgenutzt. Du musst dich nicht entschuldigen. Du hast keinen Grund dazu.« Ich wische mir mit dem Handrücken über die Augen und stehe kurz vor einem Nervenzusammenbruch. »Wir reden ein anderes Mal, okay?«

Ryder legt die Hände um seinen Nacken und blickt mich ein paar Sekunden lang verständnisvoll an. Dann nickt er und geht davon. Schweren Herzens umrunde ich das Auto und öffne die Tür. Als Brock einsteigt, zieht sich alles in mir zusammen. Ein unheimliches Schweigen liegt in der Luft, bevor Brocks Seufzen mich aus meiner Trance reißt. Mir stockt der Atem, ich bekomme eine Gänsehaut, als er sich zu mir rüberbeugt und meine Schläfe mit seinen Lippen berührt.

Langsam lehnt er sich wieder zurück, und seine grünen Augen sind Balsam für meine Seele. »Hailey hat mir nichts bedeutet, Amber. Gar nichts. In dem Moment, in dem ich dich gesehen habe, wusste ich, dass ich dich haben muss. Dass ich dich in meinem Leben brauche. Unsere Narben haben einen anderen Ursprung, aber sie vereinen uns, Baby. Ich weiß, dass du das auch fühlst. Dass du es spürst, wenn wir zusammen sind. Ich will dir nicht wehtun. Das würde ich niemals absichtlich tun. Ich …«

»Aber du *hast* mir wehgetan.« Ich lege einen Finger auf seine Lippen. »Und damit meine ich nicht das, was du mit Hailey getan hast. Ich kann dich nicht für etwas verantwortlich machen, was vor meiner Zeit war, das würde ich nie tun. Aber du erzählst mir immer nur die halbe Wahrheit. Erzählst mir nicht, dass du Koks verkaufst, verheimlichst mir, was mit deinem Bruder passiert ist, und jetzt diese Sache mit dir, Ryder und Hailey. Was verheimlichst du noch vor mir?«

»Nichts«, sagt er sanft, und in seiner Stimme schwingt Schuld mit. »Ich schwöre bei meinem Leben, dass da nichts mehr ist, Ber.«

Ich schließe meine Augen und will ihm so gerne glauben. Aber wer bin ich eigentlich, dass ich mir anmaße, ihm zu misstrauen? Ich bin doch diejenige, die von Lügen umgeben ist, die Meisterin der Unwahrheiten. »Was sollte das vorhin? Dass du Ryder mit mir tanzen lässt?« Ich öffne meine Augen und blicke ihn an. Dabei versuche ich, nicht über meine eigenen Worte zu stolpern. »Hast du das ernst gemeint, was du vorhin gesagt hast, oder war das nur der Alkohol?«

»Warum?« Ein Grinsen legt sich um seine Mundwinkel. »Hat es dir gefallen, was wir mit dir gemacht haben?«

»Nein.« Schon wieder eine Lüge. Meine Muskeln verkrampfen sich vor Beklommenheit. »Warum fragst du das überhaupt?«

»Ach, komm schon, Baby. Ich kenne dich besser, als du denkst. Du fühlst etwas für Ryder. Gib es zu.«

»*Was*?« Plötzlich kriege ich keine Luft mehr und starre ihn an.

»Du hast mich schon verstanden. Da ist etwas zwischen euch beiden. Das spüre ich seit dem Tag, an dem wir uns begegnet sind. Ich spüre es jedes Mal, wenn wir drei im gleichen Raum sind. Es ist nicht zu leugnen, und es ist okay. Es liegt in der menschlichen Natur. Gib es einfach zu.«

»Darüber werde ich nicht reden.« Unheimliche Schuldgefühle kommen in mir hoch, als mein Blick über den Parkplatz schweift und Ryders Augen findet, der gerade in sein Auto steigt. Er sieht mich einen langen Moment an, in dem mein Herz fast stehen bleibt, bis er die Tür schließt und losfährt. »Das stimmt nicht.«

»Nein, Ber. Davor läufst du jetzt nicht weg.« Brocks Stimme ist ganz sanft, als er mein Gesicht in seine Hände nimmt und mich dazu zwingt, ihn anzusehen. »Wir machen einen klaren Cut, Baby. Keine Lügen mehr für keinen für uns. Wir reden darüber, und zwar jetzt.« Ich schlucke nervös, als er mich küsst. »Keiner von uns leugnet mehr, dass die Chemie zwischen euch stimmt. Und wie ich schon gesagt habe, es turnt mich total an.«

»Es turnt dich wirklich an?« Meine Oberschenkel zittern, während er meine Wangen festhält und meinen Hals küsst. »Wie kann das überhaupt sein?«

»Wie kann es *nicht* sein?«

»Ich ... ich weiß nicht. Wenn ich mir vorstelle, dass ein anderes Mädchen mit dir rummacht, dann drehe ich durch.« Und das ist die Wahrheit. Allein der Gedanke daran lässt mich würgen.

Er lächelt kurz und wirkt gleich wieder ernst. Jetzt erkenne ich pure Lust in seinen Augen. »Ich bin mir der Anziehungskraft zwischen euch bewusst, aber ich fühle mich davon nicht bedroht. Ich vertraue auf das, was du und ich zusammen haben, und es ist okay für mich, wenn ihr beide eurem Verlangen nachgebt, solange ich dabei bin.« Brocks Lippen sind wieder auf meinem Mund, und mit einem intensiven Kuss demonstriert er sein Vorrecht auf mich. »Wir beide würden dir so eine Lust bereiten, dass du nicht mehr klar denken kannst. Lass es uns machen, Baby. Lass uns dir das geben, wonach du dich sehnst, was du brauchst.«

Die Hure in mir macht bei seinem Angebot einen Luftsprung, und meine dunkelsten Fantasien werden zum Leben erweckt. Brock öffnet jede Tür und gibt mir die Erlaubnis, mit dem Mann rumzumachen, dessen pure Anwesenheit mich fesselt, seit ich ihn zum ersten Mal gesehen habe. Unsere Welten treffen in einer gewaltigen Explosion aufeinander. Der Gedanke daran, wie beide Männer mich nehmen, mich besitzen und jeden Zentimeter meines Körpers verwöhnen, lässt mich erschaudern. Die Versuchung streckt mir einen Finger entgegen, und Brock küsst mich noch intensiver.

Mein Herz sagt mir trotzdem, dass es nicht richtig ist. Liebe mag vielleicht nur wenige Grenzen kennen, aber das ist eine davon. Wenn man jemanden wirklich liebt, ihm seine Seele überlassen hat, dann sollte diese Grenze niemals angerührt, geschweige denn überschritten werden.

Richtig?

»Sag es, Baby«, flüstert Brock in meinen Mund und vergräbt seine Hände in meinem Haar.

Ich stöhne auf, und mein Körper entspannt sich, als seine Zunge meine berührt, wie sie es noch nie getan hat. In ihren Bewegungen spüre ich sein Verlangen, das mich anfleht nachzugeben. Keuchend zieht er mich auf seinen Schoß und legt meine Beine um seine Hüften.

Er sieht mir in die Augen. »Sag mir, dass du es willst. Hab keine Angst, es auszusprechen.«

»Wie könnte ich davor keine Angst haben?«, frage ich ihn und versuche zu verstehen, wo das alles herkommt.

»Warum solltest du, Baby?« Er streichelt mit seinem Daumen meine Lippen und zieht verwirrt die Augenbrauen nach oben. »Ist es die körperliche Seite? Wenn es das ist, wovor du Angst hast, dann sei unbesorgt. Wir beide würden uns Zeit nehmen mit dir. Keiner von uns würde dir wehtun. Das verspreche ich. Du würdest nur Befriedigung verspüren.«

»Nein, das ist es nicht. Ich meine … ich habe noch nie …« Ich mache eine Pause und muss an die sexuellen Erfahrungen meiner Vergangenheit denken. Obwohl ich schon mit vielen Männern im Bett war, hatte ich noch nie zwei auf einmal. »Ich hatte noch nie …«

»Einen Dreier«, beendet Brock meinen Satz, und seine

Stimme klingt heiser, als er mein Gesicht nah an seins heranzieht.

Meine Wangen erröten, ich keuche auf und nicke.

Grinsend nimmt er meine Unterlippe zwischen seine Lippen und legt seine Hände um meine Taille. Dann bewegt er seine Hüften, damit ich merke, wie hart er ist. »Wie ich schon sagte, wir würden es langsam angehen mit dir. Nichts …«, er greift mit seiner Hand unter meinen Rock und umrundet mit dem Daumen meinen Kitzler, »und ich meine wirklich, nichts, was wir mit dir machen würden, täte dir weh.« Er sieht mir tief in die Augen, während er zwei Finger in meine feuchte, heiße Scheide steckt. »Ich weiß, dass du es willst, Ber. Ich kann es fühlen. Dein Körper lechzt danach. Lass es uns dir geben.«

Seine Berührungen lassen mich erschaudern, und meine Nippel werden hart. Ehe ich mich versehe, reite ich auf seinen Fingern, als wäre es sein Penis. Dabei stößt mein Rücken immer wieder gegen das Lenkrad. Brock beobachtet mich lüstern.

Macht es mir etwas aus, dass ich mich auf einem Parkplatz befinde, während mein Freund es mir mit den Fingern besorgt? In meiner Welt gibt es auf komplizierte Fragen meist einfache Antworten. Nein, es macht mir nichts aus. Es wäre mir egal, wenn der Besitzer der Bar jetzt zu uns gelaufen käme und ans Fenster klopfte. An diesem Punkt würde ich ihn wahrscheinlich fragen, ob er zuschauen, wenn nicht sogar mitmachen will.

»Komm schon, Baby, sag es«, verlangt Brock mit heiserer Stimme, und seine Bewegungen werden immer schneller und härter.

Ich stöhne auf und greife mit einer Hand in sein Haar. Die andere stütze ich auf seinem Oberschenkel ab und bewege mich weiter auf und ab. Brock keucht und küsst mich leidenschaftlich auf die empfindliche Stelle, wo meine Schulter in meinen Hals übergeht. Dann dringt er mit einem dritten Finger in mich ein, und meine Scheide krampft sich zusammen. Mein Körper schmilzt unter seinen Berührungen dahin. Ich kriege keine Luft mehr, kann nicht mehr denken. Ich kann nur noch fühlen. Ich kann fühlen, wie die Taubheit aus meinen Poren und meinem stumpfen Geist strömt und etwas Dunkles zum Leben erweckt. Ich fühle, dass ich lebe.

Ich spüre Brocks heftigen Atem an meiner Wange. »Sag es, Amber. Sag es, verdammt noch mal.«

Meine Scheide trieft vor Feuchtigkeit, und ich bin nur noch einen Herzschlag davon entfernt, auf Brocks Fingern meinen Verstand zu verlieren und zu kommen. Ich ziehe Brocks Gesicht heran und lege meine Lippen um seinen Mund. Ich beiße zu und schmecke etwas Blut. Der himmlische Geschmack von Kupfer liegt auf meiner Zunge, während wir uns wie wahnsinnig küssen.

Brock zieht scharf die Luft ein, fährt aber mit seinem Drängen fort. »Gott, Amber. Sag es. Das ist alles, was ich hören will.«

»Du hast das schon mit Ryder und Hailey gemacht«, keuche ich und ziehe meinen Mund von seinem weg. »Du hast gesagt, sie hat dir nichts bedeutet. Warum sollte ich glauben, dass es bei mir nicht genauso ist?«

Seine Finger werden langsamer, und bevor ich es realisieren kann, zieht er sie aus mir raus. Seufzend drückt er mich an sich und legt seine Stirn an meine. »Weil ich ohne dich nicht mehr leben könnte. Darum. Sie war ein Fehler, etwas, das ich nicht mehr rückgängig machen kann, Amber. Aber du, Baby, du wirst niemals ein Fehler für mich sein. Das ist absolut unmöglich. Ryder hat recht: Du bist ein Geschenk. Eins, das keiner von uns beiden verdient. Aber eines, das wir zu schätzen wissen. Wir würden alles tun, um deine psychischen und physischen Bedürfnisse zu befriedigen.« Er zieht mein Gesicht heran und küsst mich langsam und intensiv. »Ich liebe dich, Ber. Du bist das Beste, was mir je passiert ist. Ich brauche dich zum Atmen, ich brauche dich zum Aufwachen. Ich brauche dich, um zu leben. Du bist meine Rettungsleine. Und das wirst du immer für mich sein. Ich will, dass du das weißt.«

»Aber man teilt doch niemanden, den man liebt«, flüstere ich und bin immer noch irritiert, dass er das von mir verlangt. Und noch mehr irritiert mich, dass mich sein Angebot so durcheinanderbringt.

Sind wir beide einfach total hinüber, oder habe ich es auf eine kranke und wahnsinnige Art sogar provoziert? Hat Brock Angst, mich an Ryder zu verlieren, wenn er mich nicht mit ihm teilt, nur weil meine verbotenen Gefühle für ihn uns allen schaden könnten?

»Hab ich recht?« Ich nehme sein Gesicht in meine Hände, und mir kommen die Tränen. »Wenn man jemanden liebt, dann teilt man ihn doch nicht. Das will man doch nicht. Ich meine, du bist der erste Mann, für den ich je so empfunden habe, also habe ich keine Vergleichsmöglichkeit. Aber ist nicht allein der Gedanke daran schon schlecht?«

»Denkst du, ich liebe dich nicht?« Seine Stimme zittert, sein Blick durchbohrt mich, und er packt mich an der Hüfte. »Das tue ich nämlich, Amber. Verdammt, ich liebe dich von ganzem Herzen.«

Ich schüttle den Kopf und presse meine Lippen auf seinen Mund. »Ich weiß, dass du mich liebst. Aber ich versuche zu verstehen, was das zu bedeuten hat. Du hast mir nie erzählt, dass es das ist, was du willst. Ich bin einfach … verwirrt, Brock. Verwirrt über meine Gefühle. Verwirrt über uns. Das ist alles.«

Er sieht mich an und lässt seine Daumen langsam an meiner Hüfte kreisen, während ich darauf warte, dass er etwas sagt. Sekunden, Minuten, Stunden verstreichen. Ich weiß nicht, wie lange ich warte, die Stille bringt mich fast um.

»Ich habe Ryder noch einmal geküsst«, flüstere ich und versteife mich in dem Augenblick, in dem das Geständnis meine Lippen verlässt.

Brock schluckt und sieht mich ruhig an.

»Du hast gesagt, keine Lügen mehr. Ein klarer Cut für uns. Ich ... ich will dich nicht mehr länger belügen, Brock. Das kann ich nicht.« Ich atme tief durch und klettere von ihm herunter. Innerlich bete ich, dass er mich nicht aufgrund meines Geständnisses hasst. Mit zittrigen Bewegungen verflechte ich meine Finger in seine. »Ich bin im September zu seiner Wohnung gefahren, weil ich dachte, er hätte Hailey von meinen Eltern erzählt. Seine Schwester war auch da, er hat ihr geholfen. Meine Gefühle haben mich einfach überrollt. Er hat versucht, mich davon abzuhalten, das hat er wirklich. Aber ich habe ihn nicht gelassen. Es ist einfach passiert.«

Ohne ein Wort zu sagen, startet Brock den Motor und fährt vom Parkplatz. Wir schweigen, bis wir bei meinem Wohnheim ankommen, und ich habe das Gefühl, als würde sich das einzig Gute, das mir in meinem Leben passiert ist, gerade in Luft auflösen. Ich will nichts mehr denken, ich will, dass das laute Pochen in meinem Kopf aufhört. Jede noch so süße kleine Lüge wird immer und alle Zeit bitter enden.

Ich drücke Brocks Hand fest und komme nicht umhin, mir einzugestehen, dass dies unser Ende sein könnte.

13 Brock

Ich wusste, dass sie ihn geküsst hat.

Ich habe es gespürt, tief in meinem Herzen.

Vor Ambers Wohnheim parkend, werfe ich ihr einen Blick zu, und mir rutscht das Herz in die Hose, als ich in ihre wunderschönen, verwirrten Augen schaue. Diese Augen haben mich vom ersten Moment an gefesselt. Sie haben mich geblendet, und der Schmerz in ihnen hat mich magisch angezogen wie eine Todesfee. Von diesem Moment an wusste ich, dass ich sie haben musste – egal, was es kostete.

Jetzt hält sie meine Hand, als hinge ihr Leben davon ab, und die Schuldgefühle verdunkeln ihr Gesicht.

Himmel. Was habe ich diesem Mädchen angetan? Wie der größte Idiot bin ich in ihre Psyche eingedrungen und habe sie mit meinem miesen Zeug belastet. Ich muss zugeben, ein Teil von mir ist verärgert darüber, dass sie Ryder wieder geküsst hat. Zum Teufel noch mal, ich würde sie küssen lassen, wen immer sie will, nur um sie glücklich zu sehen. Aber ich hatte ihr verboten, sich weiter mit ihm einzulassen, wenn ich nicht dabei wäre.

Ich sehe sie an. »Komm her, Baby.«

Sie blinzelt, und eine Träne kullert über ihre Wange. *Verdammt*. Das versetzt meinem Herzen einen Stich. Sie seufzt laut auf und klettert auf meinen Schoß, wobei sie am ganzen Körper zittert.

Ich lege meine Hände an ihr Gesicht und umschließe ihre Wangen. »Ich habe dir heute Abend viel zugemutet, stimmt's?«

Sie nickt und sieht mich beklommen an. »Ja. Das haben wir wohl beide.« Sie neigt ihren Kopf herunter, und obwohl ihre Lippen nur Zentimeter von meinen entfernt sind, hat sie anscheinend Angst, mich zu küssen.

Ich seufze und komme mir vor wie das größte Arschloch überhaupt. Das Letzte, was ich will, ist ihr Angst machen. Da würde ich eher sterben. Ich lebe und atme für dieses Mädchen. Und ohne Frage würde ich für sie töten.

»Küss mich, Ber.« Ich halte ihre seidigen Haarsträhnen in meinen Händen, und mein Körper sehnt sich danach, sie überall anzufassen. »Ich will, dass du mich küsst, Baby.«

»Bist du sauer auf mich wegen dem, was ich getan habe?«, flüstert sie und blickt mich mit ihren goldenen Augen zögernd an. »Es tut mir leid, Brock. So unendlich ...«

Ich lasse sie nicht weiterreden. Ich kann es nicht ertragen, dass sie sich für etwas entschuldigt, für das ich ihr keinerlei Schuld gebe. Ich ziehe sie an mich und umschließe ihre Lippen mit meinen. Die Härchen auf ihrer samtweichen Haut stellen sich auf, und ihr leises Stöhnen lässt mein Herz schneller schlagen, als ich sie leidenschaftlich küsse.

Sie ist das Einzige, was in meinem Leben rein, schön und ganz ist. Diesem Mädchen gehört meine Seele, und sie hat keine Ahnung davon. Seit dem Moment, in dem sie mit ihrer Vorliebe für Twizzlers in das Chaos meines Universums geplatzt ist.

Ich fahre mit meiner Hand ihre Wirbelsäule entlang, mache an der Wölbung ihres Hinterns Halt und ziehe sie an meine Brust. Mein Kuss wird fordernder, und mein Verlangen nach ihr wird mit jedem zittrigen Atemzug, den sie nimmt, größer. Ehe ich mich versehe, öffnet sie meinen Gürtel und holt meinen Penis aus der Hose. Ich grinse und ziehe ihr den

Pulli über den Kopf. Dabei fällt ihr tiefschwarzes Haar über ihre Schultern.

»Warte«, flüstere ich, was mich große Überwindung kostet.

Sie hält inne, ein Ausdruck von Unsicherheit legt sich auf ihr schönes Gesicht.

»Ich will dich ansehen.«

Und das tue ich.

Die meisten Kerle würden gleich auf den Punkt kommen. Aber nicht ich. Nicht mit Amber. Der ungestillte Hunger in ihren Augen, ihre stockende Atmung und das erregte Zucken ihres Körpers lassen mich zum Tier werden. Sex mit Amber ist ein Segen, den ich nicht verdient habe, aber es ist ihr Anblick, der meine Welt aus den Fugen reißt.

Ich öffne ihren BH, und ihre atemberaubenden Brüste kommen leicht wippend zum Vorschein. Ich muss schlucken. Himmel, sie ist so verdammt perfekt, und sie gehört mir. Ich weiß nicht, womit ich dieses Glück verdient habe. Mir läuft das Wasser im Mund zusammen, als ich eine Brust mit der Hand umfasse, ihren Nippel zwischen meine Zähne nehme und leicht zubeiße. Sie streckt ihren Rücken durch. Ihr lustvolles Stöhnen ist das wundervollste Geräusch, das ich mir vorstellen kann. Während ich fester an ihrem Nippel sauge, pulsiert mein Penis so stark, dass es fast schon wehtut.

»Willst du mit mir schlafen, Ber?« Meine freie Hand streicht ihren Rücken hinauf und packt ihre Haare. Ich starre sie an und fahre mit der Zunge ein zweites und ein drittes Mal über ihren Nippel. »Ist es das, was du willst, Baby?«

Sie antwortet auf die einzige Weise, die ihr möglich ist. Stöhnend setzt sie sich auf meinen Penis, und ihre Scheide zieht sich um ihn zusammen, als sie sich rauf- und runterbewegt, als wäre es das letzte Mal. Ich atme scharf ein, und meine Eier werden hart, als sie sie leicht mit ihren Fingernägeln berührt. Großer Gott. Sie fühlt sich so verdammt gut an. Wenn wir miteinander schlafen, ergänzt sie mich. Ambers Wesen ist die fehlende Verbindung zu den Ketten, die mein eingefrorenes Herz fesseln.

Ich kralle meine Finger in ihre wohlgeformten Hüften und versuche, ihre Bewegungen zu verlangsamen. »Wenn du in dem Tempo weitermachst, wird es nicht allzu lange dauern.«

Sie ignoriert meine Warnung und bewegt sich noch schneller auf mir auf und ab. Das süße Klatschen ihrer Pobacken auf meinen Schenkeln ist Musik in meinen Ohren. »Das ist mir egal. Ich will, dass du dich gut fühlst, Brock. Unbedingt.«

Ihr verschleierter Blick ist auf mich gerichtet, und ich lecke über ihre Lippen, während sie sich an meinem Nacken festkrallt. Als ich meine Hüfte nach oben stoße und noch tiefer in sie eindringe, stöhnt sie laut auf.

Noch ein Stoß, noch ein Stöhnen.

Ich stoße immer und immer wieder in sie hinein, und innerhalb von Sekunden scheinen sich unsere Körper aufzulösen. Ihre Scheide melkt förmlich meinen Penis, als ich komme, und gleich darauf kommt auch sie zum Höhepunkt. Nichts ist vergleichbar mit Ambers Blick, wenn sie einen Orgasmus hat. Das weiß ich seit dem ersten Mal, als ich mit ihr geschlafen habe. Mein Name ist das Einzige, das aus ihrem Mund kommt, mein Körper der Einzige, der Besitz von ihr ergreift, und meine Augen sind das Einzige, was sie sieht. Sie ist nicht zu bändigen, und ihr Verlangen, mit mir zu schlafen, ist mit nichts zu vergleichen, was ich bisher erlebt habe.

Ich ziehe ihr Gesicht zu mir herunter und bedecke ihren Mund mit Küssen. »Danke«, flüstere ich und küsse sie langsam und sanft. »Und nein, Amber, ich bin nicht sauer auf dich.«

»Bist du *nicht*?« Sie klingt fast schockiert, als sie ihre Wange an meine Brust legt.

Ich vergrabe meine Nase in ihrem Haar. Der Geruch nach purem Sex und ihrem Vanilleshampoo betören meine Sinne. »Ein Sekunde lang war ich böse, aber jetzt ist alles in Ordnung. Wir reden darüber, wenn wir in deinem Zimmer sind, okay?«

Amber nickt und scheint sich etwas zu entspannen, als ich ihr helfe, sich anzuziehen. Dann zünde ich einen Joint an, nehme einen langen Zug und reiche ihn Amber, die es mir gleichtut. Sie lächelt jetzt völlig entspannt, lehnt sich zu mir rüber, gibt mir den Joint zurück und küsst mich ausgiebig. Einen kurzen Moment blicke ich in ihre glasigen Augen und präge mir ihr hübsches Gesicht ein. Mein Penis zuckt schon wieder und gibt mir zu verstehen, dass er noch nicht genug hat. Aber Amber greift nach ihrer Handtasche und blickt mich noch einmal lange an, bevor sie die Tür öffnet.

Als wir in ihrem Zimmer ankommen, sind wir nicht nur froh, dass Madeline heute bei Lee schläft, sondern mein Penis ist auch schon wieder hart wie Stein. Trotzdem gibt es erst einmal viel zu erklären. Ich hoffe, dass sie es versteht, aber ich bin mir nicht sicher.

Ich kicke meine Schuhe in die Ecke, ziehe mir das T-Shirt über den Kopf und lasse meine Jeans auf den Boden fallen. Dann lege ich mich auf die Doppelmatratze und locke Amber mit dem Finger zu mir. »Komm, leg dich neben mich.«

»Ich komme gleich«, sagt sie und kramt in ihrem Waschbeutel. Sie hebt ihren Kopf, und ein Lächeln legt sich um ihre üppigen Lippen. »Ich muss meine Pille nehmen. Wir wollen doch keine kleinen, gestörten Brocks und Ambers auf die Welt bringen.«

»Mm.« Grinsend nicke ich. »Da kann ich dir nicht widersprechen. Geh schnell, ich warte hier auf dich.«

Sie holt eine kurze Pyjamahose und ein Tanktop aus ihrem Schrank und geht hinaus auf den Flur. Ich kreuze meine Arme hinter dem Kopf und entdecke ein Poster von Jared Leto, der mich von der Decke aus anstarrt. Grinsend frage ich mich, was der ganze Trubel um diesen Kerl soll. Bevor ich mir Gedanken darüber machen kann, was die Mädchen an diesem Milchbubi finden, kommt Amber schon wieder und lässt sich neben mir aufs Bett fallen.

Ich nehme sie in die Arme und ziehe sie auf meine Brust. Ich nicke in Jareds Richtung. »Und den findest du sexy? Der sieht aus, als wäre er andersrum.«

Sie gibt mir einen Klaps auf die Schulter. »Ist er nicht.« Sie dreht ihren Kopf, blickt erst ihn an und dann wieder mich. »Außerdem: Das musst gerade du sagen. Fährst du nicht zweigleisig?«

»*Was?*« Mir klappt die Kinnlade runter. »Wo, zum Teufel, hast du das denn her?«

Sie legt ihre Wange an meine Brust und fährt mit dem Finger das Tattoo auf meinem Bizeps nach, während sie mit den Schultern zuckt. »Ich weiß nicht. Ich dachte nur, du und Ryder mit Hailey … da wart ihr beide auch zusammen.«

Lieber Gott, hilf mir. Meine Freundin denkt, dass ich auf Männer stehe. Da hätte sie genauso gut sagen können, dass sie mir jeden Orgasmus nur vorgetäuscht hat. Ich lege einen Finger unter ihr Kinn und zwinge sie, mir in die Augen zu sehen. Sie lächelt, und ich schmelze dahin.

»Ber.«

»Brock«, antwortet sie mit breitem Grinsen.

»Mit dieser Annahme liegst du völlig falsch. Wir haben gerade das beste selbst angebaute Gras geraucht. Ich gehe also davon aus, dass du total high bist. Meine Liane schwingt nur in eine Richtung, und das ist die Richtung von Muschis. Sonst nirgendwohin.«

Sie zieht eine Augenbraue hoch. »Wer bist du? Tarzan?«

»Ja, verdammt. Der bin ich. Und du bist meine Jane. Hast du das jetzt verstanden?«

»Oh mein Gott.« Sie kichert, richtet sich auf und spreizt ihre Beine über meiner Hüfte. »Weißt du, wie klischeehaft und kitschig das klingt?«

»Glaubst du, das interessiert mich?« Ich greife mit meinen Händen unter ihre weichen Oberschenkel und versuche, mit meinen Fingern in ihre Shorts zu krabbeln. Ein Mädchen, das keine Unterhosen mag, muss man einfach lieben. Ich berühre ihren Kitzler. »Ah, da ist es ja. *Das* … das hier ist das Einzige, was dein Mann will. Verstanden?«

»Mm-hmm«, schnurrt sie, als ich weitergehe und mit einem Finger in sie eindringe.

Da lag trotzdem noch Zweifel in ihrem Gebrumme, und das werde ich nicht ignorieren. »Du glaubst mir nicht?« Ich stecke noch einen Finger in sie hinein, und mein Daumen streift über ihren Kitzler. »Ha? Du glaubst, dass ich heimlich auf Schwänze stehe?«

»Das habe ich nie gesagt.« Sie schließt ihre Augen und gibt ein leises Stöhnen von sich, als ich mit drei Fingern in sie eindringe.

»Du klingst nicht besonders überzeugt, Moretti.« Ich ziehe meine Finger wieder heraus, halte sie an ihren Mund und beobachte gespannt, wie sie an ihnen saugt.

»Spüre ich da etwa … *Unsicherheit* bei dem großen Cunningham?« Sie lächelt mich kokett an, setzt sich auf ihre Knie und zieht ihre Shorts aus. Auch ihr Oberteil landet auf dem Boden, bevor sie mir die Boxershorts über die Beine nach unten zieht.

Großer Gott. Ich lecke mir über die Lippen und bin bereit, sie so richtig durchzunehmen. »Keine Unsicherheit, Baby. Ich bin ein ganzer Mann. Genau wie Ryder. Bevor irgendetwas passiert ist, haben wir festgelegt, dass es zwischen uns beiden keinen Körperkontakt geben wird.«

»Mm-hmm.« Sie nickt und blickt mir in die Augen, während sie an ihren Nippeln zieht.

Ich muss grinsen, mein Penis steht schon bereit. »Ber, wenn du noch einmal ›mm-hmm‹ sagst, werde ich dafür sorgen, dass du eine Woche nicht laufen kannst. Und du weißt, dass ich diese Drohung wahrmachen werde.«

»Na gut«, haucht sie. »Du hast doch vorhin gemeint, dass du mich total *fertigmachen* wirst.« Sie setzt sich mit gespreizten Beinen auf mich, senkt ihren Kopf und fährt mit ihrer Zunge über meine Brust. Meine Muskeln verspannen sich. »Aber bevor du das tust, will ich Details hören.«

»Über was?« Ich stöhne auf, als ihre Hände über meine Bauchmuskeln streichen und sie mit den Fingern meine Eichel umkreist.

»Darüber, wie das mit dir, Ryder und Hailey entstanden ist.« Um mich zu überzeugen, saugt sie an meinem Hals und packt mich an den Eiern.

Ich stöhne erneut auf und halte den Atem an. Das ist Verführung erster Klasse. Mein Mädchen sollte einen Kurs darin leiten.

»Außerdem will ich alles wissen, was ihr mit ihr gemacht habt«, fügt sie hinzu.

Offensichtlich war das Gras zu stark für sie. Ich setze mich auf und blicke ihr in die Augen, als ich sie vorsichtig auf meine Oberschenkel schiebe. »Du willst, dass ich dir *alles* erzähle?«

»Ja.« Sie lehnt sich vor und saugt an meiner Unterlippe. »Das will ich.«

»Warum?«

»Weil ich es verdient habe, es zu erfahren«, flüstert sie, und der Blick in ihren Augen macht mich fertig. »Wie gesagt, ich will wissen, wie es zum ersten Mal passiert ist. Und außerdem will ich noch wissen, warum du mich mit anderen Kerlen teilen willst.«

»Nicht mit anderen Kerlen, Amber. Nur mit Ryder.« Ich streiche ihr das Haar hinter die Ohren und küsse sie leidenschaftlich. »Und ich habe dir schon erzählt, wie es passiert ist. Wir waren total dicht, und dann ist es einfach passiert. Das ist alles.«

»Ja, aber du hast auch gesagt, du bist dir nicht sicher, wie oft es passiert ist. Wart ihr jedes Mal betrunken, wenn ihr drei zusammen wart?«

»Ja, entweder das oder bekifft. Oder beides.«

Eine vage Erinnerung an Hailey, wie sie über mir sitzt und auf mir reitet, während Ryder sie schnell von hinten nimmt, schleicht sich in meinen Kopf. Zu dieser Zeit kannte ich keine Grenzen, mit ein bisschen gutem Gras, mehreren Gläsern Tequila und einem willigen Cheerleader-Mädchen war an einem Freitagabend nach einem Sieg alles möglich. Ehe ich mich versah, passierte es ein paarmal im Monat.

Wenn ich bedenke, was diese Schlampe meiner Freundin angetan hat, war das der größte Fehler meines Lebens. Dennoch hat es mir die Tür zu einer dunkleren Seite von mir selbst geöffnet, von der ich bisher nicht wusste, dass sie existiert. Eine Seite, die ich immer und immer wieder besuchen will. Eine Seite, von der ich mir nicht sicher war, ob ich sie Amber jemals offenbaren soll.

Amber gleitet neben mir aufs Bett, legt ihren Kopf auf meinen Bauch und stemmt ihre Beine gegen die Wand. »Also, sag schon. Was ist los? Warum willst du mich plötzlich teilen.«

Ich zwirble eine Haarsträhne von ihr zwischen meinen Fingern und suche nach den richtigen Worten, um ihr zu erklären, was in meinem kranken Kopf vor sich geht. »Ich glaube, dass mich die Dominanz des Ganzen anmacht. Nicht, dass es nicht dominant sein kann, wenn man es zu zweit macht, aber wenn noch ein anderer Mann dabei ist, muss die Frau sich total hingeben. Sie muss ihren Körper komplett aufgeben. Das hat mir gefallen. Genug, um es noch einmal tun zu wollen.« Ich halte inne, weil ich wie ein Freak klinge. Aber ich muss dieses Erlebnis mit Amber teilen. »Du bringst mich um den Verstand, Amber. Ich will dir alles geben, was ich dir bieten kann. Dich öffnen. Dir helfen, deinen Schmerz zu vergessen, den du mit dir herumträgst.«

Amber sieht mich mit verschleiertem, hungrigem Blick an und streichelt meinen Hals. »Und du denkst, dass du das nicht ohnehin schon für mich tust?«

»Ich bin mir nicht sicher«, sage ich ehrlich.

Ich weiß, wir treiben es wie die wilden Tiere und haben noch keine Stellung ausgelassen. Wir würden der gesamten Pornoindustrie die Schamesröte ins Gesicht treiben. Aber mein Mädchen ist anders als der Rest. Ein ungeschliffener Diamant. Ambers Verlangen, sich beim Sex gehen zu lassen und all ihre schrecklichen Erinnerungen zu vergessen, ist so groß, dass es über alles hinausgeht, was ich allein bewältigen kann.

»Aber das tust du.«

»Ja?«, frage ich. Sie sagt das hoffentlich nicht nur, damit ich mich gut fühle.

»Ja, Baby, das tust du.« Sie knetet ihre Brüste mit den Händen, während sie ihre Füße von der Wand nimmt. Dann macht sie ihre Beine breit und leckt sich genüsslich über die glitzernden Lippen. »Das hast du immer getan.«

Verdammt.

Ihr weiches und schimmerndes Fleisch zwischen ihren Beinen schreit förmlich nach Sex. Ich muss schlucken und fahre mir mit einer Hand durchs Haar. »Befriedige dich selbst, Ber. Zeig mir, wie sehr du meinen Schwanz willst.«

Bevor ich den nächsten Atemzug nehmen kann, schiebt sie schon zwei Finger bis zu den Knöcheln in ihre Scheide. Raus und rein, rein und raus. Ein Stöhnen kommt tief aus meinem

Hals, und mein Rausch wird durch Amber noch intensiver. Ich nehme meinen Penis in die Hand und hole mir einen runter, während ich ihr zuschaue.

»Erzähl mir mehr«, keucht sie und setzt sich auf die Knie. Mit der freien Hand knetet sie ihre Brüste, während sie sich weiter selbst befriedigt und mich dabei ansieht. »Erzähl mir, was ihr zwei mit ihr gemacht habt, was ihr mit mir machen würdet.«

Ich zögere, allerdings nur für eine Sekunde. Ihr leises Stöhnen und der unersättliche Blick in ihren Augen bringen mich fast dazu zu kommen. Ich lege mich zurück und will sie schmecken. »Setz dich auf mein Gesicht.«

Sie gehorcht mir, und ein Stöhnen kommt über ihre Lippen, als ich ihren Hintern packe und sie gerade so hoch über mich halte, dass ich einen gewissen Spielraum habe. Ich teile ihre weichen Schamlippen mit meiner Zunge und lecke jeden Tropfen Flüssigkeit von ihr ab.

»Mm, verdammt. Keine andere schmeckt so gut wie du, Baby. Keine Einzige.« Und das ist nicht gelogen. Es ist eine perfekte Mischung – wie sie schmeckt, wie sie riecht und sich anfühlt. Wenn ich es könnte, würde ich sie morgens, mittags und abends lecken.

Mit geschwollenen Eiern schaue ich nach oben, und unsere Blicke treffen sich.

Sie vergräbt ihre Finger tief in meinem Haar und zieht fest daran. »Bitte, erzähl es mir«, fleht sie mich keuchend an. »Erzähl mir, was ihr beide mir ihr gemacht habt.«

Ich schüttle den Kopf und sauge an ihrer geschwollenen Klitoris. Ich halte sie kurz zwischen meinen Zähnen, bevor ich sie wieder loslasse. »Denk nicht darüber nach, was wir mit ihr gemacht haben. Ich will, dass du dir nur vorstellst, was wir mit *dir* machen würden.«

Sie nickt und wirft ihre Hände hinter ihren Kopf, als sie anfängt, wie wild auf meinem Gesicht zu reiten.

Ich lecke sie weiter und genieße es. Amber bringt einen Mann dazu, dass er es ihr am liebsten nur mit seiner Zunge besorgen würde. Manche Mädchen werden stocksteif und machen kein einziges Geräusch, wenn man sie leckt. Aber nicht mein Mädchen. Sie lebt dafür, und ihre Hüften bewegen sich im Rhythmus meiner Berührungen, während ihr Stöhnen meinen Schwanz so hart werden lässt, dass es fast wehtut.

»Du magst es doch, wenn ich dich von hinten nehme, oder? Das Brennen. Den Schmerz. Die Art, wie mein Schwanz dich ausfüllt.«

»Ja«, keucht sie und kratzt mit ihren Fingernägel über die Wand. »Oh Gott ja, ich liebe es, wenn du mich in den Po fickst.«

»Genau, das tust du.« Ich bin noch nie einem Mädchen begegnet, dem es so gefällt wie ihr. Ich dringe mit zwei Fingern von hinten in sie ein und mache kleine kreisende Bewegungen. »Und jetzt stell dir vor, zur gleichen Zeit steckt auch noch ein Schwanz vorn in deiner Scheide.« Keuchend lecke ich sie, während meine Finger von hinten so tief in sie eindringen, wie es nur möglich ist. »Stell es dir vor, Baby. Fühl es.«

Sie bewegt sich schneller, umfasst ihre Brüste und zieht an ihren Nippeln, während sie zu mir runterblickt. »Oh mein Gott, Brock. Verdammt. Ich … ich …« Sie stöhnt laut auf, zweimal, dreimal, viermal, und dann lässt ein brutaler Orgasmus ihren ganzen Körper erbeben.

Ich hebe sie von meinem Gesicht, werfe sie auf den Rücken, lege ihre Beine um meine Schultern und nehme sie wie eine Maschine. Alle Muskeln in ihrem Körper spannen sich an, und sie ruft laut meinen Namen, als ein zweiter Orgasmus sie überrollt. Oh Gott, ich lebe nur für diesen Ausdruck in ihren wunderschönen, jetzt befriedigten Augen. Es ist der reinste Himmel im Gegensatz zu der Hölle, die mein Leben bis jetzt war. Die Hölle, die mein Leben immer noch wäre, wenn ich Amber nicht hätte.

Ich packe sie am Nacken, presse ihren Mund auf meinen und küsse sie lang, heftig und leidenschaftlich. Unsere Geschmäcker vermischen sich miteinander, während sie sich an meinem Bizeps festhält. »Ich liebe dich, Ber«, stöhne ich, kurz bevor ich zum Höhepunkt komme. »Ich liebe dich über alles.«

Obwohl Amber nicht viel von ›Liebemachen‹ hält, verlangsame ich meine Geschwindigkeit. Was ich von ihr verlange, ist jeden Funken Liebe, den ich für dieses Mädchen empfinde, wert. Ich möchte ihr alles zurückzahlen, was sie mir bis jetzt schon gegeben hat.

»Ich liebe dich auch, Brock.« Amber blickt mir in die Augen, und ich erkenne Verwirrung in ihrem Blick, als ich innehalte. Sie zieht ihre Beine von meiner Schulter und nimmt mein Gesicht in ihre Hände. »Was ist los?«

Ich streichle ihr über den Kopf und bete zu Gott, dass ich sie durch mein krankes Verlangen nicht verliere. »Ich will dir einfach alles geben, was ich habe, Amber. Ich weiß, diese ganze Sache ist total krank, glaub mir, das weiß ich. Aber ich vertraue Ryder blind, und es ist okay für mich, wenn du ihn willst. Auch wenn es dir unangenehm ist, dass ich von deinen Gefühlen für ihn weiß, will ich nicht, dass du dich unwohl fühlst. Du musst dir schon genug Gedanken über andere Dinge machen. Ich will nicht, dass du dich schuldig fühlst.«

Ich küsse sie auf den Mund und bin mir nicht sicher, ob irgendetwas, was ich sage, ihre Schuldgefühle und ihre Verstörung mildern könnte. »Wenn wir es mit ihm zusammen tun würden, würde das die Wünsche von uns beiden befriedigen. Deine Lust würde zu meiner werden, wie du es dir nicht vorstellen kannst, Baby. Und ich hoffe, meine Lust würde auch das Gleiche in dir hervorrufen. Stell dir einfach vor, wie wir beide dich nehmen und dich als die Prinzessin verehren, die du bist.«

Sie starrt mich an, und ich fühle ihren Herzschlag wild an meiner Brust. Ich schlucke, und alles in mir schreit, dass ich diesmal zu weit gegangen bin. Ich Vollidiot habe das einzig Gute ruiniert, das ich jemals hatte. Die einzige Person, die mich lebendig fühlen lässt nach tot geglaubten Jahren.

Amber schlingt ihre Arme um meinen Hals und zieht mein Gesicht dicht an ihres heran. Ihr süßer Atem streift meine Wangen. Ich atme tief ein und versuche, ihren Geruch für immer in meiner Erinnerung festzuhalten. Ich habe unglaubliche Angst, dass es das letzte Mal ist, das ich sie halte. Ich schließe meine Augen und zittere wie ein Schlappschwanz. Aber Schlappschwanz hin oder her, ich verdiene, was immer jetzt auch kommen mag.

»Liebst du mich wirklich, Brock?«, flüstert sie mit zittriger Stimme.

Mit klopfendem Herzen reiße ich die Augen auf. »Gott, Baby, mehr, als du es dir je vorstellen kannst.« Ich streichele mit meinen Daumen über den Rand ihrer weichen Lippen und bin mir sicher, dass mich der Teufel höchstpersönlich durch die Tore der Hölle geleiten wird. »Ich liebe dich mehr als alles andere. Ich brauch dich mehr als die Luft in meinen Lungen.«

Ich küsse ihre Stirn und schäme mich. Meine Wünsche haben das übergangen, was sie wirklich braucht. Einen richtigen Mann. Einen Mann, der seiner Freundin nie so einen Mist zumuten würde. Einen Mann, der niemals – egal, wie sehr er sich nach etwas sehnt – seine Wünsche über die der Liebe seines Lebens stellen würde.

»Du machst mich komplett«, sage ich. »Du bist alles, was mir in meinem beschissenen Leben gefehlt hat. Ich würde sterben, wenn du mich verlassen würdest. Wenn ich nur einen weiteren Tag ohne dich leben müsste.«

»Dann nimm mich, Brock.« Sie umklammert meine Hüfte mit ihren Beinen, und ihre Finger verkrallen sich tief in meinem Haar, als sie ihre Lippen auf meine legt. »Lass mich vergessen, wer ich bin. Was ich durchgemacht habe. Das ist alles, was ich will. Ich will an nichts anderes denken. Nicht an meine Eltern, nicht an Ryder, nicht an morgen, nicht an nächstes Jahr. Ich will nur an dich und mich denken.« In ihrer Stimme liegt eine Dringlichkeit, die ich noch nie zuvor gehört habe. Sie umkreist meine Zunge mit ihrer. »Ich kann jetzt keine Entscheidung treffen. Das geht nicht. Ich will nur … dass du mich heilst, okay, Baby? Heil mich einfach nur. Bitte.«

Mein Atem ist in meiner Lunge und in meiner Seele gefangen und wird ihr gehören bis zu dem Tag, an dem ich sterbe. Ich tue, was sie sagt, und küsse sie innig, während ich versuche, ihr ihren Schmerz zu nehmen.

Und ich bete zu Gott, dass ich nicht noch dazu beigetragen habe.

14 Ryder

Es ist kurz nach zwei Uhr nachmittags, als ich zum Haus meiner Mutter in dem nicht gerade aufregenden Viertel Glen Burnie fahre. Bevor das Viertel Ende der Achtziger den Bach runterging, muss es einmal eine tolle Gegend gewesen sein. Meine Mutter weigert sich, hier wegzuziehen, weil sie hier aufgewachsen ist. Sie und ungefähr die Hälfte der Menschheit hassen Veränderungen. Das hat sie sicher von meiner Großmutter geerbt, die ebenfalls hier lebt.

Ich erwische gerade noch meine Mutter, bevor sie um siebzehn Uhr mit ihrer Kellnerschicht beginnt, die bis in die frühen Morgenstunden dauert. Habe ich schon erwähnt, dass sie davor schon ein paar reichen Bonzen an der Bucht die Häuser geputzt hat? Es kotzt mich an.

»Hey, Baby!«, ruft meine Mutter erfreut. Sie bindet sich ihr braunes Haar zu einem Pferdeschwanz, und ein Lächeln legt sich auf ihr müdes Gesicht, als sie über den Rasen auf mich zukommt. »Lange Zeit nicht gesehen.«

Ich mache den Motor aus, öffne das Handschuhfach und hole ein kleines Fläschchen mit Augentropfen heraus. Ich tröpfle mir etwas Flüssigkeit in die Augen, bevor sie bei mir ist. Dann steige ich aus, lächle und hoffe, dass sie nicht merkt, dass ich bekifft bin. »Ja, ich hatte viel zu tun in der Arbeit.« Ich umarme sie, und mir wird klar, wie sehr ich sie vermisst habe. »Sorry, Denise.«

Schlechte Angewohnheit. Ich nenne sie bei ihrem Vornamen seit ich fünfzehn bin. Am Anfang war es nur ein Witz. Meine Mutter redet immer schon in der dritten Person über sich selbst, wenn sie verärgert ist. Dann habe ich angefangen sie damit aufzuziehen. Erst hat sie sich dagegen gewehrt, aber mittlerweile ist es die Norm geworden, dass ich sie Denise nenne.

Sie geht einen Schritt zurück und streicht mit einer mütterlichen Hand durch meine Haare. Ihr Lächeln verwandelt sich in einen finsteren Blick. »Mac lässt euch richtig schuften, oder?«

»Ja, aber es war eine ziemlich gute Saison, ich habe ordentlich verdient.« Ich versuche, aufrichtig glücklich darüber zu klingen, dass ich viel zu tun habe. Mein Boss Mac ist ein cooler Typ, aber seine Baufirma benutze ich nur als Vorwand. Im süßen Alter von vierundzwanzig Jahren, mit einem Teilzeitjob als Trockenbauer, verdiene ich zwischen hundert- und hundertfünzigtausend im Jahr damit, dass ich bescheuerten Studenten ihre Noten aufbessere und Koks für Brock verkaufe. Aber im Gegensatz zu Brock und seinem schicken Apartment, Klamotten und Autos verwische ich meine Spuren und lasse es so aussehen, als wäre ich bettelarm. Dabei bin ich davon weit entfernt. Die Aussicht auf einen Lebensabend irgendwo in der Karibik winkt bereits.

»Das ist wahr«, sagt meine Mutter. »Es gibt genug Leute, die momentan keine Arbeit haben. Gut, dass du etwas verdienst.«

Ich nicke. »Moment mal. Ich dachte, deine Schicht beginnt erst um fünf.« Ich schaue auf meine Uhr. »Es ist noch nicht einmal vier.«

Sie runzelt die Stirn. »Pete braucht mich heute früher.«

Pete Flannigan, der Besitzer von Flannigan's Irish Pub im Brooklyn Park, ist ein Mann, dem ich einen langsamen, blutigen und schmerzvollen Tod wünsche. Um das erleben zu dürfen, würde ich sogar mein linkes Ei auf einem Tablett servieren. Er zahlt seinen Angestellten ein lächerliches Gehalt, ist geübt darin, Klagen wegen sexueller Belästigung abzuwenden, und rücksichtslos mit den Arbeitszeiten seiner Leute. Pete ist der Inbegriff eines schlechten Arbeitgebers und wohl das größte Arschloch, das je ein Geschäft geführt hat.

Das ständige Ändern der Schichten stellt für meine Mutter wirklich ein Problem dar. Sie arbeitet nun schon fast zehn Jahre für diesen Kerl, und ich weiß wirklich nicht, warum die Frau das immer noch mitmacht. Ich habe schon versucht, sie von einer Kündigung zu überzeugen, bis ich im Gesicht blau angelaufen bin. Ich muss wohl nicht dazu sagen, dass ich die Diskussion jedes Mal verliere.

»Denise, ich kann mich um dich, Casey und Oma kümmern.« Ich lege meine Hände auf ihre Schultern. Sie fühlen sich schwach und überarbeitet an, und ein Gefühl, das ich nicht beschreiben kann, zieht mir die Brust zusammen. Vielleicht ist es Schuld. »Lass mich doch was zahlen. Caseys Krankenhausrechnungen sind einfach zu viel für dich.«

Sie schüttelt ihren Kopf und blickt mir in die Augen.

Bevor sie etwas erwidern kann, sage ich: »Hör endlich auf, so stur zu sein, und hör mir zu. Such dir einen anderen Job. Arbeite in einem Waschsalon, wenn du etwas brauchst, um dich zu beschäftigen. Aber lass mich die Rechnungen zahlen.«

»Das ist nicht deine Aufgabe, Ryder.« Sie seufzt, und die Falten in ihrem Gesicht zeugen von ihrer Überanstrengung. »Ich würde dir nie erlauben, für irgendetwas in diesem Haus zu zahlen. Du wohnst ja nicht einmal mehr hier.«

»Und warum nicht?«, frage ich und will wirklich ihre Beweggründe verstehen. »Ich bin der einzige Mann in dieser Familie. Ich denke nicht nur, dass es meine Pflicht ist zu helfen, ich will euch auch helfen, Mom.« Den Namen auszusprechen, mit dem ich die Frau, die mich zur Welt gebracht hat, eigentlich anreden sollte, wirkt sich meistens zu meinen Gunsten aus. »Du hast dich mein ganzes Leben um mich gekümmert. Lass mich dir doch etwas zurückgeben.«

Sie schüttelt erneut ihren Kopf und sagt mit resoluter Stimme: »Nein. Noch einmal, Ryder: Das ist nicht deine Aufgabe. Es ist seine. Er ist zwar seit sieben Jahren verschwunden, aber dein Vater zahlt seit Kurzem jeden Monat einen Betrag auf mein Konto ein. Es ist ein ordentlicher Betrag, und wir kommen damit klar.«

Obwohl er verschwunden ist, als ich vierzehn war, zahlt er plötzlich Unterhalt für meine Schwester.

Ja klar.

Zumindest denkt das meine Mom.

Letzten Sommer bin ich nach Kalifornien gefahren, nachdem ich einen ganzen Batzen Geld zusammengespart hatte, und habe die Adresse eines Cousins benutzt, um ein Scheckkonto in einem anderen Staat einzurichten.

Da ich mit dem gleichen Vor- und Nachnamen gesegnet bin wie das Arschloch, ist es ziemlich leicht, jeden Monat als Ryder Jacob Ashcroft Senior etwas zu überweisen. Alles ist gut. Ich glaube fest an das Motto ›Was sie nicht weiß, macht sie nicht heiß‹, und in diesem Fall hat Denise keine Ahnung, dass ich es in Wirklichkeit bin, der das Geld schickt, und nicht der Samenspender, der ihr dabei geholfen hat, mich und Casey zu erschaffen. Sie wird darüber also nie schlaflose Nächte haben. Innerlich notiere ich mir, ihr mehr zu überweisen.

»Du bist eine harte Nuss.« Ich ziehe eine Zigarette aus der Tasche meines Sweatshirts, aber bevor ich sie in den Mund stecken kann, schlägt meine Mutter sie mir aus der Hand.

Sie rümpft ihre Nase. »Ekelhaft! Ich kann nicht glauben, dass dich Mädchen küssen, wenn du so stinkst.«

Ich ziehe eine Augenbraue nach oben und grinse sie an.

»Mich küssen sogar sehr viele Mädchen. Die Art, wie ich sie küsse, lässt sie den Geruch vergessen.«

»Ach, mein Kleiner.« Sie legt eine warme Hand an meine Wange. »Du musst auf dich aufpassen. Küsse von Mädchen schenken dir kein langes Leben. Gesunde Lungen schon.«

»Das sehe ich anders.« Ich schiebe die Schachtel wieder in die Tasche und küsse sie auf die Stirn. »Ich bin mir ziemlich sicher, dass mir beides zu einem langen Leben verhilft.«

Lächelnd sieht sie mich aus ihren grünen Augen an, aber ihr Blick verdunkelt sich sofort, als sie ihre Uhr kontrolliert. »Verdammt. Ich muss los.« Sie stellt sich auf die Zehenspitzen und küsst mich schnell auf die Wange. Dann holt sie die Schlüssel aus ihrer Handtasche und geht zu ihrem verbeulten Corolla. »Ruf mich an, okay? Ich bin es leid, dich nur alle paar Wochen mal zu sehen. Wir haben dich in letzter Zeit sehr vermisst.«

Ich nicke und lege meine Hände in den Nacken, während sie aus der Einfahrt fährt. Ich sehe ihrem Auto nach, bis es um eine Linkskurve aus dem Viertel verschwindet. Seufzend gehe ich die Treppen zur vorderen Veranda hoch und schließe die Tür auf. In dem Moment, in dem ich das bescheidene Haus betrete, höre ich, wie aus dem alten Plattenspieler meiner Großmutter »The Way You Look Tonight« von Old Blue Eyes Sinatra ertönt. Ich kann mir ein Grinsen nicht verkneifen, als ich die alten Schwarz-Weiß-Fotos von meinen Großeltern an den Wänden des Wohnzimmers betrachte.

Ich gehe um die Ecke in die Küche und sehe Casey und meine Großmutter zu Frankies weicher Stimme tanzen. Der Anblick, wie meine Großmutter Casey herumwirbelt, lässt mich leise auflachen. Die zwei Frauen von den dreien, die mein Herz für immer besitzen werden, halten in ihren Bewegungen inne.

»Ryder!«, kreischt Casey, springt los und schlingt ihre Arme um meinen Hals.

Ich stolpere lachend rückwärts. Gott, sie wird so schnell größer. Es fühlt sich an, als hätte meine Mutter sie erst gestern aus dem Krankenhaus mit nach Hause gebracht, wo ich sie zum ersten Mal gesehen habe. Das Bild war das Schönste, was ich jemals vor Augen hatte, und dank ihrer Existenz verstehe ich, was es heißt, jemanden bedingungslos zu lieben. Das Arschloch, das sich ihr Vater nennen darf, hat keine Ahnung, was er verpasst. Nur ein einziger strahlender Blick dieses Kindes kann einen blenden, sie bringt Licht in jeden noch so dunklen Tag.

Ihre letzte Chemotherapie hat gut angeschlagen, und sie hat ein bisschen an Gewicht zugenommen, was ihr sehr gut steht. »Wo warst du?« Casey umklammert mich noch fester. »Du bist letzte Woche gar nicht vorbeigekommen. Ist Amber bei dir?« Sie reckt ihren Hals und blickt über meine Schulter. »Ich hoffe, du hast keine neue Freundin, Ry. Ich mag sie nämlich.«

Das Herz rutscht mir in die Hose. Ich habe Amber letzte Woche ein paarmal geschrieben. Ihre Antworten waren nur kurze Nachrichten, in denen sie die Arbeit, Müdigkeit und sogar so etwas Lahmes wie die Wäsche vorgeschoben hat als Grund, nicht mit mir chatten zu können. Wenn ich ihr auf dem Campus über den Weg gelaufen bin, sind ihre üblichen Sprüche und die Sticheleien ausgeblieben. Sie war kühl, fast so, als ob meine Gegenwart ihr peinlich wäre. Ich kann ihr nicht übel nehmen, dass sie mich hasst. Ich widere mich selbst an. Es war zu viel für sie, zu erfahren, was Brock und ich mit Hailey getan haben.

Anscheinend hatte Hailey sie seit dem Moment auf dem Kieker, in dem Brock anfing mit ihr auszugehen. Von abfälligen kleinen Bemerkungen vor versammelter Menge bei einer Studentenfeier bis hin zu Drohbriefen, die unter Ambers Tür hindurchgeschoben wurden, hat Hailey das Mädchen psychisch förmlich überrollt. Bis letztes Wochenende hatte ich keine Ahnung davon, was diese Schlampe Amber antut. Erst, als Brock mir davon erzählt hat, dass sie von der Straße abgedrängt wurde, war die Sache klar für mich. Hätte ich nur etwas früher von der Scheiße erfahren, die abgelaufen ist, hätte ich diese Wahnsinnige schon viel früher abserviert.

Aber jetzt ist es klar: Hailey ist eifersüchtig auf Amber. Wie eine Besessene konnte sie nicht genug davon bekommen, mit Brock und mir ins Bett zu gehen. Abgesehen von einem guten Blowjob wurde sie zur Expertin darin, uns um einen Dreier anzuflehen.

Aber als Amber auf der Bildfläche erschien, verweigerte Brock ihr nicht nur das kostenlose Koks, mit dem er sie versorgte, sondern auch seinen Penis. Als ich dann auch noch die Nase von ihr voll hatte, wurde ihr Hass auf Amber noch größer und geriet außer Kontrolle.

Die Tracht Prügel, die Hailey letztes Wochenende von Amber bekommen hat, war längst überfällig.

»Oh!« Casey springt von mir herunter und holt mich aus meinen Gedanken. Sie krallt sich meine Hand und zieht mich den Flur entlang zu ihrem Zimmer. »Ich hab etwas, das ich dir zeigen will!«

Oh Gott. Sie haben wieder gemalt. Beim letzten Mal sah es aus, als hätten sie eimerweise Farbe an die Wände geklatscht.

»Du musst dir die neuen Klamotten ansehen, die Mom für mich gekauft hat«, quietscht sie und zieht mich zu ihrem Kleiderschrank. »Ich komme schließlich dieses Jahr in die dritte Klasse. Und in ein paar Jahren bin ich ein Teenager. Dann noch ein paar Jahre, und ich werde mit Jungen wie dir ausgehen!«

Ich bin wie versteinert.

Ich knie mich hin und fasse sie an den Schultern, um ihre Aufregung zu mildern. »Case.«

Sie nickt aufmerksam, und ihre blauen Augen blicken mich unschuldig an.

»Erstens: Ich musste arbeiten. Deshalb bin ich letzte Woche nicht vorbeigekommen. In den nächsten Monaten werde ich sehr viel zu tun haben. Da könnte es schwer werden, jeden Tag zu euch zu kommen, okay?«

Sie blickt düster zu Boden, als sie wieder nickt.

»Zweitens: Amber ist nicht *meine* Freundin. Sie ist nur *eine* Freundin. Ich habe keine Freundin. Hoffe nicht auf irgendwelche Nichten oder Neffen von mir.« Ich schmunzle, als sie einen süßen kleinen Schmollmund macht. Ich habe etwas gutzumachen. »Drittens: Ich würde furchtbar gern deine neuen Klamotten sehen. Du siehst bestimmt wie eine Prinzessin darin aus.«

Bei dieser Bemerkung wird aus ihrem Schmollmund ein breites Grinsen.

»Viertens: Du wirst niemals ein Teenager sein. Ich habe einen Trunk gemischt, der dich für immer acht Jahre alt sein lässt. Und all die Jungen, mit denen du nie ausgehen wirst, werden auch niemals in die Pubertät kommen.«

Verdammt, wieder blickt sie mich finster an. Ich Vollidiot.

Die karamellfarbenen Augen meiner Großmutter strahlen vor Freude, und um ihren Mund bilden sich Lachfalten, als sie Caseys Zimmer betritt. »Beachte ihn gar nicht, Case. Dein Bruder ist nur übervorsichtig. Stimmt's, Ry?«

Ich stehe auf und umarme meine Großmutter. »Ähm, die Antwort ist definitiv Nein. Ihr Keuschheitsgürtel liegt schon in meinem Kofferraum.« Ich lasse meine strahlend weißen Zähne aufblitzen. »Das nennt man brüderliche Fürsorge.«

»Du hast mir einen Gürtel gekauft?« In Caseys Stimme klingt helle Aufregung mit. »Ich liebe Gürtel!«

Ich streiche mit meiner Hand über ihren weichen Haarflaum. »Sorry, Kleines. Kein Gürtel.«

Sie stößt einen Seufzer aus, klettert auf ihr Stockbett und verschränkt die Arme. »Das ist nicht lustig, Ryder.«

Ich nehme einen Teddybär aus ihrem Schrank und bewerfe sie damit. »Das nächste Mal, wenn ich vorbeikomme, bringe ich dir einen mit, abgemacht?«

Der besagte Teddy wird zurückgeschleudert an meinen Kopf. »Versprochen?«

»Hoch und heilig.« Ich lege eine Hand auf mein Herz und halte zwei Finger der anderen Hand hoch.

Meine Großmutter blickt mich amüsiert an und legt ihre weiche Hand in meine. »Komm, du fürsorglicher Bruder. Lass mich dir was zum Essen machen, während Casey sich ihre neuen Klamotten anzieht.«

Ich lasse meine Schwester allein, damit sie sich hübsch machen kann, und folge meiner Großmutter in die Küche. Als ich mich auf einen Stuhl setze, beginnt mein Magen zu knurren. Es dauert nicht lange, und schon steht ein Teller mit ihrem berühmten Hühnerschnitzel mit Parmesan vor mir. Und kurz darauf klingelt mein Handy, und ich sehe Brocks Nummer. Ich lasse ihn auf die Mailbox reden und stecke das Handy in meine Tasche. Das Lächeln meiner Großmutter, während ich meinen ersten Bissen nehme, ist wichtiger als alles, was er von mir wollen könnte. Brock kann warten.

»Wie läuft's in der Uni?«, fragt sie, während ich das Gericht genieße, das von Generation zu Generation perfektioniert wurde. »Nur noch ein Jahr.«

Ich nicke und denke über ihre Bemerkung nach. Die letzten fünf Jahre habe ich alles dafür getan, meinen MBA in Bank- und Finanzwesen zu erreichen. Ich bin zweifellos bereit, das Studium zu beenden. Ich bin sogar ganz heiß darauf, mich dem Rest dieser Arschlöcher von Amerikas Finanzwelt anzuschließen. Diese Branche ist fies und feindselig, und die Konkurrenz schläft nicht. Das passt perfekt zu meinem schnellen Lebensrhythmus, meiner Liebe zum Geld und meiner redegewandten Persönlichkeit.

»Ich bin dran«, antworte ich kauend. Bevor ich meinen nächsten Bissen nehmen kann, piepst mein Handy erneut. Ich ziehe es aus meiner Tasche und lese eine Nachricht von Brock.

Monatliche Abholung. Wir treffen uns um 15 Uhr bei mir. Sei pünktlich.

Schon verabschiede ich mich geistig von meinem vorübergehenden Glücksmoment in dieser Küche, lösche die Nachricht und stecke das Handy wieder in meine Hosentasche. Nachdem ich mich von meinen zwei Mädels verabschiedet habe, mache ich mich auf den Weg, meinen Lebensunterhalt zu verdienen, solange die Finanzwelt Amerikas mich noch nicht in ihre unerbittlichen Arme geschlossen hat. Aber so kalt und feindselig diese Welt auch sein mag, sie ist zumindest legal im Gegensatz zu dem Bockmist, den ich im Moment mache. Dem Mist, dem ich für immer den Rücken kehren möchte.

Endlich ...

15 Brock

»Vielleicht werde ich jemanden aufreißen oder so.« Amber versucht nur, mich auf die Palme zu bringen, und starrt dabei gelangweilt auf ihre Fingernägel, während ihr Fuß auf dem Bürgersteig wippt. »Irgend so ein Kerl hat mir letzte Woche während meiner Schicht seine Nummer zugesteckt, der war definitiv eine gute Partie.«

Ich atme tief durch und versuche, cool zu bleiben.

»Verdammt.« Ryder grinst. »Das klingt nach Vergeltung.«

Ich werfe ihm einen bitterbösen Blick zu und würde ihm am liebsten eine runterhauen.

Amber sieht mich an und seufzt verträumt. »Ja, ich werde ihn anrufen. Ihm fallen sicher viele Möglichkeiten ein, mich ... zu beschäftigen, während du weg bist, wenn du mich während deiner monatlichen Einkäufe und deiner Auswärtsspiele alleine hier zurücklässt. Er wird sich meiner schon annehmen.«

Angepisst springe ich in den Mietwagen und schlage die Tür zu. »Ber, jedes Mal ziehst du die gleiche Show ab. Wie lange willst du das denn jetzt noch machen?«

Wie ein schmollendes Kind verschränkt sie ihre Arme. »So lange, wie mir danach ist, du Bastard.«

Ich stoße ein verärgertes Seufzen aus. Sie ist so streitsüchtig wie sonst kaum jemand. Aber genau diese Kratzbürstigkeit war es, die mich sofort an ihr fasziniert hat, als sie Ryder das erste Mal eine Ohrfeige verpasst hat. Aber trotzdem bleibt dieses Thema nicht verhandelbar. Egal, wie sehr es mich schmerzt, sie so traurig zu sehen, ich würde sie niemals mit mir dorthin nach West Virginia nehmen. Abgesehen davon, dass ich sie nicht dem Risiko aussetzen will, für etwas, mit dem sie nichts zu tun hat, bestraft zu werden, will ich sie auch niemals mit dem menschlichen Abschaum in Berührung bringe, von dem ich mein Zeug bekomme.

Sie verschwendet also nur ihre Zeit.

Ryder steckt sich eine Zigarette in den Mund und zündet sie an, als er sich auf den Beifahrersitz fallen lässt. »Zumindest bist du dieses Mal nur ein Bastard, Bro. Das ist um einiges besser als das letzte Mal, als du sie nicht mitgenommen hast.« Er dreht sich zu Amber um. »Wie hast du ihn damals genannt, Süße? Einen Waffelkopf?« Er fasst sich ans Kinn und runzelt amüsiert die Stirn. »Du weißt, mein IQ grenzt an den eines Genies, aber ich kann nicht behaupten, dass mir dieser Begriff schon jemals untergekommen ist. Klingt gut, aber was genau ist ein Waffelkopf? Ich bin ein sehr, sehr guter Schüler, und ich verspreche, aufmerksam zuzuhören, wenn du es mir erklärst.«

Amber wirft ihm einen Kussmund zu und zeigt ihm den Mittelfinger. »Tu mir einen Gefallen, und benutze dein tolles Gehirn dafür, herauszufinden, wie du am besten zur Hölle fährst, Ryder. Wie klingt das?«

Er qualmt einen Ring in die Luft und grinst sie herausfordernd an. »Mm. Du bist so sexy, wenn du angepisst bist. Allein dafür bekommt die Lehrerin von ihrem Schüler eine Eins.« Er fährt seinen Sitz nach hinten und legt die Füße aufs Armaturenbrett, während er mich ansieht. »Warum kannst du dir ihren Gehorsam nicht erzwingen und lässt dir ihre Frechheit bieten?«

Amber steckt ihren Kopf durchs Fenster und blickt mich

finster an. »Weil er mich liebt, Waffelkopf.« Grinsend wirft sie Ryder noch einen Kussmund zu. »Das solltest du in dein Lexikon mit aufnehmen, Mr Einstein.«

Lachend schüttelt Ryder den Kopf und lässt niedergeschlagen seine Schultern sinken, als Amber sich selbst auf die Schulter klopft.

Ich muss lachen. »Ashcroft: null. Moretti: eins.«

»Jetzt mal im Ernst, Brock«, fährt Amber fort und sieht mich wieder schmollend an. »Es gibt keinen Grund, warum du mich nicht mitnehmen solltest. Ich weiß, warum ihr dahinfahrt. Ich weiß, was ihr verkauft, ihr bösen Jungs. Du tust so, als wäre ich eine Undercover-Agentin, oder so was.« Hinterlistig versucht sie mich mit ihrem Blick zu verführen. »Das ist nicht fair. Ich will mitkommen.«

»Du bist doch heute Morgen mit mir gekommen.« Ich nehme ihr Gesicht zwischen meine Hände und ziehe ihren süßen Mund an meinen, damit ich sie küssen kann. »Oder etwa nicht?«

»Sehr witzig, du Klugscheißer«, murmelt sie in meine Lippen. »Ich meine es ernst.«

»Ich ebenfalls.« Ich grinse und fahre mit den Fingern durch ihr Haar. »Und wenn ich mich richtig erinnere, bis du sogar zweimal mit mir gekommen.«

»Aber, Brock …«

»Nichts aber.« Ich küsse sie noch einmal und starte den Motor. Bevor wir anfangen, uns zu streiten, rolle ich aus der Parklücke. »Geh einfach nach oben. Es ist zu kalt, um hier draußen zu stehen. Ich rufe dich von unterwegs an und sage dir, ob wir heute Abend oder morgen früh zurück sein werden.«

Ihre Blicke sind wie Dolche, und ich werde zum zweiten Ziel ihres Mittelfingers. »Langsam hab ich die Schnauze voll von dieser Scheiße!«

»Ach, komm schon. Warum führst du dich denn so auf?«

»Weil du mich ankotzt!« Sie dreht sich auf dem Absatz um und stapft in Richtung Fahrstuhl.

Ihr Hintern, der unter einer knappen, pinken Hose versteckt ist, lässt meinen Penis augenblicklich hart werden. »Ich liebe dich auch. Geh ans Telefon, wenn ich dich anrufe, Ber. Und wenn ich zurückkomme und dieser guten Partie eine Kugel in den Schwanz schießen muss, dann verbringe ich eben den Rest meines Lebens im Gefängnis, kein Problem.«

»Ja, ja. Wir werden sehen.« Sie zeigt mir ein letztes Mal den Mittelfinger, bevor sie um die Ecke verschwindet.

Herrgott noch mal. Mein Herz gehört ihr, aber sie weiß nur zu gut, wie sie es verrückt machen kann, wenn nicht alles nach ihrem Willen läuft. Schuldgefühle kommen in mir hoch, als ich auf die Straße fahre.

Ryder schmeißt seine Zigarette aus dem Fenster und grinst mich amüsiert an, während er einen Joint hinter seinem Ohr hervorholt. »Nicht leicht mit ihr, was?«

Ich seufze und schüttle meinen Kopf. »Du weißt, wie sie sein kann.«

»Ja, ich denke, das weiß ich.« Er zündet den Joint an und gibt ihn mir nach ein paar Zügen. »Trotzdem bringt sie mich hier und da immer wieder um den Verstand.«

»Nicht nur dich.« Ich nehme den Joint und atme tief ein. Das Zeug ist so stark, dass es augenblicklich seine Wirkung entfaltet und die Schuldgefühle, die mich überkommen haben, weil ich Amber zurückgelassen habe, in Luft auflöst.

»Was war denn diese Woche mit ihr los?« Ryder nimmt die Füße vom Armaturenbrett und sieht mich neugierig an. »Sie war irgendwie so abwesend. Ich weiß, das letzte Wochenende hat ihr zugesetzt, aber da ist doch noch etwas. Ist alles in Ordnung bei euch beiden?«

Schon leicht benommen von dem Gras, werfe ich Ryder

einen kurzen Blick zu und wäge ab, ob ich ihm erzählen soll, worum ich Amber gebeten habe. Er weiß bis jetzt noch nicht, wie weit diese Sache in der Nacht noch gegangen ist.

Wie weit *ich* noch gegangen bin.

Nachdem wir es ein paarmal miteinander getrieben haben, kam unser Gespräch wieder auf mein Bedürfnis, und ich habe ihr erklärt, wie es für uns alle von Vorteil sein könnte. Nach langem Zureden hat sie endlich zugegeben, dass sie Fantasien von mir und Ryder hat, aber auch, dass sie noch nicht so weit ist.

Ich dachte, ich müsse ihr Zeit geben, darüber nachzudenken, und habe das Thema seit letztem Wochenende nicht mehr angesprochen. Da ich mit einer unglaublichen Überzeugungsgabe gesegnet bin, könnte ich sie leicht dazu bringen einzuknicken, wenn ich wollte. Aber so versucht ich auch bin, genau das zu tun – es wäre nicht richtig. Sie zu dieser Entscheidung zu drängen, die nicht von ihr selbst ausgeht, bringe ich einfach nicht über mich. Ich liebe dieses Mädchen zu sehr, um sie in eine solche Lage zu bringen.

Außerdem habe ich schon genug Schaden angerichtet.

Aber ich habe ihre Neugierde geweckt, ihre sexuellen Fantasien angeregt. Ein paarmal kam sie selbst auf das Thema zu sprechen. Sie wollte wissen, wie wir drei mit etwas so Intimem zurechtkommen würden, ohne dass einer verletzt wird. Offensichtlich macht sie sich nicht nur um ihr Herz Sorgen, sondern auch um meins und Ryders.

Ich habe versucht, sie davon zu überzeugen, dass wir drei uns daran gewöhnen würden. Wir würden uns Zeit nehmen, um mit allem zurechtzukommen, was diese Sache mit sich bringt. So krank wie ich bin, schaffe ich es, Gefühle und Sex zu trennen. Es klingt verrückt, aber so funktioniert mein Gehirn. Und da für sie selbst Sex eine Fluchtmöglichkeit vor der Realität darstellt, bin ich mir ganz sicher, dass auch Amber die zwei Seiten trennen könnte und alle Gefühle, die in ihr hochkommen, von sich schieben würde. So funktioniert *ihr* Gehirn.

»Seid ihr zwei okay?« Ryders Frage reißt mich aus meinen Gedanken.

Ich werfe ihm einen weiteren Blick zu und frage mich, wie, zum Teufel, ich es ihm sagen soll.

»Wir rauchen hier allerfeinstes Zeug, und du hast mir noch nicht geantwortet. Du wirst doch nicht ohnmächtig, oder?«

»Nein, mir geht's gut.« Von dem Zeug brauche ich mehr, um diese Unterhaltung zu führen, also ziehe ich noch ein paarmal an dem Joint, bevor ich ihn ihm zurückgebe. »Ich muss mit dir über etwas Ernstes reden.«

Vorher sah er neugierig aus, jetzt blickt er mich total verstört an. Ryder nickt und sein Gesicht wird vor Aufregung ganz blass, während er darauf wartet, dass ich fortfahre.

Ich atme tief ein, um endlich auf den Punkt zu kommen. »Ich habe Amber gesagt, dass ich sie … mit dir teilen will.«

Die Verwirrung in seinem Blick sagt mir, dass dies eine interessante Fahrt werden wird.

16 Ryder

Ich erstarre vor Schock. »Du … du verarschst mich, oder?«

»Nein, Mann, tu ich nicht«, erwidert Brock mit ernster Stimme. »Ich weiß, dass zwischen euch was ist. Schon seit einer Weile. Und ich komme damit klar. Kein Scheiß, wirklich.« Er fährt sich mit einer Hand durchs Haar, blickt kurz zu mir und dann weiter auf die Straße. »Ich möchte ihr die größtmögliche Befriedigung bieten. Und da kommst du ins Spiel. Wir beide wüssten, wie wir mit ihr umgehen müssen und wie wir ihr geben können, was sie braucht. Das können nur wir zwei. Sie ist noch unentschlossen, aber ich weiß, sie will es. Will … uns.«

Ich bin total durcheinander, und Bilder ziehen an meinem inneren Auge vorbei, in denen ich jeden Zentimeter von Ambers Körper erkunde, so wie ich es mir immer und immer wieder ausgemalt habe. Mein Herzschlag beschleunigt sich und hämmert wie eine Trommel in meiner Brust, während ich nach Worten suche. Ich nehme einen letzten Zug von dem Joint und blicke aus dem Fenster. Allein der Gedanke an Amber lässt meinen Penis hart werden und meine Eier pochen. Aber meine Gefühle für sie gehen weit über das Körperliche hinaus. Meine Gefühle für sie sind stärker geworden, sodass es fast schon zwanghaft ist.

Wenn sie redet, möchte ich ihre Lippen mit meinen bedecken.

Wenn sie traurig ist, verspüre ich den unsagbaren Drang, sie zu halten und zu trösten.

Wenn ich sie zum Lächeln bringe, verdammt, dann fühle ich mich wie ein Mann, und mein Herz droht zu zerspringen.

Sie ist zwar Brocks Freundin, aber eigentlich sollte sie mir gehören. Von der ersten Sekunde, in der ich sie gesehen habe, hat es mir mein Bauchgefühl gesagt, wie eine Vorahnung. Ich weiß nicht, was, zum Teufel, es war – oder immer noch ist –, aber es ist passiert, und es hat bis jetzt nicht nachgelassen. Es gräbt seine Klauen mit jedem Tag tiefer in meine Brust. Ja. Viel mehr als nur körperlich.

Ich bin überzeugt davon, Brock erlaubt sich einen kranken Scherz mit mir, und verbanne alle Gedanken an Amber so schnell wie möglich aus meinem Kopf. Der Arsch will mich in eine Falle locken, damit ich zugebe, wie sehr ich auf Amber stehe.

Wie sehr ich sie brauche und zu einem Teil meines Lebens machen will.

Ich drücke den Joint an meiner Schuhsohle aus und richte meine Aufmerksamkeit wieder auf Brock. Das Blut entweicht aus meinem Gesicht, und ein Klumpen bildet sich in meinem Hals, als ich erkenne, dass es kein Scherz ist. Der skeptische Blick in seinen Augen, seine steifen Schultern und die Unsicherheit in seinem Ausdruck sagen alles.

Er meint es todernst.

Brock rutscht nervös auf seinem Sitz umher und blickt mich von der Seite an. »Hast du gehört, was ich gesagt habe? Sie weiß im Moment noch nicht, was sie will, aber wenn sie sich dazu entschließt – und glaub mir, das wird sie –, dann möchte ich Amber mit dir teilen.«

Mein Hirn ist total leer, ich finde keine Worte.

Er seufzt. »Komm schon, Mann. Sag was.«

»Sag was?« Die Worte bleiben mir im Hals stecken, und ich höre mich an wie ein pubertierender Teenager. Großer Gott, wahrscheinlich bin ich derjenige, der Wahnvorstellungen von dem Gras kriegt. »Du willst, dass ich etwas sage?«

Er grinst und amüsiert sich offensichtlich königlich über meine Reaktion. »Ja, deshalb habe ich dich gefragt.«

»Wie wäre es damit: Hast du deinen Verstand verloren? Reicht dir das?«

Er kneift die Augen zusammen, und das helle Grün verdunkelt sich. »Wie, zum Teufel, meinst du das denn?«

»Na, so wie ich sagte: Hast du deinen Verstand verloren, Brock?« Ich hole eine Zigarette hervor, zünde sie an und nehme einen tiefen Zug. Meine Nerven sind zum Zerreißen gespannt, als ich ihn wieder ansehe. »Langsam glaube ich nämlich, dass das der Fall ist.«

Verwirrt runzelt er die Stirn. »Warum denkst du, dass ich den Verstand verloren habe?«

»Herrgott, Brock. Liebst du das Mädchen oder nicht?«

»Ja, verdammt. Ich liebe sie«, brummt er und drückt aufs Gas. »Deswegen will ich das ja auch für sie tun. Mir hat es mit Hailey gefallen, also weiß ich, dass ich es mit Amber noch viel, viel besser finden werde. Mich turnt es an, sie mit dir zu beobachten. Sie wird es anturnen, mit dir zusammen zu sein. Und dich wird es, verdammt noch mal, anturnen, wenn du sie endlich haben kannst. Wenn ich also kein Problem damit habe, warum solltest du?«

»Das Problem ist, Amber ist nicht Hailey.« Ich spüre Wut in mir aufsteigen. Hailey kann Amber nicht das Wasser reichen. Es macht mich wahnsinnig, dass er die beiden miteinander vergleicht. Da die Wahrheit schon mal raus ist und ich mich gerade einen Dreck schere, was er denkt, kann ich mich nicht mehr zurückhalten. »Ich versuche zu verstehen, warum du eine Kostbarkeit wie Amber teilen möchtest. Wenn Amber meine Freundin wäre, käme ich nie im Leben auf den Gedanken, sie mit jemandem zu teilen. Dich eingeschlossen.«

Brock schüttelt seinen Kopf und sieht mich frustriert an. »Du verstehst es nicht.«

»Nein, ich denke, ich verstehe es nicht. Klär mich auf, Bro. Ich kapier's nicht.«

Ich muss total verrückt sein. Nicht in einer Million Jahre hätte ich geglaubt, dass ich eine Möglichkeit auslassen würde, mit Amber zusammen zu sein. Sie ist anders, unberührbar. Eine Frau, die in einer Vergangenheit gefangen ist, die das getötet hat, was sie eigentlich hätte werden sollen. Ihre Schutzmauern verbergen nichts als reine, unbestreitbare Schönheit. Und wenn sie dich hinter ihre Mauern blicken lässt, dann ist es um dich geschehen. Dein Herz schlägt nicht nur für sie, es ist auch ohne sie nutzlos geworden. Dein Ich, wie du es kanntest, verschwindet wie der letzte Atemzug eines sterbenden Körpers.

Aus diesem Grund bin ich so verdammt wütend auf Brock, weil er nicht sieht, was er an Amber hat. Diese Wut füllt mich im Moment komplett aus.

»Ich liebe Amber, wie du es dir nie vorstellen können wirst«, sagt Brock angespannt, als er eine Ausfahrt nimmt. »Du hast keine Ahnung, was sie mir bedeutet. Wie sehr ich sie brauche. Was sie in mein leeres Leben gebracht hat, nach dem, was mit Brandon passiert ist.«

Mir dreht es den Magen um, als mir entfernte Erinnerungen an seinen Bruder durch den Kopf gehen. An dem Tag, an dem dieses Kind verschwunden ist, hat der Mann sich selbst verloren. Brock ist die Schuld nie wieder losgeworden, egal, was er getan hat, um den Schmerz zu verbergen. Er hat sich für immer verändert. Seine Seele ist in einem einzigen Augenblick verschwunden und würde nie wieder auftauchen.

Ich überdenke seine Logik – wenn es denn eine gibt – und blicke ihn lang und fest an. Nichts … ich komme nicht dahinter. Kleiner Bruder verschwindet, Druck von seinen

Eltern – es ergibt keinen Sinn und hat rein gar nichts damit zu tun, dass er Amber teilen will.

»Erklär es mir, Bro«, verlange ich. »Hilf mir zu verstehen, was in deinem verdammten Kopf vor sich geht. Ich verstehe, dass es dir gefallen hat, als wir es mit Hailey getan haben – hat es mir auch –, aber mit Amber ist es etwas ganz anderes. Da sind pure Gefühle im Spiel. Die gab es bei Hailey nicht.«

Es war nichts als gedankenloser Sex, als Brock und ich es mit Hailey getrieben haben. Sogar als er von der Bildfläche verschwunden ist, haben sich meine Gefühle für Hailey nicht geändert. Das konnten sie gar nicht. Ich habe nie etwas für sie empfunden. Wir hatten Sex, dann gab's Zoff, dann wieder Sex und noch mehr Zoff. Das war alles, und darin waren wir gut.

Komme ich mir wie ein Arschloch vor, weil ich sie benutzt habe? Sicher. Die wichtigsten Menschen in meinem Leben sind alle Frauen. Abgesehen davon, dass eine Schlampe aus ihr geworden ist, ist Hailey auch die Tochter von jemandem. Ich würde jeden Mann umbringen, der versuchen würde eine der Frauen in meinem Leben so mies zu behandeln. Keine Frage. Meine Mutter, meine Großmutter und Casey haben mich zu dem Mann gemacht, der ich bin.

Nachdem mein hirnverbrannter Vater uns verlassen hatte, hat es nicht lange gedauert, bis ich erkannt habe, dass in jeder Frau Schönheit steckt. Auch in denen, die keine Gefühle bei mir auslösen. Verletzlich wie eine Blume und kompliziert wie ein verdammtes Puzzle – jede Frau verdient Respekt von uns Männern. Sie sind die Wiege der Menschheit und verdienen es, verehrt zu werden. Ihre Gedanken, ihre Körper und ihre Seelen sind Geschenke des Himmels.

Dennoch, Hailey wusste vorher, wer wir sind. Sie hat sich auf uns eingelassen, obwohl klar war, dass weder Brock noch ich die Absicht hatten, etwas Ernstes anzufangen.

Aber das hier? Das wäre eine ganz neue Ebene für alle von uns.

Brock wirft mir einen kurzen Blick zu und reibt sich mit einer Hand über das Gesicht. »Ich glaube nicht, dass ich es dir wirklich erklären kann. Ich bin mir nicht einmal sicher, ob ich es selbst verstehe. Ich … ich will ihr einfach alles geben, was sie will. Und du bist ein Teil davon, Bro. Du weißt es vielleicht nicht, aber das bist du.« Er nimmt einen tiefen Atemzug und stößt ihn langsam wieder aus. »Sie … verdammt, sie träumt von dir.«

»*Was*?« Ich blinzle einmal, zweimal, und ein Rauschen erfüllt meine Gehörgänge. »Was meinst du damit, sie träumt von mir?«

Er atmet wieder hörbar ein und sagt mit etwas leiserer Stimme: »Mann, sie hat im Schlaf deinen Namen gesagt. Mehr als nur einmal.«

Ich lege die Hände in den Nacken, und meine Nerven sind zum Zerreißen gespannt. Was, zum Teufel, soll ich dazu sagen?

Ein Teil von mir will aus dem Auto springen und per Anhalter zurück zu Brocks Apartment fahren, Amber in die Arme schließen und ihr sagen, dass sie zu mir gehört … und das genauso weiß wie ich. So, wie sie meine Träume beherrscht, dringe ich auch in ihre ein, und unvermeidlich füllen Gedanken an mich jede Eckes ihres Gehirns aus. Aber dem anderen Teil von mir wird ganz schlecht. Das alles hier ist gar nicht cool. Meine Gefühle für Amber, ihre Gefühle für mich und Brock, der sie mit mir teilen will: Das ist das reinste Gefühlschaos, das darauf wartet, uns alle zu zerstören.

Aber wie kann einer von uns kontrollieren, was er fühlt? Das kann man nicht einfach so ausradieren. Wenn es so wäre, würde Amber mit einem verdammten Edding, den man nie mehr abkriegen würde, auf meinem Herzen geschrieben stehen. Das Herz gibt Warnschüsse ab, wenn etwas nicht in Ordnung ist, und momentan explodieren in mir ganze Bomben. Aber wie, zum Teufel, kann ich aufhören, eine Frau zu wollen, von der ich weiß, dass sie mich auch will?

Die Antwort ist wie eine scharfkantige Glasscherbe. Und ich bin sicher, sie wird mich am Ende verbluten lassen …

Es geht nicht.

Ich atme tief ein, meine Lungen lechzen nach Luft, als ich versuche zu verdauen, was Brock mir soeben gesagt hat. »Ich weiß nicht, was ich sagen soll, Mann.«

Er richtet seinen Blick auf mich, und in seinem Ausdruck liegt eine tödliche Mischung aus Entschlossenheit, Schmerz und Verwirrung. »Ich bin nicht verrückt, Bro. Ich liebe dieses Mädchen und möchte ihr jeden Traum erfüllen, den sie hat. Ich weiß, du denkst, meine Gründe sind eigennützig, aber das sind sie nicht. Es geht um das Gefühl, das wir ihr bereiten könnten. Wir könnten ihr dabei helfen, sich von allem zu lösen, was sie belastet.« Er hält einen Moment lang inne, und ein Lächeln legt sich um seine Mundwinkel. »Du kannst dir gar nicht vorstellen, wie sie im Bett ist, Bro. Die schmutzigen Dinge, die sie sagt. Die Art, wie sie sich bewegt. Es ist, als wäre sie in ihrem früheren Leben ein Kerl gewesen. Sie weiß genau, was sie machen muss. Kein Scheiß, meine Freundin wurde dazu geboren, einen Mann um den Verstand zu bringen.«

Ich beiße mir auf die Lippe und erwarte, dass gleich Blut kommt. Allein die Bilder, die seine Aussage in mir auslöst, bringen mich schon um den Verstand, und mein Penis erwacht zum Leben, als sich Eifersucht in mir breitmacht.

»Ich sage das nicht, um dich zu überzeugen«, fährt er fort. »Du musst nicht überzeugt werden, Ashcroft. Ich sehe doch, wie du ihr in die Augen siehst. Du denkst, du hast dich in ihrer Gegenwart unter Kontrolle. Das kannst du vielleicht

Amber vormachen, aber ich kenne dich schon sehr lange. Du bist total durcheinander, wenn sie in deiner Nähe ist.« Er lacht leise, schüttelt den Kopf und richtet seine Aufmerksamkeit wieder auf die Straße. »Um ehrlich zu sein, fasziniert mich das. Nachdem Stephanie es mit diesem dreckigen, alten Mann getrieben und dir damit das Herz gebrochen hat, hast du kein anderes Mädchen mehr an dich herangelassen. Aber Amber hat es geschafft, und jetzt hast du die Chance, sie zu bekommen.«

Ich frage mich, wie es möglich ist, dass ich schon so lange mit diesem Idioten befreundet bin. Am liebsten würde ich ihm eine reinhauen. »Du bist ein Idiot, das weißt du, oder?«

»Aber ein Idiot, der geben und teilen kann, mein Freund.« Er grinst. Ich schüttle meinen Kopf und versuche immer noch zu verstehen, was in ihm vorgeht. »Ich weiß sogar, dass ihr zwei euch noch einmal geküsst habt … als sie in deiner Wohnung war.«

Oh Gott, das wird ja immer besser. Ich fahre mir mit der Hand durch mein ungekämmtes Haar und wünschte, sie hätte mir gesagt, dass sie es ihm erzählt hat. »Das weißt du also?«

»Ja. Sie hat mir auch erzählt, dass du sie davon abhalten wolltest. Das rechne ich dir hoch an.«

Dafür hätte ich eine Medaille verdient. Er hat Glück gehabt, dass ich in meiner Küche nicht über Amber hergefallen bin. Wäre Casey nicht im Zimmer nebenan gewesen, hätte ich es getan.

Nein, ich mache mir selbst etwas vor. Ich wäre nie über sie hergefallen. Ich sehne mich nach ihr, das stimmt. Aber was sie nicht weiß, ist, dass ich die Sache – kurz bevor sie sich von mir zurückgezogen hat – selbst abbrechen wollte. Sie hat etwas Besseres verdient als einen Quickie auf dem Küchentresen. Ich habe die Kontrolle in ihrer Gegenwart schon mehrmals verloren und hätte Brock, ohne zu zögern, hintergangen. Seit dem Tag, an dem die beiden anfingen auszugehen, habe ich Amber unnachgiebig verfolgt und war bereit, diese Freundschaft wegzuschmeißen, um nur einen kleinen Geschmack von dem zu bekommen, was rechtmäßig ihm gehört. Und *ich* stelle *seinen* Verstand infrage?

»Warum?«

Er blickt mich verwirrt an. »Warum was?«

»Warum verschwendest du auch nur einen Gedanken daran, sie mit mir zu teilen, obwohl du weißt, was ich hinter deinem Rücken getan habe? Auch wenn wir uns nur geküsst haben?« Ich atme tief ein und komme mir vor wie ein Arschloch – was ich auch bin. »Das verstehe ich nicht.«

Er bleibt einen Moment still und scheint nachzudenken, bevor er antwortet. »Weil du nicht mir ihr ins Bett gegangen bist, obwohl du es gekonnt hättest. Das klingt vielleicht verrückt, aber anstelle mein Vertrauen in dich zu verlieren, ist es dadurch noch größer geworden.«

Vertrauen. Etwas, das ich beschmutzt und vergiftet habe und wofür ich jetzt belohnt werde.

»Also was jetzt?«, frage ich und bin mir nicht sicher, was ich sagen soll. Ich komme mir total irre vor, in meinem Kopf herrscht ein heilloses Durcheinander.

Brock umklammert das Lenkrad fest und starrt geradeaus. »Sag mir, dass du einverstanden bist, wenn sie es ist.« Er wendet sich mir zu und sieht mich beschwörend an. »Hilf mir dabei, ihr zu geben, was sie braucht. Was sie … will.«

Ich blicke ihn unverwandt an und kann kaum schlucken.

Ich bin wie ein Junkie, der seinen nächsten Schuss braucht, egal, was er dafür tun muss. Amber ist zu meiner Sucht geworden, die süßeste Abhängigkeit, unter der ein Mann wie ich leiden kann. In diesem Moment nicke ich – unabhängig davon, was ich tun würde, wenn sie meine Freundin wäre – und bete, dass der Pakt mit dem Teufel, den wir soeben begangen haben, uns nicht alle drei zugrunde richten wird.

Als wir die Einfahrt zu Doms Bauernhaus in Harper's Ferry – einem verlassenen Ort in West Virginia – hochfahren, dreht sich in meinem Kopf noch immer alles. Es ist fast sechs Uhr abends, und die Sonne ist schon lange untergegangen. Brock parkt den Mietwagen hinter dem Haus.

Obwohl ich das hier schon öfter mitgemacht habe, als ich zählen kann, habe ich trotzdem immer ein ungutes Gefühl im Bauch. In diesem Geschäft ist es unumgänglich, hier und da auf Freaks zu treffen. Aber Dom Lawrence schießt definitiv den Vogel ab. Dieser Kerl ist total krank im Kopf. Er hat schon Leute dafür umgebracht, dass sie aufgehört haben, bei ihm zu kaufen, und ist in der Neonaziszene unterwegs.

Was der kranke Kerl nicht weiß, ist, dass auch ich unter Druck ausrasten kann. Wenn nicht sogar noch schlimmer als er.

Ich öffne das Handschuhfach, greife nach meiner treuen achtunddreißiger Smith & Wesson und überprüfe, ob alle Kammern geladen sind. Brock macht das Gleiche mit seiner Neunmillimeter-Sig und lacht leise, als er aus dem Wagen steigt.

»Was?« Ich schiebe die Waffe in meinen Hosenbund. »Warum lachst du, verdammt noch mal?«

»Es geht nie schief. Jedes Mal, wenn wir hierherkommen, siehst du aus, als würdest du auf deine eigene Beerdigung gehen.« Ein Grinsen huscht über sein Gesicht, als er einen Umschlag aus dem Auto holt, in dem mehr Geld ist, als eine durchschnittliche Familie im Jahr verdient. »Ich schwöre zu Gott, in dem Augenblick, in dem wir dieses Grundstück betreten, verwandelst du dich in einen echten Schlappschwanz.«

»Ich bin kein Schlappschwanz.« Ich werfe ihm einen bösen Blick zu, und unter meinen Stiefeln knirscht der Kies, als ich um das Auto herumgehe. Ich zünde eine Zigarette an und blase den Rauch in die kalte Oktoberluft. »Sogar weit davon entfernt. Trotzdem hänge ich an meinem Leben und möchte so lange auf dieser Welt verbringen, wie es geht. Ich weiß, wie krank Dom ist. Aber aus welchen Gründen auch immer, scheinst du das nicht zu sehen.«

»Du denkst, ich weiß nicht, wie krank dieses Arschloch ist?« Brock springt aus dem Auto, und sein Lächeln ist verschwunden. »Komm schon, Mann, ich bin vielleicht nicht so ein Genie wie du, aber ich bin nicht ahnungslos. Ich bin mir vollkommen bewusst, dass er ein paar Schrauben locker hat.«

Ich zucke mit den Schultern und ziehe mir die Kapuze meines Pullis über den Kopf. »Ich weiß nicht. Alles, was ich weiß, ist, dass er nicht der Einzige an der Ostküste ist, der das Zeug verkauft.«

»Ah, aber er ist der Einzige, der zehntausend weniger dafür von mir will als alle anderen da draußen.« Er gibt mir einen Klaps auf die Schulter und grinst wieder. »Cash, Bruder. Nicht, dass wir nicht schon genug davon hätten, aber wenn wir dreißig sind, werden wir darin schwimmen. Wir gehen ein großes Risiko damit ein, mit diesem Zeug zu handeln. Das soll sich doch wenigstens lohnen.«

Profit – das ist alles, was für Brock zählt. Scheiß auf unser Leben. Solange er ein Geschäft macht, ist für Brock alles andere eine Belästigung – sogar die Luft, die wir atmen. Doch ich kann nicht abstreiten, dass mein Freund ein Händchen fürs Geschäft hat.

Hier oben im Norden zahlt man für ein Kilo normalerweise gute fünfunddreißigtausend. Meistens ist das Zeug mit allem möglichen Scheiß gestreckt, sodass die treuen Kunden daheim unzufrieden sind mit ihrem Rausch. Aber abgesehen davon, dass Dom reines, ungestrecktes Koks herstellt, verkauft er Brock das Kilo für fünfundzwanzigtausend. Üblicherweise macht Brock damit ein Geschäft von zweitausend Dollar im Monat.

Mein Freund gibt sich nie mit kleinen Mengen ab und verkauft nur kiloweise an seine Kunden. Er hat das beste Zeug, das es auf dem Markt gibt, und er kann es für ein paar Hundert Dollar mehr verkaufen, als es im Durchschnitt kostet.

Seine Kunden sind eine Mischung aus kleinen Straßendealern, Bossen von korrupten Unternehmen und heuchlerischen Politikern. Fast die halbe Bevölkerung der Bay Area schnieft sich mit dem Zeug aus seinen dreckigen Händen den Stress weg, und ihr Bedürfnis, immer obenauf zu sein, bringt seinen Gewinn auf fast hundertfünfzig Prozent.

Amerika: Heimat der Freien und Land des größten Drecks dieses Planeten …

»Und jetzt reiß dich zusammen, und sei kein Weichei.« Brock überprüft noch einmal seine Waffe und steckt sie dann zusammen mit dem Umschlag in seine Jackentasche. »Wenn es sein muss, dann denk an deine Mutter, Casey und an deine Großmutter. Wie oft du ihnen schon finanziell geholfen hast. Du bist ihre verdammte Rettung.«

Ich blase Brock einen Ring aus Rauch ins Gesicht und fühle mich plötzlich schuldig, weil ich meine Mutter anlüge. Aber schuldig oder nicht, er hat recht. Ihr Wohlergehen ist das Einzige, was mich antreibt. Noch ein paar Jahre diese Scheiße, und dann bin ich draußen. Dann werde ich für meinen Lebensstil keine Kompromisse mit meinem Gewissen mehr eingehen müssen.

Mit alldem im Hinterkopf gehen wir auf die Lagerhalle zu, und mit der Hand umklammere ich meine Waffe, als wir zur Hintertür gelangen. Beim Eintreten blenden uns die

Leuchtspots an der Decke so sehr, dass ich Dom erst gar nicht sehe.

Er sitzt an seinem Schreibtisch und lässt sich gerade von einer Blondine, die vor ihm kniet, einen blasen. Dom hebt seinen Kopf. Sein Gesichtsausdruck verdunkelt sich, als Blondie ihre Aufmerksamkeit auf mich und Brock richtet und ihre Arbeit unterbricht.

Ich muss innerlich grinsen, weil wir diesem Freak den Abend versauen.

»Ich ruf dich später an, okay?«, flüstert ihm die Blonde beschämt zu.

»Nimm sofort meinen Schwanz wieder in deinen Mund«, brummt Dom und hält eine Knarre an ihre Schläfe, als sie versucht aufzustehen.

Ich verliere fast die Beherrschung und mache einen Schritt nach vorne. Aber Brock packt mich am Arm und hält mich zurück.

»Ich habe nicht gesagt, dass du aufhören sollst.« Doms Stimme klingt jetzt zornig. »Wer, zum Teufel, hat gesagt, dass du aufhören sollst? Hörst du schon Stimmen, du Schlampe? Ist es das?«

»Nein … a-aber zwei Kerle sind reingekommen«, stammelt Blondie sichtlich verängstigt. »Ich dachte …«

Doms freie Hand drückt ihre Schulter runter und hält sie auf dem Boden, während er seine Waffe spannt. »Ich will mich nicht wiederholen müssen«, sagt er halb ernst, halb kichernd. Er sieht Brock und mich mit dunklen Augen an. »Ich bin mir sicher, diese beiden Herren haben keine Lust darauf, zu sehen, wie dein Gehirn über die ganze Halle verteilt wird. Das wäre ja so eine Schweinerei, nicht wahr?«

Sie nickt und wimmert auf, als er ihren Kopf zurückzieht.

Die Waffe immer noch an ihre Schläfe haltend, streichelt Dom über ihre goldenen Locken und grinst sie spöttisch an, während er befiehlt: »Bring deinen Job zu Ende, oder du wirst irgendwo unter der Pferdescheiße begraben, die bis zu meinem Anwesen stinkt. Die Welt kann gut auf Mädchen wie dich verzichten.«

Seine Warnung befolgend, verschwindet Blondies Kopf wieder unter dem Schreibtisch.

»Wie lange machst du jetzt schon Geschäfte mit mir, Brock?« Doms leerer Blick ist auf uns gerichtet, während die saugenden Geräusche von Blondie in mein Ohr dringen. »Hä? Wie lange?«

»Sorry, Mann. Ich …«

»Komm niemals, ohne anzuklopfen, hier rein.« Er zielt mit seiner Waffe in die Luft und drückt ab. Kleine Teile von Mörtel, Gips und Metall fallen von der Decke auf den Boden, und Blondie stößt einen erschreckten Schrei aus. Trotzdem macht das Mädchen weiter, und ihr Kopf bewegt sich heftig auf und ab. »Außer, du denkst, dass eine Kugel aus dieser Waffe hier sich gut in deinem Kopf machen würde. Du kennst die verdammten Regeln. *Befolge* sie auch.«

»Ach, fick doch deine Cousine, du kiffendes Hillbilly-Arschloch«, faucht Brock, und seine Augen funkeln aufgebracht. »Bedroh mich nicht, du Idiot. Mir ist es scheißegal, wer du bist. Und lieber habe ich eine deiner Kugeln im Kopf, als dir die Befriedigung zu geben, über mich zu bestimmen.«

Ich lege eine Hand an die Waffe und bin bereit, diesem Kerl zu zeigen, wo der Hammer hängt. Brock nicht aus den Augen lassend, steht Dom langsam auf und zieht Blondie an den Haaren mit hoch. Dann schubst er sie auf den Boden und zieht sich die Hose hoch. Ihre Knie schleifen über den Zement, und ihr nackter Körper zittert, als sie sich schnell wie ein verängstigtes, hilfloses Tier in einer Ecke verkriecht. Bei diesem Anblick dreht sich mir der Magen um.

Dom kratzt sich am Kopf, und der Klang seiner Springerstiefel auf dem Boden hallt durch den Raum, während er sich uns nähert. Ein entnervendes Lachen entfährt seiner Brust, als er die Waffe an Brocks Stirn hält. Brock grinst nur, aber ich ziehe meine Pistole aus dem Hosenbund und halte sie Dom ans Kinn. Mit dem Finger am Abzug atme ich tief ein und bereite mich auf das vor, was gleich geschehen wird.

Mein erster Mord.

Bevor ich die letzten Reste meines Gewissens hinunterschlucken kann, fühle ich den eiskalten Lauf eines Gewehrs an meinem Hinterkopf. Das abschreckende Geräusch, als es geladen wird, verursacht mir überall eine Gänsehaut, und augenblicklich bricht mir der Schweiß im Nacken aus. Mit rasendem Puls ziele ich jetzt mit der Pistole auf Doms Schläfe und habe Bilder meiner trauernden Mutter, Schwester und Großmutter vor Augen, als ich mein Schicksal akzeptiere.

»Na, na, was haben wir denn da?«, sagt Dom. »Sieht so aus, als wäre Bobby der Einzige, der heute Abend nicht sterben muss.«

»Wenn das mal nicht die Wahrheit ist.« Bobby kichert und drückt das Gewehr fester gegen meinen Schädel.

Doms toter Blick wandert über meine Schulter, und ein leichtes Grinsen legt sich auf sein Gesicht. »Aber es ist schon eine Schande. Eigentlich habe ich mich schon so darauf gefreut, die gute Cindy hier so richtig durchzuficken, bevor meine Alte und die Kinder von den Schwiegereltern zurückkommen. Im Bett ist sie besser, als meine Alte es je sein wird. Kein Vergleich.«

Die Blondine, die jetzt einen Namen hat, sitzt zusammengekauert in ihrer Ecke und wimmert erneut, während sie uns mit Tränen auf ihren Wangen beobachtet.

Brock richtet seine Waffe auf sich selbst und lädt sie. »Ich würde mir eher selbst eine Kugel in den Kopf jagen, als dir den Gefallen zu tun, mich zu erschießen. Mach schon. Finde heraus, wie hart dieser Collegejunge wirklich ist.« Brock deutet mit dem Kinn in meine Richtung. »Aber vergiss nicht, mein Schwanz wird hart wie Stein bei dem Gedanken daran, dass mein Freund hier deinen Schädel in tausend Einzelteile schießen wird. Denk darüber nach, während du eine Entscheidung triffst. Ansonsten würde ich sagen, wir sehen uns in der Hölle.«

Die Zeit hängt über mir, und mir schießen Bruchteile von Erinnerungen durch den Kopf, während ich darauf warte, dass das Arschloch etwas sagt.

Die letzten Worte meines betrunkenen Vaters, bevor er aus unserem Leben verschwand. Die Verwirrung darüber, was wir getan haben, dass er uns verlässt …

Der Tag, an dem meine Mutter mir Caseys winzigen Körper in die Arme gelegt hat. Die Angst, die mich durchbohrt hat, als wir herausfanden, dass sie Krebs hat …

Der Kirschgeruch der Zigarren meines Großvaters, wenn er von den vielen Jahren bei der Marine erzählt hat. Der stolze Blick in seinen Augen, als ich zu dem Mann wurde, der mein Vater nie sein konnte …

Das schmerzerfüllte Gesicht meiner Großmutter, als ihr Mann nach über fünfzig Jahren Ehe seinen letzten Atemzug nahm. Ihr wunderschönes Lächeln, als ich meiner Mutter und Casey in den schlimmsten Zeiten zur Seite stand …

Der Moment, in dem sich mein und Ambers Blick zum ersten Mal trafen, bis hin zu dem Moment, in dem ich erkannte, dass ich nie mehr für sie sein kann …

Ich muss schlucken. Ich bin noch nicht bereit, die Frauen hinter mir zu lassen, denen ich jede gute und schlechte Erinnerung verdanke. Ich blicke in die kalten, berechnenden Augen von Gevatter Tod persönlich und bin mir nicht sicher, wie viele Minuten vergehen, bevor Dom sich räuspert und die Stille unterbricht.

So wahr ich hier stehe und meine Waffe an den Schädel dieses bösartigen Freaks halte, so sicher bin ich mir einer Sache … Es liegt nicht an mir, wie das hier weitergeht. Die

Entscheidung über Leben oder Tod liegt allein in der Hand eines Mannes, durch dessen Adern das Blut Satans fließt.

»Ich hab immer schon gewusst, dass ich dich mag, Cunningham.« Dom tippt mit dem Lauf seiner Waffe gegen Brocks Wange. »Und deswegen bin ich bereit, dich hier rausgehen zu lassen ohne ein Loch im Schädel. Aber das hängt von zwei Dingen ab: Ryder muss seine Waffe runternehmen, *und* du musst mir die Menge abkaufen, wegen der du hergekommen bist.«

»Fick dich, du Hurensohn«, presse ich zwischen meinen Lippen hervor und halte die Waffe mit beiden Händen fest. »Du kannst die hängenden Titten deiner Mutter darauf verwetten, dass wir die Menge kaufen, wegen der wir hergekommen sind. Aber du bist verrückter, als ich dachte, wenn du auch nur eine Sekunde lang glaubst, dass *ich* meine Waffe zuerst runternehme.« Mein Blick wandert zwischen Brock und Dom umher.

Brock nickt und bestätigt mich damit. Wenn dieses kranke Arschloch nicht tut, was ich sage, wird sein Blut gleich überall an den Wänden kleben.

»Also, wenn *du* ohne ein Loch im Schädel hier rauskommen willst, dann müssen du und dein jämmerlicher Freund hier nach meinen Regeln spielen«, fahre ich fort.

Dom legt seinen Kopf auf die Seite und schmunzelt. »Wie spielen also ein Spiel?«

»Genau, du Arschloch«, zische ich und gehe näher an ihn heran. Bobby folgt meinen Bewegungen und passt auf, dass seine Waffe den Kontakt zu meinem Hinterkopf nicht verliert. »Wir spielen also ein Spiel, das ich mit Sicherheit gewinnen werde. Es gibt nichts, wofür ich am Leben bleiben müsste, und die Vorstellung, heute Abend zu sterben, turnt mich sogar richtig an. Das ist das Aufregendste, was mir passiert ist, seit ich herausgefunden habe, wie man sich selbst einen runterholt.«

»Hör nicht auf ihn, Dom«, drängt ihn Bobby. »Sie haben dich nicht respektiert. Damit kannst du sie nicht davonkommen lassen. Wenn du das machst, zeigst du ihnen, dass du Ver-Verwund-Verwundbarkeiten hast.«

»Geh lieber zurück auf die Schule, du Voll-Voll-Vollidiot«, scherze ich und frage mich, wie es diese beschränkte Person überhaupt schafft, eine Waffe zu halten. »Du meinst, er zeigt uns damit, dass er verwundbar ist, du Dumpfbacke.«

»Fick dich, Ryder!«, schreit Bobby und hält mir den Lauf des Gewehrs ans Rückgrat. »Von der Sekunde an, in der die Kugel deine Knochen zerfetzt, wirst du nie wieder laufen können. Ich mach dich zum Quergelähmten. Wie hört sich das an?«

»Herrgott, es heißt querschnittsgelähmt!« Ich bin überzeugt davon, dass ich mich schon in der Hölle befinde. Böse funkele ich Dom an und bin stinksauer auf ihn, dass er dem dümmsten Mann auf Erden erlauben wird, mir das Leben zu nehmen. Wenn ich heute Abend sterben soll, dann muss es jetzt sofort passieren. Das ist eine Beleidigung für mein Ego. »Ich werde langsam gereizt, und wenn ich gereizt werde, passieren schlimme Dinge. Und wenn schlimme Dinge passieren, dann ist keiner froh. Und wenn keiner froh ist … nun, das ist nicht gut. Das ist sogar ziemlich schlecht.« Ich grinse. Das wird ja richtig komisch. Ja, ich muss meinen Verstand verloren haben. »Wenn du deinem Gehilfen hier nicht sagst, er soll seine Waffe runternehmen, wird jeder hier im Raum – die nackte Schlampe eingeschlossen – heute in der Leichenhalle zu seinem Schönheitsschlaf kommen.« Ich richte meinen Blick auf Blondie und zwinkere ihr zu. »Bist du bereit zu sterben, Süße?«

Ihren bebenden, neonpinken Lippen entfährt ein Schrei, und sie zittert noch stärker, während ich meine Aufmerksamkeit wieder auf Dom richte. »Egal, was alle immer sagen, die Brünetten haben mehr Spaß und sind im Bett um einiges besser. Außerdem wollte ich schon immer eine Schlampe auf die Liste meiner Todesopfer setzen.«

Dom starrt mich ein paar quälende Sekunden lang mit zusammengepresstem Mund an. »Wie lauten deine Forderungen?«

»Ach, die sind recht einfach«, antworte ich. »Als Erstes muss Einstein hier die Waffe von meinem Rückgrat nehmen. Der Druck, den er damit auf meinen Rücken ausübt, ist nicht gut für einen jungen Kerl wie mich. Was soll ich sagen? Ich kenne mich mit Wirbelsäulenverkrümmung und so einer Scheiße halt aus.« Ich höre, wie Brock kichert. Auch sein Verstand scheint auf der Kippe zu stehen. »Dann«, ich wende meinen Kopf zu einer Reihe von monströsen Regalwänden, »wird Einstein sein Gewehr zu den Regalen dahinten kicken. Der Rest ist Formsache. Du machst das Gleiche wie dein Freund und siehst zu, dass auch deine schicke kleine Kanone bei den Regalen ankommt.«

Dom blickt erst Brock und dann mich skeptisch an. »Ihr glaubt wohl, ich bin ein Idiot. Hä? Woher soll ich wissen, dass ihr uns beide nicht einfach umlegt?«

»Weil ich dir mein Ehrenwort gebe, natürlich.« Ich zucke mit den Schultern, und ein schiefes Grinsen legt sich um meinen Mund. »Und *nur* weil du gefragt hast: Ja, ich halte dich für einen Idioten. Du hast einen perfekten Freitagabend für mich und meinen Freund ruiniert. Und deshalb bin ich ein ganz klein wenig … angefressen.« Ich seufze und täusche Desinteresse an Leben oder Tod vor. »Mir wird langweilig, und mein Arm tut langsam weh von dieser unmöglichen Position. Du hast zehn Sekunden, ansonsten … das muss ich wohl nicht weiter ausführen, oder?«

Außer dem leisen Wimmern von Blondie hört man keinen Ton in der Lagerhalle. Die Zeit scheint erneut stillzustehen und hält mich in ihrem festen Griff gefangen. Mutter Zeit hält meine Zukunft in der Hand und hat die absolute Kontrolle. Sie ist die unbarmherzige Hure, die die letzte Entscheidung treffen wird.

Ich habe nur noch Doms ausdrucksloses Gesicht im Blick, und Schweiß läuft mir eimerweise aus den Poren, während ich meinen vielleicht letzten Atemzug nehme.

Dom hebt seinen Blick zu Bobby. »Tu, was der Junge sagt.«

»Willst du mich verarschen?« Die Worte kommen verärgert aus seinem Mund. »Du solltest darüber nachdenken …«

»Stell meine Befehle nicht infrage!« Doms Augen verengen sich zu Schlitzen, und sein normalerweise blasses Gesicht wird vor Wut ganz rot. »Mach es einfach!«

Erleichterung fährt mir durch die Knochen, und mein Herz schlägt wie verrückt, als Bobby die Waffe fallen lässt. Himmel, das Geräusch, als die Waffe auf dem Boden aufkommt, turnt mich regelrecht an. Eine Sekunde vergeht, dann kickt er sie unter das Regal. Bei dem Anblick, wie sie darunter verschwindet, bekomme ich fast einen Orgasmus.

Meine Waffe immer noch auf Doms Kopf gerichtet, nicke ich wohlwollend. »Gut gemacht, Gentleman. Hätte ich meine Hände frei, würde ich jetzt klatschen. Ich war mir nicht ganz sicher, ob der Dummkopf meine Anweisungen verstanden hat, wenn man bedenkt, welche Schwierigkeiten er bei der richtigen Artikulation hat.« Ich grinse und will den Idioten noch ein bisschen mehr leiden sehen. »Und jetzt sag ihm, er soll sich mit dem Rücken zu uns in die Ecke stellen, bis ich ihm den Befehl gebe, unser Auto zu beladen.«

Mit aufeinandergepressten Lippen starrt Dom mich lange und fest an, bevor er mit dem Kopf in eine Ecke deutet. »Du hast gehört, was er gesagt hat.«

»Das ist verrückt, Dom!« Bobby stapft in eine Ecke. »Totale Scheiße!«

Mein Grinsen wird breiter, als der Hohlkopf meinen Befehl befolgt. »Sieht so aus, als wärst du an der Reihe, Dom«, sage ich achselzuckend und bin mir bewusst, dass ich die

Grenzen meines Glücks bereits überstrapaziert habe. »Schauen wir mal, ob du genauso verantwortungsbewusst bist wie dein Kumpel. Lass das Ding fallen, oder wir werden heute alle erfahren dürfen, wie sich die Totenstarre anfühlt.«

»Hier hängen überall Kameras, Ashcroft«, warnt mich Dom mit verstörend ruhiger Stimme. Er nimmt seine Waffe von Brocks Stirn und legt sie auf den Boden. Dann kickt er sie zu der von Bobby unter die Regale. Er blickt mich an, und der böse Ausdruck in seinen Augen lässt mich erstarren. Jetzt grinst er und deutet in jede der vier Ecken. »Sag Hallo, du Arschloch. Du bist im Fernsehen.«

Ich wende meinen Blick nicht von ihm ab. Das muss ich gar nicht. Ich weiß, dass er die Wahrheit sagt. Dieser Freak ist so paranoid wie ein entflohener Sträfling. Von Bewegungsmeldern bis hin zu einem Waffenarsenal in den Ställen hat er jeden Zentimeter seines Grundstücks abgesichert.

»Wenn du irgendeine Scheiße abziehst«, fährt Dom fort, »wird es nicht lange dauern, bis Derick herausfindet, wer es war. Du wirst noch darum beten, dass die Cops kommen, um euch zu holen, wenn er das beendet hat, was du hier angefangen hast. Darauf kannst du deinen Arsch verwetten.«

Gegen Derick Lawrence, seinen fünf Jahre älteren Bruder, ist Dom ein Waisenknabe – wenn das überhaupt geht. Nachdem ihre Mutter an einer Überdosis gestorben ist, als sie auf der Highschool waren, und ihr Vater seinen letzten Atemzug im Gefängnis getan hat, weil er bei einem Überfall eine unschuldige Familie ermordet hat, wurde Dom von Derick großgezogen. Ohne weitere lebende Verwandte und mit Gewalt als einziger Erfahrung hat Derick Dom diesen Lebensstil aufgezwungen.

Doms Worte sind keine Bedrohung, sondern eine Tatsache.

Jetzt richtet er seine Aufmerksamkeit auf Brock, und ein

bösartiges Grinsen legt sich auf seine Lippen. »Aber ich habe noch mehr drauf. Ich weiß, wo du wohnst, Cunningham. Vergiss das nie, du Wichser. Erst vor Kurzem haben Derick und ich einen kleinen Familienausflug nach Annapolis unternommen. Ich hatte vielleicht schon zu viel Bier getrunken, als wir an deinem Haus vorbeigefahren sind, aber ich hätte schwören können, dass ich einen knackigen Arsch aus deinem Auto habe steigen sehen. Langes, dunkles, lockiges Haar. Titten, an denen man tagelang saugen könnte.« Er leckt sich über die Lippen, und sein Grinsen verschwindet. »Es wäre eine Schande, so einem süßen kleinen Ding wehzutun. Aber keine Sorge, mein Freund. Ich würde es ihr noch einmal so richtig besorgen, bevor ich sie für deine Respektlosigkeit bezahlen lasse.«

Meine Faust trifft automatisch auf Doms Brustkorb.

Zusammengekrümmt wie ein Krüppel, schlingt Dom seine Arme um seinen Bauch, und ein schmerzvolles Wimmern kommt aus seinem Mund. »Da habe ich wohl einen wunden Punkt getroffen.« Er stößt ein verächtliches Lachen aus und richtet sich wieder auf. »Das werde ich mir in Erinnerung rufen, wenn ich ihr Blut von meinen Klamotten schrubbe.«

Bobby macht Anstalten, sein Gewehr zu holen, aber ich richte meine Pistole auf ihn und stoppe ihn mitten in der Bewegung.

»Zu langsam.« Ich ziele mit der Waffe auf seinen Kopf. »Willst du mich ärgern, du Wichser?«

Er reißt seine Hände kapitulierend nach oben, als ich auf ihn zugehe. »Schon gut! Ich mach ja gar nichts, Mann! Beruhige dich, okay?«

Ich knirsche mit den Zähnen und frage mich, ob ich ihn umbringen oder seinen geistigen Zustand noch mehr beschädigen soll, als er schon ist. Um kein Risiko einzugehen, schlage ich ihm mit der Faust ins Gesicht und knocke ihn damit aus.

Nachdem seine ganzen zweihundertfünfzig Pfund auf dem Boden gelandet sind, lege ich Brock meine Hand auf seine Schulter. »Möchtest du Doms Gesicht ein paar hübsche Verfärbungen verpassen, bevor wir wieder zum Geschäft zurückkommen?«

»Jawohl«, antwortet Brock mit unheimlich kalter Stimme. Ein ungutes Gefühl breitet sich in meinem Magen aus, als er auf Dom zugeht und seine Augen rachsüchtig aufblitzen. »Das will ich in der Tat.«

Ich brauche einen Moment, bevor ich kapiere, was hier gleich passieren wird, aber als ich meine Gedanken wieder beisammenhabe, steckt Brock bereits seine Waffe in Doms Mund und packt das Arschloch mit der anderen Hand am Kragen. Dann flüstert er: »Du hast das Leben meiner Freundin bedroht. Sag Gute Nacht, du Wichser.«

Adrenalin schießt mir durch die Adern, als Brock den Abzug drückt und Doms Gehirn aus seinem Schädel pustet.

Blondie kreischt auf, und ihre ohrenbetäubenden Schreie hallen in meinen Ohren, während ich versuche zu begreifen, was geschehen ist. Fuck. Ich bin wie versteinert und kann weder atmen noch denken. Das Einzige, zu dem ich fähig bin, ist, die riesige Welle zu spüren, die meine Träume zerstört und meine Zukunft wegspült, während Dom auf den Boden kracht. Sein Körper zuckt noch kurz, Blut ergießt sich über die Überreste seines Schädels, und seine Augen stehen weit offen, als er seinen letzten, gurgelnden Atemzug nimmt.

Ich blinzle, und Sauerstoff strömt in meine leeren Lungen. Bobby geht auf das Regal zu und greift nach seiner Waffe. »Nein!«, schreie ich, Brock dreht sich blitzschnell um und feuert einen Schuss ab, der Bobby mitten in die Brust trifft. Die Wucht des Aufpralls schleudert ihn nach hinten, und sein Körper rollt sich zusammen wie ein Baby.

Brock durchquert die Lagerhalle, stellt sich über ihn und

presst die Spitze seines Schuhs auf seinen Hals. »Wie lautet der Code zu dem Raum, in dem das Zeug versteckt ist?«

»Fick dich!«, schreit Bobby schmerzerfüllt. »Du hast Dom ge-getötet.« Auf einen weiteren schmerzverzerrten Laut folgt ein bedächtiges Grinsen. »Derick wird euch bei lebendigem Leibe au-ausnehmen.«

Brock drückt seinen Schuh noch fester gegen Bobbys Kehle. »Antworte mir jetzt, du Hurensohn, und ich werde dich nicht umbringen. Wie. Lautet. Der. Code?«

Ein kleiner Funken Hoffnung leuchtet in Bobbys Augen auf, während Blut aus seinem Mund fließt und über seine Wangenknochen läuft. Er hustet und presst gurgelnd hervor: »Der Code lautet: 343 744.«

Brock neigt seinen Kopf zur Seite, kein bisschen Reue ist in seinem Blick zu erkennen. »Danke für die Information, aber ich habe es mir anders überlegt, du Arschloch.« Bevor ich noch einen weiteren Atemzug nehmen kann, schießt ihm Brock eine zweite Kugel in die Brust, die diesmal mitten durchs Herz geht.

Gott steh uns bei …

Hysterische Panik überkommt mich, ich fahre mir durchs Haar und bekomme ein paar verschwitzte Strähnen zu fassen. Brock hat den Verstand verloren, und ich bin kurz davor. Meine Muskeln sind vor Angst angespannt, und ich kauere mich zusammen, weil mein Magen droht, die Kontrolle zu verlieren. Die abgehackten Schreie der Blondine klingen in meinen Ohren, und ihr Geheule übertönt meine trockenen Würggeräusche. Brock steigt über Bobbys Körper hinweg, geht durch die Lagerhalle und richtet seine Waffe auf den Kopf der Frau.

Ihre Pupillen weiten sich vor Angst, und ihre Lippen zittern. Brock kniet sich neben sie.

»Nein, Brock! Hör mir zu!« Meine Stimme versagt mitten im Satz. Ich stelle mich hinter ihn und lege eine Hand auf seinen Rücken. »Mach das nicht, Bro. Sie hat nichts getan.«

»Sie muss sterben«, sagt Brock trocken, und seine Stimme klingt hohl, als er ihr die Waffe ans Kinn hält. »Sie hat alles gesehen. Sie weiß, wie wir aussehen, kennt unsere Namen. Wir müssen sie loswerden.« Er greift ihr unter die Arme und zieht sie hoch. »Falscher Ort, falsche Zeit. Das ist alles.«

Sie weint noch lauter, und Tränen laufen über ihr blasses Gesicht. »Oh Gott, bitte nicht. I-ich werde kein Wort sagen.« Zerronnene Schminke verdunkelt ihre Wangen, und ihr schwacher, nackter Körper zittert, während sie zwischen mir und Brock hin- und herblickt. »Bitte. Ich hau hier sofort ab, und ihr werdet nie wieder von mir hören. Ich … ich habe schon gesehen, wie Männer andere Männer töten. Dom hat es schon mehrere Male gemacht, und ich habe noch nie etwas verraten. Ich schwöre bei meinem Sohn, dass ich niemandem etwas sagen werde.«

Gott im Himmel. Die Schlampe ist eine Mutter. Das darf ich nicht zulassen. Obwohl sie ein Risiko für uns ist, könnte ich damit nicht leben.

Ich wähle den Punkt, an dem Brock am verwundbarsten ist. Den einzigen Punkt, der ihn vielleicht davon abhalten kann, sie zu töten. »Denk an Brandon, Bro. Wenn du das tust, wirst du nicht mehr da sein, wenn er wieder auftaucht.« Ich zucke zusammen, weil ich weiß, dass ich nur falsche Hoffnungen wecke. Aber verdammt, das ist alles, was mir übrig bleibt. Ich hoffe, dass meine Worte etwas tief in ihm drin bewegen können, was nicht einmal die Erwähnung von Ambers Namen schaffen würde. »Er wird seinen älteren Bruder brauchen, um ihn etwas über das Leben zu lehren, was nur du kannst. Das soll er doch nicht durch eine Glaswand im Knast lernen, in dem du lebenslänglich hocken wirst, wenn du noch jemanden umbringst.«

In dem Moment, in dem ich einen Anflug von Vernunft in seinem Blick aufleuchten sehe, lege ich meine Hand auf seine und führe die Waffe vom Gesicht des Mädchens weg. Sie fasst sich an den Bauch und erbricht ihr Abendessen über den Boden.

»Wir müssen sie nicht umbringen«, fahre ich fort und nehme ihm vorsichtig die Waffe aus der Hand. »Das können wir anders lösen.« Für das Leben des Kindes dieser Frau tue ich etwas, was ich mir in meinen schlimmsten Albträumen nie erträumt hätte. Aber in diesem Moment bin ich nicht mehr der, der ich einmal war. Mein Verstand und meine Moral haben sich in der Sekunde in Luft aufgelöst, in der Brock Dom getötet hat. Ich greife in ihr glitschiges Haar und flüstere ihr hitzig zu, mit der Waffe an ihrer Wange. »Hast du einen Geldbeutel dabei?«

Sie nickt und zittert am ganzen Körper. »Er liegt unter Doms Schreibtisch.«

»Nimm ihren Geldbeutel, Brock.« Ich ziehe sie an meine Brust und ihr nach Kotze stinkender Atem dreht mir den Magen um. »Wir werden ein anderes Spiel spielen.«

Brock blickt mich an und greift zögerlich nach ihrer Handtasche.

»Such ihren Führerschein, und lies ihren Namen und ihre Adresse vor.« Mit auf sie gerichtetem Blick höre ich, wie Brock in ihrer Tasche kramt, und mein Herz bleibt fast stehen bei dem Gedanken daran, welche Grenze ich gleich überschreiten werde. Um Brock davon abzuhalten, sie zu töten, muss ich mich in ein Monster verwandeln und alles vergessen, was man mir beigebracht hat.

»Cindy Lewis«, liest Brock vor. »Culvert Road 483, Apartment B, Matoaka, West Virginia, 24 736.«

»Wiederhole, was er gesagt hat.« Ich fasse ihr Haar fester. *»Jetzt.«*

»Cin-Cindy Lewis«, wimmert sie mit zitternden Lippen.

»Cu-Culvert Road 483, Apartment B, Matoaka, West Virginia, 24 736.«

»Sehr gut, Cindy. Willst du leben?«, frage ich, und es macht mich krank, was ich da tue. »Willst du morgen neben deinem Sohn aufwachen? Sehen, wie er aufwächst?«

Sie nickt wieder, Rotz läuft ihr aus der Nase.

»Antworte mir!« Ich lasse ihre Haare los und schlage ihr mit der Rückseite meiner Hand brutal auf die Wange. Sie verliert den Halt, aber ich packe sie am Genick und ziehe sie an meine Brust heran. »Nicken ist nicht genug. Das hier ist mein Ernst. *Willst. Du. Leben*?«

»Ja«, schluchzt sie und lässt ihren nackten Körper schlaff gegen mich fallen. »Ich will leben!«

»Das habe ich mir gedacht.« Die Worte kommen ruhig aus meinem Mund, obwohl ich alles andere bin als ruhig. Ich packe ihr Kinn, und meine Finger graben sich in ihr Fleisch. »Ich will, dass du jetzt *sehr* gut zuhörst, Cindy Lewis aus Matoaka, West Virginia. Bist du bereit?«

»J-ja.«

»Ich werde dich hier lebend gehen lassen, damit du sehen kannst, wie dein Kind aufwächst. Aber ich behalte deinen Führerschein als Sicherheit. Verstehst du?«

Ihre Muskeln lockern sich etwas vor Erleichterung, und sie schnieft: »Mm-hm. Ich verstehe.«

»Sehr gut, Cindy. Hast du ein Auto hier, oder hat Dom dich abgeholt?«

»Ich bin mit meinem eigenen gekommen«, flüstert sie, und ihr Schluchzen wird leiser. »Dom wollte mich abholen, aber i-ich habe das Auto gerade erst zu meinem sechzehnten Geburtstag bekommen. Also wo-wollte ich selbst fahren.«

Großer Gott. Sie ist noch ein Kind. Mir wird ganz schlecht, als ich Brock ansehe. Mit einem Blick auf ihren Führerschein nickt er mir zu. Dieses Arschloch hat nicht nur seine Frau hintergangen, er hat es auch noch mit einer Minderjährigen getrieben. Noch ein weiteres Stück meiner Moral löst sich in Luft auf, und wütende Flammen zerstören jegliche Schuldgefühle, die ich hatte, weil Brock Dom erschossen hat. Wenn ich könnte, würde ich ihn wieder zum Leben erwecken, ihm das Hirn aus dem Kopf prügeln und dann eine Kugel in seine runzligen, fünfunddreißig Jahre alten Eier schießen.

»Perfekt«, sage ich und spiele wieder meine Rolle. »Du steigst jetzt in dein Auto, fährst nach Hause zu deinem Kind, das dich braucht, und vergisst, wie mein Freund und ich aussehen. Und besonders wirst du vergessen, was heute Abend hier geschehen ist.« Ich nehme einen tiefen Atemzug und komme mir vor wie der letzte Dreck. Ich habe ein Mädchen noch nie so bedroht, geschlagen oder verängstigt wie jetzt, aber ich mache weiter, nur um sie mit meinen abscheulichen Taten davor zu bewahren, Brocks nächstes Opfer zu sein.

Ich richte die Waffe auf ihren Kopf. »Wenn du nicht tust, was ich gesagt habe, und dich entschließt, zur Polizei zu gehen, dann Gnade dir Gott, wenn ich aus dem Gefängnis komme. Ich werde dir deinen koksschniefenden Arsch aufreißen und dich von unten bis oben aufschlitzen. Verstehst du mich?«

Wimmernd nickt sie. »I-ich versteh dich. Gott, ja, ich verstehe dich.«

»Gut.« Ich blicke in ihre dunklen, schokoladenbraunen Augen und hoffe, sie kann sehen, dass ich nicht das Monster bin, für das ich mich gerade ausgebe. Ich lasse ihr Kinn los, halte ihr die Waffe aber immer noch an den Kopf und schaue auf meine Uhr. »Du hast eine Minute, dich anzuziehen und von hier zu verschwinden. Deine Zeit läuft ab … jetzt.«

Sie schnappt sich ihre Handtasche von Brock, sammelt ihre Klamotten zusammen und eilt – ohne sich anzuziehen – aus der Lagerhalle. Ihr Schluchzen klingt immer noch in meinem Ohr, als sie die Tür hinter sich zuschlägt.

»Fuuuuck«, stöhnt Brock auf und schlägt mit der Faust in die Luft. »Wir hätten den Code testen sollen, bevor ich Bobby gekillt habe. Komm schon.« Er macht sich auf den Weg zu dem Raum, in dem das Koks gelagert ist. »Wir müssen das Zeug holen und machen, dass wir hier wegkommen.«

Wie gelähmt starre ich ihn an und weiß nicht, in wen oder was wir beide uns verwandelt haben. Ich zwinge meinen Körper dazu, sich zu bewegen, zu reagieren und Brock zu folgen. Mein Puls erreicht gefährliche Höhen, als er den Code in das Tastenfeld vor einer Metalltür eingibt.

Ein lang gezogener Piepton, das rote Lämpchen wird grün, und bamm: Mein Blick fällt auf genug Koks, um die gesamte Ostküste für die nächsten Monate, wenn nicht sogar Jahre zu versorgen.

Zu Beihilfe zum Mord und Bedrohung einer Minderjährigen kommt gleich noch Diebstahl auf die Liste meiner illegalen Aktivitäten. Selbst wenn ich den Rest meines Lebens im Beichtstuhl verbringen würde: Das kann mir auch nicht mehr helfen.

Ich trete durch die Tür und sehe endlose Stapel mit Kilobrocken, die einen Raum von der Größe eines kleinen Büros ausfüllen. Wenn ich den Wert schätzen müsste, würde ich sagen, zwischen fünfzehn und zwanzig Millionen.

»Nimm die.« Brock deutet auf eine schwarze Reisetasche, die an einem der Regale lehnt, und fängt damit an, das Koks aus den Fächern zu holen. Ich gehe zu der Tasche und hebe sie hoch. Ihr Gewicht strapaziert meinen Bizeps. Wenn sich nicht ein kleiner Körper darin befindet, dann kann es nur noch eins sein. Ich stelle die Tasche auf einen Holztisch und öffne den Reißverschluss. Meine Vermutung bewahrheitet sich, als mein Blick auf ein paar Kalaschnikows, ein glänzendes zwölfschüssiges Gewehr und mindestens zwanzig Pistolen fällt.

Ich werfe alles auf den Tisch und lehne mich an die Wand.

Dann verschränke ich meine Arme und sehe Brock dabei zu, wie er die Tasche füllt. Mein Herzschlag beschleunigt sich, und mein Gehirn begreift so langsam wirklich, was hier passiert ist. Was als normaler Deal begonnen hat, endete im totalen Chaos, und zwei Menschen haben wegen uns beiden ihr beschissenes Leben verloren. Ich habe den Abzug zwar nicht betätigt, aber das Blut von Dom und Bobby klebt genauso an meinen Händen wie an Brocks.

Brock führt seine Bewegungen mit schneller Präzision aus, während er die Tasche füllt und mich mit zusammengekniffenen Augen ansieht. »Wir hätten sie loswerden sollen.«

»Ich hätte dich kein unschuldiges Kind umbringen lassen«, murmle ich. »Klar, du bist ausgeflippt, als Dom Amber bedroht hat – das bin ich auch –, aber da hätte es enden sollen.«

Ich habe nichts mehr zu sagen, drehe mich um und gehe aus dem Raum. Sobald ich den ersten Fuß in die offene Lagerhalle setze und mein Blick auf Bobbys und Doms toten Körpern landet, dreht es mir den Magen um. Ich schließe meine Augen, und dunkle Gedanken in meinem Kopf lassen mich fragen, zu was ich geworden bin – und zu was ich noch werde.

Ich atme tief ein und weiß, dass ich meiner Mutter und Großmutter nie wieder in die Augen schauen kann, ohne Angst haben zu müssen, dass sie den Gestank meiner Lügen riechen und die Dämonen sehen, die sich unter meiner Haut verstecken. Mein Herz setzt fast aus, als ich realisiere, dass ich Casey nie wieder so halten können werde wie bisher, ohne mich krank zu fühlen, weil die Wärme, die ihr meine Arme einst boten, sich in Eiszapfen verwandeln wird.

Ich atme aus, mein Gewissen schreit förmlich, dass ich Amber nie mehr berühren oder schmecken werde, ohne pures Gift über ihren wunderschönen Körper zu sprühen.

Kein winziger Teil von mir wird ihr noch das geben können, was sie braucht oder verdient. Gefangen von der Bosheit, die die Luft um mich herum verpestet, verschwindet auch der letzte Rest von dem, was ich einmal war, und lässt mich verdorben und irreparabel zerbrochen zurück.

Ich öffne die Augen und konzentriere mich wieder auf das, was ich vor mir sehe. Mich trifft fast der Schlag, als mir die Kameras wieder einfallen. Wie ein Besessener rase ich ins Büro und finde dort die Überwachungsanlage. Nachdem ich die Kabel aus dem Kontrollmodul gerissen habe, die Festplatten gelöscht und mir den Monitor geschnappt habe, renne ich wieder zurück in die Lagerhalle und halte alles gut fest.

»Scheiße, das habe ich total vergessen.« Brock hängt sich die Tasche über seine Schulter und richtet seine Aufmerksamkeit auf die Kameras, die uns von der Decke aus beobachten. »Um unsere Fingerabdrücke mache ich mir keine Sorgen. Keiner von uns beiden ist vorbestraft. Wir haben zwar Bobbys und Doms Kanonen angefasst, aber da sind noch tausend andere Fingerabdrücke drauf. Aber die Cops haben bestimmt irgendeine Technik, unsere Gesichter auf den Aufnahmen scharf zu machen, oder?« Er blickt mich besorgt an. »Müssen wir die Kameras nicht zerstören oder sie wenigstens mitnehmen? Wir können sie ja wohl kaum einfach hierlassen.«

»Wir müssen sie nicht zerstören.« Ich gehe an ihm vorbei Richtung Hintertür. »Und ja, wir können sie hierlassen. Die Inhalte der Videos sind auf der Festplatte des Computers und nicht auf den Kameras gespeichert.«

»Bist du dir sicher?«, fragt er mich zweifelnd. »Ich weiß, du bist ein Computerprofi, aber du musst dir wirklich sicher sein. Davon hängt unser verdammtes *Leben* ab, Bro.«

Ich drehe mich um und funkle ihn böse an. »Ja, ich weiß, dass es um unser Leben geht. *Ich* habe schon an dieses kleine Detail gedacht, als wir das Anwesen dieses Wichsers betreten haben. *Du* warst derjenige, der dieses unwichtige Detail aus dem Gehirn verbannt hat. Nicht ich.« Wir starren uns böse an, bis ich mich wieder zur Tür wende. »Lass uns gehen. Wir haben schon genug Zeit verschwendet. Es gibt keinen Grund, hier aufzuräumen. Wie du schon gesagt hast, die Cops können uns gar nichts anhängen. Wir haben alles, was wir brauchen. Das Einzige, was wir jetzt noch tun müssen, ist, hier zu verschwinden. Und zwar schnell.«

Ich warte nicht auf eine Antwort. Nein. Stattdessen trete ich in den kühlen Abend hinaus. Meine Nerven sind zum Zerreißen gespannt, als ich den Wagen öffne und alles hineinwerfe. Psychisch total kaputt drehe ich mich um und sehe Brock hinter mir stehen. Mit emotionslosem Ausdruck wirft er die Tasche auf die Rückbank und schließt die Türen.

»Ich werde ehrlich mit dir sein, Bro. Vielleicht wird es dir nicht gefallen.« Brock benetzt seine Lippen, und jegliches Mitgefühl, das er vor heute Abend besessen hat, löst sich in Luft auf, als er seinen Kopf schüttelt. »Sie waren in der Sekunde tot, in der Dom seine Knarre auf mich gerichtet hat.« Unheimlich gefasst geht er um das Auto herum und steigt auf der Fahrerseite ein. »Ich werde mich *niemals* und für *niemanden* dafür entschuldigen. Für keinen einzigen Menschen.«

Wie versteinert blicke ich ihn an, und mein Gehirn versucht, sein Eingeständnis zu verarbeiten.

In der Sekunde tot, in der Dom seine Knarre auf mich gerichtet hat …

In der Sekunde tot …

Tot …

Großer Gott. Egal, was ich getan oder gesagt habe, um uns da rauszukriegen, ohne dass jemand verletzt wird – die beiden Arschlöcher eingeschlossen –, es war alles umsonst. Brock wusste schon, dass er diese Typen umbringen würde, als der ganze Albtraum begann. Ich atme verstört ein. Diese

Nacht wird mich bis ans Ende meines Lebens verfolgen. Jedes einzelne kranke Detail. In Zeitlupe.

Brock startet den Motor. In seinen Augen kann ich nichts von der Nervosität, der Angst und dem Bedauern erkennen, das jede Zelle meines Körpers ausfüllt. »Steig ein, Ryder.«

Mit zusammengepressten Zähnen und völlig hohl im Kopf tue ich, was er sagt, und zünde mir eine Zigarette an, um meine Seele zu beruhigen, die in tausend Stücke zerfallen ist.

Brock fährt die dunkle, geschotterte Einfahrt hinunter. Dann biegt er scharf rechts ab und verlässt das Anwesen. Eine Staubwolke umhüllt das Auto, und die Schuldgefühle legen ihre tödlichen Finger um meinen Hals.

Brock wirft mir einen Blick zu. Sein Ton ist immer noch ruhig. »Ich musste sie umlegen. Es gab keine Möglichkeit …«

»Fuck!« Ich haue auf das Armaturenbrett, und meine Knöchel schmerzen von der Wucht des Schlages. Ganz offensichtlich total verrückt geworden, hämmere ich erneut darauf. Blut läuft über mein Handgelenk, während ich versuche zu atmen. »Bist du total bescheuert? Wir haben zwei Menschen umgebracht!«

»Ob ich bescheuert bin?«, fährt er mich an, während er das Auto auf irgendwelchen Nebenstraßen durch das Niemandsland steuert. »Nein, Bruder, du bist bescheuert. Du musst endlich aufwachen, verdammt noch mal. Wenn du auch nur für eine Sekunde geglaubt hast, Dom hätte uns da lebend rausgehen lassen, dann ist es keinen Pfifferling wert, dass du auf dem Papier ein Genie bist. Du bist ein Vollidiot, wenn du gedacht hast, dass er uns *nicht* zuerst umbringt.«

»Du weißt nicht, ob …«

»Ob was?« Er tritt auf die Bremse, das Auto kommt mit quietschenden Reifen zum Stehen. »Ob Dom unser Leben verschont hätte? Uns vielleicht nächstes Wochenende zum

Grillen eingeladen hätte? Weißt du was? Vielleicht bin *ich* es, der verrückt ist. Vielleicht habe ich die Tatsache, dass er mir eine Waffe ins Gesicht gehalten hat, damit verwechselt, dass er mich fragen wollte, ob ich der Patenonkel für sein ungeborenes Kind werden will.«

Stille. Nur unser heftiges Atmen ist zu hören. Brock fährt sich nervös mit einer Hand durch sein Haar. »Verdammt noch mal, Ryder. Denk mal über das nach, was du sagst«, flüstert er, und ein erstes Anzeichen von Gewissen ist in seinem Blick zu erkennen. »Denk darüber nach, wie es gelaufen ist. Du weißt, dass wir da nicht rausgekommen wären ohne eine Kugel in unserem Schädel. Wenn *ich* es nicht getan hätte – genau, dann hätte *er* jetzt unsere Leichen irgendwo auf seinem Anwesen vergraben. Es wären *unsere* Familien, die trauern würden, und nicht seine. Es wäre *meine* Freundin, nicht seine Frau, die ihren Verstand verlieren würde, wenn wir nicht zurückgekommen wären. Verdammt noch mal, nein. Amber hat schon genug durchgemacht. Und hast du wirklich gedacht, ich lasse es zu, dass er Ambers *Leben* bedroht, so wie er es getan hat? Denkst du, ich hätte noch ruhig schlafen können, wenn dieser Psycho weiß, wie sie aussieht? Ich wollte ihn nicht umbringen. Herrgott noch mal. Ich bin kein geborener Mörder, Bro, aber ich *musste* es, verdammt noch mal, tun. Ich musste es tun, weil – ob du es hören willst oder nicht – *Dom* wusste, dass er uns umbringen wird, in dem Moment, in dem ich ihm widersprochen habe.«

Er atmet lang und tief ein und drückt wieder aufs Gaspedal. Das Auto braust die Straße entlang, und Brock blickt starr geradeaus. »Und noch mal: Ich werde mich *niemals* dafür entschuldigen, was ich heute getan habe. Dafür, was ich tun *musste*, um dich, mich und Amber am Leben zu halten. Ich würde es wieder tun, wenn ich müsste.« Er atmet noch einmal tief ein und richtet seine Aufmerksamkeit wieder auf mich. Ein Funken von Angst ist in seinem Gesicht zu erkennen. »Ich bete nur, dass mein alleiniger Richter sich daran erinnern wird, was heute Abend geschehen ist, wenn meine Zeit abgelaufen ist.«

Den Rest der Fahrt verbringen wir schweigend. Immer und immer wieder lasse ich mir durch den Kopf gehen, was in der Lagerhalle geschehen ist. Ich nehme einen Zug von meiner Zigarette und fühle mich schlecht bei dem Gedanken, dass ich Brock eigentlich zustimme. Er hat recht. Wir wären da nie lebend rausgekommen. Selbst wenn wir es wie durch ein Wunder geschafft hätten, ohne die beiden umzubringen – der Kerl hat Ambers Leben bedroht. Macht mich das genauso verrückt wie Brock? So abgebrüht und kalt wie er geworden ist? Ich nehme noch einen Zug von meinem Sargnagel und schmeiße die Zigarette aus dem Fenster. Keines der Gefühle, die mir durch den Kopf gehen, kann ich im Moment richtig deuten, bis auf eins …

Die Grausamkeit dieses Abends hat uns, wie wir einst waren, für immer verdorben und uns allem beraubt, was annähernd eine normale Zukunft hätte sein können.

Das Schlimmste daran?

Das lähmende Gefühl, dass unsere Zeit bald abgelaufen ist …

17 Amber

»Du siehst verdammt sexy aus«, sagt Madeline bewundernd, während sie mir ein Glas Tequila von der Minibar einschenkt. »Amber Moretti in einem schwarzen, trägerlosen Lederkleid ist schon eine echt heiße Erscheinung. Jeder Kerl – und jede Tussi – in dem Casino wird mit dir ins Bett wollen.« Sie zieht ihren paillettenbesetzten Rock über die Oberschenkel und strahlt, als sie nicht gerade graziös ins Badezimmer wackelt. »Bei Männern und Frauen im ganzen Borgota werden die Alarmglocken schrillen.«

Ich muss innerlich lachen über ihren Versuch, in den fünfzehn Zentimeter hohen Stilettos würdevoll zu laufen. »Du brauchst ein bisschen Übung mit den Dingern.«

»Ach, was du nicht sagst!« Sie reicht mir das Glas und blickt auf das Geschenk hinunter, das Brock mir zu unserem viermonatigen Kennenlernen gemacht hat. Ein Paar verdammt heißer, achtzehn Zentimeter hoher Louboutins im Leopardenlook.

»Bei dir sieht das so natürlich aus. Als wären sie bloß eine Verlängerung deines Körpers.« Sie setzt einen bösen Blick auf und kämpft mit einer Strähne ihres feuerroten Haars. »Ich wäre wahrscheinlich mit Zirkusstelzen besser dran.«

Ich grinse und stecke meinen Lipgloss in meine Tasche. »Hör auf. Glaub mir: Mit ein bisschen Übung läufst du in denen wie ein Model und hast dabei noch deine hübschen braunen Augen geschlossen.«

»Das bezweifle ich. Aber danke für deine Ermutigung.« Sie lacht und stößt mit ihrer Hüfte gegen meine. »Du siehst wirklich atemberaubend aus. Aber jetzt müssen wir uns beeilen. Lee hat mir vor *zwanzig* Minuten geschrieben, dass er uns bei einer Auktion an den Höchstbietenden verkaufen wird, wenn wir nicht in *zehn* Minuten unten am Würfeltisch sind. Und da er einen Tausender im Minus ist, nehme ich seine Drohung sehr ernst.«

Ich kippe den Tequila runter, werfe einen letzten Blick in den Spiegel, gehe aus dem Badezimmer und nehme meine Schlüsselkarte. Meine Nerven sind zum Zerreißen gespannt. Es ist aufregend, dass wir in Atlantic City sind, um Brocks dreiundzwanzigsten Geburtstag zu feiern, wobei er keine Kosten gescheut und die Piatto Suite für uns gebucht hat. Aber ich mache mir Sorgen, was die nächsten achtundvierzig Stunden bringen werden.

Der letzte Monat mit Brock und Ryder kam meiner Vorstellung von einem Aufenthalt in der Irrenanstalt gleich. Das absolute Chaos. Ihre plötzlichen Wutausbrüche, ihre Heimlichtuerei, das Saufen bis zur Besinnungslosigkeit, nur übertroffen davon, dass sie sich letztes Wochenende mit ihrem eigenen Stoff weggehauen haben, bringen mich um den Verstand. Und da nicht zuletzt Brock nicht mal mehr mit mir schläft, würde es mich nicht wundern, wenn einer von uns bald in einer Zwangsjacke endet. Brock leugnet es, aber seit ihrer letzten Tour haben sich die zwei in komplett andere Menschen verwandelt. Sie verhalten sich so seltsam, dass es mir Angst macht.

Es mag ein Hirngespinst sein, aber vielleicht sind sie verärgert, weil ich mich dagegen entschieden habe, mit ihnen beiden zusammen zu sein. In der Nacht, als Brock diesen Vorschlag gemacht hat, ist meine Welt aus den Fugen geraten, und ich bin in meiner Brock-und-Ryder-Euphorie versunken. Der bloße Gedanke daran hat von da an mein Leben bestimmt. Die Vorstellung davon, wie beide Männer meinem Körper zu ungeahnter Befriedigung verhelfen und ihn an seine absoluten Grenzen bringen, hat jeden Atemzug, jeden Traum und jede Fantasie erfüllt und mich zu einer schmuddeligen, masturbierenden Irren gemacht.

Masturbierende Irre hin oder her, nachdem ich über die Folgen nachgedacht habe, konnte ich es nicht mit meinem Gewissen vereinbaren. Die Sache könnte ins Auge gehen, und dann wäre ich der Grund dafür, dass diese zwei Männer, die ich beide in mein Herz geschlossen habe, ihre Freundschaft verlieren. Ich wäre schuld an zwei gebrochenen Herzen, die man nicht mehr heilen könnte. Ich könnte nicht damit leben, auch nur einem von ihnen wehzutun. Auch wenn ich hin- und hergerissen war zwischen meiner Sehnsucht und meinem gesunden Menschenverstand, war die Entscheidung doch recht einfach.

Zum ersten Mal in meinem Leben habe ich meine sexuellen Wünsche hintenangestellt und mich gegen den Wahnsinn entschieden.

Obwohl ich mir ziemlich sicher bin, der Grund für ihr seltsames Verhalten zu sein, kann ich die ungewollte Stimme in mir drin nicht ignorieren, die mir sagt, dass ich *nichts* mit dem Ganzen zu tun habe. Sie flüstert mir zu, dass etwas in West Virginia vorgefallen ist. Etwas Dunkles, ein Monster, das aus einer Boshaftigkeit geboren wurde, die ich nie verstehen werde. Die Stimme schreit mir regelrecht entgegen, dass das der Grund dafür ist, warum Brock seit seiner Rückkehr in den meisten Nächten schweißgebadet und am ganzen Körper zitternd aufwacht. Das wäre auch die Erklärung, warum Ryder aufgehört hat, Football zu spielen, und seine große Leidenschaft für den Sport über Nacht erloschen ist.

Aber sooft ich sie auch gefragt habe, sie haben mir jedes Mal die gleiche Antwort gegeben: Ich reagiere über auf etwas, das es nicht gibt.

Seufzend folge ich Madeline zum Aufzug. Als die Türen sich öffnen und uns den Weg zum Casino freigeben, droht der Schweiß mein Make-up zu ruinieren. Der Geruch von alten Zigaretten und süßlichen Zigarren sowie das Summen der Geldautomaten erwecken meine Sinne zum Leben. Mein Magen verkrampft sich vor Aufregung, als sich das Casino in seiner ganzen Pracht vor uns ausbreitet. Madeline hakt sich bei mir ein und zieht mich zu den Würfeltischen.

Völlig überwältigt wandert mein Blick über strategisch platzierte Nummern, Stapel von bunten Chips und rollende Würfel und bleibt schließlich an Ryder und Brock hängen. Ich lächle, und mein Puls beschleunigt sich, als ich diese beiden wunderschönen Männer vor mir stehen sehe. Selbst im größten Trubel gelingt es ihnen, einen Raum zu beherrschen. Die Augen aller Frauen sind interessiert auf die beiden gerichtet. In ihren maßgeschneiderten Anzügen winken sie mich zu sich herüber und lachen leise, als sie den verwirrten Ausdruck in meinem Gesicht sehen.

Gott, es tut so gut, sie wieder lachen zu hören. Der letzte Monat ohne ihre üblichen Witze und ihre Ausgelassenheit hat mich alles infrage stellen lassen, und jede quälende Sekunde hat einen kleinen Teil meines Herzens getötet.

Brock legt einen Arm um meine Hüfte und zieht mich an seine Brust. »Du weiß, dass ich es liebe, wenn du Leder trägst, oder?« Er hält mich fest und fährt mit seinen Lippen an meinem Hals entlang. Seine Erektion kitzelt mich am Bauch, während er mich liebkost. »Es stellt Dinge mit mir an, die kein Mann in der Öffentlichkeit durchmachen sollte.«

Madeline grinst, und ihr Blick bedeutet so etwas wie ›Ich hab's dir doch gesagt‹, während Lee sie in seine Arme nimmt.

»Hmm.« Ich ziehe an Brocks Krawatte und hebe spielerisch eine Augenbraue. »Auch wenn es schon eine Weile her ist – ähem –, kann ich mich doch daran erinnern, dass du einen Fetisch für mich in diesem Material hast. Stellt das ein Problem für deine Spielerfähigkeiten dar, Geburtstagskind?«

»Mein Geburtstag ist erst morgen, du kleines Biest. Mach mich nicht älter, als ich bin.« Er küsst mich auf den Mund, und seine verführerische Zunge schmeckt nach Whiskey. »Und nein. Das stellt kein Problem dar. Wenn wir erst einmal zurück im Zimmer sind, werde ich dein Kleid *zerstören*. Ich liebe dich in Leder, aber ich mag es noch mehr, wenn du es ausgezogen hast. Vor allem, wenn es auf dem Boden neben deinem nackten Körper liegt, während deine Beine sich um meinen Kopf schlingen.« Er lockert seinen Griff und grinst mich hinterhältig an. »Aber wie immer: Du lässt die Schuhe an.«

Beim Gedanken an Sex mit ihm strömt Hitze durch meine Muskeln. Es kommt mir wie eine Ewigkeit vor, seit er meinem Körper das letzte Mal gegeben hat, was er verlangt. Für manche ist ein Monat ohne Sex wie das größte Stück vom Kuchen. Für mich ist es wie Rattengift, jeder Schluck bringt mich näher an mein Grab.

»Du scheinst ihr ein lebhaftes Bild in den Kopf gesetzt zu haben, Bro«, sagt Ryder, und sein Blick schweift zwischen Brock und mir umher. »Sie sieht jetzt nicht mehr länger aus wie eine heiße, verwirrte Tussi. Gut gemacht.« Er kippt den letzten Schluck aus seinem Glas hinunter, stellt es ab und gibt einer vorbeigehenden Kellnerin ein Zeichen. »*Sehr* gut gemacht.«

Die Kellnerin nickt und kommt auf uns zu. Ihre blutroten Lippen sind zu einem erwartungsvollen Lächeln verzogen, und sie wackelt so aufreizend mit den Hüften, dass Ryder ihr seine ganze Aufmerksamkeit schenkt. »Ryder«, sagt sie lang gezogen und streckt ihm ihre Doppel-D-Brüste ins Gesicht. Dann klimpert sie mit ihren – ganz sicher falschen – Wimpern und tippt ihm auf die Nase. »Was kann ich für dich tun, Süßer?«

»Was kannst du *nicht* für mich tun, Leslie?« Er spielt mit einer Strähne ihres blond gefärbten Haars, und sein Blick wandert zwischen ihren Lippen und ihrer Brust hin und her. »Das ist die eigentliche Frage.«

Ihr Kichern bringt mich glatt zum Kotzen. »Nun ja, ich habe dir meine Nummer ja schon gegeben, und du weißt, wann ich Feierabend habe. Ich würde sagen, es liegt also an dir, herauszufinden, was genau ich für dich tun kann oder nicht.«

Er schmunzelt und flüstert ihr irgendetwas Dämliches ins Ohr.

Diesmal klingt ihr Kichern fast wie ein Keuchen. Ich verdrehe die Augen und bin mir sicher, dass mir gleich mein Abendessen hochkommt. Sie tippt ihm noch mal auf die Nase und lacht auf, als Ryder ihr auf den Hintern haut. Dann erlöst sie mich von dieser Brechreiz erzeugenden Szene und verschwindet um eine Ecke, nicht ohne ihn mit ihrem Blick festzuhalten, bis sie komplett aus unserer Sichtweite verschwunden ist.

Ryder richtet seine Aufmerksamkeit wieder auf mich und Brock. »Was habe ich gerade gesagt? Ich wurde kurz … abgelenkt.«

»Du musst mindestens so betrunken sein wie ich.« Brock leert seinen Whiskey und legt einen Arm über meine Schulter. »Ich verstehe nicht, was du an dieser runzligen Tante findest.«

»Tut mir leid, Kumpel, aber da bin ich Brocks Meinung«, sagt Lee gequält. »Sie ist alt genug, um deine Mutter zu sein.«

Die Punkte gehen an Lee und Brock.

»Ich weiß nicht, wer von euch Idioten mehr geraucht hat.« Ryder zündet sich eine Zigarette an, nimmt einen langen, tiefen Zug und grinst die beiden träge an. »Ich bin vielleicht dicht, aber ich kann immer noch einen geilen Arsch erkennen, wenn ich einen sehe. Und außerdem: Sie ist vierunddreißig. Das ist nicht alt. Das ist *erfahren*.«

Lachend schütteln Lee und Brock ihre Köpfe.

Unbeeindruckt von ihrem Spott bläst Ryder einen Ring aus Rauch in Brocks Gesicht. »Jetzt noch mal: Was habe ich gerade gesagt?«

»Brocks Bild von Amber in Leder«, sagt Madeline und zuckt mit den Augenbrauen.

»Ah ja, richtig.« Ryder grinst Brock an. »Ein gutes Bild, das du für unser Mädchen hier gezeichnet hast. Amber Moretti in Leder. Was kann man da schon falsch machen?«

»Nichts.« Brock nimmt mein Gesicht zwischen seine Hände und blickt mich innig an, bevor er mich küsst, als wäre es das letzte Mal. Ich versinke in dem Kuss, und mir wird in diesem Moment klar, dass er mich, seit er aus West Virginia wiedergekommen ist, immer so küsst. Wir haben vielleicht keinen Sex mehr, aber wir küssen uns. Oft. Und jeder Kuss wird von einem quälenden Gefühl begleitet.

Mein Puls geht schneller, und eine Welle von Unbehagen versetzt mir einen Stich im Herzen. Als ich mich seinem sinnlichen Rhythmus hingebe, trifft mich die Erkenntnis, dass die Stimme in meinem Kopf weder nur eine Stimme noch eine Überreaktion ist, sondern mein Instinkt, der Warnschüsse abgibt.

Irgendetwas ist mit meinem Freund passiert, als er da unten war.

»Ich liebe dich«, flüstert Brock, und ein Anflug von Paranoia liegt auf seinem Gesicht. »Du wirst nie verstehen, wie sehr ich dich liebe, Baby. Ich würde alles für dich tun. *Alles*.«

Fragend sehe ich ihm in die Augen und packe ihn am Kragen. Alles in mir sehnt sich danach, zu verstehen, was mit ihm passiert ist.

»Ich bin gleich wieder da.« Er fährt mit einer Hand durch sein Haar und lächelt mich an. »Ich brauche einen Geldautomaten. Ich wurde am Blackjack-Tisch fertiggemacht.«

»Ich komme mit«, stoße ich hervor. Sein Lächeln ist aufgesetzt und verbirgt etwas, von dem ich befürchte, dass er es mir nie erzählen wird. »Ein kleiner Spaziergang wird mir guttun. Das Abendessen hatte es in sich. Ich sehe bestimmt aus wie ein schwangerer Elefant. Auf jeden Fall fühle ich mich wie einer.«

»Du bist verrückt. Aber eine hübsche Verrückte, also ist alles okay.« Brock gibt mir einen Kuss auf die Stirn und blickt auf seine Rolex. »Bleib lieber hier. Ich muss ein paar Anrufe machen, es könnte also etwas dauern. Außerdem wird Ryder dir beibringen, wie man Craps spielt. Stimmt's, Ashcroft?«

Ryder deutet mit seinem leeren Glas in meine Richtung. »Yep. Ich mach sie zum Profi.«

Brock steckt mir ein paar Geldscheine in den Ausschnitt und sieht mich einen Moment lang an. In seinem Blick liegt Trostlosigkeit, als er sich umdreht und davongeht. Ich ziehe die Geldscheine aus meinem Ausschnitt und beobachte, wie er in der Menge verschwindet. Mir rutscht das Herz in die Hose, als ich durch die Hundertdollarscheine blättere. Er hat mir mindestens zweitausend Dollar zugesteckt. Er muss vielleicht ein paar Anrufe erledigen, aber er muss definitiv keinen Geldautomaten suchen.

Schon wieder eine Lüge. Diese verwirrt und sorgt mich noch mehr.

Kaum ist Brock außer Sichtweite, legt Ryder seine Hand in meinen Nacken und zieht mein Gesicht bis auf ein paar Zentimeter an seins heran. Der würzige Duft seines Aftershaves und die Wärme seiner Berührung lassen das Adrenalin durch meine Adern schießen.

»Du bist das Schönste, was je erschaffen wurde«, flüstert er sanft an meine Wangen. »Ich bin vielleicht ein bisschen betrunken, aber das bedeutet nicht, dass ich nicht mehr geradeaus gucken kann. Ich bin noch nie etwas so Atemberaubendem begegnet wie dir.« Er befeuchtet seine Lippen, und der Anblick seines Piercings lässt mein Herz höherschlagen. »Kerle wie ich benutzen normalerweise das Wort atemberaubend nicht, aber der liebe Gott muss irgendwie außer sich gewesen sein, als er dich erschaffen hat. In Leder oder nicht, du, Amber Moretti, bist ein Engel für verdorbene Augen.«

»Danke«, murmle ich und habe meine Tasche gerade so platt wie ein Pfannkuchen zusammengedrückt. Ich atme zitternd ein und versuche, den Sauerstoff wieder aufzufüllen, den er aus meinen Lungen gesogen hat.

»Gern geschehen.« Er tritt einen Schritt zurück und blickt mich tiefgründig an. »Wir sind hier, um Spaß zu haben. Ich werde alles geben, um dich fröhlich zu sehen. Wenn es sein muss, werde ich meine körperlichen Reize einsetzen. Du denkst, du bist ein Profi darin, deine Gedanken zu verbergen, aber das ist nicht deine Stärke, Süße. Darin versagst du kläglich.«

»Mir geht es gut.« Ich muss mich wahnsinnig zusammenreißen, um diese Lüge über meine Lippen zu bringen. »Außerdem: Solltest du dir nicht lieber Gedanken darüber machen, was deine Kellnerfreundin nach ihrer Schicht mit dir anstellen wird oder nicht, statt dich um mich zu sorgen?«

»Von mir zu verlangen, mich nicht um dich zu sorgen, ist so, als würdest du von mir verlangen, nicht mehr zu atmen, Amber.« Er neigt seinen Kopf zur Seite, und ehrliche Sorge verdunkelt seine türkisblauen Augen. »Langsam denke ich, dass es dir Spaß macht, mir etwas vorzumachen. Es geht dir nicht gut, davon bist du weit entfernt. Ich bin kein Idiot, Moretti. Dir geht es schon seit Wochen nicht gut.«

»Du hast gewonnen, du Genie. Mir geht es nicht gut. Aber wie sollte es auch, wenn es dir und Brock nicht gut geht? Irgendetwas ist bei eurem letzten Trip geschehen, und keiner von euch beiden sagt mir, was. Ich weiß, ich soll keine Fragen stellen. Bla, bla, bla. Aber ich bin auch kein Idiot, Ashcroft.« Ich seufze und weiche seinem Blick aus. Mit blank liegenden Nerven stecke ich das Bündel Geldscheine in meine Tasche. »Irgendetwas stimmt nicht. Das weiß ich.«

Ryder legt seinen Finger unter mein Kinn und zieht meinen Blick wieder auf sich. »Würdest du damit aufhören?«

»Nein, ich werde nicht damit aufhören.« Obwohl meine Worte nur geflüstert sind, kommen sie genauso hart hervor, wie ich es beabsichtigt habe. »Und wo wir schon dabei sind: Lass uns doch mal darüber reden, warum du plötzlich mit Football aufgehört hast. Oder vielleicht sollten wir darüber reden, warum Brock nicht mehr mit mir schlafen will, egal, wie oft ich versuche, ihn zu verführen.« Ich lege meinen Finger ans Kinn und spüre Wut in mir aufsteigen. »Oh! Und nicht zu vergessen, dass du und Brock euch letztes Wochenende so zugedröhnt habt, dass ich dachte, ihr hättet eine Überdosis genommen, als ich euch bewusstlos auf Brocks Küchenboden gefunden habe – nachdem ihr drei ganze Tage nicht geschlafen habt. Sieh mir in die Augen, und sag mir, dass ich spinne, Ryder. Sag mir, ich bilde mir nur ein, dass ihr euch total verändert habt, und ich werde alles vergessen.«

»Du spinnst«, antwortet er, ohne zu zögern. »Also vergiss diese Scheiße, die dir in deinem hübschen Kopf rumgeht.«

Ich bin vielleicht noch nicht in seine Gedanken vorgedrungen, die ihn – weiß Gott warum – gefangen halten. Aber ich kann sehen, dass diese Lüge ihn genauso viel Mühe gekostet hat. Schuld, Angst und Wut. Das alles kann ich in seinen Augen erkennen, und dahinter verbirgt sich die Wahrheit.

»Danke für deine Ehrlichkeit, wirklich. Du hast jeden Zweifel in mir ausgelöscht.« Ich lache trocken auf, um sicherzugehen, dass er merkt, welchen Mist er redet, und dass ich es weiß. »Deine Loyalität ist etwas, auf das ich – und jeder andere in deinem Leben – wirklich zählen kann. Danke nochmals, das weiß ich zu schätzen.«

»Ich flehe dich an, Amber, hör mit dem Scheiß auf.« Ryder fährt sich mit einer Hand durchs Haar, und seine Bitte verliert sich in den Lügen, die aus seinem Mund kommen. »Komm schon, Süße. Wir sind hier, um Spaß zu haben. Lass es einfach gut sein, und entspann dich, okay?«

»Und wenn ich es nicht gut sein lasse und mich nicht entspanne, dann ist es meine Schuld, wenn jedem von uns das Wochenende verdorben wird, richtig?« Ich schnaube verärgert auf und stemme die Hände in die Hüften. »Dann bin ich die, die alles versaut?«

»Amber.« Madeline unterbricht uns und berührt mich sanft an der Schulter. »Lass uns einen Spaziergang machen, okay? Wir gehen an ein paar Spielautomaten vorbei, und vielleicht sehen wir ein paar Sahneschnittchen im High-Roller-Raum.«

Schäumend vor Wut überhöre ich Madelines Worte und blicke Ryder tief in die Augen. »Ihr redet darüber, mich zu teilen, aber ihr könnt mir nicht erzählen, was bei dem Trip wirklich passiert ist?« Ich packe ihn an seiner Seidenkrawatte und ziehe sein Gesicht ganz nah an meins heran. »Sag schon, *Ry*? Es ist einfacher, Pläne zu machen, wie ihr es mir zusammen besorgt, oder? Wie ihr meine Welt aus den Fugen geraten lasst und meinen Schmerz aus mir herausvögelt?« Wütend ziehe ich noch fester an seiner Krawatte, und seine Nase stößt an meine, während mir Tränen über die Wangen laufen. »Du und Brock, ihr seid Lügner erster Klasse, und das wisst ihr. Alles, was ihr zwei getan habt, war, mich noch mehr zu verletzen.«

»Verdammt noch mal, Amber! Hör endlich mit diesem Scheiß auf!«, brüllt Ryder über die Casinogeräusche hinweg. Er fasst mich im Nacken und presst seine Stirn an meine. Unser heftiger Atem vermischt sich, als er mit dem Daumen über meine Wangen streicht und meine Tränen wegwischt. »Sperr deine Gedanken einfach weg. Jeder hier – du eingeschlossen – wird an diesem Wochenende Spaß haben.« Ein Ausdruck von Scham legt sich auf sein Gesicht, als er einen Schritt zurücktritt und seine Stimme zu einem Flüstern wird. »Wir alle brauchen das. Hast du mich verstanden, Süße? *Wir. Alle. Brauchen. Das.* Und was du hier tust … verdammt, Amber, das macht alles nur noch schlimmer. Bitte … lass es …« Er stockt und legt seine Lippen an meine Schläfe. Seine Schultern sacken nach unten, als er seine Hände an meine Hüften legt und sie drückt. »Lass es einfach gut sein.«

Mit zerrissenem Herzen schlucke ich die Emotionen herunter, die sich ihren Weg nach draußen bahnen. Ich bin wütend, verwirrt und verletzt. Dennoch weiß ich, dass ich zu weit gegangen bin. Durch meinen Ausbruch hat er beinahe die Kontrolle verloren.

Mein Fluchtinstinkt überwältigt mich, voller Schamgefühl drehe ich mich um und suche nach einem Ausgang. Ich ignoriere Madelines Rufe und renne durch die Menge. Mein Schluchzen geht in der hektischen Atmosphäre unter. Tränen verschleiern meinen Blick, und die kalte Novemberluft lässt mich frösteln, als ich nach draußen trete. Vor mir liegt das Chaos von Atlantic City. Betrunkene Partygänger rempeln mich an, und über einer Gruppe von Prostituierten, die sich an einer Ecke um eine Straßenlampe drängen, schießen bunte Lichter in die Luft. Inmitten dieses Wahnsinns fühle ich mich allein und leer. Mein tiefstes Inneres total ausgehöhlt. Obwohl mich zwei wunderbare Männer begehren und sich nach meiner zerbrochenen Seele und jedem kleinsten kaputten Stück von mir sehnen, fühle ich mich einsamer als an dem Tag, als das abgrundtief Böse meinen Vater überkommen und seine Seele verdunkelt hat, bis er meiner Mutter und damit auch mir das Leben raubte.

Wie ferngesteuert laufe ich los. Ich laufe, bis mir die Füße wehtun, bis ich das Gefühl habe, meine Haut hätte sich in Zement verwandelt, während der eiskalte Wind mir mit jedem Schritt ins Gesicht peitscht. Mein Herz ist eine Müllhalde für schlimme Erinnerungen, und ich denke nach. Ich denke, bis sich mein Schädel anfühlt, als würde er in zwei Hälften zerspringen, und mein Gehirn lässt jede schlimme Minute meines Lebens Revue passieren. Ich denke an jede Sekunde, die vergangen ist, seit meine Eltern gestorben sind, an die wenigen guten Momente, die wir davor hatten, und an das Schlechte, das uns heimgesucht hat. Ich denke an den Schaden, den ich mir selbst zugefügt habe, indem ich alles und jeden dazu benutzt habe, meinen Schmerz zu verschleiern und ihn für immer im Schatten der Realität zu verstecken.

Ich lehne meinen tauben Körper an die Betonwand neben einem verlassenen Geschäft und lasse mich auf den Boden sinken, selbstverloren in der Vergeltung der brutalen Realität. Ich schlinge die Arme um meine nackten Schultern und lege meinen Kopf auf die Knie. Und endlich, nach vielen Jahren, breche ich zusammen. Tränen strömen aus meinen Augen, und ich schluchze ungehalten. Ich bete zu einem Gott, von dem ich mir nicht sicher bin, ob er in meiner Welt existiert, und spüle jedes schlimme Gefühl in mir heraus. Ich lasse meine Eltern endlich dort zurück, wo sie hingehören … in meiner Vergangenheit.

Aber ich bin immer noch an meine Gegenwart gefesselt, wie eine Gefangene an den Schmerz gekettet, den Brock und

Ryder in mir auslösen. Ich hatte nie gedacht, dass ich auch nur einen einzigen Menschen in mein Leben lassen würde. Und jetzt habe ich mich zwei Menschen geöffnet, ihnen erlaubt, durch alle meine verstörenden Schichten zu blicken. Hilflos zusehen zu müssen, wie sie sich verändern, bringt mich um den Verstand. Sie sind in meiner Seele, jeder von ihnen ist ein wunderschönes Stück Faden, das mein einst gebrochenes Herz zusammennäht. Zu wissen, dass sie etwas ängstigt, beunruhigt mich nicht nur, es reißt mich in Stücke.

Ich weiß nicht, wie viel Zeit vergangen ist, als ich eine Hand an meinem Gesicht spüre. Ich blicke auf und sehe in Ryders Augen. Mit der Hand wische ich mir die Tränen weg und schaffe es, matt zu lächeln. Mein Lächeln wird sofort durch noch mehr Tränen ersetzt, als er mich vom Boden hochzieht und mich in seine sichere Umarmung nimmt. Ich schlinge meine Arme um seinen Hals und halte mich mit dem bisschen Kraft an ihm fest, das mir noch geblieben ist. Ich weine mich an seiner Schulter aus, und jede Träne vertreibt die Dämonen, die mich seit je kontrolliert haben. Er presst seinen Mund an meine Stirn und legt seine Jacke um meine Schultern.

»Oh Gott, Amber. Ich wollte dir nie wehtun«, flüstert er, und seine Stimme bricht, während er mich fest an sich drückt und uns kein Zentimeter mehr voneinander trennt. »Ich würde eher sterben, als dir je wehzutun, Süße. Es tut mir so leid.«

Ich blicke ihn aus verschleierten Augen an und atme tief ein, als ich etwas sehe, was ich nie im Leben für möglich gehalten hätte … Tränen in Ryders Augen. Er versucht sie zu unterdrücken und blickt zur Seite. In seinem Gesicht liegt der Ausdruck eines Mannes, der etwas unsagbar Schlechtes getan hat. Ich berühre ihn am Kinn und das Verlangen, ihn zu trösten, überwältigt mich.

Er blickt hinter meine Augen, direkt in meine leere Seele,

und der Schmerz, den er erkennen lässt, zerbricht den letzten Widerstand gegen ihn – gegen uns. Unfähig, seine stille Qual mit Worten zu vertreiben, tue ich das Einzige, was sich richtig anfühlt – das Einzige, was sich seit dem Moment, in dem wir uns getroffen haben, richtig angefühlt hat.

Ich küsse ihn.

Ich küsse ihn, bis mir wieder warm wird und die Hitze seiner sanften Berührungen die Kälte aus meinen Muskeln saugt. Ich küsse ihn, bis die Geräusche unserer schnellen Atmung mein Schluchzen übertönen. Mit seinen Händen umschlingt er meine Hüfte fest, als seine Zunge langsam meine umkreist. Ich küsse ihn mit allem, was ich bin, und meine Sorge um ihn explodiert, als ich spüre, wie gern er mir erzählen würde, was den Menschen zerstört hat, der er einmal war.

»Bitte«, flehe ich ihn an, als er mich noch inniger küsst und seine Berührungen fordernder werden. Ein leises Stöhnen kommt aus meinem Mund, und mein Körper ist irritiert von der tödlichen Mischung aus Verlangen und Schmerz. »Bitte sag mir, was los ist. Ich muss wissen, was passiert ist. Ich liebe Brock mehr als alles andere, und ich …« Ich breche den Kuss ab und sehe schmerzerfüllt zu, wie eine einsame Träne über seine Wange kullert.

Mir stockt der Atem, die Tränen strömen nur so aus mir heraus. Dieser wunderbare, selbstlose und mitfühlende Mann offenbart mir seine Wunden und legt seine Verletzlichkeit vor meinem Herzen aus, damit ich ihn heilen kann.

»Du bedeutest mir mehr, als es gut ist«, flüstere ich und weiß, dass ich eine gefährliche Grenze überschreite, als ich mich auf Zehenspitzen stelle und meinen Mund auf seinen presse. Ich küsse ihn langsam und zärtlich, und mein Verlangen nach der Wahrheit wächst mit jedem Atemzug. »Seit der ersten Sekunde, in der du dir einen Kuss von mir gestohlen hast. Dein Lächeln, dein Lachen. Die Art, wie du deine Familie liebst und dich um sie kümmerst. All das bedeutet mir so viel, Ryder. Du bist ein Magnet, der mich unaufhörlich anzieht. Auch wenn du nicht in meiner Nähe bist, kann ich dich spüren. Deine Stimme hören. Dein Gesicht in meinen Träumen sehen.« Ich berühre mit meinen Lippen sein Kinn, und mein Schluchzen erfüllt die Luft um uns herum. »Die Gefühle, die ich für dich habe, machen mir Angst. *Du* machst mir Angst. Selbst, wenn ich sie beenden wollte, könnte ich es nicht, weil ich es nicht *will*. Ich bin es leid, gegen etwas anzukämpfen, was sich richtig anfühlt. Du fühlst dich richtig an, Ryder, und ich brauche dich in meinem Leben. Ich kann es mir nicht mehr ohne dich vorstellen.« Ich trete zurück, sehe ihm in die Augen und hoffe, dass mein Geständnis seinen Widerstand brechen wird. »Bitte, lass mich dir helfen. Lass mich geradebiegen, was dir und Brock widerfahren ist.«

»Du kannst uns nicht helfen«, murmelt er gequält. »Niemand kann uns helfen. Das, was passiert ist, was wir getan haben …« Er nimmt einen tiefen Atemzug und zittert am ganzen Körper, als er seine Stirn an meine presst. »Dafür werden wir in der Hölle schmoren.«

Panik macht sich in mir breit und bedroht meinen gesunden Menschenverstand. Ich wusste, dass etwas passiert ist. Ich habe es tief in mir drin gespürt und gerochen, wie etwas Böses die Luft verpestet. Aber das finstere Flüstern, das gerade in meine Ohren dringt, sagt mir, dass das, was sie getan haben, schlimmer ist als alles, was ich mir vorstellen kann. Trotzdem will ich nicht akzeptieren, dass ich ihnen dabei nicht irgendwie helfen kann – auch wenn es etwas ist, das mich ins Verderben reißt.

Ich schniefe und flüstere kaum hörbar: »Ihr könnt mich nicht einfach weiter anlügen. Du und Brock. Das ist nicht richtig.«

»Unsere Lügen beschützen dich, Amber.« Er legt eine Hand auf meine Hüfte und umklammert sie fest. »Kannst du das nicht verstehen?«

»Doch. Aber ich habe keine Ahnung, wovor ihr mich beschützt«, antworte ich schluchzend. Seine Worte machen mir Angst. Diese Männer sind alles, was ich habe – zwei der wenigen Menschen, die mir wirklich etwas bedeuten. Sosehr ich mich auch fürchte, meine Sicherheit wird zur Nebensache – ihr Wohlergehen steht über meinem. »Bitte schließt mich nicht aus. Wenn auch nur einer von euch beiden etwas für mich empfindet, dann sagt mir, was passiert ist.« Ich halte inne und weiß, dass das, was ich jetzt sagen werde, die Wahrheit ist. Und mein Herz zerbricht allein bei dem Gedanken daran. »Ihr versucht vielleicht, mich zu beschützen. Ich verstehe und schätze euch beide dafür. Aber ich wäre lieber allein, ohne jemals zu erfahren, was wirklich passiert ist, als unter falschen Voraussetzungen mit dir oder Brock zusammen zu sein. Das würde mich umbringen. Es bringt mich schon um, Ryder.« Ich streife mit meinen Fingern durch sein dunkles, lockiges Haar und frage mich, ob heute Nacht das letzte Mal sein wird, dass ich ihre wunderbaren Gesichter sehen werde. »Bitte lass nicht zu, dass ich euch beide wegen dieser Sache verlasse. Das will ich nicht. Du kannst dir nicht vorstellen, wie wenig ich das will. Aber ich werde es tun, wenn es sein muss.«

Seine Stirn liegt immer noch an meiner, und er sieht mich für die längste Minute meines Lebens an. Schließlich gibt er auf und nickt. »Auf keinen Fall lasse ich dich gehen, Süße. Du kannst es versuchen, aber ich sage dir, das wird nicht passieren. Wenn du mich auch nur ein bisschen kennst, dann weißt du, dass ich ein großes, stures Arschloch bin.« Er presst seine Lippen auf meine, und ein besitzergreifender Ausdruck legt sich auf sein Gesicht, als ich unter seiner Berührung ins Taumeln gerate. »Ich weiß, du gehörst nicht mir. Verdammt, vielleicht wird das auch nie so sein. Das weiß ich nur zu gut. Aber das kleine bisschen, das ich von dir habe, das wunderschöne, schmerzerfüllte, atemberaubende, Twizzler liebende, verrückte Stück, das du mit mir geteilt hast, das bedeutet mir viel zu viel, als es einfach aufzugeben.« Er nimmt mein Gesicht in seine Hände, und für einen kurzen Moment lodert Angst in seinem Blick auf, als er seine Lippen an mein Ohr legt. »Ich brauche dich hundertmal mehr als meinen nächsten Atemzug, tausendmal mehr als meinen nächsten Herzschlag und eine Million Mal mehr als mein verdammtes Leben.«

Er küsst mich sanft und langsam, und seine Worte hallen in meiner hohlen, schmerzerfüllten Seele wider. Er nimmt mich in die Arme. »Es tut mir leid, dass ich dir in den letzten Wochen wehgetan habe. Aber ich habe es getan, um dich zu beschützen. Ich will, dass du das weißt. Ich spreche auch für Brock, wenn ich das sage. Keine Lügen mehr. Keine weitere Scheiße. Auch wenn ich ehrlich zu dir sein muss, damit ich dich nicht verliere, habe ich nie darüber nachgedacht, dir zu erzählen, was passiert ist. Niemals. Das kam mir nie in den Sinn. Aber wie gesagt, ich werde dich deshalb nicht verlieren. Ich habe bereits zu viel verloren.« Er nimmt einen abgehackten Atemzug und blickt durch mich hindurch, als er seinen Kopf schüttelt. »Was wir getan haben, hat uns schon zu viel gestohlen. Ich will verdammt sein, wenn ich dadurch auch noch dich verliere.«

Meine Tränen versickern langsam, als ich einen Schritt zurücktrete und in seine blauen Augen sehe. Schmerz, Angst und Verwirrung sind überall – das tödliche Trio, das versucht, den letzten Rest von dem, was Ryder einmal war, aus ihm herauszusaugen. Mein Herz macht einen Satz und kracht gegen die Betonmauer, die mit seinem und Brocks Leid besprüht ist. Mein Seelenzustand wird bei dem Zusammenprall verletzt, aber schlimmer noch: Ich frage mich, ob nach dieser Nacht auch nur einer von uns jemals wieder der sein wird, der er einmal war.

Es dauert nicht lange, und ich muss Ryder wieder spüren. Mein Körper lechzt nach seiner Berührung. Ich suche seine Wärme und schlinge meine Arme um seinen Hals. Ich halte ihn, so fest ich kann. An seiner Brust überkommt mich sowohl Ruhe als auch meine eigene Angst. Der sanfte Schlag seines Herzens ist ein Sicherheitsgurt für meins.

Nach einem Moment entlässt mich Ryder aus seiner Umarmung, nimmt meine Hand und führt mich zum Hotel zurück. Mit klopfendem Herzen erkenne ich erst jetzt, dass ich den Kampf gewonnen habe. Ich werde ein Teil ihrer Wahrheit werden, die rechtmäßige Besitzerin eines Teils von ihrem Albtraum. Und ich realisiere auch, dass ich die wahrscheinlich schwierigste Unterhaltung meines Lebens vor mir habe.

Ich atme tief ein, während meine neue Realität meine alte bereits ausgelöscht hat.

18 Amber

»Nur seine Mailbox«, sagt Ryder, als wir bei der Suite ankommen. »Lee und Madeline haben auch nichts mehr von ihm gehört. Ich wette, er ist hier.«

Mit zitternden Händen stecke ich meine Schlüsselkarte in den Schlitz an der Tür und betrete den dunklen Flur. Sofort höre ich das lauter werdende Stöhnen einer Frau. Ich erstarre, und mein Herz beginnt, wie verrückt zu rasen, als der Klang ihres heiseren Keuchens den nach Gras riechenden Raum erfüllt. In meiner momentanen Verfassung, in der ich gleich eine Schlampe umbringen werde, kann ich gar nicht genug von der berauschenden Luft einatmen.

Ryder nimmt mich am Ellbogen und will mich aus der Suite ziehen. Ich reiße mich los, unbändige Wut treibt mich an, dem Geräusch von aufeinanderklatschendem Fleisch zu folgen. In der Dunkelheit kann ich kaum etwas sehen und bereite mich schon einmal darauf vor, die Nacht im Gefängnis zu verbringen, weil ich Brock seinen Schwanz abgehackt habe. Ich folge seinen auf dem Boden liegenden Klamotten ins Wohnzimmer und finde ihn auf der Couch schlafend – allein. So erleichtert wie noch nie in meinem Leben schlucke ich den Kloß in meinem Hals herunter. Er trägt nichts außer seiner Boxershorts, und neben ihm steht eine leere Flasche Whiskey. Sein leises Schnarchen ist ein Zeichen dafür, dass er absolut voll ist.

Ryder lacht leise auf. Ich drehe mich um und sehe den Grund für meine Wut auf dem riesigen Plasmafernseher: ein schmutziger Porno, in dem es zwei Frauen mit einem sehr gut bestückten Kerl treiben. Ich lache, und mein Herz beruhigt sich ein bisschen, als ich die Lampe anschalte.

Brock reißt die Augen auf und ist sofort hellwach. Die Geschwindigkeit, mit der er sich aufrichtet und nach der Waffe greift, die am Tischrand liegt, macht meine Theorie, dass er total dicht ist, zunichte.

»Bist du verrückt, Ber?« Er ist sofort auf den Füßen und sichert die Waffe. »Ich hätte dich *töten* können!«

Ich lasse mich auf die Couch fallen und kann nicht aufhören zu kichern. Gott, das fühlt sich herrlich an. Ryder setzt sich auf einen Sessel und schaltet den Fernseher aus. Dann bricht auch er in Lachen aus. Wir befreien uns von dem Stress der letzten Stunde.

Brock legt seine Waffe wieder auf den Tisch und ist offensichtlich verwirrt. »Was findet ihr daran so komisch? Es wäre bestimmt nicht mehr witzig, wenn Ambers Gehirn über die ganze Couch verteilt wäre, stimmt's? Ich wette, dann würde *keiner* von euch beiden lachen.«

Ryder sieht erst Brock und dann mich an, und wir müssen beide das Gleiche denken. Brocks Vorstellung ist einfach urkomisch – die leere Whiskeyflasche muss sein Denkvermögen beeinträchtigt haben.

Vielleicht ist er tatsächlich total voll?

Stille – und dann brechen Ryder und ich wieder in schallendes Gelächter aus, das unsere Körper durchschüttelt wie zwei Schiffe in einem tosenden Sturm.

Mit offenem Mund und die Hände in die Hüften gestemmt starrt Brock uns unverständlich aus weit aufgerissenen Augen an.

»Da muss ich dir recht geben, Bro«, gibt Ryder zu und reißt sich zusammen. »*Sie* würde tatsächlich nicht mehr lachen, wenn ihr Gehirn im ganzen Zimmer verteilt wäre. So ist das normalerweise, wenn man tot ist, weißt du? Da kann man gar nichts mehr tun.« Er greift nach einem Joint, der auf einem Stapel Zeitschriften liegt, und holt ein Feuerzeug aus seiner Tasche. »Und *wenn* sie noch etwas tun sollte – auch wenn es nur eine noch so winzige Bewegung wäre, wie sich über ihre hübschen Lippen zu lecken …«, er zündet den Joint an, nimmt einen langen Zug und gibt ihn an mich weiter, »dann würde ich wahrscheinlich als Erster schreien. Auch wenn ich mir sicher bin, dass sie dabei absolut sexy wäre und die Hauptrolle des heißesten Zombies in *The Walking Dead* verdient hätte, wäre das zu viel. Sogar für einen selbst ernannten masochistischen, fetischverliebten Psycho wie mich.« Er zwinkert in meine Richtung, und ein Lächeln vertieft sein Grübchen. Dankbar, dass er hier den Verrückten spielt, entspanne ich mich etwas. Er schüttelt sich in gespieltem Entsetzen. »Tut mir leid, Süße, aber ich denke, da müsste ich passen.«

»Schon okay«, erwidere ich kichernd, und mit einem zweiten und dritten Zug vom Joint lockern sich meine Muskeln augenblicklich. Ich gebe Ryder den qualmenden Stängel der Glückseligkeit zurück und lächle ihn herausfordernd an. »Ich kann wirklich verstehen, dass an einer kalten – entschuldigt meine Wortwahl – Muschi nichts in irgendeiner Weise verführerisch wäre.«

»Ihr zwei seid doch verrückt«, sagt Brock seufzend und stampft in Richtung Badezimmer.

Die Tür knallt zu, und die Stimmung im Raum ändert sich schlagartig. Jegliche Ausgelassenheit weicht der Realität, als wir uns dessen bewusst werden, was gleich kommen wird. *Es hat Spaß gemacht, so kurz es auch gedauert hat…*

Seine Aufmerksamkeit auf mich gerichtet, verschwindet das Lächeln aus Ryders hübschem Gesicht und wird von einem gestressten Ausdruck ersetzt, während er einen letzten Zug vom Joint nimmt und ihn an einem leeren Schnapsglas ausdrückt. Verleugnung – das war es, was uns die letzten Minuten gerettet hat. Unsere vorgespielte Komödie löst sich in Luft auf – eine Nadel, die in einen Ballon voller falscher Hoffnungen sticht, durch die dreckige Hand eines Kindes, das sich für eine Gemeinheit rächen will. Nichts – auch keine Witze über mich in der Rolle eines heißen Zombies – können uns von dem ablenken, was geschehen wird. Stille liegt im Raum, und der Blick in Ryders Augen spiegelt das wider, was mich von innen auffrisst und droht, mich zu töten.

Angst. Sie raubt mir den Atem, ihr tödliches Gift macht mich zu ihrem nächsten Opfer.

Nach einer gefühlten Ewigkeit kommt Brock aus dem Badezimmer zurück und scheint sofort die Anspannung in der Luft zu spüren, als er sich neben mich setzt. »Was ist los?« Stirnrunzelnd küsst er mich auf die Wange und legt meine Beine auf seinen Schoß. Er spielt mit einer Haarsträhne von mir, während er mich ansieht und auf eine Antwort wartet. »Kein Gekicher mehr?« Er küsst mich erneut, und in seiner Stimme schwingt Bedauern mit. »Es tut mir leid, Baby. Ich brauche dein Lachen mehr, als du es dir vorstellen kannst. Ich war ein Idiot vorhin. Aber es hat mich in den Wahnsinn getrieben, dass ihr euch über diese grauenvolle Vorstellung lustig macht. Ich könnte nicht mehr weiterleben, wenn so etwas je passieren sollte.«

»Das ist es nicht.« Nervös blicke ich zu Ryder.

Er zögert und räuspert sich dann. »Wir müssen es ihr erzählen, Bro«, flüstert Ryder.

Brock richtet seine Aufmerksamkeit auf Ryder, und seine grünen Augen funkeln wütend. »Was meinst du damit, ihr *erzählen*? Es *gibt* nichts zu erzählen.«

Brock nimmt meine Beine von seinem Schoß und steht auf. Ich kann ihn gerade noch am Handgelenk packen, bevor er einen Schritt macht. Mit meinem Blick flehe ich ihn an, nicht auszurasten. Er berührt meine Wange, und ein kurzer Anflug von Bedauern legt sich auf sein Gesicht, der aber augenblicklich wieder verschwindet und durch einen Ausdruck von Entschlossenheit ersetzt wird.

»Nichts ist passiert.« Er legt einen Finger unter mein Kinn. »Wir haben das schon eine Million Mal besprochen, Amber. *Nichts. Ist. Passiert.*«

Ich nicke und will ihm so gern glauben, während mein Gewissen mich förmlich anschreit, was ich doch für eine liebeskranke Idiotin bin. Brock blickt auf seine Uhr und zieht mich von der Couch hoch an seine starke, nackte Brust. Er schlingt seine Arme um mich und hält mich schützend fest. Für den Bruchteil einer Sekunde glaube ich ihm tatsächlich, und meine liebesblinde Sturheit gewinnt den Kampf gegen das Wissen tief in meinem Inneren. Jede seiner Beschwichtigungen ist nichts anderes als ein Versuch, mich von der Wahrheit fernzuhalten. Jede Lüge ist eine Decke aus Stahl, die mich vor den Schatten seiner Realität beschützen soll. Ich bin irritiert und weiß nicht, ob ich ihn küssen oder kastrieren soll.

»Jetzt, da ich offiziell dreiundzwanzig bin«, fährt er grinsend fort, »ist es Zeit zu feiern, bis wir nicht mehr richtig denken können. Ich muss mich nur noch anziehen, und dann gehen wir runter an die Tische, okay?«

Ich nicke – diesmal zögerlich –, als er seine Lippen auf meine Stirn presst.

»Entweder erzählst du es ihr, oder ich werde es tun.« Ryder steht auf und tritt zu uns herüber. »Sie verdient zu wissen, was passiert ist. Ich kann sie nicht mehr – nein, ich *werde* sie nicht mehr – anlügen. Es verletzt sie.« Er blickt mir voller Bedauern in die Augen. »Sie bedeutet mir zu viel. In ihrem Leben gibt es schon genug Menschen, die sie verletzt und benutzt haben. Und ich werde nicht dazugehören.«

Brock dreht sich blitzschnell zu Ryder um und funkelt ihn

an. »Halt dein Maul. Ich meine es ernst, Mann. Setz dich wieder hin, rauch noch ein bisschen Gras, und entspann dich, während ich mich fertig mache.« Dann wendet er sich wieder mir zu. »Weißt du was? Vergiss es.« Er nimmt meine Hand und zieht mich in Richtung Badezimmer. »Du duschst mit mir. Ich werde nicht das Risiko eingehen, dass dieser Idiot dir irgendeinen Scheiß erzählt.«

»Brock!« Ich entziehe meine Hand seinem Griff und starre ihn mit offenem Mund an. »Hast du den Verstand verloren?«

»Vielleicht habe ich das, aber ich liebe dich mehr als mein Leben. Es ist mir also egal. Aber weißt du, was wirklich verrückt ist? Was *mich* verletzt? Wenn du mir Fragen über etwas stellst, das du nicht wissen musst. Weil ich dich damit nur beschützen will. Von allem, was ich tue, um dich vor noch mehr Schmerz zu bewahren, den du nicht verdient hast, ist das das Verrückteste.«

Tränen steigen mir in die Augen, während ich versuche zu begreifen, was mit ihm passiert – was mit uns allen passiert.

»Wir haben zwei Menschen erschossen«, flüstert Ryder, seine Stimme schneidet durch die Luft wie eine Peitsche. »Zwei Menschen, die zuvor dein wertvolles Leben bedroht haben, Süße, und die es verdient haben zu sterben.«

Ich stolpere fast über meine Füße, stoße mit dem Rücken an die Wand, während ich versuche, sein Geständnis zu verarbeiten.

»Verdammt, Ryder!« Brock hält mich am Arm fest, um mich zu stützen, und greift mit der anderen Hand in meinen Nacken. »Sieh mich an, Ber.« Sein sanftes Flehen wird übertönt von dem Rauschen des Blutes in meinen Adern. Abgesehen davon höre ich gar nichts mehr, während ich ihm durch einen Tränenschleier in die Augen blicke. »Du musst ...«

»Ihr ... ihr habt zwei Männer ermordet?«, schreie ich ihn an und kann nicht glauben, dass ich diese Frage stelle. Zwar hat ein kleiner Teil von mir schon geahnt, dass so etwas passiert sein muss, aber es tatsächlich zu hören, das vergiftete Wort *ermordet* auf meiner Zunge zu schmecken scheint mich plötzlich in einen Albtraum zu versetzen, aus dem mich niemand wecken kann. »Habt ihr das getan, Brock? Habt ihr sie *ermordet*?«

»Du musst mir zuhören, Baby. Wir wollten nicht, dass so etwas passiert«, bringt er hervor und blickt mich wie benebelt an, während er seine Hände um meine Hüfte legt. »Das war nicht meine Absicht. Du musst mir glauben. Aber nachdem alles schiefgegangen ist, hatte ich keine andere Wahl, als sie zu erschießen. Herrgott, ich wusste, es war ein Fehler, Dom so blöd anzumachen, nachdem er sich als harter Kerl aufgespielt hat. Und ehe ich mich versah, hielt er mir schon seine Waffe an den Kopf. Ryder richtete seine Waffe auf Dom. Und Doms Kumpel Bobby richtete seine auf Ryder.« Mit einem Ausdruck von Scham atmet er tief ein und seine Finger spielen nervös an meiner Hüfte. »Alles ist so verdammt schnell gegangen, Amber. Aber ich schwöre bei der Seele meines kleinen Bruders, dass ich keine andere Wahl hatte.«

Mir stockt der Atem, als er Brandon erwähnt. Ich blinzle, und Tränen laufen meine Wangen hinunter. Sein stilles Eingeständnis, dass er davon ausgeht, dass sein Bruder tot ist, tötet ein Stück von mir. Ein Stück von ihm …

»Das hatte er nicht«, stimmt Ryder hinter mir zu. »Wirklich, Amber, er hatte keine andere Wahl.« Er streicht mir das Haar von der Schulter, und seine Berührung wärmt mich, als auch er seine Hände an meine Hüften legt. »Du magst vielleicht nicht dort gewesen sein, Süße, aber du warst bei uns. Du warst alles, woran wir dachten, während die Situation aus dem Ruder lief. Alles, was unsere Herzen angetrieben hat weiterzuschlagen. Verdammt, du bist immer noch der Grund, warum wir weitermachen. Ohne dich hätten wir schon den Verstand verloren.« Er atmet tief ein und hält mich noch fester. »Du bist der Grund, warum wir noch am Leben sind. Der Grund, warum wir immer noch atmen und warum wir seitdem jeden Tag aufwachen und vorgeben, dass es uns gut geht, obwohl es nicht stimmt.« Er seufzt und lässt seinen Kopf an meinen sinken, während Brock mir eine Träne von der Wange wischt. »Wir sind keine schlechten Menschen, Amber«, fährt Ryder fort. »Ich weiß, dass du das weißt. Dass du es fühlen kannst. Wir sind nur in eine riesengroße Scheiße geraten, und der einzige Ausweg war, den Ursprung zu töten. Aber ohne dich, Süße, ohne dich sind wir … nichts. Absolut nichts. Versuche, hinter das zu blicken, was passiert ist, hinter das, was wir tun mussten, um uns alle – dich eingeschlossen – in Sicherheit zu wahren.«

Brock legt seine zitternden Hände an meine Wangen. »Alles, was Ryder sagt, ist die Wahrheit. Ich würde durchdrehen ohne dich, Baby. Ich brauche dich an meiner Seite. Wenn du mich jetzt verlassen würdest, könnte ich nicht mehr weiterleben.« Er schüttelt den Kopf, und Wut blitzt in seinen Augen auf. »Dieses kranke Arschloch hat damit gedroht, dir wehzutun. Er hat gedroht … dich umzubringen. Dich mir wegzunehmen. Dann würde ich nie wieder neben dir aufwachen und dich halten. Nie wieder deine Lippen küssen oder deinen Körper spüren. Mir nie … ein Leben mit dir aufbauen können.« Die Angst in seinen Augen versetzt mir einen Stich, und die Welle der Emotionen, die von seinen Schultern fallen, tut mir im Herzen weh. »Auf gar keinen Fall hätte ich das zugelassen. Ich würde lieber Millionen Mal sterben, als zuzulassen, dass dir etwas passiert. Besonders, wenn ich es hätte verhindern können.«

Seine Worte – ihre Worte –, die ernst gemeinte Reue dahinter und ihr stilles Flehen um Hilfe überwältigen mich, und Schmerz lastet auf meiner Seele, während ich mich bemühe zu atmen. Brock blinzelt, und die Reflexion einer Träne, die seine Wange hinunterläuft, blendet mich. So rein und wunderschön, wie sie ist, verkörpert sie etwas, das mein einst leeres Herz ausfüllt, während sie an der Wölbung seines Kinns hinunterläuft und auf seiner nackten Brust landet. Ich blicke in die Augen des Mannes, der mein Leben für immer verändert und einen Regenbogen in meine dunkle Welt gemalt hat. Mein Finger nimmt die Wärme seiner Träne auf, und mein Körper wird augenblicklich von seiner Liebe genährt, als er meinen Blick erwidert.

Kurz wende ich meinen Blick den deckenhohen Fenstern zu und lasse mich von den grellen Lichtern der lebhaften Stadt unter uns von dem Bösen ablenken, das sich im Raum befindet, von dem unheimlich Begleiter eines jeden einzelnen Menschen.

Der Tod … ist immer bei uns, und seine Bedrohung hängt über unseren Köpfen.

Ich will mir gar nicht vorstellen, was sie durchgemacht haben, und meine Gedanken spielen verrückt, als ich meinen Blick wieder auf Brock richte. Sanft küsse ich seine feuchte Wange, und das überwältigende Bedürfnis, ihn und Ryder von der Qual zu befreien, die sie erleiden mussten – die seitdem an ihrem Verstand nagt –, ist so stark und unerbittlich, dass ich all meine Kraft aufwenden muss, um nicht entzweizubrechen.

»Ich kann davon nichts mehr hören.« Die Worte kommen flehend aus meinem Mund, als ich Ryders Hände an meine Taille führe und mich dem hingebe, wonach ich mich so lange gesehnt habe. Ich presse meine Lippen auf Brocks und lasse meinen Körper die Führung übernehmen. »Ich will davon nichts mehr hören. Ich … ich brauche euch beide. Jetzt. Und ihr braucht mich. Wir können uns gegenseitig von diesem Albtraum heilen. Ich weiß, dass wir das können.«

Brock bricht den Kuss ab und blickt mir verunsichert in

die Augen. »Bist du dir … sicher? Ich habe nichts von alldem gesagt, um dich zu irgendetwas zu überzeugen, Amber.«

»Wir wollen nicht, dass du dich zu etwas gezwungen fühlst, dessen du dir nicht sicher bist«, flüstert Ryder und presst seine warmen Lippen an mein Ohr.

»Ich fühle mich nicht gezwungen«, sage ich ehrlich, und mein Verlangen nach ihnen wird immer größer. »Ich will es. Ich war mir noch nie in meinem Leben bei etwas so sicher.« Und das stimmt.

Jede Faser dessen, was ich bin – und was ich mit diesen beiden Männern sein werde –, weiß, dass dieser Moment richtig ist. Dass *sie* richtig sind. Ich erwidere Brocks Kuss leidenschaftlich, und meine Beine zittern vor Verlangen nach ihren Berührungen. Dann führe ich Ryders Hand unter mein Kleid.

»Ich will, dass ihr meinen Körper benutzt«, hauche ich und empfinde keinerlei Scham. »Benutzt ihn, um dem zu entfliehen, was passiert ist. Lasst ihn eure Erlösung von dem sein, was ihr tun musstet, um uns zu beschützen. Benutzt ihn, um alles zu vergessen, was in jener Nacht geschehen ist.«

Das stille Einverständnis, dass wir – verbunden durch Tod und Leid – eins werden, liegt in der Luft und überbrückt den Raum zwischen uns dreien. Brock blickt erst mich und dann Ryder an. Mit ihren Blicken kommunizieren sie intensiv, wie ich es noch nie zuvor gesehen habe.

Brock sieht Ryder eine gefühlte Ewigkeit forschend an, bevor er mein Gesicht zwischen seine Hände nimmt und mit seinen Lippen sanft über meine fährt. »Du willst, dass wir dich nehmen?«, fragt er keuchend, und sein Ausdruck verrät mir, wie angeturnt er davon ist. Ich nicke und sofort küsst er mich innig. Seine Zunge erforscht meinen Mund, während er stöhnend mein Bein um seine Hüfte legt. Dann fasst er mit einer Hand an meine Scheide und dringt mit zwei

Fingern in mich ein. Er küsst mich noch leidenschaftlicher, während er mich von innen bearbeitet. »Ist es das, was du willst, Baby?« Willst du dich besser fühlen? Willst du, dass wir dir den Verstand rauben?«

»Ja«, stöhne ich, und Flammen der Lust schlängeln sich genüsslich über meine erhitzte Haut. »Bitte.«

Ryders Finger gleiten meinen Bauch hinunter zwischen meine Beine, und sein stoßweiser Atem verführt all meine Sinne, als er meinen Kitzler zwischen seinen Fingern rollt. »Sag es«, flüstert Ryder, während seine Finger sich zu denen von Brock gesellen und mich zusammen weiter bearbeiten. »Sag uns, was wir mit dir anstellen sollen.«

»Besorgt es mir, bis es wehtut«, sage ich schwer atmend und klammere mich an Brocks Schultern. Ich will, dass die beiden ihre aufgestaute Aggression an mir auslassen. Jeder kleinste Teil ihrer Qual soll in mein Gehirn dringen und an meinem Körper zerschmettern. Sie sollen jede verwirrende Wut in meine Seele ableiten. Mit dem Lederkleid über meinen Hüften grabe ich meine Fingernägel in Brocks Rücken und bewege mich auf ihren Händen auf und ab, während sie es mir mit ihren Fingern besorgen. »Ich will eure Qual fühlen, will, dass ihr meine fühlt. Die Qual, die ich für das empfinde, was ihr tun musstet, und die ich durchgemacht habe, bevor ich euch beide getroffen habe. Verletzt mich, und dann heilt mich. Bitte. Ich brauche das.« Ich küsse Brock noch intensiver. »Nehmt euch von mir, was ihr braucht, und lasst mich das Gleiche tun.«

Brock presst seine Lippen an den Rand meines Munds, und sein Atem trifft auf meine Wange. Sein Stöhnen lässt meinen Puls schneller werden.

»Dreh dich um, und sieh Ryder an«, verlangt er flüsternd.

Sie ziehen ihre Finger aus mir raus und streichen beide damit noch einmal über meinen Kitzler, bevor Brock mein Bein loslässt. Ich drehe mich um und blicke Ryder ins Gesicht. Brennende Neugier steigt in mir auf, als er mit seinen feuchten Fingern über meine Lippen fährt. Ich kriege eine Gänsehaut und sehne mich nach seiner Berührung. Dann halte ich sein Handgelenk fest und ziehe seine Finger an meinen Mund. Ich sauge an ihnen und atme den Geruch ein, der den tödlichen Sturm ausmacht, der mich, Brock und Ryder definiert.

Schmerz.

Qual.

Verwirrung.

Anziehung.

Begierde.

Eine tödliche, aber wundervolle Mischung, die in Flammen aufgeht und jeden von uns in einen Zustand der Taubheit katapultieren wird – einen Zustand der Heilung durch das, was wir brauchen.

Uns …

Fast ehrfurchtsvoll blickt Ryder mich an und seine betörenden blauen Augen zerstören jede Absicht, die ich hatte, das Gleichgewicht zwischen Richtig und Falsch in meinem Verlangen nach ihm zu halten. Ich lechze danach, die Klamotten von seinem sonnengebräunten Körper zu reißen und ihn in mir zu spüren. Sein zerzaustes schwarzes Haar verführt mich, meine Finger darin zu vergraben, als er mich am Hals packt und mich an seinen sinnlichen Mund heranzieht. Er stöhnt und holt sich einen gierigen Kuss von mir – diesmal mit meiner Erlaubnis. Das Verlangen, mit ihm zu schlafen, frisst mich von innen auf. Ich stöhne und passe mich seiner Begierde an, als er mich noch intensiver küsst. Sein heftiger Atem geht im Einklang mit meinem, als Brock langsam mein Kleid öffnet. Es gleitet auf den Boden und legt sich um meine Füße, gefolgt von meiner Spitzencorsage, nachdem Brock sie gelockert hat. Er presst seinen Mund auf meinen Nacken und liebkost mit seiner Zunge die empfindliche Stelle zwischen Schulter und Hals. Dabei umfasst er mit beiden Händen meine Brüste, und seine Finger drehen meine Nippel, bis sie hart werden. Wie wild mache ich mich an Ryders Gürtel und seinem Reißverschluss zu schaffen. Das Verlangen danach, dass seine Lippen die Umrundungen meiner Brüste nachfahren und dann über meinen Bauch bis runter zu meiner pulsierenden Scheide gleiten, explodiert förmlich in mir, und meine Finger sind nicht schnell genug für die wachsende Begierde.

»Willst du, dass wir dich schmecken?« Brocks Frage klingt heiß an meinem Ohr, als er mit seinen Fingern in meine feuchte Scheide eindringt. Er zwickt mit der freien Hand in meine Nippel und reibt seinen Penis an meinem Hintern. »Sollen wir dich abwechselnd lecken, bis du nicht mehr kannst?«

»Oh Gott, ja«, antworte ich keuchend und genieße den vertrauten, aber doch fremden Geschmack von Ryder. »Ja Baby, bitte.«

In dem Moment, in dem Ryder nur noch in Boxershorts, Hemd und Krawatte dasteht, hebt er meinen nackten Körper hoch, presst seinen Mund auf meine Lippen und trägt mich zur Couch. Er küsst mich noch einmal, bevor er mich auf meine wackligen Beine stellt. Mich nicht aus den Augen lassend, kickt er seine Schuhe davon und zieht seine Socken aus. Sein Blick ist ehrfürchtig.

»Oh Gott, du bist so verdammt wundervoll«, sagt er, und ein unerwarteter Ausdruck von Nervosität erscheint in seinem Gesicht, während er mit einer zitternden Hand durch sein Haar fährt. »Ein verdammter Engel.« Das einzelne Grübchen, das ich zu meinem ernannt habe, erscheint auf seiner Wange, versteckt unter seinem Dreitagebart. »Du bist … ich weiß nicht.« Er schüttelt den Kopf. »Mein Gehirn ist vollkommen leer. Ich kann keinen klaren Gedanken mehr fassen.« Wieder schüttelt er den Kopf, und seine Stimme bricht, als er mein Gesicht zwischen seine Hände nimmt und mit den Daumen die Konturen meiner Lippen nachfährt. »Danke für alles. Für die letzten Monate, für heute Nacht, für morgen, für … für dich, Süße. Auch wenn es das einzige Mal sein sollte, dass wir das hier tun, auch wenn wir es abbrechen sollten, danke. Allein diese Sekunde ist etwas, das ich nie vergessen werde. Niemals.«

Oh Gott. Diese wunderschöne Kreatur ist nervös. Ich kann es bis auf die Knochen spüren. Er presst seine Lippen auf meine Stirn, und seine Bewegungen sind die eines Mannes, der sich nicht sicher ist, ob er das Territorium, das er erkundet, überhaupt betreten sollte. Seine Handflächen berühren kaum meine Haut, als er an meinen Schultern entlangstreicht. Sofort fällt jeder Zweifel von mir ab.

»Es ist okay, Ryder«, flüstere ich und bin jetzt auch nervös. »Ich will es. Ich will … dich.«

Ruhig ziehe ich die Krawatte über seinen Kopf. Irgendwo tief in den Ecken meiner Seele – in den unsichtbaren Kammern meines Herzens, die er und Brock schon betreten haben – wird mir klar, dass Ryder nie vorhatte, Brocks Vorschlag abzulehnen. Genauso wenig wie ich.

Die Zeit, die uns um unsere Entscheidungen bringt, hat mich verkennen lassen, dass dieser Moment schon immer vorherbestimmt war. In einer Mischung aus Angst und Aufregung in meiner Brust, als Brock und Ryder mich mit hungrigen Augen anstarren, reißt jede Wunde in mir auf, die geheilt werden muss. Ich erlaube ihnen, mich zu behandeln, und ihre Berührungen sind das Betäubungsmittel für die Dämonen meiner Vergangenheit. Alles, was heute Nacht passieren soll – egal, wie richtig es sich anfühlt, oder wie falsch es in anderen Augen sein mag –, ist meine Art, die Kontrolle zu verlieren. Die Kontrolle, die ich ihnen freiwillig übergebe. Ich will, dass sie mich besitzen, dass beide Männer meine Schutzmauern zum Einstürzen bringen.

Mein Körper zieht sich zusammen und sehnt sich danach, mit allem ausgefüllt zu werden, was Ryder und Brock mir geben können, mit allem, was ich ihnen im Gegenzug geben muss.

Seinen Blick auf mich gerichtet, tritt Brock hinter mich, nimmt mir Ryders Krawatte aus der Hand und flüstert mir keuchend ins Ohr: »Schließ die Augen.«

Mein Puls rast, als er mir die Seidenkrawatte über die Augen legt und sie hinter meinem Kopf verknotet. Ich kann nichts mehr sehen, nur ihr heftiges Atmen dringt in meine Ohren.

Ich spüre einen sanften Kuss an meiner Wange, und dann einen weiteren auf meiner gegenüberliegenden Schulter. Ich recke mein Kinn Richtung Decke. Meine Sinne sind hellwach, als eine Hand über meine Brüste streift, dann über meinen Bauch und schließlich zwischen meinen Beinen haltmacht. Erst dringt ein Finger in mich ein, dann ein zweiter, und mein Körper zuckt automatisch zusammen, als sie rein- und rausfahren und bei jeder Bewegung Feuchtigkeit auf meine Klitoris streichen.

»Mein Gott, du bist ja schon bereit für uns.« Brocks heiseres Flüstern streift über meine Wange, und mein Herz droht zu zerspringen, als die Finger meinen G-Punkt finden und ihn talentiert stimulieren.

»So verdammt süß«, sagt Ryder, dessen heißen Atem ich an meiner Wirbelsäule spüre. Ich strecke meinen Rücken durch, und meine Scheide zieht sich um einen dritten Finger zusammen, der in mich eindringt. »Weißt du, wer von uns beiden dich gerade fingert?«

»Nein«, keuche ich, und mir wird ganz schwindlig vor Neugier. Meine Hüften bewegen sich im Rhythmus des Mannes, der mir mit seinen Fingern Lust bereitet. »Ich … ich weiß es nicht.«

»Wir beide«, sagt Brock in dunklem Tonfall. »Und jetzt ist

es an der Zeit, dass du errätst, wer von uns dich leckt, bis du danach schreist, gefickt zu werden.«

Bevor ich auch nur ein Wort sagen kann, ziehen sie gleichzeitig ihre Finger aus meiner Scheide, und kühle Luft streift über mein feuchtes Fleisch. Ohne eine einzige Sekunde zu vergeuden, packen mich zwei Hände an den Handgelenken und ziehen meine Arme sanft über meinen Kopf. Adrenalin schießt durch meine schlaffen Muskeln, und mein Herz beginnt zu rasen, als Angst, Verlangen und Aufregung ein so intensives Gefühl in mir auslösen – so brutal berauschend –, dass ich meine, explodieren zu müssen.

Zwei weitere Hände fahren mein Schlüsselbein hinunter, an den Seiten meiner Brüste entlang. Eine weiche Zunge macht dort halt, um an meinen Nippeln zu lecken, zu saugen und sanft daran zu beißen. Dann macht sie sich auf den Weg dorthin, wo ich sie am meisten brauche. Ich stöhne auf, meine Finger krallen sich in eine Schulter, während mein Bein hochgehoben und auf eine unbekannte Oberfläche gelegt wird.

Meine Hände werden immer noch über meinem Kopf gehalten, und ich drücke meinen Hintern gegen den harten Schwanz des Mannes, der hinter mir steht. Jeder meiner Sinne ist gereizt, als ich höre, wie sich jemand vor mich auf den Boden kniet, gefolgt von einem sanften, kühlen Atemzug an meinen feuchten Schamlippen. Eine Hand fasst die Unterseite meines Oberschenkels und hebt mein Bein höher, während eine Zunge über meinen Kitzler fährt und mit einem langen, tiefen Stöhnen an der geschwollenen Knospe saugt.

»Oh Gott«, keuche ich und befreie meine Hände aus dem Griff. Meine Finger fahren durch das Haar des Mannes, dessen Zunge mich befriedigt, und ich stoße meine Hüften nach vorne in sein Gesicht. »Gott, ja. Bitte hör nicht auf.«

Von hinten legt sich jetzt eine Hand um mein Kinn und zieht sanft meinen Kopf herum. Dann legen sich weiche Lippen auf meinen Mund und küssen mich leidenschaftlich. Mit jeder Bewegung der Zunge geht ein tiefes Stöhnen einher. Wenn mich vor heute Nacht jemand gefragt hätte, ob ich zwischen den Berührungen von Brock und einem anderen Mann unterscheiden kann, hätte ich ohne Zweifel Ja gesagt. Aber als sich derjenige zurückzieht, der mich gerade geküsst hat, habe ich keine Ahnung, wer wo etwas macht. Alles, was ich weiß, ist, dass sich das unbändige Verlangen in mir auftürmt, zu spüren, wie diese beiden Männer mich ausfüllen, mich nehmen und mich benutzen, bis ich sie anflehe aufzuhören.

Im gleichen Moment, in dem der Mund zwischen meinen Beinen mit seiner köstlichen Stimulation aufhört, werde ich von zwei starken, kräftigen Armen hochgehoben. Noch ein Kuss, genauso intensiv wie die davor, und ich werde sanft aufs Bett gesetzt. Mein Rücken sinkt auf das kühle Bettlaken, und freudige Erwartung breitet sich in mir aus. Mit jedem nervösen Atemzug, den ich mache, wird mit schwindliger vor Verlangen.

»Spreiz die Beine auseinander.« Brocks Stimme zerschneidet die Luft, und sein hitziger Befehl ist zu weit weg, als dass ich erkennen könnte, wo er steht.

Weder Hemmungen noch Angst hindern mich daran, zu gehorchen. Ich werde ihnen geben, was immer sie wollen, was immer sie brauchen. Mein Körper gehört Brock und Ryder.

Kräftige Hände umfassen meine Fußgelenke und spreizen meine Beine noch weiter. Jeder Zentimeter meines Körpers liegt jetzt offen vor ihnen. Ich werde ans Ende der Matratze gezogen, und die Erkenntnis dessen, was gleich mit mir geschehen wird, macht mich schlagartig wieder nüchtern.

Ich hatte nicht erwartet, so schnell etwas zu spüren, und ziehe scharf die Luft ein, weil Ryder und Brock plötzlich jeweils eine Brust in ihre Hand nehmen und mit ihren Zungen über meine harten Nippel kreisen. Ich strecke mich ihnen entgegen und spüre ein Kribbeln auf der Haut, als meine Füße den Holzboden berühren. Das Geräusch wird von dem meines klopfenden Herzens übertönt.

Dann ziehen sie sich für eine gefühlte Ewigkeit zurück, bevor ich eine Berührung an der Innenseite meines Oberschenkels spüre. Das Bett gibt unter einem Körper zu meiner linken Seite nach, und von rechts höre ich ein aufreizendes Stöhnen. Eine Zunge fährt an der Wölbung meiner Taille entlang, und Finger streicheln über meine geschwollenen Lippen, mein Ohrläppchen und mein Kinn. Dann fühle ich einen Mund auf meinem, der mich sanft und langsam küsst. Sein süchtig machender Geschmack ist vertraut, aber doch fremd. Nichtsdestotrotz schmeckt er köstlich. Der Kuss wird schneller und fordernder. Ein anderer Mund streicht sanft über meinen flachen Bauch, an den Rippen entlang und an meinen Brüsten vorbei bis zu meinem Hals, an dem er kräftig zu saugen beginnt. Jeder neckende Biss und jede talentierte Bewegung der Zunge lässt mein Verlangen nach ihnen, nach dem hier, nach uns, größer werden.

Ich versinke in einem Meer der Glückseligkeit und stoße ein zittriges Stöhnen aus. Meine Finger vergraben sich in einer dichten Haarmähne, während eine Zunge mit meiner tanzt. Die Wärme der anderen Zunge spüre ich jetzt an meinem Fußknöchel, dann in meiner Kniekehle. Sie gleitet über meine Hüfte, durch meinen Bauchnabel und dann wieder zurück nach unten, wo sie gierig über meinen Kitzler leckt.

Mein Unterleib zuckt vor Ekstase, und zwischen meinen Brüsten sammelt sich Schweiß, als zwei Finger mühelos in mich eindringen. Mit einem kehligen Stöhnen leckt mich einer der beiden langsam und intensiv, und seine Zunge erkundet jeden Zentimeter zwischen meinen Beinen, als sich meine Muskeln unter dem Druck des nahenden Orgasmus zusammenziehen.

»Du schmeckst besser, als ich es mir je vorgestellt habe.« Ryders tiefe Stimme hallt durch das Zimmer, seine freie Hand packt meinen Oberschenkel. »Ich könnte dich tagelang lecken.«

Ich habe das dringende Bedürfnis zu sehen, wie Ryder mich auf so intime Weise berührt, und stütze mich auf die Ellbogen, um mir die Krawatte von den Augen zu reißen. Atemlos nehme ich den herrlichen Anblick wahr, der sich mir bietet. Sein zwischen meinen Beinen vergrabener Kopf feuert das ohnehin schon explosive Verlangen nach ihm an und verwandelt es in etwas Gefährliches, etwas Tödliches für meinen Geist.

Instinktiv blicke ich nervös zu Brock und habe Angst vor seiner Reaktion auf all das hier. Ich beiße auf meine Lippe, Schuldgefühle kommen in mir hoch, als ich sein Kinn berühre. »Ich liebe dich«, flüstere ich. Ich bete, dass diese Nacht nicht sein vollstes Vertrauen in mich zerstören wird. »Ich liebe dich so sehr. Ich will, dass du das weißt. Dass du es ohne einen Funken Unsicherheit spürst.«

»Ich weiß es, Baby.« Seine erregte Stimme ist wie das feinste Kaschmir und wärmt mich von innen heraus. »Ich weiß es besser, als du je verstehen wirst.« Er streift eine Haarsträhne hinter mein Ohr und bedeckt meinen Mund mit Küssen. Jede tiefe, testende Berührung seiner Zunge nimmt ein weiteres Stück meines Herzens in seinem auf. Mit einer fließenden Bewegung beugt er sich herunter zu meiner Brust, nimmt meinen Nippel zwischen seine Zähne und beißt sanft zu. Ein Stöhnen kommt tief aus meinem Hals, und ich biege meinen Rücken durch, während die heilenden Berührungen von seiner und Ryders Zunge Stromstöße durch meine Glieder schicken. Brock zieht sich zurück und grinst mich aufreizend an. »Gefällt es dir, wie er sich um dich kümmert?«

Ryder verlangsamt seine Bewegungen und blickt mir in die Augen. Sein Griff um meine Hüfte lockert sich, während er mit seiner Zunge über meinen Anus fährt und meine Erregtheit voll auskostet. Er nimmt sich alle Zeit der Welt und verwöhnt mich mit seinem Mund wie ein Diener seine Königin. Jetzt küsst er meinen Kitzler und fährt mit seinen Händen meinen Bauch hinauf bis zu meinen Brüsten. Er drückt sie und stöhnt dabei so erotisch und intensiv auf, dass mein Körper droht zu zerbersten. Meine Muskeln verkrampfen sich, Wogen der Lust überschwemmen jede Zelle meines Körpers, als ich bis kurz vor den Höhepunkt komme. Diese wunderbaren Gefühle haben ein jähes Ende, als Ryder plötzlich innehält.

Ich stöhne enttäuscht auf, und mein Körper krümmt sich protestierend. »Was machst du? Ich war fast so weit, Ryder. Warum hast du aufgehört? Mach bitte …« Mir bleiben die Worte im Hals stecken, plötzlich fühle ich mich gehemmt. Ich fasse mir zwischen die Beine, um zu überprüfen, ob ich auch überall richtig rasiert bin. Alles glatt. Ich runzle die Stirn und bete zu Gott, dass auch sonst alles in Ordnung ist. »Moment. Stimmt etwas nicht?«

Er gleitet meinen Bauch hinauf, und sein straffer Körper liegt jetzt über meinem, während er mich angrinst. »Nein. Alles ist gut, Süße.« Er schmiegt seinen Mund an mein Ohr und flüstert mir Worte zu, die nur für mich bestimmt sind. »Bei so etwas Perfektem wie dir kann nie etwas *nicht* stimmen. Das ist absolut unmöglich.«

Er küsst mich langsam und sanft, als ob er meine Lippen nie wieder auf seinen spüren würde, als ob ihm das jemand wegnehmen würde. Mein eigener Geschmack auf seiner Zunge – gemischt mit seinem – turnt mich noch mehr an, und ich packe ihn an den Haaren, während ich ihm meine Hüften entgegenstrecke und seinen Penis suche. Er stöhnt und küsst mich noch intensiver. Mit jedem Zungenschlag und jeder Berührung lassen wir die seit Monaten aufgestaute sexuelle Energie zwischen uns frei.

»Oh Gott! Allein dich zu küssen macht mich total an«, keucht er und saugt an meiner Unterlippe. »Ich wusste, ich würde von dir abhängig werden.«

Ich schlinge meine Beine um seine Hüfte, ärgerlich darüber, dass seine Boxershorts mich immer noch von dem trennen, was ich so verzweifelt brauche. Ich fasse an seinen Hosenbund, entschlossen, das Problem zu beheben. Ryder hält mein Handgelenk fest.

»Ah, ah, ah«, tadelt er mich spielerisch. »Noch nicht. Geduld, meine Hübsche.«

Mein Schmollmund scheint ihn offenbar noch zu amüsieren, und jetzt kommt auch noch Brock hinzu und spielt mit der Zunge an meinem Ohrläppchen. Ich habe das Gefühl, die beiden verbünden sich gegen mich.

»Und ja, du hast recht«, fährt Ryder fort mit einem Grinsen um seine Mundwinkel. »Ich wusste, dass du kurz davor warst. Deshalb habe ich aufgehört.« Er legt meine Hände an seine Lippen und leckt mit seiner Zunge zwischen meine Finger, über meine Handfläche, mein Handgelenk hinunter bis in meine Ellbeuge. »Ich glaube, wir hatten diese Unterhaltung schon einmal, oder? Ich liebe es, das Ganze in die Länge zu ziehen. Aber mach dir keine Sorgen, ich werde dich auf jeden Fall wieder dahin zurückbringen, wo du warst, Pip.«

»*Pip*?« Ich wende meinen Blick von seinen Augen ab und beobachte, wie er sein Hemd aufknöpft und seine Muskeln, die von seinem wundervollen Hals bis zu dem verführerischen V seiner Hüfte tätowiert sind, spielen lässt, als er es durch das Zimmer schmeißt.

»Ja, Pip«, antwortet er keuchend und befeuchtet seine Lippen. Ich sehe ihm zu, wie er über meinen Bauch nach unten gleitet, und muss schwer atmen, als er meine Fußgelenke mit einer Hand festhält. Er hebt seinen Kopf und blickt mich einen Moment lang an. In seinen babyblauen

Augen ist pure Lust zu erkennen. Dann küsst er meine Wade, die Rückseite meines Oberschenkels und die Wölbung meiner Hüfte. Jede aufreizende Bewegung saugt mich tiefer in den Strudel der Benommenheit, den Ryder hervorruft. Stöhnend spreizt er meine Beine auseinander, und seine Zunge liebkost die Innenseite meines Oberschenkels, während er sich auf die Ellbogen stützt und meine Beine über seine Schultern legt. Ich erstarre förmlich, als der gierige Blick in seinen Augen mein Herz erobert und er seinen kühlen Atem über meine feuchte Scheide streifen lässt.

»Das ist die Abkürzung für prächtige«, seine Finger umrunden meinen Anus, und seine Zunge streicht über meinen Kitzler, »italienische«, er nimmt die geschwollene Knospe zwischen seine Zähne und zieht mich stöhnend an sein Gesicht, »Pussy.«

»Oh mein Gott«, keuche ich, und mein Körper glüht vor Leidenschaft, als er meinen Hintern vom Bett hochhebt und mit seiner Zunge über die höckerige, sensible Haut meines Afters fährt. »Mm, ja. Bitte hör diesmal nicht auf, Ryder. Ich muss so dringend kommen, dass es wehtut.«

Er und Brock geben jetzt alles. Ihre Berührungen haben nichts Sanftes oder Zartes mehr an sich. Ich bewege meine Hüften im Rhythmus zu Ryders Zunge, die in mich eindringt, und strecke meinen Rücken durch, als Brock meine Nippel, meinen Hals und meine Lippen mit Küssen bedeckt. Sie verschlingen mich, wie ein hungriges Tier es mit seiner Beute tun würde, achten dabei aber immer auf das, was ich brauche. Sie überschütten mich mit Hingabe, jeder von ihnen zeigt mir, wie viel ich ihm bedeute. Ihre Liebesbekundungen sind Musik in meinen Ohren und füllen die offenen Wunden meines Herzens aus.

Während ihre weichen, aber starken Hände über meine erhitzte Haut streicheln und ihre Berührungen alles Schlechte wegwischen, das mich je verletzt hat, zieht sich mein Körper zusammen, und meine Beine verkrampfen sich um Ryders Schultern, als ich mich fallen lasse.

»Ich will mehr von dir als nur einen Orgasmus«, fordert Ryder und zieht mit den Zähnen an meiner Klitoris, während er mit seiner freien Hand an meinen Nippeln spielt. »Ich brauche mehr als einen, Süße. Du schmeckst so verdammt gut, und ich habe so lange darauf gewartet. Ich werde nicht aufhören, bis du noch einmal für mich kommst.«

»Keine Sorge, das wird sie.« Brock kriecht nach unten und legt mein Bein über seine Schulter. Er lächelt, als er mitmacht und mit zwei Fingern in mich eindringt. »Darauf kannst du deinen Arsch verwetten.«

Mein Herz schlägt wie wild, und der herrliche Druck ihrer zweifachen Stimulation verschlingt mich bei lebendigem Leibe, während sie mich penetrieren. Es dauert nicht lange, bis ich mich wieder am Rande einer Klippe der Lust befinde. Mein Puls rast, ich habe das Gefühl zu explodieren, und ich halte meinen Atem an, als ich fühle, wie der nächste Orgasmus im Anmarsch ist.

»Ich … Oh Gott, ich …« Unfähig, den Satz zu Ende zu sprechen, vergrabe ich meine Hand in Ryders Haar und ziehe ihn tief in meinen Schoß. Die Finger meiner anderen Hand krallen sich in Brocks Nacken, und dann lässt ein zweiter Orgasmus meinen Körper erbeben, dicht gefolgt von einem dritten. »Jaaaaa! Oh mein Gott, ja!«

Bevor ich aufatmen kann, rutschen Brock und Ryder das Bett hoch und bedecken meine Hüften, die Taille und meinen Bauch mit unzähligen Küssen. Sie küssen mich überall. Ich beiße mir auf die Lippe, in meinem Kopf dreht sich alles. Bei jeder gierigen, aber doch zärtlichen Berührung auf meiner verschwitzten Haut wird mir warm ums Herz. Sie legen sich auf die Seite und nehmen mich in die Mitte. In ihren Blicken erkenne ich Ehrfurcht, während sie jeden Zentimeter meines Körpers liebkosen. Jeder der beiden spielt an einem anderen Körperteil von mir rum, ohne sich in die Quere zu kommen. Ryder lächelt und spielt mit einer Strähne meines Haares, während er mich sanft ins Ohrläppchen beißt. Brock streicht langsam mit einer Hand über meine Brust und zwickt leicht in meinen Nippel, während sein Mund den meinen mit leidenschaftlichen Küssen bedeckt. Ich stöhne auf vor Lust und Schmerz.

»Abgesehen davon, dass du noch einmal kommen willst«, sagt Brock mit einem Grinsen im Gesicht, »was auf jeden Fall passieren wird – was willst du noch?«

Obwohl ich genau weiß, was ich will, spüre ich ein Gefühl von Verrat in mir aufsteigen. Ich setze mich auf die Knie, und meine Worte verlassen meinen Mund als ein Flüstern. »Ich komme mir irgendwie verrückt dabei vor, es auszusprechen.«

»Ich mag mich vielleicht irren, aber ich denke, das ist nach drei Orgasmen egal«, witzelt Brock, und sein beruhigendes Lächeln bringt mich ein bisschen runter, als er sich auch hinkniet. Er fährt mit den Fingern meinen Bauch hinunter und umrundet meinen Bauchnabel, bevor er wieder in meine Scheide eindringt. Ich stöhne auf und lasse meine Stirn schlapp an seine Brust fallen. Meine Fingernägel bohren sich in seine Schulter, während ich mich an seiner Hand reibe. Er kennt meinen Körper besser als seinen eigenen und findet meinen G-Punkt schneller, als ich blinzeln kann. Mit seiner freien Hand fasst er in mein Haar, und ich reite auf seinen Fingern, wie ich es auf seinem Penis tun würde.

Keuchend blicke ich zu Ryder. Ich spüre augenblicklich das Verlangen, penetriert zu werden, als er seine Boxershorts auszieht und sein gepiercter Penis zum Vorschein kommt. Geschockt starre ich die runde Hantel an, ängstliche Erregung überkommt mich, als er anfängt, sich einen runterzuholen. Bei jeder aufreizend langsamen Bewegung seiner

Hand sieht er mich an. Großer Gott, dieser Mann ist so sündhaft schlecht und gleichzeitig so herrlich gut, und das weiß er auch. Ryder Ashcroft ist sich dessen bewusst, dass er mit seinem unwiderstehlichen Charme, dem verdammt guten Aussehen und seinen harten Muskeln ein Meister auf seinem Gebiet ist.

Bisher wusste ich nur von dem Piercing in seiner Zunge. Dem grinsenden, amüsierten Ausdruck in seinem Gesicht nach zu urteilen, genießt er meine beschämte Reaktion in vollen Zügen. Ryder fährt damit fort, seinen Penis zu streicheln, und befeuchtet sich mit der Zunge die Lippen. Das Verlangen in seinen babyblauen Augen lässt meine ohnehin schon heiße Haut in Flammen aufgehen, während er Brock dabei zusieht, wie er mich fingert. Ich kann meinen Blick einfach nicht von ihm abwenden und betrachte jeden Zentimeter seiner tätowierten Brust, auf der jeder Tropfen Tinte seine ganz eigene Geschichte erzählt. Schließlich bleiben meine Augen wieder an dem hängen, das mir vermutlich überwältigende Lust bereiten wird. Wenn es so etwas wie einen wunderschönen Penis gibt, ist Ryder Ashcroft der stolze Besitzer eines solchen. Er ist lang und dick mit einer unbeschreiblich perfekt geschwollenen, gepiercten Eichel. Adern ziehen sich über mindestens zwanzig Zentimeter steinharten, männlichen Fleisches – der Inbegriff dessen, was die Damenwelt feucht werden lässt.

Meine Lippen öffnen sich und sehnen sich danach, ihn zu schmecken.

Brocks Stöhnen lenkt mich von Ryders verstecktem Juwel ab, als er seine Finger aus mir herauszieht und sie an seinen Mund legt. »Davon kann ich nie genug bekommen«, flüstert er und saugt meinen Saft von seinen Fingern. Mich mit seinem Blick fixierend, neigt Brock seinen Kopf nach unten und leckt mit der Zunge erst über einen Nippel, dann über den anderen. »Denk daran, deine Lust ist auch meine und umgekehrt. Es gibt keine Grenzen. Sag es einfach, Ber. Sag mir, was du wirklich willst.«

Ich schlucke meine Nervosität hinunter und erlaube seinen Bedürfnissen, meine zu befreien. »Ich … ich will Ryder einen blasen, während du mich fickst«, antworte ich leise und bin geschockt, dass das wirklich passiert, dass ich das tatsächlich zu meinem Freund gesagt habe. Ich ziehe ihn an meinen Mund und küsse ihn leidenschaftlich, um ihm zu zeigen, wie sehr ich ihn liebe und wie dankbar ich ihm bin, dass er mich diese Seite von mir selbst erkunden lässt. Ich stecke meine Vergangenheit, Gegenwart und Zukunft in diesen Kuss, und das Adrenalin erweitert meine Poren, als ich hinter mich greife und nach Ryder suche. Das Bett wankt unter ihm, als er sich erhebt, er presst seine harte Brust an meinen Rücken, während ich Brock weiter küsse.

»Du willst mich schmecken, Süße?«, fragt Ryder, dessen Lippen meinen Nacken liebkosen, während er die Hände an meine Hüften legt. »Ist es das, was du willst?«

»Ja«, stöhne ich mit einer Hand in Brocks Haaren vergraben, während die andere über Ryders Eier streift. »Bitte. Ich muss dich schmecken. Jetzt.«

Der Geruch von Sex und Verlangen liegt in der Luft und lässt mich tief in einem gedankenlosen, lustvollen Dunst versinken. Das Geräusch ihres heftigen Atems hallt durch den Raum, als sie die Positionen tauschen. Brock gleitet von hinten mit seiner Hand meinen Bauch hinauf und schickt Flammen der Lust durch meinen Körper. Er zieht mich zurück an seine Brust und fährt mit der Zunge in mein Ohr. Dann saugt er genüsslich an meinem Ohrläppchen. Seine Zunge bereitet mir eine Gänsehaut, als sie meine Wirbelsäule entlanggleitet, dann meinen Nacken liebkost und schließlich wieder an meinem Ohr spielt. Alle Gedanken an Richtig und Falsch, an Ja und Nein verschwinden aus meinem Kopf, als er meine Nippel zwischen seine Finger nimmt und die harten Knospen schmerzhaft dreht. Ich spüre seinen heißen Penis von hinten zwischen meinen Beinen und werde fast verrückt.

»Lutsch seinen Schwanz, wie du es mit meinem machst.« Die Dominanz ins Brocks rauer Stimme erregt mich. Er legt eine Hand auf meine Schulter, die andere um meinen Bauch und drückt mich damit auf alle viere. Schwer atmend reibt er seinen Penis ganz leicht am Eingang meiner Scheide. »Schling deine hübschen Lippen um ihn, und sauge so richtig an ihm. Ganz langsam, Baby. Zeig ihm, wie es sein sollte und was er bisher verpasst hat.«

Ich sehe auf, und pures Verlangen spinnt sein tödliches Netz in meinem Kopf, als sich Ryders und meine Augen treffen. Die Intensität seines Blicks dringt tief in mich ein, und seine Kraft zerstört jeden letzten Zweifel, den ich noch hatte. Mein Verlangen nach ihm wird unerträglich, und meine wilden Gedanken schwellen an, füllen den Raum aus, in dem sich die zwei Männer befinden, die ich mehr als alles andere will – mehr als mein Leben. Worte lösen sich in Luft auf und verwandeln sich in Funken meiner und Ryders gemeinsamer Vergangenheit. Unser nicht zu leugnendes Verlangen nacheinander schießt durch mein Gehirn, während wir uns gegenseitig anstarren.

Sein Kiefer verkrampft sich, und mit zögerlichen Fingern berührt er mich an der Wange. Dann streift er über meine halb geöffneten Lippen und hält schließlich in meinem Nacken inne. Obwohl ich in seinem Blick sehen kann, dass er es kaum erwarten kann, mich zu spüren, überkommt ihn zum zweiten Mal heute Nacht Nervosität, lässt seine Hände zittern, während er sich über die Lippen leckt.

Die Tatsache, dass dieser wundervolle Mann auch nur das geringste Anzeichen von Nervosität zeigt, lässt mein Herz höherschlagen. Mein Verlangen danach, ihn zu schmecken, verwandelt sich in puren Wahnsinn, bis ich kaum atmen kann. Mit hämmerndem Puls lege ich meine Hand um seinen atemberaubenden Penis und lecke einen kleinen Tropfen von seiner Eichel. Heiße Wogen der Lust überkommen mich. Ich schließe meine Augen, als ich die flüssige Perle runterschlucke. Ryder ist genauso göttlich, wie ich es mir vorgestellt hatte, wenn nicht noch besser. Genau wie Brock schmeckt er nach der perfekten Mischung aus salzig und süß, eine abhängig machende Kombination aus mild und bitter.

Mit wachsender Leidenschaft – ein tosender Sturm, der sich nicht mehr länger unter der Oberfläche halten kann – fahre ich mit einer Hand an seinem Penis auf und ab und hole mir mit jeder Bewegung mehr von dem, was ich brauche. Ich bin mir sicher, dass es mich abhängig machen wird und ich keinen Tag mehr ohne dies sein kann.

»Mm«, raune ich und richte meinen Blick auf Ryders Augen, als ich seinen Penis von oben bis unten liebkose. Mit jedem keuchenden Atemzug, den er macht, wiederhole ich die Bewegung.

»Oh, verdammt«, zischt Ryder und packt mein Haar, als ich wieder an seiner Eichel lecke und die gepiercte Spitze seines Penis verwöhne. »Dein Mund ist so süß.« Er schließt die Augen und bewegt seine Hüften im Rhythmus zu den langsamen Bewegungen meiner Zunge. »So ist es gut. Genau so, Süße. Hör nicht damit auf.«

Ich drücke ihn nach hinten und nehme ein paar Zentimeter mehr in meinen Mund. Er stöhnt und umfasst meine Taille fester, während ich mit meinen Fingernägeln über seine weichen Hoden kratze. Er stöhnt noch einmal auf, als ich ihn dort lecke.

»Oh Gott«, keucht Brock und dringt mit seinem Penis tief in mich ein. »Du bist ja klatschnass.« Er findet einen langsamen, ruhigen Rhythmus, packt mich an der Schulter und fährt aufreizend mit seinem Daumen an meinem After entlang. »Du willst es, oder? Du brauchst es doch, Baby?«

Er zieht sich kurz aus mir zurück, bevor er seinen Penis wieder heftig in mich stößt, wobei ich meinen Körper zu ihm durchstrecke. Ich nicke wild und stöhne mit meinen Lippen um Ryders Penis, als Brocks Daumen von hinten fast in mich eindringt. »Willst du meine Finger in deinem hübschen Hintern spüren?«

»Oh Gott«, keuche ich, und meine Scheide zieht sich um seinen Penis zusammen. »Gott, ja. Bitte gib's mir.« Mein ganzer Körper zittert, als er seinen Daumen in meinen Po steckt und die zarte Haut auseinanderzieht, während er wieder und wieder zustößt.

»Ich denke, einer reicht ihr nicht«, sagt Ryder stöhnend, während ich an seinem Penis sauge und ihn mit meiner Zunge umkreise. »Willst du noch einen?«

»Ja«, flehe ich ihn an, und sie haben mich völlig in ihrer Gewalt, als Brock mit einem zweiten und dann einem dritten Finger von hinten in mich eindringt. »Mm. Ohh, jaaaa!«

Brock stößt immer schneller und heftiger zu, sein wütendes Tempo entlockt mir ein Keuchen, während ich jeden Zentimeter von Ryders Penis in meinem Mund spüre und meine Kiefer weit aufsperre, um alles in mir aufnehmen zu können.

»Fuuuuck.« Ryder nimmt mein Gesicht in seine Hände und führt es langsam auf und ab. »Du siehst so verdammt heiß aus, wenn du mir einen bläst. Das macht mich fertig, Süße.«

Ich drehe fast durch und lasse allen Gefühlen freien Lauf, die ich je für Ryder empfunden habe. Mein Stöhnen erklingt im Einklang mit dem Keuchen der beiden Männer. Ich drücke Ryders muskulösen Po, pure Lust überwältigt mich, und jedes Klatschen von Brocks Eiern gegen meine schweißgebadete Haut gibt mir das, was ich brauche. Ich öffne meinen Mund weiter und nehme Ryders Penis so tief in mir auf, wie es nur geht.

Er lässt seinen Kopf zurückfallen, und Schweiß glitzert auf seinem Adamsapfel, als er mein Haar packt und seinen Penis mit brutalen, aber fließenden Bewegungen in meinen Mund stößt. Die Spitze seines Penis berührt meine Kehle, ich grabe meine Fingernägel tief in seinen Hintern, als mich seine schiere Größe fast würgen lässt. Aber ich höre trotzdem nicht auf. Ich kann es nicht. Das Verlangen, ihn unter mir einbrechen und sich krümmen zu sehen, wird immer größer. Das habe ich mir in meinen wildesten Fantasien schon immer vorgestellt, und dieser Moment kommt mir surreal vor, als Brock mich bis ins Innerste ausfüllt.

»Ich kann nicht mehr warten«, sagt Ryder keuchend.

Er umfasst meine Wangen, und sein Penis gleitet durch meine Lippen, als er ihn zurückzieht und damit augenblicklich meine Lust tötet. Ebenso quälend zieht Brock sich zurück und lässt mich leer zurück. Benommen sehe ich, wie sie aus dem Bett steigen, und fühle ihre Blicke auf mir, während Ryder Richtung Wohnzimmer geht.

»Was macht ihr da?« Ich knie mich hin und gleite ebenfalls aus dem Bett.

Ryder dreht sich um und blickt mich von oben bis unten an. »Ich muss dich jetzt ficken, Amber. Jetzt sofort. Ich könnte keine Minute mehr warten, selbst wenn ich wollte.«

Ich blicke Brock an und erbitte lautlos seine Erlaubnis. Verrucht lächelnd lässt er sich in einen großen Sessel fallen und nimmt seinen Penis in die Hand. Er reibt ihn auf und ab und nickt mir dabei zu. Mit wackligen Beinen lege ich den kurzen Weg zwischen Ryder und mir zurück und kann nicht klar denken. Ich lege den Kopf in den Nacken, um ihn ansehen zu können, streichle über seine tätowierte Brust und seine Bauchmuskeln, bevor ich seinen Penis in die Hand nehme. Er atmet scharf ein, und sein Körper spannt sich unter meiner Berührung an. Seine leichte Nervosität lässt mich erschauern, und ich stelle mich auf die Zehenspitzen.

»Dann … fick … mich, Ryder«, säusle ich in sein Ohr. Ich fahre einmal, zweimal, mit der Hand seinen Penis entlang, und mit jedem sanften Ziehen entlocke ich seiner Brust ein tiefes Stöhnen. »Warte nicht mehr länger. Mach's mir jetzt, und mach es *hart*.«

Mit einem leichten Grinsen legt er seine Hand über meine und hilft mir dabei, seinen Penis zu liebkosen. »Oh, ich werde dich ficken, Süße.« Seine freie Hand umfasst meinen Oberschenkel und hebt ihn hoch um seine Hüfte. »Ich werd's dir besorgen, bis du nicht mehr klar denken kannst. Bis du keine Ahnung mehr hast, wer oder wo du bist.« Er beißt mir in die Schulter, während er mit seinem Penis ganz leicht meine feuchte Scheide berührt.

Ich keuche vor Lust und Begierde. Stöhnend streicht er mit seinen Lippen über mein Schlüsselbein, an meinem Kinn hinauf und küsst mich schließlich auf beide Augenlider.

»Hast du mich verstanden, meine Hübsche?«, flüstert er schroff. »Ich werde dich ficken, bis du nur noch daran denken kannst, wie gut ich mich hier drin anfühle.« Er presst seinen Daumen gegen meinen geschwollenen Kitzler und umrundet ihn, bevor er mit einem Finger in mich eindringt. »Süßer als süß …«

Meine Scheide zieht sich um seinen Finger zusammen, und ich stöhne, als er ihn wieder hinauszieht.

Sein Lächeln erscheint wieder, und seine Stimme klingt weich wie Seide an meinem Ohr. »Ich bin jetzt mal der Gentleman, zu dem mich meine Mutter erzogen hat, und warne dich deshalb vorher. Wirklich, ich werde deine Welt aus den Fugen reißen. Nichts wird mehr sein, wie es war.«

Er presst seine Nase an meinen Hals und atmet langsam meinen Duft ein. Sein Griff um meine Oberschenkel zeugt von leidenschaftlicher Inbrunst, und als er diesmal seine Hüfte nach vorne stößt, dringt er komplett in mich ein. Benommen verdrehe ich die Augen. Meine Hüften machen sich selbstständig. Das Vergnügen dauert nur eine Sekunde, dann zieht er sich schneller aus mir zurück, als ich blinzeln kann. Ein enttäuschtes Keuchen entweicht meinem Mund.

Er küsst mich, und die sanfte Liebkosung seiner Zunge zerstört die letzten Überreste meiner Kontrolle, als er mein Bein loslässt. »Aber bevor ich dich mir völlig unterwerfe, hole ich ein Kondom.« Er zwinkert mir vielversprechend zu.

Ungeduld überkommt mich und zieht mir die Brust zusammen. »Nein, Ryder.« Ich muss schlucken und blicke zu Brock, der uns genau beobachtet und sich immer noch selbst befriedigt. Er nickt, und der wissende Blick in seinen Augen gibt mir die Erlaubnis fortzufahren.

»Nichts soll zwischen uns sein«, rede ich, ohne zu zögern, weiter und lege meine Arme um Ryders Hals. »Ich will dich fühlen. Ich muss alles von dir fühlen. Ich nehme die Pille, Brock, und ich vertrauen dir. Wenn du dich hast testen lassen und gesund bist, gibt es keinen Grund, ein Kondom zu benutzen. Keinen Grund für uns, nicht vollkommen eins zu werden.«

Er antwortet nicht mit Worten. Nein, er antwortet mit seinem Körper. Er küsst mich inniger und leidenschaftlicher, jede verzweifelte Bewegung seiner Zunge überträgt seine ungezähmte Lust auf mich mitten in mein Herz. Ohne den Kuss zu unterbrechen, legt er eine Hand an meinen Hintern. Mit einer schnellen Bewegung hebt er mich auf seinen langen, dicken, steifen Penis. Ich kann nicht glauben, wie unglaublich er sich anfühlt, und stöhne vor Lust in seinen Mund. Unsere Körper bewegen sich im Einklang, als er in meine heiße, feuchte Scheide eindringt. Mit einem weiteren Stöhnen klammere ich meine Beine um seine Hüfte, und sein Piercing stößt tief in mich hinein.

Wir haben alle Regeln gebrochen, es gibt keine Grenze mehr, die wir übertreten können. Ich bin überzeugt davon, dass ich nie genug von ihm bekommen kann, und mein Griff um Ryders Hals wird fester. Meine Finger vergraben sich in seinem Haar, und ich entziehe meine Lippen seinem Mund, um ihm in die hungrigen Augen blicken zu können. Im Raum ist nur noch das Geräusch unseres heftigen Atmens zu hören, während eine Lawine der Sinnlichkeit auf uns herabstürzt, deren Energie sich in der aufgeheizten Luft freisetzt, bevor sie mit voller Kraft in unsere Glieder fährt. Die Zeit hält an, es gibt nichts mehr außer diesem Moment. Es ist nichts mehr übrig. Nur die Wärme seines Körpers, als er seinen Rhythmus verlangsamt und seine starken Arme meinen Hintern noch fester greifen. Ich spüre sein Herz schlagen, während er ganz leicht mit seinen Lippen über meine streift und mir in die Augen sieht, als wäre ich das Einzige, das wichtig ist, das Zentrum seiner Existenz. Ryder küsst mich, und mit jeder sanften, langsamen Bewegung seiner Zunge öffnet sich mein Herz für ihn ein bisschen mehr.

Wunderbare und gleichzeitig qualvolle Gedanken kommen an die Oberfläche. Mein Geist ist voller Erinnerungen an die Momente, in denen er mich gebeten hat, ihn zu küssen, ihn zu berühren. An jeden verstohlenen Blick und an die quälenden Sekunden, die wir miteinander verbracht und uns danach verzehrt haben, einander zu schmecken, wissend, dass wir das nicht durften. In diesem Augenblick verschwimmt alles zu Bildern, die ich festhalten will und gleichzeitig fürchte. Was einmal pure Lust aufeinander war, verwandelt sich in etwas Tieferes. Die Anziehungskraft von früher ist nichts im Vergleich zu diesem Gefühl.

Ich genieße jeden prachtvollen Zentimeter von ihm, als er schneller wird und mit brutaler Kraft in mich eindringt.

»Ja«, zische ich hervor und brauche den Schmerz als Strafe dafür, dass ich gedacht habe, ich könnte das hier jemals tun, ohne Gefühle für ihn zu entwickeln. »Fester, Ryder. Fester!«

Aufmerksam betrachtet er jeden Winkel meines Gesichts, während er wieder und wieder in mich eindringt. Bis an die Grenzen des Möglichen. Eine Sekunde lang hält er dort inne und blickt mir tief in die Augen, bevor er mich hochhebt, nur um mich im gleichen Atemzug wieder an sich zu drücken. Mit einem Schrei lasse ich meinen Kopf nach hinten fallen, und er bedeckt meinen Hals mit so dringlichen Küssen, wie ich sie noch nie erlebt habe, nicht einmal mit Brock.

»Oh Gott, du fühlst dich so verdammt gut an«, raunt er und lässt Empfindungen an Nervenenden aufkeimen, von denen ich nicht wusste, dass sie existieren. »So verdammt perfekt, Süße. Ich könnte tagelang mit dir Sex haben, ohne etwas anderes zu brauchen als diese süße Muschi.« Mit einer Hand krallt er sich in meinen Rücken. »Und egal, was Brock denkt, du bist für mich gemacht. Nicht für ihn.«

»Hab ich dir nicht gesagt, dass sie sich toll anfühlt?«

Ich blicke kurz über meine Schulter und sehe Brock hinter mir stehen. Seine grünen Augen verdunkeln sich.

»Und bilde dir nicht zu viel ein, Bro«, fügt Brock mit leicht warnender Stimme hinzu. Er fährt mit seiner Zunge an meinem Hals entlang. »Mein Mädchen weiß genau, wo sie hingehört. Es ist alles gut. Sie scheint zu genießen, was du mit ihr machst. Das ist alles, was zählt.«

»*Scheint*?« Ryder lässt seine Hüften von links nach rechts kreisen, von vorne nach hinten. Jede wunderbare Bewegung versetzt mich tiefer in ein Stadium atemberaubender Glückseligkeit. Ich stöhne auf angesichts seiner talentierten Hüften und meines Verlangens, Brock zu spüren. Nervös bin ich trotzdem. Angespannte Neugier ergreift von mir Besitz und hindert mich am Atmen. Obwohl Brock mich schon zuvor von hinten genommen hat, habe ich es noch nie mit zwei Männern getan. Ich atme tief ein und versuche, mich selbst zu beruhigen.

»Gefällt es dir, was er mit dir macht?« Brocks Stimme ist

nicht mehr als ein Flüstern, als er seine Hände an meinen Hüften nach oben gleiten lässt und mich auf Ryder hinunterdrückt. »Magst du es, wie er in dich eindringt?«

Eine Hand liegt um Ryders Nacken, die andere ist in Brocks Haar vergraben. Meine Finger krallen sich an seinen karamellfarbenen Strähnen fest, und ich lasse meinen Kopf gegen seine Schulter fallen. »Ja«, keuche ich, als Brock mich noch fester packt und auf Ryder stößt. »Oh Gott, Brock. Ich brauche dich jetzt. Ich kann es nicht mehr aushalten. Ich muss kommen, aber das werde ich erst, wenn ich dich in mir spüre. Bitte, Baby. Bitte, lass mich nicht mehr länger warten.«

»Das ist mein Mädchen«, keucht Brock in mein Ohr und berührt mit seinem Penis leicht den Rand meines Afters. Meine Beine verkrampfen sich unweigerlich um Ryders Hüfte. »Ich liebe es, wenn du bettelst. Du bist so verdammt heiß, wenn du das machst, so verdammt süß und verletzlich. Das macht mich verrückt.« Mit seiner Brust an meinen Rücken gepresst, legt Brock seine freie Hand vorne an meinen Hals und umfasst ihn, während er mich weiter verführt. »Aber es tut mir leid, Baby. Du bekommst gar nichts von mir, solange du mir nicht sagst, wie sehr du es liebst, Ryder in dir zu spüren. Sag es, Ber. Sag mir, wie gut sich sein Schwanz anfühlt.«

Ich blicke Ryder in die Augen und zögere mit meiner Antwort. Er befeuchtet seine Lippen und bewegt seine Hüfte nach oben. Ein Stöhnen, so intensiv wie meines, entweicht seiner Brust, als die ganze Länge seines Penis in mich eindringt und meine Scheide vollkommen ausfüllt. Brock wählt genau diesen Moment aus, um mich wieder fest auf Ryder zu drücken. Ich werfe meinen Kopf nach hinten an Brocks Brust und schreie auf, von den beiden Männern an den Rand des Wahnsinns gebracht.

»Sag es«, wiederholt Brock, diesmal mit schroffer Stimme. Die Spitze seines Penis penetriert ganz leicht meinen Hintern, und er legt seine Finger fester um meinen Hals. Beide Männer stöhnen laut auf, als Brock mich noch einmal fest auf Ryder stößt.

»Gib mir, was ich brauche. Ich will hören, wie du es sagst«, fordert Brock.

»Ich liebe es, wie gut er sich in mir anfühlt«, keuche ich und packe Brocks Haar. Ich drehe meinen Kopf gerade genug zur Seite, um ihn leidenschaftlich zu küssen. Während meine Zunge mit Brocks spielt, sehe ich zu Ryder, und unsere Blicke hängen aneinander, als er seine Hüften immer schneller bewegt und sich der Geschwindigkeit unseres Kusses anpasst.

Brocks Hände gleiten hoch zu meinen Brüsten. Er dreht meine Nippel zwischen seinen Fingern, während er mit der Spitze seines Penis meinen After berührt. Das köstliche Brennen lässt mich aufschreien, und er fährt damit fort, mich zu erregen. Aber sobald er mich dort hat, wo er mich haben will, zieht er seinen Penis wieder zurück.

»Sieh dir sein Gesicht an. Sieh, was du mit ihm machst«, säuselt Brock und streicht mit seiner Hand über meinen flachen Bauch. Seine Finger spielen mit meinem Kitzler, er rollt die sensible Knospe zwischen Daumen und Zeigefinger. Verloren in ihrer Lust, reißt mich der andauernde Druck fast auseinander. »Rede weiter. Bring ihn um den Verstand, Baby.«

Ryder beobachtet mich, wie ich meinen Rücken an Brocks Brust durchbiege, und sein Griff um meinen Hintern ist wie Stahl, als er wieder in mich stößt.

»Ich liebe es, wie er mich fickt«, sage ich schwer atmend, und Schweiß läuft mir über die Haut, als ich ihn schneller und fester reite. Meine Nägel krallen sich in seinen Rücken, mit jedem Stoß ergießt sich mein Saft über seinen Penis.

»Oh Gott«, stöhnt Ryder mit bebenden Nasenflügeln. Seine

blauen Augen sehen mich besitzergreifend an, er legt seine Hand um meinen Nacken und zieht mich an seinen Mund, um mir einen gierigen Kuss zu geben, während seine Finger sich in meinem Rücken vergraben. »Du bist so verdammt eng, so verdammt feucht. Es wird nicht mehr allzu lange dauern, Süße.«

»Glaubst du, sie ist bereit für uns beide?«, fragt Brock, und sein heißer Atem streift mein Ohr, während seine Finger meine Nippel drehen und sein Penis sich an meinem Hintern reibt.

»Ja, Bro. Natürlich ist sie das.« Obwohl Ryders Antwort wie aus der Pistole geschossen kommt, erkenne ich den besitzergreifenden Ausdruck in seinen Augen. Er versucht es zu verbergen, aber ich kann seine Eifersucht bis auf die Knochen spüren. Standhaft legt er seinen Kopf zwischen meine Brüste und leckt den Schweiß von meiner Haut, während er meinen Hintern fest umklammert.

Meine Beine umschlingen seine Taille, meine Hüften bewegen sich im gleichen Rhythmus wie seine, als er mit seinem Zungenpiercing über meine schmerzenden Nippel fährt. Er saugt an ihnen und stößt schneller und fester zu. Unsere Körper sind völlig im Einklang. Als wüsste er, dass es das letzte Mal sein wird, bevor Brock dazukommt, küsst Ryder mich voller Leidenschaft, und seine Zunge erforscht drängend meinen Mund. »Ich weiß, ich habe es vorhin schon gesagt, aber danke für heute Nacht.« Seine Worte dringen sanft in mein Ohr, Verzweiflung schwingt in ihnen mit. »Du bist ein Juwel, Amber. Die Königin, die er verdient.«

Bevor mich sein Schmerz bei lebendigem Leibe verschlingen kann, ziehen sich meine Muskeln zusammen, als Brock langsam von hinten in mich eindringt.

»Tut mir nicht weh«, flüstere ich und berühre Ryders Gesicht. »Ich hatte noch nie zwei Männer gleichzeitig. Bitte, tut mir nicht weh.«

Ryder hört auf, sich zu bewegen, und auch Brock hinter mir hält inne.

»Du denkst, wir könnten dir jemals *wehtun*, Amber?«, fragt Ryder mit aufgerissenen Augen und legt seine Hand an meine Wange.

Ich kann kaum atmen, während die Angst vor dem Unbekannten sich in mir breitmacht. Mein Herz klopft wie wild, als Brock mit seinen Fingern an meinen Rippen entlangfährt. Ich stöhne und entspanne mich automatisch.

»Dir wird nichts wehtun, Baby.« Brock bedeckt meinen Hals mit Küssen. »Überhaupt nichts. Wir wollen dir so viel Lust bereiten, dass du dich verlierst. Wir werden es dir besorgen, bis nichts mehr existiert außer deinem Verlangen nach Erlösung.«

»Sieh mir in die Augen.« Ryders Penis steckt so tief in mir drin wie nur möglich, er verharrt still, und seine starken Hände halten meinen Hintern fest, während Brock langsam tiefer in mich dringt. »Hast du mich verstanden, Süße? Wende deine hübschen Augen nicht von mir ab.«

»Ryder«, stöhne ich und grabe meine Fingernägel in seine Schultern. »Oh Gott.«

»Schsch … Ich hab dich«, flüstert er und blickt mir tief in die Augen. »Ich hatte dich schon immer, Amber. Immer.« Er presst seine Lippen auf meine, und ich spüre sein Verlangen, seine Stärke und seine Zärtlichkeit. Seine Worte beruhigen mich etwas, ihre Ehrlichkeit wärmt mich von innen. »Wenn du willst, dass wir aufhören, dann musst du es nur sagen. Verstanden?«

Ich nicke nervös, und Brock stößt etwas fester zu.

»Es soll sich gut anfühlen«, flüstert Ryder und bewegt sich nun auch wieder langsam. Seine Hüften bewegen sich im Einklang mit seiner Zunge, die meine liebkost. »Entspann dich für ihn, spüre uns einfach, meine Schöne.«

Nach Luft ringend gehorche ich ihm. Ich will genommen

und geliebt werden. Ich will etwas bekommen, das sich real anfühlt. Ich lasse mich von ihrer Lust anstecken und erlaube ihnen, die dunkelsten Ecken meines Seins auszufüllen. Ich lasse meine Muskeln entspannen, als Brock tiefer in mich eindringt.

»So ist es gut.« Brock küsst meinen Hals und gleitet mit bedächtigen Bewegungen in mich, bis es nicht mehr weitergeht. »Wir wollen dich verwöhnen. Jeder Zentimeter von dir gehört heute uns, damit wir ihn berühren, schmecken, verehren und genießen können.«

Mein Körper öffnet sich diesen beiden Männern vollkommen, mein Kopf fällt zurück, als Funken weiß glühender Lust vor meinen Augen explodieren. Ich erbebe zwischen ihnen und spüre, wie ich mich in ihren harten Körpern auflöse, wie ich mit jeder Bewegung eins mit ihnen werde. Sie lassen sich Zeit und bewegen sich immer wieder vor und zurück, rein und raus. Jeder langsame Stoß und jede vorsichtige Bewegung ihrer Hüften, Hände, Münder und Finger befreien mich von allem Dunklen, Bösen und Schrecklichen – zumindest für den Augenblick.

Ich kralle meine Fingernägel in Ryders Rücken, stöhne laut auf und vergrabe mein Gesicht in seinem Hals, als ich die nahende Erlösung spüre. Eine Erlösung, die besser sein wird als alles, was jemals kommen mag. Zuerst kriecht sie über meine Haut und wird immer intensiver, bis sie sich mit heißen, starken, lustvollen Zuckungen in meinem Unterleib breitmacht. In meinem Kopf dreht sich alles, ich klammere meine Beine um Ryders Hüfte, als sich meine Muskeln anspannen und ich mich auf einen Orgasmus vorbereite, der mich um den Verstand bringen wird. Eine tödliche Mischung aus Lust und aufsteigenden Flammen zerreißt mich beinahe innerlich, als ich mich zwischen ihnen krümme und mich zum Rhythmus ihrer Schwänze bewege. Ich höre sie stöhnen, als ich wieder nach Luft schnappe und meine Muskeln sich unter ihrem Übergriff lockern.

»Ah, verdammt. Sie kommt gleich.« Brock hält meinen Hintern noch fester, und Ryder dringt noch härter und tiefer in mich ein.

»Lass dich fallen, Süße.« Ryder lehnt sich nach hinten, und unsere Blicke treffen sich, bevor er mit seiner Hüfte nach vorne stößt und an die Grenzen meiner klitschnassen Scheide kommt. Ich verdrehe die Augen und melke förmlich seinen Penis, nehme ihn komplett in mir auf und ziehe scharf die Luft ein. »Lass dich für mich fallen.«

Völlig willenlos dehnt sich mein Brustraum, und meine Schulterblätter ziehen sich zusammen, als ich meinen Rücken unter einer wallenden Woge der Ekstase biege. Ich will schreien, aber ich kann nicht. Ich komme zum Höhepunkt, der wunderbarste Orgasmus, den ich je hatte, verzehrt mich von innen heraus. Meine Beine verkrampfen sich um Ryder, und ich stoße einen Schrei der Erfüllung aus, als das qualvolle Verlangen nach Erlösung in meinem Unterleib explodiert und die Bruchstücke der verdorbenen Frau, die ich einmal war, zerschlägt. Unnachgiebig und auf der Suche nach ihrer eigenen Erlösung umklammern Brock und Ryder meine Taille, meine Hüfte und meinen Po und dringen tief und fest in mich ein. Beide Männer kontrollieren mich und besitzen meine Seele und meine Existenz auf eine Weise, die ich nie für möglich gehalten hätte. Sie stehen kurz vor dem Zusammenbruch, am Rande des Wahnsinns, ihr einheitliches Stöhnen, dieses tiefe, animalische Geräusch, erfüllt den ganzen Raum.

»Brock!«, rufe ich, während sein Penis mich von hinten vollkommen ausfüllt. Der körperliche Schmerz existiert so gut wie gar nicht. Er ist nichts im Vergleich zu der Lust, die mich umgibt. Das peinigende Verlangen nach ihm, nach ihnen, nach dem hier … das ist der wahre Schmerz, die zerstörerische geistige Abhängigkeit. Ich fühle, wie das Blut durch seinen pulsierenden Penis strömt. Keuchend lehne ich mich nach hinten, und meine Finger vergraben sich in seinem Haar, während er mich bearbeitet.

»Oh Gott«, stöhnt er, und stößt seine Hüfte in schnellen und knappen Bewegungen nach vorne.

Noch ein letzter Stoß, und er dreht meinen Kopf zur Seite und raubt mir mit einem leidenschaftlichen Kuss den Atem. Ich bin wie im Rausch und so heiß, dass mich jede Bewegung seiner Zunge einem zweiten Orgasmus näher bringt, als er in mir kommt. »Ah, fuuuuck«, stöhnt er und verlangsamt sein Tempo, während er mit seinem Mund über meine erhitzten Wangen streicht.

Mit einem erleichterten Seufzen zieht er seinen Penis vorsichtig aus mir heraus, und mein Körper fühlt sich augenblicklich seiner beraubt. Während er sich mit der Hand durch sein nass geschwitztes Haar fährt, kann ich in seinen grünen Augen Befriedigung erkennen. Er bedeckt meinen Hals mit tausend Küssen, dann lässt er sich aufs Bett fallen, mit dem Rücken an die gestapelten Kissen. »Ich werde mich jetzt hier entspannen und den Rest der Show genießen.« Er verschränkt seine Arme hinter dem Kopf und zieht besserwisserisch eine Augenbraue nach oben. »Sieh zu, dass du es richtig zu Ende bringst, Ashcroft.«

Ohne Brock zu beachten, nimmt Ryder mein Gesicht und dreht meinen Kopf weg von Brock zu sich. Sein Bedürfnis nach Erlösung verdunkelt seinen Blick. »Du bist die süßeste Versuchung, die es auf Erden gibt, und ich schwöre, ich werde es mehr als richtig zu Ende bringen.«

Mit einem weiteren Stöhnen dringt seine Zunge gierig in meinen Mund. Obwohl er mich küsst, als wäre er ein wildes Tier oder ein Mann in der Todeszelle, der sein letztes Mahl verspeist, ist sein Verlangen danach, diesen Moment hinauszuzögern, spürbar.

»Sieh hin, wie mein Schwanz in dich rein- und aus dir rausgleitet«, flüstert er. »Ich will den Ausdruck auf deinem Gesicht sehen, während du mir dabei zusiehst, wie ich dich ficke.«

»Oh Gott«, keuche ich, und meine Brust zieht sich zusammen bei dem Anblick seines wunderbaren, steifen Penis, der über und über mit meinem Saft beschmiert ist und sich in mich rein- und rausbewegt. Das ist so intim – fast zu intim –, dass es jede meiner bisherigen sexuellen Erfahrungen in den Schatten stellt. In diesem Moment sind wir nicht nur körperlich, sondern auch geistig und seelisch eins. Unsere Herzen verschmelzen miteinander. Meine Beine verkrampfen sich um seine Hüfte, als er mich fest rauf- und runterdrückt. »Ja! Oh Gott, Ryder, ja!«

»Sag es noch mal«, zischt er zwischen den Zähnen hervor. »Ich will, dass du meinen Namen sagst.«

»Ryder.« Meine Finger krallen sich in sein Haar, während er mich immer wieder auf seinen Penis drückt.

»Noch mal«, befiehlt er. »Sag es noch mal, Amber.«

»Ryder«, stöhne ich und spüre seinen flattrigen Atem an meiner Wange, als ich meine Hüften kreisen lasse und mein Innerstes sich bei jedem schmerzvollen Stoß nach seinem Penis sehnt. »Ryder«, keuche ich und lecke über die kunstvollen Gemälde auf seiner sonnengebräunten Haut. Meine Zunge folgt den glühenden Hörnern des Teufels an der Wölbung seines Halses. Die bösen, feuerroten Augen erwidern meinen Blick, als ich mit der Zunge weiter dem Verlauf des Dämons, den Flammen und den chinesischen Schriftzeichen auf dessen düsterem Körper folge, bis dorthin, wo sich der Schwanz unter Ryders rechtem Bizeps einrollt. Ich keuche erneut auf, und mein Blick verliert sich in der wunderbaren Mischung aus Farben, wie mein Körper sich in Ryders Talenten verliert.

Ryder presst seine Stirn an meine und stößt Worte hervor,

die nur für mich bestimmt sind. »Großer Gott, du bist ein Traum. Ich habe Angst, dass es nur das ist – ein verdammter Traum. Ich fürchte mich davor, morgen aufzuwachen und herauszufinden, dass nichts von dem hier wirklich passiert ist.«

Sein Eingeständnis bringt mein Herz zum Stillstand und raubt mir die Luft aus den Lungen, während mein Unterleib einem weiteren Höhepunkt entgegenrast. Er geht durchs Zimmer und legt mich auf den Schrank mit der Minibar. Überrascht reiße ich die Augen auf, als die kalte Granitoberfläche einen Schauer über meine Wirbelsäule schickt. Es dauert nur eine Sekunde an, schon werde ich wieder von Flammen verzehrt, als er meine Beine über seine Schultern legt, mich bis an den Rand der Minibar vorzieht und tief in mich eindringt. Schnapsgläser und Flaschen mit Alkohol schlagen im Rhythmus unserer wilden Bewegungen gegeneinander und drohen auf den Boden zu fallen, bevor Ryder sie zur Seite schiebt. Mit tiefem Blick in meine Augen stößt er immer heftiger zu. Die Wucht seines Eindringens ist schon fast unerträglich, als er meinen Kitzler findet und mit seinem Daumen Kreise um ihn zieht. Der Druck wird unerträglich, und meine Finger gesellen sich zu seinen.

»So ist's gut«, zischt Ryder und packt mich am Handgelenk. »Besorg es dir selbst für mich, meine Schöne. Ich will deine Finger an meinem Schwanz fühlen, während ich dich nehme.«

In vollkommener Ekstase gehorche ich ihm und zögere keine Sekunde, mit meinen Fingern tief in meine feuchte Scheide einzudringen. Ich bin wie eine ungezähmte Kreatur der Lust, als ich mich selbst befriedige, wie ich es noch nie zuvor getan habe. Obwohl meine Augen weit offen sind, kann ich nichts sehen. Ich befinde mich an einem Ort, an den mich noch kein Mann zuvor gebracht hat – Brock eingeschlossen.

Ich suche Brocks Blick am anderen Ende des Raums, wo er uns vom Bett aus beobachtet und langsam seinen Penis rauf- und runterstreichelt.

Jedes wunderbare Gefühl, jede verwirrende Emotion und jeder aufgeregte Schlag meines Herzens sind zu viel für mich. Die schiere erotische Intensität dieses Moments überkommt mich mit voller Wucht.

»Oh Gott, Ryder«, keuche ich und halte mich an seinen Unterarmen fest, während meine Hüften sich unter ihm krümmen. »Ich … ich komme.«

Ryder packt meine Taille und dringt noch einmal tief und fest in mich ein. Ich schreie auf, die finale Explosion meines Orgasmus lässt einen bunten Regenbogen vor meinen Augen erscheinen, als ich höre, wie Ryder ein Wort brummt. »Mein.«

Ein einziges Wort, kaum verständlich für mich, geschweige denn für Brock, als Ryder sich in seiner Lust verliert, sein heißer Samen sich tief in mir ergießt und mich mit Wärme erfüllt. Das Echo dieses Wortes gleitet geschmeidig durch meine Adern und formt einen Knoten schmutziger Emotionen in meinem Bauch, bevor seine Bedeutung mein Herz verschweißt.

Mein …

Sein …

Dieses eine Wort umhüllt mich mit einem Mantel paranoider Verwirrung, als Ryders starker, fester Körper sich über mir zusammenzieht und seine Finger mit jedem brutalen Stoß an meinen Haaren reißen.

Mein Name erklingt wie ein Fluch aus seinem Mund, und ein letzter Stoß verhilft ihm zu seiner Erlösung in meinem Unterleib. Er lässt seinen Kopf matt auf meine Brust fallen, und wir kommen beide langsam von unserem Rausch herunter.

Das war bestimmt nur der Moment. Ryder kann unmöglich gemeint haben, was er gesagt hat. Die Hitze unserer Vereinigung, die Intensität der letzten paar Stunden und das qualvolle Warten aufeinander haben ihn vorübergehend unzurechnungsfähig gemacht.

»Du gehörst mir, Amber«, flüstert er in mein Ohr und streichelt mit seinen Händen meinen Hinterkopf.

So viel zu meiner Theorie der vorübergehenden Unzurechnungsfähigkeit.

Er öffnet seine strahlend blauen Augen und gibt mir einen langsamen, leidenschaftlichen Kuss. »Du hast immer mir gehört, Süße. Ich denke, das weißt du auch.«

Mein Herz füllt sich mit Verwirrung, Zuneigung und meiner eigenen vorübergehenden Unzurechnungsfähigkeit, während alles in mir drin schreit, dass er recht hat. Obwohl ich versucht habe, dagegen anzukämpfen – und Gott weiß, das habe ich –, war es von dem Moment an, in dem unsere Welten aufeinandertrafen, ein Kampf, der verloren werden musste. Unsere Anziehungskraft war zu magnetisch, zu stark und zu mächtig, um sie zu ignorieren.

Ich schlucke und sehe ihn eine gefühlte halbe Ewigkeit an, bevor ich mich aus seinem starken Griff löse und mein Instinkt zu fliehen einsetzt. Als meine Füße den kalten Marmorboden berühren, entgleitet mir jegliche Kontrolle, von der ich dachte, dass ich sie heute Nacht gewonnen hätte, und löst sich schneller in Luft auf, als einer von uns blinzeln kann.

19 Ryder

Ich halte Amber am Ellbogen fest in der Hoffnung, sie beruhigen zu können. Verdammt. Ich hätte ihr nicht sagen sollen, dass sie mein ist. Aber ich konnte einfach nicht anders. In dem Moment, in dem sie zum Höhepunkt kam, wusste ich, dass sie zu mir gehört. Ich wusste es schon in der Sekunde, in der sie in mein Leben trat. Die heutige Nacht hat meine Gefühle für dieses Mädchen nur noch verstärkt und zu etwas gemacht, das ich nicht erwartet hätte.

Wenn ich ehrlich bin, habe ich furchtbare Angst davor. Es bringt mich an eine Schwelle, an die ich geschworen hatte, nie wieder zu gehen, nachdem Stephanie mein Herz in Stücke gerissen hat. Aber großer Gott, dieser Engel ist jeden Funken Schmerz und Qual wert, der mich wahrscheinlich in ein Häufchen Elend verwandeln wird, wenn diese Konstellation hier nicht funktioniert. Wie sich mein Penis in Amber angefühlt hat, ihre Schreie nach mehr, die Art, wie ihre Augen gefunkelt haben, während sie zugesehen hat, wie ich sie nehme, der süchtig machende Geschmack von Erregung auf meiner Zunge … Ja, ich kann nicht anders.

Das alles bringt mich um den Verstand. Dazu kommt die erschreckende Erkenntnis, dass sich noch keine Frau so gut angefühlt, so süß geschmeckt hat oder so verdammt richtig für mich war. An dieser Sache werde ich mir die Finger verbrennen. Aber das ist es wert. Sie hat nicht nur das vollbracht, was sie vorhatte – mich diese schreckliche Nacht in West Virginia vergessen zu lassen –, Amber hat mich auch den ganzen Rest vergessen lassen, der vor ihr war. Die Gedanken an zahlreiche Frauen haben sich mit jeder ihrer sanften Berührungen auf meiner Haut in Luft aufgelöst.

Amber blickt mich unter ihren dichten, dunklen Wimpern an und kaut an ihrem Daumennagel. Ihre Lippen sind feuerrot von unseren leidenschaftlichen Küssen.

»Habe ich dir Angst gemacht?«, sage ich mit möglichst sanfter Stimme.

Da sie aber weiter heftig atmet und mich ansieht, als wäre ich ein Irrer, bin ich mir nicht sicher, ob mein Beruhigungsversuch fruchtet. Ich nehme ihr Gesicht zwischen meine Hände, und ihre weiche, errötete Haut ist eine Wohltat für meine Handflächen. Sie verspannt sich, und ein Ausdruck von Panik legt sich auf ihr Gesicht. Ich bin ein Arschloch. Herrgott, ich kann nicht mal sagen, ob sie so nervös ist, weil sie nur noch wegwill von mir, oder ob es ihre übliche Reaktion auf meine Berührung ist.

Aber ich werde es herausfinden. Ich lege meine Hände an ihre Taille und spüre ihre weichen Kurven, während ich versuche, mein eigenes stoßweises Atmen unter Kontrolle zu bekommen. Dieses Mädchen hat keine Ahnung, was sie mit mir macht. Verdammt, das wird sie auch nie verstehen.

Ich neige meinen Kopf herunter und blicke ihr eine Sekunde lang in die Augen, bevor ich sie küsse. Die Härchen in meinem Nacken stellen sich in dem Moment auf, in dem unsere Lippen sich berühren. »Wenn es so ist, dann entschuldige ich mich. Das war nicht meine Absicht, Süße.«

»Nein. Du hast mir keine Angst gemacht, Ryder. Es ist … es ist nur … ich …«, flüstert sie und lockert sich, als ich ihre Lippen mit meiner Zunge teile.

Ich halte einen Moment inne, um ihre Reaktion abzuschätzen. Sie gibt mir, was ich will – und genau das wird viel zu schnell zu einer absoluten Notwendigkeit für meinen Geisteszustand.

Sie keucht leise auf und hält sich an meinen Unterarmen fest. Ihre Zunge sucht eifrig nach meiner. Benommen von ihrer Berührung, ihrem Geschmack und ihrem Geruch erwidere ich den Kuss leidenschaftlich und lang, und das Verlangen, sie erneut zu nehmen, lässt mein Blut dicker werden, während sie mit ihren Fingern durch mein Haar fährt. Ihre erregte Stimme ist Musik in meinen Ohren, ihr leises, verlangendes Keuchen macht mich schier verrückt. Ein Stöhnen entweicht meiner Kehle, als sie sich an meinem Rücken festhält, meinen Namen flüstert und ihr Bein um meine Hüfte legt. Der Schmerz, der dabei durch meine Eier fährt, ist die Folter wert. Ich nehme ihre Lippe zwischen meine Zähne, jede Zelle meines Körpers angeturnt von meinem warmen Saft, der aus ihrem süßen Unterleib über meine Hüfte läuft. Unsere Körperflüssigkeiten vermischen sich auf meiner Haut, während ich vollkommen mit ihr verschwimme.

Allein der Gedanke daran, in ihr und auf ihr zu sein, jeden Zentimeter ihres wunderschönen Körpers zu bedecken, bringt mich um den Verstand. Völlig außer Kontrolle fasse ich ihren Oberschenkel, und mein Schwanz stößt gegen ihren weichen, flachen Bauch, während ich sie wie verrückt küsse. Sie stöhnt laut auf – ein wunderbares Geräusch. Mein Bekenntnis mag sie vielleicht für einen Moment aus der Fassung gebracht haben, aber Amber läuft nicht vor mir davon. Sie läuft vor ihren Gefühlen davon, will sich selbst von den verwirrenden Emotionen befreien, die in ihrem Kopf rumschwirren. Sie liebt Brock. Das weiß ich. Das weiß ich seit mehr als vier Monaten. Aber trotzdem weiß ich, dass sie genauso fühlt wie ich, und sie weiß, dass das, was ich gesagt habe, die unbestreitbare Wahrheit ist. Es ist nicht zu leugnen: Amber war, ist und wird immer mein sein. Diese Tatsache jagt ihr eine furchtbare Angst ein.

Aber ihre Küsse, ihr wildes Ziehen an meinem Haar, ihre drängenden Berührungen und ihre Hüften, die sich meinen entgegenstrecken wie die einer verrückten Nymphomanin, verraten mir alles, was ich wissen muss. Alles, was ich brauche, um heute Nacht wie ein Baby zu schlafen.

Ihr geht es gut, uns geht es gut. Das ist das Wichtigste.

Trotzdem habe ich sie mit meinem Geständnis auch beunruhigt, und dafür komme ich mir schäbig vor. Ich würde eher sterben, als dieses Mädchen, dieses einzigartige Juwel, in Panik zu versetzen. Egal, wie würdig ich ihrer werden kann, es wird nie genug sein.

Ich muss den Schaden wiedergutmachen, den ich angerichtet habe, muss ihr klarmachen, dass es nicht nur Sex für mich war. Dass ich in jeder qualvollen Sekunde an ihrer Seite sein werde, egal, wie verworren diese ganze Sache auch werden mag.

Ich hebe Amber hoch, ihre Beine hängen über meinen Unterarmen, und sie legt mit überraschtem Blick ihre Arme um meinen Hals. Lächelnd küsse ich sie auf die Stirn. Ich schwelge in dem starken Duft von Aftershave, Speichel und Schweiß, der ihre Haut bedeckt. Ich bin überall an ihr. Von ihrem Vanilleduft ist nichts mehr übrig. Der süße Geruch ist dem von hundertprozentigem, purem, unverfrorenem Sex gewichen.

»Komm schon.« Ich küsse sie auf die Nase und weiß, selbst wenn ich sie vierundzwanzig Stunden an sieben Tagen die Woche verehren könnte, wäre das nicht genug. Sie hat mich in einen Junkie verwandelt, ihre Berührungen sind das Gras für meinen Joint. »Ich denke, dieser wundervolle Körper hat es verdient, bis aufs Äußerste verwöhnt zu werden.«

»Natürlich hat er das«, wirft Brock grinsend ein und steht vom Bett auf. Er kommt zu uns rüber und küsst Ambers hübschen Mund. Dann wird sein Grinsen breiter, und er saugt an ihrem Nippel. Sie stöhnt auf und gibt ihm einen Klaps auf die Schulter. »*Jede Menge* Verwöhnung.«

Eine Sekunde lang blickt sie ihn ernst an. Mit Anzeichen von Schuldgefühlen in ihrem Gesicht berührt sie seine Wangen. Unter ihrer Berührung wird er sofort weich, und der stille Austausch der beiden versetzt mir einen Stich ins Herz, als sie ihren Kopf nach oben streckt und ihn küsst.

Ich fühle mich wie das fünfte Rad am Wagen, das von außen zusieht, wie nahe die beiden sich sind. Mit Amber in meinen Armen setze ich mich in Bewegung Richtung Badezimmer und breche damit ihren intimen Moment abrupt ab, was mir aber völlig egal ist. Sanft setze ich Amber auf dem Rand der Badewanne ab und versuche, die aufkeimende Eifersucht in mir zu unterdrücken, während ich ihr eine Haarsträhne aus dem Gesicht streiche. Ich wusste, worauf ich mich einlasse, als ich dieser Sache zustimmte. Jetzt muss ich sehen, wie ich damit zurechtkomme, das zu teilen, was der liebe Gott eigentlich für mich geschaffen hat – nur für mich.

Ich werde zwar alles dafür tun, dass diese einzigartige Konstellation funktioniert, aber ich bin mir sicher, dass ich irgendwann meinen Verstand dabei verliere. Das hier ist so gut wie unmöglich. Wenn es mir gelingt, den Frieden unseres kleinen Trios zu bewahren, ohne meinen besten Freund umzubringen, dann nur mit Handschellen, einer Augenbinde, einer dunklen Hütte im Wald und einem Haftbefehl für mich, weil ich Amber entführt habe.

Trotz meines IQ habe ich nie behauptet, dass ich deshalb auch vernünftig bin. Was Amber angeht, schaltet sich bei mir der Verstand komplett aus.

Sie blickt mich sorgenvoll an. Ich könnte schwören, das Mädchen kann meine Gedanken lesen wie ein verdammtes Buch. Sie weiß über alles, was in meinem Kopf vorgeht, Bescheid – außer natürlich darüber, dass ich sie entführen will.

Ich grinse, um meine Gedanken zu vertuschen.

Sie wirft mir noch einen besorgten Blick zu, dann lehnt sie sich seufzend gegen die Marmorfliesen, die die Wanne umgeben. Ihr hübscher Schmollmund sieht dabei äußerst niedlich aus. »Gott hilf mir«, sagt sie mit einem erschöpften Stöhnen. »Ihr zwei seid Raubtiere, Sexsüchtige vom Feinsten. Glaubt mir, wenn ich euch sage, dass es nicht einen Muskel an mir gibt, der *nicht* wund, schwach und verärgert darüber ist, was ich euch erlaubt habe, mit mir anzustellen. Ich muss eure Einladung also leider mit Nein beantworten.«

Brock und ich schütteln lachend die Köpfe, als ein spitzbübisches Lächeln ihr Gesicht erhellt. »Und außer, dass ich mich fühle, als könnte ich einen ganzen Monat lang schlafen, habe ich mir anscheinend während unserer kleinen Sexkapade eine Rippe gebrochen. Ich könnte gar nicht mehr, selbst wenn ich wollte.« Sie hält inne, und ihr Gesichtsausdruck wandelt sich im Bruchteil einer Sekunde von erschöpft zu verführerisch. »Zumindest jetzt noch nicht.«

Offensichtlich will sie uns total verrückt machen, denn sie fährt mit ihren Händen über ihre Oberschenkel, ihren flachen Bauch entlang, über die Rundungen ihrer wundervollen Brüste bis in ihr Haar, wo sie ihre Finger in den dunklen, lockigen Strähnen vergräbt. »Gebt mir ein paar Stunden zum Erholen.« Sie spreizt ihre Beine, und bei ihrem leisen Stöhnen muss ich einen Klumpen, so groß wie ein Golfball, hinunterschlucken, als sie ihre dichte, seidige Mähne anhebt und auf dem Kopf zusammenknotet. »Ich flehe euch um Gnade an, meine beiden Meister.«

Heilige Scheiße.

Ich habe sie zwar in der Absicht hierhergebracht, sie ohne meinen Penis zu verwöhnen, aber ich werde ihr gleich zeigen, wer ihr richtiger Meister ist, wenn sie nicht mit dieser Masche aufhört. Das Vorhaben, sie mit einem einfachen Schaumbad und einer Massage zu verwöhnen, schwindet mit jedem verführerischen Blick, den sie mir zuwirft.

Ich versuche, den letzten Rest Fassung zu bewahren, wende meine Aufmerksamkeit von Ambers Körper und meinen pulsierenden Hoden zu den zwei Granitwaschbecken und nehme dort eine kleine Flasche Apfelschaumbad von einem Glasregal. Ich drehe den Verschluss ab, aber bevor ich auch nur an dem Zeug riechen kann, erblicke ich Amber im Spiegel. Mit verführerischem Grinsen dreht sie an ihren Nippeln und spreizt ihre Beine noch weiter auseinander. Der süße Klang ihrer lustvollen Stimme lässt meine Eier noch mehr schmerzen, während sie mir zuzwinkert.

Ich habe noch nie ein so geniales und zugleich quälendes Spiegelbild gesehen.

Ich nähere mich der Badewanne und schütte die ganze Flasche hinein. Schaum. Nur Schaum kann Amber jetzt noch retten. Wenn sie nicht sofort von ihrem hübschen Hals bis zu ihren rosa lackierten Zehennägeln mit Schaum bedeckt ist, ist es vorbei. Dann habe ich keine andere Wahl, als ihr zu zeigen, was ein richtiger Meister ist.

»Mm, darin bist du echt gut, Süße. Verdammt gut.« Ich sehe Brock an. »Du hättest mich davor warnen können, dass sie so gut darin ist, einem Mann solche süße, qualvolle Folter zuzufügen. Einem solchen Talent bin ich noch bei keiner anderen begegnet. Nicht cool, Bro.«

Brock hat anscheinend selbst Probleme, sich zurückzuhalten, und wickelt sich ein Handtuch um die Hüfte. Er blickt Amber lange und gierig an, bevor er sie sanft in die Wanne hebt. Mit einem Griff über ihre Schulter dreht er das Wasser so heiß auf, wie es geht. Der Dampf verdichtet die Luft.

Er kniet sich vor die Marmorwanne, beugt sich zu Amber hinunter und presst seine Lippen an ihr Ohr. »Ja, sie ist sehr talentiert«, sagt er grinsend. Mit seinem Finger zeichnet er langsam einen Kreis um ihren Nippel, was sie aufstöhnen lässt. Sie schließt ihre Augen, und ihre geröteten Knospen werden sofort hart. »Und du, mein Freund, kannst noch in den Genuss all ihrer erfreulichen Talente kommen. *Wenn* du ihr genug bedeutest, zeigt sie dir vielleicht, was sie alles draufhat. Wenn nicht, Pech gehabt.«

Der Anblick, wie er an ihrem Ohrläppchen saugt und ein merkliches Zucken durch ihren Körper geht, sowie seine idiotische Bemerkung entfachen meine Eifersucht auf das, was die beiden teilen und was ich mit Amber wahrscheinlich nie haben werde, noch mehr. Sie mag mir vielleicht geistig gehören – oder auch nicht, vielleicht bilde ich mir das ja auch alles nur ein –, aber die Verbindung der beiden ist zu stark, eine undurchdringbare Beziehung, die ich mit ihr nicht annähernd erreichen kann.

Brock richtet seine Aufmerksamkeit wieder auf mich, ein hämisches Grinsen huscht über sein Gesicht. »Und außerdem hätte ich dich niemals davor gewarnt. Ich leide, also musst du es genauso tun. Wenn du weiter in den Genuss meiner Freundin kommen willst, dann wirst du dich wohl daran gewöhnen müssen.«

Ich ignoriere den Drang, ihn am Hals zu packen, vom Balkon zu werfen, Amber für mich alleine zu genießen und mir erst im Anschluss Gedanken darüber zu machen, wie ich die Sauerei wieder beseitigen könnte. Ich ziehe ein Handtuch vom Haken, binde es um meine Hüfte und knie mich neben die Wanne. Ihr Zeh schiebt sich durch den Schaum und drückt gegen den Hebel, um das Wasser abzustellen.

Mit einem befriedigten Lächeln legt sie ihre Arme auf die Wannenränder und ruht ihren Kopf auf dem Massagekissen aus. Winzige Schweißperlen laufen über ihre Haut, während sie zwischen Brock und mir hin- und herblickt. »Gott, das habe ich gebraucht. Das war … es war unglaublich. Es war noch besser, als ich es mir je hätte vorstellen können. Ich war noch nie scharf darauf, das Ego eines Kerls aufzupolieren – egal, ob er es verdient hat oder nicht –, aber ihr beide … ihr habt mich meine Vergangenheit für eine Weile vergessen lassen. Ihr habt meinem Körper Befriedigung verschafft, aber noch viel wichtiger: Ihr habt mir zu einem kleinen bisschen Frieden verholfen.« Ihre Stimme ist nur noch ein Flüstern. »Ich kann es nicht richtig erklären. Und selbst wenn ich es könnte, wäre es nicht gut genug.« Ihr Lächeln verschwindet, als sie ihre Hand erst an mein und dann an Brocks Knie legt. »Du hattest recht, Baby«, sagt sie mit Blick in Brocks Augen. »Mit euch beiden zusammen zu sein hat mir meinen Schmerz genommen. Wenigstens für ein paar Stunden.« Mein Magen dreht sich um, und es versetzt meinem Herzen einen Stich, dass ihre Scheißvergangenheit ihre Gedanken für immer beherrschen wird. »Aber«, fährt sie fort und wirkt wie ertappt, weil sie sich uns ein wenig mehr geöffnet hat, als es für sie üblich ist, »ihr zwei habt mich fertiggemacht.«

Sie schließt ihre Augen und fährt mit den Fingerspitzen ihren Hals entlang. Dann taucht sie seufzend unter. Mir stockt der Atem, als sie wieder aus dem Schaum auftaucht. Der Anblick ihrer Zunge, die über ihre Lippen leckt, ihrer Hände, die das nasse Haar aus der Stirn streichen, und des leichten Lächelns auf ihrem Gesicht lässt mich noch wahnsinniger werden, als ich ohnehin schon bin.

Sie öffnet ihre wunderschönen, whiskeyfarbenen Augen, und ihr exotischer Schein scheint mich zu blenden. Mit erhobenem Finger und warnendem Unterton sagt sie plötzlich: »Ich habe es ernst gemeint, als ich sagte, dass ich eine Pause brauche, bevor wir weitermachen können. Habt ihr das verstanden, ihr Höhlenmenschen aus dem zwanzigsten Jahrhundert?«

Ich tauche meine Hand in das Wasser, das so kochend heiß ist, dass Ambers Haut sich von ihren Knochen lösen muss. »Du bist hier die Höhlenfrau aus dem zwanzigsten Jahrhundert.« Ich ziehe meine Hand aus dem Wasser und grinse sie frech an. »Wir sind nur zwei unschuldige Mitläufer bei etwas, von dem du *annimmst*, dass es unsere Absicht war.«

Amber setzt sich auf und schlingt die Arme um ihre mit Schaum bedeckten Knie. »Willst du mir etwa weismachen, dass ihr beiden nicht die Absicht hattet, mit mir Sex zu haben, als ihr mich ins Badezimmer gebracht habt? Hmm, Klugscheißer? Ist es das, was du versuchst?« Bevor ich zustimmend nicken kann, werde ich über und über mit Schaum bespritzt. »Wenn das nämlich so ist, dann muss ich dir leider sagen: Dein Versuch ist fehlgeschlagen.«

So einen Hitzkopf muss man einfach lieben. Während ich mit einer Hand mein Gesicht abwische, tauche ich mit der anderen in den Schaum ein und nehme eine Handvoll davon.

Ich grinse und genieße den schockierten Ausdruck auf Ambers Gesicht. »Ah, das sollen wir machen?«

»Nein!«, quietscht Amber lachend und sieht mich reuevoll an. Vorsichtig legt sie meinen Arm auf den Wannenrand und tätschelt ihn, dann schaltet sie ihren Charme und ihre verführerische Stimme ein. »Ich weiß nicht, was über mich gekommen ist.« Sie klimpert mit den Wimpern und verzieht ihre Lippen zu einem Schmollmund. »Es tut mir leid, Meister. Es tut mir wirklich sehr leid.« Noch ein Augenaufschlag, und ihr reuevolles Lächeln verwandelt sich in ein Grinsen, das sagt: ›Jetzt hab ich dich, du armer Tropf.‹ Währenddessen malt sie mit ihren Fingern kleine Achten in meine Ellenbeuge. »Vielleicht war es sexuell bedingte Unzurechnungsfähigkeit? Ich meine, wenn man bedenkt, was für köstliche Dinge ihr beiden heute Abend mit mir angestellt habt, wäre es schon möglich, dass mein Gehirn einen Schaden davongetragen hat.« Sie hebt meine Hand an ihre Lippen und küsst meine Knöchel. »*Bitte*, vergib mir. Ich könnte sonst nicht mehr weiterleben.«

Nicht genug, dass dieses Mädchen eine wandelnde Augenweide ist, sie weiß auch verdammt gut, wie sie einen Mann verführen muss. Das und ihre lange Liste an anziehenden körperlichen und geistigen Eigenschaften ergibt eine tödliche Kombination. Mein Penis ist in höchste Alarmbereitschaft versetzt und kann dem süßen, aber doch sinnlichen Ausdruck auf ihrem Gesicht einfach nicht widerstehen. Ich grinse wie ein törichter Liebestrottel und lasse den Schaum durch meine Finger gleiten.

»Ich lasse dich diesmal noch davonkommen«, sage ich mit aufgesetztem Ernst. »Aber mit deiner Annahme liegst du definitiv falsch. Mit dir Sex zu haben stand nicht zur Diskussion, als wir dich hierherbrachten.«

»Aber zu unserer Verteidigung«, wirft Brock ein und spielt mit einer Haarsträhne von ihr, »du machst es uns unmöglich, uns nicht in wilde Tiere zu verwandeln. Meiner Meinung nach bist du also die Schuldige, nicht wir.«

»Das denke ich nicht. Nicht einmal annähernd. Aber trotzdem kriegt ihr Pluspunkte von mir, weil ihr versucht habt, mich von eurer Geschichte zu überzeugen.«

»Keine Geschichte, Ber.« Brock streicht eine Haarsträhne hinter ihr Ohr, lehnt sich zu ihr rüber und flüstert ihr mit sanfter Stimme ins Ohr: »Wie Ryder schon gesagt hat, wir haben dich nicht ins Bad gebracht, um dich zu verführen.«

Sie runzelt ihre Stirn. »Aus welchem Grund sonst, wenn nicht, um noch mehr Sex mit mir zu haben? Das ergibt keinen Sinn. Um das ging es doch heute Nacht. Um Sex. Nichts weiter, stimmt's? Ihr zwei lasst eure Wut, eure Frustration, eure Angst und euren Stress an mir aus und benutzt meinen Körper als Ventil, bis ihr wieder den geistigen Zustand erreicht, den ihr hattet, bevor ihr …« Sie hält inne und knabbert an ihrem Daumennagel. »…bevor ihr dazu gezwungen wurdet, diesen beiden Männern das anzutun.«

Ihre Augen werden glasig, als sie zitternd von Brock zu mir blickt. »Ich hätte nicht damit anfangen sollen. Es … es tut mir leid.« Sie atmet tief ein und lässt kopfschüttelnd ihre Schultern sinken. »Was ich sagen will: Keiner von euch beiden muss mir das Gefühl vermitteln, dass das heute Nacht mehr war, als es wirklich ist.« Eine Träne rollt über ihre Wange und tropft ins Wasser. Es zerreißt mir das Herz, ihr endloser Schmerz zerrt an meinen Muskeln. »Um ehrlich zu sein, ich fühle mich gerade wie eine Idiotin. Vergesst es einfach, okay?«

Als würde sie sich dessen bewusst, dass sie ihre Verletzlichkeit mit jedem verworrenen Gedanken vor Brock und mir zur Schau stellt, legt sich ein erschrockener Ausdruck auf ihr Gesicht. »Es tut mir leid. Ich habe überreagiert. Aber es ist okay, ehrlich. Ich bin es gewohnt. Sex war immer nur Sex für mich. Ein gedankenloser körperlicher Akt und nichts mehr.« Sie wischt sich die Tränen aus dem Gesicht und ringt um Fassung, während sie zittert wie ein verwelktes Blatt im Sturm. »Ich bin danach noch nie besonders behandelt worden. Keine Blumen, keine Schokolade, kein Anruf am nächsten Morgen. Kein Verwöhnen gefolgt von langen Bekundungen, wie sehr ich gebraucht werde.« Sie zieht ihre Knie an die Brust und zuckt unverbindlich mit den Schultern. »Noch mal, ich bin das gewohnt. Und ich mag es so. Also bitte, belassen wir es dabei, okay?«

Ich blicke zu Brock, der genauso verloren aussieht wie ich – wenn nicht noch mehr. Ich versuche, jedes wirre Wort zu verarbeiten, das aus ihrem Mund kam. Benommen fasse ich sie an der Schulter. Mir stockt der Atem, als ich die gebrochene Frau vor mir betrachte. Ich muss schlucken, weil der letzte Teil des Mannes, der ich vor dieser Nacht war, sich in Luft auflöst. Ich bin nur noch eine Verlängerung von Ambers gepeinigter Seele, während ich ihr dabei zusehe, wie sie ihren Oberkörper vor- und zurückwiegt.

Es scheint, als schämte sie sich, mich anzusehen, ihre Aufmerksamkeit ist aufs Wasser gerichtet. Ich lege meinen Finger unter ihr Kinn und drehe ihr wunderschönes Gesicht zu meinem. In dem Moment, in dem sich unsere Blicke treffen, setzt mein Herz einmal aus. In ihren Augen liegt so viel Schmerz, den ich am liebsten für immer aus ihrem Gehirn verbannen würde. Ich berühre ihre Lippen mit meinen und versuche zu verstehen, warum dieses Juwel nicht erkennt, dass sie mehr wert ist, als nur für die sexuelle Befriedigung irgendeines Idioten benutzt zu werden.

An dem Nachmittag, an dem ich sie in dieses Diner entführt habe, war es offensichtlich, dass sie sich selbst irgendwo zwischen den schmutzigen Seiten der Geschichte ihres Lebens verloren hatte. Mit ihrer schwierigen Vergangenheit könnte man einen Roman füllen. Wie könnte es auch anders sein? Die letzte Erinnerung, die ihr Arschloch von Vater ihr mit auf den Weg gegeben hat, hat dieses Mädchen zu einem leeren Etwas gemacht. Ich glaube zu wissen, dass die Bilder von diesem kranken Tag ständig in ihrem Kopf herumgeistern. Aber ich fürchte, ich werde nie verstehen, in welchem Moment ihres Lebens sie ihr ganzes Selbstwertgefühl aufgegeben und den zahlreichen Mistkerlen erlaubt hat, es ihr stückweise wegzunehmen. Warum sie sich weiterhin abschottet und niemandem gestattet, den Käfig aus Stahl, der ihr Herz umschließt, zu öffnen.

Aber verflucht will ich sein, wenn ich nicht wenigstens versuche, ihn zu öffnen.

»Sorry, aber dabei belassen wir es nicht«, flüstere ich und lege meine Hand in ihren Nacken. Sie versucht, sich zurückzuziehen, aber der Versuch ist vergebens. »Du kannst mir den ganzen Tag lang diese Lügen erzählen, von wegen, du willst nicht geliebt, respektiert oder so behandelt werden, wie du es verdient hast, weil du es so gewohnt bist. Aber wie immer, Moretti, nehme ich dir diesen Unsinn nicht ab. Netter Versuch, aber das funktioniert nicht. Nicht mit mir. Nicht jetzt … und auch nicht wann anders, Süße.« Ich lege meine Stirn an ihre, und unser stockender Atem vereint sich, als ich ihr die Tränen aus dem Gesicht wische. »Und wie du schon öfter festgestellt hast, bin ich ein verdammt stures Arschloch. Also wünsche ich dir viel Glück bei dem Versuch, meine Meinung zu ändern.«

Sie schüttelt ihren Kopf und atmet erschöpft aus. »Ryder, bitte. Ich will nicht …«

»Du willst nicht *was*, Amber?« Ich wende meinen Blick nicht von ihr ab, fordere sie heraus, teste sie. »Du willst nicht, dass wir dir danken für das, was du uns geschenkt hast? Himmel, Amber, du hast dich mit uns *geteilt*. Du hast uns nicht nur freiwillig deinen Körper gegeben, sondern uns auch an deinen wunderbaren, verletzlichen und verwirrten Gefühlen teilhaben lassen. Du hast uns vertraut, dass wir gut damit umgehen, dass wir mit *dir* gut umgehen. Weißt du, was das für zwei Idioten wie uns bedeutet? Kannst du dir auch nur im Geringsten vorstellen, was das in uns für Gefühle ausgelöst hat? Ich rede hier nicht nur über den körperlichen Teil, Süße. Es ist mehr als das. Sorry, du willst das vielleicht nicht hören, aber so ist es. Du hattest schon recht, als du gesagt hast, heute Nacht ging es um Sex. Zum kleinen Teil ging es darum. Aber du liegst vollkommen falsch, wenn du denkst, dass es *nur* um Sex ging. Sex ist der einfache Teil.« Ich drücke meine Nase an ihre und gebe ihr so ein Eskimoküsschen, wie es die Mädchen lieben. »Sex ist schließlich eine der … *interessantesten* Arten, jemanden kennenzulernen.« Ich berühre mit den Lippen ihr Kinn. »Es hat mehr als Spaß gemacht, dich von oben bis unten zu erkunden. Vielleicht liege ich falsch, und wenn es so ist, dann entschuldige ich mich dafür, aber ich bin der Meinung, du hattest ebenso Spaß daran, jeden einzelnen *Zentimeter* von mir heute kennengelernt zu haben.«

Sie lächelt mich zögerlich an, und mir fällt eine riesengroße Last von den Schultern, als sie nickt. »Es hat mir definitiv Spaß gemacht.«

»Ja, das hab ich mir gedacht.« Ich küsse sie auf beide

Wangen und bete, dass dieses Mädchen versteht, was sie mir bedeutet und was ein einziger Blick von ihr in mir freisetzt. »Der schwierige Teil kommt *nach* dem Sex. Die mentale Phase, wenn man so will. Die Phase, in der man lernt, jemandem seine Gefühle, Geheimnisse, Vergangenheit, Gegenwart und Zukunft anzuvertrauen. Die Phase, in der man am liebsten weglaufen würde, weil man beginnt, für den anderen etwas zu empfinden, und nicht weiß, wohin das Herz einen führen wird. Man hat eine Heidenangst davor, was der andere einem antun wird, wie sehr er einen verletzen wird, sodass man nie wieder lieben kann. Aber irgendetwas sagt einem, zu bleiben, weil der- oder diejenige einem etwas zu bieten hat, einem etwas beibringen kann. Etwas, das man – falls das Ganze nicht funktioniert – bei dem nächsten Menschen verwenden kann, der einem über den Weg läuft.«

Sie weiß, dass ich über sie rede, dass meine Worte unsere Geschichte erzählen. »Und trotzdem lässt man nicht los. Man bleibt dran und kämpft gegen die schlimmen Gedanken an, die einem den Kopf verseuchen. Die ganze Zeit lang klammert man sich an das kleine bisschen Hoffnung, das man für sich und diese Person hat. Die Hoffnung, dass die Sache gut gehen wird und dass man es mit dem oder der anderen bis zum Ende schafft. Die Hoffnung, dass es *nie* eine andere Person geben wird, die einem über den Weg läuft. Dass diese Person für dich gemacht ist und du für sie. Dass man mit ihr zusammen sein wird … für immer.«

Amber sieht mich ein paar Sekunden lang schweigend an, bevor sie kapitulierend den Blick senkt. Eine letzte Träne läuft ihre Wange hinunter, und sie atmet hörbar ein. Dann nickt sie, und ihre Muskeln entspannen sich, als ich anfange, ihre Schulterblätter mit meinen Fingern zu bearbeiten.

»Lass dich von uns verwöhnen«, flüstere ich ihr ins Ohr und beobachte, wie Brock aufsteht, sein Handtuch auf den Boden fallen lässt und sich hinter Amber in die Wanne setzt.

»Du hast uns ein Geschenk gemacht, von dem die meisten Männer nur *träumen* können und es nie erleben dürfen. Du kannst uns alles verweigern, was du willst, wann immer du willst. Aber ich will verdammt sein, wenn du uns unser Recht als Mann wegnimmst, dich in dem Ausmaß zu verehren, wie du es verdient hast.«

»So, wie dich jeder Mistkerl vor uns hätte verehren müssen, Baby«, fügt Brock hinzu und beginnt ebenfalls, ihr den Stress zu nehmen. Er verwöhnt ihren Nacken, ihre Arme und ihre Schultern. Bei seinen Berührungen fällt auch der letzte Rest Anspannung von ihr ab. »So, wie wir dich jedes Mal vor, während und nach dem Sex mit uns beiden verehren werden.«

Amber legt ihre Arme auf Brocks Knie und lässt ihren Rücken gegen seine Brust fallen. »Das bin ich nicht gewohnt.« Sie seufzt zufrieden auf, und ein zaghaftes Lächeln umspielt ihre Lippen, als Brock mit seinen Fingerknöcheln ihre Wirbelsäule hoch- und runterfährt. »Um ehrlich zu sein, ich weiß nicht, ob ich mich je daran gewöhnen werde. Wie schon gesagt, das ist bei mir nicht der Normalfall.«

»Mach dir darüber keine Gedanken. Wir sorgen dafür, dass du dich sehr, sehr schnell daran gewöhnst.« Grinsend greife ich nach einem Waschlappen und gebe einen Spritzer von einem nach Vanille duftenden Mädchenzeug darauf. Als ich meine Hand in das kochend heiße Wasser stecke, überkommt es mich fast, wie ein Mädchen zu wimmern, und ich ziehe meine Hand schnell wieder heraus, um ihr mit dem Waschlappen über Schultern, Nacken und die Seiten ihrer Brüste zu streichen. Ich genieße ihr leises Keuchen, als ich Kreise um ihren Bauchnabel ziehe. »Was soll das eigentlich, dass die gesamte weibliche Bevölkerung Bäder und Duschen bei Temperaturen nimmt, die sogar einen Gang durch ein brennendes Haus verlockend erscheinen lassen?«

Amber kichert und greift nach einem Rasierer. Sie schüttelt ihren Kopf, während sie ein Bein auf den Rand der Wanne legt. »Es ist entspannend.« Sie gleitet mit der Klinge über ihren Oberschenkel, und ihr Knie taucht aus dem schwindenden Schaum auf, als sie mit den Schultern zuckt. »Wer will schon in einer lauwarmen Badewanne sitzen? Allein der Gedanke daran bereitet mir Gänsehaut.«

»Das sehe ich auch so«, sagt Brock und nimmt ihr den Rasierer aus der Hand. Während sie ihren Rücken weiter an seine Brust lehnt, nimmt er ihr Fußgelenk mit seiner freien Hand, hebt ihr Bein aus dem Wasser und legt seine Lippen an ihr Ohr. Lächelnd fährt er vorsichtig mit der Klinge über die weiche Wölbung ihres Knies. »Nichts geht über ein heißes Bad. *Außer* …«, fügt er hinzu und flüstert Amber dabei ins Ohr, »die Beine und andere verlockende Körperteile seiner verdammt heißen Freundin in diesem heißen Bad zu rasieren. Nicht einmal das beste Gras kommt da ran.«

Mit einem teuflischen Grinsen hält er Ambers Bein höher und gleitet mit dem Rasierer über ihre Wade und wieder zurück über ihren Oberschenkel. Dann lässt das Arschloch die lilafarbene Waffe mit Blumenmuster ins Wasser eintauchen, sodass ich nicht mehr sehen kann, wo genau er sie rasiert. Nebenbei gesagt, dem leisen Stöhnen von Ambers Lippen nach zu urteilen, kann ich mir sehr gut vorstellen, welchem *verlockenden* Körperteil er sich widmet.

»Geht's dir gut, Baby?«, fragt er, als Amber sich an ihn gelehnt entspannt.

»Mehr als gut«, haucht sie und schließt ihre Augen. Ihre Angstlosigkeit erhöht meine Angst umso mehr.

Ich habe schon immer gewusst, dass Amber verrückt ist. Genau diese Eigenschaft war ja der Hauptgrund, warum das Mädchen meine Aufmerksamkeit erregt hat. Aber das hier geht zu weit. Ihr grenzenloses Vertrauen in Brock, mit dem sie ihm erlaubt, sie so intim zu rasieren, erreicht eine neue psychotische Dimension.

Mit einem zufriedenen Seufzen legt Amber ihren rechten Arm um Brocks Hals und spielt mit den Fingern in seinem Haar. Währenddessen legt sie ihren linken Ellbogen auf mein Knie. Sie öffnet ihre Augen und lächelt mich frech an, während sie mit ihren Fingernägeln über mein Knie kratzt. Ich atme tief ein, die sanfte, langsame Bearbeitung ihrer Fingerspitzen nimmt mich in ihrem tödlichen Bann gefangen.

»Du bist blass, Ryder«, sagt sie kichernd. »So weiß wie ein Geist. Geht's dir gut?«

»Ob es *mir* gut geht?« Ich fahre mir mit einer Hand durchs Haar und habe kein Problem damit, dass ich wie ein übervorsichtiger Idiot klinge. »Nein, mir geht es nicht gut, Süße. Abgesehen davon, dass du überhaupt keine Rasur brauchst, weil du da unten kein einziges Härchen hast: Ist es überhaupt *sicher*, was du ihn da machen lässt?« Ohne ihre Antwort abzuwarten, sehe ich Brock mit hartem Gesichtsausdruck an und zeige mit dem Finger auf ihn. »Bro, das ist kein Scherz. Wenn du sie verletzt – auch nur ein kleines bisschen –, dann schwöre ich beim Leben meiner kleinen Schwester, ich werde dich umbringen.«

Anstatt sich in irgendeiner Weise angegriffen zu fühlen, grinst Brock mich nur an und hebt ruhig die Klinge aus dem Wasser. »Hier«, sagt er und reicht sie mir. »Als ich gesagt habe, ich bin bereit, meine Freundin mit dir zu teilen, meinte ich damit, dass du an *allem* teilhaben darfst, was ich mit ihr mache. Du kannst sie rasieren, wenn du willst. Das heißt, vorausgesetzt, sie ist damit einverstanden.« Er hebt Ambers Haare hoch und küsst sie auf den Hals. Mit verführerischer Stimme flüstert er ihr ins Ohr: »Willst du, dass Ryder mitmacht?«

Amber steht langsam auf und stellt ihren Fuß auf den Badewannenrand. Ihre schlanke Figur glitzert unter einer dünnen Schicht von Schaum. Ich blinzle, und mein Herz macht einen Sprung, als sie sich an mir festhält und in meine Haare greift. Mit gespreizten Beinen, die es mir ermöglichen, alles von ihr zu sehen, blickt Amber zu mir runter, und ihr Lächeln verschwindet, als sie den Kopf zur Seite neigt. »Ja, ich denke, das würde mir gefallen«, flüstert sie mit einem Anflug von Nervosität in der Stimme. Sie greift nach meiner Hand, und mein Penis erwacht sofort wieder zum Leben, als sie mit dem Rasierer über die kaum sichtbaren Härchen in ihrer Scheidengegend fährt. »Ich denke, das würde mir *sehr* gefallen.«

Ich fange an zu zittern und muss schlucken. Es fühlt sich an, als würden lauter Scherben in meinem Hals stecken, und meine unerwartete Reaktion ist schlimmer als die eines Teenagers kurz vor seinem ersten Mal. Ich kann kaum noch klar denken und blicke Amber in die Augen, während sie darauf wartet, dass ich anfange. Das, was sie von mir will, klingt ohne Zweifel verlockend, und die Lust in ihrem Blick reicht schon aus, mich in die Knie zu zwingen. Was mache ich mir eigentlich vor? Es klingt sogar verdammt verlockend, jeder heterosexuelle Mann würde davon träumen, dass ihn eine Frau um so etwas bittet. Noch dazu eine Frau von Ambers Kaliber. Ich bin ein verdammter Glückspilz, das weiß ich. Abgesehen davon, dass ich heute Nacht bei ihren erregenden Spielchen mitmachen durfte, ist das das Geilste, was ein Mädchen mir jemals angeboten hat. So etwas habe ich noch nicht einmal annähernd erlebt.

Aber ich kann mich nicht dazu überwinden, und mein Penis kämpft gegen meinen Verstand an, als ich tief ausatme. Ich ziehe meine Hand zurück und lasse den Rasierer aus meinen Fingern gleiten. Er sinkt auf den Boden der Wanne, und mein Selbstwertgefühl gleich mit ihm, als ich den verwirrten Ausdruck in Ambers Augen sehe. Obwohl ich in meinem Leben schon viele ausgefallene Sexualpraktiken mitgemacht habe und es mir immer egal war, wie ich es mache, wo ich es mache und ob uns dabei jemand zusieht, habe ich noch nie etwas so Intimes mit einem Mädchen erfahren. Und ich habe das Gefühl, ich kann das nicht mit ihr machen, wenn sie nicht vollkommen zu mir gehört.

Das hier ist das beste Beispiel dafür, auf halbem Weg die Flinte ins Korn zu werfen. Ich stehe auf und nehme ein Handtuch vom Haken, das ich um Amber wickle. »Ich will es, Süße. Du hast keine Ahnung, wie sehr ich es will, aber ich kann es nicht tun.« Stille legt sich über uns, und mit jeder Sekunde, die Amber mich verwirrt ansieht, fühle ich mich schlimmer. »Ich weiß nicht. Es fühlt sich einfach nicht … richtig an.«

Sie berührt sanft mein Kinn und blickt mich besorgt an. »Es tut mir leid«, flüstert sie, und etwas wie Scham schwingt in ihrer Stimme mit. »Ich hätte nicht voraussetzen dürfen, dass es für dich okay ist …«

»Nein, meine Hübsche«, unterbreche ich sie und küsse sie auf die Stirn, während ich ihr aus der Wanne helfe. »Entschuldige dich nicht für etwas, womit ich Probleme habe. Es liegt an mir, nicht an dir. Verstanden?«

Sie nickt nachdenklich, meine Worte können ihre Unsicherheit nicht vertreiben. Na toll. Jetzt bin ich für sie offiziell ein Versager. Ich könnte mir geistig eine Ohrfeige verpassen und sehe, wie ein genauso verwirrter Brock aus der Wanne steigt. Er bindet sich ein Handtuch um die Hüften und legt seine Arme von hinten über Ambers Schultern. Ein amüsiertes Grinsen ersetzt den verwirrten Ausdruck in seinem Gesicht, als er leise lacht. »Na dann, ich habe zwar keine Ahnung, was in dich gefahren ist, und würde es nur allzu gerne wissen, aber ich bin zu müde, um danach zu fragen. Heute ist dein Glückstag, Ashcroft. Ich werde es dabei belassen.«

»Gut«, presse ich zwischen meinen Zähnen hervor und spüre das dringende Bedürfnis, ihn in ein schwarzes Loch zu werfen. »Es ist auch besser, wenn du nicht fragst.« Ich kratze mich an meinem Dreitagebart, und jetzt bin ich es, der Brock amüsiert angrinst, als er seine Arme von Ambers Schultern fallen lässt. »Glaub mir, dein Gesicht kann dir dankbar dafür sein, wenn du deine blöden Bemerkungen und Fragen für dich behältst.«

»Was, zum Teufel, ist dein Problem?« Mit funkelnd grünen Augen stellt er sich vor mich. Aufgeblasen wie ein Kugelfisch legt er seinen Kopf zur Seite. »Nur weil *du* zu feige warst, ein Angebot anzunehmen, für das jeder normale Kerl sein Leben gegeben hätte, müssen wir uns jetzt dein dramatisches Gelaber anhören?« Er schnaubt überheblich, und sein Gesichtsausdruck verhärtet sich. »Das denke ich nicht, Bro. Heb dir diesen Scheiß für jemanden auf, der sich dafür interessiert. Ich tu es nämlich nicht. Und glaub mir, am Ende wird *dir dein* Gesicht dafür dankbar sein.«

Rot.

Ich sehe nur noch rot und stelle mir vor, wie ich ihn ertränke. Mit einem tiefen Atemzug versuche ich, mich etwas runterzubringen. Es funktioniert nicht. Nicht einmal annähernd. Wenn überhaupt, macht es mich nur noch wütender. Seine Drohung breitet ihre giftigen Ranken in meinem Gehirn aus, und jeder Zweig verpestet meine Gedanken mehr. Ich balle meine Hände zu Fäusten, ich will sein Blut sehen und baue mich provozierend vor ihm auf. Ich mustere ihn von Kopf bis Fuß, ich kann ihn fertigmachen. Er ist vielleicht drei Zentimeter größer als ich, aber wenn es darauf ankäme, gäbe ich ihm höchstens ein paar Sekunden gegen mich – und das ist noch großzügig gedacht.

»Warum gehen wir nicht einfach ins Bett?« Ambers Vorschlag klingt nervös, Angst ist in ihrer Stimme zu hören, während sie ihre Hände auf unsere Oberarme legt und damit ihren bescheuerten Freund vor der schlimmsten Schlägerei seines Lebens bewahren will. »Es waren ein paar aufregende

Stunden. Wir sind alle emotional angeschlagen und haben morgen eine lange Fahrt vor uns. Lasst uns einfach entspannen und ins Bett gehen, okay?«

Brock und ich wenden unsere Blicke nicht voneinander ab, eine dunkle und bedrohliche Stille legt sich über uns, und ihre bösen Schwingen bringen eine Spannung mit sich, die so dick und undurchdringlich ist, dass noch nicht einmal ein Presslufthammer sie durchdringen könnte. Irgendwie gelingt es Amber mit ihrem Zauber, uns voneinander zu trennen. Sie legt ihre Hände an unsere Wangen und sieht uns tadelnd an. »Und abgesehen davon, dass ihr beste Freunde seid, war diese Nacht dazu gedacht, mich von meinen Problemen zu befreien, und nicht, um dazu beizutragen. Ihr bekommt beide von mir einen Arschtritt, das könnt ihr glauben, wenn ihr diese kleine Information ignoriert und euch einen Wettstreit wie richtige Höhlenmenschen liefert.« Sie stellt sich auf ihre Zehenspitzen und küsst jeden von uns aufs Kinn. Lächelnd zeigt sie mit einem drohenden Finger nacheinander auf uns. »Ich bin vielleicht kleiner als ihr zwei, aber unterschätzt nie meine Fähigkeit, jemanden fertigzumachen. Wenn ich unter Strom stehe, kann ich euch schneller einen Schlag verpassen als der Ellbogen eines Fiedlers.«

Gleichzeitig müssen Brock und ich grinsen. Wir sehen uns an, dann Amber. Und sosehr wir auch versuchen, das kindische Schweigen zwischen uns aufrecht zu halten, wir schaffen es nicht. Unser ›Wettstreit der Höhlenmenschen‹ nimmt ein jähes Ende, als wir in schallendes Gelächter ausbrechen.

»Was?« Amber schlüpft zwischen uns beiden heraus zur Seite und verschränkt ihre Arme. »Was, zum Teufel, ist so lustig? Ihr glaubt nicht, dass ich euch fertigmachen kann, oder?« Sie ballt ihre Hände zu Fäusten und streckt ihr Kinn nach oben. »Hast du Lust, es selbst herauszufinden, Ashcroft? In diesem Fall hat Größe überhaupt nichts damit zu tun. Hier zählt nur Geschwindigkeit. Wie schnell du jemanden ausknockst, *bevor* der Kampf beginnt. Jeder weiß, dass der, der den ersten Schlag landet, der Gewinner sein wird.«

Ich kann nicht mehr und breche fast zusammen vor Lachen. Meinem Freund ergeht es mindestens genauso schlimm.

»Du hast schon eine süße, aber seltsame Art, das zu beschreiben.« Brock streichelt ihr liebevoll übers Haar. »Der Ellbogen eines Fiedlers? Ist das dein Ernst, Ber? Wirklich sehr süß, aber verdammt sonderbar, Baby.«

»*Darüber* lacht ihr zwei?«

»Ja, verdammt.« Ich gebe ihrem vom Handtuch bedeckten Po einen Klaps, und sie springt quietschend los. »Darüber und weil du ernsthaft denkst, du könntest uns fertigmachen. Aber allein für deinen festen Glauben, dass das passieren könnte, *ohne* dass wir dich gewinnen lassen, erreichst du mindestens schon mal eine Drei.« Ich nehme ihr Gesicht zwischen meine Hände und presse meinen Mund auf ihre Stirn. Ihr melodramatisches Seufzen bringt mich zum Schmunzeln. »Wenn du herumrennst und den Leuten erzählst, dass dein Schlag schneller ist als der Ellbogen eines Fiedlers, dann wirst du diejenige sein, die eins auf die Mütze bekommt.«

Sie gibt mir einen leidenschaftlichen Kuss auf mein Kinn, und ihre Zunge fährt sanft über meine Bartstoppeln, bevor sie meinen Hals hinuntergleitet.

Ich spanne meine Muskeln an und bereite mich auf etwas vor, von dem ich nicht weiß, was es sein wird. Irgendwie hat sie so einen Blick, als würde sie sich jeden Moment mein Gesicht vornehmen und als wäre mein Penis der nächste auf ihrer Liste der Zerstörung. Sie zieht ihren Kopf zurück und blickt mir tief in die Augen. Ich versuche es zu vertuschen und mich so zu benehmen, als würde mir dieses Mädchen nicht unter die Haut gehen. Aber das tut sie, und zwar wie keine andere zuvor. Wenn Amber so ist – gleichzeitig angepisst, verspielt und verführerisch –, ist es fast unmöglich, sie nicht flachzulegen und ihr zu zeigen, wie ich wirklich fühle. Jeder Versuch, cool zu bleiben, verwandelt sich dann in einen wertlosen Haufen Müll.

»Vielen Dank für die mittelmäßige Note, Mr Ashcroft«, säuselt Amber, und ein Anflug von Rache erscheint in ihren Gesichtszügen. »Aber diese Schülerin hier hat bereits ihre *beiden* Lehrer fertiggemacht.« Ihr nächstes Ziel, Brock, geht sie an, indem sie mit ihren Fingernägeln seine Brust hinunterfährt und sich genauso an seinem Hals zu schaffen macht, wie sie es bei mir getan hat. Er verspannt sich fast noch mehr als ich und atmet schwer. Eine von Ambers vielen Persönlichkeiten versetzt mich immer noch in Alarmbereitschaft. Nur um sicherzugehen, halte ich die Hände vor meinen Schritt wie einen Schild, während Amber an Brocks Ohrläppchen saugt. »Aber leider wissen sie nicht, dass ich sie fertiggemacht habe.«

»Wie das?«, fragt Brock stöhnend, als Amber sein Ohrläppchen zwischen ihre Zähne nimmt. »Sorry, Baby, aber ich kann hier nicht das geringste Anzeichen von einem Kampf erkennen.«

»Ach nein?« Sie tritt zurück, und ihr Blick verdunkelt sich, als sie ihr Handtuch fallen lässt und mit in die Hüften gestemmten Händen nackt vor uns steht. »Wie wäre es damit für einen unsichtbaren Kampf? Könnt ihr es jetzt erkennen, oder braucht ihre eine Brille?«

Wie zwei sprachlose Idioten starren Brock und ich Ambers Körper von oben bis unten an und kriegen kein Wort über die Lippen, während sie triumphierend eine Augenbraue nach oben zieht.

»Ha, was ist jetzt?« Sie dreht sich auf den Fersen um, und ihr leises Lachen hallt durch den Raum, als sie sich auf den Weg ins Schlafzimmer macht. »Richtig. Ich denke, ich habe euch beide soeben fertiggemacht, ohne auch nur einen einzigen Schlag ausgeführt zu haben.«

Ich habe nur ihren apfelförmigen Hintern im Blick und muss schlucken, als ich Amber hinterhersehe, die um die Ecke ins Schlafzimmer verschwindet.

Brock reckt seinen Nacken und reißt seinen Blick von dem leeren Türrahmen los. Mit brüchiger Stimme sagt er: »Hat sie uns gerade …?«

»Eine Lektion verpasst? Uns in die Schranken verwiesen? Uns die allmächtige Kraft ihrer Weiblichkeit vorgeführt?« Ich seufze und folge ihr grinsend ins Schlafzimmer. Amber hat sich bereits ein Shirt und Shorts der Hadley University angezogen, ihr Lächeln erhellt das Zimmer, während sie es sich in der Mitte des riesigen Doppelbetts bequem macht.

»Ach, kommt schon, Jungs«, sagt sie und klopft auf die Matratze. Mit einem breiten, jede bisherige Frechheit übertreffenden Grinsen kriecht sie unter die seidige Bettdecke. »Jetzt guckt doch nicht so grimmig. Jeder fällt hin und wieder mal auf den Hintern.« Sie streckt ihre Arme aus und täuscht ein Gähnen vor. »Habt euch nicht so. Dieses Mädchen hier will ein bisschen verwöhnt werden. Okay?«

Brock springt ins Bett und lässt sie in seiner Umarmung verschwinden. Diese bärenartige Attacke lässt Amber in schallendes Gelächter ausbrechen. Ich gehe langsam zum Bett hinüber und bin mir nicht sicher, wo mein Platz ist in diesem Zauberwürfel der Emotionen, den wir drei uns erschaffen haben. Ich kratze mich an den Härchen an meinem Bauch, nehme meine Sachen vom Sofa und sage mit zögerlicher Stimme: »Macht ihr zwei es euch hier bequem. Ich gehe in meine Suite.«

»*Was*?«, ruft Amber und wirft mir einen Blick zu, der mir das Herz zerreißt. Entschlossen befreit sie sich aus Brocks Umarmung und setzt sich auf die Knie. »Nein, Ryder. Du bleibst heute Nacht hier. In diesem Bett. Neben mir. Das war der Deal.«

»Es gab nie einen Deal für das, was danach kommt, Süße.«

Ein Anflug von Irritation schwingt in meiner Stimme mit, als ich in ihre weichen, goldenen Augen blicke. In die weichen, goldenen Augen, aus denen jetzt Tränen kommen, weil ich so ein Idiot bin. Verdammter Mist. Es versetzt meinem Herzen einen Stich. Aber ich spreche weiter und will sie mit meinen Worten von mir wegstoßen, sie verletzen. »*Deal?*«, frage ich mit einem verächtlichen Grinsen. »Ich denke, ich habe meinen Teil des Deals erfüllt, nicht wahr?« Ich vergrabe die Hände in meinem Haar, gehe durch das Zimmer und ziehe mir schweren Herzens meine Shorts und mein Hemd an. »Haben wir es nicht geschafft, dich deine Vergangenheit vergessen zu lassen? Konntest du nicht etwas von dem Schmerz, den du mit dir herumträgst, bei uns abladen?«

Sie springt auf, und ihre Augen funkeln, als sie mir zur Zimmertür folgt und mir die ganze Zeit mit ihrem Finger in die Schulter pikt. »Dreh dich, verdammt noch mal, um, Ashcroft«, faucht sie, als ich meine Hand auf den Türknauf lege. Ich spiele weiter das Arschloch, zu dem mich diese Situation hat werden lassen, und mein Bedürfnis, es ihr schwer zu machen, lässt meinen Penis hart werden, als ich ihren Befehl ignoriere. »*Jetzt*, du Idiot. Ich meine es ernst. Wenn du dich nicht sofort umdrehst, dann habe ich keine andere Wahl, als dir zu zeigen, welchen Schaden mein Schlag deinem dicken, idiotischen, fettigen Hinterkopf zufügen kann.«

Kann dieses Mädchen nichts sagen, ohne mich noch mehr um den Verstand zu bringen? Ich bezweifle es sehr. Langsam drehe ich mich um und starre sie mit dem gleichen intensiven Blick wie immer an. Mit dem Blick, der besagt, dass ich ihr es so richtig besorgen muss.

Schwer atmend macht Amber einen unsicheren Schritt auf mich zu und presst ihre Brust an meine. Unsere Herzen schlagen in rasendem Einklang, als sie mein Gesicht mit ihren zittrigen Fingern festhält. Ich will wegsehen, aber sie hält mich mit zusammengekniffenen Augen fest.

»Was hast du für ein Problem, verdammt?«, fragt sie aufgebracht. »Kannst du mit dem Druck nicht umgehen?«

Ich lege meine Hände an ihre Taille und unterdrücke den Drang, sie zu küssen, bis sie mich anfleht aufzuhören. »Was, zum Teufel, soll das denn heißen?«

»Ach, jetzt plötzlich wird aus dem Genie ein Dummkopf?«, gibt sie mit unbeirrtem Blick zurück, als sie ihre Nase gegen meine drückt. »Es heißt genau das, was ich gesagt habe. Du bist ein Feigling, Ryder Ashcroft, ein Softie. Der große, böse, tätowierte, gepiercte ehemalige Quarterback kann dem Druck nicht standhalten, mich zu teilen, obwohl er dachte, er könnte es. Du hast dieser Sache genauso zugestimmt wie ich. Und jetzt plötzlich wird es dir zu viel?«

An diesem Punkt habe ich zwei Möglichkeiten, die mir beide ziemlich gut gefallen. Erstens: Ich könnte ihr die Hadley-Klamotten vom Leib reißen, sie auf den Tisch im Flur werfen und ihr zeigen, dass ich im Moment alles andere als ein Softie bin, weil mein Penis mit jeder Sekunde ihrer Wut härter wird. Zweitens: Die erste Möglichkeit so oft wiederholen, bis sie mindestens eine Woche nicht mehr richtig laufen kann. Das wäre mein Favorit.

Ich entscheide mich für eine ungeplante dritte Möglichkeit und presse meinen Mund so schnell auf ihre Lippen, dass sie nicht weiß, wie ihr geschieht. Sie erwidert den Kuss mit der gleichen wütenden Leidenschaft, während ich meine Finger in ihrem Haar vergrabe.

»Ich hasse dich«, murmelt sie stöhnend und krallt ihre Fingernägel in meinen Rücken, während sie mich noch leidenschaftlicher und inniger küsst. »Ich schwöre bei Gott, dass ich dich hasse.«

»Ja«, keuche ich und lege ihr Bein um meine Hüfte. »Das glaube ich dir. Ich nehme an, unser Hass aufeinander beruht auf Gegenseitigkeit, Süße.«

Ein Stöhnen entweicht ihren hungrigen Lippen, ihr Atem geht so unruhig wie die stürmische See, als ich sie hochhebe und mit dem Rücken an die kalte Mahagonitür drücke. »Du bleibst heute Nacht hier, Ryder«, sagt sie mit Nachdruck und schlingt ihre Beine fest um meine Hüfte. »Ich meine es ernst.« Sie zieht ihren Kopf zurück und blickt mir direkt in die Seele. In ihren Augen kann ich Kummer erkennen. »Ich brauche dich heute Nacht hier. Gib mir nicht das Gefühl, dass du mich nur benutzt hast und das eine einmalige Sache war.« Mein Herz setzt einen Augenblick aus, als ihr eine Träne über die gerötete Wange läuft. »Das will ich nicht mit dir. Ich … ich weiß nicht, was ich will oder wie jeder von uns mit dieser Sache umgehen wird, Brock eingeschlossen. Alles, was ich weiß und von ganzem Herzen spüre, ist, dass du und ich keine einmalige Sache bleiben können. Wir sind nicht in das Leben des anderen getreten für eine einzige Nacht. Gott ist zwar grausam, aber ich muss daran glauben, dass er auch seine guten Momente hat.«

Bevor mein Großvater starb, erklärte er mir, ich würde es an meiner Reaktion auf ihre Worte erkennen, wenn ich mich in eine Frau verliebe. Dann wüsste ich, dass es nicht nur pure Lust ist, sondern dass sie mir wirklich den Kopf verdreht hat. Diese Frau wäre dazu fähig, mich meiner Sinne zu berauben, und zwar nicht nur in dem Moment, in dem sich unsere Körper vereinen, sondern auch in der Sekunde, in der sie den Mund aufmacht. So, wie es aussieht, ist Amber schon im Besitz all meiner Sinne. Ihr gehört jeder Atemzug, der meine Lungen verlässt. Die Kraft ihrer Berührung, ihres Lächelns und ihrer verdammten Seele hat mich schon so geblendet, dass ich keine andere als sie mehr sehen kann. Ihre Augen sind ein ständiges Bild in meinem Kopf. Ich kann nichts anderes mehr hören als ihre engelsgleiche Stimme in meinem Ohr. Und egal, ob sie in meiner Nähe ist oder nicht, ich habe den Geruch ihrer Haut immer in meiner Nase und bin nicht länger dazu fähig, etwas anderes wahrzunehmen außer ihrem nach Vanille duftenden Parfüm.

Ja, ich stecke schon ganz tief drin, jede Faser meines Körpers ist schon weit über den Punkt des Kopfverdrehens hinaus. Was als pure Lust auf Amber begonnen hat, ist zu dem unweigerlichen Bedürfnis geworden, sie an meiner Seite zu haben. Diese Frau ist eine Rose inmitten eines grünen Gartens – ihr Verstand, ihr Körper und ihre Seele symbolisieren ihre wunderschönen Blütenblätter. Obwohl ich weiß, wie ich sie umsorgen und lieben muss, bin ich mir auch bewusst, dass ich vorsichtig sein muss. Eine falsche Berührung dieser Blüte, und sie wird auseinanderfallen und verwelken, während ihre Dornen blutige Wunden auf meinen Fingerspitzen hinterlassen.

Mit diesem Wissen nicke ich, aber nicht, ohne meine Grenzen zu setzen. »Na gut, Süße. Du hast gewonnen. Aber ich schlafe auf der Couch. Ich schlafe nicht im Bett mit dir und Brock. Da gehöre ich einfach nicht hin.«

»Aber …«

»Nein«, flüstere ich und lasse sie runter. Ich umfasse ihre feuchten Wangen und streichle mit meinem Daumen über ihre zitternden Lippen. »Auf der Couch. Das ist meine Grenze, Amber. Ich werde da sein, wenn du aufwachst. Ich schwöre, das werde ich.« Ich küsse sie auf die Stirn und lasse meine Worte sanft und beruhigend klingen. »Außerdem: Wie könnte ich der Versuchung widerstehen, dich zu sehen, wenn du am Morgen deine hübschen Augen öffnest?«

Sie lächelt mich schwach an und scheint nachzugeben. »Okay, aber ich mache dir dein Bett. Keine Diskussion darüber, oder es passiert was. Verstanden?«

»Mm. Es macht mich ja neugierig, was passieren soll.« Ich ziehe sie in meine Arme. Mein Herz schlägt schneller, als ich merke, wie perfekt sie in meine Umarmung passt. Sie schmiegt ihre Wange an meine Brust, und ihre seidige Haut ist eine Wohltat für meine rasenden Gedanken, als sie einen Seufzer der Erleichterung loslässt. »Es tut mir leid«, flüstere ich und erkenne, wie sehr ihr mein idiotisches Verhalten wehgetan hat. »Das Letzte, was ich wollte, ist, dich zum Weinen zu bringen. Ich weiß nicht, was mit mir los war.«

Sie sieht zu mir auf, die Verwirrung in ihrem Blick sagt mir alles, was ich wissen muss. Sie steckt genauso tief in dieser Sache wie ich. Unsere beiden Herzen haben mit dieser gefährlichen Situation zu kämpfen. »Nein, Ryder. Mir tut es leid.«

»Also gut, euch beiden tut es leid.« Brock kommt aus dem Schlafzimmer und fährt sich mit einer müden Hand über das Gesicht. »Ich bin froh, dass ihr beide das geklärt habt. Und jetzt bring das Baby ins Bett, Ber. Ich mache währenddessen das Fläschchen warm, okay?«

»Sei nicht so ein Arschloch, Brock«, wirft Amber ein und nimmt meine Hand. Sie schüttelt ihren Kopf und zieht mich hinter sich her. Mit unseren Blicken lassen wir nicht voneinander ab, als sie einen Schrank öffnet und ein Kissen und eine Bettdecke herausnimmt. »Im Ernst. Entgegen dem, was du denkst, ist das nicht eine deiner besseren Eigenschaften.«

»Beruhig dich, Baby.« Er schmunzelt und geht auf Amber zu, während sie mir mein Bett auf der Couch herrichtet. »Ashcroft hat gewusst, dass diese Abmachung an die Substanz gehen würde. Und jetzt muss er einen Weg durch diesen emotionalen Irrgarten finden. Stimmt's, Bro?«

Ich denke an Ambers Wohlergehen und schaffe es irgendwie, ein Lächeln aufzusetzen. »Ja, ich denke, das müssen wir alle, oder nicht, Bro?«

Mit finsterer Miene starrt er mich an, bevor er sich umdreht und ins Schlafzimmer zurückgeht. »Ich geb dir zehn Minuten mit ihm, Ber«, ruft er sichtlich verärgert über seine Schulter hinweg. »Danach erwarte ich dich bei mir im Bett.« Er schlägt die Zimmertür so fest zu, dass ein Ölgemälde von der Wand fällt. Die Verwirrung in Ambers Blick lässt Wut in mir hochsteigen.

»Er ist nur …«, fängt sie an, hält aber inne, als sie mich ansieht. »Ich weiß nicht. Er ist momentan einfach nur … durcheinander, Ryder. Es hat ihn einige Überwindung gekostet, uns das zu erlauben.«

Ich berühre ihr Gesicht. Dieses ganze Chaos gäbe es nicht, wenn sie zu mir gehören würde. Keine Frage: Ich würde sie nie mit einem anderen Mann teilen. Allein der Gedanke daran macht mich schon krank. Doch ich behalte meine Gedanken für mich und küsse sie sanft auf die Stirn, bevor ich mich auf die Couch lege. Sie will sich neben mich setzen, aber ich berühre sie leicht an der Hüfte und deute in Richtung Schlafzimmer.

»Geh jetzt, Süße«, flüstere ich und kämpfe gegen das animalische Bedürfnis an, die Tür aufzutreten und diesen Kerl, den ich so viele Jahre meinen Freund genannt habe, für das zu verprügeln, was er Amber antut. »Er braucht dich. Mir geht's gut, versprochen.«

Sie weiß, dass das eine Lüge ist, mit der ich ihre Gefühle schützen möchte. Ich sehe es in ihren Augen – ein Anflug von Unsicherheit. Sie nickt zögerlich, dreht sich um und verschwindet im Schlafzimmer. Als sie die Tür leise hinter sich schließt, verschränke ich die Arme hinter meinem Kopf und frage mich, ob irgendeiner von uns nach dieser Nacht jemals wieder derselbe sein wird. Während die Minuten vergehen und sich in stille Stunden verwandeln, werde ich das Gefühl nicht los, dass wir drei uns in einem gefährlichen Sturm befinden. In einem Sturm, der einen von uns – wenn nicht sogar uns alle – mitreißen und die blutigen Überreste unserer Herzen auf einem Feld voller Schmerz, Leid und Bedauern zurücklassen wird.

20 Brock

»Atme, du Arschloch«, sage ich leise zu mir selbst, während ich versuche, die Fassung zu bewahren. »Das ist deine Schuld, nicht ihre.« Ich sitze in meinem Hummer und beobachte, wie Amber und Ryder sich voneinander verabschieden. Ich muss tief einatmen, um mich zu zwingen in meinem Sitz zu bleiben, während das Mädchen, das ich liebe – das Mädchen, für das ich sterben würde –, meinem besten Freund einen liebevollen, anhaltenden Kuss gibt.

Verdammt. Was habe ich nur getan?

Der Verstand kann ändern, was das Herz gedacht hat zu wollen. Beide führen einen unerbittlichen Kampf gegeneinander, den momentan mein Verstand zu gewinnen scheint, als ich mir vorstelle, wie ich Ryder verschwinden lassen kann.

Zeuge davon zu werden, wie Amber auch nur annähernd Gefühle für einen anderen Mann entwickelt, bringt mich fast um, es zerreißt mich in Stücke. Ryder nimmt sie in seine Arme, und sein Mund verschlingt ihren genauso, wie meiner es tut, wenn ich sie will, sie am meisten begehre. Ich war es, der die beiden zusammengebracht hat, weil ich das Verlangen hatte, Amber Lust zu bereiten und im Gegenzug meine zu befriedigen. Dabei habe ich jeglichen gesunden Menschenverstand ausgeschaltet, den ich vielleicht vor dieser Nacht noch hatte. Aber mittlerweile denke ich, dass es die zweitschlimmste Entscheidung meines Lebens war. Es nicht rechtzeitig nach Hause zu schaffen, um Brandon vom Bus abzuholen, liegt immer noch auf Platz eins meiner Liste von gravierenden Fehlern.

Natürlich habe ich den Coolen gespielt, als ich sie letzte Nacht zusammen gesehen habe, aber ich wollte die ganze Sache eigentlich in dem Moment abbrechen, in dem Amber gesagt hat, dass sie uns braucht.

Manisch-depressiv? Vielleicht.

Psychotisch? Eindeutig.

Aber während ich fast einen Monat Zeit hatte, *wirklich* darüber nachzudenken, sie mit Ryder zu teilen, bevor sie meiner Bitte schließlich nachgegeben hat, habe ich eigentlich schon entschieden, dass ich niemals in der Lage wäre, dabei zuzusehen, wie ein anderer Kerl – bester Freund hin oder her – mein Mädchen anfasst. Nur habe ich es einfach nicht über mich gebracht, Amber zu sagen, dass ich meine Meinung geändert habe. Abgesehen davon, dass ich es ruhig angehen ließ, nachdem ich Dom erschossen hatte, schien Amber wirklich gegen meinen Vorschlag zu sein. Ich hatte einfach angenommen, das Thema habe sich erledigt. Aber als Ryder dann anfing zu erzählen, was geschehen ist, und ich Ambers herzzerreißende Reaktion darauf gesehen habe, hatte ich das Gefühl, es gäbe keine andere Wahl als diese Sache. Um mein Geburtstagswochenende zusammenzufassen: Ich habe widerwillig und gleichzeitig bereitwillig zugelassen, dass mein Freund es mit dem Mädchen treibt, für das ich meinen letzten Atemzug geben würde, für das ich bereits getötet habe und es noch Millionen Mal wieder tun würde.

Happy Birthday, verdammt.

Diese Sache wird mir den Rest meines Lebens Albträume bescheren, und ich werde mich für meine unbedachte Entscheidung immer hassen. Meine Gedanken waren verzerrt – wie die eines wahnwitzigen, selbstsüchtigen Arschlochs –, als ich mich selbst davon überzeugt habe, dass ich Amber immer noch teilen will. Und sogar noch verzerrter, als ich annahm, dass sie in der Lage sei, den körperlichen Akt vom emotionalen trennen zu können. Während ich beobachte, wie Ryder mit seiner Zunge über ihren Hals gleitet, beginne ich zu realisieren, dass meine Freundin einen Scheiß voneinander trennen kann.

Endlich geht Ryder in seine Wohnung, und der Arsch wirft Amber noch einen letzten Blick zu, bevor er die Tür hinter sich schließt. Nachdem er verschwunden ist, steht Amber still da und blickt auf die Stelle, an der er stand. Ich seufze und frage mich, was ihr gerade durch den Kopf geht. Als sie sich langsam umdreht und ihr müder Blick auf meinen trifft, glaube ich, die Antwort auf diese Frage zu kennen.

Mein Mädchen ist verletzt, völlig zerrissen.

Verdammt.

Ich bin derjenige, der diese Sache ins Rollen gebracht hat. Wie, zum Teufel, soll ich sie beenden? Mein Verstand und mein Herz kämpfen gegeneinander, und ich finde keine Antwort auf diese Frage. In dem Moment, in dem sich Amber auf den Beifahrersitz fallen lässt, wird mein Hass auf mich selbst noch größer.

»Geht's dir gut?«, frage ich, obwohl ich weiß, dass das nicht der Fall ist.

Sie nickt und lächelt mich matt an, während sie ihren Kopf gegen das Fenster lehnt. »Ja, ich bin okay.«

»Du bist okay?«, äffe ich sie nach, und Sarkasmus klingt in meiner Stimme an, als ich auf die Straße fahre. »Du siehst aber, verdammt noch mal, nicht so aus, als wärst du okay, Baby.«

Sie schießt ihren Blick in meine Richtung. »Was willst du von mir hören, Brock?«

»Ich weiß nicht«, gebe ich zurück. »Die Wahrheit vielleicht? Dass du dich momentan in einem totalen Gefühlschaos befindest? Dass du mehr von ihm willst, weil er *denkt*, dass du zu ihm gehörst!«

Sie öffnet ihren Mund und schließt ihn schnell wieder. Ihr Blick ist überall, nur nicht auf mir, als ich auf die Bremsen trete und das Lenkrad umklammere. Das Auto kommt quietschend zum Stehen und die Reifen hinterlassen einen dicken, schwarzen Streifen auf der Straße.

»Ich habe gehört, was er zu dir gesagt hat, Ber«, flüstere ich und versuche, die aufsteigende Wut zu unterdrücken. »Dass du zu ihm gehörst. Dass du immer zu ihm gehört hast.« Sie reißt ihre Augen schockiert auf und blickt mich an. »Ich habe letzte Nacht *alles* gehört.« Ich halte inne, und es fühlt sich an, als würde Säure meinen Hals hochsteigen, als ich versuche, die Frage herauszubekommen, die unsere Beziehung für immer verändern könnte. »Ist es so, Ber? Gehörst du zu ... *ihm*?«

In ihrem Ausdruck ist Nervosität zu erkennen, als sie sich zu mir herüberlehnt und mit ihren Fingern in meinem Haar spielt. Ehe ich mich versehen kann, sitzt sie auf meinem Schoß und klammert ihre Arme um meinen Hals. Ihre Wange schmiegt sich an meine, und sie zittert in meinem Griff. Ich atme tief ein und halte die Luft an, solange es geht. Die Stille macht mich wahnsinnig, als ich auf ihre Antwort warte. Dieses Mädchen hat jede dunkle Ecke meines Lebens wieder bunt gefärbt, und ihre Existenz ist der Grund für meine. Ich bin das Monster, das uns in diesen Schlamassel gebracht hat, ich bin der Grund für ihre Verwirrung, und doch weiß ich nicht, was ich tue, wenn die Antwort nicht die ist, die ich hören will. Wenn sie mich durch Ryder ersetzt, kann ich für nichts mehr garantieren.

Ich kann sie nicht an ihn verlieren. Alles in mir wird sich dann mit Sicherheit in Asche auflösen.

Amber küsst meine Schulter, ihr warmer Atem brennt durch den Stoff meines Sweatshirts, als sie flüstert: »Ich denke, ein Teil von mir gehört nach letzter Nacht zu euch *beiden.*«

Bei ihren Worten gefriert mir das Blut in den Adern, und ich versuche, das Ausmaß ihres vergifteten Geständnisses zu begreifen – das zu verarbeiten, was ich uns angetan habe. Ich will, dass ihre Gefühle nur mir gehören, aber ein Teil von mir wusste, dass das passieren könnte. Als ich Amber von meinem Schoß zurück in ihren Sitz schiebe, bricht mein Verstand entzwei. Mein Puls schlägt wie wild, als ich wieder losfahre und auf den Highway rase, um meine Schuldgefühle zu überholen. Ich habe das Beste, was mir je passiert ist, zerstört.

»Bist du ... *sauer* auf mich?«, fragt Amber mit brüchiger Stimme. Sie langt nach meiner Hand. »Jetzt mal im Ernst, Brock. Bist du sauer?«

»Gott im Himmel, ja. Ich bin total wütend, Amber.« Ich entziehe ihr meine Hand und weiß, dass ich damit das einzige Mädchen, das ich jemals geliebt habe – das einzige Mädchen, dem mein Herz gehört –, noch mehr verletze.

Einen Moment lang schweigt Amber, dann ändert sich ihr Gesichtsausdruck im Bruchteil einer Sekunde von besorgt zu verärgert. »Gott hat damit nichts zu tun. Wie kannst du es wagen, wütend auf mich zu sein, Brock? Du bist derjenige, der das alles wollte. Derjenige, der mich angefleht hat, diese Erfahrung, die uns allen so viel Lust bereiten kann, zu machen. Nicht ich!«

»Liebst du ihn?«, frage ich und ignoriere die Wahrheit in ihren Worten. Sie versetzen meinem Herzen einen Stich, und obwohl es mit das Schlimmste ist, was ich jemals getan habe, veranlasst mich das nicht, meinen Mund zu halten. Die Bilder der beiden zusammen haben sich in mein Gedächtnis gebrannt, und die unbestreitbare Chemie zwischen ihnen ist eine Flamme, die ich nicht löschen könnte, selbst wenn ich wollte. »Ist es das, was dir im Kopf herumgeistert, Ber? Bist du in ihn verliebt?«

Sie blinzelt, und ein weiterer stiller Moment bedrängt das Rasen in meinem Herzen. »Ob ich ihn … liebe?«

»Ja«, stoße ich hervor, und eine dunkle, überwältigende Angst schneidet durch meine Muskeln, während ich mit angespannten Nerven auf ihre Antwort warte. »Das habe ich gefragt, Baby. *Liebst. Du. Ihn*?«

Sie sieht mir tief in die Augen, schüttelt ihren Kopf und antwortet mit zitternder, kaum hörbarer Stimme: »Ich weiß nicht, was ich darauf antworten soll, Brock. Ich weiß es ehrlich nicht.« Vorsichtig berührt sie meine Hand mit ihren Fingern. Die Angst, die ich vor ein paar Sekunden noch gehabt habe, ist nichts im Vergleich zu dem Sturm der Verzweiflung, der mich jetzt mit sich reißt, als sie ihre Hand wieder zurückzieht und nervös mit ihren Fingern spielt. »Ich weiß nur, dass es mir gefallen hat, mit euch beiden gleichzeitig zusammen zu sein. Dass ich es genossen habe, wie ich mich dabei gefühlt habe. Es war, als wäre ich der einzige Stern, der in euren Welten existiert, die letzte strahlende Sonne an eurem Himmel. Die Art, wie ihr beide mich geistig und körperlich gereinigt habt, war genau so, wie du es mir versprochen hattest, und sogar noch besser. Wie ich letzte Nacht schon sagte, ich kann nicht richtig beschreiben, was das mit mir gemacht hat.« Sie atmet tief ein, und ihr Blick wird trüb. »Mit alldem kamen auch … intensive Gefühle für Ryder. Gefühle, die ich nicht ganz erklären, geschweige denn auch nur annähernd verstehen kann.«

Ich versuche, einen klaren Gedanken zu fassen, aber es gelingt mir nicht. Das Einzige, was ich tun kann, ist, an den Straßenrand zu fahren, während sich in meinem Magen Schuldgefühle aufstauen, weil ich sie in diese Lage gebracht habe. Sie umgeben mich wie ein Nebel der Unsicherheit, als ich sie ansehe und versuche, die Fassung zu bewahren.

Welcher Mann tut seiner Freundin so etwas an? Dem einzigen Menschen, der jede finstere Ecke seiner Existenz annimmt, versteht und akzeptiert? Ein krankes Arschloch wie ich tut das, und deshalb hat kein einziger ekelerregender Zentimeter von mir Ambers reine Liebe, die sie *vor* letzter Nacht für mich empfunden hat, verdient.

»Alles, was ich mit Sicherheit sagen kann …«, fährt sie mit unerschütterlicher Überzeugung fort, wobei mehr Tränen aus ihren gelb schimmernden Augen treten, »es gibt tausend Gründe, warum ich will, dass ihr beide mich noch einmal zusammen berührt.« Sie schnieft und klettert wieder auf meinen Schoß. Mitleid füllt jeden Zentimeter ihres wunderschönen Gesichts aus, während sie ihre Lippen auf meine presst.

Ich will sie berühren. Verdammt, ich will sie so sehr berühren, aber ich bringe meine Glieder nicht dazu, sich zu bewegen. Meine Arme kleben an meinen Seiten fest, während sie mit ihren Lippen meinen Hals entlangfährt und dort innehält. »Bitte sei nicht wütend auf mich, weil ich ihn noch einmal haben will, weil ich euch *beide* haben will. Ich habe auch gedacht, dass ich mit dieser Situation besser umgehen könnte. Dass ich die Gefühle ausschalten könnte, wie ich es schon tausendmal in meinem Leben getan habe.« Sie schmiegt sich an mich und flüstert mir sanft ins Ohr: »Aber nach letzter Nacht, nachdem ich erlebt habe, wie es sich anfühlt, von zwei so tollen Männern genommen zu werden, weiß ich, dass ich sie nicht ausschalten kann. Zumindest nicht ganz. Aber ich kann meine Gefühle für Ryder zügeln. Ich schwöre, das kann ich, auch wenn es vielleicht nicht so aussieht. Ich liebe dich bis zum Mond und zurück, Brock. Das tue ich wirklich. Ich will, dass du das verstehst. Mehr als alles andere will ich, dass du mir *glaubst*.« Sie nimmt mein Ohrläppchen zwischen ihre Zähne und saugt sanft daran. Ihre beruhigende Stimme ist Balsam für meine Nerven. Sie schlingt ihre Arme um meinen Hals, malt mit ihren Fingern kleine Kreise in meinen Nacken, und ein Anflug von

Verzweiflung klingt in ihrer Stimme mit, während sie mich umarmt, als wäre es das letzte Mal. »Bitte bring mich nicht um dieses winzige letzte Stückchen meines Verstands. Ich werde meine Gefühle für Ryder zügeln, sie für das, was uns beide ausmacht, in den Griff bekommen. Aber ich muss so etwas wie letzte Nacht noch einmal fühlen. Nur noch ein einziges Mal, Baby, bitte.« Sie lehnt sich zurück und umfasst meine Wangen mit ihren Händen, während noch eine Träne ihr Gesicht hinunterläuft. »Ich muss das alles loslassen, jede Sekunde des Schmerzes, des Leids und der Verwirrung, die ich über die Jahre hinweg mit mir herumgetragen habe. Das war es, was du und Ryder mit mir gemacht habt. Ihr habt mich diesen schrecklichen Tag vergessen lassen – wenn auch nur für ein paar wunderbare Stunden. Den kalten Blick in den Augen meines Vaters, das Geräusch der Schüsse, die Blutspritzer auf dem Sommerkleid, das mir meine Mutter am Vortag gekauft hatte. Ich habe nie ein neues Kleid besessen, Brock. Nie. Ich bekam immer die abgetragenen Klamotten der Nachbarskinder oder welche, die meine Mutter geklaut hat, weil wir kaum genug Geld hatten, jeden Monat die Miete zu bezahlen, geschweige denn meinen Kleiderschrank auszustatten. Das Kleid war so schön, gemustert mit Punkten, Blumen und …« Sie hält inne, und die folgende Stille kreist über uns wie ein hungriger Geier, als ihr leerer Blick abschweift. Obwohl sie ein mattes Lächeln zustande bringt – das Anzeichen für eine einzige glückliche Erinnerung zwischen all den schlimmen –, kann die Angst, die sie gefangen hält, schon aus einem Kilometer Entfernung von einem Blinden gesehen werden, gespürt werden von dem, der seit Jahren schon nichts mehr gespürt hat.

Eingehüllt in körperlichen Schmerz, schlucke ich schwer, und mit jedem Muskel in meinem Körper will ich das Leid auf mich nehmen, das ihre Seele entzweireißt. Ich kämpfe gegen meine eigenen Tränen an und räuspere mich, während ich an den Bullshit denke, den mein Vater mir darüber erzählt hat, dass echte Männer nicht weinen.

Amber legt ihre Hände an meine Brust, ihr nervöses Zittern spiegelt mein pochendes Herz, als sie ihr Gesicht in meinen Hals vergräbt. Ich kann nicht anders, als sie in meine Arme zu schließen, und lasse ihre Gefühle für Ryder kurzzeitig außen vor. Ich umarme sie, so fest ich kann, und sauge die Wärme ihrer Tränen auf, die ihren Schmerz in meine Haut brennen.

»Die Einsamkeit in dem Zimmer«, fährt sie fort, und ihre Stimme zittert genauso wie ihre Glieder. »Oh Gott, es war so ruhig und still, nachdem sie ihren letzten Atemzug genommen hatten. Die kontrollierte Panik in der Stimme am Telefon, nachdem ich es vier Stunden später schließlich geschafft habe, von dem blutgetränkten Teppich aufzustehen und die Polizei anzurufen. Das alles war einfach weg, als ich mit dir und Ryder zusammen war. Es fühlte sich an, als wäre dieser schreckliche Tag nie geschehen, als wäre es nur ein Albtraum gewesen, aus dem ich aufgewacht bin – nur eine schlimme Geschichte, die ich mir ausgedacht hatte, um sie in mein Tagebuch zu schreiben. Ich war nicht mehr die Amber Moretti, die um sich tretend und schreiend aus dem einzigen Heim gerissen wurde, das sie je gekannt hat. Ich war nicht mehr das achtjährige Mädchen, das besser Bescheid wusste, warum Heroinabhängige sich immer Ledergürtel um die Arme banden, als über die Mathematik, die sein Lehrer ihm in der Schule erklären wollte. Ich …«

»Warte«, unterbreche ich sie, als ich ihre Worte sacken lasse. »Was meinst du damit, du wusstest Bescheid, warum Heroinabhängige Ledergürtel benutzten, Ber? Waren deine Eltern … *Junkies*?«

Nach einer gefühlten Ewigkeit nickt sie. »Von der schlimmsten Sorte. Ich wollte nicht, dass du das weißt.«

»*Warum*?«, presse ich hervor, und mir wird ganz schlecht bei dem Gedanken an den Abend, als ich ihr meine Bong hingeschoben habe. Die Erinnerung an diesen Abend explodiert in meinem Kopf, und plötzlich ergibt alles einen Sinn. Jede verdammte, verworrene Sekunde davon. Ihr Zögern. Die Angst in ihren wunderschönen Augen. Ihre dramatische Reaktion auf das Haschisch. Herrgott, während dieses Mädchen versucht, die Fehler ihrer Eltern zu vermeiden und etwas aus ihrer Zukunft zu machen, war ich das Arschloch, das sie zum ersten Mal mit Drogen in Berührung gebracht hat. Schuldgefühle machen sich in mir breit, landen mit ihrem tonnenschweren Gewicht auf meinen Schultern, und ich ringe schockiert nach Luft. In meiner Verwirrung versuche ich zu verstehen, warum sie so etwas Wichtiges vor mir verheimlicht hat. »Warum hast du mir das nicht erzählt? Verdammt, Baby. Hätte ich das gewusst, hätte ich dir diese Bong niemals angeboten. Scheiße, Ber«, flüstere ich und bete zu Gott, dass sie mir glaubt. »Das wäre mir nie in den Sinn gekommen. Ich habe einfach angenommen, dass du schon einmal gekifft hast – das habe ich dir an diesem Abend ja erklärt –, aber wenn du mir erzählt hättest, dass deine Eltern drogenabhängig waren, hätte ich dich dem niemals ausgesetzt. *Niemals*.«

Sie schweigt einen Moment lang. »Scham«, haucht sie nach Luft ringend und zittert immer noch wie ein verängstigtes Kind, als sie sich am Kragen meines T-Shirts festklammert. »Ich habe mich geschämt. Es war schon schwer genug, dir zu erzählen, dass er sie umgebracht hat. Ich konnte mich einfach nicht dazu überwinden, dir zu sagen, dass meine Eltern, die zwei wichtigsten Menschen für ein Kind auf dieser verwirrenden Reise des Lebens, ihre Drogen mehr gewollt haben als *mich*.«

»Von mir bist du nicht ungewollt, Baby. Das wirst du nie sein. Das ist ganz und gar unmöglich.« Obwohl ich eine unbeschreibliche Angst davor habe, dass es sie noch weiter von mir entfernen wird, kann ich Amber ihre Bitte, noch einmal mit Ryder zusammen zu sein, nicht abschlagen. Ihr Bedürfnis, die Dämonen ihrer Vergangenheit zu besiegen, ist meine oberste Priorität – egal, welchen emotionalen Preis ich dafür zahlen muss. »Und du kannst auch noch einmal mit Ryder zusammen sein. Ich werde alles tun, was du willst, um dich glücklich zu machen, um dich geistig gesund zu halten. Mehr kann ich dir im Moment nicht versprechen. Ich kann dir nicht versprechen, dass es etwas Längerfristiges wird, Ber. Das kann ich einfach nicht.«

»Bist du sicher?«, fragt sie mich und ist sich dessen bewusst, dass sie mich in eine Ecke gedrängt hat.

Ich bin mir nicht sicher, ob sie spürt, dass mich diese Entscheidung fast umbringt.

Ich bin mir nicht sicher, ob meine Entscheidung überhaupt einen Sinn macht. Mit einem Nicken ergebe ich mich der Tatsache, dass ich der Arsch bin, der diese Qual heraufbeschworen hat, die sich in ihrem Kopf ausbreitet. Der das alles wiedergutmachen muss – sie wieder heilen muss. »Ja, ich bin mir sicher.« Ich streichele ihr mit den Fingern durchs Haar, lege meine Hände an ihre Hüften und drücke sie sanft, während ich mit dünner Stimme flüstere: »Aber ich kann nicht versprechen, dass alles so reibungslos abläuft wie letzte Nacht.«

Sie grinst mich schwach an. »Du denkst, letzte Nacht verlief … reibungslos?«

»Du nicht?«, stoße ich hervor und kann meine Verwunderung nicht verbergen. »Wie ist das möglich? Ich habe gesehen, wie Ryder dich genommen hat, und das, ohne ihm seine Eier abzureißen.« Lächelnd hebe ich sie von meinem Schoß auf den Beifahrersitz. Dann richte ich meine Aufmerksamkeit wieder auf die Straße, als ich weiterfahre. »Ich weiß, ich bin ein bisschen psychotisch, aber für mein Empfinden ist das alles ziemlich reibungslos verlaufen.« Ich erzähle ihr nicht, dass ich meine Meinung geändert habe, und überspiele meine wahren Gefühle, ohne ihr zu verraten, was mir wirklich ein Loch ins Herz brennt. »Dich mit ihm zu sehen hat mich anders berührt, als ich es mir vorgestellt habe. Aber trotzdem gebe ich dem Ganzen noch einen Versuch.«

Amber sieht mich fragend an.

»*Was*?«, sage ich nach ein paar quälenden Minuten und kann meine Neugier nicht mehr länger unterdrücken, als ich in die Straße zu meinem Apartment einbiege. »Du willst doch etwas sagen. Also sag es.«

»Hast du Hailey geliebt?«, fragt sie zögerlich.

Ich blicke sie kurz an. »Du kennst die Antwort bereits. Ich habe dir gesagt, dass sie mir nichts bedeutet hat.« Ich blicke wieder auf die Straße und bin etwas verwirrt, als ich die nächste Abzweigung nehme. »Warum fragst du mich das noch mal?«

Sie sagt nichts, und ihr Schweigen macht mich ganz verrückt, während ich das Auto erschöpft durch den dichten Wochenendverkehr an der Annapolis Bay lenke.

Es vergehen weitere Sekunden, bevor sie mich flüsternd fragt: »Aber mich liebst du, oder, Brock?«

»Eine Millionen Mal mehr als mich selbst«, gebe ich automatisch zurück und spreche mit jeder Faser meines Körpers die Wahrheit. »Bis zu dem Tag, an dem der Tod mich heimsuchen wird, den letzten Atemzug aus meinen Lungen und den letzten Schlag meines Herzens stehlen wird.«

Amber blinzelt, ein müdes Lächeln legt sich auf ihr Gesicht. »Das ist dieses Mal der Unterschied, Baby.«

»Was soll das denn bedeuten?« Ich komme mir wie ein Idiot vor, weil ich nicht verstehe, worauf sie hinauswill. »Analysieren Sie mich, Miss Hauptfach Psychologie? Ist es das, was du tust? Bin ich deine Muse für einen Aufsatz über abartige Persönlichkeiten? Wenn es so ist, dann bin ich das perfekte Versuchskaninchen.«

Sie wirft mir noch ein müdes Lächeln zu und streichelt meine Wangen mit ihren Fingerknöcheln. Die sanfte, sinnliche Berührung bringt meinen Penis sofort dazu, sich zu regen. »Du hast dich in diese Sache gestürzt, weil du dachtest, du kämst mit der Situation genauso leicht klar wie damals mit Hailey.« Sie zuckt mit den Schultern, und ihre Finger spielen mit meinem Haar, als ich vor meiner Wohnung den Motor ausmache. »Aber es hat nicht funktioniert, weil du mich *liebst*. Sie hast du nie geliebt. Ich habe es nicht gewusst, bis ich dich getroffen habe, aber die Liebe verändert uns, verändert das Kräftespiel von allem, an das wir immer geglaubt haben. Die Liebe ist rein und selbstgerecht. Sie kann uns Dinge begehren lassen, die wir nicht begehren sollten, und sie kann uns das hassen lassen, in das wir uns verwandelt haben. Sie ist großzügig, habgierig, unentschlossen, nachtragend und magisch zur gleichen Zeit. Sie lässt uns von einem wahnhaften Gefühl zum nächsten springen und hält uns währenddessen geduldig in ihrem tückischen, aber doch euphorischen Netz gefangen. Ein Netz, das aus wunderschönen Lügen und schrecklichen Wahrheiten gesponnen ist.«

Amber öffnet die Beifahrertür und blickt mir noch einmal in die Augen, bevor sie aussteigt. »Aber eins ist in der Liebe immer konstant. Das wichtigste Gefühl, das sie in uns kontrolliert, ist die Eifersucht. Wenn wir jemanden von ganzem Herzen lieben und uns nicht vorstellen können, ohne ihn auch nur einen einzigen Tag verbringen zu können, dann bringt die Liebe ihre hässliche Seite zum Vorschein. Und einmal freigelassen, kann die Liebe diese Eifersucht nie wieder zurücknehmen. Ihr Verlangen danach, den Schmerz zu vergessen, lässt sie alle Regeln brechen, egal, was sie auf ihrem Weg zerstört. Das ist ein Gefühl, anders als alle anderen, mit denen uns der liebe Gott bei unserer Geburt ausgestattet hat.«

Amber hängt sich ihre Reisetasche über die Schulter, und so etwas wie Reue ist in ihrem Blick zu erkennen. »Aber es ist in Ordnung, Baby. Ich bin genauso verantwortlich für dieses Chaos wie du. Das sind wir alle, Ryder eingeschlossen. Aber egal, was passiert, ich werde dich immer lieben, Brock. Auch wenn sich meine Liebe auf dem Weg ändert, wird sie doch für immer rein bleiben. Du warst der erste Mann, der mich emotional geöffnet und mir gezeigt hat, dass die Liebe nicht immer hässlich ist. Und du denkst vielleicht, ich kann es nicht sehen. Aber das kann ich. Du könntest dich selbst dafür schlagen, dass du mir erlaubt hast, mit Ryder zusammen zu sein. Dieses Gefühl hast du seit der Sekunde, in der ich mich letzte Nacht neben dich ins Bett gelegt habe.«

Sie schließt die Tür und läuft um den Hummer herum. Ich kurbele das Fenster runter, als sie sich der Fahrerseite nähert. »Also hör auf damit, Brock.« Sie steckt ihren Kopf hinein und gibt mir einen sanften Kuss auf die Wange. »Hör auf damit, dich selbst zu bestrafen. Ich vergebe dir, dass du das Vertrauen, das du in unsere Liebe hättest haben sollen, missbraucht hast. Und du solltest mir genauso vergeben.«

Sie wartet nicht auf eine Antwort. Nein. Stattdessen dreht sie sich um und geht in Richtung Aufzug. Ihre Bemerkung lässt mein Herz mit den knochigen Überresten meines Bedauerns zurück. Ich steige in die kalte Novemberluft hinaus, und der Wind peitscht auf meine Haut, während ich den Blättern dabei zusehe, wie sie auf dem Parkplatz miteinander Fangen spielen. Bei den Aufzügen angekommen, fehlen mir noch immer die Worte, und unsere Fahrt nach oben ist schweigsam und kühl. Als sich die Aufzugtüren öffnen, greife ich nach Ambers Hand und ziehe sie an meine Brust. Ich schlinge meine Arme um sie, als wäre es unsere letzte Umarmung. Ich brauche dieses Mädchen, brauche sie mehr als meinen nächsten Atemzug und meinen nächsten Herzschlag. Ich brauche sie so sehr, wie ein sterbender Mann seine Medizin braucht. Ihre pure Existenz ist die Chemo gegen den Krebs, der den Mann infiziert hat, der ich einmal war. Mit Amber bin ich wieder ein ganzer Mensch, ein Mann, der sich so vollständig fühlt, wie er es früher getan hat – ein König, der den Thron wert ist, auf den ihn seine Königin gehoben hat.

Obwohl wir nicht ein einziges Wort miteinander wechseln, während wir den Flur entlang zu meinem Apartment gehen, habe ich keine Angst. Ich weiß, dass Amber mich fühlt und weiß, wie sehr ich sie liebe. Das Einzige, wovor ich Angst habe, als wir um die Ecke biegen, ist, dass sie aufhört, mich zu lieben. Dass meine Erlaubnis, noch einmal mit Ryder zusammen zu sein, sie direkt in seine Arme treiben wird.

Ich versuche, diese verseuchten Gedanken aus meinem Kopf zu verdrängen, und hole den Schlüssel aus meiner Hosentasche. In dem Moment, in dem ich den Türknauf berühre, halte ich inne. An dem Schloss wurde herumhantiert, und der Türrahmen ist beschädigt, kleine Stücke sind herausgebrochen. Jemand hat sich hier gewaltsam Zutritt verschafft. Instinktiv greife ich nach meiner Waffe, nur um erkennen zu müssen, dass ich das verdammte Ding im Handschuhfach des Hummers liegen gelassen habe.

Amber ringt nach Luft, als ich sie mit meiner Hand an ihrer Hüfte hinter mich schiebe. »Heilige Scheiße, hier ist jemand eingebrochen, Brock. Wir müssen hier raus und die Bullen rufen.«

»Nein«, flüstere ich und schiebe sie noch weiter nach hinten. Wenn sich noch jemand in meiner Wohnung befindet, werde ich mir das Arschloch schnappen und ihm zu verstehen geben, dass ich der letzte Hurensohn bin, mit dem er sich hätte anlegen sollen. Ich lausche auf irgendwelche Geräusche, bevor ich leicht mit dem Stiefel gegen die Tür trete. Sie öffnet sich knarzend, und ein Metallteil fällt klirrend auf den Holzboden, als ich in die unheimliche Stille des Flurs starre. »Wir rufen die Bullen nicht an. Ich gehe rein, du wartest unten.«

»Was meinst du damit, wir rufen die Bullen nicht an?«, fragt sie mit fast hysterischer Stimme. »Wenn du da reingehst, komme ich mit.«

Ich drehe mich zu ihr um, packe sie an den Schultern und schüttle sie leicht. »Einen Teufel wirst du tun«, fahre ich sie an und verliere beinahe die Beherrschung. Ihre Augen weiten sich vor Angst. Aber die Angst wurde nicht durch diese schlimme Situation verursacht, sondern durch mein schreckliches Benehmen. Ich schlucke meinen Zorn hinunter, und ein furchtbar schlechtes Gewissen überkommt mich, als ich den eingeschüchterten Blick in ihren Augen sehe. Sofort versuche ich, die Beherrschung wiederzuerlangen, und lockere nun etwas ruhiger den Griff an ihren Schultern. Dann küsse ich sie auf den Kopf. »Es tut mir so leid, Ber. Du weißt, dass ich dir nie absichtlich wehtun würde, aber ich will, dass du mir jetzt zuhörst, okay?«

Sie nickt, und ein Schauer lässt ihren Körper erzittern, als sie zwischen mir und dem Flur hin- und herblickt.

»Du bist das Einzige, worum ich mir im Moment Sorgen mache. Das Einzige, Amber. Und deshalb gehst du jetzt nach unten und wartest in meinem Hummer, bis ich dich rufe. Bis dahin machst du keinen Schritt, hast du mich verstanden?«

Sie will etwas sagen, aber ich unterbreche sie, bevor auch nur ein Wort ihren Mund verlassen kann.

»Die Antwort lautet Nein.« Ich nehme ihr Gesicht zwischen meine Hände und küsse sie auf die Stirn. »Diskutier jetzt nicht mit mir. Es wird nicht funktionieren. Egal, was du auch sagst, du wirst diese Diskussion nicht gewinnen, Amber. Auf keinen Fall. Es steht völlig außer Frage, dass ich dich mit mir da reingehen lasse. Verstanden?«

Sie nickt wieder zögerlich, und ich lege ihr meine Schlüssel in die Hand. Nach einem kurzen Blick in meine Augen dreht sie sich um und verschwindet schluchzend um die Ecke.

Ich versuche mir darüber klar zu werden, was mich da drinnen erwarten könnte. Da ich Amber in Sicherheit weiß, betrete ich die Wohnung und öffne instinktiv den Garderobenschrank, in dem mein zwölfschüssiges Gewehr an der Wand hängt. Bereits geladen und gespannt, presse ich das Gewehr an meine Schulter. Leise bewege ich mich von Raum zu Raum, von Schrank zu Schrank, bis ich auf dem Balkon ankomme, auf dem ich auch nichts Ungewöhnliches bemerke. Ich gehe noch ein zweites und drittes Mal durch die Räume, und meine Anspannung legt sich langsam, während ich das Wohnzimmer nach etwas absuche, das ich übersehen haben könnte. Nichts wurde angerührt, zerbrochen oder gestohlen. Nicht einmal die paar Tausend Dollar, die ich in meinem Safe aufbewahre. Bis auf die Abdrücke auf dem Teppich – von meinen abgesehen – befindet sich meine Wohnung im gleichen Zustand, in dem ich sie verlassen habe, um nach Atlantic City zu fahren.

Ich lasse mich auf einen Barhocker am Küchentresen fallen und lege das Gewehr auf den Tresen, mit der Frage im Kopf, wer, zum Teufel, das gewesen sein könnte. Da ich meine Geschäfte immer weit weg vom Campus erledige und niemals an einen Studenten der Hadley University verkaufe, wird es wohl keiner dieser Idioten gewesen sein. Als ich mit dieser Scheiße angefangen habe, war mir nur allzu klar, dass das letzte Problem, was ich gebrauchen kann, irgendein Student wäre, der mit etwas erwischt wird und dann plaudert.

Nein danke.

Außer Ryder und Lee wissen nicht einmal meine Mannschaftskollegen, dass es höchstwahrscheinlich mein Zeug ist, das sie am Abend nach einem Sieg rauchen. Ich bin immer auf Nummer sicher gegangen und habe mein Klientel auf ein paar Straßendealer und die hochnäsige Elite von Annapolis und D.C. beschränkt, die selbst etwas zu verlieren hätten und die ich leicht ans Messer liefern könnte, wenn es sein muss. Einfluss: Das ist alles, was du in diesem Geschäft hast. Das Einzige, das dich über Wasser halten kann. Ein Lokalpolitiker, der sich in einem Hotel nicht mit einem, nicht mit zwei, sondern mit drei der besten Callgirls von Washington das Koks in die Nase zieht, könnte ein interessantes Thema für die Abendnachrichten sein. Und für seine Frau und seine Familie.

Da ich wohl auch das junge Paar mit Baby rechts von mir und den bereits mit einem Fuß im Grab stehenden, pensionierten Marineoffizier links nebenan ausschließen kann, habe ich wirklich keine Ahnung, wer es gewesen sein könnte. Aber das hält nur eine Sekunde lang an. Als mein Blick durch die Küche wandert, entdecke ich eine DVD, die an der Kaffeemaschine lehnt, beschriftet mit krakeligen, schwarzen Buchstaben. Alarmiert nehme ich das Gewehr wieder in die Hand und nähere mich dem fremden Gegenstand. Die DVD war definitiv am Freitag noch nicht hier. Bevor ich sie in die Hand nehme, sehe ich mich noch einmal um und vergewissere mich, dass nicht irgendein Psychopath seine Knarre auf meinen Kopf richtet. Dann lese ich den Namen, der auf der Hülle steht.

CINDY LEWIS
CULVERT ROAD 483, APARTMENT B
MATOAKA, WEST VIRGINIA
24736

Das Gesicht, der Name und die Adresse haben sich in mein Gedächtnis gebrannt wie Säure in menschliches Fleisch. Jetzt weiß ich genau, wer in meine Wohnung eingebrochen ist. Wer da versucht, mich mit dem zu erpressen, was sie weiß, was sie als Zeugin beobachtet hat. Die Nutte, von der mich Ryder überzeugt hat, sie am Leben zu lassen. Die Nutte, die jetzt meine ganze Welt auf den Kopf stellen und mir alles nehmen wird, wofür ich so hart gearbeitet habe.

»Verdammte Scheiße!«, brülle ich, und mir wird ganz schlecht, als ich mit der Faust an eine Säule schlage, die die Küche vom Essbereich trennt. Kopfschmerzen überkommen mich, und ich stampfe wütend zum Fernseher rüber. Aus meinen Knöcheln dringt Blut, während ich die DVD in den Player schiebe, die Fernbedienung vom Tisch nehme und den Play-Knopf drücke. Meine Nerven sind zum Zerreißen gespannt, als ich mich darauf vorbereite, zu erfahren, was die Nutte von mir verlangt.

Das Video beginnt, doch ich brauche eine Sekunde, um meine eigene Stimme zu erkennen, die laut liest: *»Cindy Lewis, Culvert Road 483, Apartment B, Matoaka, West Virginia, 24 736.«*

Ich blinzle verwirrt, als Ryder und ich ins Blickfeld kommen. *»Wiederhole, was er gesagt hat«*, schaltet sich Ryder ein und packt die Nutte an den Haaren. *»Jetzt.«*

»Cin-Cindy Lewis«, wimmert sie mit zitterndem Körper. *»Cu-Culvert Road 483, Apartment B, Matoaka, West Virginia, 24 736.«*

»Sehr gut, Cindy. Willst du leben?«, fragt Ryder. *»Willst du morgen neben deinem Sohn aufwachen? Sehen, wie er aufwächst?«*

Immer noch weinend nickt das Mädchen, sagt aber kein Wort.

»Antworte mir!«, faucht Ryder sie mit heiserer Stimme an und gibt ihr einen Schlag auf die Wange. Sie taumelt an die Wand, aber Ryder hält sie fest, bevor sie zu Boden fällt. Dann zieht er sie an seine Brust. *»Nicken ist nicht genug. Das hier ist mein Ernst! Willst. Du. Leben?«*

»Ja!«, schluchzt sie und lässt ihren nackten Körper gegen seinen fallen. *»Ich will leben!«*

Das ist ein Video aus Doms Lagerhalle. Wie ist die Nutte da rangekommen? Und wie kann es sich überhaupt in ihrem Besitz befinden, wenn Ryder *geschworen* hat, alles aus Doms Büro mitgenommen zu haben?

Bevor ich über meine unbeantwortete Frage nachdenken kann, wechselt die Kameraeinstellung in einen dunklen Gang. Der klaustrophobisch enge Raum ist mit so vielen Kisten, Klamotten, Büchern und leeren Pizzakartons zugemüllt wie der schlimmste Fall in einer Messie-Doku, der je ausgestrahlt wurde. Ein tiefes, verärgertes Flüstern reißt mich aus meinen Gedanken, und mein Blick landet auf einer Person mit Kapuze, die den Kameramann durch die alles andere als grandiosen Lebensbedingungen führt. Die Stille ist ohrenbetäubend, und meine ganze Welt besteht nur noch aus dem, was ich auf dem Bildschirm sehe. Die zwei Menschen gehen den Gang entlang zu ihrem eigentlichen Ziel. Sie halten vor einer Tür, die nicht ganz geschlossen ist. Sekunden werden zu Millisekunden und mein Herzschlag zu einer Ewigkeit, als sie in ein spärlich beleuchtetes Schlafzimmer gelangen. Außer einer alten Kommode ist der Raum relativ leer. Eine Doppelmatratze liegt in der Mitte des Zimmers, und auf einem fleckigen, braunen Teppich sind massenweise dreckige Klamotten verteilt. Die Person mit der Kapuze steht jetzt an dem Bett und beugt sich über einen schlafenden Körper, der sich der Gefahr, in der er sich befindet, gar nicht bewusst ist. Wortlos hebt die Person mit der Kapuze ihre Hand und lässt eine Pistole erkennen. Ohne auch nur eine Sekunde zu zögern, feuert die Person drei Schüsse auf den zugedeckten Körper ab. Ich springe auf, Adrenalin lässt mich die Hände zu Fäusten ballen, während ich den Bildschirm nicht aus den Augen lassen kann. Kurz nach den Schüssen hört man ein Kind schreien, und seine Angst ist greifbar. Der Mann mit der Waffe geht in Richtung der Schreie, sein riesiger Körper passt kaum durch die Tür.

Als das Monster in den Gang hinaustritt, hält der Kameramann auf den leblosen Körper im Bett und enthüllt ein nur allzu bekanntes Gesicht: Cindy Lewis, Culvert Road 483, Apartment B, Matoaka, West Virginia, 24 736.

Mir klappt die Kinnlade herunter, als die Schreie ihres Kindes lauter werden, und das Bedürfnis, diesen Psychopathen von dem abzuhalten, was er gleich unausweichlich tun wird, macht mich rasend vor Wut. Jede Zelle meines Körpers ist mit Adrenalin gefüllt. Hilflos schreie ich in den Raum hinein und schlage mit meinen Fäusten auf einen unsichtbaren Gegner ein. Schweiß tropft mir aus jeder Pore, während das Universum mein Flehen überhört. Eine lange und bedrohliche Stille lässt mich bis auf die Knochen gefrieren, bevor ein Schuss durch die Luft hallt und die Schreie des Kindes sich in nichts weiter auflösen als seinen letzten gurgelnden Atemzug, der sich tief in meine leere Seele bohrt. Überwältigende Trauer zieht mir die Brust zusammen, und ihre Macht lässt jegliche Kraft aus meinen Muskeln weichen, während ich mit tränenverschleierter Sicht auf den Bildschirm starre. Der Kameramann holt einen kleinen Benzinkanister hervor und lacht leise auf, als er Cindys Bett mit der tödlichen Flüssigkeit übergießt. Seinen bedachten Bewegungen folgt das berechnende Anzünden eines Streichholzes. Flammen steigen auf, und das Bild wackelt im Einklang mit den schnellen Schritten des Kameramanns, als er und der Mann mit der Kapuze aus der Wohnung rennen.

Das Bild wird schwarz. Ich lasse mich auf die Couch fallen, seelisch irreparabel beschädigt durch das, was ich gerade gesehen habe. Durch das, was von nun an jeden meiner Gedanken beherrschen wird. Ich habe schon gesehen, zu was ein Mann fähig sein kann, habe Brutalität schon am eigenen Leib erlebt. Aber dieses abscheuliche Verbrechen, dieser schreckliche, unmenschliche Akt der Grausamkeit, der einer Mutter und ihrem Kind angetan wurde, übertrifft alles, was ich je erlebt habe. Die Bilder von Cindys nichtsahnendem Gesicht und die erbärmlichen Schreie ihres unschuldigen Kindes werden mich für den Rest meines Lebens auf dieser feigen Welt verfolgen. Die Widerwärtigkeit der Menschheit hat mich für immer bis in mein Innerstes verdorben.

Ich reiße die Augen auf, als das Video weiterläuft. Chaos entfaltet sich vor mir. Familien springen aus den Fenstern im zweiten Stock, ein Vater beschützt sein neugeborenes Baby vor den Flammen, und unzählige Haustiere laufen auf die Straße. Mit versteinerten Gliedern werde ich Zeuge davon, wie ein ganzer Reihenhausblock in sich zusammenfällt. Die Erinnerungen, die in ihnen gelebt haben, lösen sich in der Luft zu Asche auf.

Der Kameramann zoomt aus der Entfernung die panische Nachbarschaft heran. Sein Lachen vermischt sich mit den Schreien von Frauen und Kindern. Die wütenden Flammen färben den Himmel rot, bis kein einziger Stern mehr zu sehen ist, und Rauchsäulen steigen in die eisige Nachtluft auf, als ob der Teufel persönlich seine Finger aus der Hölle strecken und diese kleine Stadt mit seinem Zorn überrollen würde.

Hilflose Passanten schreien, als die Feuerwehr, die Polizei und Rettungswagen auf der Bildfläche erscheinen. Wieder wird der Bildschirm schwarz, und wieder werde ich sprachlos zurückgelassen, das Gesicht zwischen meinen Händen vergraben, während ich versuche, mich nicht zu übergeben. Aber es hilft nichts, mein Magen gibt nach. Auf dem Teppich kniend, verteile ich mein Frühstück über einen Stapel von *Playboys*. Mein Körper zittert wie verrückt.

Nach ein paar Sekunden beginnt das Video von Neuem. Mein Herz rast wie wild, als ich Derick, Doms älteren Bruder, an seinem Schreibtisch sitzen sehe. Ganz ruhig raucht er eine Zigarette, und der ausdruckslose Blick auf seinem zur Hälfte skelettartig tätowierten Gesicht richtet sich in die Kamera. Um seine toten Augen herum bilden sich Lachfalten, als sich sein Mund zu einem spöttischen Grinsen verzieht. Ich bin vollkommen auf den Teufel vor mir fixiert und bemerke die Frau fast gar nicht, die hinter ihm steht und seine Schultern massiert. Man sieht nur ihre schlanken Hände, als Derick ein Schnapsglas mit einer fahlbraunen Flüssigkeit an seinen Mund hebt.

»Verdammt, ich liebe diese Scheiße!« Derick haut das leere Schnapsglas auf den Schreibtisch mit einem Ausdruck von Ekel und Freude gleichermaßen, als ein weiteres weibliches Händepaar erscheint und sein Glas mit Jack Daniels auffüllt. »Aber ich mache dieses Video nicht, um dir zu sagen, wie sehr ich Whiskey liebe, Brock.« Er grinst teuflisch, als er mit dem Kopf in Richtung Tür deutet und die Frau hinter ihm aus dem Raum schickt. Sie und die andere Frau gehorchen seinem Befehl, die Tür fällt hinter ihnen ins Schloss, und Derick lacht leise. »Natürlich mache ich das nicht.« Seine Augen verdunkeln sich, als er sich nach vorne lehnt und die Ellbogen auf den Schreibtisch stützt. »Aber ich bin mir ziemlich sicher, das hast du dir so weit schon gedacht. Auch wenn du ein verdammter Mörder bist, ein kaltherziges Schwein wie ich, sollte dein IQ doch dazu in der Lage sein, den Zweck dieses kleinen Amateurvideos zu deuten.«

Ohne seinen Blick von der Kamera zu wenden, nimmt Derick einen langen Zug von seiner Zigarette und einen kleinen Schluck von seinem Drink. Entspannt lehnt er sich in seinem Stuhl zurück und sagt mit unheilvoll ruhiger Stimme: »Aber bei einem muss ich dir recht geben, Cunningham. Du lagst richtig, als du meintest, dass ihr diese Nutte loswerden müsst. Nachdem du meinen Bruder umgebracht hast, hast du dich an die wichtigste Regel für uns Dealer erinnert, wenn die Scheiße außer Kontrolle gerät.

Nie. Einen. Zeugen. Hinterlassen.« Aus heiterem Himmel schickt er alle Ruhe zum Teufel, explodiert plötzlich und springt auf die Füße. »*Niemals*, du Hurensohn! Du darfst nie einen Zeugen am Leben lassen. Aber du hast es getan, und *ich* musste *deinen* Fehler ausbaden. Ich musste sichergehen, dass die kleine Nutte nichts ausplaudert über das, was geschehen ist, oder über das Geschäft, das ich betreibe! Du hättest ihr die Waffe in die dreckige Fotze stecken und sie dafür bezahlen lassen sollen, dass sie dort war!«

So, als wäre er nicht gerade vollkommen ausgerastet, setzt er sich ganz ruhig auf seinen Stuhl und nippt geschäftsmäßig an seinem Drink. »Was Cindy getan hat, war absolut falsch, Brock. Falsch, falsch, falsch. Ich meine, sie wusste, wer meinen Bruder umgebracht hat, und hat nie ein Wort zu mir gesagt. Ich habe ihr genug Zeit gegeben, ihre Sünden gegen meinen Bruder zu beichten, gegen den Mann, der sie vor ihrem gewalttätigen Vater und ihrer drogenabhängigen Mutter gerettet hat. Ich habe geduldig darauf gewartet, dass sie mir deinen Namen verrät, obwohl ich ja bereits wusste, dass du es warst – und das war fürchterlich schwer für mich. Aber sie hat nichts zu mir gesagt, hat ihren Mund, mit dem sie so gut blasen kann, geschlossen gehalten.« Er drückt seine Zigarette im Aschenbecher aus und erhebt sich aus dem Stuhl, um sich zu strecken. Sein Blick weist keinerlei Anzeichen von Menschlichkeit auf. »Und ihr Kind? Nun ja, was soll ich sagen, Brock? Hättest du getan, was du eigentlich vorgehabt hast, dann würde dieser dreijährige kleine Bastard vielleicht, ganz vielleicht noch leben. Obwohl ich ihm wahrscheinlich trotzdem eine Kugel in den Kopf gejagt hätte. Ich brauche schließlich keinen wahnsinnigen Teenager, der nach fünfzehn Jahren oder so versucht, den Mörder seiner Mutter zu finden und sich an ihm zu rächen. Aber ich laste sein Ableben für eine Weile deinem Gewissen an.« Er hält inne und grinst erneut. »Aber, Mann, du hast eine ganz große Show verpasst. Es liegt ein himmelschreiender Unterschied darin, wie der Schädel eines Erwachsenen unter dem Druck einer Kugel explodiert und der eines Kindes. Ich werde jetzt nicht ins Detail gehen, aber es ist definitiv etwas, das du eines Tages selbst herausfinden solltest.«

Das Gewehr in meinen zittrigen Händen haltend, starre ich auf den Fernseher, und Bilder davon erscheinen ungebeten vor meinem inneren Auge, was dieses kranke Arschloch dem unschuldigen Kind angetan hat, während Derick zurückstarrt. Ich balle meine Hände zu Fäusten und weigere mich, die Verantwortung für seinen Tod zu übernehmen. Das kann ich nicht. Und trotzdem, während Derick durch das Büro läuft, werde ich das Gefühl nicht los, dass das kurze Leben des Kindes mich bis zu meinem letzten Atemzug begleiten wird. Vielleicht sogar noch länger.

Derick taumelt auf die Kamera zu und hält sein Gesicht mit den wilden Augen vor die Linse. »Du hast es vermasselt, Cunningham! Du hättest dich von deinem feigen Freund Ryder niemals dazu überreden lassen sollen, diese dreckige Hure und ihren Bastard am Leben zu lassen!« Er kratzt sich an seinen Bartstoppeln und zeigt mir grinsend seine kaputten Zähne, bevor er einen Schritt zurückgeht. »Aber ›Shit happens‹. Jeder hat mal einen schwachen Moment, nicht wahr? Aber ich schweife vom Thema ab.«

Derick setzt sich wieder hin und schaukelt in seinem Stuhl vor und zurück. Dann hält er einen Dolch in der dichten, rauchgeschwängerten Luft hoch. Der Holzgriff ist mit chinesischen Schriftzeichen verziert, und das ganze Ding lässt meinen Unterarm wirken wie den eines Zwerges. Er ist bestimmt dreißig Zentimeter lang. Seine Klinge aus Chirurgenstahl fängt das Licht in einem perfekten Winkel ein, sodass es mich für einen Moment blendet. Derick fährt sich damit über seinen rasierten Schädel. Seinen Blick nicht von mir abwendend, grinst das Arschloch und drückt die Spitze der Klinge an seine Wange, bis ein paar Tropfen Blut hervortreten. Sein Grinsen wird noch breiter, und er verdreht die Augen, während er seine Zunge aus dem Mund schnellen lässt und mit einer langsamen, berechnenden Bewegung sein Blut von der Klinge leckt.

Dieser Kerl ist ein Monster. Die Art Monster, die sich Kinder in den Schatten ihrer Zimmer vorstellen, die sie aber nie zu Gesicht bekommen. Er ist ein wandelndes Ungeheuer, das dich in deinen Albträumen heimsucht.

»Hast du gewusst, dass ich Dom nicht einmal ordentlich beerdigen konnte?«, fragt er und bricht damit die Stille, die in der Luft lag. »Mein kleiner Bruder, mein letzter lebender Verwandter, ist genau hier auf dem Anwesen vergraben. Ich habe auch seinen dämlichen Komplizen zu Schweinefutter verarbeitet, damit nicht die geringste Möglichkeit besteht, dass er jemals gefunden wird. Seine Familie denkt, er ist mit seiner Geliebten nach Kalifornien abgehauen.« Er gibt ein herablassendes Kichern von sich und grinst wieder fröhlich, als er seinen letzten Schluck Whiskey trinkt. »Ich habe diesen Dummkopf immer gehasst, aber Dom? Nein, Dom hat ihn geliebt wie einen Bruder.« Er hält inne, und ein eisiger, nicht zu entziffernder Ausdruck erscheint in seinem Gesicht. Müsste ich raten, würde ich sagen, es ist Eifersucht. Dann zündet er sich noch eine Zigarette an. »Aber zurück zu Dom: Ich konnte nicht riskieren, dass die Drogenfahnder in der ganzen Lagerhalle herumschnüffeln. Sie wären nicht gut auf einen Drogenbaron zu sprechen gewesen, der sie anruft, weil sein kleiner Bruder ermordet wurde. Oder vielleicht doch. Wer weiß das schon? Ich hatte auf jeden Fall nicht vor, ihnen mein Geschäft oder mein Leben zu überlassen. Nicht einmal für meine Familie.«

Wieder erhebt er sich aus dem Stuhl, und sein Gesicht ist nur noch wenige Zentimeter von der Kamera entfernt. »Du hast meinen Bruder umgebracht!«, faucht er böse, und Speichel fließt aus seinem Mund, als er die Kamera in die Hände nimmt und so fest schüttelt, dass ich schon glaube, sie müsse gleich kaputtgehen. »Jetzt habe ich nichts mehr! Nichts, Brock! Keine Familie, nur noch Hass! Ich werde dich umbringen, du Hurensohn, dessen kannst du dir sicher sein! Aber bevor ich mit dir fertig bin, wirst du dir noch wünschen, deine Mutter hätte dich bei deiner Geburt wieder hinuntergeschluckt!«

Wie bei Jekyll und Hyde nimmt Derick wieder seinen bedächtigen Charakter an. Die unheimliche Verwandlung dauert keine Sekunde. Er steckt die Hände in seine Hosentaschen. »Du fragst dich vielleicht, wie ich das alles herausgefunden habe. Stimmt's? Verdammt, wenn ich du wäre, würde in meinem Kopf das reinste Chaos herrschen.« Die Aufmerksamkeit auf den Boden gerichtet, geht er gemütlich vor einem Hakenkreuz auf und ab, das hinter ihm an der Wand hängt. »Es ist eigentlich ganz einfach, aber bleib bitte bei mir, wenn du kannst. Das Kamerasystem in unserer Lagerhalle ist mit einem billigen Apartment ein paar Meilen entfernt von hier verbunden. Tata! Dein Kumpel war der Meinung, er hätte an alles gedacht, als er die Kameras und den Computer zerstört hat. Aber das hat er wohl vergessen, dieser Idiot. So viel dazu, dass er ein Genie ist. Dummer Trottel. Du solltest dir vielleicht einen anderen Partner für deine Geschäfte aussuchen.«

Er bricht in schallendes Gelächter aus und fährt mit den Daumen an den dünnen, schwarzen Fasern seines Muskelshirts rauf und runter, als er weiterredet. »Oh ja, kommen wir wieder darauf zurück, wie viel Arbeit du für mich übrig gelassen hast. Das ist eine ganze Menge. Und ich rede nicht über dich oder deine nutzlosen Komplizen Ryder und Lee. Ich rede von so viel mehr. Entgegen dem, was mein Bruder gesagt hat, ist das hier kein Spiel und auch keine leere Drohung. Es wird Rache geben, Brock. Eine Rache biblischen

Ausmaßes, wie man sie seit Moses und den zehn Plagen nicht mehr gesehen hat.« Er hält in seinen Bewegungen inne und grinst böse in die Kamera. »Ich werde jeden einzelnen Menschen töten, der dir lieb ist, deine zwei bescheuerten Freunde eingeschlossen. Aber um die Sache aufregender zu machen, wirst du der Letzte sein, der stirbt. Nimm es nicht persönlich, Kumpel, aber ich will wirklich, dass du genauso leidest – wenn nicht noch mehr –, wie ich gelitten habe. Allein das Wissen, dass ich jeden Menschen, den du liebst, ganz langsam aus deinem erbärmlichen Leben gerissen habe, wird mir den Tag, an dem ich über die Schwelle der Hölle trete, versüßen. Wenn du verstehst, was ich meine.«

Dericks halb tätowiertes Gesicht, das dem eines tollwütigen Tieres gleicht, füllt jetzt den gesamten Bildschirm aus. Schaum tritt aus seinem Mund, und seine Worte sind nichts weiter als ein wütendes Knurren, von dem ich kaum etwas verstehen kann, als er wüste Drohungen in die Kamera schreit. Nur einen Satz kann ich deutlich ausmachen – einen Satz, der mir das Herz in Stücke reißt: »Ich denke, ich werde mit deiner brünetten Barbie anfangen.«

Wut, Hass und Angst zerren mit jedem zittrigen Atemzug, den ich nehme, an meinen Muskeln. »Ich wette, jetzt habe ich deine volle Aufmerksamkeit, oder, Cunningham? Ah ja, ja, die habe ich, verdammte Scheiße!« Ein böses Lachen steigt aus seinem Hals, sein leerer Blick ist auf meinen geheftet, als er damit fortfährt, mein Universum verbal zu zerstören. »Sie ist die Erste, die dran glauben muss, die Erste, die spüren wird, wie sich die Spitze meiner Klinge an ihrem Hals anfühlt. Wie sie ihre feinen Adern aufschlitzt. Die Erste, die um ihr Leben betteln wird, wenn ich meine magische Klinge ihre Brust hinuntergleiten lasse und sie langsam aufschlitze. Ihre Tränen werden meinen Schwanz hart werden lassen, wenn ich in ihren Arsch eindringe und sie besser ficken werde, als du es je getan hast.« Er leckt sich über die

Lippen und schließt die Augen, gefolgt von einem zufriedenen Stöhnen. »Ich werde sie in jede Körperöffnung ficken, bis sie nicht mehr weiß, auf welchen Schmerz sie sich konzentrieren soll: auf meinen Schwanz, der ihr Innerstes auseinanderreißen wird, oder auf meine Klinge, die sie von außen aufschlitzt. Und während sie ihren letzten Atemzug macht, werde ich über ihrem hübschen kleinen Gesicht kommen. Natürlich passiert das, nachdem ich ihr deinen Namen ins Ohr geflüstert habe, damit sie auch weiß, dass *du* der Grund bist, warum sie sterben muss. Ich denke, das wird ihrem letzten Erlebnis auf Erden noch ein bisschen mehr Leid hinzufügen. Du musst zugeben, ich bin ein ganz schön kreativer Bastard.«

Sein Grinsen verschwindet, als er sich wieder über den Schreibtisch nach vorne lehnt und die Ellbogen aufstützt. »Ich sag dir was, Brock-ster. Auch wenn deine Freundin alles andere als langsam sterben wird, werde ich noch einen ihrer knackigen Nippel abschneiden und ihn dir als Geschenk verpackt schicken.« Er verschränkt die Arme vor seiner Brust und kratzt sich dann an seinen Bartstoppeln, als würde er scharf nachdenken. »Weißt du was? In Anbetracht der Umstände werde ich ein netter Kerl sein. Ich werde die paar Dollar extra ausgeben und ihn dir per Express schicken, damit er noch frisch für dich ist.« Er steht auf, verbeugt sich und tritt vor die Kamera. Sein Gesicht nimmt den ganzen Bildschirm ein, als er den Kopf schüttelt. »Bitte, bitte. Du musst mir nicht danken, Kumpel. Das ist doch das Mindeste, was ich tun kann. Abgesehen davon, wofür hat man schon Feinde? Ich will, dass du ein Andenken an sie hast, bevor ich auf meiner Liste deiner Liebsten weitermache.« Er atmet tief ein, und sein Blick wird hart, bevor er laut herausschreit: »Und bis dahin kann sich kein einziger Mensch in deiner Nähe seines Lebens sicher sein! Halte Augen und Ohren offen, du Hurensohn, denn ich werde zu dir kommen. Wenn nicht heute, dann nächste Woche, nächsten Monat oder nächstes Jahr. Du wirst meinen Zorn zu spüren bekommen! So oder so werde ich dir die restlichen Tage deines Lebens zur Hölle auf Erden machen!«

Der Bildschirm wird schwarz, alle Spuren von Derick verschwinden, und ich ringe nach Atem, nach einem klaren Kopf. Komplett außer mir schlucke ich den Kloß hinunter, der sich anfühlt wie ein Eimer mit Nägeln. Ich verspüre nur noch Rachegelüste, als ich eine vertraute Stimme flüstern höre: »Du weißt, dass wir ihn zuerst töten müssen, oder?«

Ich drehe mich um und blicke in Ryders Augen, die genauso giftig funkeln wie meine, als er sich nähert und mir vorsichtig das Gewehr aus der Hand nimmt. Er legt es auf den Tisch und sieht mich an mit einem Gesicht so hart wie Stein. Obwohl ich eigentlich wütend auf ihn bin, bin ich froh über seine Anwesenheit. Genauso wie über sein sichtbares Bedürfnis, Derick in die Hölle zu schicken. Ich nicke zustimmend.

»Wie viel hast du gesehen?«, frage ich.

»Alles«, antwortet er und blickt erschöpft auf den Fernseher. »Und es ist meine Schuld, dass dieses Kind tot ist, nicht deine. Der Wichser hatte recht. Hätte ich dich das Mädchen erschießen lassen, wäre der Junge noch am Leben.«

»Ohne Mutter«, werfe ich ein. »Nimm das, was dieses Arschloch gesagt hat, nicht für bare Münze, Ashcroft. Verstehst du mich? Keiner von uns beiden ist für den Tod des Kindes verantwortlich. Derick war das, verstanden?«

Er nickt, aber ich weiß, dass es genauso sehr an ihm nagt wie an mir, und unsere Blicke treffen sich, als wir einen Moment der Trauer um das Kind miteinander teilen. Das Kind, das wir nie gesehen haben, dessen Gesicht für immer ein Geheimnis bleiben wird, aber dessen Tod mit meinen Sünden verbunden ist. Dieser kurze, wahnsinnige Augenblick wird mein Leben für immer verändern.

Verwundert darüber, wie er aus heiterem Himmel hier aufgetaucht ist, vor allem nachdem wir auf der ganzen Heimfahrt kein einziges Wort miteinander gesprochen haben, lege ich den Kopf zur Seite und sehe ihn fragend an, obwohl ich die Antwort schon kenne. »Amber hat dich angerufen, oder?«

»Ja.« Er zögert, bevor er langsam weiterredet. »Sie war total durcheinander, Bro. Absolut hysterisch. Ich konnte kaum verstehen, was sie sagt.«

Das kann ich mir vorstellen. Aber ich kann ihr keine Schuld geben. Die Angst in ihren Augen, als ich ihr befohlen habe, in meinem Auto zu warten, ist mit nichts zu vergleichen, was ich je gesehen habe – und nichts, was ich jemals wieder sehen will. Wild entschlossen, dass sie niemals mehr in ihrem Leben solche Angst haben muss, gehe ich in die Küche, und mein Kopf explodiert fast, als ich mir Gedanken über meinen nächsten Schritt mache, um ihre Sicherheit zu gewährleisten. Ryder lehnt sich an die Arbeitsplatte.

»Madeline und Lee sind mit ihr unten«, fährt er fort und legt seine Waffe auf den Tresen. »Ich war unter der Dusche, als Amber mich angerufen hat. Ich hatte bestimmt zehn Anrufe von ihr auf dem Telefon. Sie haben mitbekommen, dass etwas passiert sein musste, und ließen sich nicht davon abhalten, mit hierherzukommen. Ich hab ihnen gesagt, sie sollen unten warten, bis ich herausgefunden habe, ob alles in Ordnung ist.«

Ich starre ihn an. »Hast du ihm …«

»Nein«, unterbricht er mich und hält verteidigend die Hände über den Kopf. »Ich habe ihm nichts erzählt, *Boss*. Obwohl er mich bei jeder Gelegenheit mit Fragen löchert, hat er keine Ahnung, was passiert ist.«

Ich nicke, und mein Magen zieht sich zusammen. Ryder und ich haben darüber gesprochen, ob wir Lee in das Geschehene einweihen sollen. Obwohl es eine schwere Entscheidung war, beschloss ich, dass wir es nicht tun sollten. Ich wollte nicht, dass irgendjemand erfuhr, was ich getan habe, wie ich in einem kurzen Augenblick zwei Menschen umgebracht habe. Nicht einmal Lee. Aber das hier ändert alles. Lee nicht zu erzählen, was passiert ist, und ihm zu verheimlichen, was unweigerlich geschehen wird, könnte ihn und Madeline in Gefahr bringen und bedroht ihr Leben von dieser Sekunde an.

Egal, wie ich es drehe und wende, ich weiß keinen vernünftigen Ausweg aus dieser Misere. Wenn ich ihm von Dom erzähle, gehe ich das Risiko ein, dass jemand dieses Wissen gegen mich verwenden könnte. Nicht, dass Lee mir das jemals antun würde, dieser Gedanke ist im besten Fall ein vages, nerviges Flüstern in meinem Ohr. Doch die Zeit und das Leben können einen Menschen verändern, und wenn die Kacke am Dampfen ist, dann tritt schon so mancher seine Loyalität zu Freunden und Familie mit den Füßen. Auf der anderen Seite: Wenn ich Lee nicht davon erzähle, habe ich einen potenziellen toten Freund auf dem Gewissen, der sein Leben für mich riskiert hat. Der wird dann wahrscheinlich in der Leichenhalle neben Madelines Überresten liegen. Wie schon gesagt, ich weiß keinen Ausweg.

Während ich überlege, was wir tun sollen, höre ich Schritte auf dem Gang vor meiner Wohnung. Ryder und ich greifen nach unseren Waffen, als die Schritte lauter werden und näher kommen. Wir richten unsere volle Aufmerksamkeit und die Waffen auf die Eingangstür und warten still ab, als sie sich knarzend öffnet.

»Wow!« Lee reißt seine Arme nach oben und tritt vorsichtig durch die Tür. »Was ist denn hier los, verdammt?«

»Wenn man vom Teufel spricht«, murmle ich und lege mein Gewehr nieder.

»Hast du schon mal was von Anklopfen gehört, du Idiot?« Ryder steckt seine Waffe in die Hosentasche, als er auf Lee zugeht und ihn am Hemdkragen in die Wohnung zieht. »Du weißt doch, dass wir in der Scheiße stecken. Du hättest anrufen können, bevor du nach oben kommst.«

»Fick dich, Bro«, zischt Lee ihn an. »Ich habe nicht angerufen, weil ich nicht weiß, wie tief ihr in der Scheiße steckt. Mir erzählt ja keiner etwas. Alles, was man mir gesagt hat, war, unten mit den Mädchen zu warten. Also lass es mich für dich wiederholen, falls du es beim ersten Mal nicht verstanden hast: Fick dich, Ashcroft.« Er zieht sein Hemd wieder gerade, schiebt sich wütend an Ryder vorbei und lässt sich auf den Barhocker neben mir fallen.

Ryder knirscht mit den Zähnen, aber ich schüttle den Kopf als Warnung für ihn, es nicht noch weiter zu treiben. »Du hast die Mädchen alleine unten gelassen?«

»Nein, ich habe ihnen gesagt, sie sollen mit dem Hummer zurück ins Wohnheim fahren und dort warten, bis sich einer von uns meldet.« Er macht eine Pause, gefolgt von einem wütenden Seufzen, und sein Blick schießt zwischen Ryder und mir hin und her. »Hätte jetzt vielleicht einer von euch Idioten die Güte, mir zu erzählen, was, zum Teufel, hier los ist?« Er fixiert mich mit seinen Augen, und in seiner Stimme klingt etwas Flehendes mit. »Ich meine es ernst, Mann. Ihr denkt vielleicht, ich bin ein dummer Surfer von der Westküste, aber das stimmt nicht. Ich spiele dieses Spiel schon länger als ihr, und ich wusste von dem Moment an, in dem ihr von eurem letzten Trip zurückgekommen seid, dass etwas passiert ist. Wenn ich da mit drinstecke, Jungs, richtig tief mit drinstecke, dann will ich, dass ihr mir alles erzählt. Ich will nicht der Blödmann sein, vor dem ihr etwas wirklich Wichtiges verheimlicht. Das ist nicht in Ordnung.«

Ich denke über seine Worte nach, kann mich aber nicht dazu durchringen, es ihm zu erzählen. Wenn ich das tue, gebe ich ihm die Möglichkeit, mich auf offener Straße ins Messer laufen zu lassen. Ich entscheide mich dafür, ihm nur so viel zu erzählen, dass er alarmiert ist und sich und Madeline außer Gefahr bringen kann.

»Ich kann nur sagen, dass wir sehr, sehr tief in der Scheiße stecken«, beginne ich und fühle mich schlecht, weil ich die ganze Wahrheit vor ihm verheimlichen muss. Aber nicht schlecht genug, um ihm alles zu erzählen. »Und deswegen ist uns jemand auf den Fersen. Jemand sehr, sehr Gefährliches. Wir müssen wachsam sein und immer Augen im Hinterkopf haben. Noch wichtiger: Wir müssen auf die Mädchen aufpassen.« Ich atme tief ein und gebe mich ruhig, obwohl ich alles andere bin als das. Ich hasse es, dass ich ihn im Dunkeln lassen muss. Unter diesen Umständen kann ich ihm nicht mehr Vertrauen entgegenbringen. »Frag mich nicht mehr, was passiert ist, denn ich habe nicht die Absicht, dir davon zu erzählen. Du weißt jetzt alles, was du wissen musst, Bro. Ryder und ich werden uns um den Rest kümmern. Ich will, dass du mir vertraust. Verstanden?«

Lee starrt mich verständnislos an, und seine Augen funkeln angriffslustig, als er aufsteht. Er nickt, aber es ist nicht zu übersehen, dass er sich hintergangen fühlt, als er mit hängenden Schultern zur Tür geht. Er nimmt die Türklinke in die Hand und wirft mir einen warnenden Blick zu. »Ich vertraue dir fürs Erste, Cunningham. Auch wenn ich nach Ryder nur zweite Wahl war, hast du es immer geschafft, mich rauszuholen, wenn die Kacke am Dampfen war. Du hast immer dafür gesorgt, dass es mir gut geht. Aber ich warne dich, wenn Madeline auch nur *irgendetwas* zustößt, weil ihr zwei dieses Spiel vermasselt habt, dann schwöre ich bei Gott, ich …« Er schüttelt niedergeschlagen den Kopf und verlässt meine Wohnung.

Er muss den Satz nicht beenden. Ich habe ihn verstanden, laut und deutlich. Egal, wie das hier auch enden mag, das Blut eines jeden von uns wird an meinen Händen kleben, nur weil ich in einer Kurzschlussreaktion einen Mann getötet habe. Das wird mich auf eine schlimmere Art und Weise verfolgen, als ich mir vorstellen kann. Ich fühle mich emotional leer, total ausgebrannt. Mit einem tiefen Atemzug richte ich meine Hauptsorge wieder auf die Person, die mir im Leben am wichtigsten ist.

Amber.

Ich blicke Ryder an und will nur noch so schnell wie möglich hier raus und zu ihrem Wohnheim. »Kannst du mich zu den Mädchen fahren?«

Die Lüge vor dem Sicherheitsmann – nämlich, dass ich meine Schlüssel verloren habe und die Tür aufbrechen musste – kam mir leicht über die Lippen. Die Fahrt zum Wohnheim war alles andere als leicht. Ryder und ich haben kaum miteinander gesprochen, und die unbarmherzig schlechte Stimmung zwischen uns hing wie ein Damoklesschwert über unseren Köpfen. Das stimmt so nicht ganz. Wir haben darüber geredet, wie wir Derick aufhalten können und welche Vorkehrungen wir treffen müssen, um Amber außer Gefahr zu bringen. Wir waren uns sogar einig, dass wir ihr nicht sagen würden, was auf dem Video wirklich passiert ist, damit sie sich nicht auch noch darüber Sorgen macht.

Dennoch haben wir nicht darüber geredet, was wirklich zwischen uns steht.

Über die letzte Nacht. Darüber, dass er unsichtbare Grenzen überschritten hat. Grenzen, die ich hätte setzen sollen, es aber nicht getan habe. Ich schüttle meinen Kopf und ärgere mich, dass ich es so weit habe kommen lassen, dass ich es nicht in dem Moment abgebrochen habe, in dem es begonnen hat. Ich weiß nicht, wem ich die Schuld geben soll. Während er vor dem Hauptgebäude der Hadley University den Motor abstellt, richte ich meinen Blick auf seinen.

Er weiß, was ich jetzt sagen will, er kann die Wut in meinen Augen sehen.

»Sag es einfach, Mann«, stößt Ryder seufzend hervor. »Dich belastet mehr als das, was heute passiert ist. Offensichtlich hat es etwas mit Amber und mir zu tun. Also lass raus, was du zu sagen hast, bring es hinter dich.«

»Du hast recht«, antworte ich, und mein Tonfall passt sich seiner wütenden Stimme an. »Es *geht* um dich und Amber. Es wird nicht wieder passieren, Bro. Nie wieder. Ich hätte es nie so weit kommen lassen dürfen.«

»Aber das hast du.« Ryder lacht leise ohne einen Anflug von Fröhlichkeit darin. Nur Sarkasmus und fast unmerkliche … Eifersucht? »Wir alle haben es so weit kommen lassen.« Er blickt mit steifen Schultern aus dem Fenster auf der Fahrerseite und schüttelt den Kopf. »Also, was ist dein Plan? Willst du den Kopf in den Sand stecken wie ein verdammter Strauß und dich davor verstecken?« Er blickt mich wütend an. »Ha? Ist das dein verdammter Plan, Cunningham? Du hast bekommen, was du wolltest, dir hat nicht gefallen, was du gesehen hast, und jetzt läufst du einfach davon?«

Ich nehme einen tiefen Atemzug und halte die Luft so lange an wie möglich, um meine aufsteigende Wut über seine Anschuldigung zu unterdrücken. »Was ich sagen will, ist, dass ich sie *liebe*. Ich habe sie letzte Nacht geliebt, den Tag davor und den Monat davor. Ich war einfach … Verdammt, Bro, ich bin genauso in dem Moment versunken wie du und Amber. Heute sehe ich klarer und weiß, was ich zu tun habe. Und dazu gehört, euch nicht zu erlauben, es noch einmal miteinander zu treiben.«

Ryder lacht noch einmal leise auf und zündet sich eine Zigarette an. »Ah, du siehst heute *klarer*. Natürlich. Warum habe ich nicht gleich daran gedacht?« Er nimmt einen tiefen Zug von seinem Glimmstängel und lacht verächtlich, während der Rauch im Auto aufsteigt. »Wie geht es denn Amber mit deiner *Erleuchtung*? Und interessiert es dich überhaupt, was sie darüber denkt? Gerade im Moment denke ich nämlich, die einzige Tatsache, die dich interessiert, ist, dass du damit nicht zurechtkommst, uns beide zusammen zu sehen. Obwohl *du* es so wolltest! Du bist nicht damit zurechtgekommen, sie in meinen Armen und auf meinem Schwanz zu sehen. Konntest es nicht ertragen, dass ich ihr genauso große Lust bereitet habe wie du, wenn nicht noch mehr. Nur für den Fall, dass du es wissen willst, das ist das, was ich im Moment für das Problem halte. Du scherst dich doch einen Dreck darum, wie wir uns dabei fühlen. Sieh der Wahrheit ins Gesicht: Du warst von Anfang an der Initiator. Glückwunsch, Mann. Du hast dein Stück vom Kuchen bekommen, und jetzt schmeckt es dir nicht mehr.«

Ich atme noch einmal tief ein und muss mich zusammenreißen, um ihn nicht zu packen und ihm die Luft aus den Lungen zu pressen. Ja, ich war derjenige, der die verworrenen Geschehnisse der letzten Nacht in die Wege geleitet hat, aber dieser Arsch hier ist gerade dabei, eine feine Grenze zu überschreiten, und läuft Gefahr, seinen Schwanz nie wieder benutzen zu können.

»Erstens weiß ich, wie sie über alles denkt«, presse ich durch meine Lippen hindurch. »Wir haben auf dem Rückweg von Atlantic City darüber gesprochen. Zweitens: Die harte Wahrheit ist, dass ich geistig nicht dazu in der Lage bin, es noch einmal zu machen. Es wird nicht mehr passieren. Ich war letzte Nacht nicht stark genug, ihr zu sagen, dass ich alles abbrechen wollte. Auch heute Morgen konnte ich es nicht. Und dafür zahle ich jetzt den verdammten Preis! Das werde ich vielleicht für den Rest meines Lebens tun.« Besinnungslos schlage ich mit den Fäusten auf das Armaturenbrett und füge meinen bereits aufgerissenen Knöcheln noch mehr Verletzungen zu. »Was auch immer geschieht, es wird nicht wieder passieren! Hast du mich verstanden, Bro? Du wirst nie wieder deine verdammten Hände an meine Freundin legen!«

»Ich nehme an, Amber will es noch einmal tun?«, fragt er nach ein paar schweigsamen Minuten und hebt betont eine Augenbraue, während er seine Zigarette aus dem Fenster schmeißt. »Und vergiss nicht, ich habe dir gesagt, dass es anders sein wird als mit Hailey. Aber hey, du wolltest ja nicht auf mich hören.«

»Ja, sie will es noch einmal tun«, antworte ich mit heiserer Stimme. »Und ja, ich weiß, was du gesagt hast. Aber ich brauche weder dich noch irgendjemand anderen dafür, mich daran zu erinnern.«

»Also, was schlägst du vor? Wie erklären *wir* ihr, dass es vorbei ist? Nennen wir sie ein böses Mädchen und schlagen sie mit einer zusammengerollten Zeitung? Stellen wir sie in eine Ecke?« Er fährt sich mit den Händen durchs Haar, und seine Stimme klingt spöttisch. »Vielleicht sollte ich auch einfach von der Bildfläche verschwinden und den typischen Ryder Ashcroft spielen, der die Frauen verarscht und sich danach an die sonnigen Strände von Florida verzieht?«

Ich muss schmunzeln bei seinem letzten Vorschlag. Das würde die Sache ohne Zweifel einfacher machen. Aber ich wüsste nicht, was ich ohne ihn machen würde. Ich habe meine gesamte Kindheit bis zum heutigen Tag mit diesem Mistkerl an meiner Seite verbracht. »Ich will, dass du Nein sagst, wenn sie dich bittet, dich mit ihr zu treffen. Sag ihr, dass du beschäftigt bist. Irgendetwas, um die Situation zu entschärfen.«

»Du verlangst wirklich von mir, dass ich mich von ihr fernhalte? Du willst, dass ich mich verhalte, als wäre nichts geschehen?« Er reckt sein Kinn in die Luft, und sein Blick ist voller Emotionen, die mir nicht gefallen. »Du willst also, dass ich ihr … Herz breche?«

Ich balle meine Hände zu Fäusten. Die Wahrheit in seinen Worten lässt mir das Herz in die Hose rutschen, als ich meinen Blick von ihm abwende.

»Sag es, Arschloch!«, poltert er los, und diesmal ist es *seine* Faust, die auf dem Armaturenbrett landet. »Sag es! Das ist es, was du von mir verlangst! Dem Mädchen das Herz brechen, damit sie sich vorkommt wie der letzte Dreck, nur weil *du* dachtest, es wäre cool, sie mit einem anderen Kerl zu teilen!«

Ich weiß, dass er recht hat, dass ich schuld bin, wenn es Amber um den Verstand bringt – sogar an seinem Geisteszustand, verdammt noch mal. Ich breche innerlich zusammen und wende mich voller Verzweiflung an ihn. »Weißt du, wie es sich anfühlt, sich um jemanden zu sorgen? Jemanden so zu lieben, dass du alles für diese Person tun würdest, egal, was am Ende für dich selbst dabei rauskommt? Weißt du das?«

»Ja«, sagt er mit matter Stimme, als er aus dem Mustang steigt. Er schlägt die Tür zu und steckt seinen Kopf durch das Fenster. Sein Körper ist vor Wut ganz angespannt. »Ja, Bro. Jetzt weiß ich es. Danke für die Lektion.« Er richtet sich auf und zündet sich noch eine Zigarette an, bevor er in Richtung Footballfeld geht. Dann ruft er über die Schulter zurück: »Ich helfe dir bei allem, was mit Derick getan werden muss. Aber ich verspreche dir, dass ich dir nie verzeihen werde, was du von mir verlangst, ihr anzutun.«

Dunst wabert über den Parkplatz, und ich blicke ihm nach, wie er im dichten Nebel auf dem Footballfeld verschwindet. Das Feld, auf dem wir schon so viele Siege zusammen gefeiert haben. Das Feld, auf dem sich unsere unzerbrechliche Freundschaft geformt hat. Ich steige aus dem Auto und blicke in den Himmel. Zwischen uns wird es nie mehr wieder so sein wie zuvor.

Wie schon gesagt, der Verstand kann ändern, was das Herz

gedacht hat zu wollen – beide führen einen erbitterten Kampf gegeneinander. Und in diesem Moment gewinnt mein Herz den Kampf, auch wenn Bilder einer zerstörten Freundschaft meine Gedanken trüben.

Während ich in das Gebäude zu Ambers Zimmer renne, weiß ich, dass sie am Ende alles sein wird, was zählt. Alles, was je gezählt hat.

Scheiß auf das Herz, den Verstand und auf Freunde …

21 Amber

Seit zwei Wochen, drei Tagen und vier Stunden habe ich nichts mehr von Ryder gehört. Kein Anruf, keine Nachricht. Seit zwei Wochen, drei Tagen und vier Stunden spüre ich eine Traurigkeit in mir, die ich kaum beschreiben kann. Ich fühle mich wie ein benutztes Stück Treibholz, das an den Strand gespült wurde. Ich habe ihm vertraut, habe gedacht, dass uns etwas Gutes verbindet. Aber da lag ich wohl falsch. Ich bin nur eine weitere Hailey auf seiner Liste, eine klischeehafte Kerbe an seinem Bettpfosten.

Ich hasse Klischees, hasse alles, wofür sie stehen. Jetzt bin ich auch eins geworden.

Zu allem Überfluss ist Brock auch noch krankhaft besitzergreifend geworden. Er stellt sicher, dass entweder er, Lee oder ein anderer seiner zahlreichen Kumpels – keiner davon übrigens Ryder – mich auf Schritt und Tritt begleiten, egal, wohin ich gehe. Sei es zur Uni, zur Arbeit, zum Supermarkt – irgendjemand ist immer höchstens eine Autolänge hinter mir, während ich versuche, unter dieser neuen Routine ein halbwegs normales Leben zu leben. Ich bin gefangen im Sog einer Lüge, die mir aufgetischt wurde. Die Wahrheit darüber, was an dem Tag in Brocks Apartment wirklich geschehen ist, wird vor mir verborgen, und ich fühle mich, als würde ich den Verstand verlieren. Er hängt mit jeder vergehenden Sekunde an einem dünneren Faden.

»Du musst damit Schluss machen«, beharrt Madeline, deren Augen einem dunklen, braunen Ozean voll Sorge gleichen, als sie sich auf mein Bett fallen lässt und mit einer Packung Twizzlers an meine Nase tippt. »Ich bin gerade etwas angeheitert, und du bist nicht nur eine richtige Spaßbremse, sondern ich mache mir langsam wirklich Sorgen um dich.« Sie macht sich hungrig über die Twizzlers her, zieht einen Riegel mit ihren Zähnen heraus und schiebt mir einen anderen in den Mund. »Das ist kein Witz, Amber, ich hab dich noch nie so gesehen. Du bist depressiv. Aber nicht so depressiv, wie es normalerweise der Fall ist. Wenn unsere Freundschaft weiter bestehen soll, musst du mir erzählen, was passiert ist. Im Ernst, Süße. Ich will alles wissen, was vorgefallen ist. Vor allem an dem Wochenende in Atlantic City. Klingelt da was?« Sie grinst, und ihr nach Captain Morgan riechender Atem ist nur wenige Zentimeter von meinem Gesicht entfernt, als sie sich auf den Bauch rollt. »Ich bin keine Idiotin, Moretti. Ich kenne Ryder, ich kenne Brock, und ich kenne dich. Ihr drei wandelnden Sexmonster habt am nächsten Morgen ausgesehen, als hättet ihr eine harte Nacht gehabt. Und ich weiß auch, dass Ashcroft an dem Abend keine andere mit in seine Suite genommen hat, weil er nämlich das Casino verlassen hat, um dir hinterherzulaufen. Dazu kommen noch ein paar unbehagliche Blicke, Schweiß auf der Stirn und Ryder, der am nächsten Morgen die Augen nicht von dir lassen konnte. Et voilà: Schon haben wir ein verdammt gutes Rezept für eine perfekte Ménage-à-trois! Und jetzt will ich Einzelheiten hören, Madame.«

»Denkst du nicht, dass mit den Jungs etwas nicht stimmt?«, frage ich sie, ihre Aufforderung ignorierend. Ich beiße von meinem Twizzler ab und starre Jared Leto an, der von der Decke aus zurückstarrt. Ich wette, er kennt die Antwort auf das, was hier vor sich geht. »Ich meine, wenn man bedenkt, dass du und ich die letzten Wochen praktisch unter Hausarrest standen und inoffizielle Bodyguards sich an unsere Fersen heften, egal, wohin wir gehen … Bist du nicht ein kleines bisschen beunruhigt, dass etwas nicht stimmen könnte? Dass die Jungs uns etwas verheimlichen?«

Madeline zuckt mit den Schultern und tippt mit ihrem Zeh zu Nicki Minajs *Pills N Potions* auf das Bett, während sie noch ein Twizzler aus der Packung zieht. »Ich weiß, dass sie uns etwas verheimlichen, Amber. Aber du kennst die Regeln. *Keine Fragen.*« Sie zuckt erneut mit den Schultern und kniet sich aufs Bett. Sie bewegt ihren Hintern im Rhythmus zur Musik, neigt ihren Kopf herunter und gibt mir einen betrunkenen, feuchten Kuss auf die Wange. »Und was auch immer sie vor uns verheimlichen, es geschieht wahrscheinlich nur zu unserem Besten. Warum sonst sollten sie solche Mühen auf sich nehmen, um sich zu vergewissern, dass es uns gut geht?«

Ich runzle die Stirn und bin geschockt von ihrer Gleichgültigkeit. »Willst du mich verarschen?«

»Nein. Warum sollte ich dich verarschen?« Sie rutscht vom Bett hinunter und bindet ihre roten Haare zu einem Pferdeschwanz zusammen, während sie durch unser Zimmer geht und dann in ihren Schubladen wühlt. »Wir beide wussten von Anfang an, was Sache ist. Wir wussten, wie unsere Freunde ihr Geld verdienen und welche Risiken sie auf sich nehmen, um ihre Kohle zu scheffeln. Warum sollten wir uns jetzt plötzlich Sorgen machen und irgendetwas hinterfragen, was sie tun? Das ergibt doch keinen Sinn. Sie beschützen uns. Sie würden nie zulassen, dass uns etwas Schlimmes passiert. Also warum sollten wir uns darüber den Kopf zerbrechen?« Sie zieht sich ein Hadley-Shirt über den Kopf, kippt ihren fünften Captain Morgan herunter und zieht angewidert die Nase kraus, als sie sich wieder auf mein Bett fallen lässt und mir die halb leere Flasche reicht. »Ergibt mein Gerede im Moment irgendeinen Sinn?«

»Nein, keinen«, antworte ich trocken.

Sie seufzt gereizt. »Es ist offensichtlich, dass irgendetwas los ist angesichts unserer neu ernannten Bodyguards. Aber das bedeutet nur, dass sie gerade auf Nummer sicher gehen. Du solltest froh darüber sein, anstatt dir Sorgen zu machen.«

»Du bist verrückt. Total verrückt.« Ich setze mich auf und führe die Flasche an meinen Mund. Ich kippe mindestens drei Shots von dem Betäubungsmittel herunter. »Ich mache mir keine Sorgen um *uns*, Mad.« Ein vierter, dann ein fünfter Schluck, um sie einzuholen, dann schüttle ich meinen Kopf. »Ich mache mir Sorgen um sie. Was auch passiert ist, es muss schlimm genug sein, dass sie denken, ein Haufen Vollidioten müsse uns die ganze Zeit beschützen. Siehst du das nicht? *Sie* sind in Gefahr, nicht wir.«

»Gut. Willst du wissen, was ich wirklich denke?«

»Ja«, antworte ich und bin neugierig, ob sie mehr weiß als ich.

»Okay. Ich sag's dir.« Sie tippt mir an die Nase und befeuchtet meine Wange mit einem weiteren Captain-Morgan-Kuss. »Aber alles hat seinen Preis. Wenn du wissen willst, was ich denke, dann musst du mir auch erzählen, was in Atlantic City passiert ist. Das ist der Deal. Einverstanden?«

Ich verdrehe wütend die Augen, weil diese kleine Erpresserin mich in die Ecke gedrängt hat. »Du hast gewonnen. Wir drei haben es wie die Tiere miteinander getrieben. Ende der Geschichte.«

»Ohmeingottohmeingottohmeingott!« Ihre Augen treten fast aus den Höhlen hervor. Plötzlich hält sie meine Hände hinter meinem Kopf fest und setzt sich auf mich. »Ich wusste es! Ich *wusste* es!«

»Mad, geh von mir …«

»Warte!«, quietscht sie und presst einen Finger auf meine Lippen.

Ich verdrehe erneut die Augen und weiß, dass jetzt die eigentlichen Fragen kommen.

»Jetzt ergibt alles einen Sinn«, sagt sie und tippt sich ans Kinn, als wäre sie die Ermittlerin in einem wichtigen Fall. »Deine extremen Anfälle von Depression. Warum du dich von jedem abgeschottet hast. Warum du nicht zur Arbeit gegangen bist oder die Kurse geschwänzt hast, damit du dich den ganzen Tag im Bett verkriechen kannst. Die Unmengen Tränen, die du vergossen hast.« Ihr Blick verdunkelt sich, und von der Aufregung ist nichts mehr übrig, als sie ihre Nase an meine presst. »Amber Moretti, ich will jetzt von dir die ganze Wahrheit hören. Du musst mir drei Fragen beantworten, damit ich weiterleben kann. Mein Leben *und* mein Verstand hängen davon ab.« Sie hält inne, und ihre strahlend weißen Zähne blenden mich, als sich ein Grinsen um ihre Mundwinkel legt. »Wie gut war Ashcroft im Bett? War sein Schwanz wirklich so groß, wie gemunkelt wird? Und kann der Kerl wirklich eine Frau lecken, als säße er gerade auf dem elektrischen Stuhl?«

»Geh runter von mir, du verrückte Besoffene!« Ich schnappe kichernd nach Luft und nehme meine ganze Kraft zusammen, um sie seitlich von mir runterzuschubsen. Leider ist sie so betrunken, dass sie aus dem Bett fällt und ihr zierlicher Körper mit einem lauten Knall auf dem Holzboden landet, sodass unser Nachbar von unten als Antwort gegen die Decke klopft. Erschrocken blicke ich über den Rand des Betts zu ihr hinunter. »Das wollte ich nicht! Bist du okay?«

Sie antwortet mir mit einem selbstgefälligen Grinsen. »Du hast dich in ihn verliebt, stimmt's? Du bist in Ashcroft verknallt.«

»*Was*?«, frage ich empört und spüre in meinem Herzen neuen Schmerz aufkeimen, den der Mistkerl dort hinterlassen hat. »Nein, ich bin nicht in ihn verliebt. Wie kannst du das auch nur denken? Ich liebe Brock.«

Brock …

Sie klettert wieder ins Bett und nimmt mich in ihre Arme wie eine Mutter ihr Neugeborenes. Und sie denkt, *ich* bin dramatisch? »Amber, ich sage das, weil ich praktisch die ganze Liste deiner emotionalen Unannehmlichkeiten über die letzten Wochen hinweg hautnah miterlebt habe. Da musst du jetzt durch, du Glückspilz. Die zwei heißesten Kerle auf dem Campus stehen auf dich, und du bist depressiv und heulst dir die Augen aus dem Kopf, als wäre es das Ende der Welt. Nur weil du verwirrt darüber bist, dass du Ryder auch liebst.« Sie nimmt einen Schluck aus der Flasche und pustet sich das Haar aus der Stirn. Dann gibt sie mir die Flasche mit der flüssigen Glückseligkeit zurück und schnaubt verächtlich. »Pfft, mindestens die Hälfte der Mädchen auf dem Campus – jedenfalls alle, die nicht lesbisch sind – würden sterben, um in deiner Lage zu sein.«

»Nein, würden sie nicht«, flüstere ich und kämpfe mit den Tränen. »Ryder ist … verschwunden. Er antwortet nicht mehr auf meine Anrufe und Nachrichten. Es ist ganz einfach: Er hat mich benutzt, wie er es mit jedem anderen Mädchen getan hat, mit dem er was hatte.« Ich steige aus dem Bett und stapfe durchs Zimmer. Dabei wünschte ich mir, er wäre jetzt hier, damit ich ihm die Eier ausreißen und ihm in den Mund stecken könnte. »Gott, ich hätte es besser wissen müssen!«

»Warte, Moment mal!« Madeline springt auf die Füße, hält mich am Arm fest und dreht mich zu sich um. »Das stimmt so nicht. Ich meine, jedes Mal, wenn ich ihn in letzter Zeit gesehen habe, hat er genauso beschissen ausgesehen wie du. Und das muss was heißen, wenn man bedenkt, dass er ein wandelnder Gott ist. Im Ernst, Amber. Er wirkt, als hätte er jemanden verloren. Ich habe ihn sogar schon gefragt, ob mit Casey alles in Ordnung ist.«

»Was willst du damit sagen?«, frage ich sie verwirrt darüber, wohin diese Unterhaltung führen soll. Der Captain ist definitiv dabei, mich in seinen Meeren zu versenken. »Ich sagte dir doch, er will nichts mehr mit mir zu tun haben, Madeline. *Nichts.*« Jetzt kann ich es nicht mehr länger zurückhalten. Die Tränen strömen mir nur so übers Gesicht – Captain Morgan lässt sie sogar noch schneller fließen –, als ich mir Ryders Berührungen, seinen Geschmack, seine Worte und sein Gesicht vor Augen führe und mich an jeden gestohlenen und nicht gestohlenen Moment mit ihm erinnere.

Madelines Blick wird weich, und sie wischt mit ihren Fingern die Tränen aus meinem Gesicht. »Er vermisst dich, Amber. Das musst du mir glauben. Und noch mal, jetzt ergibt alles einen Sinn. Wir sind nach Atlantic City gefahren, und danach habt ihr beide euch zum Schlechteren verändert. Er fühlt sich im Moment genauso miserabel, und der Grund dafür ist, dich nicht zu sehen und nicht anzurufen. Ich weiß es, das kann ich spüren.«

»Warum tust du mir das an?«, frage ich schluchzend und versuche, meine Fassung wiederzuerlangen. Ich will, dass sie ihren Mund hält. Ihre Worte bringen mich dazu, alles noch einmal zu überdenken – alles, was wirklich mit Ryder los ist. »Er vermisst mich *nicht.*« Ich lache leise über meine Tränen hinweg, während ich durchs Zimmer streune, noch einmal nach der Flasche lange und gleichzeitig an meinem Daumennagel kaue. Ich werde richtig talentiert, wenn ich trinke. »Er ist stolz darauf, dass er es geschafft hat, mit mir ins Bett zu gehen, sich aber hinterher nicht mit meiner verkorksten Vergangenheit auseinandersetzen zu müssen.«

Sie schüttelt ihren Kopf und hält meine Hand fest. Ich bleibe stehen, und mein Gesicht ist nur wenige Zentimeter von ihrem entfernt. »Vertraust du mir?«, fragt sie mit sanfter, beruhigender Stimme.

Vertrauen. Etwas, das ich noch nie gefühlt habe. Obwohl

ich mich danach gesehnt habe, ist das kein Gefühl, das in mir steckt. Dieses Gefühl ist mir total fremd. Nicht wie bei normalen Menschen ein Teil vom Erwachsenwerden. Bei mir war das immer ein Minenfeld, das für das Gegenteil von dem stand, für das es eigentlich stehen sollte. Trotzdem nicke ich und hoffe, ich kann Madeline vertrauen. Ich hoffe, dass alles, was sie sagt, mich in die richtige Richtung führen wird.

»Geh jetzt zu ihm, Amber. Finde ihn, und sag ihm, dass du ihn brauchst, dass du ihn liebst.«

»Ich liebe ihn nicht.«

»Doch das tust du«, widerspricht sie mir, zieht mich näher an sich heran und drückt meine Hand fester. »Aus irgendwelchen Gründen – Gründe, nach denen ich dich nicht fragen werde, weil sie dein Geheimnis sind – leugnest du deine Gefühle für ihn.« Sie seufzt und nimmt mich in die Arme. »Es steht dir ins Gesicht geschrieben, Amber. Schon seit einer ganzen Weile. Dieser kleine Mistkerl hat dein Herz gestohlen, in dem Moment, in dem du ihm zum ersten Mal in die Augen geblickt hast – und du seins.«

Ich ziehe mich zurück, und mein Herz klopft wie wild, als die Wahrheit in ihren Worten wie ein Buschfeuer auf meiner Haut brennt und mich von innen nach außen versengt. Wem will ich etwas vormachen? Ich liebe Ryder. Ich liebe ihn mehr, als ich es mir hätte vorstellen können. Ich liebe ihn so sehr, dass es wehtut. Ich liebe ihn, wie die Erde die Wärme der Sonne liebt. Er ist mein bedingungsloses Gegenstück. Er hat seine Liebe in meine Seele gepflanzt, und meine gesamte Existenz wäre verloren ohne seine beruhigende Gegenwart.

Aber wie kann ich Ryder lieben, wenn meine Gefühle für Brock die gleichen sind? So unberührt wie eh und je? Es gab eine Zeit in meinem Leben, da konnte ich kein einziges Gefühl in mir wahrnehmen, geschweige denn jemanden lieben. Mein Herz war verschlossen, und ich war ganz allein damit.

Das hat mich zu Tode geängstigt. Ich habe gesehen, in was sich die Liebe verwandeln kann, dass dieses Gefühl das tödlichste für die menschliche Rasse ist. Jetzt schlägt mein Herz für zwei verschiedene Männer, das Organ ist in der Mitte gespalten, weil es nicht weiß, zu wem es wirklich gehört, wen es wirklich liebt und wen es wirklich braucht, um weiterzuschlagen.

Verwirrt, mit zittrigen Händen, aber dazu entschlossen, Ryder zu finden und ihm zu sagen, wie ich fühle, schlucke ich meine Angst vor der Liebe und dem Vertrauen in andere herunter. Ich nicke Madeline zu, die vor Aufregung laut aufschreit. »Du hast recht, ich liebe ihn«, gestehe ich und kann nicht glauben, dass ich das wirklich laut gesagt habe. »Oh Gott, ich liebe ihn so sehr, Mad.«

»Das weiß ich!« Sie umarmt mich so fest, als wäre es ihr Leben, über das wir hier gerade reden. Sie hat ja keine Ahnung. »Und genau deshalb ist es eine gute Sache, Amber.«

»Ist es nicht«, sage ich und befreie mich aus ihrer Umarmung. Ich blicke ihr in die Augen, während meine sich wieder mit Tränen füllen. *So schwach.* »Es ist *nicht* gut. Brock … ich … ich muss es ihm sagen. Ich kann ihn nicht mehr länger anlügen, kann *mich* nicht mehr länger anlügen. Ich weigere mich, das zu tun.« Ich fahre mir mit einer Hand durchs Haar und schaue aus dem Fenster auf den Parkplatz. Mein Blick landet auf dem Kerl, der draußen parkt, um sicherzustellen, dass weder ich noch Madeline das Gebäude ohne seine Begleitung verlassen. »Vielleicht versteht er es. Und wir drei können einfach so weitermachen. Schließlich ist er derjenige, der damit angefangen hat. Er wollte mich und Ryder zusammen sehen.«

»Moment mal«, sagt Madeline und kommt zu mir ans Fenster. »Okay, mit diesem sonderbaren Scheiß müssen wir uns wann anders beschäftigen. Aber glaubst du wirklich, du kannst sie *beide* behalten?« Sie legt ihren Finger unter mein

Kinn und lenkt meine Aufmerksamkeit auf ihr verwirrtes Gesicht. »Amber, du musst dich für *einen* von beiden entscheiden. Nicht für beide. Du kannst doch nicht annehmen, dass es auch nur für einen von beiden okay ist, dass du den anderen liebst? Komm schon. Du bist offensichtlich verwirrt, aber das ist einfach unrealistisch, Süße.«

»Ähm, nein, ich bin nicht verwirrt«, behaupte ich lallend. Ich war schon immer schlecht im Lügen, und jetzt bin ich noch dazu betrunken. »Gut, ich bin vielleicht ein bisschen angeheitert, aber ja, ich denke, Brock wird es verstehen. Er muss es verstehen. Wie ich schon sagte, er ist derjenige, der das gewollt hat.« Ich öffne das Fenster und strecke meinen Kopf in die kalte Nachtluft dieses Freitagabends hinaus. »Hey, du Arschloch!«, rufe ich und mache den Idioten, der drei Stockwerke unter uns in seinem verbeulten Chevy Trailblazer sitzt, auf uns aufmerksam. Er kneift die Augen zusammen, nur darauf lauernd, dass entweder ich oder Madeline versuchen, unbemerkt an ihm vorbeizukommen. Ich liebe meinen paranoiden Freund dafür, dass er mich gefangen hält. *»Verschwinde. Von. Hier.«* Ich zwinkere ihm zu und frage mich, ob er es gesehen hat. Dann drehe ich mich zu Madeline um und frage mit eindringlicher Stimme: »Hilfst du mir, hier rauszukommen, ohne dass mich dieser Idiot da unten sieht? Ich muss Ryder finden, Mad. Ich muss ihm sagen, was ich fühle. Mit Brock werde ich hinterher reden. Aber jetzt muss ich erst einmal hier rauskommen, ohne dass dieser verrückte Affe da unten mir folgt.«

»Ja, ich hab dich verstanden«, sagt sie und hilft mir in meine Jacke, während ich die Schlüssel vom Schreibtisch nehme und den letzten Tropfen aus der Flasche austrinke. Sie setzt mir eine weiße Wintermütze auf, legt mir einen grünen Kaschmirschal um den Hals und dreht mich mütterlich zum Spiegel. »Ich denke nicht, dass dieses ganze ›Ich kann sie beide haben und alles ist gut‹-Ding realistisch ist, aber ich muss dir eine ernsthafte Frage stellen: Willst du wirklich *so* zu Ryder gehen?«

Ich blicke durch meine verschmierten Augen und betrachte mich in meinen alten Jogginghosen mit Metallica-Aufnäher. Seufzend nehme ich die Mütze vom Kopf und versuche, mein Haar zu richten, das so zerzaust ist wie bei einem bösen Clown. Es funktioniert nicht, zum Teufel damit. Dann werde ich eben aussehen wie eine verrückte Stalkerin. Aber mein Bedürfnis, ihm zu sagen, dass ich ihn liebe, ist größer als meine Eitelkeit.

Nickend setze ich mir die Mütze wieder auf. »Mir ist egal, wie ich aussehe. Wie komme ich jetzt unbemerkt hier raus?«

Madeline kniet sich auf den Boden und kichert leise, als sie mir in meine lilafarbenen, dicken Winterstiefel hilft. Mein Aussehen wird von Sekunde zu Sekunde schlimmer, aber ich muss mich auf mein Hauptaugenmerk beschränken … auf den Mann, mit dem ich mir vorstellen kann, den Rest meines Lebens zu verbringen. Auf den Mann, ohne den ich sterben werde, wenn er nicht an meiner Seite ist.

Madeline steht wieder auf und grinst mich hinterlistig an, während sie mir auf den Rücken klopft. »Keine Angst, meine Liebe. Die gute Maddie hat einen idiotensicheren Plan.«

Okay. Madelines Plan war vielleicht nicht idiotensicher, aber er funktioniert.

Obwohl ich ihr gerne dabei zusehen würde, wie sie ihre schlimmste und peinlichste, von Alkohol beeinflusste Version des Bauchtanzes abzieht, wende ich mich von ihrem Ablenkungsmanöver ab. Zu meinem Glück kauft ihr dieser schwachsinnige Trottel mit sandbraunen Haaren und seinen unschuldigen zwanzig Jahren die Show ab. Er ist mehr als fasziniert von ihren Verrenkungskünsten und hin und weg von ihrer Marylin-Monroe-Vorstellung.

Strike!

Schneller als Superwoman laufe ich über die Fifth und die Washington Street, und meine Panik treibt mich noch mehr an. Ich überquere die State Street und bin immer noch in Maddies Hörweite, während sie mir flirtend zur Flucht verhilft. Ich greife nach dem Türgriff eines Taxis und öffne die Tür. Mit zum Zerreißen gespannten Nerven lasse ich mich auf den Rücksitz fallen. Meine Atmung geht schneller als die eines Kriminellen, der gerade einen bewaffneten Raubüberfall hinter sich hat, als ich dem völlig verwirrten und etwas verängstigten Taxifahrer erkläre, wo ich hinmöchte – zu Ryders Wohnung.

Ohne Fragen fährt Bin Ladens Doppelgänger los, das Auto schlängelt sich durch den Verkehr wie ein Tausendfüßler. Arabische Männer haben meinen Respekt verdient. Sie jagen mir vielleicht ein bisschen Angst ein, aber sie wissen auf jeden Fall, wie man an einem Freitagabend durch die belebten Straßen von Baltimore fährt. Ehe ich mich versehe, kommen wir vor Ryders Wohnung an. Das Herz rutscht mir in die Hose, als mein Blick auf seinen leeren Parkplatz fällt. Er scheint nicht da zu sein. Da ich wusste, dass das passieren könnte, erzähle ich dem Taxifahrer von meinem Plan B und lotse ihn nach Glen Burnie, wo er hoffentlich im Haus seiner Mutter mit Casey ›Was bin ich?‹ spielt.

Fünfzehn Minuten später muss ich erkennen, dass ich wieder kein Glück habe, und überlege fieberhaft, wo er noch sein könnte. Der einzige andere Ort, der mir einfällt, ist die Ram's Head Tavern mitten in Annapolis, wo Lee heute Abend sicher hinter der Bar steht. Wir nehmen also den nicht vorhergesehenen Plan C und machen uns auf Richtung Innenstadt. Meine Nerven liegen blank, als wir über die West Street fahren, am Kreisverkehr in die Main Street abbiegen und vor der Kneipe zum Stehen kommen. Ich bitte den Taxifahrer, noch einen Moment zu warten, bevor ich aus dem Auto steige und um das Gebäude herumgehe, um zu sehen, ob Ryders Mustang da irgendwo parkt.

Touchdown!

Das leistungsstarke Fahrzeug ist unter einer Straßenlampe geparkt, und sein kirschroter Schein ist Balsam für meine Nerven, als ich tief einatme und nun doch etwas Angst habe. Angst davor, dass Madelines Vortrag nichts weiter war als das: ein betrunkener Vortrag, der mich mit falscher Hoffnung erfüllt hat. Ich räuspere mich, und eine Schneeflocke landet auf meiner Nase, als ich wie eine verzweifelte alte Frau durch die Gasse husche und zum Taxi zurückgehe.

»Ich bleibe hier.« Ich hole einen Zwanzigdollarschein aus meinem Geldbeutel und gebe ihn dem Taxifahrer, damit ich schnell in die Bar gehen kann. »Danke.«

»Hat ja auch lang genug gedauert, bis Sie sich entschieden haben«, antwortet er und schüttelt den Kopf. »Das macht fünfzig Dollar für die Fahrt, nicht zwanzig.« Er streckt seine sonderbar behaarte Hand durchs Fenster, zieht eine Augenbraue nach oben und schnaubt mich wütend an: »Denken Sie, ich fahre den ganzen Weg in den Dschungel, mache den Halt im Halbdschungel und komme dann hier im Land der Verschwendung an, und das alles für nur zwanzig Dollar?« Er schnaubt erneut und streckt seine eklige Hand noch weiter raus. »Ihr Amerikaner seid noch verrückter als wir.«

Und ich habe schon überlegt, dem Undercoverterroristen zwanzig Dollar extra zu geben, weil er so schnell war.

Schön blöd.

Ich blicke ihn mit zusammengekniffenen Augen an und hole weitere dreißig Dollar aus meiner Handtasche. Mr Captain Morgan höchstpersönlich und pure Verzweiflung müssen der Grund dafür sein, dass ich ihm das Geld wirklich gebe.

Er grinst.

Ich grinse zurück und verabschiede mich aber nicht ohne eine gehörige Dosis Patriotismus. Mit meinem Mittelfinger über dem Herzen salutiere ich ihm wie ein wahrer Amerikaner und drehe mich auf dem Absatz um. Ich stapfe mit meinen Stiefeln durch ein paar Zentimeter frischen Schnee und schenke den quietschenden Reifen des Idioten keine Beachtung. In der Bar ist die Hölle los, und mein Herz rutscht mir in die Hose, als ich durch das beschlagene Fenster sehe, wie Hailey Donovan, die Teufelin in Person und meine Erzfeindin schlechthin, Ryder einen schmachtenden Kuss auf die Wange gibt.

»Das kann nicht wahr sein.« Meine Muskeln verkrampfen sich und sind nur noch heiße, von Gefühlen angefeuerte Gasleitungen, die ohne mein Zutun ein Signal an meine Hand senden und sie dazu bringen, sich auf die Türklinke zu legen. Ich reiße die Tür auf, wie Herkules' verloren geglaubte Tochter es in meiner geistigen Verfassung tun würde, und grabe meine Zähne wütend in meine Unterlippe, während mein Herz droht, aus meiner Brust zu springen. Und dann … setze ich mich wie ein verängstigter Feigling in eine leere Sitzecke.

Oh Gott. Ich kann das nicht. Ich kann nicht zu Ryder gehen, während Hailey ihm erst einen zweiten, dann einen dritten vergifteten Kuss auf die Wange gibt. Ich mag mir vielleicht selbst etwas vorgelogen haben, als ich dachte, ich liebe Ryder nicht und brauche ihn nicht in meinem Leben. Aber als ich sehe, wie er seine Hand auf den porzellanartigen Bogen in Haileys Nacken legt und sie schmierig angrinst, bin ich überzeugt davon, dass er mich verarscht hat. Sein Talent hat mich blinder für die Wahrheit gemacht, als es mein vom Alkohol benebeltes Gehirn je verstehen wird.

Weder will noch braucht er mich, und unsere Verbundenheit war nur ein Hirngespinst meiner verzweifelten Einbildung.

Mit dieser erschreckenden Erkenntnis winke ich unauffällig eine Bedienung zu mir rüber und kauere mich wie ein kleines Kind in die Ecke der Bank, als sie sich vorsichtig nähert.

»Geht's dir gut?«, fragt sie und legt eine Serviette vor mich hin.

»Das wird es, wenn ich einen der Stammkunden hier in der Bar umgebracht habe.« Ich lache hysterisch.

Sie blickt mich schweigend und ein bisschen verängstigt an.

Ich schüttle meinen Kopf und bestelle drei Gläser Tequila.

Ich muss die Dinge beschleunigen. Also gebe ich ihr zusammen mit meiner Kreditkarte hundert Dollar Trinkgeld und bitte sie, zusätzlich noch ein volles Glas Captain Morgan zu bringen. Ich hasse Veränderungen. Ich füge noch hinzu, dass sie sich mit den Drinks beeilen soll. Schließlich ist mein neues Ziel, mich so zu betrinken, wie es einem Menschen nur möglich ist, während ich weiter dem Mann hinterherspioniere, von dem ich dachte, ich hätte eine Zukunft mit ihm.

Das großzügige Trinkgeld muss ihr die Angst davor genommen haben, dass ich Amok laufe, denn die Kellnerin zieht fröhlich von dannen. Ihre mit Weihnachtsbäumen verzierte Krawatte schwingt zu ihrem wogenden Schritt, und ihr Verschwinden ermöglicht mir einen freien Blick auf Ryder und Hailey.

Es wird noch schlimmer. Zumindest von meinem Standpunkt aus. Die Nutte sitzt jetzt auf seinem Schoß und legt ihren Arm um seine Schulter, während sie ihm etwas ins Ohr flüstert. Sie kichert, er lacht, und ich … laufe Amok.

Danke, es gibt einen Gott! Meine Bedienung kommt genau in dem Augenblick mit meinen Getränken zurück, als ich aufstehe. Ich nehme das Glas Captain Morgan von ihrem Tablett und kippe mir den Inhalt auf einmal hinunter – abgesehen von dem natürlich, was ich auf dem Weg zu meinem

Mund verschütte. Ich nicke ihr dankend zu und stürze mich in die betrunkene Meute, fest entschlossen, das Leben von Ryder und seiner kleinen Hure zu beenden, sobald ich bei ihnen ankomme. Ich remple ihn absichtlich an und erringe damit nicht nur seine ungeteilte Aufmerksamkeit – seine babyblauen Augen werden so groß wie Saturn samt seiner Ringe –, sondern schaffe es auch noch, dass Hailey in hohem Bogen von seinem Schoß fliegt.

Aaahh …

Die blonde, nicht bezahlte Hure landet auf dem versifften Fußboden und stößt einen schmerzerfüllten Schrei aus, während Ryders Augen noch größer werden – wenn das überhaupt möglich ist.

Verdammte Scheiße! Noch ein Touchdown für mich heute Abend. Ich freue mich über meine Glückssträhne und blicke Ryder an, ohne ein Wort zu sagen. Nein. Ich spiele einfach die schwarze Witwe und halte meinen Mund. Es erfüllt mich mit Genugtuung, als ich sehe, wie er sich förmlich in die Hosen macht, und ich schenke ihm ein Lächeln, das besagt: ›Oh, es tut mir ja so *unendlich* leid, dass ich deine schmierige Freundin von deinem Schoß geschubst habe!‹

»Was machst du hier?«, fragt er, und der Schock in seiner Stimme übertönt den Bass der Liveband. »Und warum bist du offensichtlich ganz *alleine* hier?« Den letzten Teil der Frage raunt er mir nur ins Ohr, dann packt er mich an den Hüften, als er vom Barhocker springt. Sein felsenfester Blick verlangt eine Antwort.

Ja, ich bin betrunken, aber der nüchterne Teil von mir plant schon, wie er Ryder für den Rest seines Lebens unfruchtbar machen kann, während ich genauso entschlossen zurückstarre. Obwohl mein Herz kurz vorm Zerbersten steht, weil es ihn hier mit dieser Schlampe sehen musste, und obwohl das Arschloch nichts mehr verdient hat als eine weitere meiner Ohrfeigen, kann ich mir nicht helfen.

Ich bin nur ein Mensch – eine giftige Mischung aus stark und schwach, die jede unserer Bewegungen zu einer Gratwanderung macht. Ich ringe nach Luft, und die menschliche Schwäche gewinnt den Kampf um Längen. Mein Körper reagiert auf Ryders Berührung wie immer: Ich habe plötzlich das dringende Bedürfnis, ein letztes Mal seinen Penis in mir zu spüren. Dieses Verlangen nimmt jeden Muskel und jeden Knochen, die mich zusammenhalten, ein. Ich schweige abwartend, schiebe seine Hand von meiner Hüfte und greife nach einem rosafarbenen Getränk, das links von mir auf der Bar steht.

Sein Besitzer? Ein Kerl, der Ryder ohne Zweifel in den Arsch treten könnte, wenn es nötig wäre.

Uuups …

»Antworte mir, Süße«, sagt Ryder dunkel und legt seine Hand in dem Moment wieder an meine Hüfte, in dem der Riese hinter mir seinen Arm um meine Schulter legt.

»Was machst du hier alleine in der Öffentlichkeit?« Bevor ich ihm antworten kann, blickt Ryder über meine Schultern und packt mit funkelnden Augen den Unterarm des Footballspielers. »Hey, Arschloch! Nimm deine dreckigen Hände von ihr, bevor ich deinen halslosen Schädel in zwei Hälften breche.« Ryder zwinkert ihm zu und setzt sein berüchtigtes Grinsen auf, während er seinen wunderbaren Kiefer selbstgefällig nach vorne streckt. »Sie ist schon vergeben, Kumpel. Geh woanders baggern.«

Es könnte Captain Morgan sein, der meine Arterien verstopft, oder das Bündel an Nerven, das mir die Brust zuschnürt, oder aber auch das Getränk meines neuen, namenlosen Freundes – das mit Sicherheit nur irgendein billiger Fusel ist: Auf jeden Fall mahlen die Mühlen meines Gehirns nur noch sehr langsam. Wer braucht schon einen Grund dafür? Aber in diesem Moment – langsames Gehirn hin oder her – bin ich mir sicher, dass eine gewisse Spannung in der

Luft liegt, die sich verdichtet und mir den Atem raubt, als Blondie, die sich von ihrer kurzzeitigen Affäre mit dem Fußboden losgerissen hat, Ryder auf die Schulter tippt. Damit lenkt sie seine Aufmerksamkeit von dem ziemlich wütend aussehenden Riesen ab, der sich sofort wie der Herrscher des Königreichs von seinem Barhocker erhebt.

»Oh verdammt!«, höre ich eine vertraute Stimme fluchen.

Lee!

Ja, das war Lee. Sein jugendlicher Körper springt nur eine Millisekunde zu spät über den Tresen. Mein namenloser Freund nutzt den Moment der Unachtsamkeit und verpasst Ryder einen Schlag auf den Hinterkopf. Ab diesem Moment kommt mein Gehirn wirklich nicht mehr mit. Teile von Barhockern segeln durch die Luft, das Grunzen testosteronerfüllter Männer und die vereinzelten Schreie von Zuschauern dringen in meine Ohren, und ich werde wie von einem Moshpit an die Wand gedrückt. Eine Horde betrunkener Collegestudenten versperrt mir die Sicht, sodass ich den Rest der Show nicht mitverfolgen kann. Selbst wenn ich es könnte, ich würde es nicht wollen, könnte es nicht ertragen. Als mein Verstand endlich völlig zusammenbricht und ich ohnmächtig werde, weiß ich, woran ich mich erinnern werde, wenn ich wieder aufwache …

Nämlich an nichts. Aber dieser Moment wird einen schwarzen Fleck auf meinem Herzen hinterlassen.

Ich wache mit einem Ruck auf, meine Sinne werden wiederbelebt, als sanfte Fingerspitzen kleine Kreise auf meine Stirn malen. Ich öffne die Augen und blicke direkt in Ryders. Mein Kopf liegt bequem auf seinem Schoß, während ich versuche, herauszufinden, ob ich tot bin oder nicht. Mit einem zögerlichen Grinsen streicht er mir eine Haarsträhne aus dem Gesicht und hält sich mit der freien Hand ein Kühlpack an seine blutende Unterlippe. Da realisiere ich, dass ich nicht tot bin. Nein, ich bin im Himmel, und Ryder ist mein rettender Engel.

»Wo sind wir?«, frage ich, und der Alkohol beherrscht immer noch meine Gedanken, als ich eine federleichte Hand an meinen Kiefer halte. Ein stechender Schmerz von der Sorte, der einen Sternchen sehen lässt, reißt mich wieder zurück in die Realität. »Oh Gott! Und wer oder was hat mich mit einem Pflasterstein getroffen?«

»Du, meine Süße, bist auf dem Rücksitz meines Autos.« Er zwinkert mir mit seinen babyblauen Augen zu und lässt mein Herz höherschlagen, als er mir einen sanften, zögerlichen Kuss auf den Mund gibt. Der himmlische Kupfergeschmack seines Blutes geht auf meine Zunge über, und mein Herz rast wie wild, als ich versuche, mich aus dem euphorischen Nebel zu befreien, in den seine Berührung mich eingewickelt hat. »Das war der absolut beste, animalischste Sex, den wir je hatten.« Er hält inne, und ein Grinsen legt sich um seinen Mund. »Sag mir, dass es für dich genauso gut war wie für mich.«

»Ich, äh, wir …«, stottere ich und sehe, wie er verletzt eine Augenbraue nach oben zieht. »Ich kann mich nicht erinnern …«

»War nur ein Scherz«, sagt er trocken und hebt meinen Kopf von seinem Schoß. Dann klettert er auf den Fahrersitz, und seine Stimme klingt gar nicht mehr so spaßig, als er den Motor startet. »Also, das mit dem Rücksitz war kein Scherz. Aber hoffentlich bist du wieder nüchtern genug, um zu erkennen, dass du dich in der Tat auf meinem Rücksitz befindest.« Er blickt mich im Rückspiegel an. »Willst du wissen, wo wir sind? Was wirklich passiert ist?«

»Ja!«, schnauze ich ihn an und bin mindestens genauso verletzt wie er, werde aber zusätzlich langsam sauer, weil er mir nicht erzählt, was passiert ist. Was denkt er, wer er ist? Ein verdammter FBI-Agent? »Natürlich will ich wissen, wo wir sind und was passiert ist, du Idiot!«

Ich glaube, er lacht leise. Es hätte aber auch ein Räuspern sein können. Ich bin mir nicht sicher. Was es auch war, ich freue mich über jegliche Regung von ihm in diesem aufgebrachten Zustand. »Wir sind auf dem Hinterparkplatz von Ram's Head, weil sie uns beide rausgeschmissen haben, nachdem wir eine Schlägerei ausgelöst haben. Du hast den Drink von einem Typen geklaut, er hat versucht, mich zu verprügeln, nachdem ich ihn davor gewarnt habe, dich anzufassen, und alles nur, weil du dir eingebildet hast, das Mädchen auf meinem Schoß sei Hailey. Die Arme hatte keine Ahnung, was los war, als du auf sie losgegangen bist.«

Jetzt kommt alles wieder, auch der Teil, als ich Hailey von seinem Schoß geschubst habe.

Madelines herzergreifende Rede, ihn zu suchen.

Die verzweifelte Flucht aus dem Wohnheim.

Der quälende Schmerz, als ich gesehen habe, wie Ryder mit dieser Schlampe rumgemacht hat.

Ich werde wieder etwas nüchterner, während Wut jede Faser meines Körpers beherrscht. Plötzlich legt sich in mir ein Schalter um, ich klettere auf den Beifahrersitz und – bamm! – schlage Ryder mit der Hand ins Gesicht.

»Du Arschloch«, fauche ich ihn wütend an. »Ich habe dich angerufen, dir geschrieben, dir eine Nachricht nach der anderen hinterlassen, und dann erwische ich dich dabei, wie du dir mit dieser Schlampe aushilfst?«

Bamm!

»Mit … mit diesem erbärmlichen Beispiel für Sauerstoffverschwendung?«, schreie ich und werde noch wütender.

Bamm!

»Du hast mich sitzen gelassen, um zu *ihr* zurückzugehen?«

»Verdammt, Süße! Das Mädchen war nicht Hailey!« Ehe

ich mich versehe, zieht mich der Bastard rüber zu sich auf den Schoß, und mein Herzschlag droht außer Kontrolle zu geraten, als er mich mit weit aufgerissenen Augen ansieht. »Wenn du noch einmal auf mich losgehst oder mich schlägst, Amber, dann …«

»Dann was?« Ich recke angriffslustig meinen Hals und habe plötzlich seine Bemerkung im Ohr, die er gemacht hat, bevor er mich so gewandt auf seinen Schoß gezogen hat.

War nicht Hailey …

War nicht Hailey …

War nicht Hailey …

Ich bin mir sicher, er weiß, was gerade in meinem Kopf vorgeht, als er müde grinst. »Bist du jetzt bereit, mir zuzuhören?«, flüstert er, und die Spannung in seinen Schultern löst sich etwas, als er mit seinen Lippen die Wunde berührt, die mir diesen dröhnenden Schmerz in meinem Kieferknochen beschert. »Wenn es so ist, dann bin ich bereit zu reden.«

Bamm!

Meine rechte Hand klatscht auf den Rand seiner blutigen Lippe in einer oscarreifen Ohrfeige, und mein Hinterkopf knallt gegen das Fahrerfenster, als ich mich aus seinem Griff befreie. Ich blinzle, und mein Schock spiegelt seinen wider, als bei mir die Angst einsetzt. Wie es jede normale, betrunkene, minderjährige Collegestudentin machen würde, klettere ich über den Beifahrersitz und reiße die Tür auf. Aus dem Auto stürzend lande ich erst einmal mit dem Gesicht voran in einem Schneehaufen.

Als ich höre, wie Ryder die Fahrertür aufreißt, seinen Kofferraum öffnet und seine Schritte sich mir nähern, bin ich davon überzeugt, dass meine letzte Ohrfeige sogar für ihn ein bisschen zu viel war. Es ist nur so eine Vermutung, aber ich bin mir ziemlich sicher, dass er mich fesseln und in seinen Kofferraum stecken wird, wo ein doppelseitiges Klebeband über meinem Mund dafür sorgen wird, dass niemand meine Schreie hört, wenn er mich in der eisigen Chesapeake Bay versenkt.

Es wäre wohl das Beste, Ryder zu entkommen. Als ich versuche aufzustehen, hält mich der Alkohol von dieser eigentlich einfachen Bewegung ab, und Ryders Schritte nähern sich unaufhaltsam.

Scheiße. Das war's. Tod durch Liebe. Da sieht man es wieder: Die tödlichste Krankheit für die Menschheit.

Bevor ich mich auf den Rücken drehen kann, werde ich hochgezogen und in eine Wolldecke gewickelt, die nach Benzin und Zigarren mit Kirschgeschmack riecht. Dann sieht Ryder mich an. Ich lege meinen Kopf in den Nacken, und mein Blick gleitet über sein wunderschönes, verletztes Gesicht, als er einen Seufzer ausstößt.

»Warum hast du das gemacht?« Er nimmt mein Gesicht zwischen seine Hände, und ihre Wärme ist eine Wohltat für meine kalte Haut. Ein Grinsen erscheint um seine Lippen, und mit gespielter Enttäuschung schüttelt er immer wieder seinen Kopf, während er mir die Mütze zurechtrückt. »Ich hätte dich für etwas schlauer gehalten, als du dich hier gerade benimmst. Da habe ich mich wohl geirrt.«

»Ich habe es getan, weil ich von dir wegwollte, du Arschloch«, schnaube ich ihn wütend an, und mein Herz zerspringt in lauter kleine Teile. »Weil … weil ich dich hasse.«

»Nein, das tust du nicht«, sagt er beharrlich und legt seine Hände an meinen Rücken.

»Doch, das tue ich«, gebe ich frustriert zurück und versuche zu ignorieren, wie gut es sich anfühlt, wieder an seiner Brust gehalten zu werden. Die Betonung liegt auf *versuchen*. Ich kann es nicht ignorieren. Mein Körper reagiert auf seine Berührungen genauso wie ein Kind auf Süßigkeiten. Ich bin wie berauscht, und mit jedem Atemzug, den ich mache, wird es schlimmer. »Das tue ich wirklich.«

»Unmöglich.« Er küsst mich auf den Kopf und zieht mich noch näher an sich heran. »Wenn das wahr wäre, warum solltest du mich dann gesucht haben?«

»Weil ich … ich …« Ich bin plötzlich wie versteinert, es läuft mir eiskalt den Rücken herunter bei dem Gedanken daran, ihm zu sagen, dass ich ihn liebe, nachdem ich gesehen habe, was er mit Haileys bösartiger Doppelgängerin gemacht hat, und nachdem ich mir wochenlang Antidepressiva eingeschmissen habe, als ob die Pharmaindustrie bankrottgehen würde.

»Sag es, Süße«, fordert er mich mit sanfter, ruhiger Stimme auf. Oh Gott, er hat wieder diesen Schlafzimmerton drauf, der besagt: ›Ich werde dir den besten Sex deines Lebens besorgen.‹ Der Ton, der mich in dem Moment, in dem ich ihn zum ersten Mal gehört habe, schon so erregt hat, dass mein Höschen feucht geworden ist. Der Ton, der mir wunderschöne Worte, schreckliche Geschichten und tödliche Drohungen ins Ohr geflüstert hat. »Ich will, dass du es sagst.«

»Was sagen?« Ich spiele die Dumme. Auf keinen Fall kriegt er mich rum. Warum sollte er auch? Er liebt und braucht mich nicht. Seine Vorstellung von vorhin ist der beste Beweis dafür. Wenn er mich lieben würde, wäre es heute Abend nie zu alldem gekommen. Er hätte dieses Mädchen nicht auf seinem Schoß gehabt, hätte sich nicht von ihr küssen lassen – wenn auch nur auf die Wange. So funktioniert Liebe nicht. Denke ich … »Was willst du denn von mir hören, verdammt?«

»Das, was du mir sagen willst.« Obwohl ich mich schon an ihn schmiege, umarmt er mich noch fester, und unsere Körper verschmelzen zu einem einzigen, lebendigen Organ, als er seinen Kopf zu mir neigt. Mit seiner Nase an meiner blickt er mich leicht warnend an, und sein Atem streift über meine Wangen, bevor er seine Lippen auf meine legt und versucht, die Worte aus mir herauszuziehen. »Sag es, oder ich werde dir wehtun.«

»Mir *wehtun*?«, frage ich manisch lachend und verliere endgültig meinen Verstand, als ich ihn ungläubig von oben bis unten betrachte. Aber ich breche nicht so zusammen wie vorher. Nicht körperlich, nein. Diesmal ist es schlimmer, Tränen strömen aus meinen Augen, als das Chaos meiner Gefühle mich übermannt, und landen in dicken Tropfen im Schnee. »Du kannst mir gar nicht mehr wehtun, als du es bereits getan hast! Ich habe dich mit diesem Mädchen gesehen. Habe gesehen, wie du dich auf dem Barhocker von ihr fast hast vergewaltigen lassen!«

»Und warum genau sollte es dir wehtun, das zu sehen, Amber?«, schnauzt er mich an, zieht mich wieder an seine Brust und knetet nervös meine Hüften, während ich versuche, mich von ihm wegzudrücken. Ohne Erfolg. Sein Griff wird nur noch fester, und er sieht mich mit stechend blauen Augen an, als seine Lippen sich wieder meinem Mund nähern. »Sag es, verdammt noch mal! Sag es endlich! Warum sollte dich das stören?«

»Weil ich dich liebe, verdammt noch mal!«, schreie ich. Erleichterung, Panik und Schock gleichermaßen spielen ein böses Katz-und-Maus-Spiel mit meinem Herzen und schicken meine Gefühle direkt in einen Fleischwolf, als Ryder mir tief in die Augen blickt und mich dann leidenschaftlich küsst. Ohne zu zögern, erwidere ich seinen hungrigen Kuss. Die Hitze unserer Lippen verwandelt die Schneeflocken um uns herum in Wassertropfen, als wir übereinander herfallen. Meine Hände trommeln auf seine Brust ein wie auf einen Boxsack, vor lauter Wut über das, was er mit mir macht. Sogar mitten in einem aufkeimenden Schneesturm genieße ich seine Berührungen, seinen Geschmack und seinen Geruch. »Ich liebe dich, Ryder-König-der-Arschlöcher-Ashcroft, und du hast mich getötet! Hast meine Liebe getötet, weil du mich fast drei Wochen lang komplett ignoriert hast, nachdem du mit mir im Bett warst!«

Er bricht den Kuss langsam ab, vergräbt sein Gesicht an meinem Hals und flüstert mit heiserer, verzweifelter Stimme: »Sag das noch mal, Süße. Ich will, dass du es noch mal sagst.«

»Dass du mir das Herz gebrochen hast, du Arschloch?«, keuche ich, und meine Finger vergraben sich in seinem Haar, während er mit seinen Lippen die Wölbung meines Halses nachfährt. »Du hast mich verletzt, hast mich ausbluten lassen. Wie viele Beschreibungen für den Schmerz, den du mir zugefügt hast, willst du noch hören?«

»Keine mehr, Süße.« Er hört auf, mich zu küssen, und wischt mit seinen Daumen über die verlaufene Schminke auf meinen Wangen, während er mir tief in die Augen blickt. »Sag mir noch einmal, dass du mich liebst.«

»Ich liebe dich«, sage ich atemlos und ohne zu zögern. Ich mache mir keine Gedanken darüber, wie das alles enden wird. Ich sage es, als hätte ich es schon Millionen Mal gesagt, und das Bekenntnis kommt so vertraut aus meinem Mund, als wüssten diese drei Worte, wer ihr rechtmäßiger Besitzer ist. Ich sage es mit allem, was ich bin und was ich noch werden muss. Mein Herz verzehrt sich schmerzlich nach unserer verlorenen Vergangenheit, ist aber auch neugierig darauf, was uns die Zukunft bereithält.

»Ich liebe dich, Ryder.«

»Noch mal«, verlangt er und lässt seinen Blick nicht von mir ab, während er mit den Daumen meine Lippen berührt. »Sag es noch mal, Süße.«

»Ich liebe dich«, wiederhole ich und versuche, meine Stimme ruhig zu halten, obwohl mein Herz schlägt wie verrückt.

Dann legt er seine Lippen auf meine und hält mit den Armen die Decke über uns, um uns vor dem stärker werdenden Schneesturm zu schützen. Der Kuss ist erst langsam und zaghaft, und in jeder Bewegung unserer Zungen ist die schlimmste Form von Verlust zu spüren, als wir uns wieder miteinander vertraut machen. Aber es dauert nicht lange, bis der Kuss uns erbeben lässt und sich unsere Körper bei jedem Atemzug und jedem Stöhnen mit lodernder Leidenschaft vereinen. Wir können die Hände nicht mehr voneinander lassen und verfallen wieder in das zurück, was uns vom ersten Augenblick an verbunden hat: eine explosive sexuelle Anziehungskraft. Mein Po berührt unsanft die Motorhaube seines Autos, als er die Decke auf dem laufenden Motor unter uns ausbreitet. Bevor ich weiß, wie mir geschieht, liege ich schon auf dem Rücken, und Ryders harter Körper schiebt sich zwischen meine Beine, die ich sofort um seine Hüfte lege. Oh Gott, er wird mich hier und jetzt auf seiner Motorhaube nehmen, und ich werde ihn lassen. Ich brauche ihn so sehr, und mein Herz sehnt sich danach, ihn in mir zu spüren.

»Ich liebe dich wie verrückt, Amber Moretti«, sagt er an meiner Haut, und die Ernsthaftigkeit in seinen Worten lässt mich erschauern. Ein Anflug von Hoffnung überkommt mich, als er meinen Hinterkopf festhält und mein Gesicht an seins heranzieht. »Ich liebe dich so wahnsinnig, dass du es dir nie vorstellen können wirst.« Er küsst mich innig, und seine Lippen sind Balsam für meine leidende Seele, als er mit einer Hand unter mein T-Shirt fährt und meine Brust freilegt. Es braucht nur einen Zungenschlag von ihm an meinem Nippel, und ich versinke in unserer Lust. Mit gebogenen Rücken strecke ich mich ihm entgegen. Die Hitze des laufenden Motors unter mir und die von Ryders Körper über mir schließt mich vollkommen ein. »Die letzten paar Wochen dachte ich, ich muss sterben«, raunt er mir ins Ohr und küsst mich voller Verlangen und unterschwelliger Feindseligkeit. »Dein wunderschönes Gesicht nicht sehen und deine süße

Stimme nicht hören zu können, oh Gott, ich habe jeden Tag gedacht, ich schaffe es nicht mehr, ich muss dich holen. Ich habe versucht, die Gedanken an dich in Alkohol zu ertränken, mit Drogen zu vertreiben und sie durch Sex mit anderen Frauen zu verdrängen. Aber nichts davon hat funktioniert.« Ein weiterer Kuss, dieses Mal sanfter, aber immer noch stark und zerstörerisch genug, um mein Herz zu erreichen. Dann flüstert er mir ins Ohr: »Ich habe den Verstand verloren ohne dich, Süße. Du hast dich in meinem Kopf festgesetzt wie eine Erinnerung, die alles ausmacht, was ich bin. Wie schon gesagt, du gehörst mir.«

»Moment mal.« Ich drücke mich hoch, und Verwirrung macht sich in meinem Gehirn breit, während ich meine Hand dazu zwinge, sich gegen seine Brust zu stemmen. »Du hast versucht, mich mit Alkohol, Drogen und anderen Frauen zu vergessen, hast mich aber nicht einmal angerufen oder mir geschrieben?« Stocksauer befreie ich mich und laufe Richtung Straße, um ein Taxi anzuhalten, Ryders Rufe ignorierend. Er hält mich am Ellbogen fest, aber ich reiße mich los und hebe meine Hand, um seinem schönen Gesicht ein letztes Mal eine Ohrfeige zu verpassen. *Bamm!* »Du behauptest, dass du mich liebst, und schwörst, dass ich alles bin, was dich ausmacht, aber aus irgendeinem Grund – den du mir am besten innerhalb der nächsten zehn Sekunden nennst, wenn du nicht willst, dass ich mich diesmal an deinem *Football* vergreife –, hast du beschlossen, mich aus deinem Leben zu verbannen? Ich bin keine Tafel, Ryder. Du kannst deine Spuren nicht einfach so wieder von meiner Haut wischen.« Ich fühle mich, als würde alles in mir in tausend Stücke zerbrechen, und Tränen laufen mir übers Gesicht, als ich ein vorbeifahrendes Taxi heranwinke. »Und hör mir bloß mit den Frauen auf. Die wievielte war Haileys Zwilling nach mir? Nummer fünf, zehn oder hundert!?«

»Null!«, schreit er und hält mich mit eisernem Griff fest.

Brust an Brust stehen wir da, und unsere Herzen schlagen wild und synchron, während seine Worte wie eine Atombombe in seinem Mund explodieren. »Ja, ich habe Mädchen aufgerissen! Jede Menge sogar. Verdammt noch mal, ich habe jede einzelne von ihnen mit nach Hause genommen in der Absicht, ihnen und mir das Gehirn rauszuvögeln! Aber ich habe es nicht mit einer von ihnen getan! Weil ich dich mehr liebe und in meinem Leben brauche als alles andere, Amber!« Im Bruchteil einer Sekunde verwandelt er sich von Mr Hyde in Dr. Jekyll, sein Blick wird entschuldigend und sanft, während sein Flüstern den gleichen ernsthaften Tonfall wie vorhin einnimmt. »Ob es dir gefällt oder nicht Süße, dir gehört jeder Teil von diesem verweichlichten Wahnsinnigen hier.« Er legt seine Lippen zärtlich und verführerisch auf meinen Mund und führt meine Hand an seine Brust, wo ich sein Herz schlagen fühle. »Ich kann nicht mehr blinzeln, essen, schlafen oder atmen, ohne an dich zu denken. Ohne an das zu denken, für das wir von Anfang an bestimmt waren.«

Mein Atem löst sich in ein schwaches Schnauben auf, als ich mich langsam wieder beruhige. Ich versuche mit aller Macht, das Durcheinander zu entwirren, das mich umschlingt. »Warum läufst du dann vor mir davon, Ryder?«, flüstere ich in dem dringenden Wunsch, seine Gründe zu verstehen. »Ich begreife es nicht. Warum tust du mir dann so weh?«

»Das ist schwer zu erklären«, murmelt er und winkt den Taxifahrer fort, der mit seinem Auto fast gegen den Bordstein rutscht.

»Dann klär mich auf!« Ich drehe mich um und schüttle meinen Kopf in Richtung Taxifahrer. Es ist mein Fahrer von vorher. »Nein, Sie bleiben hier! Ich weiß noch nicht, ob ich mit dem hier nach Hause fahre.«

Bin Laden grinst und ahmt den patriotischen Abschiedsgruß nach, den ich ihm vor ein paar Stunden gegeben habe. Dann lacht er laut auf und fährt schnell davon.

Ryder richtet seine Aufmerksamkeit kurzzeitig auf die Rücklichter des Taxis, als es um eine Kurve verschwindet. »Was, zum Teufel, sollte das denn?«

»Mach dir keine Gedanken.« Ich halte sein Gesicht in meinen Händen und zwinge ihn, seinen Blick wieder auf mich zu richten. »Es ist mir egal, wie schwer es zu erklären ist. Ich will, dass du mir alles erklärst ... *jetzt.*«

»Brock«, presst er durch seine Zähne, und sein Kiefer verhärtet sich. Mit angespannten Schultern geht er zu seinem Auto und lässt mich mehr als verwirrt und verärgert mitten auf der Straße zurück. »Fuuuuck!« Er schlägt mit den Fäusten in die Luft, und ein Schimpfwort nach dem anderen verlässt seinen Mund, als er eine leere Sektflasche vom Boden aufhebt und sie gegen die Außenwand der Kneipe schleudert. Das Ding zerbirst zu winzigen grünen Scherben, die wie Diamanten im Wind glitzern, als sie sich unter die Schneeflocken mischen.

Ich zucke zusammen, sein plötzlicher Wutausbruch lässt mich erschauern. Etwas verängstigt, aber auch immer wütender folge ich ihm und will um jeden Preis herausfinden, was, zum Teufel, hier los ist. Nichts von alldem ergibt einen Sinn. Brock war zwar von der Idee nicht so angetan wie beim ersten Mal, als er davon angefangen hat, aber er hat gesagt, es sei für ihn in Ordnung, wenn wir drei es noch einmal miteinander machen. Als ich die Beifahrertür aufreiße und mich auf den Sitz fallen lasse, blickt Ryder mich ernst an, und das, was er sagt, trifft mich völlig unvorbereitet.

»Brock hat mir gesagt, ich soll mich von dir fernhalten«, gibt er mit beschämtem Flüstern zu, und Bedauern legt sich über sein Gesicht, während er mich niedergeschlagen ansieht.

Ich blicke mindestens genauso niedergeschlagen zurück, und meine Gefühle werden zu einem einzigen, großen Knoten aus Schmerz und Verwirrung, als sein Geständnis seine tödlichen Klauen in mein Herz schlägt und das auslöscht, was davon übrig ist. Stille legt sich über uns, aber es ist nur die Ruhe vor dem Sturm. Im nächsten Moment flippt er aus und schlägt gegen das Lenkrad. Er schreit auf vor Schmerzen, als das Blut von seinen Knöcheln tropft. Dann legt er den ersten Gang ein und fährt vom Parkplatz. »Und ich habe auch noch auf das Arschloch gehört und war damit einverstanden, dich so sehr zu verletzen, wie es nötig ist, solange ich dich nicht mehr sehe, nie wieder … fühle.«

Benommen ringe ich nach Luft. Seine Worte zeigen mir die ganze Wahrheit auf, die aus Brock in den hintersten Ecken meines Verstands einen hinterlistigen Lügner macht. Und trotzdem: Wie kann ich es wagen, über den einzigen Mann so zu denken, den ich bis zu diesem Zeitpunkt je geliebt habe, der mir selbstlos erlaubt hat, das zu fühlen, zu schmecken und zu leben, wovon die meisten Mädchen nur träumen können, geschweige denn, es am eigenen Leib zu erleben?

Das kann ich nicht. Alles in mir schreit förmlich, dass das falsch ist. Doch das ändert nichts an den verworrenen Gefühlen, die in diesem Moment von meiner Seele Besitz ergreifen. Brock hat mich glauben lassen, dass er kein Problem damit hätte, wenn wir drei das Geschehene noch einmal wiederholen, während er Ryder auf sich selbst gestellt und völlig verlassen aufs Abstellgleis geschickt hat. Mein Inneres geht in Schmerzen auf durch das Chaos, das Brock verursacht hat. Mein Herz blutet und versinkt in Bedauern, gar nicht mal so sehr, weil er mich belogen hat, sondern eher, weil er, der Mann, den ich seit einer gefühlten Ewigkeit liebe, in seinem eigenen Schmerz gefangen ist und weil mein Beharren darauf, noch einmal mit Ryder zusammen sein zu dürfen, ihn an diesen Punkt gebracht hat. Deswegen musste er mich anlügen.

Ich habe ihn gebrochen. An meinen Händen klebt mehr Schuld als an seinen bei dieser ganzen Sache. Wachsende Furcht macht sich in mir breit, als meine größte Angst wahr wird … Ich werde nie wieder mit diesen beiden Männern gleichzeitig zusammen sein können. Diese wunderbare Nacht war eine einmalige Sache, und ich werde ihre mächtigen Emotionen nie wieder erleben. Meine beiden Männer sind zutiefst verletzt, und ihre Feindseligkeit gegeneinander ist ein klares Anzeichen dafür, dass ich mich für einen von beiden entscheiden muss.

Aber wie wählt man zwischen seinem linken oder rechten Arm? Wie wählt man zwischen der Fähigkeit, laufen oder sehen zu können? Wie wählt man zwischen Nacht und Tag, zwischen Trinken und Essen?

Das geht nicht. Unser natürlicher Instinkt lässt uns an allem festhalten, was wir zum Leben brauchen.

»Du gehörst zu mir, Süße, nicht zu ihm«, sagt er mit einer ruhigen Stimme, die eine Wohltat für meine Nerven ist. »Das ist schon so seit dem Tag, an dem du in meinem Schoß gelandet bist – meine Schuld hin oder her.«

Ich höre ihn, höre jedes Wort, das er sagt, aber bei dem Gedanken daran, dass Brock herausfindet, wie ich für Ryder empfinde, erstarre ich zu Stein, und meine Muskeln sind in einem eisigen Grab gefesselt, während mein Gehirn sich über das Wenn und Aber Gedanken macht.

Was, wenn ich Brock verliere?

Was, wenn ich Ryder verliere?

Was, wenn ich keinen von beiden beachtet hätte, an dem Tag, an dem wir uns trafen?

Keiner von uns wäre jetzt hier, gefangen im unbarmherzigen Fegefeuer der Liebe.

»Ich bin hierhergekommen, um dir zu sagen, dass ich dich

liebe, Ryder«, setze ich an und werde sofort wieder von einer Panikwelle überschwemmt. Meine Stimme bricht, ich fürchte mich vor dem Ausgang des Ganzen. »Weil ich es wirklich tue. Ich liebe dich so sehr, dass ich nicht mehr weiß, wer ich ohne dich bin. Ich kann mir nicht vorstellen, ohne dich weiterzuleben.«

Er nimmt seinen Blick von der Straße und richtet ihn auf mich. Ein Funken Hoffnung flammt in seinen Augen auf, als er meine Hand nimmt. »Dann wirst du es Brock sagen? Wirst ihm sagen, dass du mit mir zusammen sein willst anstatt mit ihm?«

»Das ist das Problem«, flüstere ich, und mir läuft es trotz der Heizung kalt den Rücken runter. »Ich … ich weiß nicht, ob ich mich nur für einen von euch beiden entscheiden kann. Ich brauche euch beide aus verschiedenen Gründen. Die Wahrheit ist hart und schmerzhaft, aber ich kann mir nicht vorstellen, auch nur ohne *einen* von euch beiden weiterzuleben.«

Ich weiß, es ist selbstsüchtig und wahrscheinlich keine Option, aber ich muss es trotzdem versuchen. Meine Seele ist nicht in der Lage, einen Teil meines Herzens gegen den andern auszutauschen. Beide machen das aus, was ich bin, jeder von ihnen eine Notwendigkeit für meinen Verstand, für mein Überleben.

Ryder schlingert an den Rand der Straße und verliert fast die Kontrolle über das Auto, als er es mit rutschenden Reifen zum Stehen bringt. Seine Hände umklammern das Lenkrad, und seine Augen starren geradeaus. »Also brauchst du mich doch nicht so sehr, wie du behauptest«, sagt er mit zitternder Stimme. Sein Herz ist gebrochen, und er fühlt sich so sehr verraten, dass er ausholt und diesmal mit der Faust aufs Armaturenbrett anstatt auf das Lenkrad schlägt. »Ich weigere mich, dich noch einmal mit ihm zu teilen. Und wenn du denkst, das würde ich tun, dann bist du noch verrückter, als ich je gedacht habe!« Mit bebender Brust und hängendem Kopf wippt er vor und zurück wie ein einsamer, verlassener Hundewelpe. »Himmel, Süße. Ich brauche dich für mich allein. Kannst du das nicht verstehen? Nicht fühlen? Ich habe dich von der Sekunde an geliebt, in der ich dich zum ersten Mal gesehen habe. Von der Sekunde an, in der du in die verdammte Cafeteria, Schrägstrich Speisesaal gekommen bist. Und das wird sich nie ändern. Ich brauche dich. Alles von dir. Deinen Schmerz, deine Besserwisserei, deinen Zauber, deine Albträume, deine Träume, dein Glück, deine … Zukunft. Ich kann ohne die Sonne leben, aber ich kann nicht mehr ohne dich existieren. Das ist *mein* Problem. Meine harte, verdammte Wahrheit.« Mit erschöpften Augen sieht er mich an. Sein Gesicht ist gerötet vor Wut, und er fasst sich an die Schläfe. »Egal, ob ich darauf vorbereitet war oder nicht, egal, ob ich es gewollt habe oder nicht: Du bist hier, in meinem verdammten Kopf. Brock hat etwas so Wertvolles wie dich mit jemand anderem geteilt, hat dich auf den Präsentierteller gelegt, weil er gedacht hat, dass er es braucht, dass du es brauchst! Aber du brauchst das nicht. Alles, was du brauchst, bin ich, und dieses Arschloch wusste das und hat es sich zunutze gemacht! Wenn du mir gehören würdest, müsste man mich umbringen, ehe ich dich mit jemandem teilen würde! Verdammte Scheiße! Du kannst nicht uns beide haben! Verstehst du das denn nicht?«

»Ich weiß, dass ich das nicht kann«, stoße ich aus. Tränen rinnen mir übers Gesicht, als seine grausamen Worte über Brock mich mitten ins Herz treffen. »Und es ist anders, als du denkst! Ich brauche dich mehr als alles andere!« Ich atme tief ein und hoffe, ich kann ihm verständlich machen, was ich selbst nicht annähernd begreife. »Ich hätte nie gedacht, dass mein Herz je dazu in der Lage wäre, *einen* Mann zu lieben, geschweige denn *zwei*, Ryder. Es gab nie genug Platz für die Liebe, weil mir schon früh ins Gedächtnis gebrannt wurde, dass die Liebe etwas ist, gegen das man ankämpfen muss, etwas, vor dem man sein Herz beschützen muss, damit es nicht verletzt wird durch den Schmerz, den die Liebe am Ende unausweichlich verursacht. Oh Gott, ich hatte solche Angst vor der Liebe, Angst davor, was sie mit mir tun würde. Angst davor, dass sie mit mir das Gleiche macht wie mit … meinen Eltern.« Beschämt lasse ich den Kopf sinken und betrachte unsere ineinander verflochtenen Finger.

Schweigend lässt er meine Hand los und berührt mein Kinn. Sein Gesicht ist ein unlösbares Puzzle aus Schmerz, Verzweiflung und Verwirrung, als ich ihn aus verquollenen Augen ansehe.

Es bricht mir das Herz. Ich will ihm seinen Schmerz nehmen, seine Verwirrung auflösen und seine Verzweiflung heilen. Aber ich kann ja nicht einmal mir selbst helfen, die Krankheit heilen, die ich bin, den unheilbaren Krebs, der ich für immer sein werde. Ich bin dazu geboren worden, die Hoffnungen aller Menschen um mich herum zu enttäuschen, alle Träume eines jeden zu zerstören, der mir zu nahekommt.

»Ich brauche einfach etwas Zeit, das ist alles«, fahre ich fort und bete zu jedem Gott im Universum, dass er auf mich warten wird. »Zeit, eine klare Entscheidung zu treffen. Eine, von der ich weiß, dass sie für uns alle richtig ist. Ich sollte diese Entscheidung leicht treffen können, sie sollte eine automatische Regung meines Herzens sein. Aber das ist es für mich nicht. Ich habe mich noch nie verliebt, habe noch nie gespürt, was es heißt, jemanden so sehr zu brauchen, dass es wehtut.« Ich lehne mich zu ihm hinüber und lege meine Lippen auf seine Wange. Als ich mich wieder zurückziehe, hallt das Geräusch unserer Herzschläge durch das Auto. »Bitte. Nur noch ein paar Tage.«

Er nickt, und sein Blick zeugt von den tiefen Wunden unter

den Narben, die ich ihm zugefügt habe – ein Blick, den ich nie wieder sehen will.

Selbstsüchtig – pures Gift.

Als er langsam weiterfährt und das Auto in den Verkehr einfädelt, frage ich mich, ob ich seine Hoffnungen bereits zerschlagen, seine Träume bereits ausgelöscht habe. Die Uhr tickt, und drei Herzen warten auf meine Entscheidung …

22 Brock

Um mich herum bricht alles zusammen und ich fühle mich, als müsste ich mich übergeben. Mein Universum zerbricht in tausend Stücke, als ich die 695 Richtung Ryders Wohnung mit mindestens dreißig Meilen pro Stunde über dem Tempolimit entlangrase.

Scheiß auf die Bullen. Scheiß auf Ryder. Scheiß darauf, dass Brandon entführt wurde. Scheiß auf die vielversprechende Karriere als Footballcaptain.

Scheiß auf … alles.

»Wir müssen reden«, Ambers Stimme hallt in meinen Ohren, und mein Herz beginnt, wie wild zu pochen, als ich mich auf die Couch setze und genau weiß, was sie sagen wird. Ich kann es mit jeder zögerlichen Bewegung, die sie durch mein Wohnzimmer macht, spüren. Sie setzt sich neben mich, und ihre Stimme ist sanft und leise, klingt aber trotzdem so panisch, wie mein Puls sich anfühlt, als sie meine Hand nimmt. »Es … es ist wichtig, Brock.«

»Das einzig Wichtige ist, dass ich nicht weiß, wo du die ganze Nacht allein gewesen bist«, sage ich. Meine Wut darüber ist größer als die Erleichterung, dass es ihr gut geht und ihr wunderschönes Gesicht von Dericks Drohungen verschont geblieben ist. »Oder warum du dich dafür entschieden hast, den Typen abzuhängen, den ich zu deiner Sicherheit vor dein Wohnheim gestellt habe.«

»Du weißt schon, dass du dich anhörst wie ein Möchtegern-Don-Corleone, oder?«, spottet Amber seufzend. Ihre Augen sind aufgequollen und so dunkelrot wie Kirschbonbons. Dann schenkt sie mir ein liebevolles, fürsorgliches Lächeln und legt meinen Kopf sanft auf ihren Schoß.

Sie hat gewonnen. Ich klinge wirklich wie ein übervorsichtiger, herrischer Idiot, aber das ist jetzt nicht das Problem. Amber hat sich meinem strikten Befehl widersetzt, nirgendwo ohne einen Aufpasser hinzugehen, der sicherstellt, dass Derick ihr nicht zu nahe kommen kann. Aber warum, um alles in der Welt, glaube ich mich hier eigentlich so sicher, während ich von unten in die Augen meines Engels aufblicke? Deshalb, weil ich mich wie Superman höchstpersönlich fühle, wenn ich mit Amber zusammen bin. Dann bin ich der Herrscher der Welt mit unendlicher, unantastbarer Macht.

Dafür, dass sie mich stundenlang krank vor Sorge hier sitzen lassen hat ohne auf meine Anrufe und Nachrichten zu antworten, hat nicht nur sie eine Strafe verdient, sondern auch der Vollidiot, der sie nicht aus den Augen lassen sollte. Den Typen werde ich mir vorknöpfen, das schwöre ich. Aber wer auch immer deswegen meint, ich wäre ein Arschloch, liegt falsch. Abgesehen davon, dass ich panische Angst vor dem habe, was Amber mir gleich sagen wird, fühle ich mich heute Nacht mehr als großzügig.

Bevor ich über ihren halbwegs witzigen Spruch lachen kann, verschwindet Ambers Lächeln von ihrem Gesicht und verwandelt sich in einen Ausdruck, den kein Freund jemals sehen will. Ein Blick, der besagt: ›Du bist geliefert, Freundchen‹, gepaart mit herzzerreißendem Weinen. Verdammter Mist …

»Warum hast du Ryder gesagt, dass er sich von mir fernhalten soll?«, fragt sie schluchzend, und Tränen fließen aus ihren Augen, während sie über mein Haar streichelt. Wenn

man bedenkt, dass es kurz so aussah, als wollte sie mir am liebsten die Eier abreißen, ist das leicht verwirrend. »Ich weiß Bescheid, weil Ryder alles zugegeben hat. Er hat zugegeben, dass er mich liebt. Dass er mich braucht. Dass er mit mir zusammen sein will.« Ihr Weinen hat jetzt den gefährlichen, hysterischen Punkt überschritten, und sie schiebt meinen Kopf von ihrem Schoß, lehnt sich zurück und umklammert ihre Knie mit den Armen, während sie mich … fast zu Tode verängstigt anstarrt? Lieber Gott, was habe ich diesem Mädchen angetan? »Du hast ihn dazu getrieben, mich zu verletzen, indem er meine Anrufe und Nachrichten ignorieren sollte? Warum? Warum, Baby? Ich verstehe das nicht. Du hast doch gesagt, es sei in Ordnung für dich, wenn wir drei noch einmal zusammen sein werden. Warum lügst du mich an und erzählst ihm, er soll sich zurückziehen?«

Sie hat viel gesagt, aber die einzigen Worte, die sich in mein Gedächtnis gebrannt haben, sind die, dass Ryder zugegeben hat, sie zu … lieben. Mein Herz zerspringt genau hier und jetzt, und ich bereue so sehr, dieses Fass jemals aufgemacht zu haben.

Ich zünde mir einen Joint an, der mir hoffentlich dabei helfen wird, mich etwas zu beruhigen, als ich in blutrünstiger Stimmung in Ryders Viertel einbiege. Nur bewirkt der Joint alles andere, als mich zu beruhigen, und der Betrug meines besten Freundes steckt mir tief in den Knochen, als ich mein Auto vor Ryders und Lees Wohnung parke. Grenzen. Ich habe sie nie gesetzt und habe Ryder das übertreten lassen, was ihn und seine Gefühle für Amber unter Kontrolle halten sollte.

Ich öffne mein Handschuhfach, greife nach meiner Waffe und lade sie – bereit, alle möglichen Grenzen zu setzen, die es noch gibt. Ich ziehe noch einmal an dem Joint und erinnere mich an Ambers letztes Geständnis, ihren letzten Stich in mein Herz, der mich über eine Klippe gedrängt hat, während sie weiterredete.

»Aber bevor du antwortest«, presst sie hervor und wischt sich mit dem Handrücken über die Nase, »musst du wissen Brock, dass ich … Oh Gott, Brock … ich … ich liebe Ryder genauso sehr, wie er mich liebt, wenn nicht noch mehr. Aber ich liebe ihn nicht mehr oder weniger als dich. Denke ich zumindest.«

»Was, zum Teufel, meinst du damit, du denkst, du liebst ihn nicht mehr oder weniger als mich, Ber?« Rasend vor Wut springe ich auf die Füße, und Verwirrung frisst mich von innen auf, obwohl ich geahnt habe, dass das kommen wird. Sie hat in den letzten paar Wochen kaum auf meine Anrufe reagiert, wollte keinen Sex, wenn wir uns sahen, hat die Kurse geschwänzt, ist nicht zur Arbeit und nicht zur Therapie gegangen … Das war alles, was ich wissen musste. Das alles hat mich davor gewarnt, dass bald ihr Geständnis kommen würde: Sie liebt Ryder.

Ich wusste es.

Ich wusste es seit dem Tag, an dem ich sie gefragt habe, ob sie ihn liebt.

Seit dem Tag, an dem sie mich über ihre wahren Gefühle für ihn belogen hat.

Ich nehme einen Glasrahmen mit einem Bild von ihr und mir von dem Wochenende, das mein Leben ruiniert hat, und bin mir bewusst, dass ich ihr nicht die Schuld geben kann für das, was aus uns geworden ist. Ich schleudere es durch das Wohnzimmer, am Kamin zerspringt es in tausend Stücke, und die Scherben sind die kranke Art des Universums, mir zu sagen, dass ich Arschloch es verdient habe, dass mein Herz jetzt so in Stücke gerissen wird. Die Götter über mir machen mich laut und zerstörerisch darauf aufmerksam, wie böse, selbstsüchtig und verkorkst ich geworden bin, seit Brandon entführt wurde. Bis dieser Engel vor mir in mein

Leben getreten ist. Sie flüstern mir hinterhältig ins Ohr: »Bist du jetzt zufrieden? Vergiss nicht, du warst der Architekt dieses Gebäudes, der allmächtige Schöpfer der rauchigen Asche, in die es sich jetzt aufgelöst hat.«

Auch wenn ich mich dagegen wehre, zerbricht meine Welt doch in tausend Teile. Ich nehme das nächste Foto von uns – aufgenommen, als wir uns das erste Mal mit ihren Pflegeeltern getroffen haben – und werfe es gegen den Kamin. Die Erinnerung daran löst sich in Luft auf, und alles, was es bedeutet hat, verschwimmt zu den Überresten eines Traums – eines toten Traums, der mir durch die Finger entgleitet. »Wie kannst du nicht wissen, wen du mehr liebst und brauchst?«, stoße ich wütend hervor und suche nach etwas, auf das ich einschlagen kann. Ich halte erst inne, als ich die Angst in Ambers Augen sehe, während sie langsam vor mir zurückweicht, wie es ein verängstigtes Tier tun würde.

Oh Gott.

Nein. Niemals. Niemals, verdammt noch mal. Ich bin nicht so ein armseliger Mann, der sich daran aufgeilt, der Frau Angst einzujagen, die seine Welt in den Fugen hält, die das fehlende Teil in seinem Leben ist. Ich komme mir vor wie das letzte Arschloch und mache einen Schritt auf sie zu. Vorsichtig hebe ich meine Hände an ihre Wangen, und sie erlaubt mir, Gott sei Dank, ihre feuchte Haut zu berühren. Die Angst in ihren Augen legt sich etwas, während auch ich mich beruhige. »Ich verstehe das nicht, Baby.« Ich schüttle den Kopf und unterdrückte Tränen, weil ich nie so um Brandon trauern durfte, wie ich es gebraucht hätte, sowie unsichtbare Tränen darüber, dass ich mein Mädchen in etwas verwandelt habe, das sie nicht ist, quellen mir fast aus den Augen, während ich meine Hand in ihrem seidigen Haar vergrabe und ihre Lippen an meine führe. »Wie kannst du nicht wissen, dass ich es bin, den du mehr liebst?«, frage ich sie mit zittriger Stimme und habe schreckliche Angst davor, dass ich diesen Schatz für immer verloren habe. »Du bist mein Leben, Ber, nicht seins. Ich weiß, ich habe es vermasselt, als ich dich mit ihm teilen wollte. Und verdammt, Baby, wenn ich das irgendwie rückgängig machen könnte, dann würde ich es tun. Aber du kannst mich nicht so zurücklassen. Das kannst du nicht machen. Du musst mir noch eine Chance geben, die Dinge wieder in Ordnung zu bringen. So, wie es von dem Moment an, in dem wir uns zum ersten Mal begegnet sind, hätte sein sollen.«

»Ich liebe dich von ganzem Herzen, Brock. Das habe ich immer getan, und ich bin mir ziemlich sicher, dass ich es immer tun werde. Aber ich bin verloren, verwirrt, gebrochen … beinahe hoffnungslos«, flüstert sie mit Selbsthass in der Stimme, und ihre Augen flehen mich um Vergebung an, bevor sie ihre Lippen zärtlich an meine Wange drückt. Mit schmerzverzerrtem Ausdruck redet sie weiter. Die Worte, die mir bewusst machen, dass die Zeit, die ich mit dem Mädchen verbracht habe, das mein Betäubungsmittel für die Vergangenheit und mein Lichtstrahl für die Zukunft war, fast vorbei ist. Dass ich ihre Liebe an meinen besten Freund verloren habe. Sie zieht sich von mir zurück und sagt: »Ich muss eine Entscheidung treffen. Eine, die ein Stück in jedem von uns töten wird«, fährt sie gefühllos und wie betäubt fort, als sie in Richtung Schlafzimmer davongeht. »Eine, die ich hoffentlich bis zum Ende der Woche getroffen haben werde.«

Meine Schlafzimmertür fällt ins Schloss, und mein Herz, mein Verstand und meine Angst höhlen meine Seele aus, lassen meinen Atem schneller werden und verschlucken alles, was ich für uns geplant hatte, in einem schwarzen Loch mit der Aufschrift: »Dein Leben ist vorbei, Penner.«

Ich nehme meine Autoschlüssel von der Garderobe, und es dämmert mir, dass ich nicht besser und nicht schlechter dran bin als jeder andere, dem das Herz gebrochen wurde. Vorübergehende Unzurechnungsfähigkeit wird das Stich-

wort meiner Verteidigung sein, wenn ich meinen besten Freund ermordet habe …

Ich setze mich hinter das Lenkrad und sehe einen wasserdichten Plan vor mir …

23 Ryder

Ich hatte gerade genug Zeit, mich zu duschen und mir ein Paar Jogginghosen anzuziehen, als ich ein lautes Pochen an der Tür höre, das mich aus der vorübergehenden Glückseligkeit reißt, die mir Ambers Geständnis beschert hat.

Sie liebt mich …

Himmel, als sie mir das gesagt hat, wusste ich, dass sie mir gehört, dass ich ihr Herz gewonnen habe. Das nicht zu verleugnende Verlangen in ihrem Kuss, die unverhohlene Wahrheit in ihren Augen und die unverkennbare Sehnsucht nach mir, die in jeder ihrer Berührungen steckte, haben es mir gesagt. Sie wird sich für mich entscheiden. Ich bin der Mann, mit dem sie den Rest ihres Lebens verbringen wird.

Doch vielleicht sollte ich mir nicht allzu sicher sein. Auch wenn sie mich liebt, es gibt immer noch die Möglichkeit, dass sie sich für Brock entscheidet und mich allein verrotten lässt, weil der Blödmann sie verwirrt und alles Leben aus ihr saugt, während er ihre Schwäche zu seinem Vorteil nutzt.

Ich laufe durch die Wohnung und bereite mich auf das vor, was gleich kommen wird. Auf das, worauf ich die letzten fünfundvierzig Minuten gewartet habe. Das absolute Chaos. Brock steht vor der Tür, ich weiß es. Ambers Geständnis hat ihn direkt zur mir getrieben. Als ich sie bei seinem Apartment abgesetzt habe, hatte sie vor, ihm ihre Gefühle für mich sofort zu beichten und ihn wissen zu lassen, dass sie bis zum Ende der Woche eine Entscheidung trifft.

Wenn ich Brock auch nur halb so gut kenne, wie ich denke, dass ich es tue, dann ist er gerade dabei, seinen Verstand zu verlieren. Und mein Kopf als Trophäe ist das Einzige, was ihm durchs Hirn geht, während er darauf wartet, dass ich ihm die Tür öffne. Darauf bin ich vorbereitet. Ich öffne die Abdeckung meiner Soundanlage, hole meine Waffe heraus, lade sie und blicke zwischen den geschlossenen Vorhängen hindurch.

Verdammte Scheiße. Es sieht so aus, als hätten mein Freund und ich mehr gemeinsam, als ich dachte. Seine Waffe ist genau auf Kopfhöhe auf die Eingangstür gerichtet, meine lose in der Hand liegend, als ich das Schloss entriegele. Ich drücke die Klinke runter und reiße die Tür auf, hebe gleichzeitig meine Waffe hoch und richte sie auf seinen Kopf. Wir stehen uns wie das Spiegelbild des anderen gegenüber.

»Du bist hier, um mich umzubringen, Bro?«, frage ich und grinse, als ich Brocks weit aufgerissene Augen sehe. »So eine Schande. Ich dachte immer, uns hätte die letzten paar Jahre etwas Gutes verbunden.« Ich trete einen Schritt nach vorne und drücke den Lauf meiner Kanone an seine Schläfe, während er das Gleiche tut. »Mm, fühlt sich gut an, oder? Der Geruch des Todes so nahe, so … hier, das macht dich geil, oder?« Er wird weiß im Gesicht, als ich seelenruhig meine Waffe entsichere. »Was ich immer sicher wusste, war, dass eine Schlampe geil und das Leben ein Arschloch ist. So einfach ist das. Das sind die Dinge, die für mich unveränderlich waren, Brock. Aber ich hätte auch niemals, in einer Million Jahre nicht, gedacht, dass mein bester Freund, mein Komplize, hier vor meiner Wohnung auftauchen würde, um mich umzubringen – geile Schlampe hin oder her.«

»Du liebst sie, du Arschloch?«, faucht er mich an, und

Schweiß tritt auf seine Stirn, obwohl es draußen bitterkalt ist. Mit bebendem Körper hält Brock die Waffe unter mein Kinn, und ein Ausdruck von Verrat legt sich auf sein Gesicht, als seine zweite Hand wie paranoid an seine Pistole greift.

Ich bewahre meine Haltung, Angst ist keine Option, ich blicke ihm einfach nur in die Augen.

»Antworte mir, du Arschloch!«, verlangt er, und seine Ungeduld lässt ihn vor Aufregung zittern. »Ich meine, liebst du sie wirklich?«

»Ich liebe sie mit jedem Atemzug, den ich mache«, antworte ich, und die Ruhe und Endgültigkeit in meiner Stimme geben mir eine gewisse Freiheit, während sich Brock nach Vergeltung sehnt. Überraschenderweise erschießt er mich nicht. Der Penner schlägt mir mit seiner Waffe ins Gesicht, bevor er sich auf mich stürzt und mich wütend zu Boden reißt. Er wirft seine Pistole ans andere Ende des Zimmers und entschließt sich, seine Fäuste zu benutzen, mit denen er mich seine Feindseligkeit im Magen, am Kopf und an den Rippen spüren lässt. Ich zolle ihm den gleichen Respekt und lasse meine Waffe über den Linoleumboden in den Gang schlittern, bevor ich seine Attacken erwidere. Ich lege all meine Wut über Ambers vergangenen Schmerz, ihr gegenwärtiges Gefühlschaos und ihr zukünftiges Leid in meine Schläge, damit er weiß, dass er sich mit dem falschen Mann angelegt hat, dass er mit den Gefühlen des falschen Mädchens gespielt hat.

Wir rollen uns auf dem Boden und prügeln uns wie wild gewordene Gorillas, zwei Fremde in einer Kneipenschlägerei. Unsere Fäuste dreschen aufeinander ein, bis wir beide vor Erschöpfung nicht mehr können. Ehe ich weiß, wie mir geschieht, liegen wir beide auf dem Rücken und starren an die Decke. Unser Atem geht stockend, und wir strecken die Arme zu den Seiten – beide körperlich und emotional am Ende.

Stille legt sich über uns, bis Brock flüstert: »Das sollte nicht passieren.«

»Was sollte nicht passieren?«, frage ich hustend, und Blut tropft mir aus der Nase, als ich mich mit dem Rücken an die Couch lehne. »Dass wir zwei uns windelweich prügeln und versuchen, uns gegenseitig umzubringen?« Ich ziehe mein altes Footballshirt von der Stereoanlage und wische mir das Blut damit ab. »Es gibt da einige Möglichkeiten, also warum klärst du mich nicht auf, Kumpel? Was genau sollte nicht passieren?«

Ich weiß, was er meint, was ihn bei lebendigem Leibe auffrisst. Aber ich will, dass er es zugibt. Ich will die Reue in seinem Gesicht sehen, wenn er die Worte ausspricht.

Brock setzt sich auf die Knie und lehnt sich an die gegenüberliegende Wand. Kopfschüttelnd greift er nach meinem Shirt.

»Dass ihr beide euch ineinander verliebt. *Das* sollte nicht passieren.« Sein Gesicht ist schmerzverzerrt – allerdings nicht durch den Schaden, den ich ihm zugefügt habe –, als er sich mit meinem Shirt das Blut von den Augenbrauen, der Nase und der Unterlippe wischt. »Was habe ich mir nur dabei gedacht?« Er wirft das Shirt auf den Boden und vergräbt seinen Kopf in den Händen, während er anfängt, mit dem Körper vor- und zurückzuwippen. »Verdammt noch mal! Was habe ich mir nur dabei gedacht?«, schreit Brock und richtet seine trüben, zusammengekniffenen Augen auf mich, als er sich wie King Kong höchstpersönlich gegen die Brust hämmert. »Ich wusste, dass ihr beide euch wollt. Ich wusste, dass euch eine kranke Chemie verbindet, mit der ich nicht mithalten konnte! Und trotzdem habe ich sie in deine Arme getrieben, habe euch praktisch angefleht, mir am Ende das Herz zu brechen.«

Ich blicke meinen Freund still an. Obwohl sie sich noch nicht für einen von uns entschieden hat, trauert Brock schon über seinen Verlust und hasst sich selbst dafür. Er wünscht sich, er könne diese eine Entscheidung rückgängig machen, und zieht sich wie ein Geisteskranker an den Haaren.

Von einem Moment auf den anderen will ich Brocks Schmerz nicht mehr sehen, seine Angst nicht mehr spüren und kein Teil mehr seiner schrecklichen Realität sein. Genau wie ich könnte er das Mädchen verlieren, das er liebt, das Mädchen, das er zum Atmen braucht. Noch vor einer Minute wollte ich das Arschloch leiden sehen. Aber jetzt fühle ich mit ihm und ich frage mich, wer wirklich der Idiot ist, der uns diese ganze Sache eingebrockt hat. Ich wusste, wie schlimm das alles werden kann, war mir dessen mehr bewusst als die anderen, dass es ein böses Ende nehmen könnte. Und trotzdem hat mein Herz nach dem geschrien, was ich haben wollte, was körperlich so nah und doch so weit weg war. Ich konnte Ambers Anziehungskraft nicht widerstehen und habe nachgegeben. Habe wie ein Blödmann gehofft, dass sich alles fügen wird und dass weder Amber noch ich Gefühle füreinander entwickeln würden.

Jetzt, wo ich klarsehe, ist alles ganz einfach: Ich habe das Mädchen schon vor dieser Nacht geliebt, habe sie schon mit allem, was ich war und was ich je sein werde, geliebt, bevor ich es überhaupt wusste.

Ich stehe auf, und mir tut alles weh, während ich in die ausgelaugten Augen des Mannes unter mir blicke. Obwohl ich Mitleid mit ihm habe, muss ich noch eine Sache loswerden. Die eine Sache, die ihm schon in dem Moment bewusst hätte sein müssen, als Amber ihm ihre dunkle Welt offenbart hat. »Sie ist kein Roboter«, murmle ich und greife nach seiner Hand. »Das war sie nie.«

Er nimmt meine Hand, damit ich ihm aufhelfen kann, und blickt sich im Zimmer um. Er wirkt verloren, auf der Suche nach etwas, das die Menschheit schon seit Millionen von Jahren hinterfragt …

Schicksal.

Nicht ahnend, was unser beider Schicksal bringen wird, hebe ich meine Waffe vom Boden auf und nehme die Patronen heraus, während ich mich nicht ganz so anmutig der Eingangstür nähere. Nach der Schlägerei in der Bar und Brocks Attacke wird mir morgen früh jeder verdammte Muskel wehtun und mir sagen, ich solle zur Hölle fahren, während ich darauf warte, dass der Geist von Ambers Entscheidung mich heimsucht.

Mit hängenden Schultern und offenbar den gleichen innerlichen Kampf austragend wie ich, greift Brock nach seiner Waffe und sieht mich verwirrt an, während er auf mich zukommt. »Du hattest das verdammte Ding wirklich geladen?«

Ich ziehe eine Augenbraue nach oben und bin mir nicht sicher, ob er sich einen Scherz mit mir erlaubt. »Als ob deine nicht geladen ist.«

»Das war sie zuerst«, gibt er zu, und ein entschuldigendes Grinsen legt sich über sein Gesicht. »Aber nachdem ich aus dem Auto gestiegen bin, habe ich noch einmal darüber nachgedacht und kam zu dem Schluss, dass du das Gleiche tun würdest. Da habe ich mich wohl geirrt.« Er wird wieder ernst, und in seinen Augen stehen tausend Fragen, als er seine Waffe in den Hosenbund schiebt. »Ich habe bereits für Amber getötet, und ich frage mich wirklich, ob du auch in der Lage wärst, für ihre Liebe zu töten … mein Freund.«

Ich gebe ihm keine Antwort. Das muss ich nicht. Wenn ihm der funkelnde Blick in meinen Augen nicht als Antwort reicht, dann hat das Arschloch Amber von Anfang an nicht verdient.

Er nickt und akzeptiert meine unausgesprochenen Worte. Freund hin oder her, er weiß, dass ich ihn auf der Stelle für sie umbringen würde, wenn es darauf ankäme. »Wo stehen wir, wenn sie sich für einen von uns entschieden hat?«, fragt er mit gespenstisch monotoner Stimme, als er sich an den Türrahmen lehnt. »Ist die Freundschaft zwischen uns dann einfach … vorbei?«

»Wie sollten wir uns jemals noch vertrauen können, nach dem, was heute Nacht passiert ist?« Ich würde mich für den Rest meines Lebens jede Stunde, jede Minute, jede Sekunde fragen, ob er seine Meinung geändert hat und das nächste Mal die Kugeln in der Waffe lassen wird. Vertrauen ist zwischen uns nicht mehr möglich. »Nein, das wird nicht funktionieren.«

Er verschränkt die Arme vor der Brust und legt seinen Kopf zur Seite. »Wirklich, Bro? Ist es so … einfach für dich? Nach allem, was wir zusammen durchgemacht haben? Nach den unzähligen Malen, die wir uns den Rücken freigehalten haben, ist unsere Freundschaft einfach vorbei?«

»Ja, so einfach ist das.« Ich nicke, denn es gibt kein Zurück mehr, auch wenn es mir nicht gefällt.

»Gut«, sagt er, und in seiner Stimme klingt eine Mischung aus Schmerz und Wut mit. »Nachdem wir Derick beseitigt haben – was schnell geschehen muss –, gehen wir getrennte Wege.«

Und von einem Moment auf den anderen passiert etwas, das ich mir vor ein paar Monaten niemals hätte vorstellen können … Der Mann, der, solange ich denken kann, mein bester Freund und der einzig wahre Bruder für mich war, verschwindet aus meinem Leben. Unsere Liebe für einen ungeschliffenen Diamanten inmitten von Felsbrocken ist stark genug, um unseren unzerbrechlichen Berg der Freundschaft zum Einstürzen zu bringen. Er weiß es, ich weiß es. Warum sollten wir uns also selbst belügen und das abstreiten, was unweigerlich passieren wird?

Einer von uns wird den anderen irgendwann, irgendwo töten …

24 Amber

Gebrochen.

Mein Herz ist im wahrsten Sinne des Wortes gebrochen. Das Organ, das mich am Leben hält, verlangsamt seinen Schlag, als ich die letzten Worte des Abschiedsbriefs an den Mann schreibe, dessen Herz ich heute Nacht ebenfalls brechen werde.

Noch eine Stunde.

Eine einzige Stunde bleibt mir noch, bevor ich ihm in die Augen blicken muss – in diese wunderschönen Augen, die mich vom ersten Moment an gefesselt haben. Dann muss ich ihm die Gründe nennen, warum ich mich für seinen besten Freund anstatt für ihn entschieden habe.

Ich fühle mich schlecht bis ins Mark und versiegle den Umschlag. Mein Blick fällt noch ein letztes Mal auf den Namen, den ich vorne draufgeschrieben habe, bevor ich ihn in meine Tasche schiebe. Worte können heilen, Worte können verletzen, und heute Abend werden meine Worte zwei Menschen beides antun – den erstaunlichsten zwei Männern, die jemals in das Chaos meines Lebens getreten sind. In das Chaos, das ich bin. Eine Freundschaft liegt in Trümmern, von mir auseinandergerissen und vergiftet. Eine Freundschaft, deren einst unzerstörbare Loyalität meiner Liebe für sie beide zum Opfer gefallen ist.

Ich stehe auf und fürchte mich vor dem Ausdruck in seinem Gesicht, wenn ich ihm versuche, zu erklären, dass wir zwar in so vielen Dingen ein unschlagbares Team, aber nicht füreinander bestimmt sind. Es nie waren. Unser Zusammenkommen war flüchtig, eine Sternschnuppe, die vom Erdboden aus kaum zu sehen war – aber trotzdem wunderschön und magisch, als sie an uns vorbeigehuscht ist. Obwohl er nur eine Markierung auf der Landkarte meines Lebens sein wird, wird er jeden wackeligen Schritt meiner Zukunft, die ich ohne ihn beschreite, an meiner Seite sein.

Alles, was ich habe, alles, was ich brauche, war die ganze Zeit direkt neben mir. Der Mann, der mich immer geliebt hat und der so viele Male den Rücksitz in meinem Herzen einnehmen musste, während ich seine Liebe ignoriert habe und sie für etwas anderes … für jemand anderen außer Acht gelassen habe. Das Licht, das von dem Mann ausgeht, der meine Vergangenheit, meine Gegenwart und meine Zukunft beherrscht, strahlt heller als eine Million Sternschnuppen zusammen und hat seinen Namen in meine Seele gebrannt. Seine Gegenwart ist die Luft, für die zu atmen ich töten würde.

Mein Verstand hängt an einem schlüpfrigen Draht aus Aufregung und Besorgnis, und ich öffne die Schublade meiner Kommode, um eine Kopie des Tagebuchs herauszuholen, das ich habe, seit meine Eltern gestorben sind. Hier steht alles drin. Jeder gute, schlechte und angstvolle Tag, den ich durchlebt habe, ist auf den einst blanken Seiten niedergeschrieben. Jede verwirrte, verängstigte Minute, die ich mir einfach weggewünscht habe. Jede Sekunde, in der ich die Liebe meiner Eltern zu mir wieder und wieder hinterfragt habe, während ich von denen, die sich um mich *gekümmert* haben, nichts dergleichen bekommen habe. Jeder Gedanke, den ich in den letzten zehn Jahren hatte, steht in schwarzer Tinte hier in diesem Tagebuch geschrieben. Es ist ein Geschenk an den Mann, von dem ich weiß, dass er so dafür sorgen wird, wie es sein sollte, so, wie er für mich gesorgt hat. Die erste Seite enthält einen Brief an ihn. Die Gründe, warum ich mich für ihn entschieden habe, warum ich ohne seine mich führende Liebe keinen einzigen Schritt mehr tun kann.

Dennoch kann ich keinen klaren Gedanken fassen und muss immer an die besorgten Stimmen von Brock und Ryder denken, als ich sie anrief, um ihnen zu sagen, dass ich eine Entscheidung getroffen habe und heute Abend das Diner nur mit einem von ihnen verlassen werde. Ort und Zeit sind ausgemacht. Jetzt gibt es kein Zurück mehr. Ich werde einen Akt der Zerstörung an einem von ihnen vornehmen und ihn dann mit den Bruchteilen des Massakers, das ich angerichtet habe, alleine lassen.

Als alles an seinem Platz ist, blicke ich noch einmal in den Spiegel, und das Mädchen, das zurückblickt, während es Mantel und Schal anzieht, macht mich krank. Wer tut so etwas jemandem an? Wer spielt so ein böses Spiel mit dem Herzen eines Menschen? Ich – ich tue das. Die schwarze Witwe höchstpersönlich. Ich bin dabei, einen Mann bei lebendigem Leibe zu verschlingen, jeden Traum, den er für uns hatte, zu zerstören. Kurz überkommt es mich, das hier abzubrechen und mich für keinen der beiden zu entscheiden, um all unsere Herzen davor zu bewahren, in tausend Teile zu zerbrechen. Doch ich atme tief ein. Der Mann, den ich liebe und brauche, steht mir geistig zur Seite, sein Gesicht nimmt all meine Gedanken ein, während ich die Schlüssel von meinem Schreibtisch nehme und mein Zimmer verlasse. Als ich die Treppe runtergehe und in die eiskalte Winterluft hinaustrete, wartet zu meiner Überraschung niemand auf mich, der aufpasst, dass ich den Campus nicht alleine verlasse. Kein von Brock und Ryder abgestellter Bodyguard, der auf meine Flucht wartet. Wahrscheinlich hielten sie es nicht mehr für nötig, da Brock darauf bestanden hat, mich zu dem Treffen im Diner selbst abzuholen. Zu diesem letzten Treffen, wo ich einem von ihnen für immer Lebewohl sagen werde. Aus Gründen, die ich immer noch nicht verstehe, hat sonst durchgängig jemand vor dem Wohnheim über mich gewacht. Doch in fünfzehn Minuten wird Brock mich ohnehin abholen.

Ich schicke ihm eine Textnachricht, um ihn wissen zu lassen, dass er direkt zum Diner fahren soll, weil ich mein eigenes Auto nehme. Dann schalte ich mein Handy aus, weil ich die Antwort nicht sehen will, die er und Ryder mir unweigerlich zurückschreiben werden. Sie würden mich nur wieder davor warnen, ohne einen von ihnen auch nur einen Schritt aus dem Wohnheim zu machen. Mit der Tasche über der Schulter und dem Tagebuch unter dem Arm krame ich auf halbem Weg über den Parkplatz nach meinem Autoschlüssel. Als ich ihn finde, rutscht er mir durch meine halb erfrorenen Finger und fällt in den frischen Schnee. Bevor ich danach greifen kann, schiebt sich eine mit Hakenkreuz tätowierte Hand in mein Blickfeld und hebt den Schlüssel für mich auf.

»Lass mich das für dich machen, Darling«, bietet er mir mit kratziger Stimme an, und bei seinem rauen Tonfall stellt es mir alle Nackenhaare auf. Seine Stimme erinnert mich an ein zischendes Raubtier. Eine sich schlängelnde Viper, die bereit ist zum Angriff.

Mit meinen Schlüsseln in seiner Hand erhebt er sich, und ein schiefes Grinsen erscheint in seinem Gesicht. Ein Gesicht, das zur Hälfte wie ein Skelett tätowiert ist.

Die Maske des Todes.

»Sorry, dass ich dich überrumpelt habe, aber du schienst so … abwesend.« Mit unerschütterlichem Grinsen lässt er meine Schlüssel von seinem Zeigefinger baumeln. »Willst du die haben oder nicht?«

»Äh, ja, das will ich. Danke.« Meine Worte verlassen meinen Mund halb flüsternd, mein aufgesetztes Lächeln verrät meine Überraschung und meine plötzliche Angst, während ich nach seiner Hand greife. Ich schnappe nach Luft, als er meine Hand packt und die Autoschlüssel sich schmerzhaft in meine Handinnenfläche bohren. Bevor ich noch einen weiteren Gedanken fassen kann, zieht er mich an seine Brust und vergräbt seine Nase in meinem Haar, während er an den vom Schnee nassen Strähnen riecht. Meine Sprache löst sich in Luft auf, und mein Kampf- oder Fluchtinstinkt schießt seinen Stoff durch meine Adern, während eine Stimme in mir drin schreit, dass ich davonrennen soll. Aber meine eingefrorenen Glieder gehorchen nicht, mein Körper ist ein einziger Eiszapfen, der am Boden festgefroren ist, als der Mann langsam zurücktritt.

Seine Augen sind so schwarz wie die Schwingen einer Krähe, und unaufhörlich grinsend lehnt er sich mit seinem riesigen Körper an meine Fahrertür und hält mich mit vor der Brust verschränkten Armen davon ab, in mein Auto zu steigen. »Tut mir leid, aber ich konnte nicht anders.« Er hält inne, und die Absicht seines tödlichen Blicks drückt pures Unheil aus. »Ich habe die letzten paar Wochen damit verbracht, mich zu fragen, wie du … riechst. Wie es für Brock wohl ist, jeden Morgen neben dir aufzuwachen.«

Die Erkenntnis trifft mich wie ein Blitz. Er ist der Grund, warum mein Freund mich angefleht hat, keinen Schritt auf dem Campus zu tun, ohne ihm vorher davon zu berichten.

Der Grund, warum Ryder und Brock in den letzten Wochen immer einen Aufpasser für mich organisiert haben.

Der Grund, warum ich ihre beiden wunderschönen Gesichter vielleicht nie mehr wiedersehen werde.

Er ist hier, um mich zu töten. Der Tod lässt mich nicht aus den Augen, während er sich an den Bartstoppeln kratzt. »Du bist doch Amber Moretti, oder? Die Schlampe, die es mit Brock treibt? Die Schlampe, die ich schon so lange zwischen meine Finger bekommen möchte?«

Ich antworte nicht. Stattdessen fällt mein Blick unweigerlich auf einen münzgroßen Blutstropfen an seiner braunen Bomberjacke. Der Ärmelaufschlag glitzert rubinrot von dem frischen Fleck, und plötzlich wird mir alles klar. Er ist nicht nur hier, um mich zu töten, er hat auch schon denjenigen umgebracht, der auf mich aufpassen sollte. Meine Atmung wird schneller, als ich meine Umgebung absuche. Nichts. Keine Menschenseele ist auf dem Parkplatz. Die Abschlussprüfungen und der Winter halten die meisten Studenten heute Abend in ihren Zimmern.

»Willst du mir nicht antworten?«, fordert er ungeduldig.

Starr vor Angst trifft mein Blick für einen kurzen Moment auf seinen, bevor er wieder auf den Blutfleck an seinem Ärmel wandert.

Er erwischt mich dabei, seine Augen folgen meinen zu dem Fleck, bevor er mir wieder ins Gesicht blickt. Er legt den Kopf schief, und sein Ausdruck wird leer. Es gibt keine Anzeichen dafür, dass sich eine menschliche Seele in diesem Mann, in dem Diener des Teufels befindet. Dann schlägt er mir mit der Faust an den Kopf.

Ein stechender Schmerz fährt durch meinen Schädel, und die Schlüssel rutschen durch meine steifen Finger, gefolgt von meinem Tagebuch.

Vater unser im Himmel, geheiligt werde Dein Name …

Ich schlage auf dem Boden auf, und meine Nägel krallen sich in den kalten Teer unter mir, als ich versuche, die Orientierung zu behalten und aufzustehen.

Dein Reich komme, Dein Wille geschehe, wie im Himmel, so auf Erden …

Als ich langsam das Bewusstsein verliere, rollt er mich mit seiner Fußspitze auf den Rücken und beugt sich über mich – sein böses Gesicht ist nur noch wenige Zentimeter von meinem entfernt.

Unser tägliches Brot gibt uns heute …

Um mich herum wird alles schwarz, und meine Augenlider fallen zu, während sich die Wärme meines eigenen Bluts um meinen Kopf herum ausbreitet und mich auf eine kranke Art und Weise tröstet. Alles, woran ich in diesem Moment denken kann, sind meine zwei Männer. Ob meine beiden Sternschnuppen – selbst wenn eine von ihnen in meinem Himmel heller strahlt als die andere – ohne mich leben können und, von ihrer größten Schwäche befreit, Wiedergutmachung erlangen können?

Und vergib uns unsere Schuld …